U0104301

唐宋學術思想論集

明道大學中國文學學系　主編

序
雍容大器　唐宋風采

　　唐代，一個空前繁榮昌盛的時代，一個思想活躍、文化發達的時代，唐代文學在各種文體上都取得了輝煌的成就，唐代學術思想更是多元而精彩，展現出雍容而大器的風華。接續在唐代之後的宋代，有著三百二十年的歷史（960-1279），雖算不得輝煌卻也多采多姿，她承繼著大唐豐富多元的思想學術風貌。唐宋文學在整個中國文學史上都是精彩而重要的。

　　明道大學中國文學系與國學研究所自二○○二年創立以來，即致力於唐宋學以及現當代文學的研究及推動，這些年來連續辦理「唐宋詩詞國際學術研討會」、「唐宋散文學術研討會」、「唐宋學術思想國際學術研討會」以及「唐宋書法國際學術研討會」，會議中廣邀海內外唐宋學的研究專家，就唐宋學的各個層面作深入多元的探討。

　　二○一○年秋天「唐宋學術思想國際研討會」，聚焦在唐宋的學術思想為研討主軸，會議中所發表的論文，會後經發表者與評論人交互研討之後，修訂檢討交付專家審查，以審慎謹嚴的態度集結成書，並名之為《唐宋學術思想研究論集》，藉以彰顯此次學術研討會的具體成果，亦以茲作為明

道大學中文系暨國學所唐宋學研究叢書系列的第三部重要著作。

　　這些年來因為擔任中文系系主任及所長之因緣，得以向許多國學研究的前輩請益學習並得以與系所同仁學習成長，承蒙本校汪大永總校長及陳世雄校長對各項活動的全力相助，能夠順利推動文學研究相關活動，並讓此書得以順利出版發行，在此書即將付梓前夕，謹作此序向所有支持的力量致上深深的謝意與祝福！

明道大學國學研究所所長

羅文玲　謹白

二〇一二年處暑

目次

（依作者姓名筆劃排列）

論韓愈「載道」之師法取向及其書寫形式

兵界勇

明道大學中國文學系助理教授

摘　要

　　「載道」，即「文以載道」的簡稱，一直是唐代早期復古文學論者的基本主張；從元結、蕭穎士、李華、獨孤及、梁肅，乃至於柳冕，莫不如此。韓愈師承這些前輩，也同樣主張「載道」。然而，不論就文學史或是思想史的影響來看，韓愈的成就，卻顯然邁越這些前輩甚遠。究竟何以致之？本文指出其關鍵點實在於韓愈「載道」師法取向大不同於其前輩，他們專注於代表著述傳統的董仲舒，但韓愈反而推崇他們所輕視的揚雄。通過對揚雄的「再發現」和肯定，使得韓愈上溯並重建為早期古文論者所厭棄的辭章傳統；並且經由揚雄對孟子的推崇，確認孔孟道統乃為儒學之真傳，樹立其反佛老的依據。這兩方面的結合，表現在韓愈「載道」之文，就是一種藉由其體生活經驗而敘事寓理，以闡發儒家人倫日用之道，並且具備有辭章藝術之美的書寫形式。

關鍵詞：韓愈、揚雄、載道、古文運動、《五原》

一 前言

　　如果從反對六朝以降氣靡格卑的駢文算起，唐代古文運動可謂源遠流長，代有作手。但是，直至韓愈（768-824）出現之後，我們才真正發現唐代古文運動在性質上的大轉變，這種轉變不僅超乎原始運動者預期的目標，同時更進而影響此後中國文化學術的發展方向。

　　韓愈所以能有此驚人創舉，從根本上看來，實在於他對「文以載道」[1]這個前人不知已經重彈凡幾的老調有著全新的詮釋。簡言之，前此的古文運動只是一個單純的文章復古運動，而「文章復古」真正目的是希望達到「政治復古」；所以這時的運動者莫不以提倡寫作三代兩漢宏茂雅正的散文為志，他們所謂的「載道」，實則是用「治世之文」載「治世之道」，形式上既偏重於典謨訓誥式的廟堂文章，內容上

1　「文以載道」，簡稱「載道」，一直是中國文學史上影響深遠的文學理論；但是「文以載道」一詞，卻是後起的，遲至北宋理學家周敦頤（1017-1073）才第一次正式提出。《周子通書》第二十八〈文辭〉云：「文，所以載道也。輈輪飾而人弗庸（用），徒飾也，況虛車乎？文辭，藝也；道德，實也。篤其實而藝者書之，美則愛，愛則傳焉，賢者學而得以至之，是為教。故曰：『言之無文，行之不遠。』」「文以載道」這個極富譬喻性的理論模式，其實是周氏總結前此早已出現的「明道」、「原道」、「貫道」、「本道」等種種之說而來的，它雖是後起的新名詞，卻可以概括歷來有關「文」與「道」相結合的文學理論，具有十足的代表性，故為人樂於採用。韓愈的「載道」主張，最明顯者見於〈爭臣論〉：「君子居其位則思死其官，未得位，則思修其辭以明其道。」以及〈答陳生書〉：「愈之志在古道，又甚好其言辭。」分見《韓昌黎文集校注》（臺北：華正書局，1982 年），卷 2，頁 62；及卷 3，頁 103。

也不外關乎興衰理亂的政治教化。

　　但韓愈不然。他分別從兩方面正本清源，賦予「載道」說豐富的新意涵：於「道」，韓愈揭示儒學的真傳，申明孔孟大義而排斥佛老；於「文」，韓愈重新肯定文章藝術的價值，並廣加提倡。這兩方面的理論變革，使得「載道」說走出前此拘執於國家政治教化需求的狹隘格局，真正促成唐代古文運動在思想上和文學上雙重的貢獻，而其具體成果就是韓愈本身所創造出的新體「古文」。

　　為何韓愈能有此鉅大的變革？同樣是復古取向的文學理論，韓愈的「載道」說何以會產生和他的前輩完全不同的結果？而其所導致的「載道」書寫形式，又是如何？本文即就此試為之探討。

二　韓愈師法取向與前人的分歧

　　為說明韓愈的「載道」說何以會得出與他師承的前輩完全不同的結果，不妨比較一下彼此復古師法對象的差別，就其間的分歧處觀察起；因為師法對象的不同，正關係著理論旨趣迥異的根本原因。況且，由於歷來「載道」說的主張者率皆以「徵聖」與「宗經」作為標榜（實則是各取所需），檢視並比較他們在聖人（特別是指孔子）與經書之外的師法對象不同，更能彰顯其理論實質意義。

　　《舊唐書》卷一六○〈韓愈傳〉，恰巧提供一條極重要考察的線索：

> 大曆、貞元之間,文士多尚古學,效揚雄、董仲舒之
> 述作,而獨孤及、梁肅最稱淵奧,儒林推重,愈從其
> 徒遊,銳意鑽仰,欲自振於一代。

這段話不僅說明韓愈的遊學集團,更指出當時復古文學論者
最主要的師法對象是西漢的董仲舒(前 179？-前 104？)和
揚雄(前 53-18);言下之意似乎韓愈亦不例外。然而,仔
細考察韓愈文集,可以發現,他對董仲舒是毫不經意,不曾
有過一語褒貶;倒是對揚雄有著出人意料的高度推崇,集中
提及揚雄的地方不下十處之多,而且率皆屬讚揚之辭。如
〈答崔立之書〉便將揚雄與屈原(前 340？-前 278？)、孟
軻(前 372-前 289)、司馬遷(前 145-前？)和司馬相如
(前 179？-前 118)等五人並列為「古之豪傑之士」[2],而
在〈重答張籍書〉裡,甚至將揚雄納入直承孔孟一脈的「道
統」中,並謂自己是繼其道而起:

> 自文王沒,武王、周公、成、康相與守之,禮樂皆
> 在,及乎夫子,未久也;自夫子而及乎孟子,未久
> 也;自孟子而及乎揚雄,亦未久也。……己之道,乃
> 夫子、孟軻、揚雄所傳之道也。[3]

2　〈答崔立之書〉,《韓昌黎文集校注》(臺北:華正書局,1982 年),卷
　3,頁 96。

3　〈重答張籍書〉,《韓昌黎文集校注》(臺北:華正書局,1982 年),卷
　2,頁 77。

〈重答張籍書〉雖為早年作品[4]，此後韓愈寫〈原道〉，對道統的觀念又有所修正，但他始終對揚雄崇視有加，高乎其他漢人（如也經常提到的司馬遷和司馬相如）之上。這種與眾不同的觀點，不由得啟人疑竇。朱熹（1130-1200）〈讀唐志〉便對韓愈棄董而取揚的偏頗大不以為然，他說：

> 故其（指韓愈）論古人，則又直以屈原、孟軻、馬遷、相如、揚雄為一等，而猶不及於董（仲舒）、賈（誼）。……則其師法之間，傳受之際，蓋未免裂道與文以為兩物，而於其輕重緩急、本末賓主之分，又未免於倒懸而逆置也。[5]

朱子的批評是極為嚴苛的。在他眼裡，揚雄只是浮華無實的文章之徒，本領不及董仲舒[6]，遑論傳聖人之道的孟子，而韓愈不能明辨此中分際，是重文而輕道，本末倒置了。

　　事實上，唐代復古文學論者對於董仲舒與揚雄這兩人的確有經重不同的評價。大體來說，董仲舒往往和賈誼、司馬遷、班固並稱，而揚雄則和枚乘（前？-前 140）、司馬相如、張衡（78-139）齊名。前者屬於著述傳統，以經史議論名家；後者則屬於辭章傳統，以辭賦文章名家。早期古文運

4　作於貞元十四年（798），考證參見羅師聯添：〈張籍上韓昌黎書的幾個問題〉一文，《唐代文學論集》下冊（臺北：學生書局，1989 年）。

5　《朱文公全集》卷 70。

6　《朱子語類》卷 137〈時舉〉載：「先生令學者評董仲舒、揚子雲、王仲淹、韓退之四子優劣。或取仲舒，或取退之。曰：『董仲舒自是好人，揚子雲不足道。』」可見朱熹對揚雄之評價甚低。

動者的「載道」說,率皆崇尚著述傳統而卑視辭章傳統;因此,同樣是復古,代表辭章傳統的揚雄,其評價自然大不如代表著述傳統的董仲舒。這幾乎是唐人的共識。

回顧唐代古文運動的發生,不得不提及初唐有識之士對六朝以來文風華靡浮豔現象的檢討。他們對六朝(包括隋朝)文風鼎盛而國祚短促的歷史經驗深感不安,認為這是君主崇尚辭章文藝,群臣競相追逐,忽視治國大道的結果。對此,這些有識之士無不大聲疾呼,警誡後世萬不可以之為法。在初唐寫成的史書中,便立即反映這類意見。如魏徵(580-643)《隋書‧文學傳》序云:「梁自大同之後,雅道淪缺,漸乖典則,爭馳新巧;簡文、湘東啟其淫放,徐陵、庾信分路揚鑣。其意淺而繁,其文匿而彩,詞尚輕險,情多哀思,格以延陵之聽,蓋亦亡國之音乎?」姚思廉(557-637)《陳書‧後主本紀》也說:「古人有言:亡國之主都有才藝。考之梁陳及隋,信非虛論。然則不崇教義之本,偏向淫麗之文,徒長澆偽之風,無救亂王之禍矣。」這種將文章的華實與國家的興衰相聯繫的議論,正是立下早期唐代古文運動的基本觀念──即「文章」與「政治」相通。此一觀念,從初唐以下,幾乎貫穿所有的復古文士的意識中,不斷反覆複誦。最明顯反映,就是他們對文學史的發展,皆是由治亂的眼光來論其優劣,崇尚治世之文而鄙薄亂世之文;而且,愈上古則文章愈盛,愈近今則文章愈衰。

陳子昂(659-700)首揭「文章道弊五百年矣」[7]之歎,

盧藏用（664-713）〈右拾遺陳子昂文集序〉即為之闡述云：

> 昔孔宣父以天縱之才，自衛返魯，迺刪《詩》《書》，
> 述《易》道，而修《春秋》，數千百年間，文章粲然
> 可觀也。孔子歿二百歲而騷人作，於是婉麗浮侈之法
> 行焉。漢興二百年，賈誼、馬遷為之傑，憲章禮樂，
> 有老成之風；長卿、子雲之儔，瑰詭萬變，亦奇特
> 士，惜其王公大人之言，溺於流辭而不顧。其後班張
> 崔蔡，曹劉潘陸，隨風而作，雖大雅不足，尚有典
> 型；宋齊之末，蓋憔悴矣！逶迤陵頹，流靡忘返，至
> 於徐庾，天之將喪斯文也。後進之士，若上官儀者，
> 接踵而生，於是風雅之道掃地盡矣！[8]

此序明白標示出：由孔子所開啟的「文章粲然可觀」的著述
傳統，相對於屈原所另樹立的「婉麗浮侈之法」的辭章傳
統，二者並陳，褒貶之意，已然呼之欲出。所以，漢興之
後，走孔聖著述傳統的賈誼、司馬遷，尚是「憲章禮樂，有
老成之風」；而「奇特之士」如司馬相如與揚雄，因為走屈
騷的辭章傳統，不免「溺於流辭而不顧」，其後更是風從影
響，每況愈下，導致一代不如一代的窘境，甚至於「風雅之
道掃地盡矣」——則辭章傳統之遺害，已難辭其咎了。

　　這種崇尚著述傳統而卑視辭章傳統的意見，屢屢見諸往
後的復古文學論者，也就是韓愈的師長輩。如賈至（718-

8　《全唐文》卷238。

772）〈工部侍郎李公集序〉云：

> 唐虞賡歌，殷周雅頌，美文之盛也。厥後四夷征伐，
> 文王之道將墜地，於是仲尼刪《詩》、述《易》、作
> 《春秋》，而敘帝王之書，三代文章，炳然可觀。洎
> 騷人怨靡，揚馬詭麗，班張崔蔡、曹王潘陸，揚波扇
> 飆，大變風雅；宋齊梁隋，盪而不返。昔延陵聽樂，
> 知諸侯之興亡，覽歷代述作，固足驗夫理亂之源
> 也。[9]

李華（715-766）〈贈禮部尚書清河公崔沔集序〉云：

> 夫子之文章，偃商傳焉，偃商歿而孔伋、孟軻作，蓋
> 六經之遺也；屈平、宋玉，哀而傷，靡而不返，六經
> 之道遯矣。[10]

獨孤及〈唐故殿中侍御史贈考部郎中蕭府君文章集序錄〉
云：

> 粲於歌頌，暢於事業，文之著也。君子修其詞則立其
> 誠，生以比興宏道，歿以述作垂裕，此謂之不
> 朽。……揚馬言大而迂，屈宋詞侈而怨，沿其流者或

9　《全唐文》卷 368。
10　《全唐文》卷 351。

> 質文交喪，雅鄭相奪，盍為之中道乎？故夫子之文
> 章，深其致，婉其旨，直而不野，麗而不豔。[11]

在此觀念推動之下，文章復古乃成必然之舉。而所謂文章復古，實則是作為政治復古的手段，即欲以追復三代兩漢的六經之道，超越六朝的亡國之音，達到政治清明風俗淳厚的目的；所以，所為之文必然是取法於三代兩漢議事論政的著述，而所謂的「文章之道」、所謂的「風雅之道」，也就不得不等於有利國家治理教化的「政治之道」了。從陳子昂文章中，已明顯可以看出這種作意。盧藏用序其文集便稱：

> 故其諫諍之辭，則為政之先也；昭夷之碣，則議論之當也；國殤之文，則大雅之怨也；徐君之議，則刑禮之中也。

可見，這種復古文章的內容無不與國家政治教化有關，也是崇尚著述傳統必然的走向。陳子昂除了在〈修竹篇序〉暢言詩歌復古之外，並沒有進一步的言論闡述文章復古，但他的實際創作卻給予往後的古文運動者極好的示範，並在理論上予以確立。梁肅（753-793）〈祕書監包府君集序〉尤其說得直接而明白：

> 文章之道，與為政通矣。世教之隆屋污崇，與人風之

11　《毘陵集》卷13。

薄厚，與立言立事者邪正臧否，皆在焉。[12]

這就是使文章發揮世教的功能，如元結（723-772）在〈二風詩論〉中所說的：「極帝王理亂之道，係古人規諷之流」[13]，也如梁肅本人在〈補闕李君集序〉中所稱的「敘治亂、陳道義、廣勸戒、頌功美」[14]；總之，皆不外乎推崇高談大義，極言懲勸褒貶之類的嚴肅作品。

這種以著述傳統為圭臬的復古主張，必然產生兩個互為表裡的效應：一是拒斥駢儷淫靡的文體，一是崇尚經國教化的著作。蕭穎士（708-759）的〈江有歸舟〉序已有這方面的論述：

> 文也者，非云尚形似，牽比類，以局夫儷偶，放於奇靡，其於言也，必淺而乖矣；所務乎激揚雅訓，彰宣事實而已。[15]

而獨孤及（725-777）闡說得更為透闢，〈檢校尚書吏部員外郎趙郡李公（華）中集序〉云：

> 自典謨缺，雅頌寢，世道陵夷，文亦下衰，故作者往往先文字而後比興，其風流蕩而不返，乃至有飾其辭

---

12 《全唐文》卷 518。
13 《元次山文集》卷 1。
14 《全唐文》卷 518。
15 《全唐詩》第三函，第二冊。

> 而遺其意者，則潤色愈工，其實愈喪，及其大壞也，
> 偶儷章句，使枝對葉比，以四聲八病為桎梏，拳拳守
> 之如法令。……痛乎流俗之惑人也舊矣。[16]

對六朝以下流行的駢儷文體的厭棄，自然使得三代兩漢樸實無華的復古散文代之而起。但這並不表示這些文章復古論者蔑視修辭。事實上，他們所心嚮往之的是一種宏茂風雅、雄富博厚的「大文章」；而欲求其大，除了為朝廷而寫作的奏議詔令之外，又不得不推意存微辭寄寓褒貶的史書為最大。蕭穎士對這兩方面的著述即有高度的自許，〈贈韋司業書〉揭言：

> 僕從來宦情素自落薄，撫躬量力，栖心有限，假使因
> 緣會遇，躬力康衢，正應陪侍從之列，以箴規諷諭為
> 事，進足以獻替君明，退足以潤色鴻業，決不能作擒
> 姦摘伏，以吏能自達耳。……僕不揆，顧嘗有志焉，
> 思欲依魯史編年，著歷代通典。[17]

而此時的古文作者也幾乎無不以身列能「潤色鴻業」的「大手筆」為最高期許與最高成就。崔元翰（729-795）〈與常州獨孤使君書〉清楚表達這點：

16　《毘陵集》卷13。
17　《全唐文》卷323。

> 至平之主，必以文德致時雍；其承輔之臣，亦以文事
> 助王政。……推是而言，為天子大臣，明王道、斷國
> 論，不通乎文學則陋矣；士君子立於世，生於朝，而
> 不繇乎文行者，則僻矣。[18]

另外，崔祐甫（721-780）〈齊昭公崔府君集序〉也說：

> 國之大臣，業參政本，發揮皇王之道，必由於文。故
> 虞有皋陶洎益稷，以嘉言啟迪；舜禹以降，伊傅周
> 召，訓命策誥，並時而興；秦之李斯，著事而僻。自
> 茲厥後，蜀丞相孔明有〈出師表〉，晉司空茂先〈鷦
> 鷯賦〉，皆輔臣之文也，財成陶冶於是見焉。[19]

這種「輔臣之文」既是「發揮皇道」，又可「財成陶冶」，完
全符合「載道」的政教之用，無怪乎會為此時復古文學論者
所嗜好，連原本為他們棄之若敝屣的六朝文章都可以因為有
此種「輔臣」之作而受到例外的讚揚。我們翻開《全唐文》
隨意一覽，可以發現，這些詔令、制策之類的朝廷文字遍布
氾濫，幾乎佔全書的十之七八，可見其時著作之盛。所以李
岑（生卒不詳）才會津津樂道：

> 吾友蘭陵蕭茂挺（穎士）、趙郡李遐叔（華）、長樂賈

> 幼幾（至），洎所知獨孤至之（及），皆憲章六藝，能
> 探古人述作之旨。賈為玄宗巡蜀，分命之詔，歷歷如
> 西漢時文。若使三賢繼司王言，或載史筆，則典謨訓
> 誥誓命之書，可彷彿於將來矣。[20]

早期古文運動的文學成就亦就在這些「典謨訓誥誓命之書」
而已。《全唐文》序謂唐人「以文輔治，用昭立言極則」，信
非虛言[21]。

　　執此以觀，《舊唐書‧韓愈傳》所謂的「大曆、貞元之
間，文士多尚古學，效揚雄、董仲舒之述作」，此言自應該
分別判之。實際上，「效揚雄之述作」決非這群崇尚著述傳
統的復古論者所樂為，「效董仲舒之述作」方才是他們真正
的企向；蕭穎士、李華、賈至固不必論，即便已經表現修辭
偏好的獨孤及和梁肅，也依然抱持這種看法。梁肅〈常州刺
史獨孤及集後序〉記載獨孤及之言，云：

20　見《毘陵集》〈唐常洲刺史獨孤公文集序〉，李舟（740？-787？）撰，此
　　述乃父之言。

21　除以上諸人之外，柳冕則特別強調以經術之文「載道」，其目的仍在於教
　　化。〈謝杜相公論房杜二相公書〉云：「文章之道，不根教化，別是一技
　　耳。……經述尊，則教化美；教化美，則文章盛；文章盛，則王道興。」
　　見《全唐文》，卷 527。柳冕雖無具體作品指陳這類經術之文是何等模
　　樣，但是從他幾篇反覆討論為文之道的書信來看，實亦不外乎模擬經義、
　　敷陳文教的復古散文；只是這類文章蕭、李等人責之於廟堂之上的輔臣，
　　而柳冕則轉求於廟堂之外的一般作者，其態度可謂更為嚴厲刻深。再者，
　　柳冕將經術等於教化、等於文章、等於王道，四者一貫，這其實也整個總
　　結早期唐代古文運動的「載道」理論了。

> 後世雖有作者，六藉其不可及已！荀孟樸而少文，屈
> 宋華而無根；有以取正，其賈生、史遷、班孟堅云
> 爾。[22]

這裡雖未提及董仲舒，但從其所並舉的賈誼等三人可知，獨
孤最推重的仍是漢人的著述傳統，此中無疑必然包括董仲
舒；相對下，揚雄所屬的辭章傳統自然不在「取正」之列。
獨孤這層意思，梁肅在〈補闕李君前集序〉中推衍得更加清
楚，他說：

> 文之作，……三代之後，其流派別，炎漢制度，以霸
> 王道雜之，故其文亦二：賈生、馬遷、劉向、班固，
> 其文博厚，出於王風者也；枚叔、相如、揚雄、張
> 衡，其文雄富，出於霸途者也。[23]

不難看出，表面上梁肅雖將著述傳統與辭章傳統相提並論，
認為二者同為炎漢文章制度之盛的代表，但是霸道既然不如
王道，揚雄自然也就不如賈誼（連及董仲舒）了。

　　如果說，獨孤及僅是從「文」的正統角度將揚雄除名在
外；那麼，梁肅所言則又透露出揚雄同樣不屬於「道」的正
統。再參較柳冕的意見，愈發能了解當時復古文學論者心目
中對董、揚二人的評價。〈與徐給事論文書〉云：

22　《全唐文》卷 518。
23　同上註。

> 蓋文有餘而質不足則流，才有餘而雅不足則蕩；流蕩
> 不返，使人有淫麗之心，此文之病也。（揚）雄雖知
> 之，不能行之。行之者惟荀、孟、賈生、董仲舒而
> 已。[24]

又〈答徐州張尚書論文武書〉云：

> 文而知道，二者難兼；兼之者，大君子之事。上之，
> 堯、舜、周、孔也；次之，游、夏、荀、孟也；下
> 之，賈生、董仲舒也。[25]

可見，不管是論「文統」抑或是論「道統」，董仲舒的地位
絕對在揚雄之上，揚雄幾乎只算是董的「附驥」而已，不能
登入正統文學的殿堂。

　　對於當時復古文學論者的這種共識，韓愈竟然不循師友
前輩之故轍，甚至反其道而行，重人之所輕（揚）而輕人之
所重（董），確乎令人駭怪。其實，這正是韓愈身為唐代古
文運動新秀，「欲自振於一代」的關鍵處，也是我們檢驗韓
愈「載道」究竟與前人有何不同的最佳起點。

24　《全唐文》卷 527。
25　同上註。

三　韓愈有取於揚雄的意義

　　首先，韓愈特別推崇揚雄而漠視董仲舒，最容易讓我們了解的是，韓愈有著明顯的重視修辭的傾向。他已然揚棄他的前輩所追尚的著述傳統，反而又走回辭章傳統，而且比獨孤及和梁肅更徹底；這對唐代古文運動初始的改革理想而言，不啻是一大逆轉。韓愈受到後人（尤其宋代理學家，如朱熹）抨擊最多之處，也正在於此。

　　如唐人所周知的，揚雄是有漢著名的辭賦大家，他所繼承的是枚乘、司馬相如以降的辭章傳統，而非董仲舒、司馬遷一脈的著述傳統。雖然揚雄自己曾深譏辭賦是「童子雕蟲篆刻」、「壯夫不為也」，並有「徵聖」、「宗經」等復古主張[26]；實際上，他真正心嚮往之的仍是如聖人經書一般光采炳耀經久不渝的文辭，貌似復古，實寓創新；看似重視著述，卻又不能忘情於辭章。因此，即使是與辭賦性質全然迥異的《法言》、《太玄》諸作，在揚雄的筆下也充斥著顯而易見的修辭意味[27]。《漢書》本傳的論贊指出：

　　　　（雄）實好古而樂道，其意欲求文章成名於後世，以
　　　　為經莫大於《易》，故作《太玄》；傳莫大於《論語》

26　見《法言・吾子》。
27　按，蘇軾〈答謝師民書〉云：「揚雄好為艱深之辭，以文淺易之說，若正言之則人人知之矣，此正所謂雕蟲篆刻者，其《太玄》、《法言》皆是也。」見《經進東坡文集事略》卷46，由此可知揚雄好辭之性格。

作《法言》；史篇莫善於《蒼頡》，作《訓纂》；箴莫
善於〈虞箴〉，作〈州箴〉；賦莫深於《離騷》，反而
廣之；辭莫麗於相如，作四賦：皆斟酌其本，相與放
依而馳騁云。

可知，早在曹丕（187-226）《典論・論文》出現之前，揚雄
在西漢末即已經將「文章」（而非著述，當時謂之「文學」）
視為個人垂名不朽的名山事業，並以分體的觀念學習各類優
秀的經典之作，其識見之先進，力行之徹底，可說是超時代
的。韓愈在這方面的立論和表現完全追蹤揚雄，明顯可見他
所嚮往的文章典型為何。〈答陳生書〉云：

愈之志在古道，又甚好其言辭。[28]

〈題（歐陽生）哀辭後〉也說：

（愈）學古道，則欲兼通其辭；通其辭者，本志乎古
道者也。[29]

〈答劉正夫書〉教導學子如何作文，指出：

---

[28] 〈答陳生書〉，《韓昌黎文集校注》（臺北：華正書局，1982 年），卷 3，頁
103。
[29] 〈題（歐陽生）哀辭後〉，《韓昌黎文集校注》（臺北：華正書局，1982
年），卷 5，頁 176。

> 漢朝人莫不能為文，獨司馬相如、太史公、劉向、揚
> 雄為之最；然則用功深者，其收名遠也。……今後進
> 之為文，能深探力取之以古聖賢人為法者，雖未必皆
> 是，要若有司馬相如、太史公、劉向、揚雄之徒出，
> 必自於此，不自於循常之徒也。若聖人之道不用文則
> 已，用則必尚其能，能者非他，能自樹立，不因循者
> 是也。[30]

而在〈進學解〉中，韓愈更仿揚雄〈解嘲〉的語氣，自述其
「深探力取之，以古聖賢人為法」的為文之道，云：

> 沈浸醲郁，含英咀華，作為文章，其書滿家：上規姚
> 姒，渾渾無涯，周〈誥〉殷〈盤〉，佶屈聱牙；《春
> 秋》謹嚴，《左氏》浮誇，《易》奇而法，《詩》正而
> 葩；下逮《莊》《騷》，太史所錄，子雲相如，同工異
> 曲。先生之於文，可謂閎其中而肆其外矣。[31]

韓愈這種樂古道而好其辭，企求以文章自樹立和傳世不朽的
用心，無疑是得自揚雄嫡傳。正是通過對揚雄的「再發現」
和肯定，使得韓愈乃能上溯並重建古代優秀的辭章傳統，擷
取源源不絕的表現技巧。而韓愈尤勝於揚雄的是，他不僅在

30　〈答劉正夫書〉，《韓昌黎文集校注》（臺北：華正書局，1982 年），卷 3，
　　頁 121。
31　〈進學解〉，《韓昌黎文集校注》（臺北：華正書局，1982 年），卷 1，頁
　　25。

學習經典名作的範圍比揚雄更加廣泛，涵蓋的藝術特色更加
豐富多樣；同時他也不像揚雄一般必亦步亦趨於復古的體
式，而是採取「沈浸醲郁，含英咀華」的方法，融會貫通，
自鑄偉辭，吸收之外又加以創造，力求拔出流俗，突破傳
統。

　　韓愈師法揚雄而青出於藍的辭章取向，相對地反映他對
著述事業的輕怠。所以，我們便不至訝異，韓愈文名初起之
際即引起文壇上「眾方驚爆而萃排之」[32]的激烈反擊，其中
尤以來自堅持著述傳統的同道者非難最為嚴厲。例如，張籍
（762-829）即曾兩度致書與韓愈商榷：

　　　　盍為一書以興存聖人之道？……曷可俯仰於俗，囂囂
　　　　為多言之徒哉？[33]

而裴度（765-839）更對韓愈醉心於文章藝術表現的作法，
大表不滿，竟揮戈而痛斥之云：

　　　　昌黎韓愈……不以文立制，而以文為戲，可矣乎？
　　　　可矣乎？今之作者，不及則已；及之者當大為防焉
　　　　耳。[34]

兩者的批評都顯示出，韓愈為文：

32　皇甫湜〈韓愈神道碑〉，《皇甫持正集》，卷 6。
33　〈上韓昌黎書〉，《全唐文》，卷 684。
34　〈寄李翱書〉，《全唐文》，卷 538。

　　並不刻意於子史著述，必求為學術專家；亦不偏重詔
　　令奏議，必求為朝廷文字。[35]

雖然，韓愈早年曾經誓言：「求國家之遺事，考賢人哲士之
終始，作唐之一經，垂之於無窮；誅姦諛於既死，發潛德之
幽光。」[36]意若有述經作史的宏願；實則，終其一生，他更
堅信的毋寧是：「文書自傳道，何用史筆垂？」[37]既以「文
書」（即辭章）為傳道的載具，則勢必須加強文章的藝術技
巧和審美趣味，這也是他將唐代古文運動由「復古」導向
「開新」的原因之一。

　　其次，我們更要指出，韓愈有取揚雄之處，不僅是在於
他的「文」，也在他的「道」。這尤其是發前人所未發。韓愈
〈讀荀〉自稱：

　　始吾讀孟軻書，然後知孔子之道尊，聖人之道易行，
　　王易王，霸易霸也。以為孔子之徒沒，尊聖人者，孟
　　氏而已。晚得揚雄書，益尊信孟氏，因雄書而孟氏益
　　尊，則雄者，亦聖人之徒歟？[38]

35　語出錢穆〈雜論唐代古文運動〉一文，收入所著《中國學術思想論叢》
　　（臺北：東大圖書公司，1978 年），第 4 冊，頁 53。
36　〈答崔立之書〉，作於貞元十一年（795），見《韓昌黎文集校注》（臺北：
　　華正書局，1982 年），卷 3，頁 98。按，本文標示的韓文作品年代，皆採
　　自〔清〕方成珪《昌黎先生詩文年譜》，該書收入《韓愈年譜》（北京：中
　　華書局，1991 年）。
37　《韓昌黎詩集繫年及集釋》（上海：上海古籍出版社，1980 年），卷 8，
　　「元和七年（812）」條，〈寄崔二十六立之〉。
38　〈讀荀〉，《韓昌黎文集校注》（臺北：華正書局，1982 年），卷 1，頁 20。

可見，韓愈尊孔子，由孟子入；尊孟子，由揚雄入。揚雄在韓愈「原道」的進程中，實佔有一極具關鍵性的地位。這顯然與唐人普遍將揚雄視為辭賦家而不入正道的傳統觀念大異其趣，即使由後世看來，也常令人不解。

事實上，唐人對儒家之道的了解，主要來自經學；而經學始盛於兩漢，論其源起，又不得不推在秦火之後獨尊儒術、「令後學有所統一，為群儒首」[39]的董仲舒。此所以唐代復古文學論者每以為董仲舒是儒家之道的正統傳人。然而，經學由漢至唐，義疏繁瑣，家法分歧，莫衷一是，能否視為「正統」的儒學，實大可懷疑。即使就董仲舒而言，他所以有「獨尊儒術」之議的根本考量，與其說是要發揚儒家思想，不如說是在利用孔子與六經的地位，將儒家學派收編為官方的御用之學，治經的目的即在於治國，儒學成為以經學形式出現的「儒術」；如何解釋經傳章句，抉發微言大義，運用於實際的政治教化，即所謂「正其誼不謀其利，明其道不計其功」[40]，這才是董仲舒倡議儒學的根本意義。在此情況下，儒學自易遭受到扭曲和附會，從董仲舒以降，陰陽、名法、黃老、讖諱等各種思想，即不斷隨論者的需要攙入儒學，導致儒學的真精神長期湮沒不彰，甚至扭曲得全非原始面貌。其影響至唐未歇，只是唐人不曾有深刻自覺而已。

反觀揚雄雖以辭賦名家，卻表現出漢人罕見的脫略經學

39　《漢書‧董仲舒傳》。
40　同上註。

舊規，回歸孔孟儒學的強烈意識。所著《法言》，即韓愈說的「揚雄書」，不僅在形式上模仿《論語》，在思想上也全宗儒家，貶抑諸子。如云：

> 莊楊蕩而不法，墨晏儉而廢禮，申韓險而不化，鄒衍迂而不信。（《法言・五百》）

> 老子之言道德，吾有取焉耳；及捶提仁義，滅絕禮學，吾無取焉耳。（《法言・問道》）

尤為難得者，揚雄在《法言》中推尊孔子，雖與一般經學家無異，但是在尊孔之外他又推崇孟子，只承認孔孟是儒家正統的代表；進而更將荀子判為儒家的旁門左道，不得與孔孟並列——這卻是思想史上首開風氣的卓識：

> 或曰：「子小諸子，孟子非諸子乎？」曰：「諸子者，以其知異於孔子者也；孟子異乎？不異。……吾於孫（荀）卿與？見同門而異戶也。」（《法言・君子》）

> 古者楊墨塞路，孟子辭而闢之，廓如也。後之塞路者有矣，竊自比於孟子。（《法言・吾子》）

在韓愈之前，揚雄是唯一能夠嚴分孟荀之別而將孔孟並舉的人。他敢自接孟子之後，以護衛儒道為己任，更是史無前例，其居先倡導的地位實無法否認。顯然，韓愈是通過揚雄

才確認孟子，而非荀子，是孔子儒學的真正傳人，並形成他衛儒道、反佛老的堅定信仰。他在〈送王秀才（塤）序〉中即明白揭示：

> 學者必慎其所道，道於楊墨老莊佛之學，而欲之聖人之道，猶航斷港絕潢以望至於海也；故求觀聖人之道，必自孟子始。[41]

可以說，如果缺少了揚雄這個環節，韓愈「原道」的進程恐將無法如今天所見般的明快犀利，勢如破竹。也正因為韓愈比別人更清楚看到揚雄在發明儒學真傳上的意義，方使得他所謂的「道」乃不同於當時其他復古文學論者唯政教取向的「道」，而具有儒學復興的意味。張籍〈上昌黎韓愈書〉記敘：

> 傾承論於執事，嘗以為：「世俗陵靡，不及古昔，蓋聖人之道廢弛之所為也。宣尼沒後，楊朱墨翟之言，恢詭異說，干惑人聽，孟軻作書而正之，聖人之道復存於世。秦氏滅學，漢重以黃老之術教人，使人寖惑，揚雄作《法言》而辯之，聖人之道猶明……。」自揚子雲作《法言》，至今近千載，莫有言聖人之道者；言之者，惟執事焉耳！[42]

---

41 〈送王秀才（塤）序〉，《韓昌黎文集校注》（臺北：華正書局，1982年），卷4，頁152。

42 同註33。

張籍說得不錯！自揚雄而外，夸夸言「聖人之道」者何啻千百，但卻無一人能像韓愈一般了解到揚雄論「聖人之道」的真正價值，更無人能像韓愈一般認同揚雄對孟子「言拒楊墨」的推崇，並逕以孟子的繼承者自居。韓愈〈與孟尚書書〉即循此而對有漢以來的經學之弊與佛老之害發出痛擊：

> 揚子雲云：「古者楊墨塞路，孟子辭而闢之，廓如也。」……漢氏已來，群儒區區修補，百孔千瘡，隨亂隨失，其危如一髮千鈞，綿綿延延，寖以微滅。於是時也，而唱釋老於其間，鼓天下之眾而從之；嗚呼！其亦不仁甚矣。釋老之害過於楊墨，韓愈之賢不及孟子；……雖然，使其道由愈而粗傳，雖滅死萬萬無恨！[43]

相較於前此復古文學論者斤斤以經術治國為尚，無視佛老對於「聖人之道」的影響，甚至競相佞佛求老，韓愈所見無疑更顯現出他鮮明的儒者立場。唐代古文運動所謂的「載道」也因此而有全新內涵，這不能不歸功韓愈慧眼獨具得之於揚雄的啟迪。

總之，從揚雄身上，我們才能確實了解韓愈「復古」的師法取向：在「文」的方面是復興辭章傳統，在「道」的方面則是復興孔孟儒學。揚雄是漢人當中唯一同時重視辭章與

---

43 〈與孟尚書書〉，《韓昌黎文集校注》（臺北：華正書局，1982 年），卷 3，頁 124。

儒學，並試圖將兩者結合的人，其特殊性在當時和後世一直
無人領會，於復古文學論者的眼中更總是貶多於褒。而韓愈
慧眼獨識，一反尋常地在漢人中首尊揚雄，這正是他改變唐
代古文運動發展性質的重要標誌；揚雄對韓愈的影響毋庸置
疑。可惜的是，揚雄雖有意結合辭章與儒學，具體成績卻未
見理想。這不僅表現在他的文章仍不脫復古的體式，罕有真
正的創新；更表現在他雖以醇儒自居，但除了能在大方向把
握儒學真傳外，立論則略無深解，甚至雜染道家之言，不能
自持其說。此所以韓愈在〈原道〉中，終將揚雄與荀子同列
「擇焉而不精，語焉而不詳」[44]之屬，不得與於孔孟道統的
傳人。

揚雄雖然可能不是韓愈師法對象的最佳選擇，卻是秦漢
以降最能夠示範韓愈「載道」理想的唯一選擇；而揚雄之不
足，也恰予韓愈大可發揮的餘地。以下即可進一步討論韓愈
如何在辭章創作與發明儒學，即「文」與「道」，兩方面的
結合上，超越了揚雄，也超越了他同時代的作者。

四　從《五原》看韓愈「載道」的書寫
形式

對唐代古文運動者而言，界定「文」與「道」的關係，
強調「文」不離於「道」，「道」先而「文」後，一直是其立
論重點。誠如李漢在〈昌黎先生集序〉中說的：

---

44 〈讀荀〉，《韓昌黎文集校注》（臺北：華正書局，1982 年），卷 1，頁 20。

　　　　文者，貫道之器也，不深於斯道，有至焉者不也。[45]

這句話相當程度地代表唐人「載道」說的共同意見，也是
爾後周敦頤《通書・文辭》所謂「文，所以載道也」之所
本。[46]

　　然而，我們發現，在韓愈之前，論者所提倡的「載道」
說，其實皆複述前人「文章教化」的主張，著眼在文學的政
治作用和教育功能，基本上是針對改革當時浮靡華豔的文風
而發，因此對於「道」的思想意義，殊少有過深入的闡述，
更遑論有任何新解。他們所為的，除了將「道」籠統的指儒
家的聖人經書之道外，大都是人云亦云，模糊夾纏，甚至混
雜佛老之言而不以為怪。這不僅造成理論上嚴重的缺陷，也
使得他們所推動的文章改革名不副實，帶有「空言明道」的
性格[47]，不能產生有力的影響。

　　相較之下，我們不得不對韓愈另眼相看。他的〈原道〉
既不是依附在「論文」的脈絡中說的（如《文心雕龍》），也
不再糾纏於「文章教化」的問題（如柳冕等人），而是獨立
討論「道」的本身，是唐人唯一一篇對儒家之道進行理論性
發明的文字。光憑這一點，就足以顯示韓愈的識見超越同時
作者甚遠（包括那些以注疏為事的經學家）；更何況〈原
道〉所提出的觀念，在思想史上對儒學發展具有許多獨開一
面的貢獻。例如：「道」（仁義道德）的含義的辨正和確認、

45　見《韓昌黎文集校注》（臺北：華正書局，1982年），卷首，頁3。
46　參見註1。
47　請參見羅宗強《隋唐五代文學思想史》，頁231。

「道統」觀念的建立、首度引用《禮記》〈大學〉篇作為闢佛老的依據等等；凡此皆已為學者所肯定[48]。不過，我們要進一步探討的是，韓愈在〈原道〉中是從什麼樣的角度來發明「道」的思想意義，而他又是以什麼樣的書寫形式來表現（或表達）這個「道」？這對我們了解他的「載道」理論實有莫大幫助。在此，我們所探討的，除了〈原道〉之外，也要包括其他四篇同樣以「原」為題而合稱「五原」的作品，即〈原性〉、〈原毀〉、〈原人〉和〈原鬼〉。

「五原」諸篇約當是於貞元二十或二十一年間（804-805），朱熹以為即韓愈〈上兵部李侍郎書〉所謂「舊文一卷，扶樹教道，有所明白」者[49]，乃韓愈最為著名且最具心力的「載道」作品。此「五原」篇目雖然皆以「原」——即「探原」之意——為題，寫作手法卻極具變化，不僅篇幅長短不一，內容也非常隨興，似相關似不相關，可以說這組作品的書寫形式，與其視為「著述」，倒不如視為「辭章」更來得恰當，它們與一般具有系統性的嚴格哲學論著是有所不同的。這樣的特色，如果從其論述的方式仔細分析，則更為瞭然。韓文以何種書寫形式來「載道」，自然寓在其中了。

我們先從〈原道〉看起，再推論其餘。

〈原道〉是韓愈集中最用力的文字，也是他畢生闢佛老

48　見張亨師〈古文運動在中國思想上的意義〉一文，刊於《韓國中文學報》第 25 期，1985 年 3 月。

49　見朱熹：《昌黎先生集考異》卷 4，〈原性〉條。又，關於此文的著作年代考證，參見羅師聯添〈韓愈原道篇寫作的年代與地點〉一文，《唐代文學論集》下冊（臺北：學生書局，1989 年）。

的命脈。在此作中，韓愈竭力闡述儒家所謂「聖人之道」的意義，用以對抗佛老蠹民害政的邪說，其基本精神，實與孟子的「閑（衛）先聖之道，距楊墨，放淫辭」[50]完全相當，也具備同等的氣勢和「好辯」的色彩，比起其他「區區修補」的漢唐群儒更要來得純粹，此中所展現的鮮明儒者立場是無可懷疑的。韓愈非但把佛老和楊墨相提並論，而且能將「衛儒道」與「闢佛老」兩個當時無人認為是相干，甚或不覺得嚴重的問題聯繫一起[51]，從思想的根源加以批判；這種識見和作為，確是超越許多前輩而直追孟子，謂之是孟子之後的第一人，實在並不為過。

必須先說明的是，〈原道〉雖在韓愈三十八歲左右寫成，但其中大綱領，早在他三十歲（貞元十四年，西元 798年）的時候就已經成型了。前節曾經引過的張籍〈上昌黎韓愈書〉，除了清楚記載韓愈承自揚雄的「道統」觀念之外，又進而記載韓愈「衛儒道，闢佛老」之言：

> 及漢衰末，西域浮屠之法入于中國，中國之人世世譯而廣之，黃老之術相沿而熾；天下之言善者，惟二者而已矣。昔者聖人以天下生生之道曠，乃物其金木水火土穀藥之用以厚之；因人資善，乃明乎仁義之德以教之，俾人有常，故治生相存而不殊。今天下資於生者，成備聖人之器用，至於人情則溺乎異學，而不由

50　《孟子・滕文公》下。
51　參考前揭張亨師文，同註 48。

> 乎聖人之道，使君臣父子夫婦朋友之義沈于世，而邦
> 家繼亂，固仁人之所痛也。[52]

這段話實已經礮括了〈原道〉全文的要旨。析言之，韓愈是
從兩方面的特性來闡述儒家的「聖人之道」以攘斥佛老思
想：一是利用厚生的「物之道」，一是道德倫常的「人之
道」；兩者皆源由「仁義」之實踐，乃人類歷史文明得以延
續發展而有別於夷狄禽獸的根本基礎。韓愈此說，分明是得
自《孟子・滕文公》上所謂：

> 后稷教民稼穡，樹藝五穀，五穀熟而民人育。人之有
> 道也，飽食、煖衣、逸居而無教，則近於禽獸。聖人
> 有憂之，使契為司徒，教以人倫：父子有親，君臣有
> 義，夫婦有別，長幼有序，朋友有信。

以及同書〈離婁〉下所謂：

> 人之所以異於禽獸者幾希！庶人去之，君子存之。舜
> 明於庶物，察於人倫，由仁義行，非行仁義也。

「明於庶物」與「察於人倫」，正是孟子從百姓生活日用不
可須臾離的關係說明古聖先王之道的重要內容，其實也就是

52　同註 33。按，前揭羅聯添師〈張籍上韓昌黎書的幾個問題〉一文以為此
　　言是張籍之意，恐是失察，今依此為是。

儒家學說所最關心的現實層面；而「仁義」，則是孟子解釋
人之所以為人的中心道德，也就是儒家學說所竭力維護的價
值根源。如果以哲學層次來說，前者屬「用」的問題，後者
則屬「體」的問題。韓愈直接從孟子所言掌握儒家學說（即
「聖人之道」）的這幾處要義，相對於前此僅知牽拘經學義
理、高談國家政治教化，甚至援道入釋、自叛其說的儒者而
言，無疑是一項重大突破；以此作為「衛儒道，闢佛老」的
立論依據，方能夠鞭辟入裡，深中肯綮。

　　按照這樣的體認，韓愈寫作〈原道〉不外是朝兩個方向
進行理論性發明：一是「道」之內涵（體）為何？一是
「道」之外現（用）為何？前者恐怕更是哲學思想討論所急
待解決的議題，韓愈若欲闡揚儒家學說與異端的不同，對此
自應當尤加著力才是。從〈原道〉破題即為儒家所謂「仁義
道德」立下明確定義看，韓愈並非無識。他說：

> 博愛之謂仁，行而宜之之謂義，由是而之焉之謂道，
> 足乎己無待於外之謂德。仁與義為定名，道與德為虛
> 位；故道有君子小人，而德有凶有吉。[53]

這是本於孔子所說的「仁者，愛人」和「道二，仁與不仁而
已矣」[54]，以及孟子所說的「仁，人之安宅也；義，人之正

53　〈原道〉，《韓昌黎文集校注》（臺北：華正書局，1982 年），卷 1，頁 7。

54　《論語・顏淵》載：「樊遲問仁。子曰：『愛人。』《孟子・離婁》下：「仁
　　者愛人。」又，〈離婁〉上：「孔子曰：『道二，仁與不仁而已。』」

路也」⁵⁵而作的詮釋，基本上皆深契孔孟原旨；尤其韓愈以「仁義」的存捨判定「道德」的虛實，指斥異端乃「道其所道，非吾所謂道也；德其所德，非吾所謂德也」，這更有立竿見影之效。但是，韓愈在〈原道〉中對「仁義道德」的內涵，即「道體」的問題，僅作如此簡括的詮釋而已，並未再有任何深入剖析，就儒家學說的討論而言，這種了解雖則無誤，卻顯然是不夠周延的⁵⁶。

　　事實上，韓愈〈原道〉所探討的重心並不在「道體」，而在「道用」。換句話說，他的「衛儒道，闢佛老」毋寧是從現實層面的人生需求去闡說的，而不想多作義理層面的精微思辨。因此，如何將「仁義道德」落實在百姓生活日用中，對比儒道之功與佛老之弊，這便成為〈原道〉全文最主要、也是最特殊的論述方式。我們可以看到，韓愈在高舉「仁義道德」之說後，即導入現實層面攻擊佛老。攻擊的要害，除了指斥僧徒道士不事生產，增加社會經濟負擔，「奈之何民不窮且盜也」之外；更指斥佛家求「清淨寂滅」與道家慕「太古之無事」，乃是滅棄天常，不知文明，「舉夷狄之法而加之先王之教之上，幾何不胥而為夷也」。這些皆不涉及兩家學說的義理思辨。韓愈所欲彰顯的，其實就是儒道有益於現實人生的大用，即孟子所謂的「明於庶物，察於人

---

55 《孟子‧離婁》下。

56 如朱熹便說：「仁義皆當以體言，若曰博愛、曰行而宜之，皆用矣。」又說：「博愛為仁，則未博愛之前，將非仁乎？」「問由是而之焉之謂道。曰：『此是說行底，非是說道體。』」「問足乎己無待於外之謂德。曰：『此是說行道有得於身者，非是說自然得天者。』」見《朱子語類》，卷 25。

倫」。故〈原道〉中以極多的篇幅詳說聖人所立的「相生養
之道」和君臣父子之義，終而歸結云：

> 夫所謂先王之教者，何也？博愛之謂仁，行而宜之之
> 謂義，由是而之焉之謂道，足乎己無待於外之謂德。
> 其文，《詩》《書》《易》《春秋》；其法，禮樂刑政；
> 其民，士農工賈；其位，君臣父子師友賓主昆弟夫
> 婦；其服，麻絲；其食，粟米果蔬魚肉：其為道易
> 明，而其為教易行也。是故以之為己，則順而祥；以
> 之為人，則愛而公；以之為心，則和而平；以之為天
> 下國家，無所處而不當。是故生則得其情，死則盡其
> 常；郊焉而天神假，廟焉而人鬼饗。曰：「斯道也，
> 何道也？」曰：「斯吾所謂道也，非向所謂老與佛之
> 道也！」

可見韓愈心目中所謂的「道」，初不僅指「仁義道德」等心
性義理的問題，更要推而廣之，包括文章典籍、禮法制度、
百工職業、親尊倫常、衣食器物，包括誠意、正心、修身、
齊家、治國、平天下，包括養生、送死、迎神、祭鬼……等
等一切人事生活所必備必行而不可或缺的要項。這裡所展現
的是一個紛紜擾攘充滿豐富活力的人間世界，而不是一個可
供太虛神遊的仙境，更不是一個纖塵不染的西方極樂淨土。
如此「原道」的結果，其實便是以儒家積極的入世精神對抗
道家的超脫意識與佛家的捨離精神，教導人們熱烈擁抱現實
人生，在現實人生的磨鍊與實踐中驗證「道」，也就是人倫

日用之道的存在。

誠然，韓愈〈原道〉的這些見解看起來皆極簡單淺顯，只足與匹夫匹婦道，不管對佛老思想或是對儒家思想的精義而言，韓愈所知都不能算得上是高明的。譬如，柳宗元（773-819）便表示過：

> 浮圖誠有不可斥者。……退之所罪者，其跡也。曰髡而緇。無夫婦父子，不為耕農蠶桑而治乎人；若是，雖吾亦不樂也。退之忿其外而遺其中，是知石而不知韞玉也。[57]

而朱熹也有所批評：

> 韓公之學見於〈原道〉者，雖有以識夫大用之流行，而於本然之全體，則疑其有所未睹。[58]

這類的說法都極為中肯。不過，我們更要指出，韓愈所詮釋的「道」雖然在哲學思想上不夠精深，禁不起仔細的檢覈，但是正是這種平易近人的詮釋——所謂「其為道易明，而其為教易行」——使得「道」產生令人驚喜的新義。它不再是高高在上恍兮惚兮不可捉摸的虛無本體，不再是碩學通儒皓首窮經的章句訓詁或校練名理，不再是統治者用以治民教民

57　〈送僧浩初序〉，《柳宗元集》，卷25。
58　朱熹：《昌黎先生集考異》，卷5，〈與孟尚書〉條。

的法理工具，更不再是名流紳士附庸風雅、不食人間煙火的皮相之談；總之，它不再是少數階層的禁臠，而是屬於全民大眾易知易感、心同理同，能在人倫日用的經驗中證實的真理。這對「道」的本身，不啻是一種思想意義的大解放。

事實上，韓愈這種平實的詮釋，不僅沒有降低儒家學說的意涵，恐怕還更接近孔孟的本意。《論語‧雍也》載：

> 子貢曰：「如有博施於民而能濟眾，何如？可謂仁乎？」子曰：「何事於仁，必也聖乎？堯舜其猶病諸！夫仁者，己欲立而立人，己欲達而達人；能近取譬，可謂仁之方也已。」

《孟子‧離婁》上也說：

> 道在爾（邇）而求諸遠，事在易而求之難；人人親其親，長其長而天下平。

所謂「能近取譬」、所謂「道在爾，事在易」，這都顯示孔孟講求的仁義之道，絕不是空言巧辯、立異好高的，而是由近及遠、推己及人的一種切身的人倫日用之道。韓愈在〈原人〉中說：「聖人一視而同仁，篤近而舉遠。」即是基於這樣深切的體認。我們可以說它缺少堅實理論論證的支持，卻不能因此遽而否定它的影響和價值。

當韓愈將他所揭示的這種人倫日用之道運用在文章創作，而欲「文以載道」的結果，我們便能發現，他所呈現的

就是一種藉由人們具體生活經驗而敘事寓理的書寫形式。這
種書寫形式無疑適合發揮於短篇小品的辭章，而不適合體大
思精的著述。但它雖然不復有前此經史著述嚴整的義理和宏
偉的格局，卻也和一般但為歌功頌德或吟風弄月而同樣了無
實義的辭章有所區別。可以說，生活化（可見可感）和親切
性（能知能解）是它寫作方式的最大特色，而這特色卻又不
妨礙它背後所欲達成的「扶樹教道，有所明白」的嚴肅目的。

　　韓愈在〈送浮屠文暢師序〉中便恰巧地為我們說明和示
範這種「載道」之文的作法。該文素有「小〈原道〉」之
稱，乃韓愈應僧徒文暢求序之請而作[59]。韓愈有感當時儒者
為僧徒作序往往「無以聖人之道告之者，而徒舉浮屠之說贈
焉」，故特為之申說。他首先便點明儒者應如何應接僧徒求
序之道，實際上即是教導人如何以文辭言說「衛儒道，闢佛
老」。其辭云：

> 彼見吾君臣父子之懿，文物事為之盛，其心有慕焉，
> 拘其法而未能入，故樂聞其說而請之。如吾徒者，宜
> 當告之以二帝三王之道——日月星辰之所以行，天地
> 之所以著，鬼神之所以幽，人物之所以蕃，江河之所
> 以流——而語之，不當又為浮屠之說而瀆告之也。[60]

可知韓愈一貫強調的儒道內容仍然不外乎「君臣父子之懿，

59　此文作於貞元十九（803）年，略早於〈原道〉。
60　〈送浮屠文暢師序〉，《韓昌黎文集校注》（臺北：華正書局，1982 年），
　　卷 4，頁 147。

文物事為之盛」，但他所欲為之宣揚的並不是學理的發明，
而毋寧是得於生活經驗的見證；所謂日月星辰、天地、鬼
神、人物、江河云云，不僅說明聖人之道「大而能博」[61]，
其實也說明這種見證遍及一切人倫日用的經驗，無處不在。
故韓愈下文即云：「民之初生，固若禽獸夷狄然，聖人者
立，然後知宮居而粒食，親親而尊尊，生者養而死者
藏……。今吾與文暢安居而暇食，優游以生死，與禽獸異
者，寧可不知其所自邪？」這段文字亦猶如〈原道〉中所說
的：「古之時，人之害多矣，有聖人者立，然後教之以相生
養之道：為之君，為之師，驅其蟲蛇禽獸而處之中土……。
如古之無聖人，人之類滅久矣。」兩者辭句雖有繁簡之異，
不過卻同樣是以人們所熟悉親切的事物展現「道」的存在，
這裡沒有強言大語的壓彈，有的只是不遠人情的敘說，所以
它特別重視修辭技巧的運用，以各種譬喻、想像、排比增加
說服力。這在邏輯推理上雖可能有問題，甚或明顯地悖於事
實[62]；但正是在此等地方顯露出它豐富動人的文學趣味，而

61　〈送王秀才序〉，《韓昌黎文集校注》（臺北：華正書局，1982 年），卷 4，
　　頁 153。
62　蕭公權（1897-1981）即謂韓愈：「認定人民絕無自生自治之能力，必有待
　　於君長之教養。」並引〈送浮屠文暢師序〉「民之初生，固若禽獸然」與
　　〈原道〉「有聖人者立，然後教之以相生養之道。……如古之無聖人，人
　　之類滅久矣」，二說作為舉證，知韓愈在推究人類文化之起源上，確有悖
　　於事實之處。見所著《中國政治思想史》（臺北：聯經出版公司，1982
　　年），頁 434。相對而言，柳宗元在這個論題的思考上則顯得較合情理，
　　〈貞符〉云：「為人之初，總總而生，林林而群。雪霜風雨雷電暴其外，
　　於是乃知架巢空穴，挽草木，取皮革；饑渴牝牡之欲驅其內，於是乃知噬
　　禽獸，咀果穀，合偶而居。交焉而爭，睽焉而鬥；力大者搏，齒利者齧，

這也正是「辭章」所欲追求的。

　　〈原道〉之外，韓愈其他的「四原」也同樣表現這種「辭章」的特色，甚至更為突顯。例如，〈原性〉係接續〈原道〉的力作。按理來講，韓愈既在〈原道〉中揭出儒家的「仁義道德」，則自應在〈原性〉中深入闡述孟子的「性善」說，為「仁義道德」建立內在根據。可惜我們看到的卻是，韓愈另以「性三品」說（即上品善，下品惡，中品可善可惡）取代孟子的「性善」說，重揭孔子所謂「上知與下愚不移」[63]之說。這似乎是思想理論上的一大倒退，但仔細分析又不盡然。事實上，韓愈論性「與生俱生」，「其所以為性者五：曰仁、曰禮、曰信、曰義、曰智」，這仍不違孟子的「性善」之義；而他所以說「性三品」，其實是從現實層面的具體表現而言，著重強調的是「性」與「情」不可分離的關係，藉以對抗佛老「滅情以見性」之說。若就宋儒精微的理解，則韓愈所說的性，正是「氣質之性」[64]。不過，韓愈的〈原性〉並未朝這個方向行進演繹，反而在文中大量例舉上古人物的神話傳聞作為其「性三品」說的旁證——這無疑又是文學辭章的技巧——最後歸結云：「上之性就學而益

爪剛者抉，群眾者軋，兵良者殺。披披藉藉，草野塗血，然後強有力者出而治之，往往為曹於險阻，用號令起而居臣什伍之法立。德紹者嗣，道怠者奪。」（《柳宗元集》，卷1）可見韓柳二人見解之異。

63　《論語‧陽貨》。

64　〔宋〕黃震：《黃氏日鈔》，卷59，〈原性〉條云：「論與生俱生，其所以為性者五：仁、義、禮、智、信，最為端的。性有三品之說，正從孔子『上智下愚不移』中來，於理無毫髮之背。至伊洛添氣質說，又較精微。」

明，下之性畏威而寡罪；是故上者可教，而下者可制也，其品則孔子謂不移也。」如此深富有道德教訓意味的結論，與其說韓愈是得自哲學義理的思辨，不如說他是得自生活經驗（這裡是借用上古神話傳說）的感悟。

〈原人〉亦復如此。此篇主旨從人與自然的關係來考察人的本原，應屬哲學思想上的大題目。但是韓愈卻避重就輕，轉以簡單明快的直述語句將「天、地、人」三者並列，再故設問答以辯駁人非夷狄禽獸，乃夷狄禽獸之主，忽而結道：「主而暴之，不得其為主之道矣；是故聖人一視而同仁，篤近而舉遠。」全文不滿兩百字，沒有深刻的義理思辨，但卻波瀾起伏，眩人眼目，完全是一派辭章表現的技巧，韓愈不過以之抒寫一己偶發的心得而已。

而最奇特的當屬〈原毀〉和〈原鬼〉。〈原毀〉探究毀謗之所生，此一設題原本便不尋常，而韓愈行文又別出機巧，以「古之君子」和「今之君子」責己待人之不同作綱領，利用排偶錯綜穿插的靈活句式，展開一連串褒貶鮮明愛憎強烈的對比，極具文辭變化之美，終而導出「事修而謗興，德高而毀來」的結論。韓愈此作實是以古喻今，有意刺世；故結尾云：「嗚呼！士之處此世而望名譽之光、道德之行，難矣！將有作於上者，得吾說而存之，其國家可幾而理歟？」筆帶無限感慨。而〈原鬼〉分明是欲辨解鬼之有無，但韓愈卻自設連番問答，故意製造懸疑：先說無鬼，繼說有鬼，接著又說鬼神不同於物怪，反覆數疊，讀之令人緊張，不知究竟有鬼無鬼？最後才揭出全篇主旨和作意，云：「故其作而接於民也無恆，故有動於民而為禍，亦有動於民而為福，亦

有動於民而莫之為禍福。適丁民之有是時也，作〈原鬼〉。」是則根本不在辨解有鬼無鬼，而是借為寓言，謂鬼乃因人而作，禍福自取。以上二作皆流露濃厚的文學趣味，這不僅是因為其取材切近生活經驗，不作義理的高談，而其文辭又表現多端，精采可觀，更因為韓愈在此巧妙地運用諷諭寄託的手法，意在言外，使得說理文字亦出現耐人尋味的抒情效果。

　　合此「五原」並觀，在在可發現，韓愈所謂的「道」，所謂的儒家仁義心性等問題，皆是從人倫日用的現實層面去詮釋，他反佛老的方式也不涉及精微的義理思辨。因此，他的「載道」之文寫的便不是稱述功業、建立王霸制度的「大手筆」，也不是探究本體、闡說性理的思想論述，而毋寧是一種透過具體生活經驗的敘說而啟示「道」的文章；且又為了使其所欲啟示的「道」更加親切動人起見，這種文章自不得不多賴辭章表現的技巧，增添文學的趣味。這不禁令人想起孟子曾經說過的：

> 言近而指遠者，善言也；守約而施博者，善道也。君子之言也，不下帶而道存焉。[65]

我們雖無法證實韓愈的「載道」理論是否受過孟子此言的影響；不過，韓愈以淺近的日常事物喻普遍的仁義之道，以精

65　參看《孟子‧盡心》下。按，朱熹：《四書章句集注》云：「古人視不下於帶，則帶之上，乃目前常見至近之處也。舉目前之近事而至理存焉，所以為言近指遠也。」說甚是。

采的文辭感人於無形之中，這種「載道」的表現方式，誠與
孟子所謂的「善言善道」極其相似。譬如，前人評〈原道〉
云：

> 理則布帛菽粟，氣則山走海飛。[66]

評〈原毀〉也說：

> 感慨古今之間，因而摹寫人情，曲罄骨裡，文之至
> 者。[67]

兩者都確切地點中韓愈「載道」之文以小喻大、感動人心的
特色，這若非有得於高妙的辭章表現技巧和深刻的人事生活
體驗，殊不容易達成；否則，必然會流於膚淺枯燥的說理教
訓而已。像「五原」這類具有嚴肅思想性的論道文字，尤其
是〈原道〉，韓愈都能夠出之以如此特殊的作法，顯出如此
鮮明的特色；不難想見，韓愈其他以人事器物為主題的作
品，更是愈出愈精，盛不可言了。舉其著例，如〈鱷魚
文〉，由所謂驅蟲蛇禽獸，強調天子之慈武與刺史守土治民
的決心，其文：

> 純用盤旋頓挫之筆，以厚集其力，筆勢如障湧泉，如

66　〔清〕吳楚材、吳調侯：《古文觀止評註》，卷7。
67　〔明〕茅坤：《唐宋八大家文鈔》，卷3。

　　勒怒馬，洵奇觀也。[68]

如〈雜說〉第一首，以龍雲喻聖君賢臣之相得，其文：

　　尺幅甚狹，而議論極偉，波瀾極闊，層波疊浪，渾灝
　　流轉，如大海汪洋之煙波無際。[69]

如〈圬者王承福傳〉，借圬者的目見口說，側寫人生百態，
點出「勞心勞力，各致其能以相生」之理，其文：

　　通篇抑揚錯落，盡文字之趣。[70]

如〈諫佛骨表〉，列舉古代帝王「事佛求福，乃更得禍」，力
諫憲宗不當迎佛骨而當毀佛骨，其文：

　　層層翻駁，冀其省悟，可謂明切。[71]

如〈毛穎傳〉，以毛筆擬秦臣，故意為之立傳，譏刺人主不
能善待功臣，其文：

68　〔清〕吳闓生：《古文範》評語，卷3。
69　錢基博（1887-1957）〈韓集籀讀錄〉，《韓愈志》（臺北：華正書局，1985
　　年），卷6。
70　〔清〕張伯行：《重訂唐宋八大家文鈔》，卷2。
71　〔清〕林雲銘：《韓文起》，卷2。

> 設虛景摹寫，工極古今，其連翩跌宕，刻畫司馬子
> 長。[72]

凡此諸作皆藉眼前事物，結合百姓日用的生活經驗，來闡發
修齊治平、賢賢賤不肖，以及闢佛老等等仁義道德之理[73]，
可說是與「五原」同調，俱屬「載道」之文，而其辭章表現
之美卻有過之無不及。

　　韓愈所創造的這種「載道」的書寫形式，不僅是使他所
宣揚的儒家之道產生新的意義，其實也是為文章創作的類型
開拓了新的領域。它最終的走向，很明顯的，並不在加強
「道」的思辨性，而在深化「文」的藝術性；換言之，它是
屬於文學而不是屬於哲學的。

五　結論

　　從「載道」說發展歷程來看，儒家思想一直是指導原
則，所謂的「道」，指的即是儒家之道。但是，由於漢人經
說的影響，使得儒家思想自漢朝以降，便偏重在言治國理政
的「治道」之上，「載道」說也因此成為推行國家政治教化

72　同註 67，卷 8。
73　此處參考柯師慶明〈從韓柳文論唐代古文運動的美學意義〉一文。柯師以
　　為韓愈（以及柳宗元）這種創作方式代表著唐代古文運動所新起的「美學
　　風格」，並謂：「這種憑藉外物，經由百姓日用的經驗，來闡發修齊治平、
　　賢與不肖等等的仁義道德之理，所形成的新起美學風格，雖然並未見於
　　韓、柳論文主張，但卻充分的在韓、柳文章的創作中實踐，而且達到了極
　　度的成功。」見所著《中國文學的美感》（臺北：麥田出版城邦文化事業
　　公司，2006 年），頁 471。

的利器，它所重視的是有益於世教風俗的經史著述，而鄙薄形式華美卻無實義的文學辭章。

　　唐代古文運動興起的原因，即在於矯正六朝崇尚華麗文辭、忽視君國大道的偏向，故而援引漢人的「載道」說為之幫助，形成一股寓「文章復古」實為「政治復古」的改革勢力；列朝名臣競相製作模仿漢朝奏議體式的廟堂大文章，並以此相高，此即其明證。而韓愈繼起之後，卻大程度改變這套「載道」說的性質取向，使得唐代古文運動自此走入新變局。他由揚雄的「再發現」，不僅重新接回屈原、司馬相如以降的辭章傳統，且由揚雄對孟子的推崇，邁越其他漢儒的區區之見，直接上繼孔孟的道統。揚雄在韓愈建立其「載道」說的過程中，實有極具關鍵的重要地位。

　　就思想意義而言，韓愈的「載道」說最大的貢獻，便是將儒家之道由漢儒所強調的經國教化之道，回歸到孔孟的人倫日用之道。這種回歸，實藉由他批佛反老的主張而顯。雖然，以哲學義理的眼光來看，韓愈所發揮的儒家之道，實甚淺白，對儒家心性本體之說的精微思辨尤其不足；但，這也正是韓愈闡揚儒道的最特殊之處。他並不以學究式的精微思辨解說儒道，而是以個人實際的體驗展現儒道在日常生活中所呈顯的人情事理之美。這樣的作法，非但不曾悖離孔孟，恐怕還更接近孔孟的原意，直契孔孟之道的真精神。就是在這等地方，儒道才能真正融入現實人生，顯示出其可大可久的普遍性，而不是侷於一家學說而已。宋儒批評韓愈只能認識儒道之大體，不能細究其所從來，無疑是不了解韓愈之用心。

也正因為這種思想意義的轉變，韓愈的「載道」乃揚棄以往「載道」最崇尚的經史著述體製，轉而以短篇文學辭章作為其書寫形式；「載道」的內容也由講述國家興衰理亂的大道理，轉向個人人生的抒情感懷。所以韓文中出現了許許多多貌似怪奇詭異，充滿個人風格，實則富有深旨的作品。這對唐人傳統上所認為的「文章正統」，不啻是極為嚴重的挑戰，裴度呼籲世人「大為防焉耳」，史臣更痛斥為「文章之甚紕繆者」，正反映出這種心理。

以上種種突顯出韓愈身為唐代古文運動的一員，其思想與作為卻大不同於他所師承的前輩，他所提倡的「古文」，自然也就不會是前人用以反對六朝駢文的復古散文，而是有意創新的新古文，故有所謂的「去陳言」之說。如果說，韓愈的前輩用以反對六朝駢文的古文運動是第一次革命，他所領導的古文運動也自應當視為性質迥異的第二次革命。

歐陽脩四六文在宋明間的流傳與意義

吳惠珍

臺中技術學院應用中文系副教授

摘　要

　　歐陽脩於古文的繼承與開拓，已是文學史上眾所皆知的常識，也因此，其「以文為四六」的「破體」成績，光芒遂被掩蓋。事實上，早在宋代，他的四六文字早已受到高度的肯定。本文嘗試透過宋、明間的總集、別集、筆記、文話、史籍、目錄等文獻，觀察歐陽脩四六文流傳在宋、明間，所獲之接受與發生之影響，並得出以下結論：(一) 歐陽脩「以文為四六」，得有為宋文開創出新方向的成就；(二) 因為是「破體」，故宋四六文話所關注者，多落在古文、駢體形式上的觀察；(三) 明代漸能從形式，轉向文學內容、本質和風格方面的觀察，肯定歐陽脩四六文同時具備治世之音，以及多情動人的力量；(四) 明末時期，已經進一步思考古文的主體性，認為儷詞之源出於散體。

關鍵詞：歐陽脩、四六文、表啟、以文為四六

一 前言

過去文學研究者對歐陽脩（1007-1072）的表彰，關懷焦點多在其古文革新運動的貢獻，或者詩文同論，卻鮮少言及其四六文的成就，甚至錯以為歐陽脩與四六文是完全對立或是絕緣的狀態，但因有不少學者注意到唐宋時期種種「破體」的創作情況，例如「以文為詩」、「以賦為詩」、「以議論為詩」、「以文為賦」、「以文為詞」、「以詩為詞」，因此，也漸漸有學者從「破體」、「以文為四六」等角度，重新審視歐陽脩在四六範疇中的成績和影響[1]。錢鍾書《管錐編》嘗云：「名家名篇，往往破體，而文體亦以恢弘焉。」[2]唐之韓愈（768-824）即是明證，故本文嘗試在前賢的研究基礎下，從「古文家」歐陽脩「四六文」的角度切入，觀察其四六文在宋明間的流傳與意義。

---

1 年輕學者鄭芳祥於〈歐陽脩「以文為四六」探析〉（《人文集刊》4，2006年4月，頁161-194）「前言」中，嘗略述以上概念，並於註中提及相關專書，如張高評：〈破體與宋詩特色之形成（一）、（二）、（三）〉（《宋詩之新變與代雄》，臺北：洪葉文化公司，1995年9月，頁157-3020）、周振甫：〈破體〉（《文章例話·寫作編（二）》，臺北：五南圖書公司，1994年5月，頁35-36）、吳承學：〈辨體與破體〉、〈破體之通例〉（《中國古代文體形態研究》，廣州：中山大學出版社，2002年5月，頁408-441）等，筆者不敢掠美。

2 錢鍾書：《管錐編》（北京：中華書局，1986年6月再版），頁888-891。

二　四六文、宋代四六文、歐陽脩之四六文

　　如前言所說，本文想要加以關懷的，是以古文家為標籤的歐陽脩的四六文。與此相涉，議題自然及於四六文的語意指涉和文體特徵、宋代的古文與四六文發展、歐陽脩對待四六文的態度及成績，還有歐陽脩四六文在宋明間的流傳情況和其中可以挖掘的意義。

　　首先，從「文」的角度來說，多數人會採取寬泛標準，不太區別四六文和駢體文的異同。以中國文體傳統觀之，駢文其實由來久遠，但真正徹底形成四字、六字句，並獲得「四六」之名，須遲至晚唐才發生，李商隱（812？-858？）〈樊南甲集序〉曰：「作二十卷，喚曰《樊南四六》」，其格式嚴守四字、六字結構，故後人直接以「四六」代稱。

　　李氏四六文，無論駢偶（對仗）、聲律（平仄）、用典，或辭藻之經營，不僅是「駢文底格律化之極者」[3]，還有極為精工流麗的視聽美感，此體後來在宋初造成流行，成員以楊億（974-1020）、劉筠（970-1030）、錢惟演（962-1034）等館閣官員為核心，號稱「西崑體」，「西崑」之名則來自楊億所輯的《西崑酬唱集》。楊囷道（南宋人，生卒年不詳）《雲莊四六餘話》曰：

3　張榮輝：《中國文體通論》（高雄：高職叢書出版社，1977 年 7 月），頁439。

> 本朝四六，以劉筠、楊大年為體，必謹四字六字律
> 令，故曰四六。[4]

北宋初期，有不少古文運動的先行者，針對西崑體提出極嚴厲的攻擊，石介（1005-1045）〈怪說〉即最顯之例。伴隨著歐陽脩嘉祐二年（1057）知貢舉，對「太學體」進行強烈的掃蕩工作，拔擢出蘇軾（1037-1101）、王安石（1021-1086）、曾鞏（1019-1083）等優秀作者以後，古文之風於焉蔚成，這段事實，文集、筆記、史傳多有記載，李燾（1115-1184）《續資治通鑑長編》「仁宗嘉祐二年春正月癸未」條即云：

> 翰林學士歐陽脩權知貢舉。先是，進士益相習于奇
> 僻，鉤章棘句，寖失渾淳。脩深嫉之，遂痛加裁抑，
> 仍嚴禁挾書者。及試牓出，時所推譽，皆不在選。囂
> 薄之士，候脩晨朝，群聚詆斥之，至街司邏吏不能
> 止。或為〈祭歐陽脩文〉，投其家。卒不能求其主名
> 置於法。然文體自是亦少變。[5]

古文興起，駢文寫作風氣自然相對削弱，但古文運動的成功，並不意味駢文的寫作就此終止，揆諸文獻記載，居然可以發現，從「文」來說，四六仍然與古文並行不輟，不僅古

4　亦見〔宋〕邵博：《邵氏聞見後錄》卷 14。

5　〔宋〕李燾：《續資治通鑑長編》（北京：中華書局，2004 年二版）卷
　　185，頁 4467。

文家，連理學家也都擅長，如謝伋《四六談麈》曰：

> 叔祖逍遙公（謝良佐）舊為四六極工，極其精思。

> 程門高弟，如逍遙公、楊中立、游定夫，皆工四六。
> 後之學者，乃謂談經者不習此，豈其然乎？[6]

逍遙公，即著名理學家謝良佐，乃謝伋的從祖。

其次，再從「四六」來說，宋代是普遍使用四六的時代，上自朝廷，下至縉紳，無所不用，此語出自宋人洪邁（1123-1202）《容齋四六叢談》「四六名對」：

> 四六駢儷，于文章家為至淺，然上自朝廷命令、詔冊，下而縉紳之間牋書、祝疏，無所不用。[7]

《容齋四六叢談》係後人於《容齋隨筆》中撮其論四六之言而成，洪邁素以博洽著稱，此說代表了宋朝當代人的看法。

此外，清代四庫館臣論南宋李劉《四六標準（四十卷）》時，亦云：

6　見王水照編：《歷代文話》，頁 39。謝伋，上蔡（今河南汝南）人，生卒年不詳，事蹟略見於葉適〈謝景思集序〉（《水心文集》卷十二），有《藥寮叢稿》。

7　《歷代文話》，頁 120。亦見楊困道《雲莊四六餘話》（《歷代文話》，頁120）。

　　自六代以來，箋啟即多駢偶，然其時文體皆然，非以
　　是別為一格也。
　　至宋而歲時通候，仕宦遷除，吉凶慶弔，無一事不用
　　啟，無一人不用啟，其啟必以四六，遂於四六之內，
　　別有專門。[8]

李劉，字梅亭，《提要》同一條記載中，嘗提及：「劉平生無
他事可述，惟以儷語為專門」，其著作除四十卷《四六標
準》專收「啟」，「凡分七十一目，共一千九十六首」；另外
還有專收「表」的《梅亭四六》。

　　據前引《提要》所述，顯示宋人在四六文中，「無一事
不用」、「無一人不用」者，似乎都在「啟」。但憑實而論，
四六文所含範疇，不限表、啟，其他尚有制、誥、題、冊
等，其應用極為廣泛。

　　凡此制誥表啟等，發展為以「四六」為主要形式的前
提，乃為「便於宣讀」，從心理層面上來說，整齊之偶數
句，實兼視覺與聽覺之方便、安全及美感。

　　有關「便於宣讀」，謝伋《四六談麈·序》云：

　　三代、兩漢以前，訓誥、誓命、詔策、書疏無駢儷粘
　　綴，溫潤爾雅。
　　先唐以還，四六始盛，大槩取便於宣讀。

8　〔清〕紀昀等：《四庫全書總目提要》（臺北：臺灣商務印書館，1985 年 5
　月，增訂三版）三十一，集部別集類十六，總頁 3402-3403。

　　　　本朝自歐陽文忠、王舒國，敘事之外，自為文章，製
　　　　作混成，一洗西崑碟裂煩碎之體。厥後學之者，益以
　　　　眾多。[9]

這段文字，併前文所述，格外值得注意者，有以下數端：
　　一、早期官方文書，並無駢儷粘綴的傾向；
　　二、唐代以後，為了宣讀方便，四六形式漸盛，畢竟四
　　　　字、六字的偶數結構，讀來流暢順口；
　　三、這種四六發展到後來，形成「西崑體」；
　　四、直到歐陽脩、王安石才能「自為文章」，「製作混
　　　　成」，突破西崑的碟裂煩碎之體。

　　於此，可以進一步追問的是：歐、王究竟是以怎樣的創
作去突破西崑之弊的？古文？四六？是如一般浮面看法，認
定歐陽脩以古文「打敗」了西崑的駢四儷六？或是可以更為
細密地思考：歐陽脩究竟採取了何種書寫策略，以致「厥後
學之者，益以眾多」？西崑之體，是否如謝伋所說，全然是
負面的表現，可以暫且不論，但從〈四六談麈序〉的敘述語
境來看，焦點是鎖定在「四六文」的，故「益以眾多」的學
習者，追隨於歐、王者，顯然是他們的「四六」新體。這裡
同樣要再叩問的是：歐、王的四六新體，和他們的古文有何
關係？他們不都是古文大家嗎？做為官員，他們是如何面對

────────────

9　洪本健編：《歐陽脩資料彙編》（北京：中華書局，1995 年 5 月，一版），
　　頁 239。

他們職責或是交誼上所「必須」撰作的表啟牋奏這些四六文字的？

職是，以下將進一步討論歐陽脩的四六文。

歐陽脩全集，流傳至今者，為南宋周必大（1126-1204）等人整理編纂而成的《歐陽文忠公集》一百五十三卷，其中《內制集》八卷、《外制集》三卷、《表奏書啟四六集》七卷、《奏議集》十八卷等，總計有三十六卷的四六駢文，大約佔全書五分之一強，集中其他卷次還有不少的駢文。

這樣龐大的數量，歐陽脩是以怎樣的心態和技法完成的？

邵博（約西元 1122 年前後在世）《邵氏聞見後錄》曰：

> 本朝四六，以劉筠、楊大年為體，必謹四字六字律令，故曰四六。然其弊類俳語可鄙，歐公深嫉之，曰：「今世人所謂四六者，非脩所好。少為進士時，不免作；自及第，遂棄不作；在西京佐三相幕府，於職當作，亦不為作也。」[10]

對照於三十六卷以上的駢文數量，乍聽歐陽脩所謂的「遂棄不作」、「亦不為作」，似非實情，若是仔細推敲，當知脩所不喜的，乃「今世人所謂四六者」。有關於此，日本學者東英壽曾斠酌於〈歐陽修文章中「文」的含義與他的駢文觀〉

10　〔宋〕邵博：《邵氏聞見後錄》卷 14。亦見《雲莊四六餘話》（《歷代文話》，頁 118）。

一文[11]，文中引歐陽脩〈蘇軾文集序〉曰：

> 天聖之間，予舉進士於有司，見時學者務以言語聲偶
> 摘裂，號為時文，以相誇尚。[12]

〈內制集序〉曰：

> 今學士所作文章多矣。至於青詞、齋文，必用老子、
> 浮圖之說；祈禳秘祝，往往近於家人里巷之事，而制
> 詔取便於宣讀，常拘以世俗所謂四六之文，其類多如
> 此。然則果可謂之文章者歟？[13]

又引北宋陳師道（1053-1101）《後山詩話》之評曰：

> 國初士大夫，例能四六，然用散語與故事爾。楊文公
> （楊億）刀筆豪贍，體亦多變，而不脫唐末與五代之
> 氣。又喜用古語，以切對為工，乃進士賦體爾。歐陽
> 少師，始以文體為對屬，又善敘事，不用故事陳言，

---

11 〔日〕東英壽：《復古與創新——歐陽修散文與古文復興》（王水照主編：
　　《日本宋學研究六人集》，上海：上海古籍出版社，2005 年 8 月一版一
　　刷），頁 142-158。
12 〔宋〕歐陽脩：《歐陽脩全集・居士集》（北京：中華書局，2001 年 3 月
　　一版北京一刷）卷 41，頁 614。
13 《歐陽脩全集・居士集》卷 41，頁 597-598。按，東英壽所據為四部叢刊
　　本，故「文章」作「文書」；「制詔」一作「制語」。

> 而文益高，次退之云。[14]

東英壽所下結語是：

> 綜上所述，歐陽脩批評的實際上是當時「學者」所作
> 的「世俗」的「所謂時文」、「世俗所謂四六」。歐陽
> 脩的言論當然是對應同時代的狀況展開的，目標不是
> 駢文和西崑體的本質。[15]

誠然，歐陽脩並未排斥駢文本身，只是反對不當心態及不當
操作所產生的弊端，因此，作為一個古文運動者，能夠從事
的便是「改造」的工作——與古文運動同步地，「以『文』
為『四六』」；其他方面，同時可以看到還有「以文為詩」、
「以文為賦」的文類跨越傾向。

關於歐陽脩的「以文為四六」，北宋的陳師道已經精準
地看見，故云「歐陽少師始以文體為對屬」，換言之，即以
散文之體，進行以駢偶屬對為特徵的四六文的「質性」改造
工作。

---

14 《復古與創新——歐陽修散文與古文復興》，頁 155-156。
15 同註 14。

三　歐陽修四六文在宋明間的流傳與意義

（一）宋代

　　除了陳師道，宋人陳善（生卒年不詳）《捫蝨新話》也明確說道：

> 以文體為詩，自退之始；以文體為四六，自歐公始。[16]

歐陽脩之四六文在宋代流傳的過程中，有論者只指出其四六之佳，有的則如陳善、陳師道，能揭出其「以文體為四六」的變化之功，有的更進一步分析其形成新體四六的特色所在，為方便說明，以下先羅列相關之宋人四六話的說法，因為宋四六話是隨著大量作者大量參與四六寫作，同時出現大量四六作品的客觀現象，應運而生的批評產物，或許作者只是為了資閒談、炫學問，但有關四六文的述或論，都對今人理解宋代四六文的發展，有相當程度的助益。

　　吳子良（生卒年不詳）《荊溪林下偶談》卷二「四六與古文同一關鍵」條曰：

> 本朝四六以歐公為第一，蘇、王次之。然歐公本工時文，早年所為四六，見《別集》，皆排比而綺靡。自

16　〔宋〕陳善：《捫蝨新話》上集卷一，《歐陽脩資料彙編》，頁200。

為古文後，方一洗去，遂與初作迥然不同。他日見二
蘇四六，亦謂其不減古文，蓋四六與古文同一關鍵
也。

然二蘇四六尚議論，有氣焰；而荊公則以辭趣典雅為
主，能兼之者，歐公耳。

以上是論北宋四六，指出四六成就最高的是歐陽脩，其次為
蘇、王兩家。所謂「自為古文後，方一洗去，遂與初作迥然
不同」，分明指歐陽脩之「以文為四六」，係有意為之。

　　至於論南宋作者，則曰：

水心（葉適）於歐公四六，暗誦如流，而所作亦甚似
之。顧其簡淡樸素，無一毫嫵媚之態，行於自然，無
用事用句之癖，尤世俗所難識也。水心與簣窗（陳耆
卿）論四六，簣窗云：「歐做得五六分，蘇四五分，
王三分。」水心笑曰：「歐更與饒一兩分可也。」水
心見簣窗四六數篇，如〈代謝希孟上錢相〉之類，深
歎賞之。蓋理趣深而光焰長，以文人之華藻，立儒者
之典型，合歐蘇王為一家者也。真西山嘗謂余四六
「頗淡淨而有味」，余謝不敢當，因言本得法於簣
窗，然才短終不能到也。[17]

17　《歷代文話》，頁 554-555。吳子良（1197-1256），字明輔，號荊溪，臺州
　　臨海（今屬浙江）人。

　　不僅指出葉適（1150-1223）、陳耆卿（約 1225 年在世）之成績，以及葉適的祖祧歐陽脩，更值得注意的是，他認為葉適——實亦指歐陽脩，四六特色乃建立於「簡淡樸素，無一毫嫵媚之態，行於自然，無用事用句之癖」；而且理想的四六文，係「合歐、蘇、王為一家」，令之「理趣深而光焰長，以文人之華藻，立儒者之典型」，所謂「文人華藻」兼「儒者典型」，與古文家之道藝兼重的文學觀，其實無甚差別。

　　前文說過，駢文特徵在（一）對偶、（二）平仄、（三）用典、（四）詞藻，因此，這種有意為之的「質性」改革，一者減少用典，再者讓辭藻更傾向樸素簡淡，這兩點都已相對性地向古文之體靠近，若再參考他家四六話，則可進一步發現，歐陽脩，甚至蘇軾，在對偶和平仄上，都有新的更靠近散文的經營，這一點，可見於南宋人楊囷道（生卒里居不詳）的《雲莊四六餘話》，在諸多四六文話中，《雲莊四六餘話》，廣搜博採，輯錄多種宋人筆記而成本書，共有一百餘則，是集多人之說而成的一本四六「資料彙編之作」[18]，故頗能代表宋人一致性的看法。

　　　　如公（歐陽脩）之四六有云：「造謗于下者，初若含

18　此語出自《歷代文話》的王水照提要，頁 83。《雲莊四六餘話》一卷，王水照編《歷代文話》各卷前提要，簡述此作曰：「宋代四六文有新的發展，南渡以後尤盛，而文人筆記中談論四六者亦大為增多。楊囷道廣搜博採，輯錄多種宋人筆記而成本書，共有一百餘則，實為資料彙編之作。其中採自《容齋隨筆》者最多，約佔五分之一。」

> 沙之射影，但期陰以中人；宣言于庭者，遂肆鳴梟之
> 惡音，孰不聞而掩耳？」俳語為之一變。[19]
> 至東坡於四六曰：「禹治袞州之野，十有三載乃同；
> 漢築宣防之宮，三十餘年而定。方其決也，本吏失其
> 防而非天意；及其復也，蓋天助有德而非人功。」其
> 力挽天河而滌之，偶儷甚惡之氣一除，而四六之法
> 亡。[20]

　　這段話指出「以文為四六」的關鍵作法之一，是保留了四六
文在外表上的「駢偶」結構——此為四六文的基本文體特
徵，但語氣上加入更多的散文虛字，句構也加以延長，逐漸
形成長句。如此有意為之的改革，初步成果是「俳語為之一
變」，進一步發展，則使「四六之法亡」。

　　對傳統四六而言，必然產生局部甚或基本的、全盤的破
壞（四六之法亡），這種可以發生動搖的破壞，從相對面來
看，確實意味四六文至此已經存在相當程度的缺陷，不得不
接受新元素的加入；因此，宋人也正面看待這種文體的改
革、移植、越界，接受它走出傳統而相對產生的特色，故可
以形成個人的「（歐陽）紆餘委備」、「（荊公）謹守法度」、
「（東坡）雄深浩博」；以及體類的「（制誥箋表）謹嚴」和
「（啟疏雜著）宏肆」，並造成影響——汪藻（浮溪，1079-

19　此語亦見〔宋〕邵博：《邵氏聞見後錄》卷 14，在《歐陽脩資料彙編》，
　　頁 176-177。
20　《雲莊四六餘話》（《歷代文話》，頁 118），亦見〔宋〕邵博：《邵氏聞見
　　後錄》卷 14、《歐陽脩資料彙編》，頁 176-177。

1154）、周必大（益公）近王安石之謹守法度和孫覿（仲益，1081-1169）、楊萬里（誠齋，1127-1206）近蘇軾之雄深浩博，這些看法有的來自楊氏《雲莊四六餘話》，也可以說是卷中最重要的觀點之一：

> 皇朝四六，荊公謹守法度，東坡雄深浩博，出於準繩之外，由是分為兩派。
> 近時汪浮溪（汪藻）、周益公（周必大）諸人類荊公；孫仲益（孫覿）、楊誠齋（楊萬里）諸人類東坡。
> 大抵制誥箋表貴乎謹嚴，啟疏雜著不妨宏肆，自各有體，非名世大手筆未易兼之。

因此，在王應麟（1223-1296）《玉海‧辭學指南》的「誦書」條中，我們可以看見呂祖謙（1139-1181）亦持如是說：

> 東萊先生曰：……四六且看歐、王、東坡三集。
> 四六當看王荊公、岐公（王珪），汪彥章（汪藻）、王履道擇而誦之；夏英公（夏竦）、元厚之（元絳）、東坡，亦擇其近今體者誦之，如孫仲益（孫覿）、翟公巽之類當節。[21]

---

21 〔宋〕王應麟：《玉海‧辭學指南》卷一「誦書」條，《歷代詩話》，頁921。

　　整體來說，宋代對歐陽脩四六文的論述，比較集中於
「以文為四六」的開創之功，並從「古文」與「四六」的相
對特徵，進行觀察。

（二）明代

　　歐陽脩歐文的流傳，到了明代，可以通過臺閣體、茅坤
評（1512-1601）選之總集《唐宋八大家文鈔》[22]，以及明
末王志堅（1576-1633）選評的《四六法海》[23]來觀察其中
之意義。

　　關於臺閣體，學者素來輕蔑以待，但細察四庫館臣在
《四庫全書總目提要》中觀點，可以發現在尚未形成弊端之
前，館臣仍以為臺閣體作品具有「治世知音」的「舂容典
贍」，《四庫提要》述明初楊榮（1371-1440）《楊文敏集》
曰：

　　　　應制諸作，渢渢雅音，……雖無深湛幽渺之思，縱橫
　　　　馳驟之才，足以震耀一世，而邊地有度，醇實無疵，
　　　　臺閣之文，所由與山林枯槁者異也；與楊士奇同主一

22　《唐宋八大家文鈔》為明中期重要古文選本，茅坤收唐、宋間韓、柳、
　　歐、蘇、曾、王八大家文，輔以「評」與「點」，藉以宣傳「取徑唐宋、
　　梯航秦漢」的文學主張，《四庫全書》收在集部的總集類中。
23　《四六法海》共十二卷，《四庫全書》收在集部總集類中，《提要》（集部
　　別集類十六，臺北：臺灣商務印書館，總頁 3402-3403）云：「此編所
　　錄，下迄於元，而能上溯於魏晉。……大抵皆變體之初，儷語、散文相兼
　　而用，其齊梁以至唐人，亦多取不甚拘對偶者，俾讀者知四六之文，運意
　　遣詞與古文不異，於茲體深為有功。」

代之文柄，亦有由矣。[24]

評楊士奇（1365-1444）《東里全集、別集》更直接指出楊氏祖尚歐陽脩的特色：

> 士奇文章特優，制誥牌版，多出其手，仁宗雅好歐陽
> 脩文，士奇亦平正紆餘，得其髣髴，故鄭瑗《井觀瑣
> 言》稱其文典則，無浮泛之病；雜錄敘事，極平穩不
> 費力。[25]

以上就二人四六文所謂的「平正紆餘」、「透迤有度，醇實無
疵」，都與蘇洵（1009-1066）〈上歐陽內翰第一書〉總論歐
文章特色相近：

> 執事之文，紆餘委備，往復百折，而條達疏暢，無所
> 間斷。語盡氣極，急言竭論，而容與閒易，無艱難勞
> 苦之態。[26]

換言之，歐陽脩四六文，除了具備「古文」的革新性，同時
也具備了相當程度的符合館閣文體應具的典則性，而且這部
分的成績也是應該正面加以看待的。

24　《四庫提要》三十三，集部別集類二十三，總頁 3618。
25　同註 24。
26　〔宋〕蘇洵著，曾棗莊、金成禮箋註：《嘉祐集箋註》（上海：上海古籍出
　　版社，1993 年一版，2001 年二刷），卷 12。

其次，明中期唐宋派要員茅坤，選評《唐宋八大家文鈔》，以具體的作品修正七子派「文必秦漢」理論，在一四四卷作品中，高度推崇歐文，所選篇幅佔三十二卷之多，其中論表啟處，如〈謝知制誥表〉文末評曰：

> 歐陽公之文多道逸可誦，而於表啟間，則往往以憂讒畏譏之餘，發為嗚咽涕洟之詞，怨而不誹，悲而不傷，尤覺有感動處。[27]

〈謝宣詔入翰林表〉茅評曰：「句句字字嗚咽累欷。」〈亳州致仕第二表〉曰：「寫情書悃之言。」〈南京留守謝上表〉評曰：「情曲。」[28]其他如〈謝宣詔入翰林表〉評曰：「句句字字嗚咽累欷。」〈亳州致仕第二表〉評曰：「寫情書悃之言。」〈南京留守謝上表〉評曰：「情曲。」[29]更如〈謝擅止散青苗錢放罪表〉之文末評曰：

> 大略此公之才多婉麗，故於四六，往往摹寫精神，點綴色澤。至於遭讒罹患處，更多幽咽累欷之思，較之韓、柳、曾、蘇諸公，皆所不逮者也。吾僅錄其若干什以見其觀耳，而他所遺逸者尚多也。[30]

---

27 高海夫主編：《唐宋八大家文鈔校注集評》（西安：三秦出版社，1998年9月，一版），頁1753。

28 《唐宋八大家文鈔校注集評》，頁1759、1769、1777。

29 同註28。

30 同註28。

茅坤一切評語，莫非指向歐之四六文具備了韓、柳、曾、蘇所不及的多情特色，這是過去宋代四六文話幾乎未曾涉及的賞文觀點，如果說，任何優秀作品所必須具者的要素，都不只是在於形式，而是必須更進一步去挖掘其思想、情感和想像，明人茅坤，的確已為歐陽脩四六文，在宋代以來，極力綢繆於古文與四六之形式交集的關懷點外，指出了歐陽脩表啟四六文字具有文學的真本質和感動力。

最後，還要針對明末王志堅評選的《四六法海》進行一點觀察。

王志堅的《四六法海》是其古文系列選本中的一部，比較特別處，乃此一選本係從古文觀點出發的四六選本，《四庫提要》曰：

> 駢偶之詞，實由古文而漸變，猶之漢魏五言至唐代而為近體，面目各別，神理不殊，後人沿其末流，遂但成雕繪。志堅是集，獨上溯魏晉以來初變儷詞之散體，使學者窮源達委，所見獨深，……雖自稱科舉之書，實非他選本所及也。[31]

王志堅做為歸有光（1506-1571）後學，與承襲唐宋派理念的嘉定四先生[32]往來，對於經史子集的研讀次序自有一套想

---

31 〔明〕王志堅：《四六法海》，文津閣《四庫全書》（第 466 冊，北京：商務印書館影印，2005 年，一版）集部・總集類，總頁 278。

32 「四先生」之名來自明末四明謝賓知嘉定縣事時，合刻唐時升（字叔達 1551-1636）、婁堅（字子柔，直 1567-1631）、李流芳（字長蘅，1575-

法，對古文之學習進程，亦有其心得[33]，故《四六法海》此一「儷詞」選本，實本「散體」，其中歐、蘇、王三家所選為多，尤其卷三所選歐陽脩「表」類作品，多達十篇，是宋人作品入選最多者，其中〈謝知制誥表〉文末評曰：

> 宋興且百年，文章體裁猶仍五季餘習，鎪刻駢偶，洮忍弗振。柳開、穆修、蘇舜欽志欲變古，而力弗逮。自歐公出，以古文倡，而王介甫、蘇子瞻、曾子固起而和之，宋文日趨於古。歐公之詩，力矯楊、劉西崑之弊，專重氣格，不免失於率易。而四六一體，實自創為一家，至二蘇而縱橫曲折，盡四六之態，然皆本自歐公。[34]

強調歐陽脩四六文自創一家，二蘇之佳處，亦由歐而來，所主張者，與宋代吳子良《荊溪林下偶談》卷二所謂「四六與古文同一關鍵」，正是同意，只是宋文話唯如此一句帶過，而王志堅卻以大量作品，印證四六應當回歸古文的主體性，這也是駢散文發展到明末，所產生出來的正式思考。

1629）、程嘉燧（字孟陽，1565-1643）等四人詩文為《嘉定四先生集》；其中唐、婁、程又被並稱為「練川三老」，《明史・文苑四》有傳。

33　《明史・文苑四》（〔清〕張廷玉等撰；臺北：鼎文書局，1982 年 11 月，四版），頁 7402。王志堅本傳，謂其讀書，「先經而後史，先史而後子、集」，「其讀經，先箋疏而後辨論；讀史，先證據而後發明；讀子，則謂唐以後無子，當取說家之有裨經史者，以補子之不足」，至於「讀集，則刪定秦、漢以後古文為五編，尤用意於唐、宋諸家碑誌，援據史傳，摭採小說，以參覈其事之同異，文之純駁。」

34　《四六法海》，文津閣《四庫全書》，總頁 322。

四　結論

綜而言之，本文以歐陽脩四六文為焦點，透過宋明兩代總集、別集、四六文話、筆記等文獻，獲得以下結論：

一、歐陽脩「以文為四六」，得有為宋文開創出新方向的成就；

二、因為是「破體」，故宋四六文話所關注者，多落在古文、駢體形式上的觀察；

三、明代漸能從形式，轉向文學內容、本質和風格方面的觀察，肯定歐陽脩四六文同時具備治世之音，以及多情動人的力量；

四、明末時期，已經進一步思考古文的主體性，認為儷詞之源出於散體。

論唐代家樂中的
「雅」與「俗」

李佳蓮

明道大學中國文學系助理教授

摘 要

　　唐代家樂無論在音樂、舞蹈、戲劇等藝術層面，或者反映社會風氣、表現時代潮流等思想層面，均有其不容忽視的研究價值，本文從縱向的歷史脈絡中，橫向地綰合音樂、舞蹈、戲劇、政治、社會、文化、思想等複雜面向，進行立體性、綜合性的探討，並將思考重點放在「雅」「俗」二字，觀察唐代家樂組織在當時所內蘊的文化精神。本文論述方式，先從家樂本身出發，針對家樂之擁有者、組織體制以及成員性質等三點提出討論，認為家樂擁有者的身分移轉是由王室貴族擴大到民間豪富；家樂組織的象徵意涵乃人數象徵權勢、分工趨向精細；家樂成員擁有演員、奴婢、侍妾、妓女等多重性質，往往色藝兼備，且於官府、民間游離轉換。其次，從家樂所從事的表演著手，探討表演場合及其歌、舞、樂、劇等表演技藝方面的問題，討論結果為唐代家樂的表演場合主要為宴飲節慶以樂侑酒，因此具有拓展人際關係、促進文藝發展之功能；表演內容則是音樂歌舞缺一不可，尤其是俗、胡、雅樂互相交流激盪、引領新潮；除此之外，還有小戲雜技嶄露頭角，詼諧小戲的出

現透露出戲劇端倪。綜合看來，唐代家樂的時代意義乃在於雅俗文化的遞嬗匯通，從社會文化方面來看是由雅入俗：所有權的開放、文藝平民化；從審美心態來看則是雅俗匯通：仙化的鑑賞、物品化的人權。雅俗遞嬗衍變、並陳交織、匯通升沉的文化現象與審美心態，織就了唐代家樂這片璀璨奪目、如遍地繁花、似漫天朝霞的錦緞，鋪陳出唐代繁華盛世的榮景，也預示了宋代以後市井文化的發達昌盛，唐代家樂的研究，如何能夠是個寂寞乏人問津的空缺呢？！

關鍵詞：唐代、家樂、伎樂、雅樂、俗樂、小戲

一 前言

　　所謂「家樂」，戲曲學者齊森華定義為「即是由私人置買和蓄養的家庭戲班，它是中國古代優伶組織的一種特殊形式。」[1]劉水雲《明清家樂研究》在此基礎上，進一步補充為「家樂是指由私人蓄養的以滿足家庭娛樂為主旨的家庭戲樂組織以及這種特殊的戲樂組織所從事的一切文化娛樂活動。」[2]遠從先秦時期，即有不少類似日後家樂組織的表演團體[3]，可見家樂在中國文化史上淵源流長。

　　關於唐代家樂的探討，卻是個看似熱鬧實則寂寞、彷彿眾聲喧騰但又乏人問津的課題。之所以熱鬧喧騰者，從時代來看，唐代為音樂成就璀璨耀目、戲劇發展蓄勢待發、藝文活動鼎盛繁茂的文化盛世，研究唐代音樂、戲劇、文化現象之專書論文多如繁星，大抵在論述唐代教坊梨園、民間妓館、音樂發展時旁及私人家樂[4]；從戲劇研究的角度來看，

1　齊森華：〈試論明代家樂的勃興及其對戲劇發展的作用〉，《社會科學戰線・文藝學研究》，2000 年 1 期，頁 115。
2　劉水雲：《明清家樂研究》（上海：上海古籍出版社，2005 年 6 月），頁 1。
3　如：《管子》〈輕重〉記載夏桀「女樂三萬人，端譟晨樂，聞於三衢。」見〔清〕戴望：《管子校正》（北京：中華書局，1954 年），卷 23〈輕重甲第八十〉，頁 389；《論語》〈微子〉：「齊人歸女樂，季桓子受之，三日不朝。」，見（清）劉寶楠《論語正義》（北京：中華書局，1954 年），卷 21〈微子第十八〉，頁 389。此者皆天子諸侯之樂。
4　如：〔日〕岸邊成雄著、梁在平、黃志炯譯：《唐代音樂史的研究》（臺北：臺灣中華書局，1973 年）；宋德熹：〈唐代的妓女〉（刊於《史原》第十期，臺灣大學歷史學研究所編，1980 年）。

或者在分析中國歌舞戲劇組織的多種類型時觸及唐代女樂[5]；或者在爬梳中國優伶娼妓文化的發展淵源時溯及唐人家妓[6]，顯然唐代家樂為眾所周知的社會現象，歷來相關研究者對此課題亦不陌生。

雖說如此，在繁花競開的相關研究中，真正為唐代家樂發聲暢論者卻顯得寂寞乏人。誠然，唐代盛世之音謳歌不盡，有關之學術思想、藝術文化研究向來百家爭鳴，由來已久、並非唐代所獨有的家樂組織似乎沒有單獨研究之必要；就家樂本身發展脈絡來看，其成熟還猶待宋以後，明清始為高峰，唐代家樂僅見其醞釀潛移；與之息息相關的娼妓、優伶，同樣於宋代市井文化崛起後大肆發展，極盛於明清，因此，「唐代家樂」便在這微妙的研究空際中，被談而未論、述而不作地一筆帶過、輕省單薄。

事實上，唐代家樂無論在音樂、舞蹈、戲劇等藝術層面，或者反映社會風氣、表現時代潮流等思想層面，均有其不容忽視的研究價值。大體言之，唐代為貴族音樂崩解、民間俗樂興起的遷變中興時期，向為貴族王室把持的「家樂擁有權」在此音樂勢力重組整備之際，是否有所遞嬗轉移？面對胡夷俗樂的大舉入侵，家樂的演出是否仍保留陽春白雪的清音自賞，還是站在潮流的尖端，多方吸納融匯雅俗並陳？其與教坊梨園、民間妓館之間公私屬性的不同，對於音樂等

5　如：張發穎：《中國家樂戲班》（北京：學苑出版社，2002 年）；張發穎：《中國戲班史》（北京：學苑出版社，2003 年）。

6　如：孫崇濤、徐宏圖：《戲曲優伶史》（北京：文化藝術出版社，1995 年）；譚帆：《優伶史》（上海：上海文藝出版社，1995 年）。

方面的發展，又有何種文化意義？在宋元戲劇成熟茁壯之前，唐代家樂兼納歌舞戲樂的多元化表演方式，又透露出多少戲劇發展的端倪？歌舞戲樂等成分的揉合過程中，是否有彼消此長的更迭之跡？就家樂自身發展脈絡來看，其始自先秦、盛於明清，千年來的生長衍變，唐代居於雅俗勢力浮沉消長之期間，又有如何的轉折移異？是否提供了承先啟後的歷史價值？以上種種問題，均可見出對於唐代家樂的研究，實仍有極開闊寬廣的討論空間。

　　而這些問題的提出，同時也揭示著一項研究意義：對於唐代家樂的探討，必須從縱向的歷史脈絡中，橫向地縐合音樂、舞蹈、戲劇、政治、社會、文化、思想等複雜面向之立體性、綜合性探討，而為避免討論流於繁瑣支離，筆者將思考重點放在「雅」「俗」二字，觀察唐代家樂組織在當時所內蘊的文化精神。本文論述方式，先從家樂本身出發，針對家樂之擁有者、組織體制以及成員性質等三點提出討論；其次，從家樂所從事的表演著手，探討表演場合及其歌、舞、樂、劇等表演技藝方面的問題；最後綜合探討唐代家樂所反映的雅文化與俗文化，期能藉此一窺唐代家樂在此錯綜交疊的文化圖像中，呈現出如何的思想內涵與歷史意義。

二　家樂擁有者的身分移轉
——由王室貴族擴大到民間豪富

　　在探討唐代家樂組織體制之前，首先從家樂的擁有者談起。「家樂」又有「女樂、女伎、伎樂、妓樂」之類的別

稱，早在先秦時代就已昌盛於王室，《管子・輕重甲》：「昔
者桀之時，女樂三萬人。」《論語正義・先進》引《孔子世
家》：「定公十四年，……魯受齊女樂，不聽政三日，孔子遂
適。」可知家樂始於王室，且歷史源遠流長。先秦以後到唐
朝以前，家樂的擁有者除了諸侯君王之外，便進一步移轉到
貴族皇戚、仕宦公卿，如：

《漢書・禮樂志》言成帝時：

> 貴戚五侯定陵、富平侯外戚之家淫侈過度，至與人主
> 爭女樂。[7]

《後漢書・馬融傳》言大儒馬融：

> 常坐高堂，施絳紗帳，前授生徒，後列女樂。[8]

《世說新語・卷三・方正第五》言王導：

> 王丞相作女伎，施設床席。[9]

《宋書・徐湛之傳》言其：

7　〔漢〕班固：《漢書》（臺北：鼎文書局，1997 年），卷 22，頁 1072。

8　〔南朝宋〕范曄：《後漢書》（臺北，鼎文書局，1999 年），卷 60 上，頁
　　1972。

9　〔南朝宋〕劉義慶：《世說新語》（北京：中華書局，1954 年），頁 85。

貴戚豪家，產業甚厚。室宇園池，貴遊莫及伎樂之
妙，冠絕一時。[10]

《南史・徐君蒨傳》：

善弦歌，為梁湘東王鎮西諮議參軍。頗好聲色。侍妾
數十，皆佩金翠，曳羅綺。[11]

由以上資料可見，春秋以後乃至唐以前這段漫長歷史，家樂
的擁有者僅從諸侯國君稍微開放到貴冑皇戚、仕宦公卿，基
本上其擁有權仍握在少數的貴族士夫階層手中，屬於封建階
級中金字塔頂端的貴族階層的附屬品。

　　這種家樂為皇族世冑、仕宦公卿把持擁有的情形，到了
唐代有進一步的開放擴大，《唐會要》卷三十四記載唐中宗
神龍二年九月敕令：

三品以上，聽有女樂一部；五品以上，女樂不過三
人。

唐玄宗天寶十載九月二日再度重申：

敕五品以上正員清官、諸道節度使及太守等，並聽當

10　〔南朝梁〕沈約：《宋書》（臺北，鼎文書局，1998 年），卷 71，頁
　　1844。
11　〔唐〕李延壽：《南史》（臺北，鼎文書局，1976 年），卷 15，頁 441。

家蓄絲竹，以展歡娛，行樂盛時，覃及中外。[12]

可見唐代以後，朝廷官員蓄養家樂已經是極為普遍的現象，甚且還獲得官方的鼓勵與提倡。除了既有的仕宦豪門、公卿大夫普遍蓄養家樂之外，唐代甚且連民間豪富、文人士子，只要擁有相當的經濟能力，都可能成為家樂的擁有者，如沈既濟《陶峴傳》：

> 陶峴者，彭澤令孫也，開元中家於崑山，富有田業，擇家人不欺能守事者，悉付之家事，身則汎遊於江湖，遍行天下，往往數載不歸。……峴有女樂一部，嘗奏清商曲，逢其山泉，則窮其境物，乘興春行。峴且名聞朝廷，又值天下無事，經過郡邑，無不招延，峴拒之曰：「某麋鹿閒人，非王公上客。」[13]

遨遊江湖的「麋鹿閒人」陶峴，顯而易見地並無仕宦身分，只是擁有豪富的布衣平民，卻同樣蓄有家樂一部。又如：朱希濟《妖妄傳》「張和」條，寫蜀郡俠士張和偕友出遊西郊，忽遇童僕數人延請至某富家宴客，富家主人於是：

> 延於中堂，珠璣緹繡，羅列滿目，具陸海珍膳，命酌

---

12 〔宋〕王溥：《唐會要》，據國立臺灣大學圖書館藏（清）乾隆武英殿聚珍本影印，收入嚴一萍選輯《百部叢書集成》（臺北：藝文印書館，1969年），卷34，頁8、10。

13 〔唐〕沈既濟：《陶峴傳》，收入《唐代叢書》第 12 冊，清同治甲子（三）年緯文堂刊本，現藏於臺灣大學總圖書館善本書室，頁58。

> 進妓數四，支鬟撩鬢，縹若神仙，其舞盃閃毬之令，
> 悉新而多思。[14]

此條資料雖帶有唐傳奇神幻色彩，卻在某程度上反映了當時家樂普遍於民間的現實情形，文中家樂主人身分不明，卻無疑地是民間豪富，且賞樂品味顯然還走在時代尖端，以新奇具巧思的表演款待賓客，可見此家樂主人頗具藝術鑑賞能力。

更多的情形是唐代一般士大夫均蓄有家樂，尤其是中唐以後，諸多文人名士如：白居易、劉禹錫、元稹、韓滉等均蓄有家妓並寫詩記載，最富盛名者莫過於白居易，范攄《雲溪友議》云：

> 白居易有妓樊素善歌、小蠻善舞，嘗為詩曰：「櫻桃
> 樊素口，楊柳小蠻腰。」年既高邁，而小蠻方豐豔，
> 因作【楊柳詞】以托意曰：「一樹春風萬萬枝，嫩於
> 金色軟於絲。永豐坊裡東南角，盡日無人屬阿誰。」
> 及宣宗朝，國樂唱是詞，上問誰詞，永豐在何處，左
> 右具以對，遂因東使，命取永豐柳兩枝，植於禁中，
> 白感上知其名，且好尚風雅，又為詩一章。……（亦
> 見孟啟《本事詩・事感第二》）[15]

---

14 〔唐〕朱希濟：《妖妄傳》，收入《唐代叢書》第 19 冊，清同治甲子（三）年緯文堂刊本，現藏於臺灣大學總圖書館善本書室，頁 79-80。

15 〔唐〕范攄：《雲溪友議》，收入《古今詩話叢編》（臺北：廣文書局，1971 年），頁 36。

今人以「樊素口、小蠻腰」比喻櫻桃小口、柳腰纖細的美女，典故即從此來。而從文中所載香豔風雅的詩作看來，此時家樂還成為文人騷客馳騁筆墨、逞才使性的題材，《全唐詩》中關於文人蓄伎賞樂的詩作俯拾皆是，如：白居易〈感故張僕射諸伎〉、〈與牛家妓樂雨後合宴〉[16]；劉禹錫〈憶春草春草樂天舞妓名〉、〈寶夔州見寄寒食日憶故姬小紅吹笙因和之〉[17]；韓滉〈聽樂悵然自述一作病中遣妓〉[18]等等不勝枚舉。宋德熹〈唐代的妓女〉中便提到：

> 中唐以降，社會習氣漸流於奢華，蓄妓之風因而更熾，不但貴戚士大夫家，甚至一般騷人墨客和社會上的豪強富民，幾乎每家必蓄家妓，俾用來娛樂自身。[19]

即是這種情形。

由此來看，唐代家樂的擁有者從以往的王室貴族、公卿貴冑擴及民間豪富、騷人墨客，可以說是打破向來束之高閣的金字塔型的貴族專利，進一步向民間開放的結果。家樂主人身分的轉移，顯示出什麼樣的歷史意義呢？此點要從家樂組織體制切入探討。

---

16 〔唐〕白居易：〈感故張僕射諸伎〉、〈與牛家妓樂雨後合宴〉，收入《全唐詩》（北京：中華書局，1960 年），卷 436、457，頁 4834、5191。

17 〔唐〕劉禹錫：〈憶春草春草樂天舞妓名〉、〈寶夔州見寄寒食日憶故姬小紅吹笙因和之〉，收入《全唐詩》（北京：中華書局，1960 年），卷 351、359，頁 4003、4056、5191。

18 〔唐〕韓滉：〈聽樂悵然自述一作病中遣妓〉，收入《全唐詩》（北京：中華書局，1960 年），卷 262，頁 2909。

19 前揭文，頁 92-93。

三 家樂組織的象徵意涵
——人數象徵權勢、分工趨向精細

　　唐代文獻中關於家樂體制規模的記錄並不多見，但仍可從蛛絲馬跡中窺知一二，首先是人數的多寡，少至數人，多則數十人、甚且數百人之譜，如：

《舊唐書・本紀第十二・德宗李適上》興元元年記：

> 辛卯，御丹鳳樓，大赦天下。賜李晟永崇里第，女樂八人。甲午，命宰臣諸將送晟入新賜第，教坊樂，京兆府供帳食饌，鼓吹導從，京城以為榮觀。[20]

《舊唐書・本紀第十二・德宗李適上》興元元年記：

> 九月庚午，宗正卿李琬卒。賜渾瑊大寧里第，並女樂五人，詔宰臣諸將賜樂餽贈如送李晟入第故事。[21]

《舊唐書・列傳第二十六・恆山王承乾》記唐太宗前太子李承乾：

> 常命戶奴數十百人專習伎樂，學胡人椎髻，翦綵為舞

---

20 〔後晉〕劉昫：《舊唐書》（臺北，鼎文書局，2000年），卷12，頁345。
21 同註20，頁346。

衣，尋橦跳劍，晝夜不絕，鼓角之聲，日聞於外。[22]

王仁裕《開元天寶遺事》卷四「樓車載樂」條云：「楊國忠子弟，恃后族之貴，極於奢侈，每遊春之際，以大車結綵帛為樓，載女樂數十人，自私第聲樂前引，出遊園苑中，長安豪民貴族皆效之。[23]」

可見家樂在唐代已是普遍而且興盛的社會現象。

除了人數多寡之外，另有一種情況是以「部」作為家樂計算的單位。上述沈既濟《陶峴傳》記載「峴有女樂一部」，另外還有：

《舊唐書・列傳第十宗室・河間王孝恭》記河間王李孝恭平亂之後：

> 江南悉平。璽書褒賞，賜甲第一區、女樂二部、奴婢七百人、金寶珍玩甚眾。[24]

《舊唐書・列傳第十一・竇威》記唐代名將竇威從子竇抗平亂後：

> 及東都平，冊勳太廟者九人，抗與從弟軌俱預焉，朝廷榮之，賜女樂一部、金寶萬計。[25]

---

22 同註20，頁2648。

23 〔唐〕王仁裕：《開元天寶遺事》，收入《歷代筆記小說集成・唐人筆記小說》（石家莊：河北教育出版社，1994年），下冊，頁422。

24 同註20，卷60，頁2349。

25 同註20，卷61，頁2369。

陸龜蒙《小名錄》「大善」條：

> 羊侃，……性豪侈，善音律，自造〈採蓮歌〉，甚有
> 新致，姬妾列侍，窮極侈靡……大同中魏使楊裴同
> 宴，賓客三百餘人，皆食金寶器，奏三部女樂。[26]

均以「部」作為家樂組織的計算單位。沈師冬在〈文物千官
會，夷音九部陳──宮廷樂舞「樂部」考〉文中分析「部」
與「音樂」之間的脈絡勾連，認為「部」有：1.表示樂舞伎
人的團體。2.表示完整的一套樂器。3.表示樂曲或樂段等三
大意涵，且「自晉、宋以下，史籍中屢見『鼓吹一部、二
部』的記載，資料不下百餘條，首開音樂而以部為分類計數
之詞，是音樂分部的濫觴。」[27]值得注意的是，「自晉宋以
下」，以「部」為樂團計數之詞是音樂分部的濫觴，則持此
觀察時代居中的唐代家樂屢見「部」字，無疑地與沈冬先生
之說不謀而合，更重要的是，也說明了唐代家樂開始有了
「音樂分部」的團體意識，其既為團體，則必有某程度以上
的體制與組織，方可有別於零散不整、以「人」作為計數單
位的概念。

　　究竟是如何的體制組織呢？前引《舊唐書・列傳第二十
六・恆山王承乾》承乾太子的伎樂特別去學胡人的頭飾、裝

26　〔唐〕陸龜蒙《小名錄》，收入《筆記小說大觀》（臺北：新興書局，1979
　　年），第三編第2冊，頁1246。
27　沈冬：〈文物千官會，夷音九部陳──宮廷樂舞「樂部」考〉，收入《唐代
　　樂舞新論》（臺北：里仁書局，200年），頁28-33。

扮，從事尋橦跳劍等雜伎，可見家樂所學非僅一項，張泌
《屍媚傳》「張庚」條則記元和間進士張庚某日月下獨行，
忽遇數位青衣少女延請至某豪家：

> 庚走避堂中，垂簾望之，諸女徐行，直詣藤下，須臾
> 陳設床榻，雕盤玉樽，盃杓皆奇物，八人環坐，青衣
> 執樂者十人，執拍板立者二人，左右侍立者十人，絲
> 管方動⋯⋯。[28]

就這條資料來看，一部家樂的規模，約有十二人：「青衣執
樂者十人，執拍板立者二人」，若再加上「左右侍立者十
人」，則約有二十二人之多。而其使用的樂器，雖然語焉不
詳，但很重要地，我們知道「拍板、弦樂器（絲）、管樂器
（竹）」是不可或缺的，這樣的體制規模隱隱然可見當今南
管演奏的影子。又李白〈邯鄲南亭觀妓〉詩云：

> 歌鼓燕趙兒，魏姝弄鳴絲。粉色豔日彩，舞袖拂花
> 枝。
> 把酒顧美人，請歌邯鄲詞。清箏何繚繞，度曲綠雲
> 垂。
> 平原君安在，科斗生古池。座客三千人，於今知有
> 誰。

---

28 〔唐〕朱希濟：《妖妄傳》，收入《唐代叢書》第十九冊，清同治甲子
　（三）年緯文堂刊本，現藏於臺灣大學總圖書館善本書室，頁 10-12。

我輩不作樂，但為後代悲。[29]

從詩中所述可知，此家樂有掌鼓的（打擊樂）、拉弦的、彈箏的（弦樂）樂隊，配合上舞者、歌者的歌舞，可見家樂成員分工合作、各司其職。關於家樂表演歌舞樂的部分，下文在討論家樂演出的內容時將再深入說明。

總上所述，觀察唐代家樂的組織，若再配合上家樂主人的身分，則其中透顯出什麼象徵意涵呢？可以從三點說明：

（一）王室權貴擁有御賜家樂，象徵富貴榮寵

從家樂擁有者以及擁有之因來看，前文所提唐代君王提倡文武百官蓄養家樂，因此，家樂也經常成為對國家有功時的政治封賞，李晟、李孝恭以及竇抗都是平亂有功因而榮獲御賜女樂，「京城以為榮觀」、「朝廷榮之」，此時家樂的意義在物質層面如同「金寶珍玩」、「金寶萬計」的貴重珍寶財物，在精神層面則是無上的恩寵榮耀。

（二）家樂體制大小人數多寡，象徵權勢豪奢

從家樂體制方面來看，數人、數十人到數百人，從一部到多部，家樂體制大小、品質良窳，無疑地代表主人所擁有的權勢高低與豪奢程度，楊國忠子弟、羊侃等人以大車結綵、聲樂前引、姬妾列侍等各種龐大誇張、「極於奢侈」、「窮極侈靡」的排場，甚且成為當時富豪爭相效法的對象，可見

---

29 〔唐〕李白：〈邯鄲南亭觀妓〉，收入《全唐詩》（北京：中華書局，1960年），卷179，頁1824。

家樂體制大小、人數多寡，均是主人誇耀權勢豪奢的工具。

(三) 家樂組織精細表演分工，象徵藝術提升

　　唐代家樂的計算單位，從「人」到「部」，可見家樂組織的概念越趨團體化，而此團體的區分標準，是他們所從事的歌舞樂表演。唐代以前家樂多僅止於「以樂侑酒」的性質，但唐代以後出現越趨精細的表演分工，從單純的娛樂提升到藝術的鑑賞，家樂主人甚且自製新聲，關於此點，留待後文深論。

四　家樂成員擁有多重性質
——色藝兼備官府民間游離轉換

　　成員是組織的構成份子，因此接著要探討的是唐代家樂成員的性質，此點從成員性別、身分以及來源等三方面來說。

　　首先是成員的性別，如前所述《管子・輕重甲》、《漢書・禮樂志》、《世說新語・方正》、《宋書・徐諶之傳》等唐代以前的文獻，「家樂」又有「女樂、女伎、伎樂、妓樂」之類的別稱，這些別稱是當時更常使用的說法，「家樂」一詞的出現，根據中唐詩人張祜〈觀宋州于使君家樂琵琶〉、方干〈新安殷明府家樂方響〉二詩詩題看來[30]，可見應該始於唐代。而由這些別稱看來，唐代以前的家樂大多由女性組成。

30　張祜、方干二詩，分別見《全唐詩》（北京：中華書局，1960 年），卷
　　510、653，頁 5812、5702。此處根據劉水雲：《明清家樂研究》，前揭
　　書，頁 24。

譚帆《優伶史》書中說：

> 家樂主要有三種類型：一是以女性童伎組成的家班，
> 稱為「家班女樂」，二是以男性童伎組成的家班，稱
> 為「家班優童」，三是以職業優伶組成的家班，稱為
> 「家班梨園」。在中國古代，家班女樂是起源最早也
> 是最為興盛的一種家樂類型，因為家樂是屬於個人私
> 有的娛樂工具，「聲」與「色」是其中最為根本的兩
> 大目的，而女性優伶正滿足了這種欲求。其次是家班
> 優僮，家班梨園則比較少。[31]

譚帆所言大抵不差，然略嫌模糊，值得補充說明的是：家班
優僮的出現事實上正是唐代；家班梨園則要待明清之後戲曲
表演藝術趨於成熟之際始得昌盛，此點與本文無關，茲先不
論。這裡要詳細說明的是，唐代家樂成員較諸前代有不同的
發展。

唐代以前家樂多由女性組成，並以聲色滿足家樂主人的
需求，唐代家樂雖也以女性居多，但卻出現了男性優僮，唐
無名氏《玉泉子真錄》云：

> 崔公鉉之在淮南，嘗俾樂工集其家僮，教以諸戲。一
> 日，其樂工告以成就，且請試焉。鉉命閱於堂下，與
> 妻李氏坐觀之。僮以李氏妒忌，即以數僮衣婦人衣，

---

31 譚帆：《優伶史》（上海：上海文藝出版社，1995年），頁48。

　　　　日妻曰妾，列於旁側。一僮則執簡束帶，旋辟唯諾其
　　　　間。[32]

從「以數僮衣婦人衣，曰妻曰妾」，即知此數僮男扮女裝，
「一僮則執簡束帶」，則是男扮男裝飾演周旋於妻妾之間的
丈夫。何以家樂要出現男性呢？顯然和他搬演這齣嘲弄妻室
善妒的滑稽小戲有關，楊惠玲《戲曲班社研究：明清家班》
根據這條資料指出：

　　　　唐代家樂發生了變化，其一，男優進入了家樂的行
　　　　列；其二，雜戲成為家樂演出的內容。[33]

男優進入家樂的行列並搬演雜戲，無疑地是唐代家樂所具的
歷史意義，意味著家樂不僅只於聲色侑酒的層面，還進一步
拓展深入到表演藝術的層面。關於家樂演出的內容，後文將
再詳述，茲不贅。
　　即因唐代以前家樂多由女性組成，「色藝兼備」就成了
鑑賞品評家樂良莠時的標準，如：
　　王績（一作王勣詩）〈詠妓〉詩云：

　　　　妖姬飾靚妝，窈窕出蘭房。日照當軒影，風吹滿路

32　見〔唐〕無名氏：《玉泉子真錄》，此段資料見存於〔明〕陶宗儀編：《說
　　郛》（上海：上海古籍社出版，1988 年），卷 46 下，頁 517。
33　楊惠玲：《戲曲班社研究：明清家班》（廈門：廈門大學出版社，2006
　　年），頁 16。

香。

早時歌扇薄，今日舞衫長。不應令曲誤，持此試周
郎。[34]

李嶠〈舞〉詩云：

妙伎遊金谷，佳人滿石城。霞衣席上轉，花袖雪前
明。

儀鳳諧清曲，回鸞應雅聲。非君一顧重，誰賞素腰
輕。[35]

白居易〈喜劉蘇州恩賜金紫遙想賀宴以詩慶之〉詩云：

賀賓喜色欺杯酒，醉妓歡聲過管絃。[36]

從「妖姬」、「靚妝」、「窈窕」、「霞衣」、「花袖」、「賀賓喜色
欺杯酒」等詞可見家樂以美色侑酒招待貴賓；「歌扇薄」、
「舞衫長」、「諧清曲」、「應雅聲」、「醉妓歡聲過管絃」等
詞，可見家樂的歌舞樂才藝在酒酣耳熱之際為賓客更添玩
興；前二詩運用「顧曲周郎」的典故，可見「色、藝」是鑑

---

34 王績（一作王勣詩）〈詠妓〉詩，收入《全唐詩》（北京：中華書局，1960
年），卷 37，頁 486。

35 李嶠〈舞〉詩，收入《全唐詩》（北京：中華書局，1960 年），卷 59，頁
710。

36 白居易〈喜劉蘇州恩賜金紫遙想賀宴以詩慶之〉詩，收入《全唐詩》（北
京：中華書局，1960 年），卷 454，頁 5142。

賞品評家樂良莠時的審美標準。

　由於以藝娛人，家樂成員往往兼具表演歌舞樂戲的演員身分；以色誘人，女性家樂成員往往兼具侍妾及妓女的身分；以其身分低微且依靠主人衣食過活，家樂又帶有奴婢身分。宋德熹〈唐代的妓女〉一文從文字學的角度解釋「伎」、「妓」、「倡」、「娼」等字的起源與本義：

> 妓女的正式名稱當作娼妓，從文字學上說，娼是倡的孿生字，《古今圖書集成》引賢奕解釋此字的來源謂：「古優女曰娼……考之鯧魚，為眾魚所淫……竟出於此。」娼字不見於唐以前古籍，倡字則老早即有，漢許慎《說文解字》謂「倡，樂也」，這裡指出古代妓女大抵濫觴於音樂一途。娼妓的內涵，當然不脫賣淫本色，但古今仍頗有不同之處，按唐嚴師古於《漢書・外戚傳》「孝武李夫人，本以倡進」句下註解說：「倡，樂人」，顏師古的看法，正可代表唐人心目中對於妓女的觀念，和漢朝人沒有兩樣，都認為妓女和音樂密切攸關，可謂集色藝於一身，俾藉之以饗主人賓客。[37]

此謂「古優」、「樂人」即從事音樂歌唱舞蹈表演的人，若是屬於私人擁有，即本文所探討的家樂，可知古時直到唐代「倡伎俳優」不分，皆指以色藝事人的人。宋德熹又折衷前

---

[37] 宋德熹：〈唐代的妓女〉，前揭文，頁82。

輩學者傅樂成和石田幹之助、岸邊成雄等人的說法，將唐代妓女細分為宮妓、官妓、營妓、家妓、民妓五項：

> 宮妓係為娛樂皇室而設，包括教坊妓女和梨園樂妓兩種。……
>
> 官妓專供高官陪侍公私宴會之用，設置於地方政府的衙門內。……
>
> 營妓則顧名思義，只對軍中開放。……
>
> 家妓在唐代以前早有，像魏晉南北朝便是家妓盛行的時代，中唐以降，社會習氣漸流於奢華，蓄妓之風因而更熾，……
>
> 民妓原則上是由民間所設而公開營業者。……

可知本文所云「家樂成員」即指其家妓而言。這種以色藝事人的家樂成員擁有權在主人身上，因此往往地位低下、命運坎坷，且看張鷟《朝野僉載》卷二云：

> 周補闕喬知之，有婢碧玉，姝豔能歌舞，有文華，知之時幸，為之不婚，偽魏王武承嗣，暫借教姬人粧梳納之，更不放還。知之知之，乃作綠珠怨以寄之，其詞曰：「石家金谷重新聲，明珠十斛買娉婷。此日可憐偏自許，此時歌舞得人情。君家閨閣不曾觀，好將歌舞借人看。意氣雄豪非分理，驕矜勢力橫相干。辭君去君終不忍，徒勞掩袂傷鉛粉。百年離恨在高樓，一代容顏為君盡。」碧玉讀詩飲淚，不食三日，投井

而死。承嗣撈出屍，於裙帶上得詩大怒，乃諷羅織人
告之，遂斬知之於南市，破家籍沒。[38]

這條資料敘述一個女性家樂碧玉身不由己、終致殞命，及其
主人因此罹禍的悲劇，從碧玉的身分來看，她本是主人喬知
之花錢買來的婢女，可見具奴婢身分；她能歌善舞有文章、
多才多藝，可見具家樂演員身分；她又姝艷有美色，獲得知
之寵幸憐愛，所以具有侍妾身分；在武承嗣的垂涎之下呼之
即來，又被強行占為己有，可見具有妓女身分。無奈紅顏薄
命，色藝雙絕的她終於與主人雙雙送命。諸如此類的悲劇在
歷代關於家樂的文獻記載中時有所聞，可見家樂具有演員、
奴婢、侍妾、妓女等多重身分，在封建社會裡的地位微不足
道，是任人玩弄的物品而已。

　　由於唐代社會開放，這五種妓女形式往往互相移轉流
通，例如前文所提李晟、李孝恭、竇抗等人平亂有功，獲朝
廷御賜女樂，便是從宮妓轉為家妓；〔宋〕王讜《唐語林》
卷四：

　　京師有名娼曰嬌陳者，姿藝俱美，為士子之所奔走，
　　睦州一見，因求納焉，嬌陳曰：「第中設錦帳三十
　　重，則奉事終身矣。」本易其少年，乃戲之也。翌
　　日，遂如言，載錦而張之以行，嬌陳大驚，且賞其奇

---

38 〔唐〕張鷟《朝野僉載》，收入《筆記小說大觀》（臺北：新興書局，1979
　　年），第四編第 2 冊，頁 1216。

特，竟如約，入柳氏之家，執僕媵之禮節。[39]

沈亞之《歌者葉記》：

> 至唐貞元中，洛陽金谷里有女子葉，學歌於柳恭門
> 下，初與其曹十餘人居，獨葉歌成無等，後為成都率
> 家妓，及率死，復來長安中。[40]

劉禹錫〈泰娘歌〉並引：

> 泰娘本韋尚書家主謳者，初尚書為吳郡得之，命樂工
> 誨之琵琶，使之歌且舞。無幾何，盡得其術。居一二
> 歲，攜之以歸京師，京師多新聲善工，於是又捐去故
> 技，以新聲度曲，而泰娘名字往往見稱於貴遊之間。
> 元和初，尚書薨於東京。泰娘出居民間，久之為蘄州
> 刺史張愻所得。其後愻坐事謫居武陵郡，愻卒，泰娘
> 無所歸。地荒且遠，無有能知其容與藝者，故日抱樂
> 器而哭。其音焦殺以悲，客聞之為歌其事，以續於樂
> 府云。[41]

39　〔宋〕王讜：《唐語林》，收入《景印文淵閣四庫全書》第 1038 冊（臺
　　北：臺灣商務印書館，1969 年），頁 107。

40　〔唐〕沈亞之《歌者葉記》，收入《筆記小說大觀》（臺北：新興書局，
　　1974 年），第五編第 3 冊，頁 1569。

41　〔唐〕劉禹錫〈泰娘歌〉，收入《全唐詩》（北京：中華書局，1960 年），
　　卷 356，頁 3990。

可知是由嬌陳、葉者與泰娘都是民妓轉為家妓，後二者甚且因主人身亡而再流落民間。《舊唐書・本紀第二十上・昭宗本紀・乾寧元年》記載：

> 乾寧元年春正月乙丑朔，上御武德殿受朝，宣制大赦，改元乾寧。鳳翔李茂貞來朝，大陳兵衛，獻妓女三十人，宴之內殿，數日還藩。[42]

可知是由家妓轉為宮妓。〔唐〕段安節《樂府雜錄》記載：

> 開元中內人有許和子者，本吉州永新縣樂家女也，開元末選入宮，即以永新名之，籍於宜春院。……大歷中有財人張紅紅者，本與其父歌於衢路丐食，……，召入宜春院，寵澤隆異，宮中號為記曲娘子。[43]

可知許和子、張紅紅都是由民妓轉為宮妓。杜甫〈觀公孫大娘第子舞劍器行〉中的公孫大娘恐怕也是宮妓流為民妓；白居易〈琵琶行〉中的琵琶女恐怕也是民妓轉為家妓再流落為民妓。從家樂的角度來看，成員來源有從官府樂人或者民間散樂而來，此種朝廷、私人、民間妓樂之間的交際流通，勢必影響樂人們表演技藝的水準以及鑑賞者的審美眼光。

---

42 〔後晉〕劉昫：《舊唐書》（臺北，鼎文書局，2000 年），卷 20 上，頁 751。

43 〔唐〕段安節：《樂府雜錄》，收入《景印文淵閣四庫全書》第 839 冊（臺北：臺灣商務印書館，1969 年），頁 992-993。

因此，接下來本文第二部分，便要從表演藝術的角度，探討唐代家樂所表演的場合及其表演內容。

五　唐代家樂的表演場合
——宴飲節慶以樂侑酒：拓展人際關係、促進文藝發展

家樂既然是以美色才藝事人，則各種賓客聚會讌飲、熱鬧節慶宴遊，都是家樂表演的場合。例如前引陸龜蒙《小名錄》「大善」條敘述羊侃宴請大同中魏使楊裴，「賓客三百餘人，皆食金寶器，奏三部女樂。」白居易於會昌五年年七十四時，與胡果、吉旼、劉真、鄭據、盧真、張渾及另二老，共計九位高壽老者聚會洛陽，因「此會希有，各賦七言韻詩一章以記之」，其中也見到了家樂陪飲：

> 衛尉卿致仕馮翊吉旼年八十八
> 低腰醉舞垂緋袖，擊筋謳歌任褐裾。
> 前龍武軍長史榮陽鄭據年八十五
> 醉舞兩迴迎勸酒，狂歌一曲會余身。
> 前侍御史內供奉官范陽盧真年八十二
> 對酒歌聲猶極妙，玩花詩思可能窮。
> 刑部尚書致仕白居易年七十四
> 巍峨狂歌教婢拍，婆娑醉舞遣孫扶。[44]

---

44 〔唐〕白居易：〈洛中九老會〉，收入《唐代叢書》第 8 冊，清同治甲子（三）年緯文堂刊本，現藏於臺灣大學總圖書館善本書室，頁 78-79。

年逾七旬的群老在聚會時仍少不了歌舞家樂的陪伴，誠為唐代浪漫風氣的寫照，全唐詩中有關伎樂陪飲同宴之詩更是不勝枚舉；特殊節日者有如〔宋〕洪邁《容齋隨筆》：

> 唐開成二年三月三日，河南尹李待價將禊于洛濱，前一日啟留守裴令公。明日有召太子少傅白居易、太子賓客蕭籍、李仍叔、劉禹錫，中書舍人鄭居中等十五人，合宴于舟中。自晨及暮，前水嬉而後妓樂，左筆硯而右壺觴，望之若仙，觀者如堵。[45]

修禊是「古時一種濯除不潔的節日。於陰曆三月上巳日，臨水洗濯，借以祓除不祥」，在古代是個重要的節日，李待詔、裴令公、白居易等名振一時的達官貴人與文人雅士與此日齊聚宴會，當然少不了家樂陪伴。

無論聚會宴飲或者節日慶典，家樂的參與都揭示著「以樂侑酒」[46]的娛樂功能，這是家樂最基本的價值，無須再贅；筆者想進一步探索的是唐代家樂的表演，隨著擁有者的身分與心態，較諸前代還有更深刻的時代意義。

如前所述，先秦時期家樂已形成於王室，然夏桀「女樂三萬人，端譟晨樂聞於三衢」，〔漢〕桓寬《鹽鐵論‧力耕篇‧文學》「昔桀女樂充宮室，文繡衣裳。故伊尹高逝遊

---

45 〔宋〕洪邁《容齋隨筆》，收入《筆記小說大觀》（臺北：新興書局，1979年），第二十九編第 2 冊，頁 652-653。

46 筆者使用「以樂侑酒」一詞，並不限於音樂表演而已，而是以此概括歌唱、音樂、舞蹈乃至於酒令、戲劇等娛樂表演藝術。

薄，而女樂終廢其國。」[47]認為女樂是導致夏桀亡國之因；因此，早先女樂在政治方面上，成為先秦時期諸侯國之間以聲色惑亂對方君王的利用工具，如：《史記‧秦本紀》記載秦繆公內史王繆為繆公出主意怠戎政，所用方法即「君試遺其女樂，以奪其志。」[48]《史記‧孔子世家》記載齊人見孔子為政於魯，知魯必霸，於是「選齊國中女子好者八十人，皆衣文衣而舞康樂，文馬三十駟，遺魯君。陳女樂文馬於魯城南高門外。」[49]這是因為家樂擁有者僅限於王室宮廷，而王室宮廷又是富貴權勢的尖端，一旦沉溺於聲色享樂，必然大肆揮霍，極盡侈靡之能事，相形之下自然容易廢政忘朝。此時的家樂成為政治鬥爭的手段，聲色娛樂便附屬於政治角力之下。

　　到了魏晉南北朝之後，士大夫蓄樂之風漸熾，在唐代尤其成為極普遍的現象，上至王室公卿、下至富民文士，皆有蓄樂雅好，值此太平盛世，自然不需以餽贈女樂作為政治上的爾虞我詐，唐玄宗甚且鼓勵官員們「當家蓄絲竹，以展歡娛，行樂盛時，罩及中外。」此時家樂回歸純粹的娛樂功能，後兩句還顯示出唐玄宗想以此宣告天下太平、安樂盛時的心態；更有甚者，唐代政府居然還支付官員們蓄養家樂的費用：白居易〈不能忘情吟（并序）〉詩提及他年紀老大，想將寵妓放行時自敘「籍在經費中」[50]，可知唐代家樂昌盛

47　〔漢〕桓寬：《鹽鐵論》（北京：中華書局，1954年），〈力耕第二〉，頁3。

48　〔漢〕司馬遷：《史記》（臺北，鼎文書局，1977年），卷5，頁193。

49　同註48，頁1918。

50　〔唐〕白居易〈不能忘情吟（并序）〉，收入《全唐詩》（北京：中華書

的程度。

　　那麼，對於這些沉醉於聲色視聽的仕宦豪富文人而言，家樂的表演又有哪些更深刻的功能與意義呢？主要是在拓展人際關係、促進藝術發展二方面，舉例分述如下：

　　首先是，唐代社會開放多元、浮華淫冶，在聚會歡慶時來段歌舞助興，往往是交際應酬時不可或缺的節目高潮，無論賓、主，人際關係的拓展便在酒酣耳熱、酣歌醉舞的冶艷氛圍下益發增進。以白居易為例，前述白居易家妓樊素、小蠻、春草等在當時頗負盛名，白居易便常常以家樂款待賓客，〈夜宴醉後留獻裴侍中〉云：

> 九燭臺前十二妹，主人留醉任歡娛。翩翩舞袖雙飛蝶，宛轉歌聲一索珠。坐久欲醒還酩酊，夜深初散又踟躕。南山賓客東山妓，此會人間曾有無。[51]

可知白居易設宴款待裴侍中，以十二名家樂歌舞陪侍，賓主盡歡之餘，樂天欲罷不能，乾脆留下賓客徹夜狂歡。又其〈與牛家妓樂雨後合宴〉：

> 玉管清絃聲綺旎，翠鈿紅袖坐參差。兩家合奏洞房夜，八月連陰秋雨時。歌臉有情凝睇久，舞腰無力轉

局，1960 年），卷 461，頁 5250。

51　白居易〈夜宴醉後留獻裴侍中〉，收入《全唐詩》（北京：中華書局，1960年），卷 455，頁 5155。

裙遲。人間歡樂無過此，上界西方即不知。[52]

牛家所指為誰雖不得知，但兩家妓樂在風雨過後合宴同歡，可見兩家主人之交好，二詩白居易都以「人間少有」的歡樂作結，可見家樂侍宴的歡暢氣氛，確實可以讓人感情更加融洽愉悅，有助於人際關係之拓展。

尤有甚者，還有以「贈妓、贈樂」作為友朋之間的交往餽贈，《全唐詩》「作者小傳」和孟棨《本事詩‧情感第一》均記載大曆十才子之一韓翃與李府家樂柳氏的愛情故事：

> 柳氏，李生姬也，天寶中，韓翃館於李。柳曰，韓夫子豈長貧賤者，李即以贈翃。翃為淄青侯希逸所辟，柳留都下，遭亂，寄決零寺為尼，為番將沙叱利所劫，虞候許俊以計取之，復歸於翃，詩一首。[53]

此即傳頌一時的章臺柳故事，可知李生基於惜才、愛才之心贈妓韓翃。孟棨《本事詩‧情感第一》也記載集賢學士李司空因欣賞劉禹錫詩才而贈妓之事：

> 劉尚書禹錫，罷和州為主客郎中，集賢學士李司空罷鎮在京，慕劉名，嘗邀至第中，厚設飲饌。酒酣，命

---

52 〔唐〕白居易〈與牛家妓樂雨後合宴〉，收入《全唐詩》（北京：中華書局，1960 年），卷 457，頁 5191。

53 〔唐〕孟棨《本事詩》，收入《筆記小說大觀》（臺北：新興書局，1979年），第三編第 2 冊，頁 1019-1020。

妙妓歌以送之。劉於席上賦詩曰：「髮鬢梳頭宮樣
粧，春風一曲杜韋娘。司空見慣渾閒事，斷盡蘇州刺
史腸。」李因以妓贈之。（崔令欽《教坊記》云：杜
韋娘，歌曲名，非妓姓名也。）[54]

這樣的現象，可以說已經將家樂娛樂的功能，進一步拓展到
社交功能了。

　　更值得注意的是，由於唐代家樂擁有者進一步擴展到民
間富豪、文士墨客，家樂也提供了騷人墨客馳騁才情的空
間，從這一層面來說，可說是促進了唐代文學、藝術的發
展。孟啟《本事詩・高逸第三》：

杜為御史，分務洛陽時，李司徒罷鎮閒居，聲伎豪
華，為當時第一，洛中名士咸謁見之。李乃大開筵
席，當時朝客高流，無不臻赴，以杜持憲，不敢邀
置，杜遣座客達意，願與斯會，李不得已馳書，方對
花獨酌，亦已酣暢，聞命遽來，時會中已飲酒，女奴
百餘人，皆絕藝殊色。杜獨坐南行，瞪目注視，引滿
三巵，問李云：「聞有紫雲者孰是？」李指示之，杜
凝睇良久，曰：「名不虛得，宜以見惠。」李俯而
笑，諸妓亦皆迴首破顏，杜又自飲三爵，朗吟而起
曰：「華堂今日綺筵開，誰喚分司御史來。忽發狂言
驚滿座，兩行紅粉一時迴。」意氣閒逸，旁若無人，

> 杜登科後，狎遊飲酒，為詩曰：「落拓江湖載酒行，楚腰纖細掌中輕。十年一覺揚州夢，贏得青樓薄倖名。」後又題詩曰：「觥船一棹百分空，十載青春不負公。今日鬢絲禪榻畔，茶煙輕颺落花風。」[55]

好個意氣風發、浪漫輕狂的小杜！豪華綺麗、風光旖旎的聲伎饗宴無非是助長了杜牧的詩興，大發吟詠，「十年一覺揚州夢，贏得青樓薄倖名」的香豔詩句至今仍是琅琅上口的千古名句。

誠如前述，唐代樂妓昌盛發達，分有「宮妓」、「官妓」、「營妓」、「家妓」、「民妓」等數種，其中民妓所居為北里平康坊[56]，根據唐代孫棨《北里志・序》所言：

> 自大中皇帝好儒術，特重科第，……故進士自此尤盛……然率多膏粱子弟，平進歲不及三數人，由是僕馬豪華，宴遊崇侈，以同年俊少者為兩街探花使，鼓扇輕浮，仍歲滋甚……諸妓皆居平康里……其中諸妓，多能談吐，頗有知書言語者，自公卿以降，皆以表德呼之，其分別品流、衡尺人物，應對非次，良不可及。[57]

---

55 同註53，頁1025。

56 〔唐〕王裕仁：《開元天寶遺事》「風流藪澤」條：「長安有平康坊，妓女所居之地，京都俠少萃集於此，兼每年新進士，以紅牋名紙遊謁其中，時人謂此坊為風流藪澤。」《北里志》云：「平康里入北門，東回三曲，即諸妓所居之聚也。」

57 〔唐〕孫棨：《北里志》，收入《筆記小說大觀》第五編第3冊（臺北：新

陳寅恪於〈唐代政治史述論稿〉中說道：

> 唐代新興之進士詞科階級異於山東之禮法舊門者，尤
> 在其放浪不羈之風習，故唐之進士一科與倡伎文學有
> 密切關係，孫棨《北里志》所載即是一證。[58]

此中所言，以及上引杜牧佚事，雖指民間妓館之民妓，但事
實上，唐代狎妓之風絕不僅限於民妓，狎妓之人也不只有進
士，一般文人士子聚會宴飲時都少不了妓樂陪伴，或者東道
主自獻家樂、或者賓客挾帶民妓，總之彼此往來流通、同享
此樂，侈靡風流的習氣更將大唐盛世點染得繽紛綺麗。與前
代不同的是，唐代妓樂之盛，大大的促進了唐代浪漫的詩風
以及倡伎文學的發達。宋德熹〈唐代的妓女〉：

> 唐代文人狎妓的風尚，比之進士，毫不遜色。由於文
> 人和妓女的戀愛或交往，酬唱之作百出，不但增添文
> 人生活的情趣，刺激其創作欲，更且藉此替唐代文學
> 注入更濃厚的浪漫色彩，使其內容題材愈發豐富，這
> 不能不說跟妓女大有關連。[59]

修君《中國樂妓史》也說：

興書局，1974 年），頁 1479。

58　陳寅恪：〈唐代政治史述論稿〉，收入《陳寅恪先生論文集》（臺北：九思
　　出版社，1977 年），頁 240。

59　宋德熹：〈唐代的妓女〉，前揭文，頁 115。

> 唐代是一個詩歌的時代，文人與樂妓的交往中，詩歌
> 是不可缺少的，這也反映當時文人玩妓的「雅趣」。[60]

可知由於唐代家樂的擁有者進一步延伸到民間文人士子，民間妓館紛紛成立，加上社會風氣浮華開放、經濟繁榮商業發達，造成了娼妓文化與詩歌文學匯流，彼此刺激影響，形成前所未有的盛景。

除了詩歌文學之外，妓樂歌舞樂的表演也常因家樂擁有者具有相當的藝術修為，其藝術造詣往往高人一等，沈亞之《歌者葉記》記載友人崔莒家伎「葉氏」云：

> 至唐貞元中，洛陽金谷里有女子葉，學歌於柳恭門下，初與其曹十餘人居，獨葉歌成無等，後為成都率家妓，及率死，復來長安中，而轂下聲家聞其能，咸為會唱，次至葉當引弄，及舉音，則弦工吹師，皆失執自廢，既罷，聲黨相謂約慎語，無令人得聞知，是時博陵大家子崔莒，賢而自患其室饒，乃曰：「吾綠組初秩，寧宜厚蓄以自奉耶！」遂大置賓客門下，縱樂與遨遊，極費無所吝也。他日莒宴賓堂上，樂屬因言曰：「有新聲葉者歌無倫，請延之。」即乘小車詣莒，莒且酣，為一擲目作樂，乃合韻奏【綠腰】，俱囑葉曰：「幸給聲」，葉起與歌一解，一坐盡貼，是日歸莒，莒沉浮長安數十年，葉之價益露，然以莒能善

60　修君：《中國樂妓史》（北京：中國文聯出版社，1993 年），頁 161。

人，而優曹亦歸之，故卒得不貢聲中禁。……元和六
年，莒從事歧公在朔方，時余往謁焉。[61]

歌者葉氏先後學歌或依附於柳恭、成都率、崔莒家樂之下，
也曾在民間樂館待過，本具天賦又有豐富的歷練；柳率崔三
人雖身分不詳，然崔莒為家室富饒之大家子，本身也會演奏
歌唱，又與沈亞之過從甚密，後來依附於藩鎮歧公之下為幕
僚，可見是個頗有藝術修養的文士，葉氏最終成為崔莒家樂
而聲名益露，可知葉氏跟從崔莒其間，藝術修為是不斷精進
的；從另一角度來說，唐代家樂擁有者具有文人身分，對於
詩歌文學、歌舞藝術等方面的都有所刺激發展。

　　至於唐代家樂具體的表演內容，對於當時的音樂、歌
舞、戲劇等表演藝術，又有什麼樣的影響？緊接著分析探討。

六　唐代家樂的表演內容
　　── 音樂歌舞缺一不可：俗胡雅樂交流激盪、
　　　引領新潮

岸邊成雄《唐代音樂史的研究》中說：

　　南北朝至宋朝間，唐初確立雅胡俗三樂鼎立制度，唐
　　朝中葉之開元、天寶時代為胡、俗二樂融合之最高
　　潮，而新俗樂位置之穩固則為唐末，故唐朝實為六朝

61　〔唐〕沈亞之：《歌者葉記》，前揭書，頁 1569-1570。

至宋朝間音樂變遷之中興時代。[62]

什麼是「雅俗胡三樂」呢？宋陳暘《樂書》卷一三三〈序俗部〉云：

> 俗部之樂，猶九流雜家者流，非朝廷所用之樂也。存之不為益，去之不為損；民間用之。[63]

可知朝廷之樂與民間之樂對舉，前者為「雅樂」、後者則為「俗樂」，各取雅正、通俗之義名之。陳暘又於《樂書》卷一二五〈序胡部〉提到：

> 《周官》鞮師掌教鞮樂，旄人掌教舞夷樂，鞮鞻氏掌四夷之樂，與其聲歌，凡祭祀饗燕用焉。然則胡部之樂雖先王所不廢，其用之未嘗不降於中國雅部之後也。[64]

他將「胡部之樂」包含《周禮》中所謂，旄人掌教，鞮鞻氏掌「鞮樂」、「舞夷樂」、「四夷之樂」等等，可知胡樂是別於雅部的外來之樂。唐代音樂發展的最大特色，就是「雅、

---

62 前揭書，頁2。
63 〔宋〕陳暘：《樂書》，收入《景印文淵閣四庫全書》第 211 冊（臺北：臺灣商務印書館，1983 年），卷 133〈序俗部〉，頁 594。
64 前揭書，頁 540。

俗、胡三樂的並立爭勝,此消彼長」[65],尤其到了中葉以後,新俗樂的逐步滋長取代了原本六朝以前以宮廷雅樂為優勢的音樂生態,宋以後民間音樂、市井文化儼然成為主流,唐代誠為重要的關鍵時期。

唐代音樂生態在整體的大環境上,有這樣重要的轉變情形,對於家樂的實際演出,又造成什麼樣的影響?唐代家樂在音樂方面,又呈現如何的演出風格?便是以下接著討論的問題。

見諸文獻記載唐代家樂所演奏的曲子,由於資料豐富,為免流於繁瑣,且以俗樂——民間之曲、胡樂——四夷之樂、雅樂——宮廷之聲三類依序論述:

(一) 俗樂——民間之曲

沈既濟《陶峴傳》:

> 峴有女樂一部,嘗奏清商曲,逢其山泉,則窮其境物。[66]

孟浩然〈崔明府宅夜觀妓〉詩:

> 白日既云暮,朱顏亦已酡。畫堂初點燭,金幌半垂羅。長袖《平陽曲》,新聲《子夜歌》。從來慣留客,

---

65 引自沈冬:《唐代樂舞新論》(前揭書),頁1。

66 〔唐〕沈既濟:《陶峴傳》,收入《唐代叢書》第 12 冊,清同治甲子(三)年緯文堂刊本,現藏於臺灣大學總圖書館善本書室,頁58。

茲夕為誰多。[67]

白居易〈東南行一百韻〉：

> 柏殿行陪宴，花樓走看酺。神旗張鳥獸，天籟動笙
> 竽。戈劍星芒耀，魚龍電策驅。定場排越伎，促坐進
> 吳歈。縹緲疑仙樂，嬋娟勝畫圖。歌鬟低翠羽，舞汗
> 墮紅珠。[68]

按：《舊唐書》卷二十九〈志第九音樂二〉解釋清商樂云：

> 清樂者，南朝舊樂也。永嘉之亂，五都淪覆，遺聲舊
> 制，散落江左。宋、梁之間，南朝文物，號為最盛；
> 人謠國俗，亦世有新聲。後魏孝文、宣武，用師淮、
> 漢，收其所獲南音，謂之《清商樂》。[69]隋平陳，因
> 置清商署，總謂之清樂，遭梁、陳亡亂，所存蓋鮮。
> 隋室已來，日益淪缺。武太后之時，猶有六十三曲，
> 今其辭存者，惟有：……〈子夜〉、〈吳聲四時
> 歌〉……等三十二曲。[70]

---

67 〔唐〕孟浩然〈崔明府宅夜觀妓〉，收入《全唐詩》（北京：中華書局，1960 年），卷 160，頁 1642。
68 〔唐〕白居易〈東南行一百韻〉，收入《全唐詩》（北京：中華書局，1960年），卷 439，頁 4877。
69 〔後晉〕劉昫：《舊唐書》（臺北，鼎文書局，2000 年），卷 29，頁 1062。
70 前揭書，頁 1062。

楊蔭瀏《中國古代音樂史稿》簡明說道：

> 在第五、第六世紀以前，民間音樂在北方，統稱為
> 《相和歌》；在此之後，民間音樂，無論在北方或南
> 方，都統稱為《清商樂》。後來的《清商樂》，和以前
> 的《相和歌》一樣，它包含著民歌，但也包含著從民
> 歌基礎上發展起來的更高的藝術作品，連一部分舞曲
> 在內。[71]

可知陶峴家樂所奏《清商樂》，即從六朝以來流行江南一帶
的民間歌謠，陶峴為陶淵明之後，又家於崑山，所聽賞者自
然為江南曲調。《平陽曲》雖不知為何，但與《子夜歌》對
稱，應與《子夜歌》同屬吳地民歌。白居易所觀賞的家樂演
員出身越地，唱的又是吳歌，載歌載舞符合楊氏所謂舞曲，
所以應當也是民間歌謠。

　　又，前引范攄《雲溪友議》云：

> 白居易有妓樊素善歌、小蠻善舞，嘗為詩曰：「櫻桃
> 樊素口，楊柳小蠻腰。」年既高邁，而小蠻方豐豔，
> 因作【楊柳詞】以托意曰：「一樹春風萬萬枝，嫩於
> 金色軟於絲。永豐坊裡東南角，盡日無人屬阿誰。」
> 及宣宗朝，國樂唱是詞，上問誰詞，永豐在何處，左
> 右具以對，遂因東使，命取永豐柳兩枝，植於禁中，

71　楊蔭瀏：《中國古代音樂史稿》（北京：人民音樂出版社，1981 年），頁
　　145。

白感上知其名，且好尚風雅，又為詩一章。[72]

按：沈冬先生〈小妓攜桃葉，新歌踏柳枝──民間樂舞〈楊柳枝〉〉中釐清此調的淵源，結論中說：

> 〈楊柳枝〉之調，應是源於北朝樂府的〈折楊柳〉，此曲本是西晉末造的民歌，……盛唐李白、王翰、王之渙等人詩中所提及的〈折楊柳〉，正是北朝〈折楊柳〉的嫡傳，也是唐人〈楊柳枝〉的先聲。……〈楊柳枝〉在初唐雖有喬知之、陳子昂之作，盛唐有賀知章之作，但真正流行還在中唐新翻歌曲之後，由白居易詩看來，這種「洛下新聲」是歌舞樂合一的表演，具有相當藝術性，上至天子、下至小兒，都有歌舞此曲的記載。[73]

既然〈楊柳枝〉為流傳已久的民間樂舞，經白居易翻新聲為歌舞樂合一、具藝術性的表演，則常見於家樂也是可想而知的事了。

（二）胡樂──四夷之樂

以上為家樂表演民間歌樂舞的部分；至於來自四方胡夷之樂者，請見以下諸條資料：

---

72 〔唐〕范攄：《雲溪友議》（前揭書），頁36。
73 沈冬：〈小妓攜桃葉，新歌踏柳枝──民間樂舞〈楊柳枝〉〉，收入《唐代樂舞新論》（前揭書），頁130。

張固《幽閒鼓吹》：

> 元載子伯和勢傾中外，福州觀察使寄樂妓十人，既
> 至，半載不得送。使者窺伺門下出入頻者，有琵琶康
> 崑崙最熟，厚遺求通，即送妓，伯和一試奏，盡以遺
> 之。先有段和尚善琵琶，自製【西梁州】，崑崙求之
> 不與，至是以樂之半贈之，乃傳焉，道調【梁州】是
> 也。[74]

按：【西梁州】、【梁州】，又作【涼州】，《舊唐書卷二九・志
第九音樂二》：

> 【西涼樂】者，後魏平沮渠氏所得也。晉、宋末，中
> 原喪亂，張軌據有河西，符秦通涼州，旋復隔絕。其
> 樂具有鐘磬，蓋涼人所傳中國舊樂，而雜以羌胡之聲
> 也。[75]

《中國音樂辭典》則釋此曲為開元六年（西元 718 年）西涼
都督郭知遠所獻。在唐代即已發展為不同宮調的多種譜本，
此處的段和尚即知名樂人段善本，後來【梁（涼）州曲】納
入宮廷為大曲之一[76]。無論二說如何，此曲皆為胡樂傳入中

---

74 〔唐〕張固《幽閒鼓吹》，收入《筆記小說大觀》（臺北：新興書局，1979
　　年），第六編第 2 冊，頁 170。

75 《舊唐書》，前揭書，卷 29・志第九音樂二，頁 1068。

76 見《中國音樂辭典》（北京：人民音樂出版社，1984 年），頁 231。

原無疑。

李白〈邯鄲南亭觀妓〉詩：

> 歌鼓燕趙兒，魏姝弄鳴絲。粉色豔日彩，舞袖拂花
> 枝。把酒顧美人，請歌邯鄲詞。清箏何繚繞，度曲綠
> 雲垂。平原君安在，科斗生古池。座客三千人，於今
> 知有誰。我輩不作樂，但為後代悲。[77]

劉禹錫〈和楊師皋給事傷小姬英英〉：

> 見學胡琴見藝成，今朝追想幾傷情。撚弦花下呈新
> 曲，放撥燈前謝改名。[78]

白居易〈醉歌〉（示伎人商玲瓏）詩：

> 罷胡琴，掩秦瑟，玲瓏再拜歌初畢。誰道使君不解
> 歌，聽唱黃雞與白日。黃雞催曉丑時鳴，白日催年酉
> 前沒。腰間紅綬繫未穩，鏡裡朱顏看已失。玲瓏玲瓏
> 奈老何，使君歌了汝更歌。[79]

---

77 〔唐〕李白〈邯鄲南亭觀妓〉，收入《全唐詩》（北京：中華書局，1960
年），卷 179，頁 1825。

78 〔唐〕劉禹錫〈和楊師皋給事傷小姬英英〉，收入《全唐詩》（北京：中華
書局，1960 年），卷 360，頁 4066。

79 〔唐〕白居易〈醉歌〉（示伎人商玲瓏），收入《全唐詩》（北京：中華書
局，1960 年），卷 435，頁 4823。

從「燕趙兒」、「魏姝」、「邯鄲詞」、「胡琴」、「秦瑟」等字詞
看來，來自四方域外之音已經流入家樂的表演。

(三) 雅樂──宮廷之聲

此處所指雅樂，非是朝廷祭祀之宗廟樂，而是指在宮廷
宴會中所使用的音樂，楊蔭瀏云：

> 被統治階級在宴會中間應用的一切音樂，都叫燕樂或
> 宴樂。在古代封建社會中，盛大的宴會，只有統治階
> 級才能有份。所以燕樂是統治階級從他們自己的立場
> 給予某些音樂的一種名稱。[80]

筆者姑且引用這種說法，來指家樂的演出內容本出於朝廷
者。前引沈亞之《歌者葉記》提到，崔莒與歌者葉氏「合韻
奏【綠腰】」，這首【綠腰】應即出自宮廷。楊蔭瀏在分析唐
代燕樂時提到：

> 「燕樂」中間包含各種音樂，聲樂、器樂、舞蹈、百
> 戲等，都在「燕樂」的範圍以內。但歌舞音樂在隋、
> 唐「燕樂」中卻佔有最重要的地位。含有多段的大型
> 歌舞曲，叫做「大曲」。……唐代的「大曲」很多，
> 光在唐詩裡提到的「大曲」，就有【綠腰】(【六
> 么】、【樂世】)、【涼州】(【梁州】)、【薄媚】、【伊

80　楊蔭瀏：《中國古代音樂史稿》，前揭書，頁213。

州】、【甘州】、【霓裳羽衣】、【玉樹後庭花】、【雨霖鈴】、【柘枝】、【三臺】、【渾脫】、【劍器】、【熙州】、【石州】、【水調】、【破陣樂】、【春鶯囀】等。[81]

其中【涼州】（【梁州】）本西域之樂已如上述；這裡討論的是【綠腰】，是宮廷裡演奏大曲時經常出現的曲調。除了崔莒家樂歌者葉氏善歌之外，南唐宰相韓熙載生性放蕩不羈，後縱情聲色，蓄有家樂四十餘人，〔宋〕釋文瑩《湘山野錄》「南唐韓熙載縱家伎，與賓客生旦雜處。」後主李煜聞此，便暗派畫家顧閎中夜探韓府一窺究竟，顧將韓熙載夜宴玩樂之事盡付丹青，成為中國繪畫史上重要的巨作〈韓熙載夜宴圖〉，全圖共分五個畫面，第一幅畫面便記載了韓熙載愛妓王屋山跳【綠腰】舞的場面，【綠腰】起調使用琵琶，此畫中彈琵琶者為宮妓教坊副使李家明的妹妹[82]。由此可知歌者葉氏和韓熙載家樂演出【綠腰】曲，是雅樂流入家樂之證明。

　　【霓裳羽衣】也是唐代有名的大曲，白居易寫有《霓裳羽衣舞歌》，詳細說明該曲的歌舞表演過程；他的《長恨歌》中有「漁陽鼙鼓動地來，驚破霓裳羽衣曲」名句，據聞楊貴妃最擅長的舞曲便是【霓裳羽衣】，可知它也是宮廷燕樂。此曲也在民間家樂中使用，白居易〈燕子樓三首・序〉記錄了尚書張建封與家樂關盼盼的愛情故事：

81　楊蔭瀏：《中國古代音樂史稿》，前揭書，頁224。
82　參見修君：《中國樂妓史》，前揭書，頁199。

徐州故張尚書有愛妓曰盼盼，善歌舞，雅多風態。予
為校書郎時，遊徐泗間。張尚書宴予，酒酣，出盼盼
以佐歡。歡甚，予因贈詩云……尚書既歿，歸葬東
洛。而彭城有張氏舊第，第中有小樓名燕子。盼盼念
舊愛而不嫁，居是樓十餘年，幽獨塊然，於今尚在。
予愛續之新詠，感彭城舊遊，因同其題，作三絕句。

三首之一為：

鈿暈羅衫色似煙，幾回欲著即潸然。自從不舞霓裳
曲，疊在空箱十一年。[83]

可知關盼盼便是善跳【霓裳羽衣】舞的家伎，也可證明宮廷
雅樂【霓裳羽衣】流入民間家樂。

另有【何滿子】一曲，則是從民間流入宮廷、再流出民
間的例子，白居易〈何滿子·並序〉云：

開元中滄州歌者，臨刑進此曲以贖死，竟不得免，亦
舞曲也。
世傳滿子是人名，臨就刑時曲始成。一曲四詞歌八
疊，從頭便是斷腸聲。[84]

83　〔唐〕白居易〈燕子樓三首·序〉，收入《全唐詩》（北京：中華書局，
　　1960年），卷438，頁4869。

84　〔唐〕白居易〈何滿子·並序〉，收入《全唐詩》（北京：中華書局，1960
　　年），卷72，頁391。

可知「何滿子」原是滄州一善歌樂人，因犯罪受刑，刑前創作一調，後人便以為曲名。此曲後來傳唱宮廷，張祜〈孟才人歎・并序〉便記載了一宮妓孟才人歌【何滿子】，並為武宗殉情之事蹟：

> 武宗皇帝疾篤，遷便殿。孟才人以歌笙獲寵者，密侍其右。上目之曰：吾當不諱，爾何為哉？指笙囊泣曰：請以此就縊。上憫然，復曰：妾嘗藝歌，請對上歌一曲以泄其憤。上以懇許之，乃歌一聲【何滿子】，氣亟立殞。上令醫侯之，曰：脈尚溫而腸已絕。及帝崩，柩重不可舉。議者曰：非俟才人乎？爰命其櫬，櫬並至乃舉。嗟夫，才人以誠死，上以誠命。雖古之義激，無以過也。[85]

孟才人以一宮妓而能以身殉之，誠感人至深。後來安史之亂後，很多宮廷樂人流入民間成為家樂或者民妓，【何滿子】再度流入民間，〔宋〕王灼《碧雞漫志》引《樂府雜錄》云：

> 靈武刺史李靈曜置酒，坐客姓駱，唱【何滿子】，皆稱妙絕。白秀才者曰：「家有聲妓，歌此曲音調不同。」召至令歌，發聲清越，殆非常音。駱遽問曰：「莫是宮中胡二子否？」妓熟視曰：「君豈梨園駱供

85　〔唐〕張祜〈孟才人歎・并序〉，收入《全唐詩》（北京：中華書局，1960年），卷511，頁5849。

奉邪？」相對泣下，皆明皇時人也。[86]

　　可知安史之亂後，宮廷音樂大量流入民間，而此處蓄有家樂之白秀才，顯然也是個知音識律的家樂主人，才能細辨駱供奉與胡樂妓音聲之異同。

　　從以上諸曲為例，恰可以說明唐代家樂的演出就音樂層面而言，實則吸納了民間俗樂、四方胡樂以及宮廷燕樂等豐富多元的內容，彼此交流激盪、反饋融會，反映出唐代音樂發展之興盛。

　　最後補充說明的是，這樣豐富多元的演出內容，還需要家樂主人、家樂成員相當的音樂修養，才能相輔相成、相激相勵而有所提升，上述陶峴本身嘗奏清商曲，白居易也曾為家妓小蠻填製新詞【楊柳詞】供其歌舞，還有孟浩然所謂崔宅家樂所唱新聲【子夜歌】、前引羊侃善音律，自造【採蓮歌】甚有新致，歌者葉氏善唱新聲、劉禹錫所述泰娘也以新聲度曲，可知部分家樂擁有者、或者他們蓄養的樂工具有填製新詞新曲的能力，而他們所填製的新曲新詞又多是有兩種情況：一為當時流行的小曲，如【楊柳詞】、【子夜歌】等，二為當時流行的詩句，如白居易、劉禹錫、李賀等人都是當時極富文名的大詩人，則家樂的演出勢必是當時受人歡迎、甚且引領流行的新聲曲調，與當時的音樂流行趨勢亦步亦趨、相輔相成地成就整個時代的音樂發展趨向。楊蔭瀏《中

86　〔宋〕王灼《碧雞漫志》，收入《筆記小說大觀》（臺北：新興書局，1979年），第六編第 2 冊，頁 724。

國古代音樂史稿》中提到唐代的民間音樂「曲子」時說：

> 這種被選擇、推薦、加工的民歌，雖然基本上是出於
> 民歌，但同時已脫離最初的民歌形式而為向更高的藝
> 術形式發展做進一步的準備。……曲子比之一般民歌
> 得到更廣泛的應用：除了仍可以像一般民歌一樣，單
> 獨清唱以外，它們還被用於說唱、歌舞等等其他更高
> 的藝術形式中間。它們流傳到都市中間，也得到市民
> 和文人們的愛好，形成市民音樂中的重要構成因素，
> 成為文人寫作新作品的更好的形式。它們在都市中間
> 專業樂工和詩人的手裡，得到了進一步的加工、定型
> 和發展。
>
> 為了歌唱而寫詩的詩人，漢魏六朝時期固然很多，到
> 了隋唐時代，仍然不少。他們或根據舊有的古代曲調
> 填寫新詞，或根據流行的新曲調填寫歌詞，或自寫歌
> 詞之後，通過民間藝人的歌唱逐漸產生新的曲調，在
> 社會流行起來。

以上楊蔭瀏的分析，也可以在唐代家樂的音樂演出上得到證
明，可知唐代家樂對於唐代音樂的發展而言，實有推波助
瀾、引領新潮之功。

七　唐代家樂的表演內容

──百戲雜技嶄露頭角：詼諧小戲的出現透露 戲劇端倪

　　家樂的存在本即以歌舞聲色娛樂人主，因此家樂的演出內容，原即含有「歌、舞、樂」等基本的表演；唐代以後，在演出內容上有了進一步的豐富擴充，首先是自漢代以來日漸昌盛的百戲雜技以及酒令遊戲，隨著民間文藝的普及與流行，也逐步滲透到家樂的演出中，如：

　　元稹〈病臥聞幕中諸公徵樂會飲因有戲呈三十韻〉：

> ……方欣綺席諧。鈿車迎妓樂，銀翰屈朋儕。白紵翻歌黛，同蹄墜舞釵。白紵、同蹄皆樂人姓名。纖身霞出海，豔臉月臨淮。籌箸隨宜放，投盤止罰涯。紅娘留醉打，觥使及醒差。舞引紅娘，拋打曲名。酒中觥使，席上右職。顧我潛孤憤，何人想獨懷。[87]

白居易〈東南行一百韻〉：

> 柏殿行陪宴，花樓走看酺。神旗張鳥獸，天籟動笙竽。戈劍星芒耀，魚龍電策驅。定場排越伎，促坐進

87　〔唐〕元稹〈病臥聞幕中諸公徵樂會飲因有戲呈三十韻〉，收入《全唐詩》（北京：中華書局，1960 年），卷 406，頁 4526。

吳歈。縹緲疑仙樂，嬋娟勝畫圖。歌鬟低翠羽，舞汗墮紅珠。[88]

前引朱希濟《妖妄傳》「張和」條記張和與友路遇豪家童僕邀至家中飲宴，宴會中「命酌進妓數四，支鬟撩鬢，縹若神仙，其舞盃閃毬之令，悉新而多思。」

前引陸龜蒙《小名錄》「大善」條：

> 羊侃，……性豪侈，善音律，自造〈採蓮歌〉，甚有新致，姬妾列侍，窮極侈靡，有彈箏人名大善，著鹿角爪長七寸，舞人張靜琬，腰圍一尺六寸，時人咸推能掌上舞，又有孫景玉，能反腰貼地，啣得席上玉簪……

前引《舊唐書·列傳第二十六·恆山王承乾》記唐太宗前太子李承乾：

> 常命戶奴數十百人專習伎樂，學胡人椎髻，翦綵為舞衣，尋橦跳劍，晝夜不絕，鼓角之聲，日聞於外。」

〔宋〕錢易《南部新書》卷十稱唐代

88　〔唐〕白居易〈東南行一百韻〉，收入《全唐詩》（北京：中華書局，1960年），卷439，頁4877。

十宅諸王多解音聲，倡優百戲皆有之。[89]

上列資料中，除了基本的「歌舞樂」演出之外，還可見到新奇有趣、熱鬧豐富的雜技表演以及酒令遊戲：「戈劍」、「跳劍」二詞似乎可以揣見有類於劍舞的表演；「魚龍」則讓人聯想到漢代百戲中的「魚龍曼衍」；「掌上舞」、「反腰貼地啣簪」都是在舞蹈基礎上更進一步的特技表演；「尋橦」應類似爬竿；「定場排越伎」可見出整個家樂的演出似乎是由多項表演節目串場連演而成；「籌箸、投盤」以及「拋打曲名」之「舞引紅娘」，即唐朝盛行的酒令遊戲，王小盾《唐代酒令藝術》中提到唐代酒令的幾種類型，其中「籌令」、「骰盤令」以及「拋打令」即見上述[90]；可知唐代家樂無論公卿貴冑或者文士豪富者，其演出內容融合歌舞遊戲，果真包羅萬象、「倡優百戲皆有之」。

上述均屬百戲雜技，那麼「倡優」呢？《舊唐書·卷一百一十八·元載》云：

> 載在相位多年，權傾四海，外方珍異，皆集其門，資貨不可勝計，故伯和、仲武等得肆其志。輕浮之士，奔其門者，如恐不及。名姝、異樂，禁中無者有之。兄弟各貯妓妾于室，倡優偎褻之戲，天倫同觀，略無

---

89 〔宋〕錢易撰、黃壽成點校：《南部新書》（北京：中華書局，2002 年），頁 168。

90 王小盾：《唐代酒令藝術》（臺北：文津出版社，1993 年），第一章唐代酒令，頁 7-54。

愧恥。[91]

前引張固《幽閒鼓吹》記載元伯和勢傾中外，有蓄養家樂之好，福州觀察史想巴結他，還串通樂人康崑崙厚遺求通。而伯和、仲武兄弟與老爸元載家還蓄有倡優，常有猥褻之戲供其玩樂，可見唐風荒淫之至。而此類「倡優」的演出內容，詳情如何呢？請見前引唐無名氏《玉泉子真錄》云：

> 崔公鉉之在淮南，嘗俾樂工集其家僮，教以諸戲。一日，其樂工告以成就，且請試焉。鉉命閱於堂下，與妻李氏坐觀之。僮以李氏妒忌，即以數僮衣婦人衣，曰妻曰妾，列於旁側。一僮則執簡束帶，旋辟唯諾其間。張樂，命酒，笑語，不能無屬意者，李氏未之悟也。久之，戲愈甚，悉類李氏平昔所嘗為。李氏雖少悟，以其戲偶合，私謂不敢故然，且觀之。僮志在於發悟，愈益戲之。李果怒，罵之曰：「奴敢無禮！吾何嘗如此！」僮指之，且出曰：「咄咄！赤眼而作白眼諢乎！」鉉大笑，幾至絕倒。[92]

這段家樂的演出，說明了唐代家樂性質的遷變，其一為家樂成員已不限於女伎，還有男性的樂工。其二為家樂已不限於

---

91 〔後晉〕劉昫：《舊唐書》（臺北，鼎文書局，2000 年），卷 118，頁 3414。

92 見〔唐〕無名氏：《玉泉子真錄》（前揭書），卷 46 下，頁 517。

絲竹歌舞，還吸收了詼諧調笑的戲劇表演，觀此段文字，有
演員裝扮、代言體、簡單的故事情節、表演的場所，以及觀
眾觀戲的劇場意識，完全可以說明它是倡優裝扮、具有小戲
性質的戲劇演出。

　　再來看到其他資料，蔣防《幻戲志》「殷七七」條記擁
有幻術的殷七七：

> 偶到官僚家，適值賓會次，主賓趨迎，有佐酒倡優甚
> 輕侮之，七七乃白主人：「欲以二栗為令可乎？」咸
> 喜，謂必有戲術，資於歡笑，乃以栗巡行，接者皆聞
> 異香驚嘆，唯佐酒笑。七七者二人作石綴於鼻，挈挩
> 不落，但言穢氣不可堪。二人共起狂舞，花鈿委地，
> 相次悲啼，粉黛交下，及優伶輩一時起舞，鼓樂皆自
> 作聲，頗合節奏。曲止而舞不已，一席之人笑皆絕
> 倒。[93]

前引薛用弱《集異記》「蔣琛」條記曇人蔣琛受湖神之邀赴
河府飲宴，宴會中：

> 有女樂數十輩，皆執所習於舞筵，有俳優揚言曰：
> 「皤皤美女，唱【公無渡河】」，歌其詞曰……。歌
> 竟，俳優復揚言曰【謝秋娘採桑曲】，凡十餘疊，曲

93　〔唐〕蔣防《幻戲志》，收入《筆記小說大觀》（臺北：新興書局，1979
　　年），第三編第 2 冊，頁 1256。

韻哀怨……，舞竟，俳優又揚言曹娥唱【怨江波】，
凡五疊……。[94]

這兩條資料，雖然沒有出現具體詳細的演劇內容如《玉泉子
真錄》者，但仍可見出戲劇演出的蛛絲馬跡：

其一，二文皆稱參與演出的人員為「倡優、優伶、俳
優」，可見他們的身分就是娛樂人主的戲劇演員。

其二，《幻戲志》中優伶輩隨樂起舞，曲止仍舞不已，
引逗得眾人發笑，久不可抑，即不難想像優伶們的表現具有
滑稽詼諧的動作、表演，也可說是符合粗具情節的小戲調笑
諧謔的性質。

其三，《集異記》中蔣琛所見表演，由「俳優」唱名輪
番演出多首曲目，其中唱名稱「皤皤美女、謝秋娘、曹娥」
便具有故事情節的意味，因為【公無渡河】是極有名的漢樂
曲，曲之由來乃因某丈夫不聽其妻勸導堅持渡河，終至沈江
身亡，其妻哀哭江邊，哭唱該曲後亦投江自盡；【謝秋娘採
桑曲】亦可以推想其內容為描寫貌美女子（案：秋娘為古代
美女之通稱）採桑情景的歌曲；曹娥故事更是傳唱千古的孝
女故事，【怨江波】由曲名即可推知為描述曹娥盡孝投江的
內容情節。因此，該條資料雖然沒有詳述戲劇演出的情形，
但從上述訊息中推想當時演出有類於以歌舞敘事、由俳優妝
扮演出的戲劇表演，應當「雖不中，亦不遠矣！」

---

94 〔唐〕薛用弱《集異記》，收入《筆記小說大觀》（臺北：新興書局，1979
年），第十四編第 1 冊，頁 46-47。

　　綜上所述，可見唐代家樂在演出內容上，已不再限於前代的絲竹歌舞而已，還進一步吸納入當時流行的百戲、雜技、酒令遊戲乃至於戲劇表演，這個現象就中國戲劇發展史的角度來看，無疑地可以和唐代戲劇之兩大代表——宮廷之參軍戲、民間之踏謠娘歌舞戲相互參照，而為戲劇發展史提供新的訊息；就家樂自身的發展脈絡來看，明清家樂更因為戲劇的成熟茁壯，而正式成為「戲劇組織」之一，換言之，明清家樂的戲劇表演成分是遠重於歌舞表演成分，然此現象並非一蹴可幾，而是遠在唐代就已見出端倪。

餘論：唐代家樂的時代意義
——雅俗文化的遞嬗匯通

　　通過全文的討論，對於唐代家樂擁有者的身分轉移、組織體制的人數與分工、成員身分具多重性質，以及家樂在各式表演場合所發揮的功能、對於唐代音樂史、戲劇史的發展，已經有相當的認識；在論述過程中不難發現，唐代家樂的研究，確實是在縱向的歷史脈絡中，綰合起政治、社會、經濟、文化、音樂、戲劇、思想等多面向的立體探討，牽一絲而動全網、牽一髮而動全身，以下便將全文討論所得，綜合總理結論出唐代家樂所內蘊的思想內涵與時代意義。鄙意以為，唐代家樂恰處在由雅文化進入俗文化，彼此遞嬗衍變、升沉匯通的關鍵時期。

　　何謂「雅」、「俗」？歷來學界紛紛解說，多年來已取得相當共識；茲綜合前輩學者的說法並鎔鑄己意，且扣合本文

對於唐代家樂的多面向探討，筆者以為：就參與者的身分而言，雅俗是指相對性的上層統治階級以及下層被統治階級，如同前文所提「雅樂」為宮廷之樂、「俗樂」為民間之樂；就審美經驗來說，具私密性、個別性、特殊性的是雅，具公開性、普遍性、日常性的是俗；就使用層面來說，不以市場為取向，沒有商品意識者為雅，本質上是個商品，必有市場概念者為俗[95]。由此思考唐代家樂，恰處在由雅入俗，雅俗之間相互遞嬗衍變、升沉匯通的關鍵時期，茲分二點：

---

95 參見中興大學第二屆通俗文學與雅正文學研討會紀要，金榮華教授所做專題演講〈通俗文學與雅正文學的本質和趨勢〉中說：「『雅正文學』有三個特色，即：（一）目的以抒發己志為主。（二）讀者群與作者群屬於同一階層。（三）不以市場為取向，沒有商品意識。……它（通俗文學）的特色就是：（一）讀者與作者不是同一個階層，兩者身分有很大的差距。（二）本質上是個商品，必有市場概念。（三）是大眾化、通俗性的。」龔鵬程則在特約討論的發言中提出：對於雅俗之間的區分，大約有以下八個指標：（一）以作者來分，文人士大夫所寫為雅，民眾寫的為俗。（二）以題材上分，表達個別的特殊經驗為雅，表現一般民眾日常性、公眾性的為俗。（三）以文學性質的趨向而言，雅文學顯示的是種非日常的、超世離俗、隱居等的生活，而俗文學則顯示出日常的、世俗性的生活。（四）在文字方面，雅文學盡量讓文學透過陌生化及修辭的手法，讓作品藝術性增加，而俗文學則以民眾所熟悉的方言、俗語作為描述方式。（五）在風格上，雅代表的是含蓄，而俗代表直接。（六）從使用者來分，多數人可欣賞的是俗文學，而只有少數人可欣賞的叫雅文學。（七）從美學範疇上來說，如果一篇文學作品的讀者，是需要有更多修養、更多的知識、人生歷練才能了解，並具有複雜美的，就屬於雅文學；如果只要是一般人都能接受的，且具有簡單的美的，就是俗文學。（八）從表現方式來看，雅文學通常以純粹文字作表現，而通俗文學與肢體表演、口語表演結合，其音樂、戲劇特性就較強。

（一）從社會文化方面

　　——由雅入俗：所有權的開放、文藝平民化

　　雅、俗是個相對性的概念，若就對象性來說，是朝廷與百姓、官府與民間、統治者與被統治者而言；若就唐代家樂而言，最明顯的現象就表現在家樂擁有者身分的改變，如前所述，先秦兩漢家樂的所有權，大多集中在諸侯君王、王室貴胄；魏晉南北朝以來，逐漸開放到貴族皇戚、仕宦公卿，仍舊屬於封建階級中金字塔頂端的貴族階層；但是到了唐代，進一步地開放到公卿大夫，甚且民間富豪、文人士子之手，加上民間妓館的成立，家妓、宮妓、民妓各類之間相互流離移轉，更造成了整體伎樂文化的發達。唐人宴會必有伎樂，已到不分士庶貴賤的程度，而此風之熾，宋德熹認為：

　　　　大抵唐人挾邪風氣的助長，玄宗、德宗及宣宗三帝委
　　　　實難辭其咎。按隋時詠妓的詩文殊不少，但降及唐
　　　　初，除貴戚帝室和王公大臣於宴集時形諸保守的吟詠
　　　　外，民間並不流行，而且唐初的妓樂享受，大體頗有
　　　　節制，不同於中唐以後放浪形骸的作風。……
　　　　考玄宗影響唐代妓風者有三：其一，開元二年設置左
　　　　右教坊，將所謂倡優雜技脫離太常寺的管轄，逕行納
　　　　入教坊編制內，不久，梨園也緊接著組織成立；唐初
　　　　原本盛行雅樂，自此俗樂較被注重。其二，玄宗肯放
　　　　任臣下蓄妓，《唐會要》即載玄宗於天寶十年下
　　　　詔……玄宗則聽任其自由，蓄妓多寡法所不禁，妓女

業之發展，當以此際為轉捩點⋯⋯。玄宗本人不僅風
流自許，還進一步慫惥臣下縱情於聲色享受。其三，
玄宗提倡與民同樂，如《開元傳信記》所載「元宗御
勤政樓大酺，縱士庶觀看，百戲競作，人物填咽，金
吾衛士白棒雨下，不能制止。」可證。

可見唐代家樂所有權的開放在玄宗有意的提倡之下，是由雅
入俗的過程，是由少數的上層社會開放到多數的下層社會，
成為普遍風流、士庶皆然的社會現象。更重要的是，唐代家
樂由雅入俗，造成什麼樣的影響呢？可從四點來說：

就社會風氣而言，唐代經濟繁榮、商業發達，伎樂全面
普及的結果造成社會更趨浮華，終至荒淫，章炳麟《太炎文
錄初編》卷一〈五朝學〉中說：

唐人荒淫累代獨絕，播在記載，文不可誣。又其浮競
慕勢，尤南朝所未有，南朝疵點專在帝室，唐乃延及
士民。[96]

可證諸伎樂之風由貴族皇室之家延及士子庶民之手。

就音樂史的發展而言，前文提及唐代家妓、宮妓、民妓
彼此流離移轉的情形，反映了唐代俗、胡、雅樂之間此消彼
長、會通交流的現象，〔明〕胡震亨《唐音癸籤》卷十四

---

96 章炳麟：《太炎文錄初編》（臺北：新陸書局，1970 年），卷 1〈五朝學〉，
頁 69。

「四夷樂」條云：

> 《周官》鞮鞻氏掌四夷之樂與其聲歌，祭祀及燕饗，
> 作之門外，美德廣之所及也。自南北分裂，音樂雅俗
> 不分，西北胡戎之音，揉亂中華正聲。降至周、隋，
> 管弦雜曲，多用西涼；鼓舞曲多用龜茲；燕享九部之
> 樂，夷樂至居其七。唐興，仍而不改。開元末，甚而
> 升胡部於堂上，使之坐奏，非惟不能釐正，更揚其
> 波。於是昧禁之音，益流傳樂府，浸漬人心，不可復
> 浣滌矣。[97]

可見唐代音樂較諸前代，即已雅樂消沉、胡俗迭興；玄宗以
後民間妓館進一步開放，安史亂後，大量宮廷樂人散落民間
成為家樂、民妓，都使晚唐音樂進一步平民化，劉水雲《明
清家樂研究》中說：

> 由於中國家樂天然地與宮廷、民間戲樂組織血脈交融，
> 故從理論上說，宮廷、民間戲樂活動的內容都可能為
> 家樂所吸納，從而成為家樂表演的內容。同樣，家樂
> 表演的內容和表演技藝也會通過某些途徑流入宮廷和
> 民間，從而對宮廷、民間藝術產生一定的影響。[98]

97　〔明〕胡震亨：《唐音癸籤》，收入周維德集校：《全明詩話》（濟南：齊魯
　　書社，2005 年），第 5 冊，頁 3700。

98　劉水雲：《明清家樂研究》（前揭書），頁 8。

岸邊成雄《唐代音樂史的研究》分析得更清楚：

> 按唐朝中期以前被宮廷貴族官僚所獨佔之音樂文化，
> 於唐朝中期至唐朝末期間已為民間解放，而產生新的
> 音樂場所；該項場所隨都市間商業市民生活之提高，
> 以都市之妓館及戲場為主。至此，除國家宮廷之樂
> 工、宮妓、貴族、官僚之家妓以外，妓館之公妓亦開
> 始成為樂人中主要之角色；……此種從奴隸階級轉移
> 一般人之大眾音樂情形，加速了音樂文化之開放及平
> 民化，故音樂內容及性格上之變化，亦屬當然。唐朝
> 中期以後胡俗兩樂之融合，達完全境域，刑成新俗樂
> 之一本化。[99]

晚唐音樂文化之開放與平民化，即筆者所謂由雅入俗的過程。

　　就文學史的發展來看，前文第四節提及唐代家樂所有權開放到民間豪富、文人墨客之手，以樂侑酒、以歌入詩的現象，促進了唐代浪漫的詩風以及倡伎文學的發達，此就文學風格而言；然而，就文體方面，唐代伎樂風氣鼎盛，還影響了詞體的發展，近代大學問家胡適先生便在《詞的起源》中認為：

> 我疑心依曲拍作長短句的歌調，這個風氣，是起於民

99　〔日〕岸邊成雄：《唐代音樂史的研究》（前揭書），頁64。

間，起於樂工歌妓。[100]

之後胡雲翼、夏承燾、任二北、葉嘉瑩、羅忼烈等位前輩學者紛紛著作專書或專文討論，李劍亮於此基礎上專事研究《唐宋詞與唐宋歌妓制度》，從自先秦迄唐宋的歌妓制度談起，分析唐宋詞人與歌妓的交往、詞為歌妓應歌而作、歌妓與詞的實用功能、歌妓在詞樂結合中的中介作用、歌妓與詞的傳播、歌妓自身的創作活動、歌妓對唐宋詞的負面影響等方面，作綜合性的深入討論，終認為：

> 歌妓制度在歷經了先秦女樂、漢代倡樂和魏晉樂戶的發展過程之後，到了唐代，逐漸形成其相對穩定的結構形態。官妓制度進一步組織化和制度化，家妓、私妓同樣也十分普遍。可以說，有唐三百年間，歌妓的活動幾乎滲透到了封建士大夫的整個生活領域中。因而，它對文人士大夫的文學創作產生了極為廣泛的影響，特別是對在音樂文化中孕育起來的新的文學樣式——詞的誕生和發展，其作用更是非同一般。[101]

從前文的第一節和第四節來看，家樂所有權由雅入俗、從皇室開放到民間、尤其是文人墨客手中，對於詞體的興起，確

---

100 胡適著、曹伯言主編：《胡適學術文集·中國文學史》（北京：中華書局，1998年），頁463。

101 李劍亮：《唐宋詞與唐宋歌妓制度》（杭州：浙江大學出版社，1999年），頁23。

實是起了推波助瀾的效果。

　　最後，就戲劇史的角度來看，眾所周知，中國戲劇的成立直到宋代，但唐代以〈踏謠娘〉、〈參軍戲〉為主的民間歌舞、宮廷詼諧小戲已粗具戲劇雛型，此二者之俳優乃分屬民間樂人和宮廷樂人，不在本文討論之列，故無述及；然從本文第六節對於唐代家樂演出內容的探討來看，不僅繼承前代歌舞樂的演出，百戲雜技的內容也非常豐富，更重要的是，還出現了俳優妝扮的詼諧小戲，劉水雲《明清家樂研究》：

> 就活動內容形式而言，歌唱、舞蹈、雜戲及器樂演奏，是宋元之前家樂表演的主要形式；宋元時期的家樂，則增加了院本和雜劇的演出；明清時期的家樂，則以演出雜劇、傳奇劇本為主要內容，而歌舞和器樂的表演則降至從屬的位置。[102]

此間可以見到自先秦乃至明清家樂的演出，一路迤邐而來，歌、舞、樂、戲、劇各成分所佔比重多寡之升沉衍變；唐代居中，恰代表著歌舞仍有、百戲增多、戲劇浮現之轉捩點。戲劇是屬於普羅大眾的通俗文化，尤其在歌舞小戲的階段，更是以娛樂大眾為主要目的，由此看來，唐代家樂的演出內容由歌舞進入戲劇，也呼應了筆者所謂由雅入俗的時代意義。

---

102 劉水雲：《明清家樂研究》（前揭書），頁14。

（二）從審美心態來看

──雅俗匯通：仙化的鑑賞、物品化的人權

上述從社會、音樂、文學、戲劇等文化藝術層面來看，唐代家樂居於由雅入俗的關鍵時期，那麼，從享受家樂聲色服務的審美心態來看，又是什麼情形呢？鄙意以為，與此相輔相成的，唐代家樂的審美心態是雅文化與俗文化的遞嬗衍變、升沉匯通。

首先從欣賞家樂的審美經驗來看，唐代文人在提到觀賞精彩的家樂表演時，往往使用「仙」字或者相類的形容詞語，表達絕美的視聽享受、高層次的藝術鑑賞：

宋之問〈廣州朱長史座觀妓〉：

> 歌舞須連夜，神仙莫放歸。[103]

錢起〈陪郭常侍令公東亭宴集〉：

> 詞人載筆至，仙妓出花迎。[104]

李白〈秋獵孟諸夜歸置酒單父東樓觀妓〉：

103　〔唐〕宋之問〈廣州朱長史座觀妓〉，收入《全唐詩》（北京：中華書局，1960 年），卷 53，頁 658。

104　〔唐〕錢起〈陪郭常侍令公東亭宴集〉，收入《全唐詩》（北京：中華書局，1960 年），卷 238，頁 2664。

出舞兩美人，飄飄若雲仙。[105]

劉禹錫〈三月三日與樂天及河南李尹奉陪裴令公泛洛禊飲各賦十二韻〉：

盛筵陪玉鉉，通籍盡金閨。波上神仙妓，岸傍桃李蹊。[106]

劉禹錫〈洛中送韓七中丞之吳興口號五首〉：

何處人間似仙境，春山攜妓採茶時。[107]

白居易〈醉後題李馬二妓〉：

疑是兩般心未決，雨中神女月中仙。[108]

前引白居易〈夜宴醉後留獻裴侍中〉以及〈與牛家妓樂雨後合宴〉均以「人間少無」的歡樂作結，也有異曲同工之意，

---

105 〔唐〕李白〈秋獵孟諸夜歸置酒單父東樓觀妓〉，收入《全唐詩》（北京：中華書局，1960年），卷179，頁1823。

106 〔唐〕劉禹錫〈三月三日與樂天及河南李尹奉陪裴令公泛洛禊飲各賦十二韻〉，收入《全唐詩》（北京：中華書局，1960年），卷362，頁4092。

107 〔唐〕劉禹錫〈洛中送韓七中丞之吳興口號五首〉，收入《全唐詩》（北京：中華書局，1960年），卷365，頁4114。

108 〔唐〕白居易〈醉後題李馬二妓〉，收入《全唐詩》（北京：中華書局，1960年），卷438，頁4876。

此類不勝枚舉，無庸再贅；這樣的慣用詞語，筆者以為不只是文學性的修辭譬喻而已，而是透露了唐代文人觀樂時「勝似人間、如入仙境」的審美心態。這種心態是屬於「人間歡樂無過此」的特殊美感經驗，不是普遍皆然、垂手可得、生活性、常態性的審美經驗，是屬於精神層面的。

　　基於這種審美心態的極端發展，唐代家樂主人偶或出現「不肯輕易示人」的心態，王仁裕《開元天寶遺事》「隔障歌」記載：

> 寧王宮有樂妓寵姐者，美姿色，善謳唱，每宴外客，其諸妓女盡在目前，惟寵姐客莫能見。飲故半酣，詞客李太白恃醉戲曰：「白久聞王有寵姐善歌，今酒餚醉飽，群公宴倦，王何吝此女示於眾？」王笑，謂左右曰，設七寶花障，召寵姐於障後歌之，白起謝曰：「雖不許見面，而聞其聲亦幸矣。」[109]

如此神祕不肯輕易示人，可知唐代家樂主人「擁樂自重」、「賞樂猶如仙境」的審美心態，是屬於超越世俗、直達仙界的藝術鑑賞，實乃高雅藝術的鑑賞心態。

　　然而，弔詭的是，在擁樂自重的心態之下，往往一體兩面的是，「不可輕易示人」卻也反映出唐代家樂主人將家樂視為個人擁有的物品之心態，前文第二節提及王室權貴擁有家樂，儼然擁有金寶珍玩之類的珍寶財物，家樂體制的大

109　王仁裕：《開元天寶遺事》（前揭書），頁124。

小、人數的多寡，都是富貴榮寵、權勢地位的象徵，也是家樂主人誇耀豪富的工具；第三節提及唐代家樂成員，具有「演員、奴婢、侍妾、妓女」等多重身分，在封建社會裡微不足道，是任人玩弄的物品；第四節提及「贈樂」、「贈妓」是唐代文人拓展人際關係的方式之一，家樂一方面是珍藏的私人物品，一方面又是交際應酬的工具，當賓客盡歡、酒酣耳熱、詩文酬唱之際，為了表示惜才愛才、或者表示友好關係、或者一時興起以示慷慨，家樂都可能就在席間一夕易主，成為社交關係中的餽贈物，而家樂伎人的命運，就如蓬草般隨風飄搖。這些，無疑地都透露出家樂主人罔顧家樂伎人的人權，將家樂表演視為仙化的藝術鑑賞的同時，卻又將家樂成員視為附屬品，將人權物品化的思想內涵。

尤有甚者，家樂甚且成為金錢交易的買賣商品，早在後魏曹彰就曾經以「愛妾換馬」，顯示出婢妾身分低微，猶如畜牲般被交易[110]，而唐代家樂屢易其主之例亦不乏其數：

韓滉〈聽樂悵然自述〉（一作〈病中遣妓〉，一作司空曙詩。）：

> 萬事傷心對管弦，一身含淚向春煙。黃金用盡教歌舞，留與他人樂少年。[111]

---

110 《獨異志》卷中：「後魏曹彰性倜儻，偶逢駿馬愛之，其主所惜也。彰曰：『予有美妾可換，惟君所選。』馬主因指一妓，彰遂換之。馬號曰『白鵲』。後因獵，獻於文帝。」

111 〔唐〕韓滉〈聽樂悵然自述〉，收入《全唐詩》（北京：中華書局，1960年），卷262，頁2969。

白居易〈感故張僕射諸妓〉：

> 黃金不惜買蛾眉，揀得如花三四枝。歌舞教成心力
> 盡，一朝身去不相隨。[112]

白居易〈有感三首〉：

> 莫養瘦馬駒，莫教小妓女。後事在目前，不信君看
> 取。馬肥快行走，妓長能歌舞。三年五歲間，已聞換
> 一主。借問新舊主，誰樂誰辛苦。請君大帶上，把筆
> 書此語。[113]

雖然詩中並未言明家樂易主是否使用商品交易，然家樂身分
同樣低微具有婢妾性質，恐怕也有被當作商品般交易的可能
性。宋德熹〈唐代的妓女〉言到：

> 唐代官妓和家妓皆臻鼎盛的地步，民（私）妓也逐漸
> 嶄露頭角，而像北里（平康坊）這種有組織之妓館的
> 形成，在娼妓史上便代表一個新里程碑，在在意味著
> 近代式商業化妓女的開始，這個開始，就在唐代。

---

112 〔唐〕白居易〈感故張僕射諸妓〉，收入《全唐詩》（北京：中華書局，
　　1960 年），卷 436，頁 4834。
113 〔唐〕白居易〈有感三首〉，收入《全唐詩》（北京：中華書局，1960
　　年），卷 444，頁 4977。

所言雖指整體妓女的現象，但家樂何嘗不會受到整體社會風氣走向商品化的影響呢？既然有商品化的傾向，則其為通俗性、世俗性的，也就不言可喻了。

就是如此錯綜複雜，雅俗遞嬗衍變、並陳交織、匯通升沉的文化現象與審美心態，織就了唐代家樂這片璀璨奪目、如遍地繁花、似漫天朝霞的錦緞，鋪陳出唐代繁華盛世的榮景，也預示了宋代以後市井文化的發達昌盛，唐代家樂的研究，如何能夠是個寂寞乏人問津的空缺呢？！

張旭秘授顏真卿筆法之
真偽考辨

林麗娥

明道大學國學研究所教授

摘　要

　　書史上盛傳張旭曾秘授顏真卿筆法，顏真卿並據以書成〈述張長史筆法十二意〉一文公諸於世。此文除談到橫、縱、間、際等十二種筆法外，對筆法上的印印泥、錐畫沙之說亦有生動的描述，影響後世深遠。此文從唐代以來，書壇多作肯定；然至南宋朱長文首持疑端，至近人朱關田則作〈顏真卿書跡考辨〉一文，全盤否定此文為顏真卿所作。本文則據朱文所云，提出九點史證，並對顏真卿「求法」於張旭的時間，世傳張旭「秘授」顏真卿筆法過程的真相，一一加以考辨與銓說，以證張旭確曾傳法給顏真卿，顏真卿並據以書成〈述張長史筆法十二意〉一文流傳至今，此作確真非偽。

關鍵詞：顏真卿、張旭、秘授、十二意

一　前言

　　古人於獨門之書法技法，常秘不外傳，故中國歷代筆記雜談中，若談到「書法筆法」，便常被視為「武林秘笈」；若談到諸筆法的「祖師爺」們，便常被冠以神祕的神話或怪誕而富趣味的傳說色彩。如明朝解縉的《春雨雜述・書學傳授篇》便綜合古來傳說，云：「書自蔡中郎邕，字伯喈，於嵩山石室中，得八角垂芒之秘，遂為書家授受之祖。後傳崔瑗子玉、韋誕仲將及其女琰文姬。姬傳鍾繇。」[1]其後的清代馮武《書法正傳》便更據以釀構更加精采的戲劇神話故事，如其書中的〈蔡邕書說〉一篇說：「蔡邕入嵩山學書，于石室內得素書。八角垂芒，頗似篆焉。……喈得之不餐三日，唯大叫歡喜，若對千人。喈因學之，三年便妙得其理。」[2]又在〈蔡邕石室神授筆勢〉一篇中說：「邕嘗居一室不寐，恍然見一客，厥狀甚異，授以九勢，言訖而沒。……蔡琰云：臣父造八分時，神授筆法，曰：書肇于自然。」[3]以上是有關東漢蔡邕的神話，下面則是其傳人鍾繇的傳說，清代馮武《書法正傳・鍾繇筆法》中說：「鍾繇少時，隨劉勝往抱犢山學書三年。比還，與邯鄲淳、韋誕……等，議用筆于

1　〔明〕解縉：《春雨雜述・書學傳授篇》，見華正人編《歷代書法論文選》（臺北：華正書局，1984 年 9 月），頁 465。
2　〔清〕馮武：《書法正傳・蔡邕書說》（臺北：華正書局，1988 年 7 月）。
3　〔清〕馮武：《書法正傳・蔡邕石室神授筆勢》（臺北：華正書局，1988 年 7 月）。

韋誕坐中。見蔡邕筆法，自拊胸盡青，因嘔血，魏太祖以五靈丹活之。苦求邕法，誕不與。及誕死，繇陰令人發其墓，遂得之。……。」[4] 而自鍾繇挖韋誕墳墓，得蔡邕筆法後，書法乃大進；晉太康年間，又有人於許下挖鍾繇的墓，世人「遂獲此法」，凡此中種種說法亦見唐代陸希綜的〈法書論〉與宋代朱長文的《墨池編・魏鍾繇筆法》中[5]。其他如唐初虞世南〈勸學篇〉所說的王羲之寫黃庭經，「感三臺神降」[6]；〔宋〕陳思《書苑菁華》所說的王獻之於會稽山，「見一異人披雲而下，又手持紙，左手持筆，以遺獻之」[7]；以至傳為王羲之所著的〈筆勢論十二章〉中也記載王羲之傳筆法給他的兒子王獻之時，仍不忘叮囑：「此之筆論可謂家寶家珍，學而秘之，世有名譽。」並一再警告王獻之說：「（我的這篇）〈筆勢論〉……初成之時，同學張伯英欲求見之，吾詐云失矣，蓋自秘之甚，不苟傳也。」[8]

　　凡以上有關筆法的神祕傳說，有見於清人的著述，宋、明人的著述，更有見於與張旭、顏真卿差不多時代的唐人著作，可見這些「秘談」、「秘說」，一直是大家所津津樂道、樂傳的故事。

4　〔清〕馮武：《書法正傳・鍾繇筆法》（臺北：華正書局，1988 年 7 月）。

5　〔唐〕陸希綜：〈法書論〉，見華正人編《歷代書法論文選》（臺北：華正書局，1984 年 9 月），頁 247。宋・朱長文《墨池篇・魏鍾繇筆法》，見《中國書畫全書》第一冊（上海：上海書畫出版社，1993 年），頁 216。

6　〔唐〕虞世南〈勸學篇〉，收錄於清・董誥等編《全唐文》卷 0138（太原：山西教育出版社）。

7　〔宋〕陳思：《書苑菁華》卷 20（北京：北京圖書館出版社）。

8　〔晉〕王羲之：〈筆勢論十二章〉，見華正人編《歷代書法論文選》（臺北：華正書局，1984 年 9 月），頁 27。

　　張旭「秘傳」、「秘授」筆法給顏真卿，此故事亦是歷代
彙編所津津樂載的。張旭和顏真卿皆是活躍於唐玄宗天寶年
間的大書法家，張旭人稱「草聖」，顏真卿則為變二王法，
而以博厚雄健筆法引領盛唐、中唐書風的關鍵人物，師徒之
間秘授筆法的故事及顏真卿書寫〈述張長史筆法十二意〉的
筆法大揭秘，影響後代書論甚巨。然此文由於後代傳鈔，文
字多異，故事內容又具神秘性，因此在書壇上早有真偽之
爭。因此本文特針對世傳顏真卿〈述張長史筆法十二意〉一
文所載內容，依次就有關顏真卿「求法」於張旭的時間、張
旭「秘授」顏真卿筆法過程的真相，及有關後人論辯真偽之
討論，皆一一逐條進行分析與考辨，以證明顏真卿撰述此文
的內容是真非偽。

二　有關顏真卿「求法」於張旭的時間考辨

　　顏真卿〈述張長史筆法十二意〉一文涉及求法及時間的
記錄有四：

（1）文章一開頭記云：「予罷秩醴泉，特詣東洛，訪金吾長
　　　史張公旭，請師筆法。長史於時在裴儆宅憩止已一年
　　　矣。眾有師張公求筆法，或有得者，皆曰神妙。」

（2）次行云：「僕頃在長安，師事張公，竟不蒙傳授，使知
　　　道也。人或問筆法者，張公皆大笑，而對之便草書，
　　　或三紙，或五紙，皆乘興而散，竟不復有得其言者。」

（凌家民點校本則作：「僕頃在長安，二年師事，張公皆大笑而已，即對以草書，或三紙五紙，皆乘興而散，不復有得其言者。」）

（3）文下又云：「予自再游洛下，相見眷然不替。僕因問裴儆：『足下師敬長史，有何所得？』曰：『但得書絹素屏數本。亦嘗論請筆法，惟言倍加工學臨寫，書法當自悟耳。』」（凌家民點校本則作：「予自再於洛下相見，眷然不替。」下文略同。）[9]

（4）文末補記云：「予遂銘謝，逡巡再拜而退。自此得攻書之妙，於茲五年，真草自知可成矣。」

依上述，顏真卿向張旭師事、求法的時間至少有兩個階段，一在「罷秩醴泉」之前，「僕頃在長安」之時；一在「罷秩醴泉，特詣東洛」之時。參考朱關田〈顏真卿年表〉[10]，顏真卿於玄宗天寶二年三十五歲時初任「醴泉尉」（醴泉在今陝西省醴泉縣東北），而於三年後的天寶五載三十八歲時罷「醴泉尉」，遷「長安縣尉」。則顏真卿便是在此年「特詣東洛」、「再游洛下」、「訪金吾長史」，並「相見眷然不替」（即顧念、思考，深心想向張旭學習，求筆法之心

9　顏真卿述張旭筆法全文，原見魯公文集。然魯公文集早在北宋時已散佚，故後代諸書著錄，為求理達詞順，多作調節，各本文字多乃不同。本論文採用文字多根據華正書局華正人編《歷代書法論文選》中〈述張長史筆法十二意〉及黑龍江人民出版社清黃本驥編訂、民國凌家民點校《顏真卿文集》中〈張長史十二意筆法記〉二文加以參照。

10　收於劉正成主編：《中國書法全集》26（隋唐五代·顏真卿二）（北京：榮寶齋，1995 年 6 月）。

不變）而求得筆法的。

　　另在文中顏真卿追述自己「頃在長安，師事張公」，而凌家民點校本則更標出師事的時間長達「二年」之久。考顏真卿在三十八歲求得張旭筆法之前，住在長安的時間，應該在開元二十一年二十五歲求讀長安福山寺的十年後。蓋顏真卿雖出生於長安，但他四歲而孤，母殷氏即率其兄弟姊妹十人（顏真卿排行第七）寄居在長安舅父殷踐猷家；至十三歲時，舅父殷踐猷過世，又隨母南下寄居於外祖父殷子敬吳縣（今江蘇省蘇州）的官舍中。此後直到開元二十一年顏真卿二十五歲時，始求讀長安福山寺，並於次年（二十六歲）進士及第，二十八歲赴吏部銓選，授「秘書省校書郎」之官，此後一直住在長安，直到天寶元年十月顏真卿三十四歲依資授醴泉縣尉才離開長安。因應本文言其曾有師事張旭「二年」之久的時間，則應在二十五歲至三十四歲之間的十年。然若再觀事後魯公為懷素寫序，文中曾自言「吳郡張旭，……真卿早歲常接游居，屢蒙激昂，教以筆法。」[11] 所謂「早歲常接游居」，則年紀當不應離三十八歲求得筆法之時太近，因此顏真卿師事張旭求法的時間最早應在其二十五歲到三十歲之間為是。

　　至於寫下此文的時間，依文末「自此得攻書之妙，於茲五年」所記，則當於三十八歲得筆法後的五年，時在天寶十載，顏真卿四十三歲之時為是。南宋留元剛《顏魯公年譜》

11　見懷素草書《自敘帖》。《原色法帖選 25》（日本東京：二玄社，昭和 61 年 12 月）。

記在天寶五載作此文恐誤；朱關田〈顏真卿書跡考辨〉並據留元剛之說而向前「逆算」五年，認為「顏真卿詣洛陽師事張旭，當始於天寶元年（即 34 歲時）」，恐亦有誤[12]。

三　有關張旭「秘授」顏真卿筆法的真相考辨

在顏真卿〈述張長史筆法十二意〉中，顏真卿自述張旭傳授筆法給他的過程及所傳授的內容，但文中並未明揭「秘傳」或「秘授」二字，但後人傳述此段「佳話」，卻常直接冠以「秘傳」或「秘授」二字以增加其「神秘性」與「趣味性」。如一九七五年二月出刊的《書譜》第二期，魏亞真的〈顏真卿獲張旭秘傳筆法〉、一九八一年二月出刊的《書畫家》第七卷第一期，書備的〈張旭秘授顏真卿筆法〉等。然考之原文文意，張旭與顏真卿之間是否即有「秘傳」或「秘授」之實，或只是後人虛誕誇張之言呢？茲擬如實加以探討。

如上條引原文所述，在張旭決定傳法給顏真卿前的文本中，文意一直有兩條路線鋪陳：

（一）張旭堅不妄傳的態度

如文章中魯公追述早歲時曾以兩年的時間「師事張公，竟不蒙傳授，使知是道也。」即使多年後，張旭住在洛陽裴

12　詳見朱關田〈顏真卿書跡考辨〉，收於劉正成主編《中國書法全集》25，（隋唐五代・顏真卿一）（北京：榮寶齋，1995 年 6 月）。

傲家「已一年矣」，態度仍然不改。「人或問筆法者，張公皆大笑」，用「皆」字表示求法者仍多，但張旭卻仍一樣「皆」只是打馬虎眼「大笑」敷衍過去，要不就「對以草書，或三紙，或五紙，皆乘興而散」，寫幾張草書分送大家，讓大家「皆」得到禮物，歡喜而散，「竟不復有得其言者」；即使是當主人家的裴儆請教筆法，也只能得到「書絹素屏數本」和幾句鼓勵的話，如文中裴儆告訴顏真卿的「惟言加倍工學臨寫，書法當自悟耳」等語，終究無人能得到張旭的傳授。

（二）魯公用心至誠，鍥而不捨的態度

張旭對書法筆法，長久以來堅不妄傳，但魯公究以何方法軟化其決定呢？細觀此文，從一開頭，魯公便以五處共不到兩百字的文字，生動巧妙地點出他用心至誠、鍥而不捨、追求筆法的態度。如文章中他追述早歲為了求筆法，曾在長安「二年師事張公」，但終「不蒙傳授，使知是道」；後來科考，當了官，身不由己，但當三十八歲「罷秩醴泉」官職時，他便「特詣東洛」，來訪張旭，「請師筆法」；即此再游洛下，見到張旭時，仍「眷然不替」，顧戀筆法，不改初衷；時張旭住在魯公友人裴儆家已一年多，張旭堅不妄傳的態度迫使魯公甚至想走「後門」，打聽裴儆是否因此便得到張旭的私傳，誰知連裴儆也只得到「只要加倍用功，就能自己體會」的話，仍未能真正的得到筆法；於是魯公乾脆就住進裴儆家，企圖以此能更得親近張旭的機會。

話說張旭住在魯公友人裴儆家已一年多，魯公為接近張

旭,求筆法也在裴儆家住了一個多月,直到有一天,已到了
不能不離開的時刻。有次魯公與裴儆跟長史言談散後,卻又
返回長史面前請教說:

> 僕既承九丈獎誘,日月滋深,夙夜工勤,沉溺翰墨,
> 雖四遠流揚,自未為穩;倘得聞筆法要訣,則終為師
> 學,以冀至於能妙,豈任感戴之誠也!

表達自己承蒙長史鼓勵,長期以來早晚工勤,迷戀書法,雖
然得到四方流揚,但仍自覺不穩,倘能聆聽筆法要訣,作為
終生師學要領,以期能達到能、妙的境地,當非常感戴教導
之恩。魯公說畢,這時:

> 長史良久不言,乃左右盼視,怫然而起。

魯公於是跟隨長史,走到「東竹林院小堂」,張旭當堂踞床
而坐,並指示魯公坐於小榻上,乃曰:

> 筆法玄微,難妄傳授。非志士高人,詎可言其要妙?
> 書之求能,且攻真草。今以授子,可須思妙。

終於魯公得到了張旭的親授,五年後,「真草自知可成矣」。
　　考上述兩段文字,則是長史傳法給魯公是否為「秘授」
的關鍵:

（1）「長史良久不言，乃左右盼視，怫然而起。」（此華正
　　書局《歷代書法論文選・述張長史筆法十二意》文
　　本，另黑龍江人民出版社凌家民點校《顏真卿文集・
　　張長史十二意筆法記》作「左右眒視，拂然而起」）：
　　按「盼視」，指顧盼；「怫」，不悅貌，此指神情嚴肅。
　　三句解釋當為「長史很久不言語，乃左右顧盼，神情
　　嚴肅而起」。又凌家民點校本文字不同：「眒」，斜視
　　也。古有「眒侍」一詞，有窺探之意；「拂然」即憤然
　　之意。三句解釋當為「長史很久不言語，便左右掃視
　　一下，憤然而起。」

（2）「乃曰：筆法玄微，難妄傳授。非志士高人，詎可言
　　其要妙？書之求能，且攻真草。今以授子，可須思
　　妙。」：此數句多以四字句行，內容具戲劇感，音調亦
　　頗具韻文節奏感。意思是：張旭認為書法的道理玄妙
　　深奧，豈能輕易傳授。不是至誠好學的「志士高人」，
　　豈能與談精深微妙的道理？書法要求到擅長，就須攻
　　學楷書和草書二體。現在將筆法傳授給你，希望你能
　　細心領會其中妙理。

　　從上面文意分析，可知張旭並非故作神秘，身藏本事，
不願傳授他人。而是用筆之理玄妙微細，深奧難懂，不是
「志士高人」難以「言其要妙」，因此非得擇人而教不可，
決非故秘其說。文中記其傳法之前，先「左右盼視，怫然而
起」或「左右眒視，拂然而起」，都只是面對要事時宜有的
嚴肅態度，並非只願傳法魯公，而顧忌他人窺視的行為。至

於魯公隨行至「東竹林院小堂」，分坐胡床與小榻，乃是長史正襟危坐，準備正式傳授、長談筆法之前的動作準備，亦似無「神祕」成分。今再依文中所記，長史時住裴儆宅，「眾有師張公求筆法，或有得者，皆曰神妙。」則顯見張公並非絕口不提筆法，更況張公弟子不只魯公一人，如徐浩、李陽冰等亦皆書史留有其名，豈謂長史只秘傳魯公一人而已？

　　因此，本文所謂「難妄傳授」，即指「難以輕易傳授」。其「不妄傳」不是不想傳，只是要擇人而傳，不隨便傳而已。至於後人所謂的「秘傳」、「秘授」，也不是秘密傳授，不欲讓他人知道，而只是強調其態度嚴肅，表示傳法的慎重而已。

四　有關後人論辯真偽的討論與考辨

　　有關張旭是否曾秘授顏真卿筆法？顏真卿是否真作有〈述張長史筆法十二意〉一文？從唐代以來，書壇多作肯定；但到南宋朱長文則首先語持保留，略作懷疑；至近代則有朱關田提出否定之說。茲依諸家之論分類敘述，最後提出問題討論與一己考辨之見。

（一）肯定者

1.〔唐〕韋續《墨藪》

　　查顏真卿〈述張長史筆法十二意〉一文，最早見錄於舊題唐朝韋續的《墨藪》一書中。韋續生平不見史傳，劉萬朗

主編的《中國書畫辭典》謂其為唐玄宗時人，官至天興令，相傳著有《五十六種書并序》一卷，錄太昊、庖犧以來包括刻符、摹印、蟲書等共五十六種書體，又因輯有《墨藪》一書，因得留名傳世[13]。查《墨藪》一書，分上下二卷，集前人共二十一篇短篇論書之作而成，書中未署作者姓名，記錄了柳宗元（733-819）、柳公權（778-865）、裴休（791-864）等人書品之優劣。查此三人皆唐代宗以後才出生，裴休且為唐宣宗時宰相，卒於唐懿宗咸通四年，則《墨藪》成書當在宣宗、懿宗以後。因此是書是否為韋續之作，尚無定論，但錄有述張長史一文，署名顏真卿所作，當是肯定是篇非偽。

2. 宋、元、明、清以後諸書畫典籍多載錄是篇全文

　　如〔南宋〕留元剛《顏魯公文集》、朱長文《墨池編》、陳思《書苑精華》；〔明〕陶宗儀《說郛》、張紳《法書通釋》；〔清〕戈守智《漢溪書法通解》、紀昀《四庫全書・顏魯公文集》、黃本驥《顏真卿集》；民國華正書局及上海書畫出版社《歷代書法論文選》、潘運告《中晚唐五代書論》等。除皆載錄是篇全文外，亦皆署名顏魯公作。是亦肯定是篇非偽。

3. 後世書學專章多抄寫或闡釋、論述此文

　　如〔元〕康里巙有行草書〈書述筆法〉（見楊美莉、趙

13　見劉萬朗主編：《中國書畫辭典》（北京：華文出版社，1991 年 8 月），頁
　　936。

鐵銘編《中國五千年文物集刊・法書篇》）抄寫魯公此文；
〔元〕鄭杓撰劉有定注的《衍極》一書三卷亦論及此文，並
對十二意內涵有所註解（見世界書局《宋元人書學論著》）；
〔明〕朱履真《書學捷要》認為魯公此文「十二筆法，由謹
嚴而造精微，書學妙理，近於此矣。」（見華正書局《歷代
書法論文選》）他如，近人金學智《中國書法美學》第一章
第六節〈唐人尚法〉（江蘇文藝出版社，1994）、陳方既、雷
志雄《書法美學思想史》第六章第四節之一〈顏真卿對法度
美的執著追求〉（河南美術出版社，2001）、徐利明《中國書
法風格史》第九章第三節之三〈唐法的典型──顏體與柳
體〉（河南美術出版社，2001）、姜壽田《中國書法批評史》
第四章第五節〈「法」的沈滯：中晚唐技法理論〉（中國美術
學院出版社，1997）、王鎮遠《中國書法理論史》第二篇第
三章第一節〈雄媚與實務：徐浩、顏真卿的書論〉（黃山書
社，1990）、……等，這些書學有關專書，亦皆對魯公是文
有所論述。是亦肯定是篇非偽。

4. 近人於期刊、叢編中多發表論文，針對此文有所論述

　　如魏亞真〈顏真卿獲張旭秘傳筆法〉（見《書譜》第二
期）、書傭《張旭秘授顏真卿筆法》（見《書畫家》七卷一
期）、沈尹默〈唐顏真卿「述張旭筆法十二意」〉（見沈尹默
著、馬國權編《論書叢稿》）、石叔明〈顏公變法出新意，細
筋入骨如秋鷹〉（見《故宮文物月刊》五卷八期）、……等，
皆對魯公是篇文意有所論述。當亦肯定是篇非偽。

(二) 懷疑者

直到目前所查考到的資料中，發現最早對魯公〈述張長史筆法十二意〉一文表示懷疑的，是南宋朱長文的《墨池編》。朱長文（1039-1098）是南宋書論家，字伯原，號潛溪隱夫，吳縣（今屬江蘇）人，未冠即舉進士，著書不仕，當時曾名動京師。至宋元祐中始招為太學博士，遷秘省正字，於元符初年卒。著有書法專著《墨池編》一書。是書為朱長文選輯的歷代書法論文匯編，其中卷九、卷十為〈續書斷〉，是繼〔唐〕張懷瓘《書斷》之後，仿其體例，以補其缺的朱長文個人著作。文中對唐宋書家，分上、中、下（神、妙、能）三品，一一作有評論。

朱長文一方面在《墨池編》卷一載錄魯公此篇全文，一方面卻又於文末附記云：

> 舊本多謬誤，予為之刊綴，以通文義。張彥遠錄十二意為梁武帝筆法，或此法自古有之，而長史得之以傳魯公耳。

朱長文對魯公一文流傳至南宋時文字多有不同之處，曾加以刊校調整，使「通文義」；另一方面則對魯公一文魯公與長史專論十二意之綱要，全採自〔唐〕張彥遠《法書要錄》中所收〈梁武帝觀鍾繇書法十二意〉一文而作解釋，認為是此筆法「自古有之」，而由「長史得之以傳魯公耳」，並未否定魯公此文的真實性。然其後於卷九〈續書斷〉「張長史」條

下卻又記云：

> 世或以「十二意」謂君（張旭）以傳顏者，是歟非
> 歟？

此雖未明言其懷疑魯公是篇非真，卻又保守地點出文中有關
十二意是否真為長史傳給魯公的疑惑。

（三）否定者

　　據筆者至今所查資料，持否定之論最著名者為近人朱關
田。朱氏作有〈顏真卿書跡考辨〉一文，文字不長，約一七
六〇字，收錄於劉正成總策劃《中國書法全集》第二十六冊
朱關田主編之《隋唐五代・顏真卿》上冊中。此文對魯公本
文提出七點提問，今分項簡說如下：

1. 魯公十二筆意抄自梁武帝〈觀書法十二意〉一文

　　朱文認為魯公文中述及十二筆法及二王、元常優劣論者，
乃抄自〈梁武帝觀鍾繇書法十二意〉，且只改動數句而已。
〔明〕朱履真《書學捷要》褒此文「十二筆法，由謹嚴而造
精微，書學妙理，盡於此矣。」其實純屬空談，一無妙理。

2. 其他亦膚淺枝蔓，多見抄襲之辭

　　朱文認為魯公此文所記「回答之詞」也「膚淺枝蔓，多
見抄襲之辭」，如「稱謂大小」條，語出王羲之《筆勢論》，
與徐浩《論書》語也大同小異；「神用執筆」條，出自蔡希

綜《法書論》。

3. 宋人早已疑偽

朱文舉前述〔宋〕朱長文《墨池編》卷二題記及〈續書斷〉張旭條下謂「世或以『十二意』謂君以傳顏者，是欺非欺」等語，以證宋人早啟其疑。

4. 文中張旭、顏真卿皆住在裴儆家，實則當時裴儆尚年幼，且應在長安守父喪，不該在洛陽宅邸招待張旭與顏真卿

朱文以〔南宋〕留元剛《顏魯公年譜》記此文於「天寶五載」（746）作及魯公文末所記「自此得攻書之妙，於茲五年」而逆算，顏真卿詣洛陽師事張旭，當始於天寶元年（742），當時長史在裴儆宅憩止已一年多，後來魯公也住進裴宅一個多月。然考察幾篇新出土有關裴儆家的墓誌銘、行狀、神道碑，發現裴儆之父裴禛死於開元二十九年，時四十歲，長子裴倩時十一歲，裴儆為次子，時尚年幼，且當時亦應在長安守父喪，不該在洛陽招待張旭、顏真卿。

5. 顏真卿所任醴泉縣尉，當無「罷秩」之事

朱文認為魯公本文一開頭說「余自罷醴泉，特詣東洛」，實則顏真卿遷長安縣尉為關內道黜陟使王鉷薦舉，而王鉷任此職則在天寶五載三月，所黜者是現職官員。顏真卿既為王鉷所薦，時當在他出任黜陟使的三月以後。顏真卿所任醴泉縣尉，當無「罷秩」之事。

6. 張旭屬現職官員，不當擅離職守，長居裴儆宅一年之久

　　朱文認為張旭官金吾長史，所任在西京，當屬現職官員，雖性稱狂逸，亦不當擅離職守，長居裴宅一年之久。

7. 張旭於此時應在長安寫〈郎官石柱記序〉，不當人在洛陽

　　朱文以為開元二十九年（740）十月，張旭曾在長安書寫〈尚書省郎官石柱記序〉，因此當時人應在長安而不在洛陽。

　　因此朱文在文末作結曰：

> 由此而知，是篇首記者，誠誤。斯為後人偽託，或可無疑矣。其文既偽，焉言其書。所傳魯公書〈述十二筆法〉者，無論明搨、清刻，皆屬贗鼎，當無須贅述矣。

（四）真偽之討論與考辨

　　筆者翻閱、考察諸史料，認為顏真卿所作〈述張長史筆法十二意〉，文字內容雖有些問題，但基本上應是實錄，而非偽作。今依持懷疑論者〔宋〕朱長文《墨池編・續書斷》及持否定論者近人朱關田〈顏真卿書跡考辨〉一文所論，提出考辨及主張非偽之理由及說明如下：

1. 魯公一文詳述長史傳法十二意與梁武帝十二意內容雷同，意在考問魯公對古人筆法認識的深淺，並非意在抄襲

　　按文中張旭向魯公一連考問了十二個筆法，即何謂

「平、直、均、密、鋒、力、轉、決、補、損、巧、稱」等
十二筆法的含意。而魯公皆一一就其提問提出報告，其言如
「嘗聞長史九丈令每一平畫，皆須縱橫有象。此豈非其謂
乎？」、「豈不謂直者必縱之不令邪曲之謂乎？……。」且在
每次一問一答之後，都有一句「長史乃笑曰：『然』。」或
「長史曰：然。」、「曰：然。」等之文字。可知魯公述長史
提問十二個問題雖大致採自梁武帝〈觀鍾繇筆法十二意〉，
但觀察張旭在每次提問、魯公回答後，都只簡單的「笑曰：
然」，而沒有說明對或錯，也未進一步作補充說明，可見張
旭並不是極在意魯公回答的正確與否，而是信手拈來或許是
唐時書界大家早已「熟知」，甚至隨口都能背出的梁武帝論
書十二意的十二個口訣，來考驗顏真卿在書學及筆法的認識
程度，並用以作為「啟發式的教學」，實並非有意抄襲。更
況梁武帝十二意內容簡略，只提出十二意的名詞，如「平，
謂橫也；直，謂縱也；均，謂間也。……」等，對十二意內
容隻字未作解釋。而此文長史據此提問後，魯公一一就此提
出見解，所答宜乎不一定全是長史的答案，但卻代表魯公此
時之知見，對後世有關唐人「筆法」堂奧的考察，是為寶貴
的資料。

2. 本文第三段，長史議論「古今書法肥瘦」及「二王、鍾繇書
　法優劣」之內容與梁武帝十二意內容雷同，亦非意在抄襲，
　而是張旭藉以啟導顏真卿對書學作更進一步之認識的內容
　　按本文第二段述張旭在顏真卿一一回答其所提問題後，
似乎非常滿意顏真卿能將理論與實踐結合，認真對待問題的

態度，最後乃以一句話作總結曰：「然，子言頗近之矣。」隨後即在不問而主動告知的情況下，發表了一段「古今書法肥瘦」不同的看法，和小王不如大王，大王不如鍾繇，「學子敬者畫虎也，學元常者畫龍也」，頗具優劣品評色彩的議論。又按此段議論內容亦出於梁武帝的〈觀鍾繇筆法十二意〉中，筆者曾據華正書局《歷代書法論文選》所錄二文作比對，發現梁文合十二筆意之部分，共約二百〇一字，顏文與之同者共約一百五十七字，不同者共約四十四字。二文內容大體一致，只有梁文「元常謂之古肥，子敬謂之今瘦」，顏文則改為「獻之謂之古肥，旭謂之今瘦」，二句文意略有不同而已。

　　筆者認為張旭為盛唐、中唐時期人稱「草聖」的大書法家、大書論家，欲來學筆法者無數，其求法者頗「眾」，在文中第一段已見敘述。則其於古人，尤其是曾是帝王之尊的梁武帝之書論，當早是耳熟能詳的。梁武帝並是書論家，其〈十二意〉一文，日本學者武內義雄根據陶弘景給梁武帝的書信裡有「伏覽前書用意，雖止二六」等等句子，早證其確實是梁武帝的著作[14]。故當時年三十八歲的顏真卿，以懇切的態度，真心求法，認真、執著於書法藝術的態度，似乎已感動了張旭，故當張旭一連以梁武帝十二個筆意「長考」顏真卿之後，他發現顏真卿確實是其筆法「不妄傳」的原則之下，所難得的可教之才，因此，乃在問答之後不待請教之

---

14 陶弘景之書信見其〈與梁武帝論書啟〉，（臺北：華正書局，1984 年 9 月）。《歷代書法論文選》。武內義雄文見其〈書法十二意〉，《武內義雄全集》第七卷（東京：角川書店，1979 年）。

下，主動告知他所熟悉的梁武帝議論書法的內容，蓋此內容亦系其「予雖不習，久得其道」的體會，是以藉以懇切啟導顏真卿，亦絕非如朱關田先生所謂抄錄前人之舉。

3. 宋人早疑其偽，當因舊本謬誤太多所導致的誤解

按魯公之作，唐代當有文集傳世，但到北宋時早已殘缺，故乃有宋敏求等掇拾重編得十五卷之過程。但到南宋時，其集又缺，故又有留元剛就殘本補苴出版《顏魯公集》之舉。但若以筆者此次收集十餘種版本之魯公述長史十二意一文，發現雖然經過如南宋朱長文《墨池編》所題記的「舊本多謬誤，予為之刊綴，以通文義」的過程，但仍然有疑決不定，不知如何取捨的文字之處。更況如筆者上面兩條考辨所述，朱長文或即不知本文「疑似抄襲」梁武帝一文的「用意」，是故而有「世或以『十二意』謂君（張旭）以傳顏者，是歟非歟？」的保留與懷疑態度。

4. 朱關田認為長史傳魯公筆法，乃在天寶元年，當時裴儆年幼且正守父喪，不應該在洛陽招待張、顏二人之辨

按朱氏〈考辨〉一文認為留元剛《顏魯公年譜》記此文在天寶五載（746）顏真卿三十八歲時作，故根據文末所記「自此得攻書之妙，於茲五年」以逆算，認為顏真卿詣洛陽求筆法而得授受之時間，當在天寶元年（742）顏真卿三十四歲時。然細讀魯公原文，開頭曰：「余罷秩醴泉，特詣東洛」，朱氏於《中國書法全集》二十五冊末所附〈顏真卿年表〉中，魯公罷秩醴泉尉，確在天寶五載三十八歲時無誤，

但文末「自此得攻書之妙，於茲五年」二句，實應是其於「罷秩醴泉」得筆法五年之後的「補述語」。是故魯公得張旭授筆法，當在天寶五載（746）三十八歲時，而〈述張長史筆法十二意〉此文的撰寫時間，則應該是三十八歲之後的五年，也就是唐玄宗天寶十載（751）四十三歲時為是。留元剛及朱關田恐皆有誤。

又裴儆於當時年幼且正守父喪一事，按裴儆為裴禎第二子，兄為裴倩。據《全唐文》卷三九七裴胐撰〈大唐故朝儀郎行尚書祠部員外郎裴君墓誌銘〉云裴禎「開元二十八年十二月十九日，終於長安光德里私第，春秋四十。」又按《全唐文》卷五百權德輿〈尚書度支郎中贈尚書左僕射正平節公裴公神道碑銘（並序）云：「（裴倩）年十一，以相庭推恩，授家令、寺丞，滿歲，選部銓第甲乙，補太常寺主簿。居先府君喪，水漿不入於口，孺慕殆於滅性，宗門憂其死於孝。」可知開元二十八年裴禎年四十卒，長子倩才十一歲。若依本文前面考證，六年後的天寶五載，顏真卿年三十八，來住裴家再訪張旭求法，時裴倩已十七歲；得法五年後撰文補述此事，時顏真卿四十三歲，裴倩已二十二歲。據此以推裴倩為長子，裴儆為次子，若二人相差一歲，則顏真卿住裴家時，他已十六歲，補述此事時，他已二十一歲，早非「年幼」。更況天寶五載顏真卿三十八歲來住裴家時，其父已過世六年，早過服喪三年之期。而裴家祖宅在長安，裴家招待張旭、顏真卿之所在洛陽，長安、洛陽距離並不算遠，到目前為止亦尚無證據，可以證明當時裴儆確不在洛陽宅邸招待張旭（已住了一年多）及顏真卿（已住了一個多月）之事實。

5. 朱關田認為顏真卿任醴泉縣尉時，當無「罷秩」事之辨

　　查朱關田於《中國書法全集》二十五冊末附〈顏真卿年表〉，魯公於玄宗天寶元年十月（三十四歲）「依資授京兆醴泉縣尉」，到天寶五載三十八歲時「由醴泉縣陟長安縣尉，散官加通直郎」。本文第一句「余自罷秩醴泉」，所謂「罷秩」，應為先「停止」醴泉尉的官職，而後調職去任「長安縣尉」的官職，而不是被「罷免」。顏真卿當時乃在此調職期間「特詣東洛」，去拜訪張旭的。

6. 朱關田認為張旭時為現職官員，不當擅離職守，長居裴宅一年之久

　　按張旭生卒年雖不詳，但朱關田曾作〈張旭考〉，文收其所著《唐代書法考評》[15]一書中，認為張旭應生於唐高宗上元二年（675），卒於肅宗乾元二年（759），享年八十五歲。則以魯公得筆法的天寶五載（746）推算，張旭時年已七十二歲高齡，當時是否仍是「現職官員」而未退休則確不可考，但據今唐人李頎曾寄贈給張旭的一首詩云：

> 張公性嗜酒，豁達無所營。皓首窮草隸，時稱太湖精。露頂據胡床，長叫三五聲。興來灑素壁，揮筆如流星。下舍風蕭條，寒草滿戶庭。問家何所有，生事如浮萍。左手持蟹螯，右手執丹經。瞪目視霄漢，不

15　見朱關田：《唐代書法考評》（杭州：浙江人民美術出版社，1992），頁171-192。

知醉與醒。諸賓且方坐，旭日臨東城。荷葉裏江魚，
白甌貯香粳。微祿心不屑，放神于八紘。時人不識
者，即是安期生。[16]

在友人李頎的詩中談及他「下舍風蕭條，寒草滿戶庭。問家
何所有，生事如浮萍」，縱使身處門前長滿野草，難以抵擋
寒風的簡陋小屋中，仍然無法阻擋他熱愛書法的心。一生如
同浮萍一般的漂流，不尋一個定居的處所，浪跡天涯。但只
要有了酒杯、蟹螯與丹經（道教養生經典），此生便足矣的
個性。可見張旭除了生性顛逸之外，生活亦多浪跡如浮萍。
陶淵明不肯為五斗米折腰，張旭則寧居小小的宮廷侍衛官
（金吾長史）過一生嗎？因此高齡七十二歲的張旭當時居洛
陽宰相世家、幾代都愛好書法、藝文活動的裴家，一住便住
上一年多，是極有可能的事。

7. 朱關田認為張旭於此時應在長安寫〈郎官石柱記序〉，人不當在洛陽之辨

　　張旭〈郎官石柱記序〉為張旭唯一傳世的楷書作品，文
末記時為玄宗「開元二十九年」（741）在長安所書。

　　依本文前面考證，魯公求得筆法當在天寶五載（746），
寫成此文在天寶十載（751）；但朱關田因南宋留元剛題記云
作於天寶五載，及與文末之「於茲五年」而誤記魯公求得筆
法在天寶元年（742），寫成此文在天寶五載（746）。因此文

16　〔唐〕李頎〈贈張旭〉收入〔宋〕陳思《書苑菁華》卷 17。見《中國書
　　畫全書》第二冊（上海：上海書畫出版社，1992 年）。

中乃有引申張旭於天寶元年的前一年，也就是「開元二十九年」（741）人正在「長安」寫「郎官石柱記序」，因此此後一年的「天寶元年」，人也應在「長安」，而不會在洛陽，以證此文為偽。按長安、洛陽路程不遠，有此推論，似顯牽強。

　　另外還有二條可以證明張旭時在洛陽，住在裴家一住或可一年有餘的證據：

1. 1992 年〈嚴仁墓誌銘〉在洛陽市的出土，證明天寶元年張旭人在洛陽是有可能的

　　由於朱關田誤把「天寶元年」（742）當作張旭傳魯公筆法之年，故將許多筆墨費在證明張旭此年不在洛陽之據。實則依一九九二年轟動書壇的大事──題款末署「吳郡張旭書」的〈嚴仁墓誌銘〉出土，則可證明張旭是年確曾待在洛陽。依據此篇墓誌銘記載，嚴仁卒於天寶元年十月十七日，而於十二月一日遷葬於洛陽土壙東五里新塋。天寶元年張旭曾待在洛陽是有可能的。

2. 裴儆家為宰相世家，世代好文藝書法，長時間接待張旭、顏真卿是有可能的

　　裴儆為唐初曾出將入相的裴氏家族之子孫。其曾祖父即赫赫有名的裴行儉，其祖父即裴光廷，父親裴禎，兄裴倩，在《新唐書・宰相世家》及各本傳中皆可見其事蹟。

　　今考《全唐文》卷二二八錄有李說〈贈太尉裴公神道碑〉一文云：

公諱行儉，字守約，河東聞喜人也。……永淳元年（高宗李治年號，西元 682 年）詔公為金牙道大總管，未行遘疾，四月二十八日薨於京師延壽里，春秋六十有四。……著文集二十卷，造草字數千文，皆寶傳人間，以為代法。……次子延休，……世載文雄，家傳草聖：次子慶遠，……深達禮樂；……季子光庭，侍中兼吏部尚書，……孝禮發乎陵廟，仁澤遍乎鬆檟。……

又《全唐文》卷五○○錄有權德輿〈尚書度支郎中贈尚書左僕射正平節公裴公神道碑銘（並序）〉一文云：

公諱倩，字容清，河東聞喜人。其先嬴秦同姓，因封受氏。魏晉已還，號為多才。……銀青光祿大夫、禮部尚書，定襄金牙兩道節度行軍大總管，贈太尉，聞喜憲公行儉，公之曾祖也。……光祿大夫、侍中、兼吏部尚書、宏文館大學士、贈太師、正平忠獻公光庭，公之王父（祖父）也。……尚書祠部員外郎、贈太子賓客禎，公之烈考（父親）也。……年十一……，先府君喪，水漿不入於口，孺慕殆於滅性，宗門憂其死於孝。……大歷七年秋七月，考終命於長安光德里第。……惟公直而溫，簡而文，才裕於物，器周於用，……著文集十卷。……

另在《全唐書‧裴禎墓誌銘》中亦可見裴禎有四子：倩、

儆、倚、侑之資料。是可知裴儆在家排行老二，其先多文才武備，曾祖父裴行儉曾造「草書數千文」，寶傳人間，人稱裴家為「家傳草聖」，子孝孫賢，且兼有「文集」傳世。是可謂家門顯赫，為詩書孝禮傳家的書香門第。

又張旭當時書名顯赫，唐太宗時詔以李白的詩歌、裴旻的劍術、張旭的草書為「三絕」，其人又生性放達，如其友李頎所述，常飄泊在外，隨遇而安，故其在晚年，較長期的住在裴儆家，連顏真卿在從醴泉縣尉轉調長安縣尉的調職期間，都可以在裴家住上一個多月，借以找機會向張旭求學筆法。終於在洛陽裴家留下這一則「張長史秘傳顏真卿筆法」的佳話，此皆是極有可能的事。

是故筆者認為張旭傳法給顏真卿，顏真卿並於傳法後追述求法過程及所傳內容，補寫成〈張長史筆法十二意〉是絕對可信的，只因其有關傳法過程寫得過於詭譎「神祕」，歷代文字又錯簡嚴重，因此乃有上述被懷疑非真之議。

五　結論

從上述顏真卿〈述張長史筆法十二意〉真偽之分析、考辨，可以得知張旭應確有「秘授」顏真卿「筆法」之事，只是此「秘授」並非「秘密傳授」，只願顏真卿知道，而不願他人得知的「小我」之舉；反而是一則老師在「筆法玄微，難妄傳授，非志士高人，詎言其要妙」的困局中，因學生顏真卿求筆法的「真誠」，終於感動了老師張旭，促使其以慎重、嚴肅的態度，進行了一場「神聖」的傳法過程。而且傾

囊相授的心得亦終於在傳法後的第五年，由顏真卿寫出本文，將大家一向認為的「筆法不傳之秘」公諸於世，讓後世學子受惠至今，如現在深入書道者所熟知的寫每一點畫皆須「縱橫有象」，字體務求要「自然雄媚」，用筆當須如「印印泥」、「錐畫沙」……等等，皆是千古傳唱之書論。而顏真卿並在受傳筆法的十二年後，亦即五十歲之時，寫下了史稱天下第二行書的「祭姪文稿」，書風、筆法影響至今。

張旭傳法給顏真卿，顏真卿將之撰文公諸於世，二人皆具公心，皆非「自秘其術」，凡此豈非即是一種「成己成人」的偉大事業，和「大我」精神的表現！

至於歷來論書者多喜盛傳「張旭秘傳顏真卿筆法」此事，依筆者觀察，認為實具有下列七點意義：

1. 顯示筆法之神秘與神聖性，得之不易。
2. 顯示張旭為書史上傳筆法極為重要的書家，具有承先啟後的關鍵地位。
3. 顯示顏真卿為張旭諸多學生中（包括徐浩、李陽冰……），為最重要的筆法傳人。
4. 顯示顏真卿最後能變二王法，成就所謂博厚的盛唐書風，張旭的啟迪功不可沒。
5. 顯示顏真卿揭開筆法千年不傳之秘的功績。
6. 顯示筆法的重要性，確定「唐人尚法」之風標。
7. 顯示筆意的重要性，開啟「宋人尚意」之先風。

由於篇幅所限，本文只論辨張旭確有傳授筆法給顏真卿之事，至於後世多盛傳此事，其所述筆法內容如何？其意義何在？容後撰文，再加詳述。

通過對「孔門四科」的認識來看士人特徵
——魏晉南北朝至宋為中心

河元洙

〔韓國〕成均館大學歷史系教授

摘　要

　　「孔門四科」是以《論語》中孔丘傑出弟子們的才德來範疇化的德行、言語、政事、文學。這些科目隨著社會的儒家化，不僅成為朝廷選拔官人的一個標準，也是評價士人和士人之間稱頌的重要尺度，被認為是士人的資格。所以士人們特別重視孔門四科，甚至對於這四個科目的次序也很敏感。但是，後代的士人們排列孔門四科的順序並不一樣，而且流露出對這四個才德的實際意義有不同的認識。這樣的現象在劉宋代編寫的《世說新語》和北宋代出現的《續世說》中孔門四科的篇目下記錄的許多士人的逸話中明顯體現。如果比較這兩本書的話，《續世說》比起《世說新語》來，官人相關的「德行」佔據的比重變大了，「言語」也是與官人的職務有關的內容更受到了重視，「政事」又在官人的活動中經常被提到，「文學」當中關於公文的言及也有所增加。這些差異表明同南北朝時代比起來，宋代的士人們具有更強的作為官人的性質。但是，在宋代成為官人的士人不是所謂「君主獨裁體制」下從屬於

皇帝的。因為《續世說》的政事篇中所收錄的大多數士人們作為地方官，比起對皇帝或是官方的評價，他們更加重視百姓們的評價。而且他們的「言語」也與皇帝的意旨相對立得多，這裡不是稱頌對皇帝的追隨，反而稱頌了本著論理和名分敢於指正的直諫。所以宋代的士人雖然是官人，往往有立足於民間輿論和論理、名分，從而對自身的存在予以肯定的獨立性意識。

關鍵詞：士、孔門四科、《世說新語》、《續世說》、官人

一　前言

　　唐宋學術思想的主體是誰？「士」可能是對於這個問題的回答。那麼什麼是「士」呢？在韓國這個字的訓為「선비（seonbi）」，在南韓和北韓的代表性詞典中對「선비」解釋分別是「過去有學識而不做官的人」[1]和「在封建社會主要鑽研儒教學問的兩班層及屬於兩班層的人」[2]。雖然兩個詞典都指出了與「學識」、「學問」的關係，但南韓的詞典強調了沒有官職這一點，而北韓的詞典則強調的是「兩班」，所以可以說兩個釋義是不同樣的。

　　同樣在中國，士（士人）的社會地位或身分也是歷來不太分明的。因為對《春秋》中出現的「四民」中「士」的解釋：何休（129-182）注《公羊傳》裡解釋為「德能居位曰士」[3]，而范甯（339 左右-401 左右）注《穀梁傳》裡解釋為「學習道藝者」[4]。從這可以看出，有「位」是否是做士人的必要條件上有異見。唐代楊士勛（生卒不詳）的《穀梁傳疏》說，如果士人是「居位」的話，那麼不能是「民」[5]，據此可以看出，這裡的「位」區分士人與一般百姓的社會地

1　國立國語研究所，《標準國語大辭典》（首爾：斗山東亞，1999 年初版），「선비」條。

2　社會科學院 言語學研究所，《現代朝鮮語辭典》（首爾：圖書出版白衣影印本。1981 年原刊），「선비」條。

3　《春秋公羊傳注疏》（北京：北京大學出版社，2000 年）卷 17，頁 427。（以下如沒有特別標註，經書就是指這個十三經注疏的整理本）。

4　《春秋穀梁傳注疏》卷 13，頁 242。

5　同註 4。

位。所以不能忽略，所謂士人存在的這種社會位相，早在《公羊傳》和《穀梁傳》的注就有不同的理解。並且這種對「位」的不同認識一直存在：《漢書》記載的「學以居位曰士」[6]之說一直延續到唐代[7]，可是在唐代還有與此不同的看法，即「凡習學文武者為士」[8]的《唐令》規定。

事實上，即使撇開「士」的文字學古義和周代的古制不談，出現在春秋戰國時代並接續下來的士人的用例中，也可以發現隨著時代及文獻有所不同的說法。例如，在《論語》〈子路〉，對子貢的「何如斯可謂之士矣？」的提問，孔丘的回答：在現在通行本，第一次的回答是「行己有恥，使於四方，不辱君命。」可是在唐代的《論語筆解》[9]中，最開始的回答是「宗族稱其孝焉，鄉黨稱其悌焉」，並標上了「舊本，『子曰行己有恥』為上文，簡編差失也」的細注，還添加了韓愈的「孝悌為百行之本，無以上之者」之說[10]。

6　《漢書》（北京：中華書局，1962 年）卷 24 上，頁 1117-1118。（以下如沒有特別標注，正史就是指這個校勘標點本）。

7　唐代崔融的〈請不閱關市疏〉，《文苑英華》（北京：中華書局，1966 年）卷 697，頁 3599；宋代王應麟的《小學甘珠》（北京：中華書局，1987 年）卷 3，「四民」條，頁 60 重新提到了《漢書》中的關於士人的說明。

8　《唐六典》（李林甫等，北京：中華書局，1992 年）卷 3，〈尚書戶部〉，74 條。根據 仁井田陞，《唐令拾遺》（東京：東京大學出版會，1964 年覆刻。1933 年原刊），〈戶令〉第 26 條，頁 244，這是武德令和開元七年令的規定。

9　清代以來，這本書被懷疑是偽作，到了近代大體認為這是唐代的著作。參照田中利明，〈韓愈、李翱的《論語筆解》についての一考察〉，《日本中國學會報》30，1978 年；王明蓀：〈論語筆解試探〉，《孔孟學報》52，1986 年等。

10　《論語筆解》（業書集成初編本）卷下，〈子路〉，頁 18。

這反映了作為「可謂士」的條件，為了把「宗族」和「鄉黨」的倫理放在「行己有恥，使於四方，不辱君命」之前而不辭辛勞修訂《論語》原文的唐代士人的強烈的意志。像這樣，前近代中國的士人們在關於「士是什麼」的問題上與自身的情況直接聯繫起來，所以隨著時代的變化，其強調點也在變化。

另外，近代以後中國的研究者們的情況也一樣[11]。其實，用官僚（bureaucrat）、知識人（intellectual）等今天的社會科學用語來規定「士」的概念一定有限制。重要的問題是，對於客觀的地位和身分都很曖昧的前近代的中國士人，只通過近代的職位及作用進行推論，很難使其概念化[12]。

所以本稿以前近代士人們自己的主觀認識為基礎來理解其內面特徵。即他們自己主張是士人的根據是什麼，換句話說，就是考察當時士人們對自身的基本素養是如何認為的。當然這是一個概括性很強，又是與「自我認同性」（self-identity）有關的抽象的主題，而且還不可以忽視長時間存在的士人集團內部變化的可能性的問題，僅通過一篇論文不可能得到什麼結論。所以本稿首先把探討的對象縮小為對所

11　相關聯的代表研究書有余英時，《士與中國文化》（上海人民出版社，2003年再版）和閻步克，《士大夫政治演生史稿》（北京：北京大學出版社，1996年），他們在春秋戰國時代之後出現的新的士人的性質上意見不一，分別關注道統之人及學士（儒生）和文吏的分化、融合過程。

12　宮崎市定的《東洋的近世》（《宮崎市定アジア史論考》，東京：朝日新聞社，1976年所收，1950年原刊）以後，以日本學界為中心把「士」或「士大夫」看作是學者──地主──官僚的「三位一體」的說法，對此余英時批判為是只知一面的「偏見」（《士與中國文化》的引言，頁8），這有很強的說服力。

謂「孔門四科」的認識，接下來以漢代以後為社會主流的儒家的士人為中心進行考察。另外，由於這次學術會議的主題，其時期也限定在從魏晉南北朝到宋代，所以本稿只是一篇試論，但希望通過考察對理解前近代中國士人們的集團自身意識有一定的幫助。

二　孔門四科和士人的資格

關於儒家士人對士人的認識首先要注目的就是孔丘或是《論語》裡是怎麼認識的。實際上在《論語》中多少可以看到孔丘與弟子之間關於士人的對話，孔丘在兩個地方直接言及了「可謂士」的條件[13]。但是因為這是對特定弟子所提問題的當面具體的答辯，其一般妥當性歷來受到懷疑。事實上，即使是把《論語》視為經典的士人們也很難通過一兩個條件來概括他們自己普遍存立的證據。從這個側面看時，值得注目的是《論語》〈先進〉篇的其他句節，即「德行：顏淵、閔子騫、冉伯牛、仲弓；言語：宰我、子貢；政事：冉有、季路，文學：子游、子夏」。當然這句話前後脈絡不分明，解釋上也可能會有異論。但是從這樣排列多樣的科目中，士人們可以更概括的找出他們的存在基礎。所以後漢代的鄭玄（127-200）很早就說過「仲尼之門，考以四科」[14]，

13　《論語》卷 13，〈子路〉，頁 201-202 和頁 205 中記錄了子貢和子路的「何如斯可謂之士矣？」的提問以及孔丘的回答。

14　《後漢書》卷 35，〈鄭玄〉，頁 1211。

另外宋代司馬光（1019-1086）的「孔門以四科論士」[15]，及明代何良俊（？-1573）的「孔徒以四科裁士」[16]之說，也進一步說明了用孔門四科評價士人的尺度。

　　實際上在儒家的影響力擴大的漢武帝（在位 141-87 B.C.）時期，選拔丞相府的官人就是用「四科」。當然其具體內容與孔門四科不完全一致，可稱這個是在新的歷史條件裡的變容[17]。所以可以認為孔門四科發展為之後察舉的標準及選拔官人的總體的尺度。這表示孔門四科在皇帝支配體制下成為評價士人的才德，又選拔官人的一個根據[18]，確保了其理念性的位置。王莽（45B.C.-23A.D.）用「有德行，通政事，能言語，明文學」來選官，正是證實了這一事實[19]。所以經過南北朝時代，和「門第」對應的個人能力的典型「（孔門）四科」[20]在士人們的談論中具有重要的意義。劉宋時期的《四科傳》，隋代的《八代四科志》，唐代的《四科傳讚》等書的出現也是這樣氣氛的產物。

　　當然在唐代以後，和科舉制度的確立一起，官人的選拔主要依據以經學或文學（literature）的才能為主的考試，所謂孔門的四科本身並沒在這裡面變得特別制度化，但是在當

15　〈乞以十科舉士劄子〉，《司馬光奏議》（太原：山西人民出版社，1986年）卷38，頁421。

16　〈德行上〉，《何氏語林》（文淵閣四庫全書本）卷1，頁1前。

17　方北辰：〈兩漢的「四行」與「四科」考〉，《文史》23，1984年，頁304-305。

18　閻步克：《察舉制度變遷史稿》（瀋陽：遼寧大學出版社，1991年），頁13-20。

19　〈朱祐傳〉，《後漢書》卷22，頁772 的「王莽時舉四科」和其注中《東觀記》的記錄。

20　〈韓麒麟傳〉，《魏書》卷60，頁1343。

時如上的《論語》引用文中被指目為德行、言語、政事、文學的代表者顏淵等十名弟子，受到國家極度重視也是一個事實。他們在唐代被賦予「十哲」的稱號，在國子監的廟堂上有他們的坐像，從祀孔丘[21]，開元二十七年（739）孔丘被追贈為王時，他們也被封為[22]公或是侯。可能這種對十哲的尊崇不過是「世俗」的輿論，也許被人忽視[23]，但在宋代他們的正式地位全部被格上為公是事實[24]。如此厚待他們的儀禮，特別在官學上對他們祭祀制度的確立可以說明表象為十哲的孔門四科是國家對學生們的教育目標，即看作是所期望的士人的標準之一。

　　與此同樣有趣的是唐代韓愈（768-824）和權德輿（759-818）在科舉中出與孔門四科相關的考題的事實[25]。與之類似的例子在北宋的唐庚（1071-1121）[26]，南宋的劉

21　參照《唐會要》（臺北：世界書局，1982 年 4 版）卷 35，〈襃崇先聖〉，頁639；《冊府元龜》（北京：中華書局，1960 年）卷 50 帝王部，〈崇儒術2〉，7 前頁出現的開元八年的故事和《唐六典》卷 21，〈國子監〉，頁 557-558；《唐令拾遺》，〈祠令〉第 29 條，頁 195-197；同上，〈學令〉第 1 丙條，頁 266-271。

22　〈襃崇先聖〉，《唐會要》卷 35，頁 637-638；〈崇儒術 2〉，《冊府元龜》卷50 帝王部，頁 7 後-10 前。

23　〈先進〉，《論語集注》卷 6，頁 123。

24　〈文宣王廟〉，《宋史》卷 105，頁 2548。

25　韓愈：〈進士策問〉，《韓昌黎文集校注》（上海古籍出版社，1986 年）卷2，頁 108 和權德輿：〈明經諸經策問七道〉，《權載之文集》（四部叢刊初編本）卷 40，頁 232。

26　〈策題　言語〉，《眉山唐先生文集》（四部叢刊三編本）卷 29，頁 9 後-10 前。

宰（1167-1240）[27]和元代陸文圭（1252-1336）[28]等人的文中也能找到。當時在以科舉為媒介的一些士人們談論中也像從前一樣重視孔門四科。也就是說，士人們在科舉制度下仍繼續重視孔門四科，並認為這裡包括的德行、言語、政事、文學與作仕宦夢的自身的存立基盤不無關係。宋代呂大鈞（1031-1082）主張根據「孔門四科」的科目，把公卿或地方官們「保任」的人分屬到中央的主要官署去[29]，可以看出孔門四科當時是被看作能成為官人的士人所具的重要條件。

　　不僅如此，在這個時期孔門四科在士人間的稱頌中經常被使用到。唐代劉禹錫（772-842）和宋代黃翰（生卒未詳）對柳宗元的贊詞就是很好的例子[30]。事實上，這樣的例子在以劉長卿（725-790 左右）對閻敬受（生卒未詳）的追慕[31]及梁肅（753-793）對獨孤及（725-777）的稱讚[32]等，對士人的評價和與此關聯的唐宋時期的文章中可以經常看到。像這樣的事實可以讓我們推理在《論語》中把孔丘卓越的弟子們的才德範疇化為四個科目的孔門四科，使儒家理念普遍化的同時通念化為作為士人資格的過程。

27　〈策問・七〉，《漫塘集》（文淵閣四庫全書本）卷 18，頁 520。

28　《牆東類稿》（叢書集成續編本）卷 3，〈策問・科舉〉，頁 517，和卷 4，
　　〈策・選舉〉，頁 521-522。

29　〈論小臣宿衛奏〉，《歷代名臣奏議》（〔明〕黃淮等篇，文淵閣四庫全書
　　本）卷 225，頁 439-440。

30　〈為鄂州李大夫祭柳員外文〉，《劉禹錫集箋證》（上海古籍出版社，1989
　　年）外集卷 10，頁 1535 和吳文治篇，《柳宗元卷》（北京：中華書局，
　　1964 年），頁 140 所收黃翰的〈祭柳侯文〉。

31　〈祭閻使君文〉，《劉長卿詩編年箋注》（北京：中華書局，1996 年），頁
　　561。

32　梁肅：〈祭獨孤常州文〉，《文苑英華》卷 982，頁 5167。

三　對於孔門四科認識的變化

　　德行、言語、政事、文學雖然是我們經常使用的非常熟悉的用語，但這些單詞之義是否與前近代士人所理解的意義一致，還是個疑問。舉例來說，今天的「文學」是指「以語言塑造形象來反映現實的藝術」[33]，這個是與西歐語「literature」的翻譯相近的「文學」之義，這與孔丘所說的「文學」義截然不同。事實上，這樣的誤解的危險性不僅僅只是局限在近代。康有為（1858-1927）曾慨歎過[34]以前的人無法正確理解把「言語」作為四科之一的原來的意圖，孔門四科之語彙的意義隨著時代的不同，所理解的也不同。

　　但是在《論語》中，除了以上的〈先進〉篇的句節以外，構成四科的四個語彙不再出現。所以要確言在孔丘生活的時期或是編撰《論語》當時的原義很難。在《論語》中尋找「十哲」的具體的行跡，也許可以推測出其意義，但這個也不是容易的事情。因為很難找到被分為四科的人物們的共同點，通過這樣的方法闡明各科目本來的意思是有一定局限的[35]。

34　〈先進〉，《論語注》（北京：中華書局，1984 年，1917 年原刊）卷 11，頁160。

35　傅錫壬，〈世說四科對論語四科的因襲與嬗變〉，《淡江學報》12，1974 年進行比較《世說新語》，說明了《論語》四科具有的意義。但是，斷定《論語》的德行觀為「仁」，然後把「仁」圖示化為「禮」、「孝」等的

　　當然如果目的不是為了訓詁德行、言語、政事、文學這些語彙的話，那就沒有被這個問題牢牢束縛的必要了。在只是考察從魏晉南北朝到宋代為止的士人們對於孔門四科的認識的本文來說，能夠確認有諸多解釋的可能性就足矣。也就是說，與在《論語》中的原義相比，在這裡後代對其的理解更具有重要的意義。從這個角度看，不少《論語》的注釋書能流傳到現在是很幸運的事情。

　　不過現存的《論語》最古注釋書即曹魏末的《論語集解》很可惜也未對以上句節作標注。但是在梁代皇侃（488-545）的《論語（集解）義疏》中有藉范甯的說明，可以考察魏晉南北朝時期關於四科的解釋。另外，雖然唐代韓愈和李翱的《論語筆解》被注目，但未對四科的各科進行解釋，可是宋初邢昺（932-1010）的《論語注疏》[36]和南宋代朱熹（1130-1200）的《論語或問》中可以看到關於這方面的記錄。因此把範圍限定在魏晉以後到宋代為止，將注釋上的變化製成表的話，如下。

「忠」和「愛」、「恭」等的「恕」（頁113），其說法有很多疑點。

36　這本書又叫《論語注疏解經》、《論語正義》等，但在這裡根據十三經注疏本稱為《論語注疏》。

表 1：關於四科的各科目的注釋

	《論語集解義疏》卷六	《論語注疏》卷十一	《論語或問》卷十一
德行	德行，謂百行之美也。	若任用德行，則有……	德行者，潛心體道，默契於中，篤志力行，不言而信者也。
言語	言語，謂賓主相對之辭也。	若用其言語辨說，以為行人使適四方，則有……	言語者，善為辭令者也。
政事	政事，謂治國之政也。	若治理政事，決斷不疑，則有……	政事者，達於為國治民之事者也。
文學	文學，謂善先王典文。	若文章博學，則有……	文學者，學於詩書禮樂之文而能言其意者也。……程子猶以為，游、夏所謂文學，固非秉筆學為詞章者，學者尤不可以不知也。

　　雖然把四科與官人的任用直接聯繫起來的《論語注疏》的敘說方式跟別的不一樣，但上面的三個注釋都是基本上對四科的各科目的解釋而受到注目。另外，比較他們的內容的話，可以感到對於德行的內面性、言語和政治行為的關係、在政事中民的位相等等認識上的微妙的差異。特別是，到南北朝為止把古典的學習相關的文學之後，更換為像「文章」、「詞章」的創作的問題的傾向很明顯，《論語或問》後半部的內容是對其的反證。但是僅憑這樣片面的敘述很難斷言時代的變化像。

　　同樣有趣的是關於「四科次第」的說明。即是認為「德行為首」的皇侃指出「君子樞機」的言語比「人事之別」的政事比起來排在前面的原因，也指出「博學古文」的文學是「最後」的理由[37]。但是在《論語》中孔丘對同言語相關的宰我的非難很苛刻，子貢也沒有得到特別肯定的評價，所以當初是否有這樣的順次還是個疑問。但是像這樣將科目順序倫理化的試圖一直存在，這一點顯出孔門四科已通念化為士人的一般素養。也就是說，不去想想從這確保自己認同性（identity）的士人，很難說明這樣的執著。實際上《論語筆解》在這個問題上割愛了大部分關於四科的注釋，特別在這裡值得注意的是，自信文學才能的李翱強調「凡學聖人之道，始於文」，把文學放在為達到「聖人之奧」的德行方法的最前面[38]。

　　事實上關於四科次序的討論淵源很深。早期《史記》的〈仲尼弟子列傳〉把和《論語》同一的內容按照德行——政事——言語——文學的順序編寫，並據此給弟子們立了傳[39]。像這樣把言語放在政事後面的敘述，在《鹽鐵論》的「大夫」話中也可以看到[40]，這樣次序的混亂認為不是單純的誤記。康有為注《論語》，把原文也改成政事放在言語之前[41]，如果看作這個改動的原因與要求積極的政治活動的清末民國

37　《論語集解義疏》卷 6，頁 146。

38　《論語筆解》卷下，頁 15。

39　〈仲尼弟子列傳〉，《史記》卷 67，頁 3185 及其以下適當的弟子們的列傳。

40　〈殊路〉，《鹽鐵論校注》（北京：中華書局，1992 年）卷 5，頁 271。

41　〈先進〉，《論語注》卷 11，頁 159。

初年的時代性不無關係的話，那麼很難排除在帝國統一之後，士人們的政治作用變得更加重要的歷史趨勢在四科中表現為言語和政事的順序的顛倒的可能性。在宋代開創了自任治天下者的新士風范仲淹（989-1052）的文章中像這樣把政事放在前面的用例[42]，也可以理解為相同的脈絡。

在相同的脈絡中，也須注意一下把四科注記為德行——政事——文學——言語的李賢（654？-684）等的記錄[43]。和前面說明的《論語筆解》中對文學重要性的強調一起考慮時，在四科中文學避免被排到最後可能是與此書編寫出來的唐代社會情況有關。與其類似的例子在宋代的文章中也可以看到。即周行己（生卒未詳）改變與原來《論語》中出現的順序，按照德行——政事——文學——言語的順序說明了四科[44]，曾鞏（1019-1083）則按照德行——文學——政事——言語排列，將文學緊接在德行之後排列，把文學更提前了[45]。

與此相關，南宋初高宗紹興七年（1137）權禮部侍郎吳表臣（1084-1150 左右）批判了當時科舉中相對注重「詩賦」而忽視「策論」，要求採取措施而出現的論議受到注目。高宗慨歎為「文學政事，自是兩科。詩賦止是文詞，策論則須通之古今。所貴於學者，修身、齊家、治國以治天下，專取文詞，亦復何用？」張守（？-1145）也說過「此

---

42 〈推委臣下論〉，《范文正公文集》（《范仲淹全集》（成都：四川大學出版社，2002 年所收）卷 7，頁 157。

43 《後漢書》卷 80，〈文苑傳〉的注，頁 2648。

44 〈孔門四科兩漢孰可比〉，《浮沚集》（叢書集成初編本）卷 3，頁 25。

45 〈上范資政書〉，《曾鞏集》（北京：中華書局，1984 年）卷 5，頁 243。

孔門四科所以文學為下科也。」[46]這些貶下文學的價值的對話與前面敍述的例子相反。但是，在這裡重視詩賦考試的科舉的現實和把這種考試與四科的文學等值起來的論理流露，這也是事實。像前面指出程子、朱熹的警戒那樣，當時把文學看作「詞章」的士人們的氛圍，作為其確鑿的表現。從這些現象，可以斟酌和科舉的定著一起出現的四科的意義的變化。即隨著考核像詩、賦之類的文學（literature）才能的進士科變得越來越重要，在士人們的意識中，文學的位相也得到了提高。

　　如上宋高宗所說的一樣，強調文學和政事是不同科目的詔勅，在進士科開始成為主要的入仕手段的唐玄宗天寶年間（742-756）已經出現了[47]，另一方面，在這個時期士人們的合稱「文學、政事」的文章也多發現。就像在權德輿稱讚齊抗（740-804）是「文學、政事之君子」[48]的例子中很好的流露出來的那樣，對士人兼備文學和政事的贊詞在唐後期的墓誌銘等中經常被用[49]。在前面已經指出了孔門四科常常

46　李心傳：《建炎以來繫年要錄》（北京：中華書局，1988 年）卷 113，頁 1832。

47　〈雜處置〉，《唐會要》卷 75，頁 1361 及〈銓選部 條制 2〉，《冊府元龜》卷 630，頁 7554。

48　〈唐故中書侍郎……齊成公神道碑銘并序〉，《權載之文集》卷 14，頁 83。

49　權德輿除了以上的例子以外，還有「以文學、政事見稱」（《權載之文集》卷 24，〈唐故朝散大夫使持節都督容州諸軍事守容州刺史……戴公墓誌銘并序〉，頁 141）或是「文學、政事，子之家法」（同上書 卷 39，〈送邱穎應制舉序〉，頁 224）之類的表達。獨孤及也用過「以文學、政事，取公器如抬芥」（《毘陵集》四部叢刊初編本 卷 11，〈唐故朝散大夫中書舍人秘書少監頓丘李公墓誌〉，頁 70）來稱頌李誠。

被用來稱頌士人，特別是其中直接舉論文學和政事的例子很多。對於志向做官的士人來說，政事的能力雖然是很重要的事情，但在這裡為什麼加上文學？這肯定與當時在科舉中重視文學（literature）素養不無關係。從這樣的脈絡觀察時，不難理解在宋代文彥博（1006-1097）說明「用人之法」中的強調「孔門四科，分政事、文學之品」[50]，及在被當作科舉考試的參考書《古今源流至論》中的「孔門四科，文學、政事，又曷常有異致哉？」[51]之語。

像這樣不同時代的士人們對於孔門四科認識上的差異就是由於當時作為士人資格的德行、言語、政事、文學的意義變化。也就是說，這個被認為是自魏晉以後到宋代為止，對於士人們的存在基盤的自身意識的反應。但是以《論語》的注釋書為主的考察仍然是片面的，事實上通過其來具體說明士人們的特徵很勉強。所以，為了使更具說服力，有必要找尋含有更豐富的與孔門四科相關聯的內容的文獻。

四　《世說新語》和《續世說》的孔門四科

眾所周知，《世說新語》是劉宋代劉義慶（403-444）等把從後漢末開始到東晉為止活躍在世間的人物的逸話分成三

---

50 在《潞公文集》（文淵閣四庫全書本）卷 27，〈奏尚書省六曹行遣污滯事答奏〉，頁 736。前揭黃翰的〈祭柳侯文〉中以柳宗元兼得「孔門四科」為根據認為「文學辭章」和「政事循良」可以理解為是相同的脈絡。

51 林駧：《古今源流至論 前集》（文淵閣四庫全書本）卷 8，〈儒吏〉，頁 112。

十六個篇目編寫的，是為了研究魏晉南北朝史的必須文獻。
這本書的一開始就是〈德行〉、〈言語〉、〈政事〉、〈文學〉四
篇，這個很好的流露出了當時人們的意識中孔門四科所佔據
的重要性。另外，還要注意一下，本書和別的著作不同的是
以寫實的方式記錄士人們的生動的言行的內容。即以上四個
篇目中出現足足二百八十五條故事中談到[52]的主人公大部分
是士人，在這裡通過觀察他們的語言和行動是怎麼樣的，可
以具體瞭解這個時期四科的意義。

　　不僅如此，從唐代王方慶（？-702）的《續世說新書》
以後到民國時代易宗夔（1875-？）的《新世說》接連出現
了形式上或是內容上相似的書籍的事實[53]也很重要。這樣的
書籍成為了《世說新語》的分析方式一直延長到後代的根
據。實際上北宋代孔平仲（1065-1102 左右）的《續世說》
從其名稱開始明顯流露出其是直接繼承了《世說新語》的著
作。孔平仲是在英宗治平二年（1065）及第進士科的當時名
士[54]，他的這本以劉宋以後到五代時期為止寫物件的書，在

52　本稿參考了余嘉錫的《世說新語箋疏（修訂本）》（上海：上海古籍出版
　　社，1993 年）。另外在下文中引用這本書的四科部分時為了方便，只把頁
　　數和該篇中其逸話系列編號寫下來，內容圖表化的根據為了避免繁瑣只表
　　示出系列號碼。

53　根據 Nanxiu Qian, *Spirit and Self in Medieval China: The Shi-shuo hsin-yü and
　　Its Legacy* (Honolulu: University of Hawaii Press, 2001)，頁 194-196 的表，
　　在中國刊行的所謂世說類文獻足有 28 個。這些書的性質概觀參照同上
　　書，頁 203-210。

54　參照《宋史》卷 344，〈孔平仲〉，頁 10933-10934；《四庫全書總目》（北
　　京：中華書局，1965 年）卷 120，〈雜家類〉，「珩璜新論」條，頁 1037。

宋代廣泛地普及[55]。所以在《續世說》按照德行、言語、政事、文學分類的總一六八條的故事中[56]可以具體考察宋代人對於四科的認識，把它與《世說新語》同時考察時可知兩者的異同很明顯。特別是《續世說》，成為敍述證據的文獻大部分都現存[57]，所以通過兩者的對照，可以更好的瞭解撰者想強調的士人像是怎樣的。

　　所以本稿是通過比較《世說新語》和《續世說》的頭四篇中出現的逸話的內容來考察魏晉南北朝和宋代的孔門四科具有的現實意義，進而考察當時士人的具體像。當然不可能一個一個觀察兩本書中出現的數百個事例，不過有必要把這些故事的登場人物和主題、素材進行分類。在這個過程中基準的妥當性和分類的客觀性雖然會是問題，但把《世說新語》和《續世說》中出現的逸話，按幾個範疇區分用計量的

---

55 《續世說》出現在陳振孫的《直齋書錄解題》（上海：上海古籍出版社，1987）卷 11，〈小說家類〉，頁 330；晁公武的《郡齋讀書志》（上海：上海古籍出版社，1990 年）附志 卷上，〈雜說類〉，頁 1145 等南宋時期的目錄類文獻中，而且其內容也屢次被引用在吳曾的《能改齋漫錄》（上海：上海古籍出版社，1979 新 1 版）卷 5，〈八米八采〉，頁 117 和王楙的《野客叢書》（上海：上海古籍出版社，1991 年）卷 14，〈端午〉，頁 209 等筆記資料。

56 《續世說》有幾種版本，本稿主要根據影印「宛委別藏傳寫宋刻本「的續修四庫全書本。 在下文中引用這本書的四科部分的內容為了方便只表示出其頁數和其上下區分。另外內容圖表化的根據即使不在底本標出，為了避免繁瑣也只寫出該片逸話的序列號碼。

57 《續世說》中出現的大部分逸話的內容在《北史》、《南史》、《舊唐書》、《舊五代史》和《資治通鑑》中可找到類似的，所以它可能是採錄了這些先行文獻。

方法分析時可以闡明其具體的輪廓[58]。因為《世說新語》和《續世說》的類似的寫作動機和篇目的同一性共同基盤是可以直接比較南北朝時代和宋代士人的特徵並理解其很好的準據。另外，在這裡如果一起考察中間插入的當時輿論的評價和有特色的故事，可以更好的確保這樣的推論的一般性。在下面通過圖表簡略的說明一下這樣的結果。

首先看一下《世說新語》和《續世說》中分類為〈德行〉篇的逸話，其主題按照德目大致可以分為官人、親戚、社會相關聯的。即作為官人的公務或是和君主有關係的故事，孝悌等親戚間的和睦和相關的言行，以及除此之外的交友、商去來等一般的社會活動[59]。把兩本書中出現的故事按照這樣的基準分類的話就如下面的表二。

---

[58] 通過這樣的計量分析來比較《世說新語》和《續世說》的方法，如果現在可以考察到的這兩本書是完整本的話，更加有說服了。但是《世說新語》的情況從早期開始就有關於其的疑問，清代葉德輝等的輯佚本也存在。但是就像金長煥在〈《世說新語》佚文研究〉，《中國小說論叢》5，1996 年中指出的一樣，以前輯錄過的逸話不是《世說新語》的原文。實際上現存的最古老的所謂《唐寫本世說新書殘卷》即使和現在通行《世說新語》版本有一部分差異，可是其基本收錄的內容到順序都是同一的（參照《唐寫本世說新書注》，臺北：世界書局，1957 年）。從這個角度看時，可以知道《世說新語》到現在為止散逸的部分幾乎沒有了。特別是如果根據最近把這個殘卷提前到南朝梁代的范子燁的《世說新語研究》（寧稼雨，〈時代學風的印跡與思考〉，《社會科學》2000 年 2 月，頁 79-80 中引用），可以說本稿為了使要探討的《世說新語》和原來的模樣更接近，而這樣的計量分析方法更有效。

[59] 對於〈德行〉篇中主題很難分別或是同時包含兩個範疇以上的逸話，用「其他」來分類，暫時不予論議。在下面採取這種類型化方式的探討中，基本上根據這樣的原則，只把典型的事例作為物件來展開討論。

表二：〈德行〉篇中出現的逸話的主題[60]

	官人德目 （比率）	親戚德目 （比率）	社會德目 （比率）	其他 （比率）
《世說新語》(總47條)	3條(6.4%)	17條(36.2%)	18條(38.3%)	9條(19.1%)
《續世說》(總35條)	12條(34.3%)	4條(11.4%)	13條(37.1%)	6條(17.1%)

　　在這裡和官人應具備的德目相關聯的逸話的比率增加，與和親戚德目有關的逸話的比率減少最明顯。事實上《世說新語》中出現的這些內容當中明記官職的例子很少，而《續世說》中出現的故事主人公可以說大部分都是官人。像這樣，與官職緊密相關的逸話的頻繁出現就是說明了關於「德行」的評價在官人的職位中的影響變得更加重要。及德行的實踐與官職的相關性如此擴大趨勢下，將孔門四科作為資格標準的士人和官人的共同之處也在擴大。

　　如果通過這樣的視角來看〈言語〉篇的逸話的話，很有必要注目一下與官人的職位或職務相關聯的內容。次頁的表

60　表二的逸話

	官人德目	親戚德目	社會德目	其他
《世說新語》	第27，40，46條	第7，8，10，12，14，17，20，24，26，28，29，36，38，39，42，45，47條	第1，2，3，4，5，9，11，13，15，16，21，22，25，31，32，34，41，44條	第6，18，19，23，30，33，35，37，43條
《續世說》	第4，12，13，14，15，16，17，20，21，24，25，32條	第3，8，9，26條	第2，5，6，7，10，18，19，27，28，29，30，34，35條	第1，11，22，23，31，33條

三收集的是關於官人行使公務的過程和與皇帝的對話的事例，這裡首先映入眼簾的事實是和《世說新語》比起來，《續世說》中有皇帝或是官人登場的逸話特別是和其職務相關聯的故事非常的多。

表三：〈言語〉篇中出現的皇帝、官人登場逸話的分類[61]

| | 職務有關 | | | | | 小計2(總計中比率) | 職務無關(同左) | 總計(〈言語〉篇全體中比率) |
| | 皇帝、皇族 登場 逸話 | | | 小計1(小計2中比率) | 官人逸話(同左) | | | |
	皇帝、皇族中心(小計1中比率)	官人中心(同左)	其他(同左)					
《世說新語》(〈言語〉篇 總108條)	1條(6.7%)	6條(40.0%)	8條(53.3%)	15條(62.5%)	9條(37.5%)	24條(63.2%)	14條(36.8%)	38條(35.2%)
《續世說》(〈言語〉篇 總46條)	7條(20.0%)	25條(71.4%)	3條(8.6%)	35條(85.4%)	6條(14.6%)	41條(93.2%)	3條(6.8%)	44條(95.7%)

---

61 表三的逸話

| | 職務有關 | | | | 職務無關 |
| | 皇帝・皇族登場逸話 | | | 官人逸話 | |
	皇帝・皇族中心	官人中心	其他		
《世說新語》	第89條	第8，18，25，53，100，107條	第10，11，13，16，19，29，59，106條	第35，36，37，38，42，55，58，80，97條	第3，17，20，21，39，48，49，56，57，60，61，65，85，98條

（接下頁表格）

　　在上面的表三中出現的和職務相關的故事中，皇帝或是皇族登場的逸話變多了，這樣的現象反映了與南北朝時代不同的宋代的情況，就是皇權獲得強化的時代背景。但是在這樣的故事中成為官人的士人也經常出現，主要講兩者之間的異見和其消除過程。這裡有必要把這樣的逸話的內容展開注意一下。即在《續世說》中皇帝、皇族和官人之間的對立的敍事構造當中，以官人為中心的逸話特別多。也就是說，皇帝、皇族和官人之間開始存在異見，但最後往往還是採納官人的主張，或者文脈上著重官人的論理之故事比率非常高。所以在宋代皇帝的政治重要性雖然變大了，但是這個時期的士人們同南北朝時期比起來，也很難斷言其更加隸屬於皇權。實際上《續世說》中官人的「言語」同《世說新語》比起來更加廣泛的包括了政務。而且，因為《續世說》強調了諫官的重要性，所以原來在《世說新語》中沒有的〈直諫〉

| 《續世說》 | 第 8，9，10，11，19，23 條 | 第 3，12，13，14，15，16，17，25，26，27，30，32，33，35，37，38，39，40，41，42，43，44，45，46 條 | 第 7，28，31 條 | 第 18，22，24，29，34，36 條 | 第 4，20，21 條 |

《續世說》的第十卷只含有被分類為「直諫」的逸話，這〈直諫〉是這本書中最大的篇目。

篇在此書中佔據了最大的份量[62]。接下來，特別記載了官人不能行使杖刑的原由，即張說的「為天下士君子」這句話的《續世說》的撰者把官人和士人統一起來，和制度化的君主權分開，要求對自身格外的尊重。

　　如果看〈政事〉篇的逸話，所謂「貴族時代」的《世說新語》及稱為「君主獨裁體制」的宋代《續世說》的主人公都是官人。所以兩者都認為一切「政事」的主動作用是官人起到的，另外，兩本書中沒有仔細的闡明政事的具體內容的例子也不少。但是，把兩本書中出現的登場人物的官職按照中央官和地方官劃分的話，其差異如下面的表四。

表四：〈政事〉篇中逸話主人公的官職[63]

	中央官（比率）	地方官（比率）	其他（比率）
《世說新語》（總 26 條）	10 條(38.5%)	13 條(50.0%)	3 條(11.5%)
《續世說》（總 52 條）	9 條(17.3%)	40 條(76.9%)	3 條(5.8%)

62　表四的逸話

	中央官	地方官	其他
《世說新語》	第 5，6，7，8，11，13，15，20，23，24 條	第 1，2，3，4，9，10，14，16，17，19，22，25，26 條	第 12，18，21 條
《續世說》	第 2，4，7，27，29，30，36，50，52 條	第 1，3，5，6，8，9，10，11，12，15，16，17，18，19，21，22，23，24，25，26，28，31，32，33，34，35，37，38，39，40，41，42，43，44，45，46，47，48，49，51 條	第 13，14，20 條

　　這裡《續世說》中出現的人物中地方官佔據的比率增加
了，實際上和《世說新語》比起來，《續世說》中出現的官
人們相對職位低的比較多。這點顯出了宋代士人們在意識上
認為政治行為向更加廣泛的官人層的擴大，也認為其任務的
內容與一般民眾的直接關係變得更加重要。而且附記關於
《續世說》中的對主人公的輿論評價很多，其輿論層包括
「市人」、「行卒」、「夷獠」等多樣的吏民階層，有時特別記
載了百姓們的示威活動。在《世說新語》沒有的這些故事，
這讓我們很好的看到了在與南北朝時期不同的宋代，一般民
眾成為了「政事」的評價者，並且士人們積極受容這種現
象。這些也意味著依據百姓的好評，自己把官人的職位正當
化的士人的出現。

　　雖然這麼說，士人與官人也不同一，他們有著稱為
「學」的獨自的存在基盤。從這個側面看時，重要的是孔門
四科的最後科目「文學」，在《世說新語》和《續世說》的
〈文學〉中出現了和多種形態的學問相關聯的逸話，把它們
按照中國的傳統目錄學「經、史、子、集」來分類的話，如
下面的表五。

表五：〈文學〉篇逸話的內容[64]

	經學有關(比率)	史學有關(比率)	子學有關(比率)	玄學、清談類(比率)	佛教(比率)	文學[集]有關(比率)	其它(比率)
《世說新語》(總104條)	8條(7.7%)	1條(1.0%)	13條(12.5%)	29條(27.9%)	12條(11.5%)	35條(33.7%)	6條(5.8%)
《續世說》(總35條)	4條(11.4%)	無	無	無	無	26條(74.3%)	5條(14.3%)

[64] 表五的逸話

	經	史	子	集	清談・玄學類	佛教	其他
《世說新語》(總104條)	第1，2，3，4，29，52，56，61條	第80條	第7，10，11，13，15，16，17，24，32，36，55，62，63條	第66，67，68，69，71，72，75，76，77，78，79，81，82，83，84，85，86，87，88，89，90，91，92，93，94，95，96，97，98，99，100，101，102，103，104條	第5，6，9，12，14，19，20，21，22，26，28，31，33，34，38，39，41，42，46，47，48，49，51，53，57，58，60，65，74條	第23，30，35，37，40，43，44，45，50，54，59，64條	第8，18，25，27，70，73條
《續世說》(總35條)	第7，11，14，15條	無	無	第1，2，3，4，6，8，9，10，13，16，17，18，20，21，22，23，24，25，27，29，30，31，32，33，34，35條	無	無	第5，12，19，26，28條

表六：與〈文學〉篇「集（文學，literature）」相關聯的逸話的主要作品的形式。

　　這裡最要注目的事實是兩者的實質分類數的明顯差異。《續世說》中佔據了將近一半內容的十五條是關於南北朝時代的逸話，而《世說新語》中經常出現的玄學或是清談相關聯的逸話完全沒有，這就是很好的例子。這是因為宋代人在認識上把玄學、清談排除在「文學」的範疇之外。通過這樣的角度看時，《世說新語》反映的「文學」的概念以清談、玄學為主，還包括史學、子學、佛教，但是在《續世說》的文學概念的範圍比其縮小了很多。實際上，《續世說》的撰者採錄史書的記錄時，往往刪除了甚至與史學乃至經學相關的內容。其結果如表五所示，《續世說》中的「文學」事實上，由與經學和文學有關的內容構成，特別是其中後者佔據了百分之七十四的比重，成壓倒性優勢。另外，像這樣呈增長趨勢的與文學（literature）相關的逸話中，如果看涉及到的主要文學作品的形式[65]，可以知道《續世說》中詩和公文幾乎佔據了大部分的內容，缺乏多樣性。《續世說》中的和文學（literature）相關的逸話，反映了宋代士人對學問的關心，主要體現在以雕琢語言為主的文學（literature），其中特別集中在科舉考試的作詩及與官人事務相關的撰寫公文書之能力。

	詩 (比率)	賦 (比率)	公文 (比率)	誄 (比率)	論 (比率)	傳 (比率)	(碑)頌 (比率)	贊 (比率)	韻書 (比率)	其他
《世說新語》 (總 35 條)	7 條 (20.0%)	10 條 (28.6%)	6 條 (17.1%)	3 條 (8.6%)	2 條 (5.7%)	1 條 (2.9%)	1 條 (2.9%)	1 條 (2.9%)	無	4 條 (11.4%)
《續世說》 (總 26 條)	8 條 (30.8%)	1 條 (3.8%)	8 條 (30.8%)	無	無	無	2 條 (7.7%)	無	1 條 (3.8%)	6 條 (23.1%)

五　結論

　　「孔門四科」是以在《論語》中孔丘傑出弟子們的才德來範疇化的德行、言語、政事、文學。這些科目隨著社會的儒家化，不僅成為朝廷選拔官人的一個標準，也是評價士人和士人之間稱頌的重要尺度，被認為是士人的資格。所以士人們特別重視孔門四科，甚至對於這四個科目的次序也很敏感。但是，後代的士人們排列孔門四科的順序並不一樣，而且流露出對這四個才德的實際意義有不同的認識。比如說，科舉制度特別是進士科越來越受到士人的關心之後，原來在四科中佔據最後位置的文學被提到前面，其意義也縮小為指文學（literature）素養。

　　在劉宋代編寫的《世說新語》和北宋代出現的《續世說》都在孔門四科的篇目下記錄許多士人的逸話。如果把兩本書的這些故事按照不同類型分開分析的話，可以更具體的觀察南北朝和宋代士人對於孔門四科認識上的差異。即官人相關的德行佔據的比重變大了，言語也是與官人的職務有關的內容而更受到了重視。另外，政事又在官人的活動中經常被提到，文學當中關於公文的言及也有所增加，這些都可以認為是相同的脈絡。這樣的現象表明同南北朝時代比起來，宋代的士人們具有更強的作為官人的特徵。

　　雖然這樣士人和官人的相關性越來越大，但是我不能斷定這些士人就是所謂「君主獨裁體制」下從屬於皇帝的官人。實際上，《續世說》的〈政事〉篇中出現的士人主要是

地方官，比起皇帝跟百姓的距離更近。而且他們的言語和皇帝對立的情況很多，這裡不是稱頌對皇帝的追隨，反而稱頌了本著論理和名分敢於指正的直諫。所以宋代的士人雖然是官人，對於皇帝還保持相對的自律性，有立足於民間的輿論或是名分，更加強自己的地位正當化的論理的一面。從這樣的一個側面看，士人特有的存在基盤學問，即孔門四科之文學，漸漸強化了其文學性（literature），使之產生這樣變化的以進士科為主的科舉，也許很難單純化為皇權主導下的官人選拔制度。因為事實上所謂的文學性（literature）素養是本質上和皇帝無關的士人的個人能力，考核其水準的科舉制度不過是公認其個人能力的一種手段。

　　像前言中闡明的那樣，本文的考察視角和範圍有一定的局限性，所以關於士人的特徵在此不敢下最後的定論。但是，通過考察，可以確定如下的幾個事實：首先，士人們重視孔門四科，對於四科的具體意義解釋有所不同。這樣的差異源自各個時代的士人自己，為了理解歷史像的動態面，在方法論上通時性（diachronic）考察非常重要。另外在具體的內容上，和魏晉南北朝比起來，雖然宋代士人們與官人的相關性變強了，但在意識上不是那麼從屬於皇權。當然這樣暫定的結論也需要在更廣的範圍內檢驗一下，但至少在士人們的自己認同性當中，很難否定對於皇帝的相對自律性，所以「君主獨裁體制」這個歷史相或許需要再考慮。

參考文獻

一　專書

（一）韓文

國立國語研究所編　《標準國語大辭典》　首爾：斗山東亞
　　1999 年初版

社會科學院言語學研究所編　《現代朝鮮語辭典》　首爾：
　　圖書出版白衣　影印本　1981 年原刊

（二）中文

《春秋穀梁傳注疏》　北京：北京大學出版社　2000 年

《春秋公羊傳注疏》　北京：北京大學出版社　2000 年

康有為　《論語注》　北京：中華書局　1984 年　1917 年
　　原刊

孔平仲　《續世說》　續修四庫全書本

權德輿　《權載之文集》　四部叢刊初編本

紀昀等　《四庫全書總目》　北京：中華書局　1965 年

唐庚　《眉山唐先生文集》　四部叢刊三編本

獨孤及　《毘陵集》　四部叢刊初編本

羅竹風主編　《漢語大詞典》　上海：漢語大詞典出版社
　　1990 年

劉禹錫原撰　《劉禹錫集箋證》　上海：上海古籍出版社
　　1989 年

劉義慶原撰　《唐寫本世說新書注》　臺北：世界書局
　　1957 年

劉義慶原撰　《世說新語箋疏（修訂本）》　上海：上海古

籍出版社　1993 年

劉長卿原撰　《劉長卿詩編年箋注》　北京：中華書局
　　1996 年

劉宰　《漫塘集》　文淵閣四庫全書本

陸文圭　《牆東類稿》　叢書集成初編本

李林甫等　《唐六典》　北京：中華書局　1992 年

李昉等編　《文苑英華》　北京：中華書局　1966 年

文彥博　《潞公文集》　文淵閣四庫全書本

班固　《漢書》　北京：中華書局　1962 年

范曄　《後漢書》　北京：中華書局　1965 年

范仲淹　《范仲淹全集》　成都：四川大學出版社　2002
　　年

司馬光原撰　《司馬光奏議》　太原：山西人民出版社
　　1986 年

司馬遷　《史記》　北京：中華書局　1959 年

余英時　《士與中國文化》　上海：上海人民出版社　2003
　　年再版

閻步克　《士大夫政治演生史稿》　北京：北京大學出版社
　　1996 年

閻步克　《察舉制度變遷史稿》　瀋陽：遼寧大學出版社
　　1991 年

吳文治編　《柳宗元卷》　北京：中華書局　1964 年

吳曾　《能改齋漫錄》　上海：上海古籍出版社　1979 年
　　新 1 版

王楙　《野客叢書》　上海：上海古籍出版社　1991 年

王溥等編　《唐會要》　臺北：世界書局　1982 年 4 版

王應麟　《小學甘珠》　北京：中華書局　1987 年

王欽若等編　《冊府元龜》　北京：中華書局　1960 年

魏收　《魏書》　北京：中華書局　1974 年

李心傳　《建炎以來繫年要錄》　北京：中華書局　1988 年

林駉　《古今源流至論　前集》　文淵閣四庫全書本

晁公武　《郡齋讀書志》　上海：上海古籍出版社　1990 年

周行己　《浮沚集》　叢書集成初編本

朱熹　《論語或問》　《四書或問》　上海：上海古籍出版、社安徽教育出版社　2001 年所收

曾鞏　《曾鞏集》　北京：中華書局　1984 年

陳振孫　《直齋書錄解題》　上海：上海古籍出版社　1987 年

脫脫等　《宋史》　北京：中華書局　1985 年

何良俊　《何氏語林》　文淵閣四庫全書本

韓愈等　《論語筆解》　叢書集成初編本

韓愈原撰　《韓昌黎文集校注》　上海：上海古籍出版社　1986 年

邢昺　《論語注疏》　北京：北京大學出版社　2000 年

桓寬原撰　《鹽鐵論校注》　北京：中華書局　1992 年

皇侃　《論語集解義疏》　叢書集成初編本

黃淮等編　《歷代名臣奏議》　文淵閣四庫全書本

（三）日文

宮崎市定　《東洋的近世》　《宮崎市定アジア史論考》
　　東京：朝日新聞社　1976 年所收　1950 年原刊
仁井田陞　《唐令拾遺》東京：東京大學出版會　1964 年
　　覆刻　1933 年原刊

（四）英文

Nanxiu Qian: Spirit and Self in Medieval China: The Shi-shuo
　　hsin-yü and Its Legacy (Honolulu: University of Hawaii
　　Press　2001 年

二　期刊

（一）韓文

金長煥　〈《世說新語》佚文研究〉　《中國小說論叢》第
　　5 輯　1996 年

（二）中文

寧稼雨　〈時代學風的印跡與思考〉　《社會科學》　2000
　　年第 2 期
方北辰　〈兩漢的「四行」與「四科」考〉　《文史》　第
　　23 輯　1984 年
傅錫壬　〈世說四科對論語四科的因襲與嬗變〉　《淡江學
　　報》第 12 卷　1974 年 3 月
王明蓀　〈論語筆解試探〉　《孔孟學報》第 52 期　1986 年

（三）日文

田中利明　〈韓愈、李翱的《論語筆解》についての一考
　　察〉，《日本中國學會報》第 30 期　1978 年 10 月

The Characteristics of the Shi Analyzed through Their Interpretations on Kongmensike:

Focused on the Period from Wei-jin-Nanbeichao to

Ha Won Soo

Prof. of Department of History Sungkyunkwan University

Abstract

Kongmensike, i.e. 'Four Classes of Confucian School' means Dexing, Yuyan, Zhengshi, and Wenxue which are categorized capabilities of Confucius's prominent students. With the Confucianization of Chinese society， these four capabilities had been used as criteria for recruiting officials by the court or reputing themselves among the Chinese traditional literati, shi. Consequently, the four capabilities of kongmensike were often regarded as the qualifications for a member of literati. The literati so valued komensike that they were quite sensitive even to the order of its four elements. However, according to the individuals or the times, there were many different ideas on the substantial meaning of every capabilities of kongmensike as well as the order of them. This is especially well revealed when the anecdotes in the sections named dexing, yuyan, zhengshi, and wenxue of *Shishuoxinyu* and *Xushishuo* were compared. To be more particular, the anecdotes of four sections above in *Xushishuo* written in Song dynasty were much more related with officials or official roles, activities, documents than those of *Shishuoxinyu* written in Nanbeichao period. But the officials appeared in *Xushishuo* were not so subordinate to their emperor as so-called 'the autocratic system of despotic emperor' after Song had suggested. Actually, most of them in "zhengshi" of *Xushishuo* were local officials, so they were nearer to common people than emperor. Furthermore, "yuyan" of *Xushishuo* recorded many clashes of views between officials and emperors, and almost all the stories of these cases concluded with the winning of officials. This implies that the literati respected in Song were not those just following emperor even though they were officials. The merits of them were how to persuade emperor by logicalities or moralities. Therefore, the Song literati also saved their own independence to autocracy regardless of officialdom, and in some senses it seems to be more invigorated with scholarship and public opinion led by them.

Keywords: Chinese traditional literati, 'Four Classes of Confucian School', *Shishuoxinyu, Xushishuo*, Official

摹體以定習，因性以練才
——從王維早期「行」詩說起

金銀雅

〔韓國〕順天大學中國語言學系教授

摘 要

劉勰在《文心雕龍‧體性》篇裡，以「摹體以定習，因性以練才」一語道破一個作家從事創作時必須經過的過程。他還強調學習過程之中，在剛開始的階段特別加以慎重。這一點對每個時期的每個作家都一樣具有重要的意義。王維是盛唐山水田園詩派的代表詩人。他早年具有出類拔萃的才華，青年時代已著詩名。本論文的旨趣在探討一個從小才氣橫溢如王維的作家，開始創作時，如何磨鍊自己的文學修養？本文將王維早期的兩首「行」詩，即〈洛陽女兒行〉和〈桃源行〉作為探討對象，與其模仿對象作品—梁武帝〈河中之水歌〉、〈東飛伯勞歌〉、及陶淵明的〈桃花源記〉，進行比較，研究模仿方式以及從中如何表現出自己獨特的思想和藝術風格等問題。

關鍵詞：王維、「行」詩、〈洛陽女兒行〉、〈桃源行〉、樂府

一　前言

　　文學創作是一種既複雜又艱苦的精神活動，依作家的天賦才能和後天的努力程度，決定其水準之高低。缺乏天賦才能而一味努力，或不足後天的培養而僅有才能，皆無法作出高水準的作品，劉勰在《文心雕龍・體性》篇裡，以「摹體以定習，因性以練才」一語，道破一個作家從事創作時必須經過的過程。他還說「夫才有天資，學慎始習」，強調學習過程中，在剛開始的階段要特別加以慎重。這一點對每個時期的每個作家都一樣具有重要的意義。

　　盛唐山水田園詩派的代表詩人王維，「九歲知屬辭」[1]，具有出類拔萃的才華，青年時代已著詩名。一個從小才氣橫溢如王維的作家，開始創作時，如何磨鍊自己的文學修養？這就是本論文的出發點。

　　王維可確定作於早年十幾歲少年時代的現存作品，有八首：十五歲時所作〈題友人雲母障子〉、〈過秦王墓〉，十六歲（或十八歲）時所作〈洛陽女兒行〉，十七歲時所作〈九月九日憶山東兄弟〉，十八歲時所作〈哭祖六自虛〉，十九歲時所作〈清如玉壺冰〉、〈桃源行〉、〈李凌詠〉[2]。其中，最能呈現模仿前人軌跡的，則非〈洛陽女兒行〉、〈桃源行〉莫屬，因為這兩首借樂府題所作的詩歌，是有憑有據的承襲之

1　〈王維傳〉，《新唐書》卷 202。
2　〔唐〕王維撰，〔清〕趙殿成箋注：《王摩詰全集箋注》（臺北：世界書局，1974 年）。

作。因此，本文擬就王維早期二首「行」詩與其模仿對象作品，進行比較，以探討王維如何繼承傳統，從中如何表現出自己獨特的思想和藝術風格等問題。

二 命題方式和題材的襲用與化用

〈洛陽女兒行〉和〈桃源行〉收於《樂府詩集》卷九十〈新樂府辭〉，是唐代新出現而沒有樂曲的歌詞[3]。但是，這二首作品皆以樂府詩習用的「行」字名題，反映確實承襲樂府固有的傳統。不僅如此，其命題方式也繼承前代「行」詩的命題模式。例如，〈相和歌〉「行」詩的詩題字數大概三個字到五個字之內，題目則標出首句的幾個字，或作品中的地名、主人公，或縮簡其內容[4]。〈洛陽女兒行〉取作品首句中的「洛陽女兒」為題，〈桃源行〉則歌詠武陵桃源，由此可說這兩首詩題淵於典型的「行」詩命名方式。

除了命題方式之外，關於題材方面，王維向前代樂府詩學習，這一點在〈洛陽女兒行〉尤為明顯。試看〈洛陽女兒行〉的首二句：「洛陽女兒對門居，纔可顏容十五餘。」此二句則點出該詩的女主角「洛陽女兒」，其形象來自兩首前

3　〔宋〕郭茂倩：《樂府詩集》卷 90〈新樂府辭一〉：「新樂府者，皆唐世之新歌也。以其辭實樂府，而未常（嘗）被於聲，古曰新樂府也。」

4　樂府詩中的「行」詩多見於〈相和歌〉。《樂府詩集》卷二十六到卷四十三的〈相和歌辭〉「行」詩之中，唐代以前的作品共有四十二題。其中，四題以六個字構成，其餘三十八題皆以三個字到五個字作詩題。命名詩題的方式為，十一首借用首句幾個字，其餘大部分則運用作品中的地名、主人公，或縮簡其內容。

代樂府詩。「洛陽女兒」出現於梁、武帝所作〈河中之水歌〉[5]，「對門居」和第二句的描寫脫胎自〈東飛伯勞歌〉[6]。這兩首樂府詩的主人公，融合成為〈洛陽女兒行〉的中心人物，亦即，既貌美又過著豪華奢侈生活的另一個洛陽女兒，由此誕生。王維塑造洛陽女兒婚後的生活情景，大概從〈河中之水歌〉的詳細描寫中得到靈感。試看〈河中之水歌〉：

> 河中之水向東流，洛陽女兒名莫愁。
> 莫愁十三能織綺，十四採桑南陌頭。
> 十五嫁為盧郎婦，十六生兒字阿侯。
> 盧家蘭室桂為梁，中有鬱金蘇合香。
> 頭上金釵十二行，足下絲履五文章。
> 珊瑚挂鏡爛生光，平頭奴子擎履箱。
> 人生富貴何所望，恨不早嫁東家王。

作品前六句介紹名為莫愁的洛陽女兒，未嫁之時織綺、採桑，看來其出身並不高貴，但嫁給富家盧郎而生子後，今非昔比。後半部一氣用六句鋪陳其極為豪華的日常生活，最後

5　《樂府詩集》卷 85〈雜歌謠辭三〉列為梁、武帝作品。《玉臺新詠》卷 9、《藝文類聚》卷 43 各作歌辭、古辭，認為無名氏作品。該詩富具齊梁詩風，故依《樂府詩集》的見解。傅錫壬譯註：《歷代樂府詩選析》（臺北：五南圖書出版社，1988 年），頁 278。

6　《樂府詩集》卷 68〈雜曲歌辭八〉作為古辭，《文苑英華》卷 260 認為梁、武帝所作。觀看該詩語言風格及結構，酷似〈河中之水歌〉，或可說為梁、武帝的作品。

二句則表出女人念念不忘舊情的心態。王維在〈洛陽女兒行〉所取的是變為富家婦後的豪華生活，對於〈河中之水歌〉的主題，漠不關心。

〈河中之水歌〉對女主角的描寫，除了大篇幅的結婚生活之外，就是婚前勤勉的勞動生活而已；以女人為題材的作品中可以常見對女人容貌的形容，但該詩則缺乏對容貌的描寫。至於王維的〈洛陽女兒行〉，則有所不同，雖然單用一句「纔可顏容十五餘」，還是交代女主角的美貌。王維的這一句，顯然簡化〈東飛伯勞歌〉所描繪的少女形象，請看〈東飛伯勞歌〉：

> 東飛伯勞西飛燕，黃姑織女時相見。
> 誰家女兒對門居，開顏發豔照里閭。
> 南窗北牖桂月光，羅帷綺帳脂粉香。
> 女兒年幾十五六，窈窕無雙顏如玉。
> 三春已暮花從風，空留可憐誰與同。

這首詩詳細描寫「對門居」的「年幾十五六」少女的容貌，運用「發豔」、「窈窕」、「顏如玉」等詩語及比喻手法。王維的〈洛陽女兒行〉則簡單說「十五餘」歲少女的「顏容」是「纔可」的。「纔可」一詞雖然簡略，但也可以說是涵蓋姿態秀美之種種形容。至於最後二句所表露的主題，王維並沒有採取。

總之，王維將〈東飛伯勞歌〉裡的少女所具備的外在因素，與〈河中之水歌〉中少婦的豪華生活融合起來，創作出

嶄新的一個「洛陽女兒」，進而作為〈洛陽女兒行〉的主要題材。

王維的〈桃源行〉脫胎於陶淵明的〈桃花源記〉。自從陶淵明在〈桃花源記〉提出「桃源」，在文學作品中「桃源」就成為代表理想鄉的核心術語。但是，盛唐以前，有關「桃源」的意象在詩歌裡，只是以一個單純的個別詩語姿態出現[7]，並未成為貫穿全篇的主要題材。到了盛唐，在王維的手裡第一次完成全篇歌詠桃源的詩作，這就是〈桃源行〉。王維〈桃源行〉的產生，在「桃源」的文學形象之形成與接受方面，具有舉足輕重的意義，而且從側面反映王維向前代文學作品學習的才能，以及前所未有的成就。

如上所述，王維從前代樂府〈河中之水歌〉與〈東飛伯勞歌〉採取題材而創作〈洛陽女兒行〉，又選擇樂府體寫出〈桃源行〉，王維在早年的習作時期所作的少數作品當中，出現這二首與樂府關係密切的詩歌，可能與王維精通音律的事實多少有關係。因為樂府具有與音樂直接聯繫的歷史，又，王維所作的新樂府雖然實為已經與音樂分離的徒詩，實際上幾乎不可能歌唱，但詩人採用樂府體的行為本身，反映出其不能排斥對某種樂曲的聯想[8]。以出任太樂丞開始仕宦

---

7 陶淵明以後的詩歌中出現的有關「桃源」意象，舉例如次：「武陵桃花」（陳、張正見〈神仙篇〉：「潯陽杏花終難朽，武陵桃花未曾落」），「武陵花」（〔唐〕鄭愔〈奉和幸上官宛容院獻詩四首〉第一首：「無云秦漢隔，別訪武陵花」），「武陵迷」（〔唐〕孟浩然〈檀溪尋古〉：「田園人不見，疑向武陵迷」），「武陵源」（〔唐〕張九齡〈與生公尋幽居處〉：「疑入武陵源，如逢漢陰老」）等。

8 松浦友久著，孫昌武等譯：《中國詩歌原理》（臺北：紅葉文化公司，

生涯的王維，擅長音樂，這樣的一個人才在接觸文學作品的初期，自然對古樂府感到興趣，進而多多學習、模擬，這或許是新樂府〈洛陽女兒行〉與〈桃源行〉所產生的背景原因之一。

三　藝術表現的繼承和創新

　　一個詩人在初步學習階段，必定會經歷多方面摸索的過程，正如上述，王維從前代作品中採取題材，透過適切的藝術表現方式，來表達自己的思想感情。本章集中探討，王維在〈洛陽女兒行〉與〈桃源行〉的藝術表現上，如何學習、繼承，進而超越前代作品等問題。

　　〈洛陽女兒行〉與〈桃源行〉所呈現的繼承傳統的一面，就在於詩意的開展過程，亦即作品的結構上，尤為明顯。先談〈洛陽女兒行〉的結構：

　　〈洛陽女兒行〉的結構，與〈河中之水歌〉、〈東飛伯勞歌〉相比較，大同小異，可以說整體上承襲二首前代樂府的結構。〈河中之水歌〉〈東飛伯勞歌〉各以「興」、「比」手法引起詩意，最後二句與此相應地表出主題，這是二首詩的基本結構。

　　細言之，〈河中之水歌〉的第一句「河中之水向東流」所用的是「興」的手法，具有引出「洛陽女兒」故事的作用，同時，與最後二句「人生富貴何所望，恨不早嫁東家

王」相應，「以水望東流，比女兒心東向」⁹，露出主題。
〈東飛伯勞歌〉的首二句「東飛伯勞西飛燕，黃姑織女時相
見」，比喻男女相憐而無法相見的情形，這暗示最後二句
「三春已暮花從風，空留可憐誰與同」所表露的主題。〈洛
陽女兒行〉雖然在開頭沒有使用「興」或「比」的手法，但
在最後二句表露主題，這一點與上述二首樂府的結構同出一
轍。茲舉王維的〈洛陽女兒行〉如次：

> 洛陽女兒對門居，纔可顏容十五餘。
> 良人玉勒乘驄馬，侍女金盤膾鯉魚。
> 畫閣朱樓盡相望，紅桃綠柳垂簷向。
> 羅帷送上七香車，寶扇迎歸九華帳。
> 狂夫富貴在青春，意氣驕奢劇季倫。
> 自憐碧玉親教舞，不惜珊瑚持與人。
> 春窗曙滅九微火，九微片片飛花璅。
> 戲罷曾無理曲時，妝成祇是薰香坐。
> 城中相識盡繁華，日夜經過趙李家。
> 誰憐越女顏如玉，貧賤江頭自浣紗。

這首詩共二十句，首二句介紹「洛陽女兒」，接著，用十六
句極力描寫生活起居的奢華。她之所以能夠過這樣的生活，
是嫁給比晉、石崇還要驕奢的「狂夫」之故。他們所結識的

---

9 〔清〕張玉谷：《古詩賞析》（再引自夏振明、胡鳳英：《莫愁女及莫愁文
學》，江蘇古籍出版社，1992，頁47）。

皆為洛陽的權貴，來往頻繁，由此可知，他們的縱情歡樂與奢華靡爛的生活，是當時洛陽豪富的普遍生活方式。最後二句提起貧賤的西施，透過她的遭遇，對出身寒微、貧苦士人的坎坷生涯，發抒感慨。

　　王維的〈洛陽女兒行〉全篇共二十句，但僅用最後二句來表達主題。這種方式，從篇幅的按排角度來看，可謂相當不均衡。從整體上說，〈洛陽女兒行〉的結構，尤與〈河中之水歌〉類似。〈河中之水歌〉共十四句，展開詩意的步驟為，介紹「洛陽女兒」→ 結婚 → 富貴生活，最後二句點出主題。在最後二句提示與前述完全相反的內容，構成強烈的對比，藉此表出主題，這樣，主題傳達得更有效、更突出，可說富具畫龍點睛的效果，這是〈洛陽女兒行〉的結構承襲傳統的緣故。

　　至於王維的〈桃源行〉，基本上繼承陶淵明〈桃花源記〉的敘事結構，亦即，發現桃花源 → 描寫在桃花源所見所聞 → 離開桃花源。全篇共七言三十二句，首四句敘述發見桃花源的經過：

> 漁舟逐水愛山春，兩岸桃花夾去津。
> 坐看紅樹不知遠，行盡青溪不見人。

據〈桃花源記〉，故事則發生於東晉孝武帝太元年間（376-396），地點為武陵，主人翁是個漁夫[10]。陶淵明的〈桃花源

---

10 陶淵明〈桃花源記〉：「晉太元中，武陵人捕魚為業。緣溪行，忘路之遠

記〉寫盡逢桃花林之後，漁夫的心理狀態（「漁人甚異之」），動作細節（「復前行」）等，把事情的前後經過具體記載下來。詩歌與散文體裁不同，不可能如此講故事般敘述。王維的〈桃源行〉則簡單用「漁舟」與「桃花」意象，來介紹構成桃源故事的主要因素，接著，用「不知」、「不見」的兩次否定，告知漁夫之迷路。這種含蓄精鍊的詩語，透露桃源故事即將開始，字裡行間充滿了發揮想像力的餘地。

在桃花源的所見所聞，王維用十八句描寫如次：

> 山口潛行始隈隩，山開曠望旋平陸。
> 遙看一處攢雲樹，近入千家散花竹。
> 樵客初傳漢姓名，居人未改秦衣服。
> 居人共住武陵源，還從物外起田園。
> 明月松下房櫳靜，日出雲中雞犬喧。
> 驚聞俗客爭來集，競引還家問都邑。
> 平明閭巷掃花開，薄暮漁樵乘水入。
> 初因避地去人間，及至成仙遂不還。
> 峽裡誰知有人事，世中遙望空雲山。

陶淵明的〈桃花源記〉敘述桃花源極為逼真，桃源居民接待漁夫之慇懃，主客之間的設問對話[11]，其情景似乎一一擺在

近。忽逢桃花林，夾岸數百步，中無雜樹。芳草鮮美，落英繽紛。漁人甚異之。復前行，欲窮其林。林盡水源，便得一山。山有小口，髣髴若有光。便捨船從口入。」

11 陶淵明〈桃花源記〉：「初極狹，纔通人。復行數十步，豁然開朗。土地平

眼前。王維的〈桃源行〉則一方面因襲〈桃花源記〉的敘事步驟，另一方面插入詩人的想像力和情感。〈桃源行〉每四句或六句換一次韻，詩意隨著換韻起了變化：前六句使用入聲屋韻（隩、陸、竹、服）描繪進入桃花源後的遠景及人物，接著，以上平聲元韻（源、園、喧）押韻的次四句，描繪世外桃源的情景。以下用入聲緝韻（集、邑、入），描寫對俗客的款待；最後四句用上平聲刪韻（間、還、山），抒寫與世隔絕的桃花源及其來歷。在整體描述中，既出現詩人想像中的桃源，又有桃源茫茫絕俗之嘆，敘事中滲透抒情成分，進行藝術上的再創造。

至於離開桃花源的情形，〈桃源行〉最後十句表現如次：

> 不疑靈境難聞見，塵心未盡思鄉縣。
> 出洞無論隔山水，辭家終擬長游衍。
> 自謂經過舊不迷，安知峯壑今來變。
> 當時只記入山深，青溪幾曲到雲林。
> 春來徧是桃花水，不辨仙源何處尋。

在〈桃花源記〉裡，漁夫將要回去時，桃源居民云「不

曠，屋舍儼然。有良田美池桑竹之屬。阡陌交通，雞犬相聞。其中往來種作，男女衣著，悉如外人。黃髮垂髫，並怡然自樂。見漁人，乃大驚。問所從來，具答之。便要還家，為設酒殺雞作食。村中聞有此人，咸來問訊。自云『先世避秦時亂，率妻子邑人來此絕境，不復出焉。遂與外人間隔。』問『今是何世。』乃不知有漢，無論魏晉。此人一一為具言所聞，皆歎惋。餘人各復延至其家，皆出酒食。」

足為外人道也」[12]，這可說是陶淵明的巧妙構思。桃源本是
陶淵明虛構的世界，也是不可能存在的世界。但是，陶淵明
反而說不想為人知道，令人錯覺它好像確實存在。隨後還提
到《晉書・隱逸傳》所載的實際人物隱士劉子驥，更令人感
到實有其事。這種寫實的表現手法，在〈桃源行〉裡無法見
到，王維抒發出洞後迷失桃源的惋惜，又提春天的「桃花
水」，慨嘆桃源之不可尋。總之，王維在〈桃源行〉，基本上
繼承〈桃花源記〉的敘事結構，加以抒情成分，將敘事與抒
情熔於一爐，開拓獨特的藝術境界。

　　王維向前代作品學習，也可從語言方面得到證明。茲就
〈洛陽女兒行〉與〈桃源行〉運用哪些前代作品的語言、故
事，其效果如何等問題，進行探討。

　　〈洛陽女兒行〉取材自樂府，所以較多使用前代樂府的
語句，例如，「洛陽女兒」（梁武帝〈河中之水歌〉）、「對門
居」（〈東飛伯勞歌〉）、「顏容」（晉、宋、齊辭〈子夜冬
歌〉）、「驄馬」（〔梁〕車操〈驄馬〉）、「七香車」（〔梁〕簡文
帝〈烏棲曲〉）、「九華帳」（鮑照〈行路難〉）、「碧玉」（無名
氏〈碧玉歌〉）等，而這些語句的出處大都是富具齊梁詩風
的樂府。〈洛陽女兒行〉用典共有三十六處，其中，出於樂
府與《玉臺新詠》所錄的詩歌，多達二十六處[13]。由此可

12　陶淵明〈桃花源記〉：「停數日，辭去。此中人語云，『不足為外人道也』。
　　既出，得其船，便扶向路，處處誌之。及郡下，詣太守說如此。太守即遣
　　人隨其往。尋向所誌，遂迷不復得路。南陽劉子驥，高尚士也。聞之，欣
　　然規往。未果，尋病終，後遂無問津者。」

13　關於王維早期樂府詩典故的研究，可參考入谷仙介〈關於王維早期的樂府
　　詩〉《唐代文學研究》6 輯（桂林：廣西師範大學出版社，1996），頁

知，王維寫作以少婦華美生活為題材的詩歌，多從前代豔體詩學習語言，因此也多少露出豔麗的風格。

〈桃源行〉雖然脫胎自〈桃花源記〉，但令人聯想到〈桃花源記〉的詩語，除了詩題「桃源」之外，只有「兩岸桃花」、「漢姓名」、「秦衣服」、「武陵源」而已。王維之所以從〈桃花源記〉採取最低限度的語言，可能是因為他想要將陶淵明的桃源改成另一種世界。王維從前代描述脫俗的詩文中，採用「青溪」（郭璞〈遊仙詩〉）、「物外」（〔梁〕簡文帝〈神山寺碑序〉）、「田園」（陶淵明〈歸去來辭〉）、「雲中雞犬」（《神仙傳》）等語言，塑造出與世隔絕的世外桃源。

〈洛陽女兒行〉和〈桃源行〉所顯現的藝術創造力，亦可從王維初步體現「詩中有畫」的藝術特徵這一點，加以肯定。「詩中有畫」為王維山水田園詩歌的主要藝術成就之一，〈桃源行〉和〈洛陽女兒行〉雖然沒有像山水田園詩那樣全盤表現「詩中有畫」的特點，但部分詩句卻明顯表露濃厚的繪畫性，在〈桃源行〉更是如此。

〈桃源行〉一開始就寫：「漁舟逐水愛山春，兩岸桃花夾去津。坐看紅樹不知遠，行盡青溪不見人」，這是以紅色桃花與青色山水構成的一幅彩色山水畫，輕快的扁舟與好奇的漁夫把它點綴美麗。「遙看一處攢雲樹，近入千家散花竹」句，採用遠近分明，縱橫交錯的構圖。遠處縱立著眾樹，近處橫散著房子與花草，使整個畫面更加協調，進而趨於完美。「明月松下房櫳靜，日出雲中雞犬喧」句，瞬間捕

捉桃源朝夕的景象。桃源的夜晚，在明月松下的房舍中靜靜
地過去，太陽一出，雞鳴狗吠，生動活潑的一天又開始，是
幅和平的風俗圖。

　　〈桃源行〉多描寫山水景物，因此繪畫性較強，至於
〈洛陽女兒行〉，雖以描寫生活情景為主，但也可以看到富
有繪畫性的詩句：「畫閣朱樓盡相望，紅桃綠柳垂簷向」，花
花綠綠的閣樓櫛比鱗次，加上紅桃綠柳，是集合鮮明色彩和
優美線條的水彩畫。

　　「書畫特臻其妙」[14]的王維，將其繪畫方面的才能，運
用到詩歌創作，〈洛陽女兒行〉和〈桃源行〉的繪畫性，由
此而來，同時，也成為前代母體作品所未見的特徵。在此二
首詩歌裡，「詩中有畫」的藝術表現不能說發揮得淋漓盡
致，但透過部分詩句，王維作為山水田園詩人，預示將要練
就的獨特藝術風格。

四　主題的創新

　　〈洛陽女兒行〉與〈桃源行〉的主題，反映王維獨有的
精神面貌，也涉及到詩人人生觀與其對社會的認識態度。在
此，通過與前代模仿對象作品相比較的方式，討論王維早期
「行」詩主題的創新性。

　　〈洛陽女兒行〉的母體作品〈河中之水歌〉和〈東飛伯
勞歌〉，是一種豔情詩。富貴美貌的女性，可算是豔情詩的

14　〈王維傳〉，《舊唐書》卷190。

最佳題材。王維雖然承襲此一題材，但卻一掃舊態，作品中包含諷刺社會現實的內容，〈洛陽女兒行〉主題的創新性，由此可以得到證明。

〈洛陽女兒行〉的主題，從最後二句「誰憐越女顏如玉，貧賤江頭自浣紗」表現出來，是使用西施的典故。王維首先設定享受富貴而生活空虛的洛陽女兒，她是當時洛陽權貴的典型；再次提起出身卑賤而不得受寵的西施，她是象徵胸懷才學而不被賞識的士人。透過截然不同的兩種集團的對比，詩人慨嘆寒士之懷才不遇，諷刺現實世態的一面。

沈德潛云：「結意況君子不遇也，與〈西施詠〉同一寄托」[15]，王維在〈洛陽女兒行〉使用西施故事之外，還有一首詩〈西施詠〉，整篇吟詠西施而表出同樣主題。〈西施詠〉裡的西施，因「豔色天下重」之故，由貧賤的身分變為吳王夫差的寵姬。之後，「君寵益嬌態，君憐無是非」，詩人透過西施之驕縱，諷刺以巧言或詭計受到器重的權貴，及造成此種環境的當時社會，行間包含著哀惜失意才士之意。

據〈西施詠〉的題材與內容，或可認為與〈洛陽女兒行〉同時代之作[16]，是年王維十六歲（或十八歲）。據十五歲所作〈過秦王墓〉詩，王維在十五歲時，離開故鄉，經過驪山到長安。十五歲以後，遊歷於長安與洛陽，〈洛陽女兒行〉就是作於洛陽的。當時王維尚未進士及第[17]，需要得到

15 〔清〕沈德潛：《唐詩別裁集》卷 5。

16 盧渝：《王維傳》（太原：山西人民出版社，1989），頁 21。

17 根據《舊唐書》卷 190〈王維傳〉，王維在開元九年（721）進士及第，是年詩人的正確年齡，因研究出生年的結果不同，眾說紛紜。〔清〕趙殿成

名聲，以便順利中第而出仕。

　　於是，他在洛陽王族、權門世家作客。以出類拔萃的詩才和書畫、音律的才能，博取喜愛。在洛陽的這種生活經驗，足以使王維能夠看破當時上流社會的弊端；目睹權貴侵於淫樂，奢侈驕縱，使王維對不合理的現實吐露不滿，也對像他那樣的寒士表示同情。王維在〈洛陽女兒行〉所發出的感慨，就是這種背景之下產生的。

　　〈桃花源記〉裡的桃源，是陶淵明文學創作中虛構出來的理想境地，與老子所言「小國寡民」[18]的理想國類似。因此，桃源雖然遠離繁雜的人間世，但在現實世界中能夠付諸實現，就是人間氣息相當濃厚的地方。這一點，在〈桃花源詩〉中表現得更清楚，其首六句云：「相命肆農耕，日入從所憩。桑竹垂餘蔭，菽稷隨時藝。春蠶收長絲，秋熟靡王稅」，這是一個無為自然、平靜和諧的農村，也就是只要著意耕耘而可以達到的理想社會。

　　與此相比，王維筆下的桃源，大異其趣。〈桃源行〉裡的桃源，是一般世人不可觸及的另外的一個世界。王維說桃源居民「及至成仙遂不還」，最後再也找不到桃源，就說「不辨仙源何處尋」，兩處使用「仙」字，而這「仙」字，旨在表示徹底消滅「塵心」之意，由此可說，王維的桃源是超脫於塵世之外的世界。因此，它建在「峽裡誰知有人事，

　　〈右丞年譜〉說王維出生於武后長安元年（701），據此，中第時年二十一歲。除此之外，還有武后聖歷二年（699）、武后聖歷三年（700）出生的說法等。無論如何，王維的中第，是二十歲以後之事。

18　《老子》第八十章：「小國寡民，……雞犬之聲相聞。」

世中遙望空雲山」之中，那裡沒有像〈桃花源記〉的「設酒殺雞作食」、「延至其家，皆出酒食」那樣的世間禮俗，漁夫是「塵心未盡思鄉縣」的「俗客」而已。王維的桃源，或可說多少投射佛門超俗的清淨世界[19]。

〈桃源行〉的主題，是哀惜失落的「物外」桃源。十九歲的王維如此憧憬超俗世界，可能與個人濃郁的宗教情操有關。王維少年時代深受佛教感染，自有家庭影響。他母親崔氏「師事大照禪師三十餘歲，褐衣蔬食，持戒安禪，樂住山林，志求寂靜」[20]，所以王維「兄弟俱奉佛，居常蔬食，不茹葷血」[21]，是很自然的。

王維儘管生活在儒釋道三教合一的文化環境，但更多受到佛教啟示這一點，是可以肯定的。因此，王維接受桃源故事，重新塑造自己的理想鄉時，表面上雖然寫仙境，又引用神仙典故[22]，但其實質面貌為沒有塵世污染的佛門淨土無異，這是王維精神世界的體現。

---

19 此一觀念見於荊立民〈尋找另一個理想王國——論王維的人生追求〉，《王維研究》第一輯（北京：中國工人出版社，1992 年），頁 77-78。還有，王維在〈藍田山石門精舍〉將佛寺說成桃源，其詩如下：「落日山水好，漾舟信歸風。探奇不覺遠，因以緣源窮。遙看雲木秀，初疑路不同。安知清流轉，偶與前山通。舍舟理輕策，果然愜所適。老僧四五人，逍遙蔭松柏。朝梵林未曙，夜禪山更寂。道心及牧童，世事問樵客。暝宿長林下，焚香臥瑤席。潤芳襲人衣，山月映石壁。再尋畏迷誤，明發更登曆。笑謝桃源人，花紅復來覿。」（〔清〕趙殿成箋注：《王摩詰全集箋注》卷 3）

20 王維〈請施莊為寺表〉（〔清〕趙殿成箋注：《王摩詰全集箋注》卷 3）。

21 〈王維傳〉，《舊唐書》卷 190。

22 〈桃源行〉「日出雲中雞犬喧」句，來自〔晉〕葛洪《神仙傳》：「淮南王劉安仙去，臨去時餘藥器置在中廷，雞犬舐啄之，盡得昇天，故雞鳴天上，犬吠雲中也」。

　　王維的作品，青年時期的較多表現積極進取的入世精神，中年以後則傾向於避世、歸隱[23]。從這個角度考慮，可以說，在早年習作時期，王維寫出批判現實的〈洛陽女兒行〉和憧憬物外世界的〈桃源行〉，用以示唆自己往後創作道路上的兩種不同風格，是值得一提的現象。

五　結論

　　在文學修練過程中，必定會有欣賞前代作品，加以模擬的階段。這一階段的模擬，依據作者的學習鍛鍊態度與才能與否，或止於單純模仿，或進一步達到創造性模仿。在模擬當中所發揮的創造性，這是決定作者成就的主要因素。

　　王維早期的二首「行」詩，即〈洛陽女兒行〉與〈桃源行〉，是在模擬中顯現創造力的好例子。這兩首借樂府題所作的作品，不但最能露出模仿前人的軌跡，而且還能預示往後王維的詩世界。

　　〈洛陽女兒行〉與〈桃源行〉以樂府題「行」命題，屬於新樂府，某種程度上喚起一種對音樂的聯想。而其命題方式又依照〈相和歌〉「行」詩的命題模式。由此可見，王維的音樂才能以及對樂府詩關心之深。就題材方面而言，〈洛陽女兒行〉取材自梁武帝〈河中之水歌〉與〈東飛伯勞歌〉。王維的洛陽女兒兼備〈河中之水歌〉主角的富貴和

23　根據王維生平事蹟考察其作品風格，一般文學史通常區分為前、後二期，以薦舉王維的張九齡，開元二十五年（737）遭陷罷相為基點，是年王維四十左右。

〈東飛伯勞歌〉主角的美貌。王維的〈桃源行〉是由陶淵明的〈桃花源記〉改作而成，所以其題材也自然被傳承下來。〈桃源行〉是自〈桃花源記〉以來，第一首全篇歌詠桃源的詩作，這反映王維向前代文學作品學習的才能，以及前所未有的成就。

　　王維的〈洛陽女兒行〉、〈桃源行〉在藝術表現上的承襲與創新，分為結構、語言和「詩中有畫」的特色三方面來討論。〈洛陽女兒行〉在最後兩句點出主題，酷似〈河中之水歌〉、〈東飛伯勞歌〉的結構。尤其，〈河中之水歌〉開展詩意的方式，可以說直接影響到〈洛陽女兒行〉。〈桃源行〉的結構基本上與〈桃花源記〉大同小異。但一定程度上拂拭散文的敘事成分，熔敘事、抒情於一爐，可以說是在繼承中創新發展。〈洛陽女兒行〉所用的語言，多出於豔體樂府與《玉臺新詠》所錄的詩歌，因此也多少露出豔麗的風格。〈桃源行〉雖然脫胎自〈桃花源記〉，但王維最低限度採取〈桃花源記〉中的語言，由此將陶淵明的桃源改成詩人個性鮮明的桃源。最能顯出王維創新能力的，當推「詩中有畫」藝術特色的形成這一點。王維早期二首「行」詩裡的「詩中有畫」特徵，雖然不能說是達到完美的程度，但多少露出其往後藝術表現路線。

　　王維的〈洛陽女兒行〉、〈桃源行〉在主題方面的創新性，涉及到王維的思想及其對當時社會現象的認識態度。〈洛陽女兒行〉脫離豔情詩的舊態，諷刺權貴的奢侈淫逸，同時對寒士的坎坷身世深表同情。王維早年在洛陽生活，曾經遊歷於王公豪門之間，他有機會目睹貧富顯殊、貴賤殊途

的社會現實，此詩就是在這種心理背景之下寫成的。陶淵明筆下富具人情味的世外樂園，到王維的手裡一變為與現實完全隔離的超俗世界。〈桃源行〉主要對失去的物外桃源表示惋惜之情。王維從小深受佛教感染，具有濃郁的宗教情操，所以塑造理想桃源，投射佛門淨土，以此體現自己的精神面貌。王維早年習作所表達的主題，已經示唆王維一生中由積極關心現實轉為消極避世的前後不同的兩種態度，這是相當有趣的現象。

參考文獻

劉勰　《文心雕龍》　臺北：開明書局　1976 年

王維撰，趙殿成箋注　《王摩詰全集箋注》　臺北：世界書局　1974 年

郭茂倩　《樂府詩集》　臺北：里仁書局　1980 年

劉昫　《舊唐書》　臺北：鼎文書局　1979 年

歐陽修　《新唐書》　臺北：鼎文書局　1979 年

何文煥　《歷代詩話》　臺北：漢京出版社　1983 年

沈德潛　《唐詩別裁集》　上海：上海古籍出版社　1979 年

松浦友久著，孫昌武等譯　《中國詩歌原理》　臺北：紅葉文化公司　1993 年

傅錫壬譯註　《歷代樂府詩選析》　臺北：五南圖書出版社　1988 年

夏振明、胡鳳英　《莫愁女及莫愁文學》　南京：江蘇古籍出版社　1992 年

盧渝 《王維傳》 太原：山西人民出版社 1989 年

入谷仙介 〈關於王維早期的樂府詩〉 《唐代文學研究》
第六輯 桂林：廣西師範大學出版社 1996 年

荊立民 〈尋找另一個理想王國──論王維的人生追求〉
《王維研究》第一輯 北京：中國工人出版社 1992 年

富利與教化
——宋史循吏探析

許淑華

明道大學國學研究所副教授

摘 要

　　時代變遷價值混淆，每到選舉時刻，有識者深覺乏人可選，而無知者惑於媒體無所適從。因此試以本題釐清，範圍鎖在宋史，希望能將宋史循吏特色分析明白，需者取為借鏡，不至困於時風，惑於世道。歷代正史中對於循吏的特徵辨識，是以奉職循理、奉法循理、奉德循理三種意義，而無論何種意義中的循吏事蹟，都首重民生，去除害民的陋規弊政，對生命財產有保障之後，必然聯結於教化（宣化、風化）關注長治久安之策，正是孔子所謂，既庶矣，富之，教之的順序。宋循吏至少都呈現出：1.善理——保障良民；2.富民——為民興利；3.尚德——重視風化；4.邊防——保國衛民；5.深得民心等幾大特質。也正呼應「奉法、奉職、奉德」三項循吏主要定義與特色。其中理訟為去弊，防邊乃有宋國策下主要弱點，屬為民去障，兩者都屬於保障生命財產之列，因此，循吏特徵，仍首重富利，終於風化。

關鍵詞：宋史、循吏、富利、風化、教化

一　前言

　　無論古今，不管是史學家，還是黎民百姓，都把他們心目中崇仰的好官稱作「循吏」，史家寫史立傳，百姓修祠樹碑。〈循吏傳〉成為二十五史最動人的篇章之一，循吏祠和循吏碑更成為最富歷史價值和現實意義的人文光輝。然而好官循吏，好在何處？太史公首創循吏列傳曰：「奉職循理」[1]班固揭示為：「所居民富」「好為民興利，務在富之。」[2]可見，循吏之好，好在一心「為民」，好在時時處處為百姓「興利」，並竭力「富之」。儘管如此，能以「奉職」、「循理」的好官，在兩千多年的歲月中仍是不可多見，即便在今天，依然是新聞報導的熱門話題。更緣時代變遷價值混淆，每到選舉時刻，有識者深覺乏人可選，而無知者惑於媒體無所適從。身在教職總想為歷史盡點力，讓學生有些知見，因此試以本題釐清，範圍鎖在宋史[3]，希望能將宋史循吏特色分析明白，需者取為借鏡，不致困於時風，惑於世道。

1　參見《史記‧循吏列傳》（北京：中華書局，1984 年）。

2　參見《漢書‧循吏傳》（北京：中華書局，1984 年）。

3　北宋向來被後世史家稱為「中國史上最偉大時代」，其原因乃其時國內不論在經濟和文化都有明顯進步，遠超前朝。北宋全盛時的一般國民生產總值，比後來的「康乾盛世」的極盛時還要多出二倍，為中國歷史上最繁榮之世。著名史學家陳寅恪言：「華夏民族之文化，歷數千載之演進，造極於趙宋之世。」（程郁、張和聲：《話說中國──文采與悲愴的交響》，上海文藝出版社 2004 年 8 月。）

二 好官循吏，好在何處？

所謂循吏，據《漢書‧循吏傳》注：「循，順也，上順公法，下順人情也。」又《史記‧循吏列傳》索隱案：「謂本法循理之吏也。」「循吏」之名始於太史公《史記》中的〈循吏列傳〉，由此「循吏」就成為中國正史列傳中的典型部分。綜觀歷代循吏傳記，可以歸納出循吏至少有三個重要特徵：

（一）奉職循理

太史公在〈循吏列傳〉中對「循吏」界定為：「法令所以導民也，刑罰所以禁奸也。文武不備，良民懼然身修者，官未曾亂也。奉職循理，亦可以為治，何必威嚴哉？」「奉職循理」無疑成為循吏有所作為的基本要求。北宋陳襄在《州縣提綱》中設「奉職循理」，對循吏的奉職循理作了特徵性說明：「奉職循吏。為政先教化而後刑責，寬猛適中，循循不迫，俾民得以安居樂業，則歷久而亡弊。若矜用才智，以興立為事，專尚威猛，以擊搏其民，而求一時赫赫之名。其初固亦駭人觀聽，然多不能以善後。歷觀古今，其才能足以蓋眾者固多矣，然利未及民，而所傷者已多。故史傳獨有取於循吏者，無他，《索隱》所謂『奉職循理，為政之先』是也。」[4]《州縣提綱》引《史記索隱》的「奉職循

4　此處「索隱」，指唐司馬貞所著《史記索隱》。

理，為政之先」，著眼於「教化」，故史傳中獨列循吏傳記說明之。太史公創例即舉：春秋戰國時期的孫叔敖、子產、公儀休、石奢、李離諸循吏，肯定其「奉職循理」，例如：孫叔敖：「三月為楚相，施教導民，上下和合，世俗盛美，政緩禁止，吏無奸邪，盜賊不起。秋冬則勸民山采，春夏以水，各得其所便，民皆樂其生。」子產為相一年：「豎子不戲狎，斑白不提挈，僮子不犁畔。二年，市不豫賈。三年，門不夜關，道不拾遺。」其中始於「富利」終於「風化」甚為明顯。

(二) 奉法循理

《史記‧太史公自序》：「奉法循理之吏，不伐功矜能，百姓無稱，亦無過行，作循吏列傳。」[5]官吏能以奉法循理，也必然先富利百姓，去弊去障保其生存，久之形成一定的風化效果，故《宋史‧循吏列傳‧序》：「承平之世，州縣吏謹守法度以修其職業者，實多其人。其間必有絕異之績，故始終三百餘年，循吏載諸簡策者十二人。作〈循吏傳〉。」此十二循吏蓋以「謹守法度以修其職業」例如：魯有開：「有開治其最甚者，遂以無事……以為有古循吏風。」趙尚寬：「尚寬勤于農政，治有異等之效。」張逸：「……囚始敢言，而守者果服，立誅之，蜀人以為神。」吳

---

5 曾國藩說得似乎更加肯定：「太史公所謂循吏者，法立令行，能識大體而已。後世專尚慈惠，或以煦煦為仁者當之，失循吏之義矣。」按曾國藩所說，循吏是行仁行法的統一，所謂「失循吏之義」，是失在只就其一不知其二。

遼路：「受詔料揀河東鄉民可為兵者，諸路視以為法。……
馭吏嚴肅，屬縣無追逮。」高賦：「請諸道提點刑獄司置檢
法官，庶專平讞，使民不冤。」程師孟：「師孟累領劇鎮，
為政簡而嚴，罪非死者不以屬吏。發隱摘伏如神，……至剿
絕乃已，所部肅然。」韓晉卿：「奉使有指，三尺法具在，
豈應刺候主意，輕重其心乎？」循吏奉法循理的觀念和事
蹟，是歷代循吏記載中的經典部分，例如：《晉書・良吏丁
紹列傳》：「為廣平太守，政平理訟，道化大行。于時河北騷
擾，靡有完邑，而廣平一君四境安，是以皆悅其法而從其
令。」《南史・循吏郭祖深列傳》：「法者人之父母，惠者人
之仇敵，法嚴則人思善，伏願去貪濁，進廉平，明法令，嚴
刑罰，禁奢侈，薄賦斂，則天下幸甚。」《舊唐書・良吏李
素立列傳》：「三尺之法，與天下共之，法一動搖，則人無所
措手足。」《元史・良吏譚澄列傳》：「豪民有持吏短長為奸
者，察得其主名，皆以法治之。」所以故有「持法明審，號
為稱職」。《清史稿・循吏邵嗣堯列傳》：「家人犯法，嚴治
之，不少貸。」

（三）奉德循理

　　《南史・循吏列傳・序》：「前史各立〈循吏傳〉，序其
德美，今並掇采其事，以備此篇云。」《遼史・能吏列傳・
序》：「考其（能吏——引者注）德政」；又〈跋〉：「論曰：
孟子謂『民為貴，社稷次之』，司牧者當如何以盡心。」這
是以孟子仁政為核心的德政要求。循吏有執法的嚴肅性，但
與酷吏執法風格卻大有不同，試以酷吏定義相較《史記・酷

吏列傳》指出:「言道德者,溺其職矣。」《後漢書·酷吏列傳》具而論之:「故臨民之職,專事威斷,族滅奸軌,先行後聞。肆情剛烈,成其不肴橈之威。」其後歷代正史中的〈酷吏列傳〉都視酷吏為用法嚴厲暴酷的官吏,而且視其只就刑法逞威,而忘失道德導化一面,更是官吏職責。故太史公深刻挑明「酷吏所以稱酷」之處:「法令者治之具,而非制治清濁之源也。」光有法令是不夠的,還得有德治一面。法令之治是治之具,絕非治之源。所以循吏還應有「奉德循理」的職責規範。

其實,歷代正史中對於循吏的特徵辨識,也是奉職循理、奉法循理、奉德循理三種意義,而無論何種意義中的循吏事蹟,都首重民生,去除害民的陋規弊政,對生命財產有保障之後,必然聯結於教化(宣化、風化)關注長治久安之策,正是孔子所謂,既庶矣,富之,教之的順序。二十五史中,循吏們做出許多典範:《漢書·循吏傳》:西漢循吏召信臣在南陽大興農田水利之時,也很注重移風易俗「禁止嫁娶送終奢靡,務出於儉約」。為倡導勤勞務實之風,召信臣嚴格吏治「府縣吏家子弟好遊敖,不以田作為事,輒斥罷之,甚者案其不法,以視好惡」。文明風化,鞏固並推進了生產發展「郡中莫不耕稼力田」「郡以殷富」。召信臣將施政經驗堅持一生,所至「治行常為第一」。我國自古以農立國,老百姓以農業為主要生計,《後漢書·循吏列傳》:東漢章帝時,秦彭任山陽太守,在職六年「興起稻田數千頃」。為了讓百姓獲得更多實惠,少受橫征暴斂、賦稅不均之苦,每到農月,秦彭便深入鄉間「親度頃畝,分別肥瘠,差為三品,

各立文簿，藏之鄉縣，於是奸吏跼蹐，無所容其奸」。山陽百姓切切實實從發展水稻生產中增加了收入。朝廷也將山陽的經驗和作法「班令三府，並下州郡」推廣全國。推廣生產方式，發展生產力《後漢書・循吏列傳》：東漢章帝建初年間，著名水利專家王景任廬江太守。當時，廬江一帶老百姓還不懂得牛耕，生產方式仍比較原始「致力有餘而食常不足」。王景親率吏民，將春秋時期的循吏孫叔敖所開創的芍陂稻田修復「教用犁耕」。廬江一帶生產力大大前進一步「由是墾闢倍多，境內豐給」。拓展生產領域，增加謀生途徑，如：《梁書・良吏傳》：沈瑀在南朝齊末任建德令「教民一丁種十五株桑，四株柿及梨、栗，女丁半之」。增加收入，豐富生活，美化環境，百姓自然由衷擁護「人咸歡悅，頃之成林」。為民除障去弊如：《金史・循吏傳》：金末，張彀任同州觀察判官，正碰上朝廷向同州急征十萬支箭，限定箭杆必須以雕雁羽毛為之，一時間，雕雁羽毛「價翔躍不可得」老百姓被催逼得無法可施。張彀向州官建議，改用別的羽毛作箭杆，以解百姓急難。節度使深知改易朝廷命令的風險，認為以先向朝廷申報為主。張彀力爭道：「州距京師二千里，如民意何？萬一有責，願任其咎。」州官採納了，雕雁羽毛也因此「一日之間，價減數倍」，同州百姓總算鬆口氣。在發展生產的同時，還特別重視引導老百姓改進生活方式，提高生活品質。如《元史・良吏傳》：楊景行於元仁宗時任會昌判官，當地百姓「素不知井飲，汲於河流，故多疾病，不知陶瓦，以茅覆屋，故多火災」。楊景行「教民穿井以飲，陶瓦以代茅茨，民始免於疾病、火災」。《元史・良吏

傳》：元初，耶律伯堅任清苑縣尹。當時元朝各種制度尚在草創階段，耶律伯堅努力捍衛清苑縣民利益「凡郡府賦役，於縣有重於他縣者，輒曰：『甯得罪於上，不可得罪於下。』必詣府力爭之。」在縣四年，革除了多項擾民害民弊政。《明史·循吏傳》：龐嵩在明嘉靖年間任應天府通判、治中，屢攝府事「歲時單騎行縣，以壺漿自隨」了解各種害民弊政陋規甚詳，盡力革除，故「民困大蘇」；又李信圭在明中期任清河知縣二十二年，屢屢上疏，將該縣長期所遭雜徭之害，再三申述，終於朝廷糾正，不僅清河縣雜徭得以盡免，百姓得「盡力農田」過去那種「土田荒蕪，民無積蓄，稍遇歉歲，輒老稚相攜，緣道乞食」的慘狀消除，甚至他郡亦蒙其澤。《清史稿·循吏傳》：清朝康熙年間，姚文燮任雄縣知縣。當時滿人圈地，害民最深，雄縣靠近京畿，好地多被滿人圈佔為旗產，百姓苦不堪言。姚文燮挺身為百姓力爭。滿洲旗人請戶部派官員到雄縣，親為牽繩量地，並決定「繩所及，民不得有。」姚文燮不服「拔刀斷繩」戶部官員為其凜然正氣所懾「詞稍遜」而朝廷也下旨「退地還民」。可見，只要一心為民，並由此出發，有利百姓的事情就全力推行，有害百姓的東西就堅決摒除，便可成為一個典型的好官。例如：《舊唐書·良吏傳》：李惠登本是一員武將，由李希烈叛軍中歸順朝廷，被唐德宗任命為隨州刺史。經軍閥和戰亂殘害，當時的隨州已是「野曠無人」。李惠登大字不識一個「居官無枝葉，率心為政，皆與理順。利人者固行之，病人者因去之，二十年間，田疇辟，戶口加。諸州奏吏入其

境，無不歌謠其能」。以下僅就宋史循吏行狀[6]，分析歸納其
特色。

三 宋史循吏行狀一覽

摘要	文本內容	備註
1. 陳 靖	字道卿，興化軍莆田人。好學，頗通古今。	出身
	①父仁壁，仕陳洪進為泉州別駕。洪進稱臣，豪猾有負險為亂者，靖徒步謁轉運使楊克巽，陳討賊策。召還，授陽翟縣主簿。	
	②契丹犯邊，王師數不利，靖遣從子上書，求入奏機略。詔就問之，上五策，曰：明賞罰；撫士眾；持重示弱，待利而舉；帥府許自辟士；而將帥得專制境外。太宗[7]異之，改將作監丞，未幾，為御史臺推勘官。[8]	
	③靖議曰：「法未易遽行也。宜先命大臣或三司使為租庸使，或兼屯田制置，仍擇三司判官選通知民事者二人為之貳。兩京東西千里，檢責荒地及逃民產籍之，募耕作，賜耕者室廬、牛犁、種食，不足則給以庫錢。別其課為十分，責州縣勸課，給印紙書之。分殿最為三等：凡縣管墾田，一歲得課三分，二歲六分，三歲九分，為下最；一歲四分，二歲七分，三歲至十分，為中最；一歲五分，未及三歲盈十分者，為上最。其最者，令佐免選或超資；殿者，即增選降資。每州通以諸縣田為十分，視殿最行賞罰。候數歲，盡罷官屯田，悉用賦民，	

（續）

6 元脫脫等：《宋史》（9）元至正刊本（百衲本 24 史），臺北：臺灣商務印書館，頁 5110-5117。
7 統治期間：976 年至 997 年（北宋太宗）。
8 國立編譯館民 77 年臺 6 版多一段……指士習浮速，建議折之一節。

摘要	文本內容	備註
	然後量人授田，度地均稅，約井田之制，為定以法，頒行四方，不過如此矣。」太宗謂呂端曰：「朕欲復井田，顧未能也，靖此策合朕意。」乃召見，賜食遣之。	
	④他日，帝又語端。曰：「靖說雖是，第田未必墾，課未必入，請下三司雜議。」於是詔鹽鐵使陳恕等各選判官二人與靖議，以靖為京西勸農使，命大理寺丞皇甫選、光祿寺丞何亮副之。選等言其功難成，帝猶謂不然。既而靖欲假緡錢二萬試行之，陳恕等言：「錢一出，後不能償，則民受害矣。」帝以群議終不同，始罷之，出靖知婺州，再遷尚書刑部員外郎。	
	⑤真宗[9]即位，復列前所論勸農事，又言：「國家禦戎西北，而仰食東南，東南食不足，則誤國大計。請自京東、西及河北諸州大行勸農之法，以殿最州縣官吏，歲可省江、淮漕百余萬。」復詔靖條上之，靖請刺史行春，縣令勸耕，孝悌力田者賜爵，置五保以檢察奸盜，籍遊惰之民以供役作。又下三司議，皆不果行。 ⑥歷度支判官，為京畿均田使，出為淮南轉運副使兼發運司公事，徙江南轉運使。極論前李氏橫賦於民凡十七事，詔為罷其尤甚者。徙知譚州，歷度支、鹽鐵判官。祀汾陰，為行在三司判官。又歷京西、京東轉運使，知泉、蘇、越三州，累遷太常少卿，進太僕卿、集賢院學士，知建州，徙泉州，拜左諫議大夫。初，靖與丁謂善，謂貶，黨人皆逐去，提點刑獄、侍御史王耿乃言靖老疾，不宜久為鄉里官，於是以秘書監致仕，卒。 ⑦靖平生多建畫，而于農事尤詳，嘗取淳化、咸平以來所陳表章，目曰《勸農奏議》，錄上之，然其說泥古，多不可行。	多建畫，于農事尤詳，其說泥古。

（續）

---

9 統治期間：997 年至 1022 年（北宋真宗）。

摘要	文本內容	備註
案：政績犖犖大者： （1）陳策伐盜 （2）獻策邊犯 （3）平生多建畫，目曰《勸農奏議》，錄上之，然其說泥古，多不可行。		
2. 張綸	字公信，潁州汝陰人。少倜儻任氣。舉進士不中，補三班奉職，遷右班殿直。	出身
	①從雷有終討王均於蜀，有降寇數百據險叛，使綸擊之，綸馳報曰：「此窮寇，急之則生患，不如諭以向背。」有終用其說，賊果棄兵來降。 ②以功遷右侍禁、慶州兵馬監押，擢閤門祗候，益、彭、簡等州都巡檢使。所部卒縱酒掠居民，綸斬首惡數人，眾乃定。徙荊湖提點刑獄，遷東頭供奉官、提點開封府界縣鎮公事。 ③奉使靈夏還，會辰州溪峒彭氏蠻內寇，以知辰州。綸至，築蓬山驛路，賊不得通，乃遁去。徙知渭州。改內殿崇班、知鎮戎軍。 ④奉使契丹，安撫使曹瑋表留之，不可。蠻復入寇，為辰州、澧鼎等州緣邊五溪十峒巡檢安撫使，諭蠻酋禍福，購還所掠民，遣官與盟，刻石於境上。	
	⑤久之，除江、淮制置發運副使。時鹽課大虧，乃奏除通、泰、楚三州鹽戶宿負，官助其器用，鹽入優與之直，由是歲增課數十萬石。復置鹽場于杭、秀、海三州，歲入課又百五十萬。 ⑥居二歲，增上供米八十萬。疏五渠，導太湖入於海，復租米六十萬。 ⑦開長蘆西河以避覆舟之患，又築漕河堤二百里于高郵北，旁錮鉅石為十㙷，以泄橫流。 ⑧泰州有捍海堰，延袤百五十里，久廢不治，歲患海濤冒民田。綸方議修復，論者難之，以為濤患息而畜潦之患興矣。綸曰：「濤之患十九，而潦之患十一，獲多而亡	州民利之，為立生祠。

（續）

摘要	文本內容	備註
	少，豈不可邪？」表三請，願身自臨役。命兼權知泰州，卒成堰，復逋戶二千六百，州民利之，為立生祠。居淮南六年，累遷文思使、昭州刺史。契丹隆緒死，為弔慰副使。歷知秦、瀛二州，兩知滄州，再遷東上閣門使，真拜乾州刺史，徙知潁州，卒。	
	⑨綸有材略，所至興利除害。 ⑩為人恕，喜施予，在江、淮，見漕卒凍餒道死者眾，歎曰：「此有司之過，非所以體上仁也。」推奉錢市絮襦千數，衣其不能自存者。	
案：政績犖犖大者： （1）擊退賊寇多次。 （2）治蠻有方。 （3）治鹽課，由是歲增。疏渠、築堤、捍海堰。 （4）有材略，所至興利除害。 （5）為人恕，喜施予，推奉錢市絮襦千數，衣其不能自存者。		
3. 邵曄	字日華，其先京兆人。[10]太平興國八年，擢進士第，解褐，授邵陽主簿，改大理評事、知隆州錄事參軍。	出身
	①時太子中舍楊全知州，性悍率蒙昧，部民張道豐等三人被誣為劫盜，悉置於死，獄已具，曄察其枉，不署牘，白全當核其實。全不聽，引道豐等抵法，號呼不服，再繫獄按驗。既而捕獲正盜，盜豐等遂得釋，全坐削籍為民。曄代還引對，太宗謂曰：「爾能活吾平民，深可嘉也。」賜錢五萬，下詔以全事戒諭天下。 ②授曄光祿寺丞，使廣南採訪刑獄。俄通判荊南，賜緋魚。遷著作佐郎、知忠州。歷太常丞、江南轉運副使，改監察御史。以母老乞就養，得知朗州。入判三司磨勘司，遷工部員外郎、淮南轉運使。	

（續）

摘要	文本內容	備註
	③景德中[11]，假光祿卿，充交阯安撫國信使。會黎桓死，其子龍鉞嗣立，兄龍全率兵劫庫財而去，其弟龍廷殺鉞自立，龍廷兄明護率扶蘭砦兵攻戰。曄駐嶺表，以事上聞，改命為緣海安撫使，許以便宜設方略。曄貽書安南，諭朝廷威德，俾速定位。明護等即時聽命，奉龍廷主軍事。初，詔曄俟其事定，即以黎桓禮物改賜新帥。曄上言：「懷撫外夷，當示誠信，不若俟龍廷貢奉，別加封爵而寵賜之。」真宗甚嘉納。使還，改兵部員外郎，賜金紫。初受使，假官錢八十萬，市私覿物，及為安撫，已償其半，餘皆詔除之。 ④嘗上《邕州至交州水陸路》及《宜州山川》等四圖，頗詳控制之要。 ⑤俄判三司三勾院，坐所舉季隨犯贓，曄當削一官，上以其遠使之勤，止令停任。大中祥符初，起知兗州，表請東封，優詔答之。及遣王欽若、趙安仁經度封禪，仍判州事，就命曄為京東轉運使。封禪禮畢，超拜刑部郎中，復判三勾院，出為淮南、江、浙、荊湖制置發運使。 ⑥四年，改右諫議大夫、知廣州。州城瀕海，每蕃舶至岸，常苦颶風，曄鑿內濠通舟，颶不能害。俄遘疾卒，年六十三。	
	案：政績犖犖大者： (1)充交阯安撫國信使。真宗甚嘉納。 (2)上《邕州至交州水陸路》及《宜州山川》等四圖，頗詳控制之要。 (3)鑿內濠通舟，颶不能害。	
4. 崔立	字本之，開封鄢陵人。祖周度，仕周為泰寧軍節度判官。慕容彥超叛，周度以大義責之，遂見殺。立中進士第。	出身

（續）

---

11 景德 1004 年至 1007 年（北宋真宗）。

摘要	文本內容	備註
	①為果州團練推官，役兵輦官物，道險，乃率眾錢，僦舟載歸。知州姜從革論如率斂法，當斬三人，立曰：「此非私己，罪杖爾。」從革初不聽，卒論奏，詔如立議。真宗記之，特改大理寺丞，知安豐縣。 ②大水壞期斯塘，立躬督繕治，逾月而成。進殿中丞，歷通判廣州、許州。 ③會滑州塞決河，調民出芻楗，命立提舉受納。立計其用有餘，而下戶未輸者尚二百萬，悉奏弛之。 ④知江陰軍，屬縣有利港久廢，立教民浚治，既成，溉田數千頃，及開橫河六十里，通運漕。累遷太常少卿，歷知棣、漢、相、潞、兗、鄆、涇七州。 ⑤兗州歲大饑，募富人出穀十萬餘石振餓者，所全活者甚眾。	
	⑥立性淳謹，尤喜論事。 ⑦大中祥符間[12]，帝既封禪，士大夫爭奏上符瑞，獻讚頌，立獨言：「水發徐州，旱連江、淮，無為烈風，金陵火，天所以警驕惰、戒淫泆也，區區符瑞，尚何足為治道言哉？」前後上四十餘事。以右諫議大夫知耀州，改知濠州，遷給事中。告老，進尚書工部侍郎致仕，卒。 ⑧識韓琦於布衣，以女妻之，人嘗服其鑒云。	
案：政績犖犖大者： （1）善理活人 （2）治水溉田 （3）善募振餓 （4）淳謹論事 （5）善鑒韓琦		
5. 魯有開	字元翰，參知政事宗道從子也。好《禮》學，通《左氏春秋》。用宗道蔭，知韋城縣。	出身

（續）

12　大中祥符 1008 年至 1016 年（北宋真宗）。

摘要	文本內容	備註
	①曹、濮劇盜橫行旁縣間,聞其名不敢入境。 ②知確山縣,大姓把持官政,有開治其最甚者,遂以無事。 ③興廢陂,溉民田數千頃。富弼守蔡,薦之,以為有古循吏風。[13]	
	④知衛州,水災,人乏食,擅貸常平錢粟與之,且奏乞蠲其息。 ⑤徙冀州,增堤,或謂:「郡無水患,何以役為?」有開曰:「豫備不虞,古之善計也。」卒成之。明年河決,水果至,不能冒堤而止。 ⑥朝廷遣使河北,民遮誦有開功狀,召為膳部郎中,元祐中[14],歷知信陽軍、洺滑州,復守冀,官至中大夫,卒。	民遮誦有開功狀。
案:政績犖犖大者: (1)劇盜、大姓怯之。 (2)救災、蠲其息。 (3)預治河堤。		
6. 張逸	字大隱,鄭州滎陽人(進士及第)。	出身
	[15]知州謝泌將薦逸,先設幾案,置章其上,望闕再拜曰:「老臣為朝廷得一良吏。」乃奏之。他日引對,真宗問所欲何官,逸對曰:「母老在家,願得近鄉一幕職官,歸奉甘旨足矣。」授澧州觀察推官,數日,以母喪去。服除,引對,帝又固問之,對曰:「願得京官。」特改大理寺丞。帝雅賢泌,再召問逸者,用泌薦也。	謝泌薦逸。

(續)

---

13 國立編譯館民 77 年臺 6 版多一段⋯⋯平蠱獄與評熙寧變法兩事。

14 元祐 1086 年至 1094 年(北宋哲宗)。

15 國立編譯館民 77 年臺 6 版多一段⋯⋯進士出身與知襄州有能名兩事。

摘要	文本內容	備註
	①[16]華陽騶長殺人，誣道旁行者，縣吏受財，獄既具，乃使殺人者守囚。逸曰：「囚色冤，守者氣不直，豈守者殺人乎？」囚始敢言，而守者果服，立誅之，蜀人以為神。 ②會歲旱，逸使作堰壅江水，溉民田，自出公租減價以振民。 ③初，民饑多殺耕牛食之，犯者皆配關中。逸奏：「民殺牛以活將死之命，與盜殺者異，若不禁之，又將廢稽事。今歲少稔，請一切放還，復其業。」報可。未幾，卒於官。	
	案：政績犖犖大者： （1）善理，蜀人以為神。 （2）作堰壅江水，溉民田，自出公租減價以振民。 （3）民饑多殺耕牛食之，放還，復其業。	
7.吳遵路	吳遵路，字安道。父淑，見《文苑傳》。第進士，累官至殿中丞，為秘閣校理。	出身
	①章獻太后稱制，政事得失，下莫敢言。遵路條奏十餘事，語皆切直，忤太后意，出知常州。 ②嘗預市米吳中，以備歲儉，已而果大乏食，民賴以濟，自他州流至者亦全十八九。	
	③累遷尚書司封員外郎，權開封府推官，改三司鹽鐵判官，加直史館，為淮南轉運副使。會罷江、淮發運使，遂兼發運司事。 ④嘗于真楚泰州、高郵軍置斗門十九，以畜泄水利。又廣屬郡常平倉儲畜至二百萬，以待凶歲。凡所規畫，後皆便之。	

（續）

---

16 國立編譯館民 77 年臺 6 版多一段……貧王嗣宗濟之、興學校教生徒、松柏灘患禱退五里、拒僧免田稅、禁命婦干禁中、四至川深知其民風諸事。

摘要	文本內容	備註
	⑤遷工部郎中，坐失按蘄州王蒙正故入部吏死罪，降知洪州。徙廣州，辭不行。是時發運司既復置使，乃以為發運使，未至，召修起居注。 ⑥元昊反，建請復民兵。除天章閣待制、河東路計置糧草。受詔料揀河東鄉民可為兵者，諸路視以為法。進兵部郎中、權知開封府，馭吏嚴肅，屬縣無追逮。	
	⑦時宋庠、鄭戩、葉清臣皆宰相呂夷簡所不悅，遵路與三人雅相厚善，夷簡忌之，出知宣州。 ⑧上《禦戎要略》、《邊防雜事》二十篇。 ⑨徙陝西都轉運使，遷龍圖閣直學士、知永興軍，被病猶決事不輟，手自作奏。及卒，仁宗[17]聞而悼之，詔遣官護喪還京師。	
	☆遵路幼聰敏，既長，博學知大體。母喪，廬墓蔬食終制。性夷雅慎重，寡言笑，善筆札。 ☆其為政簡易不為聲威，立朝敢言，無所阿倚。 ☆平居廉儉無他好，既沒，室無長物，其友范仲淹分奉賙其家。[18]	

案：政績犖犖大者：
（1）條奏十餘事，語皆切直，忤太后意，出知常州。
（2）預米備歲儉，遇荒，民賴以濟。
（3）畜泄水利、儲畜以待凶歲。凡所規畫，後皆便之。
（4）料揀鄉民可為兵者，諸路視以為法。馭吏嚴肅，屬縣無追逮。
（5）被病猶決事不輟，手自作奏。
（6）母喪，廬墓蔬食終制。性夷雅慎重，寡言笑，善筆劄。
（7）平居廉儉無他好，既沒，室無長物
（8）其為政簡易不為聲威，立朝敢言，無所阿倚。

（續）

---

17 1022 年至 1063 年（北宋仁宗）。

18 國立編譯館民 77 年臺 6 版多一段……子瑛事。

摘要	文本內容	備註
8. 趙尚寬	字濟之，河南人，參知政事安仁子也。	出身
	①知平陽縣。鄰邑有大囚十數，破械夜逸，殺居民，將犯境，尚寬趣尉出捕，曰：「盜謂我不能來，方怠惰，易取也。宜亟往，毋使得散漫，且為害。」尉既出，又遣徼巡兵躡其後，悉獲之。	
	②知忠州，俗畜蠱殺人，尚寬揭方書市中，教人服藥，募索為蠱者窮治，置於理，大化其俗。 ③轉運使持鹽數十萬斤，課民易白金，期會促，尚寬發官帑所儲副其須，徐與民為市，不擾而集。	
	④嘉祐中[19]，以考課第一知唐州。唐素沃壤，經五代亂，田不耕，土曠民稀，賦不足以充役，議者欲廢為邑。尚寬曰：「土曠可益墾闢，民稀可益招徠，何廢郡之有？」乃按視圖記，得漢召信臣陂渠故跡，益發卒復疏三陂一渠，溉田萬餘頃。又教民自為支渠數十，轉相浸灌。而四方之民來者雲布，尚寬復請以荒田計口授之，及貸民官錢買耕牛。比三年，榛莽復為膏腴，增戶積萬餘。 ⑤尚寬勤於農政，治有異等之效，三司使包拯與部使者交上其事，仁宗聞而嘉之，下詔褒焉，仍進秩賜金。 ⑥留于唐凡五年，民像以祠，而王安石、蘇軾作《新田》、《新渠》詩以美之。	民像以祠。
	⑦徙同、宿二州，河中府神勇卒苦大校貪虐，刊匿名書告變，尚寬命焚之，曰：「妄言耳。」眾乃安。已而奏黜校，分士卒隸他營。 ⑧又徙梓州。尚寬去唐數歲，田日加闢，戶日益眾，朝廷推功，自少府監以直龍圖閣知梓州。積官至司農卿，卒，詔賜錢五十萬。	
案：政績犖犖大者：		

（續）

19　嘉祐 1056 年至 1063 年（北宋仁宗）。

摘要	文本內容	備註
（1）促捕鄰邑大囚來犯。		
（2）俗畜蠱殺人，大化其俗。		
（3）發官帑所儲副其須，不擾而集。		
（4）溉田萬餘頃，增戶積萬餘。		
（5）勤于農政，治有異等之效。		
（6）苦大校貪虐，奏黜校，分士卒隸他營。		
9.高賦	高賦字正臣，中山人。以父任為右班殿直。復舉進士，改奉禮郎，四遷太常博士。	出身
	①歷知真定縣，通判劍刑石州、成德軍。知衢州，俗尚巫鬼，民毛氏、柴氏二十餘家世蓄蠱毒，值閏歲，害人尤多，與人忿爭輒毒之。賦悉擒治伏辜，蠱患遂絕。	
	②徙唐州，州田經百年曠不耕，前守趙尚寬蓄墾不遺力，而榛莽者尚多。賦繼其後，益募兩河流民，計口給田使耕，作陂堰四十四。再滿再留，比其去，田增闢三萬一千三百餘頃，戶增萬一千三百八十，歲益稅二萬二千二百五十七。璽書褒諭，宣佈治狀以勸天下，兩州為生立祠。	為生立祠。
	③擢提點河東刑獄，又加直龍圖閣、知滄州。程昉欲於境內開西流河，繞州城而北注三塘泊。賦曰：「滄城近河，歲增堤防，猶懼奔溢，矧妄有開鑿乎？」昉執不從，後功竟不成。	
	④歷蔡、潞二州，入同判太常寺，進集賢院學士。在朝多所建明，嘗言：「二府大臣或僦舍委巷，散處京城，公私非便。宜倣前代丞相府，于端門前列置大第，俾居之。」	
	⑤又言：「仁宗朝為兗國公主治第，用錢數十萬緡。今有五大長公主，若悉如前比，其費無藝。願講求中制，裁為定式。」	
	⑥請諸道提點刑獄司置檢法官，庶專平讞，使民不冤。	

（續）

摘要	文本內容	備註
	⑦乞於禁中建閣，繪功臣像，如漢雲臺、唐淩煙之制。言多施行。以通議大夫致仕，退居襄陽，卒年八十四。	
案：政績犖犖大者：		
（1）俗尚巫鬼，悉擒治伏辜，蠱患遂絕。		
（2）治唐州田增、戶增、歲益稅。		
（3）知滄州，歲增堤防。		
（4）治公主第，講求中制，裁為定式。		
（5）庶專平讞，使民不冤。		
（6）禁中建閣，繪功臣像		
10.程師孟	程師孟，字公闢，吳人。進士甲科。累知南康軍、楚州，提點夔路刑獄。	出身
	①瀘戎數犯渝州邊，使者治所在萬州，相去遠，有警，率浹日乃至。師孟奏徙於渝。 ②夔部無常平粟，建請置倉，適凶歲，振民不足，即矯發他儲，不俟報。吏懼，白不可，師孟曰：「必俟報，俄者盡死矣。」竟發之。	
	③徙河東路。晉地多土山，旁接川谷，春夏大雨，水濁如黃河，俗謂之「天河」，可溉灌。師孟勸民出錢開渠築堰，淤良田萬八千頃，畫其事為《水利圖經》，頒之州縣。 ④為度支判官。知洪州，積石為江堤，浚章溝，揭北閘，以節水升降，後無水患。	
	⑤出為江西轉運使。盜發袁州，州吏為耳目，久不獲，師孟械吏數輩送獄，盜即成擒。 ⑥加直昭文館，知福州，築子城，建學舍，治行最東南。 ⑦徙廣州，州城為儂寇所毀，他日有警，民駭竄，方伯相踵至，皆言土疏惡不可築。師孟在廣六年，作西城，及交阯陷邕管，聞廣守備固，不敢東。 ⑧時師孟已召還，朝廷念前功，以為給事中、集賢殿修	

（續）

摘要	文本內容	備註
	撰，判都水監。	
	⑨賀契丹主生辰，至涿州，契丹命席，迎者正南向，涿州官西向，宋使儐東向。師孟曰：「是卑我也。」不就列，自日昃爭至暮，從者失色，師孟辭氣益屬，叱儐者易之，於是更與迎者東西向。明日，涿人錢於郊，疾馳過不顧，涿人移雄州以為言，坐罷歸班。 ⑩復起知越州、青州，遂致仕，以光祿大夫卒，年七十八。	
	☆師孟累領劇鎮，為政簡而嚴，罪非死者不以屬吏。 ☆發隱摘伏如神，得豪惡不逞跌宕者必痛懲艾之，至剿絕乃已，所部肅然。洪、福、廣、越為立生祠。	為立生祠。
案：政績犖犖大者： （1）瀘戎犯邊。 （2）夔部無常平粟，建請置倉，適凶歲，振民不足，即矯發他儲，不俟報。 （3）淤良田萬八千頃，哀其事為《水利圖經》，頒之州縣。 （4）積石為江堤，浚章溝，揭北閘，以節水升降，後無水患。 （5）械吏數輩送獄，盜即成擒。 （6）築子城，建學舍，治行最東南。 （7）在廣六年，作西城，及交阯陷邕管，聞廣守備固，不敢東。 （8）師孟累領劇鎮，為政簡而嚴，罪非死者不以屬吏。 （9）發隱摘伏如神，得豪惡不逞跌宕者必痛懲艾之，至剿絕乃已，所部肅然。		
11.韓晉卿	韓晉卿，字伯修，密州安丘人。為童子時，日誦書數千言。長以《五經》中第，歷肥鄉嘉興主簿、安肅軍司法參軍、平城令大理詳斷、審刑詳議官，通判應天府，知同州、壽州，奏課第一，擢刑部郎中。	出身
	①元祐初[20]，知明州，兩浙轉運使差役法復行，諸道處畫多倉卒失敘，獨晉卿視民所宜而不戾法指。入為大理少	

（續）

摘要	文本內容	備註
	卿,遷卿。	
	②晉卿自仁宗朝已典訟桌,時朝廷有疑議,輒下公卿雜議。開封民爭鬥殺人,王安石以為盜拒捕鬥而死,殺之無罪,晉卿曰:「是鬥殺也。」 ③登州婦人謀殺夫,郡守許遵執為按問,安石復主之,晉卿曰:「當死。」事久不決,爭論盈庭,終持之不肯變,用是知名。	
	④元豐[21]置大理獄,多內庭所付,晉卿持平考核,無所上下。神宗稱其才,每讞獄雖明,若事連貴要、屢鞫弗成者,必以委之,嘗被詔按治寧州獄,循故事當入對,晉卿曰:「奉使有指,三尺法具在,豈應刺候主意,輕重其心乎?」受命即行。	
	⑤諸州請讞大辟,執政惡其多,將劾不應讞者。晉卿曰:「聽斷求所以生之,仁恩之至也。苟讞而獲譴,後不來矣。」 ⑥議者又欲引唐日覆奏,令天下駮悉奏決。晉卿言:「可疑可矜者許上請,祖宗之制也。四海萬里,必須繫以聽朝命,恐自今庾死者多於伏辜者矣。」朝廷皆行其說,故士大夫間推其忠厚,不以法家名之。卒於官。	
	案:政績犖犖大者: (1)視民所宜而不戾法指。 (2)善理,終持之不肯變,用是知名。 (3)持平考核,無所上下,神宗稱其才。 (4)請讞大辟,士大夫間推其忠厚,不以法家名之。	
12.葉康直	葉康直,字景溫,建州人。擢進士第,知光化縣。	出身
	①縣多竹,民皆編為屋,康直教用陶瓦,以寧火患。 ②凡政皆務以利民。時豐稷為穀城令,亦以治績顯,人歌	

(續)

摘要	文本內容	備註
	之曰：「葉光化，豐穀城，清如水，平如衡。」	
	③曾布行新法，以為司農屬。歷永興、秦鳳轉運判官，徙陝西，進提點刑獄、轉運副使。 ④五路兵西征，康直領涇原糧道，承受內侍梁同以餉惡妄奏，神宗怒[22]，械康直，將誅之，王安禮力救，得歸故官。	
	⑤元祐初[23]，加直龍圖閣，知秦州。中書舍人曾肇、蘇轍劾康直諂事李憲，免官，究實無狀，改知河中府，復為秦州。 ⑥夏人侵甘谷，康直戒諸將設伏以待，殲其二酋，自是不敢犯境。進寶文閣待制、陝西都運使。 以疾請知亳州，通浚積潦，民獲田數十萬畝。召為兵部侍郎，卒，年六十四。	

案：政績犖犖大者：
(1) 教用陶瓦，以寧火患。
(2) 凡政皆務以利民。
(3) 夏人侵甘谷，戒諸將設伏以待，殲其二酋，自是不敢犯境。
(4) 通浚積潦，民獲田數十萬畝。

案：述十二人，卻俱處北宋。查其史，宋代九六〇年～一二七九年間，與前代相比，宋朝的史學特別發達。歷史學家陳寅恪說：「中國史學，莫盛於宋」，「宋賢史學，古今罕匹」。宋朝有多個官方修史機構，如起居院、日曆所、實錄院、國史院、會要所等。相對而言，是中國歷史上經濟與文化教育最繁榮的時代之一，儒家復興，社會上瀰漫尊師重教之風

---

22 元豐 1067 年至 1085 年（北宋神宗）。
23 元祐 1086 年至 1094 年（北宋哲宗）。

氣，科技發展亦突飛猛進，政治也較開明廉潔，終宋一代沒有嚴重的宦官亂政和地方割據，兵變、民亂次數與規模在中國歷史上也相對較少。而西方與日本史學界中認為宋朝是中國歷史上的文藝復興與經濟革命成功的世代。然何以循吏僅集中北宋？難道南宋一五二年間，皆無好地方官？究其實：

（一）宋官修當代史的活動，基本上只到寧宗朝。理宗時起居注、時正記、日曆雖仍照常撰修，但已維持得十分艱難。度宗時元兵已壓境，皇朝將頃，會要、實錄、國史就都沒來得及成書了。事實上，度宗時官修當代史已瀕於停頓。這就是元修《宋史》詳北宋而略南宋，理宗以後更疏略的緣故。總之，宋代官修各類書籍是極為豐富的，它們也是宋代國家藏書的重要組成部分。但宋代官修實行「進御」制度，即各種奉詔修的書，必須先把草稿進呈給皇帝審查後，才能獲准謄寫為正本。由於皇帝的干涉，文臣間各有執著，執筆時難免歪曲史實，乃至互相攻訐，致使史書一改再改，如《神宗實錄》凡四易其稿，無形中影響了史料價值，但宋官修典籍能夠流傳到今天的，仍是研究宋史的重要依據[24]。南宋偏安，當金兵乃至元兵南下，兵馬倥傯，史籍零落，故南宋史料不齊全，後世採纂造成缺漏。（二）元惠宗至正三年（1343）三月，下令修遼、金、宋三史。鐵木兒塔識、賀惟一、張起巖、歐陽玄等七人任總裁官，還有史官斡玉倫徒、泰不華、於文傳、貢師道、余闕、賈魯、危素等二十三人，

24　參考張秀民：《中國印刷術的發明及其影響》（北京：人民出版社，1958年）、陳寅恪：〈鄧廣銘宋史職官志考證序〉，《金明館叢稿二編》（上海：上海古籍出版社，1980年）、脫脫等：《宋史》。

脫脫於至正四年五月（1344）辭職，中書右丞相阿魯圖繼任，阿魯圖雖名為都總裁，但不諳漢字。至正五年（1345）十月成書，只用了兩年半的時間。至正六年（1346）在江浙行省予以刊刻。由於《宋史》倉卒寫定，檢校難周，又出於眾人之手，因此，它在文字修飾、史料剪裁、史事考訂、全書體例等方面，不免舛謬抵牾，如一人兩傳，無傳而說有傳，一事常數見，有目而無文，事實記載詳北宋而略南宋，詳南宋前期而略後期，《循吏傳》皆錄北宋人，南宋更無一人，亦不收宋慈[25]，甚為可惜[26]。

---

25 宋慈（1186-1249），字惠父，南宋福建建陽縣童游里人，古代法醫學家，《洗冤集錄》的作者。宋慈一生從事司法刑獄。長期的專業工作，使他積累了豐富的法醫檢驗經驗。宋慈平反冤案無數，他認為「獄事莫重於大辟，大辟莫重於初情，初情莫重於檢驗」（出自《洗冤集錄》序），堅持「審之又審」，重視現場堪驗，還指出「凡驗婦人，不可羞避」，「檢婦人，無傷損處須看陰門，恐自此入刀於腹內」，如死者是富家女，把女屍抬到光明平穩處，「令眾人見，以避嫌疑」。宋慈六十四歲死於廣州經略安撫使的任所，宋理宗親自為其書寫墓門，憑弔宋慈功績卓著的一生。劉克莊在墓誌銘中稱他：「聽訟清明，決事剛果，撫善良甚恩，臨豪猾甚威。屬部官吏以至窮閭委巷，深山幽谷之民，咸若有一宋提刑之臨其前。」。後來宋慈的墓地遷至福建建陽市崇雒鄉昌茂村西北。（《洗冤集錄》被譽為世界上最早的法醫學專著，是中國法醫學的里程碑。由於受限於當時的科學水平，其內容難免有錯誤。但整體而言，瑕不掩瑜，是一部符合科學精神的傑出作品。清同治六年，荷蘭人首先將這本書翻譯成荷蘭文，傳入西方。後又被翻譯成多國文字，影響世界各國法醫學的發展極為深遠。宋慈因此被西方人稱作「法醫學之父」。）

26 清代趙翼說：「宋代國史，國亡時皆入於元，元人修史時，大概只就宋舊本稍為排次。」《四庫全書總目》即說過《宋史》「其大旨以表章道學為宗，餘事不甚措意，故舛謬不能彈數。」1977 年中華書局出版《宋史》標點校勘本。歷代屢有重修宋史之議。明代嘉靖二十五年（1546）王洙完成《宋史質》100 卷，嘉靖三十四年柯維祺編有《宋史新編》200 卷，王

四 宋史循吏政績特色

姓名	政績特色分類				備註
	善理	富利	教化	邊防	
1. 陳靖	①陳策伐盜	③平生多建畫，目曰《勸農奏議》其說泥古，多不可行。	（指士習浮速，建議折之。）	②獻策邊犯。	
2. 張綸	①擊退賊寇多次。	②治鹽課，由是歲增。疏渠、築堤、捍海堰。 ③有材略，所至興利除害。 ④推奉錢市絮襦千數，衣其不能自存者。	⑤為人恕，喜施予。	⑥防蠻戎	州民利之，為立生祠。
3. 邵曄	③上四圖，頗詳控制之要。	②鑿內濠通舟，颶不能害。		①充交阯安撫國信使。	真宗甚嘉納。
4. 崔立	①理訟活人	②治水溉田 ③善募振餓	④淳謹論事 ⑤善鑒韓琦		
5. 魯有開	④（平蠱獄與評熙寧變法）	②救災、蠲其息。 ③預治河堤。	①劇盜、大姓怯之		

（續）

惟儉有《宋史記》250 卷。清代陳黃中編《宋史稿》219 卷、陸心源編《宋史翼》40 卷，朝鮮的李算也編了一部 148 卷的《宋史筌》。這些改訂之作，雖然改進了《宋史》的某些缺點，但沒有一部能夠取代《宋史》。乾隆末年，邵晉涵發憤重修《宋史》，錢大昕、章學誠曾參與制定體例，邵先撰《南都事略》，然後再修《宋史》，惜書未竟而卒。

姓名	政績特色分類				備註
	善理	富利	教化	邊防	
6.張逸	①理訟，蜀人以為神。 ③民饑多殺耕牛食之，放還，復其業。	②作堰壅江水，溉民田，自出公租減價以振民。	（貧王嗣宗濟之、興學校教生徒、松柏灘患禱退五里、拒僧免田稅、禁命婦干禁中、四至川深知其民風。）		
7.吳遵路	④料揀鄉民可為兵者，諸路視以為法。馭吏嚴肅，屬縣無追逮。	②預米備歲儉，遇荒，民賴以濟。 ③畜泄水利、儲畜以待凶歲。凡所規畫，後皆便之。	①條奏十餘事，語皆切直，忤太后意，出知常州。 ⑤被病猶決事不輟，手自作奏。 ⑥母喪，廬墓蔬食終制。性夷雅慎。 ⑦平居廉儉無他好，既沒，室無長物。 ⑧其為政簡易不為聲威，立朝		

（續）

姓名	政績特色分類				備註
	善理	富利	教化	邊防	
			敢言，無所阿倚。		
8.趙尚寬	①促捕鄰邑大囚。⑥苦大校貪虐，奏黜校，分士卒隸他營。	③發官帑所儲副其須，不擾而集。④溉田萬餘頃，增戶積萬餘。⑤勤于農政，治有異等之效。	②俗畜蠱殺人，大化其俗。		民像以祠。
9.高賦	⑤庶專平讞，使民不冤。	②治唐州田增、戶增、歲益稅。③知滄州，歲增堤防。	①俗尚巫鬼，悉擒治伏辜，蠱患遂絕。④治公主第，講求中制，裁為定式。⑥禁中建閣，繪功臣像。		兩州為生立祠。
10.程師孟	④械吏數輩送獄，盜即成擒。⑦累領劇鎮，為政簡而嚴，罪非死者不以屬吏。	①夔部無常平粟，建請置倉，適凶歲，振民不足，即矯發他儲，不俟報。②淤良田萬八千頃，衰其事為《水利圖經》，頒之州縣。③積石為江堤，浚章	⑤築子城，建學舍，治行最東南。	⑥在廣六年，作西城，及交阯陷邕管，聞廣守備固，不敢	洪、福、廣、越為立生祠。

（續）

姓名	政績特色分類				備註
	善理	富利	教化	邊防	
	⑧發隱擿伏如神，得豪惡不逞跌宕者必痛懲艾之，至剿絕乃已，所部肅然。	溝，揭北閘，以節水升降，後無水患。		東。(戎犯邊)	
11.韓晉卿	②善理，終持之不肯變，用是知名。④請讞大辟，士大夫間推其忠厚，不以法家名之。	①視民所宜而不戾法指。	③持平考核，無所上下。		神宗稱其才。不以法家名之。
12.葉康直		①教用陶瓦，以寧火患。②政皆務以利民。③通浚積潦，民獲田數十萬畝。		③凡夏人侵甘谷，戒諸將設伏以待，殲其二酋，自是不敢犯境。	

案：善理（11 人）、富利（12 人）、教化（10 人）、邊防（5 人）幾乎所有循吏都具備重要記載，且受到百姓立祠感恩者佔三分之一，可見，宋循吏至少都呈現出：1.善理——保障良民；2.富民——為民興利；3.尚德——重視風化；4.邊防——保國衛民；5.深得民心等幾大特質。也正呼應「奉法、奉職、奉德」三項循吏主要定義與特色。其中理訟為去弊，防邊乃有宋國策下主要弱點，屬為民去障，兩者都屬於保障生命財產之列，因此，循吏特徵，仍首重富利終於風化。

五　結論

綜上所述，考察循吏傳統定位：奉持「法規、職責、德教」，依循「天理」、「法理」、「人理（人情事理）」，開闢出行政倫理的一個發展方向，在社會變遷和文化傳承裡，循吏肩負「亦官亦師」之職責，建立禮治或德治的社會秩序。細察既富且庶又具高文化水準的有宋一朝，其循吏主意突出表現於：

（一）理訟有方→去惡保良

在缺乏法治的時代，處理民間訴訟也成為官吏的主要職責。理訟有無方，直接關係到民風好壞。風化效果與循吏理訟的特色有直接關聯，太史公在《史記》中為循吏理訟樹立了公正執法的兩位榜樣：石奢和李離[27]。太史公樹立這兩為

27　「石奢者，楚昭王相也。堅直廉正，無所阿避。」「李離者，晉文公之理

循吏榜樣，意在挑明應秉公執法，先做表率，才有後人仿效，也才有風化改善。當然，並不是所有的爭訟都能用德來化解，先德後刑，寬嚴結合；在奉法、奉職、奉德之間結合得體，斷獄理訟自有標榜。

（二）勸農力田促生產→疏渠築堤增富利

農業是古代中國社會主要經濟支柱。勸農勸耕勸桑，是歷代循吏由來已久的傳統。宋代循吏推廣勸農耕桑，不僅改善了當地人民的生活，促進了百姓安居樂業，而且通過農耕方法的改進和推廣，提高了農業生產，不但改善了人民的生活，而且傳播了農耕技術。《宋史・循吏陳靖列傳》：「靖自京東、西及河北諸州大行勸農之法。」可見一斑。其中尤在：治鹽課、疏渠、築堤、捍海堰、防颶風等有更多表現。

（三）對內藥治巫蠱→對外鎮國邊防

對內，當官戒巫蠱，風化自興。歷代循吏的戒除巫蠱努力，在正史中得到讚譽，也使治巫納入風化的重要環節。宋人呂本中《官箴》一語中的：「當官者，凡異色人不宜與之相接，巫祝尼媼之類，尤宜疏絕。」可知這是一種由來已久的傳統；而且經過循吏們的多種努力，移風易俗，每每對社會生活安定產生更加深遠的風化影響。其次，對外，因宋代國策強幹弱枝，以文代武，故外敵環俟，邊邑多事，循吏能

也。過聽殺人，自拘當死。李離曰：『理有法，失刑則刑，失死則死。公以臣能聽微決疑，故使為理。今過聽殺人，罪當死。』」

奉職循理，以計退寇，保國衛民，實是特采。

（四）正直廉能→尚德教化

　　考察有宋循吏泰半出身科舉，正直廉能以為教，德業薰化，風吹草偃，治績斐然。或以為循吏難為，參見《論語》中：樊遲問仁。子曰：「愛人。」子曰「仁遠乎哉？吾欲仁，斯仁至矣！」聖者所教，只要有一顆真誠的愛民之心，何愁美政不能實現？　參見宋史循吏自富利至教化可知。

參考文獻

脫脫等　《宋史》　北京：中華書局　1982 年

張秀民　《中國印刷術的發明及其影響》　北京：人民出版
　　社　1958 年

余英時　〈漢代循吏與文化傳播〉　見《士與中國文化》
　　上海人民出版社　1987 年

姚兆餘　〈宋代文化的生成背景及其特點〉　《甘肅社會科
　　學》2001 年　第 1 期

吳燦、鄭達威　〈漢代循吏的傳播功能〉《開封教育學院學
　　報》　2005 年 6 月 20 日

中國佛教最多常用的
西夏遺文

——略論興慈法師《重訂二課合解》所收
的〈禮佛大懺悔文〉和〈蒙山施食儀〉

〔日〕野川博之

立德大學應用日語學系教授

摘　要

　　淹沒於沙漠中的西夏佛教對中國近世以後的佛教留下了兩個很大的影響，即是，寺院僧侶在晚課每天所用的〈禮佛大懺悔文〉和〈蒙山施食儀〉這兩篇儀規性的經文。它們都是由一位「金剛法師不動」編輯的，這位高僧好像在西夏佛教界發揮很大的力量，備受國家朝廷的保護和敬仰。正因為如此，他得到住持好像在國都附近的護國仁王寺，而宣揚西夏以為國教的「以密宗為中心的一種漢藏圓融的佛教」。目前，我們由興慈法師《重訂二課合解》而概觀它們的內容，筆者在此換個角度，來研討它們作為西夏佛教遺文的側面。

**關鍵詞：西夏佛教、禮佛大懺悔文、蒙山施食儀、重訂二課
　　　　合解、興慈法師**

一 前言：本研究的緣起

（一）前人西夏佛教研究的概觀

　　包括佛教在內的西夏研究其實並不是熱門，而是由幾位中外優秀的學者一向予以薪傳的有歷史的學問。尤其是，關於西夏佛教，一九八八年八月，中國社會科學院史金波教授（1939-）能夠集成各國前輩學者的研究而出版《西夏佛教史略》[1]，正文總共三百八十一頁的該書目前在這個方面是一本內容最充實的專書。二○○一年九月，史教授又發表〈西夏佛教新探〉[2]，一邊將《西夏佛教史略》予以摘要，一邊補充該書出版以後發現的新史實而研討它們在西夏佛教史上的意義。二○○四年，大陸學者崔紅芬教授（1968-）發表〈20 世紀西夏佛教研究概述〉[3]，概觀整個二十世紀以中國大陸為中心的各國學者研究西夏佛教的具體成果。

　　總體地來看，史教授以後的大陸西夏佛教專家目前非常注視它跟藏傳佛教的交涉和藏傳佛教在西夏佛教圈內確立重

1　史金波：《西夏佛教史略》（銀川：寧夏人民出版社，1988 年）初版。經過 5 年，1993 年 11 月（民國 82 年），該書由臺灣商務印書館用正體字重版，筆者今次也使用這本臺灣版。著者史教授寫〈重版序〉放在初版序文的前面，略述 1988 年初版刊行以後到 1991 年 9 月（為〈重版序〉撰寫日期）的期間，大陸西夏佛教學方面到底有什麼樣的具體學術研究成果。

2　史金波：〈西夏佛教新探〉，《寧夏社會科學》2001 年第 5 期（總第 108 期）（2001 年 9 月出版）。

3　崔紅芬：〈20 世紀西夏佛教研究概述〉，《西方第二民族學院學報（哲學社會科學版）》2004 年第 2 期（總第 62 期）出版。

要地位的具體過程。在這一點，史教授在上述〈西夏佛教新
探〉中有一段相關論述[4]。還有，二〇〇〇年，陳慶英教授
（1941-）發表兩篇可觀的研究論文：（1）〈大乘玄密帝師
考〉[5]、（2）〈西夏大乘玄密帝師的生平〉[6]。後者是前者的
略本，完全沒有注釋部分；不過，跟前者比起來，陳教授的
看法明顯得多。陳教授在這些勞作刻意研討從西藏來西夏的
密宗怎麼樣紮根在西夏，該國統治階層為什麼那麼傾誠歸依
藏傳佛教，尤其是，題目所謂的「大乘玄密帝師」這位西夏
本土高僧[7]到底在這個方面發揮什麼樣的角色。如許多人們
已經知道，在西夏，佛教是所謂的國教，建國之初，漢傳佛
教的色彩比較強，不過，後來，因為地理上的和政治上的關
係，藏傳佛教的影響也越來越大。

　　還有，二〇〇六年，日本學者向本健，發表一篇論文叫
〈西夏佛教とその政治的背景〉[8]，頗有體系地論述西夏佛

4　同註 2，頁 71-72。史教授根據〈漢文《觀彌勒菩薩上生兜率天經》發願
　　文〉（收於史教授《西夏佛教史略》，頁 239），將「大乘玄密帝師」視為
　　「藏族僧人」。

5　陳慶英：〈大乘玄密帝師考〉，《佛學研究・2000》（2000 年）出版。

6　陳慶英：〈西夏大乘玄密帝師的生平〉，《西藏大學學報（漢文版）》第 15
　　卷第 3 期（2000 年 8 月）出版。

7　陳教授跟史教授不一樣的是，陳教授根據《無生上師出現感應功德頌》
　　（為《薩迦道果新編》第 14 篇，臺北：慧海書齋，1992 年）這篇藏文的
　　傳記，將「大乘玄密帝師」視為「旅居印度 10 多年、一直學習印度語言
　　和密宗的西夏本土人」。請參閱陳教授上述兩篇論文：（1）請參閱註
　　（5），〈大乘玄密帝師考〉，《佛學研究・2000》，頁 148；（2）請參閱註
　　（6），〈西夏大乘玄密帝師的生平〉，《西藏大學學報（漢文版）》第 15 卷
　　第 3 期，頁 11。筆者也在此認同陳教授這種看法。

8　向本健（MUKAIMOTO Ken）：〈西夏佛教とその政治的背景〉，《大谷大學

教漸漸地融合漢、藏這兩傳佛教的具體過程。遺憾的是，雖然向本先生好好攝取史教授研究的許多成果，不過，好像完全不參照陳教授的任何相關研究。雖然如此，他這篇論文有一個前人還沒做出來的優異表現——驅使各種資料，來闡明元代佛教其實在許多方面非常忠實地繼承西夏佛教，尤其是，「統治階層對佛教（主要是藏傳佛教）的篤信皈依」和「漢、藏這兩傳佛教的融合」[9]。

(二) 筆者為什麼「屋下架屋」？

筆者既然不會讀西夏文，也不會讀藏文，後者跟中文文言文一樣是西夏佛教圈的強勢語言。那麼，筆者這種人幾乎完全沒有資格討論西夏佛教。雖然如此，眼前有中國現代佛教常用的兩篇名經——〈禮佛大懺悔文〉和〈蒙山施食儀〉。根據民國初期興慈法師富有先驅性的注釋，它們好像是西夏佛教的遺產，不過，從來沒有個西夏學者予以研討，那麼，筆者這篇拙稿沒有危險侵害他們已進行中的任何研究，說也無害，有錯也可由後人予以批改，筆者在此放心寫出來自己的看法和一些發現，是不是？

如眾周知，西夏（1032-1227）這個國家最後被成吉思

大學院研究紀要》第 23 號（2006 年 12 月）出版。英文譯題："The Political Context of Buddhism in Xixia"（為著者向本先生自行英譯）；中文譯題：〈西夏佛教和它的政治背景〉。

9　大陸學者任宜敏先生（1957-）2005 年出版《元代佛教史》，正文總共 586 頁的該書目前在元代佛教這個方面，應該是內容最充實的專著。儘管如此，著者好像完全沒注視到西夏佛教對元代佛教的許多影像。任宜敏：《元代佛教史》（南投：南林出版社。2005 年 4 月）初版。

汗（1162?-1227）大軍馬蹄下予以蹂躪，徹底地毀滅。因
此，包括佛教文獻在內的絕大多數的西夏文獻不是金石文
（例如：北京郊外居庸關的壁面石刻），就是從沙漠中挖出
來的出土品（例如：黑水城文獻）。不過，僅僅兩三本佛教
文獻歷劫傳存，經過元、明、清這三代僥倖地傳下到現代，
收錄於《大正藏》和《卍續藏經》：（1）賀宗壽序，智泉、
慧真編集，金剛幢譯定：《密咒圓因往生集》[10] 全一卷收於
《大正藏》第四十六冊、（2）一行慧覺：《華嚴海印道場九
重請佛儀》[11] 全一卷收於《卍續藏經》第七十四冊。（3）一
行慧覺：《大方廣華嚴經海印道場十重行願常徧禮懺儀》[12]
全四十二卷收於《卍續藏經》第七十四冊。

　　此中，關於（1），除了史教授在他的《西夏佛教史略》
予以概觀[13]。以外，還有，一九九六年，臺灣學者李玉珉先
生在〈黑水城出土西夏彌陀畫初探〉中特地設定〈西夏淨土
信仰〉這一章予以概論性的論述[14]。又，一九九九年，大陸
學者孫昌盛先生（1968-）在〈略論西夏的淨土信仰〉，也特

10　經號：1956，臺灣目前有《CBETA 電子佛典 2007》，收錄《大正藏》和
　　《卍續藏經》，方便於檢索和閱讀。

11　經號：1469，值得注意的是，上述《CBETA 電子佛典 2007》依靠的《卍
　　續藏經》是日本東京：國書刊行會出版的《卍新纂續藏經》，不是臺灣從
　　來常見的臺北：新文豐版。前者每頁 3 段，反之，後者每頁 2 段，因此，
　　當然帶來卷冊上的許多不同。在後者，（2）和（3）這兩本一行慧覺著作
　　收錄於第 128 冊。

12　經號：1470。

13　同註 1，頁 39-40。

14　李玉珉：〈黑水城出土西夏彌陀畫初探〉，《故宮學術季刊》1996 年第 13
　　卷第 4 期，頁 10。

地設定〈淨土信仰在西夏的影響〉這一章予以內容方面的分析[15]。儘管如此，除了史教授以外[16]，這些前輩專門注視編輯或者譯定該書（指《密咒圓因往生集》）的三位僧人，根本不重視發願編纂的、也撰寫序文的西夏信佛大官——賀宗壽。

「因病發心、懺悔修行」的這位大官並不但發願編輯，也主動參與編輯工作；其實，該書主要部分（總共 30 種陀羅尼）是由他親自博覽群經而摘錄出來的，上述三位僧人的工作只是替他進行校對這部原文，尤其是，修正梵文陀羅尼的注音[17]。於是，二〇〇七年，筆者發表〈西夏佛教文獻『密咒圓因往生集』について——その鐵眼版收錄までの足どりを中心に——〉[18]，主要研討該書流傳到現在的具體過程，也表彰賀宗壽這種居士在西夏佛教的重要角色。

關於（3），除了史教授也在他的《西夏佛教史略》予以比較簡略的概觀[19]以外，目前只有日本學者吉田剛先生在〈華嚴の禮懺——行願思想を中心に——〉予以概觀性的內

---

15 孫昌盛：〈略論西夏的淨土信仰〉，《寧夏大學學報（社會科學版）》1999年第 2 期，頁 29。

16 同註 1，頁 40。史教授大幅引用這篇序文，指出：「西夏人自己編輯的這部佛教著作，雖然不過萬言，但還是請西域和東土的高僧反覆核校，可見他們對這一著述工作的重視和審核。」

17 《密咒圓因往生集・序》，《大正藏》，第 46 冊，頁 1007 上、中。

18 野川博之（NOGAWA Hiroyuki，1968-）：〈西夏佛教文獻『密咒圓因往生集』について——その鐵眼版收錄までの足どりを中心に——〉，《黃檗文華》第 126 號（2007 年 7 月）出版。中文譯題：〈論西夏佛教文獻《密咒圓因往生集》——以它收錄於《鐵眼版》的具體流傳過程為中心——〉。

19 同註 1，頁 85。

容分析；也提到（2），根據它的〈題辭〉[20]，視為跟（3）一樣是一行的著作[21]。遺憾的是，這本《常徧禮懺儀》總共四十二卷，西夏佛教中文文獻中，無疑問地是現存最大的一本；儘管如此，所謂的西夏學者基本上比較重視西夏文文獻，對這種富有宗教性的貴重遺物，雖不輕視，好像難免有一些「敬而遠之」的心態；結果，除了上述史教授和吉田先生這兩位以外，筆者目前還沒找到擁有具體性的研討成果。

　　至於本稿研討的〈暮時課誦〉（即是那本〈朝暮課誦〉[22]第 2 部。）中的兩篇西夏佛教遺文，筆者雖盡辦法，檢索各種文獻和電子資料庫，完全沒看過任何相關論文或者專書。其實，關於包括〈暮時課誦〉在內的中國佛教各種儀軌，日本早已有鎌田茂雄博士（1927-2001）進行專門研究，

20　同註 12，《卍新纂續藏經》第 74 冊，頁 134b。

21　吉田剛（YOSHIDA Takeshi）：〈華嚴の禮懺──行願思想を中心に──〉，《日本佛教學會年報》2005 年第 70 號，頁 38-40。吉田先生，法名：「叡禮」，關於宋代華嚴宗，尤其是，它的各種儀軌，是一位日本難得的專家，他個人網站「華嚴無盡海／叡禮書齋」可以閱讀主要論文 http://homepage3.nifty.com/huayan/paper.htm

22　筆者在本稿所謂的〈朝暮課誦〉乃指〔明〕蓮池大師（雲棲袾宏，1535-1615）編訂《諸經日誦》卷上所收的〈朝時課誦〉和〈暮時課誦〉。聖凱法師在他的《中國漢傳佛教禮儀》指出：「朝暮課誦，又稱為『課誦』，是佛教寺院定時念持經咒、禮拜三寶及梵唄歌讚等法事；而且，因為希望從課誦之中獲得功德，所以又稱為『功課』。因為課誦是佛教寺院僧眾日常最基本的修行，是每天早晚必修的，所以稱為『朝暮課誦』。」（請參閱註（28），頁 40）。筆者認為，《諸經日誦》中這些經文構成一個很有體系的排列，可算是一段篇章；不但如此，臺南：和裕出版社等臺灣主要佛教出版社發行的各種「各誦本」也將這些經文為核心正文。所以，筆者在本稿特地用所謂的「篇名號」（即是〈 〉），來稱呼它們。

主編超過一千頁的《中國佛教の儀禮》[23]；他將舊稿予以修改，為該書「研究篇」[24]第一篇〈香港‧臺灣の佛教儀禮〉第一章叫做〈朝暮課誦〉[25]。最近，有幾位大陸專家予以研討，可觀的研究成果也並不算少。

　　例如：（1）張運華博士（1964- ）在他的《中國傳統佛教儀軌》（1998 年 2 月初版）中，設定第八章〈課誦：修行的不二法門〉，專門研討朝暮兩課的沿革和現況[26]。（2）楊維中（1966- ）、吳洲（1970- ）、楊明（1968- ）、陳利權（1965- ）這四位博士合著《中國佛教百科全書：儀軌卷》2001 年 1 月初版，為該《全書》第 2 冊。）；他們在第三章〈禮儀、節日〉中設定第一節叫〈課誦〉，簡明地概觀朝暮二時〈課誦〉每一篇經文的具體內容，也論述當代漢傳佛教寺院執行課誦的具體情形[27]。（3）聖凱法師（1972- ）在他的《中國漢傳佛教禮儀》（北京：宗教文化出版社，2001 年

---

23 鎌田茂雄（KAMATA Shigeo）主編，東京大學東洋文化研究所編：《中國の佛教儀禮》（東京：大藏出版〔筆者註：「出版」這兩個字眼也是出版社名的一部分〕，1986 年）初版。

24 佔有該書篇幅的一半，另外一半乃是「資料篇」，主要影印收錄《禪門日誦》、《佛教朝暮課誦》和《佛門必備課誦本》等清末民初課誦的原文。

25 鎌田茂雄：〈朝暮課誦〉，收入鎌田茂雄主編，東京大學東洋文化研究所編輯：《中國の佛教儀禮》（東京：大藏出版，1986 年），頁 13-19。原載於《印度學佛教學研究》1972 年第 20 卷第 2 號，經過大淵忍爾教授編：《中國人の宗教儀禮》這一本（東京：福武書店，1983 年），最後收錄於該書「研究篇」。

26 張運華：〈課誦：修行的不二法門〉，收入張運華：《中國傳統佛教儀軌》（臺北：立緒文化，1998 年 2 月），頁 97-111。

27 楊維中、吳洲、楊明、陳利權合著：《中國佛教百科全書：儀軌卷》（上海：上海古籍出版社，2001 年 1 月），頁 147-150。

8 月初版）第二章〈漢傳佛教寺院的日常活動〉第二節〈寺院的日常行事〉中，設定第一分節叫〈朝暮課誦〉[28]。

　　筆者認為，跟上述（1）、（2）這兩篇專書論文比起來，聖凱法師更進一步地研討〈朝暮課誦〉的形成過程和它的具體內容，目前，它的論述好像是相當可觀的一篇專論。雖然如此，總體地來看，聖凱法師的研究也畢竟不超過一位前人無微不說的一本大作──清末民初興慈法師[29]（1881-1950）著《重訂二課合解》[30]。目前，這些當代佛教儀禮專家們也

28　聖凱法師：〈朝暮課誦〉，收入聖凱法師《中國漢傳佛教禮儀》（北京：宗教文化出版社，2001 年 8 月），頁 40-49。

29　關於興慈法師這位高僧的生平和主要事蹟，臺灣于凌波居士（1927-2005）有兩篇內容充實的傳記，不過，于居士沒有詳述興慈法師佛學的具體成立過程和治學方法。雖然如此，我們還可以說：興慈法師是一位好學不倦、博覽群書的僧界碩學！（1）〈上海法藏寺釋興慈傳〉，收入于凌波《民國高僧傳初編》（臺北：昭明出版社，2000 年（民國 89 年）8 月）初版，頁 187-192。（2）〈興慈（一）（一八八一～一九五〇）〉，收入于凌波編：《現代佛教人物辭典》（高雄：佛光文化，2004 年（民國 93 年）5 月），下冊頁 1610-1611。此中，（2）是（1）的略本，不過，揭載（1）沒有的興慈法師照肖，也有它獨特的價值。如眾周知，于居士的高僧傳頗有風格，雖用白話，基本上非常忠實地繼承《梁高僧傳》以來歷代高僧傳的典範；不過，正因為如此，從現代學術角度來看，難免有一個不小的缺點──幾乎不註明參考文獻的具體名稱。在這一點，這兩篇于居士晚年著作也不例外。

30　在臺灣，該書其實有幾種版本，由各地不同的印經機關出版，常見於臺灣全土佛教書局和寺院或者素食館的「結緣書區」。雖然如此，筆者今次根據的版本是，臺南市：慈恩佛堂（主委：蘇壬山居士）1987 年（民國 76 年）月刊本，全 1 冊。該書影印原本好像是國民政府遷臺以前的大陸刊本，筆者目前還沒查明到是哪一家書店的出版品。它雖是 1 冊本，分為「卷首」和正文全 7 卷，頁碼編排方式是逐卷重從「1」新開始的，沒有所謂的「總頁碼」。

依然言言有據地參照該書，很難找到他們獨特的發揮。關於本稿所論的〈禮佛大懺悔文〉和〈蒙山施食儀〉，他們好像不懷疑興慈法師的指出，跟他一樣，將這些經文的編者視為西夏高僧「金剛法師不動」[31]。其實，根據筆者這半年以來的文獻調查和網路檢索，在清代以後到現代的中國佛學史上，這位興慈法師好像是第一個學者——不但明顯地將這兩篇經文視為西夏佛教遺文，也將「金剛法師不動」斷定為它們的編者！可惜的、也是遺憾的是，他在《重訂二課合解》這本大作中，連一個地方也不提舉他如此判斷的具體文證[32]。

　　正因為如此吧，一向重視一級資料的中國和日本西夏學界從來沒注視《重訂二課合解》所載的、被興慈法師視為西夏遺文的這兩篇經文，也不敢評論他在該書所示的相關看法到底是否妥當。這因為是它們已經沒有西夏時代的任何原

---

31 上述（1）的著者張運華博士將〈蒙山施食儀〉的編者視為「不動」，註（26），頁 106。（2）的合著者楊維中等將〈禮佛大懺悔文〉的編者視為「不動」，註（27），頁 150。（3）的著者聖凱法師將〈蒙山施食儀〉的編者視為「不動」，註（28），頁 45。如此，雖有出入，他們在各自的著作中，隨處參照引用興慈法師的《重訂二課合解》，看不到任何可觀的異議或者新說。

32 根據興慈法師自撰的〈重訂二課合解緣起〉，1913 年（民國 2 年），他在天臺山高明寺初次講解〈朝暮課誦〉也撰寫該書初稿的時候，「苦無全注，學者莫捫其妙。雖《彌陀》、《心經》，解者林立，餘尚未彰。後閱《日課便蒙》，雖全而略，愚〔筆者註：這是興慈法師自稱〕不揣拙陋而輯集焉。」（《重訂二課合解》，卷首，頁 5）他這裡所謂的《日課便蒙》好像是民初已經存在的〈朝暮課誦〉正文注釋；雖然如此，目前，筆者還沒看到它的任何版本，因此，無法確認這本《日課便蒙》是否關於這兩篇經文編者的相關敘述。

本，也沒有比較忠實地繼承西夏佛教的元代抄本。所以，筆者認為，中外西夏學者們對這些經文的態度基本上是非常妥當的；其實，筆者也不敢輕易斷定它們真的是西夏佛教遺文，因為西夏現存佛教文獻中，目前還沒有跟它們有關的任何資料，連短短的提及也沒有。

雖然如此，筆者在此敢表態，將它們視為值得西夏學者們熱烈討論的玉章！筆者如此判斷的根據是，兩篇經文都充滿著也具有著西夏中期以後佛教的一大特色——以華嚴宗為中心的漢傳佛教和以持咒（或者陀羅尼）為中心的密宗圓滿地融合。即使它們不是西夏時代的遺文，至少可以說：離西夏滅亡不久的時期，或者，離西夏佛教圈不太遠的地方，有一位或者幾位跟西夏有遠的僧侶編輯出來這些經文。何況興慈法師在天臺祖庭高明寺撰寫《二課合解會本》[33]（此為《重訂二課合解》的初稿。），那麼，他一定會將許多寺藏文獻，放在自己寫作的座右銘而進行執筆，說不定他過目的一些參考文獻暗示或者明示〈禮佛大懺悔文〉和〈蒙山施食儀〉的成立地點和編者名字；其實，筆者認為，這很有可能的。

---

[33] 臺灣現行的《重訂二課合解》即是 1921 年（民國 10 年）發行的增訂本，它的初版本叫《二課合解會本》；其實，《重訂二課合解》卷首也錄載這個初版本的兩種序文：（1）俞恆居士的〈二課合解會本序〉；（2）炳道法師的〈校訂二課合解序〉。還有，該書卷首也揭載前註已述的興慈法師自撰序文，寫道：「既成全帙，目為《二課合解會本》，暮〔筆者註：該作「募」〕資石印千部。」（《重訂二課合解》，卷首，頁 5）那麼，我們可以知道：《重訂二課合解》初版本的題目明顯是《二課合解會本》。請參閱《重訂二課合解》，卷首，頁 1-6。

　　如興慈法師在〈重訂二課合解緣起〉自己認同，一九一三年（民國 2 年），他初次講解的時候，除了《阿彌陀經》和《般若心經》這兩部名經以外，〈朝暮課誦〉所收的幾乎所有的經文沒有前人可觀的注釋，只有一本內容簡單的《日課便蒙》而已。因此，他只好從零開始艱鉅的注釋工作[34]。這當然是一段磨練，不過，這真是「耐雪梅花麗，經霜楓葉紅。」（為〔日本〕西鄉隆盛（1827-1877）詩句）[35]通過他這段辛苦，〈禮佛大懺悔文〉和〈蒙山施食儀〉才有第一本可觀也可用的注釋，它們的「出生秘密」也才能夠闡明出來的。

　　在此最大的遺憾是，筆者目前還沒查明到，興慈法師在天臺山高明寺講〈朝暮課誦〉的時候，包括該寺在內的山內寺院經藏到底擁有什麼樣的佛教文獻；在這一點，《民國天臺縣志稿》[36]、《民國臺州府志》[37]等近代方志中沒有任何詳

---

34 請參閱註（32）所引的這篇〈緣起〉原文。附記：引文中，（　　）裡面的句子原來是夾註。

35 請參閱山田準（1867-1952）編：《西鄉南洲遺訓》（東京：岩波書店，1939 年 2 月），初版，收入《岩波文庫》。

36 〔民國〕李光益、金城修，褚傳誥纂：《民國天臺縣志稿》（南京：江蘇古籍出版社等，1993 年，《中國地方志集成・浙江府縣志輯》影印民國 4 年（1915）油印本），第 32 冊。該書全 40 卷、首 1 卷，署第 3〈寺觀〉專門收載天臺山國清寺等縣內主要寺院、道觀的相關敘述。雖然頁 289 下段有〈高明寺〉這個項目，不過，敘述非常簡單。

37 〔民國〕喻長霖，柯驊威等纂修：《民國臺州府志》（一）、（二）（南京：江蘇古籍出版社等，1993 年，《中國地方志集成・浙江府縣志輯》影印民國 25 年（1936）鉛印本）第 44、45 冊。該書全 140 卷，首 1 卷，民國 5 年（1916）修，卷 94 和 95〈古蹟〉專門收載天臺山國清寺等縣內主要寺院、道觀的相關敘述，不過，書中絕無關於高明寺藏書情況的任何敘述。

細的相關敘述。雖然如此，筆者以後也要繼續閱讀或者檢索元代以後各種佛教文獻，希望漸漸地闡明〈禮佛大懺悔文〉和〈蒙山施食儀〉流傳到現代的具體來路；在這個方面，連蛛絲馬跡也不會忽視！

二　興慈法師對不動法師事蹟和西夏略史的看法

關於〈大懺悔文〉作者不動法師的事蹟和西夏略史，興慈法師主要根據《宋史・夏國傳》而在《重訂二課合解・大懺悔文解》這一卷（即是該書卷 4）的開頭，提示如下的說明[38]：

> 宋西夏護國仁王寺金剛法師不動集
> ……「西夏」者，以唐初西北邊部托跋氏來降，唐末托跋思恭鎮夏州，平黃巢有功，賜姓李，為夏綏節度使，世襲其職。至石晉以後，未嘗入覲。迄宋太宗時，李繼捧獻夏、銀、綏、宥四州之地，又陳兄弟怨懟，願留京師，賜姓趙，名保忠，錫夏、綏、銀、宥、密五州使。真宗時，捧弟繼遷來降，賜姓趙，名保吉，授銀州觀察使，尋叛。其孫元昊善用兵，自稱帝，國號曰夏，即「西夏」也。自來降叛無定，宋仁

38　《重訂二課合解》，卷首，頁 10-11。筆者附記：引文中，（　）中的句子原來是夾註。

宗用韓琦，范仲淹經略，陝西邊境稍安，歲約二十五
萬以和。後至理宗時，為北朝大軍所滅，西夏遂亡。

「護國仁王寺」，在夏州。

「金剛」是瑜伽五部之一。（詳四方四佛圖）。

「不動」是法師之名。師西域人。修金剛部功熟，將
此法宏傳也。既而達夏，為國王所重，常誦《護國仁
王經》甚靈，以護國佑民。夏主命其寺額曰：「護國
仁王」。師依《三十五佛名經》禮懺文，前增五十三
佛，後綴普賢十大願王偈，共成一百八禮，期斷百八
煩惱也。〈蒙山文〉亦師所集。嗚呼！近千年來以及
後世，海內禪林庵院皆遵為常課，然則，師之功勛厚
德，豈可思議哉！

然後，興慈法師又在他的《合解》卷五〈蒙山施食儀解〉，
開頭就說[39]：

蒙山甘露法師不動集（法師行蹟，見〈懺悔文〉）。

「蒙山」，在四川雅州名山縣西十五里，有五峯，前
一峯最高，曰「上清峯」，產甘露，〔宋〕不動法師於
中修道，故名「甘露法師」。（《隴蜀餘聞》云：其峯
巔有一石，如數間屋大，有茶七株，生石上，無縫
罅，名「蒙頂茶」。相傳為甘露大師手植，所產甚

39　《重訂二課合解》，卷 5，頁 4-5。筆者附記：跟前註一樣，由筆者分段，
　　將原文的夾註放入在（　）中。

少。明時貢京師，歲僅一錢有奇。環石旁，別有數十株，曰「陪茶」，則供藩府諸司而已。[40]《廣輿記》引《圖經》云：受陽氣全故香。〔唐〕李德裕入蜀，得蒙茶沃於湯餅上，移時盡化者乃真。[41] 又山東袞州費縣西北亦有蒙山，綿互百二十里，有七十二峯、三十六洞、古剎七十餘所，上有白雲巖，產茶亦名「蒙頂茶」）。[42]

師意以前來誦《彌陀經》、〈大懺悔〉已，當施六道，普利幽冥，故依祕密部中〈水施食法〉及《救拔餤口餓鬼經》等，集斯儀文，普令後學廣結幽途無生之緣。

今有欲求福慧益壽命者，備淨水一碗、飯一碗、菜一碗、并香燭等，隨所住處，誦《彌陀經》已，即誦此文，隨義作觀。若不嫻熟作觀者，但注心誦，每呪七

40　〔清〕王士禎（1634-1711）：撰：《隴蜀餘聞》（臺南縣：莊嚴文化，1995年9月《四庫全書存目叢書》影印康熙年間王氏家刻本），子第245冊，頁170下。

41　〔明〕陸應陽撰，〔清〕蔡方炳增訂：《廣輿記》（臺南縣：莊嚴文化，1996年8月《四庫全書存目叢書》影印康熙56年（1717）聚錦堂刻本），史第173冊，頁387下。

42　同前註，頁151下-152上。其實，該書的敘述太簡略，首先在小項〈山川〉，只用「蒙山（費縣）」這4個字〔筆者註：（ ）內兩個字為夾注〕來提示山東蒙山的位置，然後在後面的小項〈土產〉，敘述「蒙頂茶（蒙山）」來表示該山也產茶而已。那麼，興慈法師一定參照另外的文獻而完成這個比較詳細的敘述。

遍，或二七、三七遍，唯〈變食呪〉及〈甘露呪〉，

各誦七七遍，或百八遍，愈誦愈精，誦畢念佛迴向，

冥陽俱獲利益。

我們可以看見興慈法師對不動法師的事蹟和西夏略史的這些
認識基本上又正確又豐富，他好像接受陳垣（援庵，1897-
1971）等學者們確立的新式佛教史學，表現出來相當可觀的
史眼和史料涉獵。筆者認為，按照史金波教授等現代西夏專
家的研究成果，興慈法師上面論述中視為唯一錯誤的是，他
在〈大懺悔文〉的注釋中將護國仁王寺視為位於夏州的寺
院。不過，根據史金波教授《西夏佛教史略》，党項族因內
紛而早已離開這個「夏州」（今陝西省靖邊縣），而且，不得
已將該地和另外的周邊四州都獻給北宋，來迴避北宋的壓
迫。

後來，李元昊（1003-1048）建國稱帝以後，整個党項
族的勢力範圍，即是新興國家西夏的版圖一直是甘肅和寧
夏，尤其是，將今寧夏省都銀川（叫「興慶」）為政治、經
濟和宗教的一大中心[43]。所以，「護國仁王寺」不會在西夏
早已放棄的夏州。那麼，它到底在哪裡？這還是一個待考的
歷史謎題[44]。儘管如此，筆者在此敢說，從這個寺名來看，

---

43 請參閱註（1），頁 2-3。史教授在該書第一章〈西夏歷史概述〉第一節
〈西夏的政治和經濟〉中，如此明示興慈法師引文所謂的「夏、綏、銀、
宥、密五州」到底是現代的哪個行政區劃──（1）夏州：陝西省靖邊
縣；（2）綏州：陝西省綏德縣；（3）銀州：陝西省米脂縣；（4）宥州：陝
西省靖邊縣；（5）密州：陝西省米脂縣。

44 史教授在《西夏佛教史略》第五章〈西夏的寺廟〉第二節〈寺廟的分佈〉

它不會在離首都太遠的地方；顧名思義，這座「護國仁王寺」應該是一座官寺，住持以下所有的僧侶都是官僧，每天為了鎮護國家讀誦《仁王般若波羅蜜多經》而擁有這個寺名，是不是？

如眾周知，漢傳佛教一直重視這部經典，在歷代王朝的首都大寺，屢次啟建道場，隆重地講經祝國[45]；在這一點，光復以後隨著國民政府遷臺的中國佛教會也不例外，一再在臨時首都臺北，以善導寺為場地，執行盛大華麗的法會[46]，何況以佛教為國教的西夏帝國！那麼，「護國仁王寺」不會在僻壤，一定在首都（今甘肅省銀川）或者它郊外的山區，尤其是首都西郊的賀蘭山[47]。

興慈法師關於四川蒙山，引用〔清〕王士禛（1634-1711）撰：《隴蜀餘聞》和〔明〕陸應陽撰，〔清〕蔡方炳增

中，特地列舉西夏國內主要寺院 28 座（除外敦煌石窟中一群西夏時期所建的窟院，這在第三節後述。），簡明地說明各寺地址、建立發願者（主要是歷代皇帝或者皇后）、著名住持和他的具體事蹟等。不過，這段敘述中沒看到「護國仁王寺」的任何相關論述。請參閱註（1），頁 102-106。

45 在此提示離西夏滅亡不太遠的一個例子，〔元〕世祖（1215-1294）在大都（今北京）興建「大護國仁王寺」，至元 16 年（1279）落成，世祖替該寺設置「大護國仁王寺總管府」，企圖儘量完美地保護這個為國祝福的大伽藍。請參閱大陸學者任宜敏先生《元代佛教史》（已出於註（9）），頁 52-54。

46 請參閱《中華民國八十七年開國紀念日臺北佛教界啟建仁王護國法會專集》（臺北：臺北佛教雜誌社，1999 年（民國 88 年）4 月）初版。

47 關於這個佛教聖山，請參閱史教授《西夏佛教史略》，頁 106。史教授指出：「賀蘭山中有不少重巖疊嶂、環境幽雅之處，是修建寺廟的理性所在。」那麼，我們可以說它的地位和角色相當於南宋國都杭州郊外的南屏山（山下有淨慈寺）、六朝古都南京郊外的攝山（山中有棲霞寺）和北京郊外的紅螺山（山中有著名淨土道場資福寺）等。

訂：《廣輿記》等一些古籍來更進一步地予以說明。如他指出，該地產出來聞名天下的茗茶；而且，該地沿著所謂的「茶馬古道」，一直是漢藏兩族文化交界的重要地點。難怪蒙山能夠培養出來「金剛法師不動」這種兼通漢藏兩傳佛教的高僧，添彩融合漢藏兩傳佛教的西夏佛教文化！關於他、蒙山和西夏的關係，筆者要在後面第四章進行研討。

三 〈暮時課誦〉中的兩篇西夏佛教遺文

（一）〈暮時課誦〉的概要

如筆者上述，中國佛教僧尼每天讀誦的各種經文中其實含有被視為西夏佛教遺文的兩篇經文。那是什麼？是，〈禮佛大懺悔文〉和〈蒙山施食儀〉。〔明〕蓮池大師（雲棲袾宏，1535-1615）編訂《諸經日誦》[48]的時候，將它們收入於該書卷上〈暮時課誦〉當中。按照它的〈目錄〉[49]，〈暮時課誦〉的具體內容如下：

    1. 佛說阿彌陀經

    2. 懺悔文

    3. 蒙山施食儀

    4. 念佛回向

---

48 筆者在本稿使用的版本是，臺北：中華佛教文化館影印出版的《蓮池大師全集》（1983 年 12 月）再版。《諸經日誦》收錄於它的第 2 冊。本《全集》另稱《景印〈雲棲法彙〉》，全 4 冊，影印〔清〕光緒 25 年（1899）金陵刻經處刊本。

49 同前註，頁 1718。

5. 三皈依

6. 善導和尚示臨睡入觀文

此中，第二〈懺悔文〉就是本稿題目所謂的〈禮佛大懺悔文〉，是一篇「以懺悔來求行者自己的救濟為宗旨」的一篇儀規性的經文；第三〈蒙山施食儀〉是「以施食來救濟餓鬼孤魂為宗旨」的一篇儀規性的經文，對臺灣佛教界常行的瑜伽焰口法會來說，是一個明顯的祖型（prototype）。雖然兩篇都具有濃厚的儀規性，不過，前者的目的明明是在於自利，反之，後者的目的也明明是在於利他，那麼，可以說：晚課課文這種配列的背景一定有編者的一段用心，企圖經過讀誦和禮拜來讓僧侶們自自然然地雙修顯密，也圓滿自他二利。不用多說，雖然目前我們無法確認哪一篇本來在前面，不過，編者不動法師本人顯然將這種用意放在它們的背景。雖然如此，蓮池大師《諸經日誦》原文中，沒有個地方註明這兩篇經文的編者名字，在這一點，目前臺灣發行的各種課誦本[50]和日本黃檗宗常用的《禪林課誦》[51]也是一樣。

---

50 臺南：和裕出版社《法藏叢書》目前有 3 種《佛門必備課誦本》，看來這 3 本內容上，後面附錄性的部分雖有小異，前面的核心正文都收錄來自蓮池大師的〈朝暮課誦〉。（1）《佛門必備課誦本》，正文頁 210，《法藏叢書》C083。（2）《佛門必備課誦本》，正文頁 216，《法藏叢書》C083-1。（3）《佛門必備課誦本〈綜合注音版〉》，正文頁 246，《法藏叢書》C083-2。該社靈魂人物吳重德居士為了幫助筆者順利地撰寫本稿，好心惠賜，在此道謝！

51 京都：其中堂，裝幀用所謂的「經折裝」，缺記刊年，也沒有頁碼。日本黃檗宗可算是現代漢傳佛教的兄弟宗派，每天所用的這本課誦本在許多方面跟《佛門必備課誦本》等漢傳佛教現代化的〈朝暮課誦〉完全一致（不過，〈大懺悔文〉改稱為〈三十五佛五十三佛名懺悔經〉）。這個黃檗宗除

　　到了民國初年，興慈法師在天臺山高明寺講說這部〈朝暮課誦〉所用的主要經文；那時候，他對這兩篇也予以詳細的闡釋。如筆者上述，興慈法師這本《重訂二課合解》好像是將〔西夏〕不動法師視為這兩篇經文編者的第一本注釋。遺憾的是，興慈法師沒有提到他根據任何文獻來將這些經文判為不動法師的所撰。雖然如此，興慈法師關於不動法師的說明又盡力又詳細，值得我們現代學者的注意和賞讚。筆者認為，興慈法師過目的《諸經日誦》和類似文獻的各種版本以及它們的前人注釋中一定有一些文獻將這兩篇經文的編者判為不動法師，興慈法師也視為可採的看法。筆者本人也同意興慈法師的看法，因為它們非常濃厚地呈現西夏佛教融合漢地佛教和西藏密宗的一大特色。

（二）〈禮佛大懺悔文〉的概要

　　根據興慈法師的科判[52]，〈禮佛大懺悔文〉的正文可分為四個大段：（1）初讚禮諸佛身心功德；（2）皈依三寶，發大乘心；（3）懺悔過愆，陳所作善；（4）普發大願，迴向佛果。正文和它主要的科文如下：

了早晚課等日常行持方面以外，基本上非常忠實地繼承明末臨濟宗的各種特色，例如：唱香讚，用上下稱呼（意思是，「上×下×師父」這種敬稱），建立天王殿供奉四天王、韋馱天和彌勒菩薩。該宗大本山是京都南郊黃檗山萬福寺，明末旅日福建高僧隱元隆琦禪師（1592-1673）開山建寺；該寺附設「京都華僑公墓」，每年清明節，當地華僑絡繹來山掃墓。

52 請參閱《重訂二課合解》，卷4，頁1-2，這裡有一張簡明的「總科」是讓讀者容易了解本篇概要的科判表。

（1）初讚禮諸佛身心功德：

　　大慈大悲愍眾生，大喜大捨濟含識；相好光明以自
　　嚴，眾等志心皈命禮。

（2）皈依三寶，發大乘心：分為六個小段（初～六）。初、
皈依同體三寶：

　　南無皈依金剛上師。

二、皈依別相三寶：

　　皈依佛，皈依法，皈依僧。

三、普為眾生發願：

　　我今發心，不為自求人天福報，聲聞緣覺乃至權乘諸
　　位菩薩；唯依最上乘，發菩提心。願與法界眾生，一
　　時同得阿耨多羅三藐三菩提！

四、皈依無盡三寶：

　　南無皈依十方盡虛空界一切諸佛
　　南無皈依十方盡虛空界一切尊法
　　南無皈依十方盡虛空界一切賢聖僧

五、稱揚諸佛十號：

南無如來、應供、正遍知、明行足、善逝世間解、無
上士、調御丈夫、天人師、佛、世尊

六、正禮八十九佛：

南無普光佛	南無普明佛
南無普淨佛	南無多摩羅跋旃檀香佛
南無旃檀光佛	南無摩尼幢佛
南無歡喜藏摩尼寶積佛	
南無一切世間樂見上大精進佛	
南無摩尼幢燈光佛	南無慧炬照佛
南無海德光明佛	南無金剛牢強普散金光佛
南無大強精進勇猛佛	南無大悲光佛
南無慈力王佛	南無慈藏佛
南無旃檀窟莊嚴勝佛	南無賢善首佛
南無善意佛	南無廣莊嚴王佛
南無金華光佛	南無寶蓋照空自在力王佛
南無虛空寶華光佛	南無琉璃莊嚴王佛
南無普現色身光佛	南無不動智光佛
南無降伏眾魔王佛	南無才光明佛
南無智慧勝佛	南無彌勒仙光佛
南無善寂月音妙尊智王佛	南無世淨光佛
南無龍種上尊王佛	南無日月光佛

南無日月珠光佛　　　　南無慧幢勝王佛

南無師子吼自在力王佛　南無妙音勝佛

南無常光幢佛　　　　　南無觀世燈佛

南無慧威燈王佛　　　　南無法勝王佛

南無須彌光佛　　　　　南無須曼那華光佛

南無優曇缽羅華殊勝王佛　南無大慧力王佛

南無阿閦毗歡喜光佛　　南無無量音聲王佛

南無才光佛　　　　　　南無金海光佛

南無山海慧自在通王佛　南無大通光佛

南無一切法常滿王佛

（以上五十三佛，出《觀藥王藥上二菩薩經》。以下三十五佛，出《決定毗尼經》）

南無釋迦牟尼佛　　　　南無金剛不壞佛

南無寶光佛　　　　　　南無龍尊王佛

南無精進軍佛　　　　　南無精進喜佛

南無寶火佛　　　　　　南無寶月光佛

南無現無愚佛　　　　　南無寶月佛

南無無垢佛　　　　　　南無離垢佛

南無勇施佛　　　　　　南無清淨佛

南無清淨施佛　　　　　南無娑留那佛

南無水天佛　　　　　　南無堅德佛

南無旃檀功德佛　　　　南無無量掬光佛

南無光德佛　　　　　　南無無憂德佛

南無那羅延佛　　　　　南無功德華佛

南無蓮華光遊戲神通佛　南無財功德佛

南無德念佛　　　　　　南無善名稱功德佛

南無紅燄帝幢王佛　　　南無善遊步功德佛

南無鬥戰勝佛　　　　　南無善遊步佛

南無周匝莊嚴功德佛　　南無寶華遊步佛

南無寶蓮華善住娑羅樹王佛

南無法界藏身阿彌陀佛（此尊不在三十五佛內，依
《燄口經》增入）

（3）懺悔過愆，陳所作善：分為兩個小段（初、二）。
　　初、懺罪陳善：

如是等，一切世界，諸佛世尊，常住在世。是諸世
尊，當慈念我。若我此生，若我前生，從無始生死以
來所作眾罪，若自作，若教他作，見作隨喜；若塔，
若僧，若四方僧物，若自取，若教他取，見取隨喜；
五無間罪，若自作，若教他作，見作隨喜；十不善
道，若自作，若教他作，見作隨喜；所作罪障，或有
覆藏，或不覆藏，應墮地獄、餓鬼、畜生、諸餘惡
趣，邊地下賤，及蔑戾車，如是等處。所作罪障，今
皆懺悔。今諸佛世尊，當證知我，當憶念我。我復於
諸佛世尊前，作如是言：「若我此生，若我餘生，曾
行布施，或守淨戒。乃至施與畜生，一搏之食，或修
淨行，所有善根，成就眾生。所有善根，修行菩提。

　　所有善根，及無上智，所有善根，一切合集，校計籌
　　量，皆悉迴向，阿耨多羅，三藐三菩提！如過去未
　　來，現在諸佛，所作迴向，我亦如是迴向！」

二、以頌結上：

　　眾罪皆懺悔，諸福盡隨喜。及請佛功德，願成無上
　　智。去來現在佛，於眾生最勝。無量功德海，我今歸
　　命禮。

（4）普發大願，迴向佛果：分為兩個小段（初、二）。
　　初、正發行願：分為 1.～8.

　　1. 禮敬諸佛：

　　　　所有十方世界中，三世一切人師子；我以清淨身語
　　　　意，一切遍禮盡無餘。普賢行願威神力，普現一切如
　　　　來前；一身復現剎塵身，一一遍禮剎塵佛。

　　2. 稱讚如來：

　　　　於一塵中塵數佛，各處菩薩眾會中；無盡法界塵亦
　　　　然，深信諸佛皆充滿。各以一切音聲海，普出無盡妙
　　　　言辭；盡於未來一切劫，讚佛甚深功德海。

　　3. 廣修供養：

　　　　以諸最勝妙華鬘，伎樂塗香及傘蓋；如是最勝莊嚴

具，我以供養諸如來。最勝衣服最勝香，末香燒香與燈燭；一一皆如妙高聚，我悉供養諸如來。我以廣大勝解心，深信一切三世佛；悉以普賢行願力，普遍供養諸如來。

4. 懺悔業障：

我昔所造諸惡業，皆由無始貪嗔癡；從身語意之所生，一切我今皆懺悔。

5. 隨喜功德：

十方一切諸眾生，二乘有學及無學，一切如來與菩薩，所有功德皆隨喜。

6. 請轉法輪：

十方所有世間燈，最初成就菩提者；我今一切皆勸請，轉於無上妙法輪。

7. 請佛住世：

諸佛若欲示涅槃，我悉至誠而勸請；惟願久住剎塵劫，利樂一切諸眾生。

8. 普皆迴向：

所有禮讚供養福，請佛住世轉法輪；隨喜懺悔諸善根，迴向眾生及佛道。願將以此勝功德，迴向無上真

法界；性相佛法及僧伽，二諦融通三昧印。如是無量
功德海，我今皆悉盡迴向；所有眾生身口意，見惑彈
謗我法等。如是一切諸業障，悉皆消滅盡無餘；念念
智周於法界，廣度眾生皆不退。

二、結願無盡：

乃至虛空世界盡，眾生及業煩惱盡；如是四法廣無
邊，願今迴向亦如是。
南無大行普賢菩薩（三稱畢起立）

我們容易看得出來：這篇〈大懺悔文〉橫溢著將「華嚴」和
「持咒」（或者「陀羅尼」）融合一體的思想。關於前者
（「華嚴」），它含有一個很值得注意的地方——就是「（4）
普發大願，迴向佛果」這一大段。它是本篇的後半，也是它
的樞要，完全依靠唐譯《華嚴經》 即是四十卷本）華嚴
經》）所謂的〈重頌十大願王偈〉，[53] 立腳所謂的「普賢菩薩
十大願」而展開出來又懺悔又發願的大乘佛教精神。本篇這
一段幾乎完全引用這首〈重頌十大願王偈〉當正文。不過，
從外表來看，上述「普賢菩薩十大願」之中，本篇雖取其八
而不取餘二願。筆者在此所謂的「餘二願」即是第八「常隨
佛學」和第九「恆順眾生」。關於這個缺少，興慈法師認
為：它們被第十「普皆迴向」含攝[54]。

53　《大正藏》第 10 冊，頁 847 上。
54　《重訂二課合解》，卷 4，頁 58。

　　筆者在此認同這種看法，也將本篇視為一種「華嚴禮懺儀軌」。那麼，什麼是「華嚴禮懺儀軌」？日本學者吉田剛先生在他的〈華嚴の禮懺──行願思想を中心に──〉將以「十大願王」為中心的禮懺儀軌叫做「華嚴禮懺儀軌」[55]，而專門研討它們在宋代的一些例子（包括西夏佛教遺文在內）。根據他的研究，我們知道，其實，漢傳佛教保存著另外一本代表西夏時期的「華嚴禮懺儀軌」，它乃是《卍續藏經》所收錄的《大方廣佛華嚴經海印道場十重行願常遍禮懺儀》，是由西夏賀蘭山慈恩寺一行慧覺編輯，總共四十二卷。如筆者在本稿第一章第二節已述，該書主要內容是，指示行者按照《華嚴經・行願品》的經文，而對經中的佛菩薩們進行總共四十二段的禮拜和懺悔。筆者認為，作為漢傳佛教保存下來的西夏時期漢文佛教文獻，這部《常遍禮懺儀》應該是最大的、也是最充實的一本。

　　關於後者（持咒），它跟後面所論的〈蒙山施食儀〉完全相反，在表面上，連一首陀羅尼也不存在，儘管如此，筆者要指出兩點來強調，其實，持咒充滿著整個〈大懺悔文〉──（一）：「（2）〇初、皈依同體三寶」這小段所謂的「南無皈依金剛上師」顯然指密宗的「上師」。不用多說，西藏密宗一向重視「上師」，對他的崇拜跟佛、菩薩比起來也沒有遜色。所以，「讚歎上師」這種宗教性的行為已經含有持咒定心一樣的內涵和功能，是不是？（二）：「（2）〇六、正禮八十九佛」其實是後代所謂的「禮八十八佛」的一

55　請參閱註 21，頁 33-34。

個變形，將阿彌陀佛的名字加上到已存的八十八佛吧。這好像是根據屬於密教經典的《觀藥王藥上二菩薩經》和屬於顯教寶積部的《決定毗尼經》而構成出來的懺法，宗旨在於用稱八十八佛的名字來剷除行者所作的罪惡，可算是一種立腳顯密兩教的懺悔法門。不但如此，「唱念佛名」這個宗教性的行為跟筆者上面提到的「讚歎上師」一樣，已經含有持咒定心一樣的內涵和功能，是不是？

　　總體地來看，這本〈大懺悔文〉沒有上述《常遍禮懺儀》全四十二卷那種壯大的規模，也沒有提示密宗常用的、《常遍禮懺儀》也使用的任何梵文陀羅尼。不過，它也根據「十大願王」而首先提示「南無皈依金剛上師」這個句子，來明顯地表達行者對密宗的皈依。那麼，我們可以說：這廣略兩本儀軌（指本篇和《常遍禮懺儀》）一樣可算是「華嚴禮懺儀軌」，也可算是西夏佛教盛行的融合華嚴、密宗的儀軌。

（三）〈蒙山施食儀〉的概要

　　根據興慈法師的科判[56]，〈蒙山施食儀〉的正文可分為十二個大段：（1）偈示唯心；（2）永離惡趣；（3）奉請三寶；（4）秉宣三歸；（5）懺悔三業；（6）事理發願；（7）滅諸罪業；（8）授三昧戒；（9）變化法味；（10）聞名得益；（11）結願正施；（12）普結回向。正文和它主要的科文如下：

56　跟〈大懺悔文〉相反，興慈法師沒有特地編制註（52）所謂的那種「總科」，因此，筆者只好就法師講述，逐一摘出來。

1. 偈示唯心

　　若人欲了知，三世一切佛；應觀法界性，一切唯心造 [57]。（以下俱各三稱。）[58]

2. 永離惡趣

　　破地獄真言（咒文略）[59]

　　普召請真言（咒文略）

　　解冤解真言（咒文略）

3. 奉請三寶

　　南無大方廣佛華嚴經

　　南無常住十方佛　　南無常住十方法　　南無常住十方僧

　　南無本師釋迦牟尼佛

　　南無大悲觀世音菩薩

　　南無冥陽救苦地藏王菩薩

　　南無啟教阿難尊者

---

[57] 收錄於八十卷本《華嚴經・夜摩宮中偈讚品》，說偈者即是覺林菩薩。請參閱《大正藏》，第 10 冊，頁 102 上。

[58] 筆者據蓮池大師《諸經日誦》所收的版本，來補充這個指示性句子。請參閱《蓮池大師全集》，第 2 冊，頁 1784。不然的話，我們無法明白興慈法師本人在原文後面所謂的「有本三偏俱稱『我今』」（筆者在註 60 引用）到底有什麼樣的意思。

[59] 筆者既然不會讀梵文，不但如此，這些咒文所用的許多漢字其實都為了表示梵文獨特的發音而發明出來的，因此，它們目前還沒有任何電腦字型。所以，筆者鑑於本稿的宗旨──闡明西夏佛教怎麼樣歷劫紮根在中國漢傳佛教──對這些梵文咒文，一律予以省略，用「咒文略」這三個字來代正文。請讀者體察！

4. 秉宣三歸

　　歸依佛　歸依法　歸依僧

　　歸依佛兩足尊　歸依法離欲尊　歸依僧眾中尊

　　歸依佛竟　歸依法竟　歸依僧竟

5. 懺悔三業

　　佛子[60]所造諸惡業，皆由無始貪瞋癡；從身語意之所

　　生，一切佛子[61]今皆懺悔。[62]

6. 事理發願

　　眾生無邊誓願度，煩惱無盡誓願斷；法門無量誓願

60　原文「佛子」下面用夾註形式來提示「有情」和「孤魂」。不過，興慈法
　　師認為：「「佛子、有情、孤魂」以分三句者，恐非蒙山真本〔筆者註：這
　　裡所謂的「蒙山」指住該山編輯〈施食儀〉的金剛法師不動。興慈法師為
　　了對先人表示後學該有的敬意，迴避直接稱呼他的名字而改用他所住的地
　　方〕。略解以「佛子」攝地獄、餓鬼，「有情」攝旁生，「孤魂」攝三途餘
　　類，此亦未周，未若俱稱「佛子」為妥。有本三偏俱稱「我今」〔筆者
　　註：即末句為「一切我今皆懺悔」〕，乃代鬼類而稱，欲其和聲自念也。」
　　（《重訂二課合解》，卷 5，頁 28）蓮池大師《禪門日誦》將這首偈頌作：
　　「佛子所造諸惡業，皆由無始貪瞋癡；從身語意之所生，一切我今皆懺
　　悔。」（《蓮池大師全集》，第 2 冊，頁 1785）那麼，興慈法師所謂的「有
　　本三偏俱稱『我今』」好像指《禪門日誦》的某種版本。

61　跟前註一樣，原文「佛子」下面用夾註形式來提示「有情」和「孤魂」。

62　如眾周知，這首偈頌原來載於四十卷本《華嚴經》（《大正藏》第 10 冊，
　　頁 874 上），該經原文作：「我昔所造諸惡業，皆由無始貪瞋癡；從身語意
　　之所生，一切我今皆懺悔。」說這首偈頌的人物即是該經教主普賢菩薩。
　　筆者認為，〈蒙山施食儀〉編者為了加強它的實用性和儀軌性，畢竟難免
　　對既存經文予以一些修改。

學，佛道無上誓願成。

自性眾生誓願度，自性煩惱誓願斷；自性法門誓願
學，自性佛道誓願成。

7. 滅諸罪業

地藏王菩薩滅定業真言（咒文略）

觀音菩薩滅業障真言（咒文略）

滅障礙開咽喉真言（咒文略）

8. 授三昧戒

三昧耶戒真言（咒文略）

9. 變化法味

變食真言（咒文略）

甘露水真言（咒文略）

一字水輪咒（咒文略）

乳海真言（咒文略）

10.聞名得益

南無多寶如來　　　　　南無寶勝如來

南無妙色身如來　　　　南無廣博身如來

南無離怖畏如來　　　　南無甘露王如來

南無阿彌陀如來

11.結願正施

神咒加持淨法食，[63]普施河沙眾佛子；[64]願皆飽滿捨

慳貪，速脫幽冥生淨土；歸依三寶法菩提，究竟得成

無上道；功德無邊盡未來，一切佛子[65]同法食。

汝等佛子[66]眾，我今施汝供；此食徧十方，一切佛

子[67]共。[68]

願以此功德，普及於一切；施食與佛子，[69]皆共成佛

---

63 原文「淨法食」下面用夾註形式來提示「法施食」和「甘露水」。不過，
興慈法師認為：「初句，古本三遍皆稱「淨法食」。今諸本皆分「法施食」
及「甘露水」者，以為對「有情」、「孤魂」，恐非蒙山真本〔筆者註：這
裡所謂的「蒙山」指住該山編輯〈施食儀〉的金剛法師不動，請參閱註
（60）〕未若三遍俱稱「淨法食」，理則一貫。」（《重訂二課合解》，卷
5，頁 40）。反之，《蓮池大師全集》本〈蒙山施食儀〉也只有「淨法食」
這 3 個字眼，沒有任何夾註（《蓮池大師全集》，第 2 冊，頁 1788）。

64 原文「佛子」下面用夾註形式來提示「有情」和「孤魂」。《蓮池大師全
集》本只作「佛子」。

65 同前註。《蓮池大師全集》本只作「佛子」。

66 原文「佛子」下面用夾註形式來提示「有情」和「孤魂」。興慈法師跟上
兩次（請參閱註 60 和 63。），這一次沒有表示「恐非蒙山真本」這種看
法。不過，他還指出：「於出食臺分三分者，以為「佛子」、「有情」、「孤
魂」之三，然未免局見。何以故？蓋神咒變水變食，廣大無礙，不可思
議！使彼平等受食，此則不分委妥。」（《重訂二課合解》，卷 5，頁 40）。
看來，興慈法師本人也對這種句分懷有不以為然的感覺，不過，畢竟不費
筆墨而已。《蓮池大師全集》本〈蒙山施食儀〉也只有「佛子」這三個字
眼，沒有任何夾註。

67 同前註。

68 宋初‧道誠法師在他所編的《釋氏要覽》卷上，將這首偈頌叫〈出生
偈〉。請參閱《大正藏》，第 54 冊，頁 275 上。不過，《釋氏要覽》本第三
句作「七粒遍十方」，跟現行本〈朝暮課誦〉小異。筆者跟上次（指註
62）一樣認為，〈蒙山施食儀〉編者為了加強它的實用性和儀軌性，畢竟
難免對既存經文予以一些修改。

69 原文「佛子」下面用夾註形式來提示「有情」和「孤魂」。

道。[70]

施無遮食真言（咒文略）

普供養真言（咒文略）

12.普結回向

普迴向真言（咒文略）

願晝吉祥夜吉祥　晝夜六時恆吉祥　一切時中吉祥者

願諸上師哀攝受　願諸三寶哀攝受　願諸護法常擁護

四生登於寶地，三有托化蓮池；河沙餓鬼證三賢，萬

類有情登十地。

阿彌陀佛身金色，相好光明無等倫；白毫宛轉五須

彌，紺目澄清四大海。光中化佛無數億，化菩薩眾亦

無邊；四十八願度眾生，九品咸令登彼岸。[71]

---

70 這也是僧俗佛教徒常用的偈誦，來自《妙法蓮華經・藥草喻品》，說偈者
　是將自己的宮殿獻給佛的諸梵天王。請參閱《大正藏》，第 9 冊，頁 24
　下。不過，這本〈藥草喻品〉原文第三句作「我等於眾生」，跟現行本
　〈朝暮課誦〉小異，跟明代蓮池大師《諸經日誦》大異（後者對〈藥草喻
　品〉原文非常忠實，作「我等於眾生」。《蓮池大師全集》，第 2 冊，頁
　1789）。筆者又認為，〈蒙山施食儀〉編者為了加強它的實用性和儀軌性，
　畢竟難免對既存經文予以一些修改。

71 興慈法師指出：「阿彌陀佛身金色，……九品咸令登彼岸」這八句是〔北
　宋〕擇瑛法師所作的偈頌，叫〈起念佛讚偈〉。清代後期同治 13 年
　（1874），張淵居士撰寫一本專書叫《念佛起緣彌陀觀偈直解》，無微不說
　地予以注釋（收錄《卍續藏經》第 62 冊，經號：1195）。南宋末期宗鑑法
　師《釋門正統》卷 6，早已載有作者擇瑛法師的略傳，將他的歿年為〔北
　宋〕哲宗元符 2 年（1099），是〔西夏〕崇宗永安元年（《卍續藏經》，第
　75 冊，頁 334c）。那麼，我們這裡有一個誘惑性極大的問題和困擾——我
　們可不可以將〈蒙山施食儀〉的成立年代定為這個年代（1099 年）以
　後？筆者的答案是，還不可以，因為目前該靠的旁證只有這一個而已！的

確，臺南：和裕出版社等臺灣現行各種課誦本所載的〈蒙山施食儀〉和日本黃檗宗常用的《禪林課誦》版都收錄這首偈頌（後者將它改題為〈念佛緣起〉）。雖然如此，它們都仰為典範的蓮池大師《諸經日誦》版竟然沒有它，「四生登於寶地，……萬類有情登十地」這首前六後七（意思是，「前半六言、後半七言」）的偈頌後面就有〈念佛回向〉和〈三歸依〉（《蓮池大師全集》，第 2 冊，頁 1790）。後者即是凡是漢傳佛教徒每天常誦的那個「自皈於（依）佛……」，是不用多說的；至於前者，有些不明白。蓮池大師本人在《諸經日誦・目錄》（請參閱註 49）和正文題下註明「文具〈別集〉。」這裡所謂的〈別集〉指該書卷下的主要內容，收錄經論所載的、或者中國歷代高僧們可背可誦的願文、偈頌之類，例如：《觀無量壽經・上品上生章》、《觀普賢菩薩經・普賢觀章》、〈佛頂尊勝陀羅尼〉、北宋・慈雲懺主遵式法師〈淨土文〉、北宋・大慧宗杲禪師〈禮觀音文〉，還有蓮池大師自作〈新定西方願文〉等。到底哪一篇是蓮池大師所謂的「文」？這個並不太清楚，不，完全不清楚！ 關於漢傳佛教現行的〈蒙山施食儀〉執行方式，聖凱法師在他的《中國漢傳佛教禮儀》中予以明瞭的說明，根據這段敘述，現行的〈念佛回向〉如此進行──「然後，繞佛念『南無阿彌陀佛』，幾圈後，轉板念『阿彌陀佛』，歸位，跪下三稱『南無觀世音菩薩、南無大勢至菩薩、南無清淨大海眾菩薩』。接著，用引磬跪白『十方三世佛』等《大慈菩薩發願偈》或宋代遵式大師所作『一心歸命』等《小淨土文》。然後，念『是日已過，命亦隨減，如少水魚，斯有何樂？大眾當勤精進，如救頭然，但念無常，慎勿放逸！』，前半句偈是『警策大眾偈』，……後半句偈是『普賢警眾偈』，……此二偈合在一起，很早就被叢林念誦儀中採用，北宋《禪苑清規》卷二《念誦》條中便錄有此文，以後各種清規和念誦中也多收錄。」（《中國漢傳佛教禮儀》，頁 48）還有，和裕出版社 3 種課誦本的相關敘述跟此幾乎完全一樣。雖然如此，蓮池大師所謂的「文」到底是〈別集〉所錄的哪一篇？這個連聖凱法師也置而不答。筆者在此轉眼到日本黃檗宗《禪林課誦》所載的〈蒙山施食儀〉，它也收錄改題〈念佛緣起〉的這首〈起念佛讚偈〉，不過，也有〈念佛回向〉和〈三歸依〉。根據日本東亞音樂史學者岩田郁子女士的研究，這本《禪林課誦》各種版本中最古老的是所謂的「鹽田版」，它的刊行日期雖無明文，不過，好像是黃檗宗剛剛東傳的 1655 年以後。然後，有所謂的「田原版」，該版有日本寬文 2 年（1662〔清〕康熙元年）的刊記。那麼，我們可以說：包括日本黃檗宗在內的明末清初漢傳佛教已經有習慣在晚課念誦〈起念佛讚偈〉；不過，目前還不明白也不能輕易判斷，

南無西方極樂世界　大慈大悲　阿彌陀佛

南無阿彌陀佛

南無觀世音菩薩

南無大勢至菩薩

南無清淨大海眾菩薩

總體地來看，這篇〈蒙山施食儀〉也有西夏佛教的那個色彩橫溢無遺，到底是什麼樣的色彩呢？是融合漢藏兩傳佛教，尤其是融合華嚴和持咒（或者陀羅尼）這兩種信仰的傾向！此中，關於前者，就有三個值得注意的地方——（一）：「（1）偈示唯心」段的「若人欲了知……」這首偈頌。（二）：「（3）奉請三寶」段第一行所謂的「南無大方廣佛華嚴經」這種非常明顯的信仰表明。（三）：「（5）懺悔三業」段所謂的「佛子所造諸惡業……」這首偈頌。[72] 看來，這篇〈蒙山施食儀〉也可算是跟〈大懺悔文〉一樣的一本「華嚴禮懺儀軌」！

關於後者，看來滿篇陀羅尼，到底不勝枚舉。筆者在此最要指出的是，末段「（12）普結回向」所謂的「願諸上師哀攝受」，因為這跟〈大懺悔文〉正文「（2）皈依三寶，發

「課誦奠基人」蓮池大師（袾宏，1535〜1615）和他的徒弟們到底有沒有習慣念它。關於明清佛教課誦本內容上的變遷，請參閱上述岩田郁子（IWATA Ikuko，1968- ）女士：〈黃檗聲明の經本の成立と變遷〉，《黃檗文華》第 115 號（1995 年 7 月）出版。中文譯題：〈黃檗梵唄課誦本的成立和變遷〉。

72 關於（一）和（三）所提的偈頌出處和它們跟《華嚴經》原文的異同〔筆者註：（一）雖無，（三）就有。〕，請參閱本文註 57 和 62。

大乘心」段所謂的「南無皈依金剛上師。」完全同軌，強烈地也明顯地表明藏傳佛教採為一大宗風的「上師尊崇」。不但如此，本篇這個地方還有「願諸三寶哀攝受　願諸護法常擁護」這兩個句子，它們跟前面的那個「願諸上師……」一起明明地表明出來藏傳佛教獨特的、漢傳佛教絕無的一個思想──「三根本」！藏傳佛教認為，在「佛法僧」三寶之外，尚有「上師、本尊、護法」稱為「三根本」[73]。雖然本篇正文跟藏傳佛教現行的這個「三根本」有一個小異，即是本篇將「本尊」改為「三寶」；不過，總體地來看，我們可以說：它還不喪失藏傳佛教教義原有的色彩。

四　略論編者不動法師在蒙山的具體修行歷程

關於〈蒙山施食儀〉，其實，那部龐大的《中華佛教百科全書》早已有專門立項，予以詳細可觀的敘述。不過，該書對〈蒙山〉編者金剛法師不動的看法是[74]。

---

73 請參閱，噶瑪噶居寺編：《臺南左鎮噶瑪噶居寺：臺灣的藏密聖地》（2008年，臺南縣：噶瑪噶居寺）初版，頁45。根據該書的敘述，「上師是加持的原本，本尊乃成就之根本，護法為事業的根本，此乃藏傳佛教皈依的特殊性。」還有，大陸學者任宜敏先生在他的《元代佛教史》（已出於註（9））第三章〈藏傳佛教・宸極興隆〉第三節〈藏傳佛教〉中，特設分節叫〈（二）尊師如佛〉，專門研討藏密非常敬重上師這個教義的沿革和它的意義。請參閱該書頁261-263。

74 項目名稱：〈放蒙山〉。藍吉富教授主編，中華佛教百科文獻基金會編：《中華佛教百科全書》（臺南縣：中華佛教百科文獻基金會，1994年1月）初版，第5冊，頁2849・3〔筆者註：最右段〕。

> ……蒙山為地名，位於今四川省名山縣。宋代天竺僧
> 不動，初至西夏，止於護國寺，傳譯密部經典，人稱
> 金剛上師。後遷至四川蒙山，依唐・金剛智《瑜伽施
> 食儀軌》，[75] 集成小施食法，號甘露法，又稱蒙山施
> 食。傳衍至今，已成佛門晚課儀軌之一。

該書所根據的文獻是，慧舟法師（1877-1958）《佛教儀式須
知・放蒙山》好像沒有關於金剛法師不動身世的任何詳細的
敘述[76]，那麼，上面引文所述的他這麼具體身世應該是《全
書》編輯人員的看法吧。總體地來看，筆者非常認同《全
書》所提示的金剛法師不動身世，儘管如此，有兩個地方無
法認同，卻不以為然！第一個是，該書將「不動法師」視為
「天竺僧」這一點。目前我們無法確認他到底是哪一個國
家、民族的人，不過，因為時代（11-13 世紀）的關係，他
不會是從「天竺」那種包括密宗在內的佛教早已滅跡的國家
而來四川的，該視為來自四川鄰區西藏的、熟通中文和陀羅
尼所用的一些梵文的好學僧侶才自然吧！

　　如眾周知，後來元朝有薩迦派高僧八思巴（ 1235-

75　按照〈CBETA 電子佛典 2007〉，中國佛教現行漢文經論和儀軌中好像已
　　經沒有《全書》所謂的那種「唐・金剛智《瑜伽施食儀軌》」。那麼，《全
　　書》應該是將（1）〔明〕萬曆 34 年（1606），蓮池大師（雲棲袾宏，
　　1535-1615，上述）重訂的《瑜伽集要施食儀軌》和（2）他予以補註的
　　《修設瑜伽集要施食壇儀》這兩種儀軌，視為忠實地繼承〔唐〕金剛智
　　（671-741）原本的儀軌，是不是？

76　同前註，頁 2849・3-2850・2。如眾周知，這部《全書》獨特的優點是，
　　不但明載參考文獻的名稱，也大幅引用揭載參考文獻中的相關敘述。

1280），清代也有格魯派高僧章嘉國師若必多吉（1717-
1786），他們都是兼通漢藏語言、也解梵文陀羅尼的僧中碩
學，那麼，目前，筆者暫時想將不動法師視為跟這些高僧一
樣的藏族博學僧侶。當然，筆者也不排斥是累世住雅安這種
漢藏兩種文化境界地域的藏族人士。

　　第二個是，他「後遷至四川蒙山」這一點。筆者認為，
不動法師不管是漢人或者是熟通中文的西藏僧侶，他首先在
蒙山修行多年，尤其是，專心修密，聲譽日高而且編輯這本
〈蒙山施食儀〉，宣揚以持咒為主、旁修華嚴的一種漢藏融
合佛教；結果，被當地人民尊崇為《全書》所謂的那種「金
剛上師」。顧名思義，這個「金剛」指密宗，因為它幾個別
稱之中，有「金剛乘」；還有，「上師」明明指密宗高僧吧。
反正，他的聲譽漸漸地傳到西夏，最後，該國皇帝予以禮
聘，不動法師離開蒙山，北上去西夏。到了西夏以後，不動
法師繼續宣揚〈施食儀〉全書中橫溢充滿的那種「融合華嚴
和持咒的佛教信仰」，因此，與日愈受舉國尊崇，又編輯那
本〈禮佛大懺悔文〉，來助揚西夏佛教一向以為核心的漢藏
兩傳佛教的具體融合。那麼，他在西夏住哪裡？如筆者在本
稿第二章已經指出，不動法師他在西夏所住的寺院既然叫
「護國仁王寺」，以常誦《仁王般若波羅蜜多經》來企圖鎮
護國家為建立宗旨；所以，該寺不會離開首都太遠，至遠在
賀蘭山等首都郊外佛教名區。

　　關於夢山和佛教的具體關係，中國大陸近年有一本龐大

的《巴蜀佛教碑文集成》[77]，不但收錄明代後期兩篇碑文，也予以標點和【題記】（筆者註：是簡明的注釋）──（1）〔明〕梁梅芳撰：〈重修蒙泉院記〉[78]；（2）〔明〕甘鳴陛撰：〈重修蒙泉院碑記〉[79]。此中，梁梅芳比較詳細地敘述蒙山佛教的具體淵源[80]：

> 自佛教入中國，東土名士多藉沙門以顯，所從來久遠。吾雅屬邑名山之西，有蒙頂，即《禹貢》所載蒙山者。漢僧理真自西藏來結宇於頂，鑿甘露井，種異品茶，而山名亦顯矣。山脈西去五里許，有蒙龍院，創自唐而盛於宋。相傳佛閣壯麗，比於王居。後漸凌夷，僅存遺址。荒碑磨滅，惟識唐宋字耳。……

我們在此可以看見，不動法師住蒙山修行的時期好像是該山佛教黃金時代，即是宋代（跟西夏同代）；他的另稱「甘露法師」[81]暗示他好像住該山山頂擁有「甘露井」的那座名

---

77 龍顯昭主編，巴蜀書社編輯：《巴蜀佛教碑文集成》（成都：巴蜀書社，2004 年 5 月）初版。

78 同註 77，頁 476，根據該書主編龍顯昭先生的【題記】，本篇撰於〔明〕天啟 6 年（1626），紀念天啟元年（1621）蒙泉院由僧真玄重建。除了該書以外，《民國雅安縣志》卷 5 和《乾隆雅州府志》卷 14 也有收載。

79 同註 77，頁 478，根據根據該書主編龍顯昭先生的【題記】，本篇跟梁版〈重修蒙泉院記〉時代相近，一樣有關僧真玄（上述）的紀念性敘述。所以，它雖沒有明載撰寫年代，一定是天啟末年（1627）前後完成。除了該書以外，《乾隆雅州府志》卷 14 也有收載。

80 同註 77。

81 請參閱本文第二小節所引的興慈法師〈蒙山施食儀解〉開頭部分和註 39。

寺。根據這篇碑文，蒙山開山祖師是「自西藏來」的「漢僧理真」，他這種名稱和經歷讓我們能夠想像，他在此開山結廬的時候，不少當地人民非常歡迎他那種兼通漢文的、也能修密法的西藏僧侶；他和他的徒孫們漸漸地建立基盤以後，越來越多的當地人民信仰這種融合漢傳佛教精粹的佛教。

五　結論

〈禮佛大懺悔文〉和〈蒙山施食儀〉看來一樣橫溢著融合漢藏這兩傳佛的獨特色彩，如筆者已經上述，這不但是西夏佛教的一大特色，也是宋代四川蒙山佛教的特色。雖然如此，總體地來看，在〈禮佛大懺悔文〉，華嚴信仰為主，持咒信仰為從；反之，在〈蒙山施食儀〉，形勢相反，華嚴信仰為從，持咒信仰為主。在〈禮佛大懺悔文〉，一些《華嚴經》正文成為全篇的綱格，尤其是在它的後半，完全是為主的。反之，在〈蒙山施食儀〉，隨處看到各種陀羅尼，不但如此，上述「三根本」（除了皈依三寶以外，還要皈依上師、本尊和護法）[82]那種藏密色彩無法隱覆而明明露顯！相反地，《華嚴經》在它的角色雖是不可忽視的，不過，跟陀羅尼比起來，畢竟不是主角。那麼，如各篇題名部分明示[83]，〈禮佛大懺悔文〉果然是不動法師遊化西夏以後的編輯，因為它完全反映西夏佛教的特色；〈蒙山施食儀〉也不

---

82 請參閱註73。

83 指「宋西夏護國仁王寺金剛法師不動集」和「蒙山甘露法師不動集」，請參閱本文第二小節摘自《二課合解》的兩段引文。

容置疑地是他還沒入西夏、尚在蒙山的時候，為了當地信徒的宗教需要而編輯出來的。

　　今次最後一個問題是，這兩篇西夏遺文到底怎麼樣經過歷劫，流傳到現代？如史大陸金波教授和日本向本健先生等學者已經指出[84]，西夏雖滅，它以為國教的佛教，尤其是，以薩迦派和噶瑪噶舉派為中心的藏傳佛教流傳到中原地區，因為作為所謂的「色目人」，党項人的地位跟一樣被蒙古人征服的漢、南人（指現在的漢族）比起來也沒有任何遜色；結果，由西夏傳下來的藏傳佛教不但成為元代以後中國佛教主流之一，屢次蒙受歷代朝廷的恩寵，甚至於有時候超過既存的漢傳佛教。那麼，西夏時期藏、漢各種佛教文獻的流傳應該是似難卻易，是不是？目前，筆者還沒查明到〈禮佛大懺悔文〉和〈蒙山施食儀〉的具體流傳過程，不過，有幸窺見那部《大方廣佛華嚴經海印道場十重行願常徧禮懺儀》總共四十二卷的刊記。

　　如該篇明示，《卍續藏經》本《十重行願常徧禮懺儀》是從明末「崇禎庚辰（13 年，1640）孟夏（4 月）」起到「辛巳（14 年，1641）暮春（3 月）」，花了近一年的日子在江蘇常熟進行刊刻的，它的發願者乃是「四川左布政雲南麗陽佛弟子木增、同麗江府知府授參政男木懿應襲孫木靖，暨

84　請參閱（1）史教授《西夏佛教史略》第九章〈西夏滅亡後党項人的佛教活動〉，該書頁 175〜191；（2）向本先生在他的論文〈西夏佛教とその政治的背景〉第三章〈西夏とチベット佛教〉中，特地設定〈2.西夏帝師〉這個分節，專門研討西夏帝師制度對元代國家佛教的具體影響。請參閱註（8），頁 128。

諸子孫太學生木喬木參，生員木宿、木櫟、木標、木梡、木極、悟樂等。」[85] 您看，姓「木」的漢族確實是屬於稀有的，那麼，我們無法排斥他們其實是少數民族，尤其是，元代以後南下住雲南、擔任西南邊境土司的党項末裔，是不是？筆者今次的研討，到此結束，以後也積極地繼續研究宋代蒙山佛教的具體情況，也調查它跟西夏佛教到底有什麼樣的交涉，來闡明「金剛法師不動」這個僧侶的真面目！

參考文獻（按發表或者出版年代排列）

一　佛教傳統文獻（包括民初・興慈法師《重訂二課合解》在內。）

〔西夏〕賀宗壽序　智泉、慧真編集　金剛幢譯定　《密咒圓因往生集》　《大正藏》第 46 冊

〔西夏〕一行慧覺　《華嚴海印道場九重請佛儀》　《卍續藏經》第 128 冊

〔西夏〕一行慧覺　《大方廣佛華嚴經海印道場十重行願常遍禮懺儀》　《卍續藏經》第 128 冊

〔明〕雲棲袾宏　《諸經日誦》[86]　〔明〕萬曆 28 年（1600）重刻　收入《蓮池大師全集》　第 2 冊　臺北：中華佛教文化館　1983 年 12 月再版

〔明〕梁梅芳撰　〈重修蒙泉院記〉　〔明〕天啟 26 年

85　該書卷 42，《卍續藏經》，第 74 冊，頁 360b。
86　關於影印原本的詳細書誌，請參閱註 48。

（1626） 收入龍顯昭主編 巴蜀書社編輯 《巴蜀佛教碑文集成》 成都：巴蜀書社 2004 年 5 月初版 頁476

〔明〕甘鳴陞撰 〈重修蒙泉院碑記〉 〔明〕天啟末年（1626）前後 收入龍顯昭主編 巴蜀書社編輯 《巴蜀佛教碑文集成》 成都：巴蜀書社 2004 年 5 月初版 頁478

〔明〕陸應陽撰 〔清〕蔡方炳增訂 《廣輿記》 臺南縣：莊嚴文化 1996 年 8 月《四庫全書存目叢書》影印康熙 56 年（1717）聚錦堂刻本 史第 173 冊

〔清〕王士禛（1634-1711） 撰 《隴蜀餘聞》 臺南縣：莊嚴文化 1995 年 9 月《四庫全書存目叢書》影印康熙年間王氏家刻本 子第 245 冊

〔民國〕李光益、金城修 褚傳誥纂 《民國天臺縣志稿》 南京：江蘇古籍出版社等 1993 年 《中國地方志集成‧浙江府縣志輯》影印民國 4 年（1915）油印本 第 32 冊

〔民國〕喻長霖 柯驊威等纂修 《民國臺州府志》（一）、（二） 南京：江蘇古籍出版社等 1993 年 《中國地方志集成‧浙江府縣志輯》影印民國 25 年（1936）鉛印本第 44、45 冊

〔民國〕興慈法師 《重訂二課合解》 臺南市：慈恩佛堂 1987 年 11 月 影印第 2 版[87]

---

87 根據卷首的蘇壬山居士〈重印此佛書之緣起〉，影印初版本好像發行於同

《佛門必備課誦本》　正文 210 頁　臺南市：和裕出版社
　　2008 年最新初版　《法藏叢書》C083

《佛門必備課誦本》　正文 216 頁　臺南市：和裕出版社
　　2008 年最新修訂版　《法藏叢書》C083-1

《佛門必備課誦本〈綜合注音版〉》　正文 246 頁　臺南
　　市：和裕出版社　2008 年最新初版　《法藏叢書》
　　C083-2

〔日本〕《禪林課誦》　京都：其中堂　刊年缺記

二　期刊論文

（一）中文部分

李玉珉　〈黑水城出土西夏彌陀畫初探〉　《故宮學術季
　　刊》第 13 卷第 4 期　1995 年出版

孫昌盛　〈略論西夏的淨土信仰〉　《寧夏大學學報（社會
　　科學版）》第 2 期　1999 年出版

陳慶英　〈大乘玄密帝師考〉　《佛學研究‧2000》　2000
　　年出版

陳慶英　〈西夏大乘玄密帝師的生平〉　《西藏大學學報
　　（漢文版）》第 15 卷第 3 期　2000 年出版

史金波　〈西夏佛教新探〉　《寧夏社會科學》2001 年第 5
　　期（總第 108 期）　2001 年出版

崔紅芬　〈20 世紀西夏佛教研究概述〉　《西方第二民族
　　學院學報（哲學社會科學版）》2004 年第 2 期（總第 62

年 1 月。

期） 2004 年出版

（二）日文部分[88]

岩田郁子 〈黃檗聲明の經本の成立と變遷〉 《黃檗文華》第 115 號 1995 年 7 月出版

吉田剛 〈華嚴の禮懺——行願思想を中心に——〉 《日本佛教學會年報》第 70 號 2005 年 9 月出版

向本健 〈西夏佛教とその政治的背景〉 《大谷大學大學院研究紀要》第 23 號 2006 年 12 月出版

野川博之 〈西夏佛教文獻『密咒圓因往生集』について——その鐵眼版收錄までの足どりを中心に——〉 《黃檗文華》第 126 號 2007 年 7 月出版

三 專書

（一）中文部分

史金波 《西夏佛教史略》 銀川：寧夏人民出版社 1988 年初版 臺北：臺灣商務印書館 1993 年重版（用正體字）

仁王護國法會專集編輯委員會 《中華民國八十七年開國紀念日臺北佛教界啟建仁王護國法會專集》 臺北：臺北佛教雜誌社 1999 年（民國 88 年）4 月初版

龍顯昭主編 巴蜀書社編輯 《巴蜀佛教碑文集成》 成都：巴蜀書社 2004 年 5 月初版

---

88 雖然二次大戰以後的日文通過文字改革而擁有不少跟中國不太一樣的簡體字，不過，筆者在此基本上使用臺灣正體字，日文文獻也不例外。

任宜敏　《元代佛教史》　南投：南林出版社　2005 年 4
　　月初版

噶瑪噶居寺編　《臺南左鎮噶瑪噶居寺：臺灣的藏密聖地》
　　臺南縣：噶瑪噶居寺　2008 年初版[89]

（二）日文部分

　　鎌田茂雄主編　東京大學東洋文化研究所編輯　《中國
の佛教儀禮》　東京：大藏出版[90]　1986 年 3 月初版

四　專書論文

（一）中文部分

張運華　〈課誦：修行的不二法門〉　收入張運華　《中國
　　傳統佛教儀軌》　臺北縣：立緒文化　1998 年（民國
　　87 年）2 月　頁 97-111

于凌波　〈上海法藏寺釋興慈傳〉　收入于凌波《民國高僧
　　傳初編》　臺北：昭明出版社　2000 年（民國 89 年）
　　8 月初版　頁 187-192

楊維中、吳洲、楊明、陳利權合著　〈課誦〉　收入《中國
　　佛教百科全書：儀軌卷》　上海：上海古籍出版社
　　2001 年 1 月　頁 147-150

聖凱法師　〈朝暮課誦〉　收入聖凱法師《中國漢傳佛教禮
　　儀》　北京：宗教文化出版社　2001 年 8 月　頁 40-49

89　本書已經有由筆者（野川博之）的日譯本：野川博之譯：《臺南左鎮噶瑪
　　噶居寺：臺灣におけるチベット佛教の聖地》（臺南縣：噶瑪噶居寺，
　　2009 年 10 月）初版。

90　「出版」這兩個字眼也是出版社名的一部分，請參閱註 23。

于凌波　〈興慈（一）（1881-1950）〉　收入于凌波編
　　《現代佛教人物辭典》　高雄：佛光文化　2004 年
　　（民國 93 年）5 月　下冊頁 1610-1611

（二）日文部分

鎌田茂雄　〈朝暮課誦〉[91]　收入鎌田茂雄主編　東京大學
　　東洋文化研究所編輯　《中國の佛教儀禮》　東京：大
　　藏出版　1986 年 3 月　頁 13-19

五　工具書

藍吉富主編　中華佛教百科文獻基金會編　《中華佛教百科
　　全書》　臺南縣：中華佛教百科文獻基金會　1994 年 1
　　月初版

六　網路資源

〔日本〕吉田剛個人網站「華嚴無盡海／叡禮書齋」
　　http://homepage3.nifty.com/huayan/paper.htm

　　筆者在此衷心感謝明道大學各位師生的懇切關愛和難得
的機會；也在學術方面，表示最大的謝意給當天初次見面的
逢甲大學朱文光教授！

91　關於詳細的書誌，請參閱註 25。

The Most Frequent Used Xixia Buddhist Scriptures in the Chinese Buddhism:

A Glance to *Li fo da chanhuiwen and Mengshan shishiyi* Comented in *Chongding erke hejie* by It's Author Rev.Xingci

NOGAWA Hiroyuki

Assistant Prof. of Department of Applied Japanese
Leader University

Abstract

Although Xixia（西夏）empire was destroyed and buried under the Gobi desert,but it has two great presents to the Chinese modern Buddhism: one is *Li fo da chanhuiwen*（禮佛大懺悔文, the Great confessionary chant on the time to pray in front of Buddha statues）, the other is *Mengshan shishiyi*（蒙山施食儀, the Ceremonial manners to give foods to the hungry deads in Mt. Meng shan）, these Buddhist short scriptures are used in the daily service at morning and evening, with full of ceremonialness. The author and editor of these two scriptures is the Rev. Budong, the monk of Diamond（金剛法師不動）. He is regarded as the great monk who had much influence in the world of Xixia Buddhism and was respected by the government and imperial household of that dynasty. That's why he could live in the Huguo renwang temple（護國仁王寺）located in the suburbs of the capital of the empire and propagate a kind of the mixed Buddhism between Chinese Mahayana and Chibettan ethoteric Buddhism, which was decided as the state religion of Xixa.We now are able to understand the contents of these scriptures through *Chongding erke hejie*（重訂二課合解）, the revised Commentary of the two ceremonical Buddhist scriptures used every morning and evening) written by the Rev. Xingci（興慈法師）.

Keywords: Xixia Buddhism, *Li fo da chanhuiwen*, *Mengshan shishiyi*, *Chongding erke hejie*, Rev.Xingci

重構與新詮
——兩《唐書‧韓愈傳》的文化意涵

陳金木
慈濟大學東方語文學系教授

摘　要

　　一九九二年六月，筆者提出〈新舊唐書韓愈傳的比較研究〉一文，專以兩《唐書‧韓愈傳》為文本，勘比文字的差異處，以史學上的比較（史事記載的互異、詳略、增刪、補正、史論的歧異）與文學上的比較（載文的異同、敘事的明晦、繁簡、修辭的差異）。承蒙明道中文系羅主任力邀回母系發表論文，撰成〈重構與新詮：兩《唐書‧韓愈傳》的文化意涵〉，一、緒論：從《舊唐書》到《新唐書》。二、形象的重塑。三、史事的鑿定。四、宗師的確立。五、史家的身影——代結論等五個側面，「重構與新詮」。筆者的舊作。並藉此一則緬懷忽忽半百的歲月，二則答謝蠡澤三年的師友深厚情誼，三則就教於唐宋學的專家學者。

關鍵詞：韓愈、兩《唐書‧韓愈傳》、重構與新詮、古文運動、文化意涵

一　緒論：從《舊唐書》到《新唐書》

　　《舊唐書》是五代後晉時所編撰的，它的列傳的資料來源，除了功勛狀、譜牒一類的文獻外，還包括吳兢、韋述、柳芳的國史舊傳，及凡屬實錄中附記的有關人物傳，也被編撰者採用。大體而言，《舊唐書》是以國史為底本修撰而成的[1]，《新唐書》則是宋仁宗時開局修撰的，其列傳的資料來源，除以《舊唐書》為底本外，搜集範圍十分廣泛，據趙翼《廿二史劄記》卷十六《新唐書》條稱「志宋時文治大興，殘編故冊，次第出見。觀《新唐書》所載唐代史事，無慮百數十種，皆五代修唐書時所未嘗見者，據以參考，自得精詳。」[2] 又宋初學者撰著唐史者，如孫甫「唐史記」、趙瞻「唐春秋」、趙鄰幾「唐實錄」、陳彭年「唐紀」以及宋敏求所補唐武宗以下六代實錄，都對修撰《新唐書》提供了有力的資料，列傳中更多有採用小說、文集、碑志、佚史和正書等文獻之處，最明顯的是「增傳增事」，新書列傳收載人物比舊書增加七十五人，馬端臨《文獻通考》指出：《新唐書》刪舊書六十一傳，增三三一傳，新增史事二千餘條，所增補者以晚唐居多[3]。但是《新唐書》卻由於編纂時間過

1　顧炎武《日知錄》卷二六〈舊唐書〉，趙翼《廿二史劄記》卷十六〈舊唐書前半全用實錄國史舊本〉，《陔餘叢考》卷十〈舊唐書多用國史原文〉等均有記載。

2　趙翼：《廿二史劄記》（臺北：華世出版社，1977 年），頁 338。

3　有關兩《唐書》之比較研究可參見吳楓：《舊唐書與新唐書》（收入倉修良主編：《中國史學名著評介》，第一卷（濟南：山東教育出版社，1990

長，工作分散，兩位主要的負責人歐陽脩、宋祁的志趣愛好各有不同，又缺乏統一研究體例與合校工作，因而在刪改《舊唐書》原文時，《新唐書》編者崇尚古文，對駢文原著，任意加以刪改或重寫，大大減低文獻史料的價質。並且刪削具體數據，《新唐書》編者對一些具體數據，降低了文獻資料的科學性。又多有年歷紊亂，查閱不便之病[4]。是故以照鈔國史、實錄及唐末檔案文書的《舊唐書》，實具高度的參考價值[5]。是故兩唐書皆各有擅長，不可偏廢，研求唐代史事者，自宜展列兩唐書以索之。沈德潛所說「《舊唐書》成于右晉時宰相劉煦，因無競、韋述、柳芳、令狐峘，崔龜從諸人所記載而增損之。宋仁宗朝奉詔成《新唐書》，而《舊唐書》遂廢矣。後司馬光作《資治通鑑》。轉多援據舊書，以新書中所載詔令、奏議之類，皆宋祁刊削，盡失本真，而舊書獨存原文也。蓋二書之成，互有短長：新書語多僻澀，而義存筆削，具有裁斷；《舊唐書》辭近繁蕪，而首尾該贍，敘次詳明。故應並行於世。」[6]

年），頁 551-569。張志哲：《中國史籍概論》（南京：江蘇古籍出版社，1988 年），頁 236-259。楊家駱《新唐書述要》《兩唐書識語》，此三文均見楊家駱世主編之鼎文版《二十五史》。

4　參見吳楓：《舊唐書與新唐書》（收入倉修良主編《中國史學名著評介》，第一卷（濟南：山東敎育出版社，1990 年），頁 563-565。

5　張志哲氏稱「新唐書在我們看來不如舊唐書，但在宋元明三朝還是代替《舊唐書》取得了正統地位。一般人只讀《新唐書》，不讀《舊唐書》」見。張志哲：《中國史籍概論》（南京：江蘇古籍出版社，1988 年），頁 258。

6　詳參陳寅恪：《陳寅恪讀書札記——舊唐書新唐書之部》（上海：上海古籍出版社，1989 年）《舊唐書之部》「舊唐書未考證」條，見 232。

　　韓愈是個政治人物，更是位文學家，他反對魏晉以來的
駢文，提倡古文，「奮一顧流俗，犯笑侮，收召後學。」[7]
「時人始而驚，中而笑且排，先生益堅，終而翕然隨以
定」，[8] 展開了唐代古文運動，成為蘇東坡筆下文起八代之
衰，道濟天下之溺與匹夫而為百世師，一言而為天下法的
人，確立了中國文學史「唐宋古文運動宗師」的地位。兩
《唐書・韓愈傳》是正史的史家替歷史人物韓愈一生所寫的
傳記，所使用的材料，當然包括家傳碑志在內。對於資料的
剪裁和揀選，或有受限於時代者，對於人物運以道德評斷，
更是無法完全避免。培根在《新工具》一書所稱的「洞穴的
偶像」、「市場的偶像」、「劇場的偶像」[9]，史學家把紛雜的
史料收集起來，經過兩傳資料的勘比，是可以看出不同史料
的特殊性質，與史料間詳略異同之所在，進而看出歷史現象
的真正意義來[10]。

7　柳宗元：〈答韋中立論師道書〉，見柳宗元：《柳河東集》（臺北：臺灣中華
　　書局，1970 年），卷 34，頁 3-4。

8　李漢：〈昌黎先生集序〉，見馬通伯校注：《韓昌黎文集校注》（臺北：華正
　　書局，1975 年），頁 3。

9　培根所謂的洞穴的偶像是指一個人的生活環境及教育所造成的智識上的局
　　限。市場的偶像中市場是一個象徵性的詞語，培根將社會上一般人的智識
　　生活和我們平常所說的知識界，都看作是一個知識市場。在這個市場上，
　　流行遮窩少似是而非的觀念和名詞，就正像一般市場上的流言蜚語一樣，
　　混淆了人們對事物的真正了解，阻礙著人類知識的進步。劇場的偶像，是
　　指學術上各種偏頗謬誤的思想學說，而卻被人們信奉為普遍真理的情形而
　　言。詳見見劉岱主編：《中國文化新論・序論篇──不廢江河萬古流》（臺
　　北：聯經出版事業公司，1983 年），頁 24-27。

10　吳縝：《新唐書糾謬》，即利用同源史料的比較所寫成的作品。把新舊唐書
　　互相比較，即是異源史料的比較：沈炳震的《新舊唐書合鈔》，王先謙的

　　一九九二年六月，筆者提出〈新舊唐書韓愈傳的比較研究〉一文，專以兩《唐書・韓愈傳》為文本，勘比文字的差異處，以史學上的比較（史事記載的互異、詳略、增刪、補正、史論的歧異）與文學上的比較（載文的異同、敘事的明晦、繁簡、修辭的差異），發表於國立嘉義師範學院語文教育學系八十學年度學術研討會。匆匆十七年過去，筆者任職的學校也由國立嘉義師範學院轉到國立彰化師範大學、再轉到明道大學，今年八月再到慈濟大學東方語文學系任教。承蒙明道中文系羅主任力邀回母系發表論文，因仿宋祁、歐陽脩等人以「重構與新詮」的方式，將《舊唐書》編纂成《新唐書》，因檢視舊作，纂修而成〈重構與新詮：兩《唐書・韓愈傳》的文學史意涵〉，從一、緒論：從《舊唐書》到《新唐書》。二、形象的重塑。三、史事的釐定。四、宗師的確立。五、史家的身影——代結論等五個側面，重構與新詮筆者的舊作。並藉此一則緬懷忽忽半百的歲月[11]，二則答

　　《新舊唐書合鈔補注》，趙紹祖的《新舊唐書互證》，唐景崇的《唐書注》等書，皆能校訂文字牴牾衍奪，考訂史實矛盾舛誤，此皆於兩《唐書》的整理、補注，校勘著作中較著者。其他另有有三十餘種之多。詳見吳楓：《舊唐書與新唐書》（收於倉修良主編：《中國史學名著評介》第一卷，（濟南：山東教育出版社，1990 年），頁 565-569。前人的讀書札記如顧炎武《日知錄》、錢大昕《二十二史考異》、王鳴盛《十七史商榷》、趙翼《陔餘叢考》、《廿二史劄記》、岑仲勉的《唐史餘藩》等書，都是用力深、創穫多，極具參考價值，這些都是充分利用史學比較方法，而獲致豐碩成果者。

11 經學研究是我的學術志業，然不管各經的研究抑或注疏傳統的爬梳，各朝代經學史的議題，都是學術史所關注者。因此，由經學領域擴展而至學術史領域，乃是必然的歸趨。學術史有別於哲學史的概念命題的分析，思想體系的建立，而是建置於時代環境與歷史文化之上。然而，對於文學的喜

謝蕤澤三年的師友深厚情誼，三則就教於唐宋學的專家學者。

二　形象的重塑

韓愈[12]的六世祖[13]韓茂，在後魏太武帝時，以軍功，位

好，更早於對於經學的認識與投入。1971 年，筆者就讀臺北師專時，即加入「新潮詩社」，以文藝青年自期許。其後投身於學術研究，創作之路遂絕，但是，閱讀與研究古典文學與現代文學各文類的作品與論著，仍是未曾稍歇。筆者所較為關注者為結合歷史與文學的「史傳文學」，且先後撰成：1.〈歷代高僧傳記一般特徵的考察〉（《教師之友》32 卷 5 期，1991年 12 月，頁 20-25）。2.〈歷代高僧傳記特殊特徵的考察〉（《教師之友》34卷 1 期，1992 年 2 月，頁 20-22；23）。3.〈重讀《史記・孔子世家》〉（《國文學誌》第 6 期，2002 年 12 月，頁 17-28）。4.〈隋書劉焯傳疏證〉（《國文學誌》第 11 期，2006 年 1 月，頁 1-26）。5.〈經學家傳記的文化意涵：《後漢書・鄭玄傳》析論〉（《興大中文學報》第 19 期，2006 年 6 月，頁 121-144）。6.〈傳道與事功──《史記・仲尼仲尼弟子列傳》析論〉（《明道中文學報》創刊號，2008 年 11 月，頁 135-146）等六篇論文。

12 即以平岡武夫等編之《唐代的散文作品》所蒐集唐代有關韓愈的傳記資料韓愈的有二十二篇之多，另韓愈父仲卿、韓愈母、韓愈乳母李氏、韓愈兄韓會、兄嫂鄭氏、韓愈女挐等的資料亦有八篇之多（見平岡武夫等編《唐代的散文作品》（上海：上海古籍出版社，1989 年），人名索引部分，見頁 840-841。韓愈的資料有二十二篇，其篇名與作者如下：柳宗元〈與韓愈論史官書〉、〈與史官韓愈致段秀實太尉書〉、〈答韋珩示韓愈相推以文墨事書〉、〈讀韓愈所著毛穎傳後題〉、劉禹錫〈與刑部韓侍郎書〉、〈祭韓吏部文〉、趙德〈昌黎文錄序〉、李翱〈答韓侍郎書〉、〈行尚書吏部侍郎贈禮部尚書韓愈行狀〉、〈祭吏部韓侍郎文〉、元稹〈與史館韓侍郎書〉、白居易〈韓愈比部郎中史館修撰制〉、張籍〈上韓昌黎書〉、〈上韓昌黎第二書〉、皇甫湜〈韓愈神道碑〉、〈韓文公愈墓誌銘并序〉、路群〈劾韓愈齋宿韋例奏〉、李漢〈吏部侍郎昌黎先生韓愈文集序〉、杜牧〈書處州韓吏部孔子廟碑陰〉、林簡言〈上韓吏部書〉、皮日休〈請韓文公配饗太學〉、王仲舒〈國子博士韓愈除都官員外郎制〉。另有韓愈家人之資料：李白〈武昌宰

至侍中，尚書左僕射。文成帝興安元年（452）拜尚書令，加侍中、征南大將軍。茂沉毅篤實，雖無文學，而議論合理。為將善於撫眾，勇冠當世，為朝廷所稱。太安二年（456）夏，領太子少師，冬卒，贈涇州刺史，安定王，諡曰桓王。《魏書》卷五十一有傳[14]。此事《舊唐書》並無記載，《新唐書》補上「七世祖茂，有功於後魏。封安定王。」[15]以韓茂為七世祖，應為誤，韓愈父韓仲卿，祖韓叡素，曾祖韓泰，高祖韓晙，五世祖韓均，六世祖韓茂，七世祖韓耆，此為可考者，《新唐書》補《舊唐書》之失載，亦誤「六世祖」為「七世祖」[16]。對於韓愈父親韓仲卿的事蹟，《舊唐書》稱「父仲卿，無名位。」《新唐書》則補上「父仲卿為武昌令，有美政，既去，縣人刻石頌德。終秘書郎。」李白〈武昌宰韓君去思頌碑并序〉稱「君名仲卿，南

韓君去思頌碑〉、元稹〈贈韓愈等父制〉，此為韓愈父韓仲卿的資料。白居易韓愈等二十九人〈亡母追贈郡國太夫人制〉此為韓愈母之資料。〈韓愈乳母墓銘〉此為韓愈乳母李氏之資料。韓愈〈祭鄭夫人文〉為韓會妻鄭氏的資料，吳武陵〈上韓舍人行軍書〉為韓愈兄韓會之資料。韓愈〈女挐壙銘〉、〈祭女挐子文〉為韓愈女韓挐之資料。凡此皆檢自唐代的散文作品者。」

13 《新唐書》作「七世祖」有誤。

14 見魏收：《魏書》（臺北：鼎文書局，1983 年），卷 51，頁 1127-1128。

15 本篇論文主要以兩《唐書‧韓愈傳》（為最核心文本，《舊唐書‧韓愈傳》在卷 160，《新唐書‧韓愈傳》在卷 176，皆以北京中華書局點校本為據。前者見頁，後者見頁 5255-5265。為省篇幅，爾後引用者皆據此，不另出註釋。

16 李白：〈武昌宰韓君去思頌碑并序〉詳見李白：《李太白全集》（臺南：唯一書業中心，1975 年），有七世祖茂，後魏尚書令安定王，五世代祖鈞，金部尚書。《新唐書》或沿李白文而誤。

陽人也。……君自潞州銅鞮尉，調補武昌令，未下車，人懼之；既下車，人悅之。惠如春風，三月大化，姦吏束手，豪宗側目。……居未二載，戶口三倍。……官絕請託之求，吏無秋毫之犯，……為政而理成，去若始至，人多懷恩，……聞諸耆老與邑中賢者胡思泰一十五人及諸寮吏，式歌且舞，願揚韓公之遺美，白採謠刻石而作頌。」[17]《新唐書》據此而補正《舊唐書》「無名位」之載，非無名位，乃「武昌令」，並約省碑文，稱「有美政，既去，縣人刻石頌德。」《行狀》稱「贈尚書左僕射」，《神道碑》亦稱「贈尚書左僕射」[18]；「終秘書郎」之書，李白文未載，想《新唐書》作者必有依據，惜今無所考得所據耳。

　　對於韓愈的個性與讀書經歷，《舊唐書》記載者：「愈自以孤子，幼刻苦學儒，不俟獎勵。大歷、貞元間，文字多尚古學，效揚雄、董仲舒之述作，而獨孤及、梁肅最稱淵奧，儒林推重。愈從其徒遊，銳意鑽仰，欲自振於一代。洎舉進士，投文於公卿間，故相鄭餘慶頗為之延譽，由是知名於時。」《新唐書》刪去《舊唐書》以韓愈古文淵自獨孤及與梁肅，並從其徒遊，刻苦用功，並有極高自我期許，到擢舉進士，得鄭餘慶的延譽，知名於時。自撰「愈自知讀書，日記數千百言，比長，盡能通六經、百家學。」僅著重在敘說韓愈自幼至長「讀書」的經歷。認同《舊唐書》韓愈為自發性讀書的記載，補記載者韓愈勤於寫作，以致而後能通六經

17　詳見李白：《李太白全集》（臺南：唯一書業中心，1975 年），頁 672-673。
18　〈神道碑〉的斷句為於先生為王父，生贈尚書在僕射諱仲卿，是指韓叡素生韓仲卿之意，而此引文則在討論其官爵，故省作贈尚書左僕射。

百家之學；對於《舊唐書》所記載韓愈的師承，《新唐書》則皆刪略之，略其古文的傳承。《新唐書》是在《舊唐書》之後著成，對於這段史事的刪與異，正代表著兩《唐書》史家對於韓愈古文的師承有著不同的看法。此亦代表撰述者的看法有歧異。韓愈的古文淵源有家學和古文二者，學者頗多留意，以錢基博〈韓愈製古文淵源與傳承〉、〈韓愈古文之淵源篇〉；錢穆〈雜論唐代之古文運動〉、羅聯添〈韓文淵源與傳承、創作與特徵〉等為大要[19]，羅聯添稱「韓文淵源一則源於家學，韓愈叔父雲卿，長兄韓會以寫作古文知名於世；再則源於師承，獨孤及文章為韓文所自出，梁肅與韓愈有師徒之誼，影響尤大。」[20]又製成韓文淵源與傳承表[21]，羅氏所據乃出於《舊唐書》，《新唐書》為了確立韓愈古文宗師的地位，乃承繼道統文統而來，故刪略此段師承的文字[22]。

三　史事的釐定

　　唐憲宗元和十三年（818）正月十四日，韓愈奉詔撰平淮碑，三月二十五日撰成獻碑文。進上憲宗審閱，四月初，

19　詳細可參見錢基博：《韓愈志》（臺北：河洛出版社，1975 年），錢穆〈雜論唐代古文運動〉《新亞學報》3 卷 1 期，1957 年；羅聯添：〈韓文淵源與傳承〉收入於羅聯添：《韓愈研究》（臺北：臺灣學生書局，1981 年），頁239-256；〈韓愈古文之淵源、創作與特徵〉收入於中華文化復興運動推行委員會）國家文藝基金管理委員會主編：《中國文學講話──六隋唐文學》（臺北：巨流圖書公司，1985 年），頁 333-345。

20　羅聯添：《韓愈研究》（臺北：臺灣學生書局，1981 年），頁 345。

21　羅聯添：《韓愈研究》（臺北：臺灣學生書局，1981 年），頁 256。

22　詳本文「四、宗師的確立」一節所論。

憲宗一方面將碑文副本「分賜立功節將」；一方面下令備石篆刻立碑，於夏秋之際，功石碑矗立於淮西守府蔡州，這就是有名的「平淮西碑」。於此《舊唐書》記錄著：「元和十二年八月。宰臣裴度為淮西宣慰處置使，兼彰義軍節度使，請愈為行軍司馬，仍賜金紫。淮、蔡平，十二月隨度還朝，以功授刑部侍郎，仍詔愈撰平淮西碑，其辭多述裴度事，時先入蔡州擒吳元濟，李愬功第一，愬不平之。愬妻出入禁中，因訴碑辭不實，詔令磨愈文。憲宗命翰林學士段文昌重撰文勒石。」《新唐書》則記錄著：「及度以宰相節度使彰義軍，宣慰淮西，奏愈行軍司馬。愈請乘遽先入汴，說韓弘使叶力。元濟平，遷刑部侍郎。」是可知《舊唐書》記載以韓愈多述裴度事，為李愬妻所訴，詔令磨去「平淮西碑」，令翰林學士段文昌重撰。《新唐書》全部刪去「詔令韓愈撰碑與磨碑」與重令段文昌重撰碑文之事，似為韓愈諱，《新唐書‧吳元濟傳》，則仍載「右庶子韓愈為行軍司馬。帝美度功，即命愈為平淮西碑。……愈以元濟之平，由度能固天子意，得不赦，故諸將不敢首鼠，卒禽之，多歸度功，而愬特以入蔡居功第一。愬妻，唐安公主女也。出入禁中，訴愈文不實。帝亦難牾武臣心，詔斲其文，更命翰林學士段文昌為之。」[23] 羅聯添氏意為「案韓愈行狀，碑誌不言撰碑事，蓋均有所避忌。此可反證韓碑為憲宗詔令磨去，應是事實。」[24] 然而何法周氏認為，人們至今尚未發現憲宗、穆宗

23　見歐陽修、宋祁：〈吳元濟傳〉《新唐書》（北京：中華書局，2000 年），卷214，頁 6011-6012。

24　羅聯添：《韓愈研究》（臺北：臺灣學生書局，1981 年），頁 97。

等朝有關韓碑被廢的任何記載，所謂韓碑被廢事件突然從白敏中幕府傳出，亦從大中時期開始成為人們議論的話題，這可能是從牛李黨爭中，出自牛黨文人之手，使得兩《唐書》及羅隱等上當受騙，以訛傳訛。而段文昌的碑文也應是平淮之初所作，不像是後來的追記，且段碑亦大大強調裴度的統帥作用，著力述裴度親臨前線，戰場形勢的變化。這些基本事實告訴我們：歷史上究竟有無韓碑被廢的事，還是一個尚待進一步考證的問題。或許是白敏中等據元和四年唐憲宗下令拽倒安國寺聖德樓一事（或其他原因），附會演義而成。即令是確有其事的話，那也主要是平定淮西之後，唐憲宗對這些功臣的進一步打擊，而不是韓愈的蒙敝，亦或石孝忠、唐安公主之女揭露真相之後，才下令廢棄的[25]。的確韓碑事件，自當更深入加以考證，羅、何二氏皆不是最後的定論。然而《新唐書》刪去《舊唐書》韓碑的記載，而於〈吳元濟傳〉中記出，當有「迴護」「互見」之意。再者，陳寅恪讀書札記《舊唐書》之部，曾據昌黎集有「進撰平淮西碑文表」，考定韓愈傳「詔愈撰平淮西碑」的時間為「奉詔在元和十三年正月十四日，撰成之時為三月廿五日」[26]，又比較《舊唐書》「父仲卿，無名位」，《新唐書》「父仲卿，為武昌令，有美政，既去，縣人刻石頌德。終秘書郎。」二書不合，而稱「新書據石頌文補」此二例皆輯錄自陳寅恪生平所

---

25 詳見何法〈周韓碑事件考辨——論韓愈歷史上的一樁遺案〉收入於何法周：《韓愈新論》（鄭州：河南大學出版社，1988年），頁150-166。

26 陳寅恪：《陳寅恪讀書札記——舊唐書新唐書之部》（上海：上海古籍出版社，1989年）《舊唐書之部》，頁149；《新唐書之部》，頁114。

讀兩唐書，於其旁批校之書而得者。蔣天樞稱「先生生平所著書，大多取材於平素用力甚勤之筆記，其批校特密者往往極後來著書藍本。」[27]《新唐書》撰述於宋代，所見文獻檔案資料，與五代後唐時所見有同有異；而今日所見，又與宋代多有異者。

唐宗長慶元年（821）七月二十六日，韓愈自國子祭酒轉兵部侍郎，二十八日，成德都知兵馬使王廷湊，殺節度使田弘正及僚佐將吏並家屬三百餘人。長慶二年（823）二月，朝廷迫於無奈，授王廷湊為成德節度使，恢復軍中將士的官爵，並任命兵部侍郎韓愈為鎮州宣慰使。駕部郎中吳丹為副使。二月十五、六日至太原，東行次壽陽驛、次承天裴度行營，至鎮州，以理責王廷湊，乃解鎮州之圍，廷湊以禮宴請韓愈，三月末，韓愈自鎮州歸[28]。這段韓愈前往鎮州宣撫史事的詳細經過。皇甫湜〈韓文公神道碑〉、〈韓文公墓銘〉、李翱〈行狀〉皆載之。以〈行狀〉記事最為詳細：「鎮州亂，殺其帥田弘正，征之不克，遂以王廷湊為節度使。詔公往宣撫，既行，眾皆危之。元積奏曰：『韓愈可惜。』穆宗亦悔，有詔令至境觀事勢，無必於入。公曰：『安有授君命而滯留自顧？』遂疾驅入，廷湊嚴兵拔刃弦弓矢以逆。及館，甲士羅於庭，公與廷湊監軍使三人就位。既坐，廷湊言曰：『所以紛紛者，乃此士卒所為，本非廷湊心。』公大聲

---

27 蔣天樞：〈陳寅恪先生讀書札記弁言〉收錄於陳寅恪：《陳寅恪讀書札記——舊唐書新唐書之部》（上海：上海古籍出版社，1989 年），頁 2。

28 詳見羅聯添：《韓愈古文校注彙輯》（臺北：國立編譯館，2003 年 6 月）第四冊「附編」，「韓愈事蹟繫年」，頁 3944-3949。

曰：『天子以為尚書有將帥材，故賜之以節。實不知鈜共健兒語未得，乃大錯。』甲士前奮言曰：『先太史為國打朱滔，滔遂敗走，血衣皆在，此軍何負朝廷，乃以為賊乎？』公告曰：『兒郎等且勿語，聽愈言。愈將為兒郎已不記先太史之公與忠矣，若猶記得，乃大好。且為逆與順利害，不能遠引古事，但以天寶來禍福，為兒郎等明之。安祿山、史思明、李希烈、梁崇義、朱滔、朱泚、吳元濟、李師道，復有若子若孫在乎？亦有居官者乎？』眾皆曰：『無』，又曰：『田令公以魏博六州歸朝廷，為節度使，後至中書令，父子皆受旄節，子與孫雖在幼童者，亦為好官。窮富極貴，寵榮耀天下。劉悟、李祐皆居大鎮，王承元年始十七，亦杖節，此皆三軍耳所聞也。』眾乃曰：『田弘正刻此軍，故軍不安。』公曰：『然！汝三軍亦害田令公身，又殘其家矣，復何道？』眾乃歡曰：『侍郎語是。』廷湊恐眾心動，遽麾眾散出，因泣謂公曰：『侍郎來，欲令廷湊何所為？』公曰：『神策六軍之將，如牛元翼比者不少，但朝廷顧大體，不可以棄之耳，而尚書久圍之何也？』廷湊曰：『即出之。』公曰：『若真耳，則無事矣。』因與之宴而歸。而牛元翼果出。及還，於上前進奏與廷湊言及三軍語。上大悅曰：『卿直向伊如此道。』由是有意欲大用之。王武俊贈太師，呼太史者，燕趙人語也。轉吏部侍郎。」[29]《舊唐書》於此，僅記載者：「會鎮州殺田弘正，立王廷湊，令愈往鎮州宣諭。愈既至，集軍民，諭以逆順，辭情切至，廷湊畏重之。改吏

---

29 見吳文治：《韓愈資料彙編》（北京：中華書局，1983 年），頁 25-26。

部侍郎。」，對於韓愈如何宣撫王廷湊之言詞，僅以「諭以逆順，辭情切至」八個字帶過。《新唐書》則參考李翱〈行狀〉記載道：「鎮州亂，殺田弘正而立王廷湊。詔愈宣撫。既行，眾皆危之。元稹言：『韓愈可惜，』穆宗亦悔，詔愈度事從宜，無必入。愈至，廷湊嚴兵迓之，甲士陳廷。既坐，廷湊曰：『所以紛紛者，乃此士卒也。』愈大聲曰：『天子以公為有將帥材，故賜以節，豈意同賊反邪？』語未終，士前奮曰：『先太師為國擊朱滔，血衣猶在，此軍何負，乃以為賊乎？』愈曰：『以為爾不記先太師也，若猶記之，固善。天寶以來，安祿山、史思明、李希烈等有子孫在乎？亦有居官者乎？』眾曰：『無』，愈曰：『田公以魏、博六州歸朝廷，官中書令，父子受旗節，劉悟、李祐皆大鎮，此爾軍所共聞也。』眾曰：『弘正刻，故此軍不安。』愈曰：『然爾曹亦害田公，又殘其家矣，復何道？』眾驩曰：『善』，廷湊慮眾變，疾麾使去。因曰：『今欲廷湊何所為？』愈曰：『神策六軍將如牛元翼者為不乏，但朝廷顧大體，不可棄之。公久圍之，何也？』廷湊曰：『即出之。』愈曰：『若爾，則無事矣。』愈元翼亦潰圍出，廷湊不追。愈歸奏其語，帝大悅。轉吏部侍郎。」將〈行狀〉與《新唐書》相較，則可知其依襲之跡，又若將兩《唐書》相比，則可知《新唐書》採〈行狀〉大篇幅補正《舊唐書》之處自可知見。

四　宗師的確立

　　《舊唐書》對於韓愈及其弟子的文章，自成特殊的語言

風格「韓文」，以及韓愈文章、著作的得失，記載評論道：
「常妙為自魏晉以還，為文者多拘偶對，而經誥之指歸，
遷、雄之氣格，不復振起矣。故愈所為文，務反近體，抒意
立言，自成一家新語。後學之士，取為師法。當時作者甚
眾，無以過之，故世稱『韓文』焉。然時有恃才肆意，亦有
盭孔孟之旨。若南人妄以柳宗元為羅池神，而愈譔碑以實
之；李賀父名晉，不應進士，而愈為賀作諱辨，令舉進士；
又為毛穎傳，譏戲不近人情；此文章之甚紕繆者。時謂愈有
史筆，及撰順宗實錄，繁簡不當，敘事拙於取捨，頗為當代
所非。穆宗、文宗嘗詔史臣添改，時愈婿李漢，蔣係在顯
位，諸公難之。而韋處厚竟別撰順宗實錄三卷。」《新唐
書》則將《舊唐書》對於韓愈文章的文章的紕繆：撰柳州羅
池廟碑，以實柳宗元為神；為李賀作諱辨，撰毛穎傳譏戲不
近人情，編纂史書的缺失：《順宗實錄》繁簡失當，敘事取
捨失當等文、史方面著作缺失所提出的批判文字，全數刪
落。全從道統與文統的觀點，稱讚韓愈：「每言文章自漢司
馬相如、太史公、劉向、揚雄後，作者不世出，故愈深探本
元，卓然樹立，成一家言。其原道、原性、師說等數十篇，
皆奧衍閎深，與孟軻、揚雄相表裡而佐佑六經云。至它文造
端置辭，要為不襲蹈前人者。然惟愈為之，沛然若有餘，至
其徒李翱、李漢、皇甫湜從而效之，邈不及遠甚。從愈游
者，若孟郊、張籍，亦皆自名於時。」力讚韓愈文章中若原
道、原性，師說等數十篇文章，為「皆奧衍閎深，與孟軻、
揚雄相表裡而左右六經」，直全面肯定韓愈古文在文與道兩
方面的非凡成就。此一反《舊唐書》的「瑕瑜互見」而為

「卓然樹立，成一家之言」。然再翻閱《新唐書》，在《新唐書・柳宗元傳》（卷一六八）載有「（柳宗元）既沒，柳人懷之，託言降於州之堂人，有慢者輒死，廟於羅池，愈因碑以實之云。」[30] 只敘其事，而未加褒貶評論。《新唐書・李賀傳》（卷二〇三）亦載「李賀以父名晉肅，不肯舉進士，愈為作諱辨。然亦卒不就舉。」[31] 亦只敘其事，無所褒貶。至於韓愈撰〈毛穎傳〉，當時即有非之者，張籍書所謂戲謔之言，謂亦指此，柳宗元有〈與陽誨之書〉談及「恐世人非之」，故撰〈讀韓愈所著毛穎傳後題〉為之辨解，而稱「韓子窮古書，好斯文，嘉穎之能盡其意，故奮而為之傳，以發其鬱積，而學者得以勵，其有益於世歟！是其言也，固與異世者語，而貪常嗜瑣者，猶咕咕然動其喙，彼亦甚勞矣乎。」[32] 是知《舊唐書》是肯定時人，若裴度、張籍的觀點，對韓愈此文提出批評，而不採納柳宗元的意見，當然亦涉及柳宗元為永貞改革的一員，而《舊唐書》對永貞改革持負面的評價所致。是知兩唐書對於韓愈〈柳州羅池廟碑〉、〈諱辨〉、〈毛穎傳〉等三篇文章的評價完全不同。此可從其修撰者來考察。《舊唐書》是由趙瑩和劉昫先後領導監修，實際執筆的是張昭遠、賈緯、趙熙、鄭受益、李為光、呂

30　歐陽修、宋祁：《新唐書》（北京：中華書局，2000 年），卷 168，〈柳宗元傳〉，頁 5142。

31　歐陽修、宋祁：《新唐書》（北京：中華書局，2000 年），卷 203，〈李賀傳〉，頁 5788。

32　柳宗元：〈讀韓愈所著毛穎傳後題〉見柳宗元：《柳河東集》（臺北：臺灣中華書局，1970 年），卷 21，頁 2。另章士釗：《柳文探微》（臺北：華正書局，1981 年），頁 644-645。亦有詳審的論證。

琦，尹拙、王伸、崔梲、李松等人，其中張昭遠是當時著名的史學家，生平編著史籍很多，他是《舊唐書》的主編人。《四庫全書總目提要》稱「今觀所述，大抵長慶以前，本紀惟書大事，簡而有體；列傳敘述詳明，瞻而不穢，頗能存班、范之舊法。長慶以後，本紀則詩話、書序、婚狀、獄詞，委悉具書，語多支蔓。列傳則多敘官資，曾無事實，或但載寵遇，不具首尾。所謂詳略不均者，誠如宋人之所譏。」[33]韓愈生於唐代宗大曆三年（768），卒於唐穆宗長慶四年（825）。準提要所論，韓愈年跨長慶年代僅四年，而《新唐書》並未駁正《舊唐書》之說，故此段史事仍為可靠，僅能以觀點不同視之。《新唐書》是由宋祁和歐陽脩為主要修撰者，從文字的風格上看，本紀十卷和贊、志、表的序，以及選舉志、儀衛志，無疑是出自歐陽脩之手；宋祁則負責完成列傳一百五十卷，且歐陽脩一無所易，尊重宋祁個人的文風，而不要求「悉如己意」[34]是此段文字應視為宋祁的個人見解。宋祁是宋代史學家、文學家。郭預衡稱「宋祁曾自為墓誌銘及治戒，自稱『學不名家，文章僅及中人』。郡齋讀書志說他的詩文多奇字。《四庫全書總目》則認為晁公武『殆以祁撰唐書，雕琢劌削，務為艱澀，故有是言。』今存宋祁的詩文集已非完本，即意現存者而論，文章兼有駢

---

33 永瑢、紀昀等撰：《四庫全書總目提要》（臺北：臺灣商務印書館，1983年），卷46，頁2-30-31。

34 詳可參見張志哲：《中國史籍概論》（南京：江蘇古籍出版社，1981年），頁243-253，及何應忠：《中國古代史史料要籍概述》（南寧：廣西人民出版社，1986年），頁164-166。

體和散體，其中確有好奇之癖和詰屈聱牙之句。但也有博奧
典雅的一面。」[35]準此以觀，宋祁的文風和韓愈有相似之
處，在英雄相惜的心理下，對於韓愈刪去瑕之處，而專就瑜
而言之，此或為兩唐書歧異之處產生的原因。

五　史家的身影──代結論

　　史家在為傳主力傳之後，會有一段評論的文字，此稱
「史論」，《左傳》的「君子曰」、《史記》的「太史公曰」、
《漢書》的「贊曰」、《舊唐書》則以「史臣曰」、《新唐書》
則用「贊曰」為「蓋棺論定」的「開頭語」。兩《唐書》對
韓愈分別評論道：《舊唐書》史臣曰：「貞元太和之間，以文
學聳動縉紳之伍者，宗元、禹錫而已，其巧麗淵博，屬辭比
事，誠一代之宏才，如俾之詠歌帝載，黼藻王言，足以平揖
古賢，氣吞時輩，蹈道不謹，昵比小人，自改流離，遂隳素
業。故君子群而不黨，戒懼慎獨，正為此也。韓、李二文
公，於陵遲之末，遑遑仁義，有志於持世範，欲以人文化
成，而道未果也。至若抑楊墨、排釋老，雖於道未弘，亦端
士之用心也。贊曰：天地經綸，無出斯文，愈、翱揮翰，語
切典墳，犧雞斷尾，害馬敗群，僻塗自噬，劉、柳諸君。」
《新唐書》贊曰：「唐興，承五代剖分，王政不綱，文弊質
窮，叠俚混并，天下已定，治荒剔蠹，討究儒術，以興典

---

35 見中國大百科全書總編輯委員會、《中國文學》編輯委員會：《中國大百科
　　全書──中國文學》第二冊（北京：中國大百科全書出版社，1986 年），
　　「宋祁」條（郭預衡撰），頁 786。

憲，熏醞涵浸，殆百餘年，其後文章稍稍可述。至貞元、元和間，愈遂以六經之文為諸儒倡，障隄末流，反刓以樸，剗偽以真。然愈之才，自視司馬遷、揚雄，至班固以下不論也。當其所得，粹然一出於正，刊落陳言，橫騖別驅，汪洋大肆，要之無牴牾聖人者，其道蓋自比孟軻，以荀況揚雄為未淳，寧不信然，至進諫陳謀，排難恤孤，矯拂媮末，皇皇於仁義，可謂篤道君子矣。自晉迄隋，老佛顯行，聖道不斷如帶，諸儒倚天下正議，助為怪神，愈獨喟然引聖，爭四海之惑，雖蒙訕笑，跲而復奮，始若未之信，卒大顯於時，昔孟軻拒楊、墨，去孔子才兩百年，愈排二家，乃去千餘歲，撥衰反正，功與齊而力倍之，所以過況、雄為不少矣，自愈沒，其言大行，學者仰之如泰山北斗云。」

　　於此先論上所述為兩唐書列傳傳主的差異情形：《新唐書》多有改編《舊唐書》各傳之處，趙翼《廿二史劄記卷》十六即有《新唐書》改編各傳條，暢論其事[36]，然獨不言韓愈傳事。現以《舊唐書》卷一六〇，《新唐書》卷一七六所收傳主作一比較：相同者為韓愈、張籍、孟郊等三人，《舊唐書》中唐衢、韋辭、宇文籍等三人，不見於《新唐書》，蓋為《新唐書》所刪。而《新唐書》中黃甫湜、盧仝、賈島、劉乂等四人，又不見於《舊唐書》，乃《新唐書》增傳者。值得留意者為《舊唐書》中劉禹錫、柳宗元等二人，在《新唐書》中列在卷一六八，與韋執誼、王叔文、王伾、陸質、程异等五人合為一傳。永貞改革中所謂二王「王叔文、

---

36 趙翼：《廿二史劄記》（臺北：華世出版社，1977 年），卷 16，頁 352-356。

王伾」，八司馬「韋執誼、韓泰、韓曄、柳宗元、劉禹錫、陳諫、凌準、程异」，此十人即有六人列在同傳，而陸質亦為王叔文集團的成員，是知《新唐書》是將永貞改革的主要成員放在一起。至於《舊唐書》中的李翱，則列在《新唐書》「錢崔二韋二高馮三李盧風鄭敏列傳」卷一七七，合傳之因為皆擢進士第，且其時間相近。

其次再論兩《唐書》論贊差異所呈現的意涵：《舊唐書》評論貞元泰和間的文檀，以柳宗元、劉禹錫、韓愈、李翱四人為最有成就的人。這個以文才而言，這四人都是在文壇上值得肯定和表揚的，但是若以人品道德而言，則柳宗元，劉禹錫則頗有可議之處，文中用「蹈道不僅、睍比小人、自致流離，遂隳素業」嚴厲的指責言詞。整個史論用對比的方法，將柳、劉與韓、李相對，以再次貶抑柳劉，而褒揚韓李。《新唐書》則將柳宗元、劉禹錫自此卷中移出，編入他傳，但在改編之贊曰亦極為嚴厲斥責說「叔文沾沾小人，……宗元等橈節從之，僥倖一時，貪帝病昏，抑太子之明，規權遂私，故賢者疾，不肖者倡，一償而不復，宜哉！彼若不傳匪人，自勵材猷，不失為名卿才大夫，惜哉。」[37]而於「贊曰」中，亦著重再以文學史的立場，縱論自南北朝隋代以來，古文發展的曲折過程，敘述貞元間韓愈在力斥駢文，提倡古文的艱辛歷程，肯定他對孔孟聖道的功勳，且拿他來與孟子相比，稱「昔孟軻拒楊、墨，去孔子才二百年，

愈排二家，乃去千餘歲，撥衰反正，公與齊而力倍之，所以
過況，確為不少矣。」崇拜備至，此有異於《舊唐書》之稱
「欲意人文化成，而道未果也。至若抑楊墨，排釋老，雖於
道未弘，亦端士之用心也。」認為韓愈於弘道有力猶未逮的
評論。兩《唐書》對韓愈的評價，差距頗大。宋祁之崇古，
又與歐陽脩共同修史，與歐陽脩的「韓氏之文、之道，萬世
所共尊，天下所共傳而有也。」[38]有共同的心情，而寫下
「自愈沒，其言大行，學者仰之如泰山北斗云。」崇拜備至
的心情，可與司馬遷在司馬遷在孔子逝世五百年後，造訪曲
阜，寫下「《詩》有之：『高山仰止，景行行止。』雖不能
至，然心嚮往之。余讀孔氏書，想見其為人。適魯，觀仲尼
廟堂車服禮器，諸生以時習禮其家，余祗回留之不能去云。
天下君王至于賢人眾矣，當時則榮，沒則已焉。孔子布衣，
傳十餘世，學者宗之。自天子王侯，中國言六藝者折中于夫
子，可謂至聖矣！」皆以「朝聖」的心情，敘寫他們所崇敬
的「傳主」！

　　陳寅恪在「論韓愈」一文以一、建立道統證明傳授的淵
源。二、直指人倫，掃除章句的繁瑣。三、排斥佛老，匡救
政俗的弊害。四、呵詆釋迦，申明夷夏的大防。五、改進文
體，廣收宣傳的效用。六、獎掖後進，期望學說的流傳。共
六者，以證韓愈在唐代文化史的特殊地位[39]。即以本題〈重

---

38 歐陽脩〈記舊本韓文後〉收錄於四川大學古籍整理研究所編、曾棗莊、劉
　　琳主編：《全宋文》（成都：巴蜀書社，1988-1994 年），第 34 冊，頁 87。
39 吳楓：《舊唐書與新唐書》（收入倉修良主編：《中國史學名著評介》，（濟
　　南：山東教育出版社，1990 年），第一卷，頁 569。

構與新詮：兩《唐書‧韓愈傳》的文化意涵〉的論述而言，可得：一、《舊唐書》載史敘事較為詳審繁富而明確，《新唐書》有明顯的自我風格以立異，並於史事中有據文獻加以補正者。二、《舊唐書》對韓愈有正負兩方面的評價，《新唐書》則只有正面的評價，對於韓愈若干史事，亦有「迴護」之嫌。三、《新唐書》於為確立韓愈的宗師地位，故以史事的增刪補正、敘事的繁簡明晦、修辭與，載文的差異等編纂方法，來實現宋祁「崇尚古文」「崇拜韓愈」心理意圖，此種史家感受到當時的時代氛圍與個人感受，無關於史評家對史家「史學、史德、史才、史識」四長的要求[40]，而是「史家身影的延伸」。

---

40 唐代史學評論家劉知幾認為史家要具備三長：「史學、史才、史識」，清代史學家章學誠在「三長」的基礎上又加上「史德」，從而形成史家「四長」。史家「四長」說形成後，就被史學工作者奉為從事歷史研究的圭臬。

以《易》論史，以史寓政
——論司馬溫公的《易》學思想

陳廣芬

明道大學中國文學系助理教授

摘　要

　　北宋司馬光《易》學之著有《易說》、《潛虛》及《太玄注》等作，《四庫全書總目》指溫公《易》學出於不滿王弼《易》學以老莊解《易》，卻重於貫通推闡古今事物情狀，因而其《易》學反映了溫公個人的政治、歷史觀點。但其實北宋《易》學整體而言，皆有以《易》論史之趨向，惟是特輕特重之別而已。然而溫公卻獨成《資治通鑑》曠世巨著，實可視為其以《易》論史之歷史哲學的落實。本文之作，即欲試從溫公《易》學之詮釋特色探究其《資治通鑑》論史的基本思維。

關鍵詞：司馬光、《易說》、《資治通鑑》、史論

一 前言

司馬光（1019-1086）於學術上之最大貢獻，莫過於主持編寫《資治通鑑》。《資治通鑑》乃我國最大的一部編年史，全書共二百九十四卷，通貫古今，上起戰國（前 403年），下迄五代（後梁、後唐、後晉、後漢、後周）（959），凡一千三百六十二年，循《左傳》編年方式將《漢紀》之《紀》、《志》、《表》、《傳》等，融納為《周紀》、《秦紀》、《漢紀》、《魏紀》、《晉紀》、《隋紀》、《唐紀》等十六紀。所採記之內容，以政治、軍事和民族問題為主，兼及對經濟、文化和歷史人物之評論。

司馬光殫精竭慮主持編纂《資治通鑑》，原因之一乃是對北宋積貧積弱的政治現狀心懷深憂。按戰國和五代皆為動盪分裂之世，司馬光以此為《通鑑》起迄，即是想通過對前代事關國家盛衰、民族興亡之史事的記述，來警戒後世君主，於社會動盪之時代中，彰明先聖克己復禮之道，故此書所記多為亂世，而記治世者少。尤其，向為《通鑑》學者所注意者，更在《資治通鑑》書中仿《左傳》「君子曰」、荀悅《漢紀》「悅曰」而附論之「臣光曰」之史論[1]，其所論多為

---

1 有關《通鑑》「臣光曰」之史論的研究不少，如陶懋炳：《司馬光史論探微》（長沙：湖南師範大學出版社，1989 年 11 月）；宋晞：《司馬光史論》（臺北：中央文物供應社，1954 年）；黃盛雄：《通鑑史論研究》（臺北：文史哲出版社，1979 年）等專著；又可見相關論文如：牛致功：〈從司馬光對唐朝幾個問題的評論看《資治通鑑》的中心思想〉，《陝西師大學報》，1980 年第 3 期；施丁：〈司馬光史論的特點〉，《史學史研究》，1986

治亂之因，君臣之道。是以，《通鑑》「臣光曰」史論之意，頗見溫公匡輔之赤誠。

然而，於《通鑑》「臣光曰」之史論，字裡行間，輒見溫公引述《易經》為說，以發揮其以史警世的苦心。此一現象，說明《通鑑》論史之基調，與其《易》學當有一致的理論關聯，但學者於此處似較少見有深入之論析。

事實上，溫公於《資治通鑑》的史學成就之外，其《易》學確有頗可注意之價值。光所著《溫公易說》[2]，在宋代似有不可忽視的影響力[3]。《四庫全書總目》云：

> 考蘇軾撰光《行狀》，載所作《易說》三卷，《注繫辭》二卷。《宋史・藝文志》作《易說》一卷，又三卷，又《繫辭說》二卷。晁公武《讀書志》云：「《易說》雜解《易》義，無詮次，未成書。」《朱子語類》又云：「嘗得溫公《易說》於洛人范仲彪，盡《隨卦》六二，其後闕焉。後數年，好事者於北方互

年第 3 期；陶懋炳：〈司馬光史論表微〉，《晉陽學刊》，1986 年第 3 期；馬忠民：〈司馬光史論〉，《史學論叢》，1987 年第 2 期等。

2　據司馬光《傳家集》附錄蘇軾〈司馬文正公行狀〉載有「《易說》三卷，《注繫辭》二卷」，而今所見《四庫全書・經部・易類》收溫公《易說》六卷，應是合此二種而成。

3　據學者研究，宋人著錄《溫公易說》之版本數及引用其說之處甚多，可見其成就在北宋理學方興之際，當有值得探究之價值。相關研究可參見如：董根洪：《司馬光哲學思想述評》（太原：山西人民出版社，1993）；陳克明：《司馬光學述》（湖北：湖北人民出版社，1990）等著。又林素芬：〈司馬光易學思想蠡測〉一文亦有相關之統計。詳《東華人文學報》第十三期，2008 年 7 月，頁 67-110。

市得版本，喜其復全。」是其書在宋時所傳本，已往往多寡互異，其後乃並失其傳。故朱彝尊《經義考》亦注為「已佚」。今獨《永樂大典》中有之，而所列實不止於《隨卦》，似即朱子所稱後得之本。其釋每卦或三四爻，或一二爻，且有全無說者。惟《繫辭》差完備，而《說卦》以下僅得二條。亦與晁公武之言相合。又以陳友文《集傳精義》、馮椅《易學》、胡一桂《會通》諸書所引光說核之，一一俱在。知為宋代原本無疑。其解義多闕者，蓋光本撰次未成，亦如所著《潛虛》，轉以不完者為真本，並非有所殘佚也。[4]

四庫館臣直接將司馬光之《易說》列入易學「正經」，其推崇之至，由此可見。南宋人張敦實〈《潛虛》發微論〉認為，「以溫公平生著述論之，其考前古興衰之迹，作為《通鑑》，自《潛虛》視之，則筆學也。留心《太玄》三十年，既集諸說而為注，又作《潛虛》之書，自《通鑑》視之，則心學也。」[5]司馬光治《易》由揚雄之學而入易學，因《太玄》而及於《周易》，張敦實將《潛虛》與《資治通鑑》等而視之，說明司馬光的易學與史學之關聯實極密切。

　　《四庫全書總目》指出：

4　〔清〕四庫館臣，《四庫全書總目》（臺北：臺灣商務印書館，1983，影印文淵閣四庫全書本，第一冊），卷2，頁4。

5　見《宋元學案‧卷八‧涑水學案下》引（北京：中華書局，1986），頁343-344。

光《傳家集》中有《答韓秉國書》，謂王輔嗣以老莊
解《易》，非《易》之本旨，不足為據。蓋其意在深
闢虛無玄渺之說，故於古今事物之情狀，無不貫徹疏
通，推闡深至。如解「同人」之「象」曰：君子樂與
人同，小人樂與人異。君子同其遠，小人同其近；
《坎》之「大象」曰：水之流也，習而不止，以成大
川；人之學也，習而不止，以成大賢；《咸》之九四
曰：心苟傾焉，則物以其類應之。故喜則不見其所可
怒，怒則不見其所可喜，愛則不見其所可惡，惡則不
見其所可愛。大都不襲先儒舊說，而有德之言，要如
布菽帛粟之切於日用。

溫公《易》學之特點，在不滿王弼（226-249）《易》學以老
莊解《易》，卻重於貫通、推闡古今事物情狀，並應能切合
於實際之日常民用。所謂「於古今事物之情狀，無不貫徹疏
通」，則光所說之《易》，乃以貫通歷代為政之治道為其關注
之重點。由此可知，其《易》學正反映了溫公個人重視外王
實踐的歷史與政治觀點。以下即就司馬光以《易》論史之
文，試論溫公《易說》之《易》學特色。

二　回到孔子
——溫公《易說》之根本理念

歷代以來的《周易》研究，主要分從義理和象數二途發
展。所謂的象數研究，不外根據卦象中的爻在不同位置的變

化而論斷吉凶禍福，主要仍不脫原始占筮的神秘色彩。在易學上，司馬光亦強調「義理」與「象數」並重。溫公《易說・易總論》說：

> 或曰：聖人之作易也，為數乎？為義乎？曰：皆為之。二者孰急？曰：義急，數亦急。何為乎數急？曰：義出於數也。義何為出於數？曰：禮樂刑德，陰陽也；仁義禮智信，五行也。義不出於數乎？故君子知義而不知數，雖善，無所統之。夫水無源則竭，木無本則蹶，是以聖人抉其本源以示人，使人識其所來則益固矣。易曰：「君子居則觀其象而玩其辭，動則觀其變而玩其占」，明二者之不可偏廢也。[6]

溫公另有《潛虛》一書，是對於其看重「象數」之學的明證。如《潛虛・範》云：

> 範，師也。天垂日星，聖人象之；地出圖書，聖人則之。漁叟之微，文武是資。郯子之陋，孔子所諮。若之何其無師！[7]

如此，則溫公所重之「象數」，並不在《易經》本身的卦爻推演上，而在於「人務」上推闡心地工夫。正如張敦實指出

6　司馬光：《易說・總論》（北京：商務印書館，2006），影印文津閣《四庫全書》第 3 冊，頁 692。

7　見《宋元學案・卷八・涑水學案下》（北京：中華書局，1986），頁 323。

溫公著書宗旨：

> 道極於微妙，而不見於日用之間，亦何貴乎道哉？是
> 故《易》所謂人道，不過乎仁義；《玄》所謂大訓，
> 不過乎忠孝；《虛》所謂人務，不過乎五十五行。仰
> 而推之，日月不能越一度以周天，人不能越一行以全
> 德，茲又述作之深意也。[8]

「道」是宇宙的根本，《易》之「道」即在人類生活日用的
萬事萬物之中，溫公《易》學之所謂「象數」方面，應由此
一方向求之。《潛虛》表達了溫公這種落實於人事的本體
論[9]：

> 萬物皆祖於虛，生於氣，氣以成體，體以受性，性以
> 辨明，名以立行，行以俟命。故虛者，物之府也；氣
> 者，生之戶也；體者，質之具也；性者，神之賦也；
> 名者，事之分也；行者，人之務也；命者，時之遇
> 也。[10]

不過，有些學者卻對司馬光的這種改變不甚滿意。這類意見
主要認為，「司馬光以『史學』領『易學』，並發展出以

8　同註7，《宋元學案・卷八・涑水學案下》，頁344。

9　胡適之先生即因此謂司馬光可認為是「理學開山祖師」，詳耿雲志，《胡適
　　研究論稿・胡適年譜》。

10　《宋元學案・卷八・涑水學案下》，頁295。

《易》注史，『易學』最終做成了『涑水史學』的註腳。結果，史學精神沖淡了易學要旨——見『人事』而不見『天命』，『知人論世』而未能『知命盡性』；見『史例』而不見『義理』，『切於日用』有之，但『有德之言』實缺；明達易見有之，但微言大義實少；『通古今之變』有之，『究天人之際』則不足；『詳今略古』有之，『儒學復興』則不張。」[11]思索此類意見，原因或在於溫公所謂《易》之「道」乃是建立在「義出於數」的前提之下，這恰恰是理學家對於「道」所持宇宙觀之形而上學根據的觀點所不能認同的看法。以理學觀之，溫公以「義出於數」，根本已顛倒了事物之本末，不僅反映了司馬光認識上的混亂，也反映了他理論上的不成熟。[12]

但是，《周易》之書，畢竟是一歷史時空中的存在，《周易・繫辭下》有說：

> 《易》之興也，其於中古乎？作《易》者，其有憂患乎？是故，履，德之基也。

又云：

11　詳楊天保，〈以《玄》准《易》兩乾坤：司馬光、王安石易學精神之比較〉，《周易研究》，2008 年第 6 期，頁 27-32。

12　全祖望在《宋元學案・卷七・涑水學案》中說：「小程子謂：『閱人多矣！不雜者，司馬、邵、張三人耳。』故朱子有『六先生』之目。然於涑水微嫌其格物之未精，於百源微嫌其持敬之有歉，《伊洛淵源錄》中遂祧之。」頁 275。

> 《易》之興也，其當殷之末世、周之盛德耶？當文王
> 與紂之事耶？是故其辭危。……《易》之興也，其當
> 殷之末世，周之盛德耶？當文王與紂之事耶？是故其
> 辭危。

依據《繫辭》之說，認為《周易》中充滿了深沉的憂患意
識，因此卦爻辭中多有危懼之辭。《繫辭下》有言：「是故易
者象也；象也者，像也。」孔穎達認為：

> 凡易者象也，以物象而明人事，若《詩》之比喻也。
> 或取天地陰陽之象以明義者，若《乾》之「潛龍」、
> 「見龍」，《坤》之「履霜堅冰」、「龍戰」之屬是也。
> 或取萬物雜象以明義者，若《屯》之六三「即鹿無
> 虞」，六四「乘馬班如」之屬是也。如此之類，《易》
> 中多矣。或直以人事，不取物象以明義者，若《乾》
> 之九三「君子終日乾乾」，《坤》之六三「含章可貞」
> 之例是也。聖人之意，可以取象者則取象也，可以取
> 人事者則取人事也。[13]

所謂「以物象而明人事」，即以天地自然之物象具有一定的
象徵意義，「人事」以此物象為取意之象，所以「人事」之
象可以與天地自然之象相互替代，相互發明。

至於《易》所取之「物象」，應如何認知其意？《繫辭

---

13 《周易正義‧卷一》。

上》云：

> 夫易，開物成務，冒天下之道，如斯而已者也。是
> 故，聖人以通天下之志，以定天下之業，以斷天下之
> 疑。是故，蓍之德圓而神，卦之德方以知，六爻之義
> 易以貢。聖人以此洗心，退藏於密，吉凶與民同患。
> 神以知來，知以藏往，其孰能與此哉？古之聰明叡
> 知，神武而不殺者夫？是以明於天之道，而察於民之
> 故，是興神物，以前民用。

也就是說，《易》「興神物，以前民用」，聖人作卦是以「神
物」作為一種提示，為的是要讓人們「神以知來，知以藏
往」，「明於天道，察於民故」。

　　秦漢以前，「物」在哲學上可指「造化」之概念，乃是
一切存在物之從無到有的總稱，既可以是造化最初之存在，
亦可以是天地造化之萬物。如《荀子・正名》云：

> 故萬物雖眾，有時而欲無舉之，故謂之物；物也者，
> 大共名也。……物有同狀而異所者，有異狀而同所
> 者，可別也。狀同而為異所者，雖可合，謂之二實。
> 狀變而實無別而為異者，謂之化。有化而無別，謂之
> 一實。此事之所以稽實定數也。

因此可以說，「物」的概念，首先實隱含著天地間造化的訊
息。

　　從政治史上來看「物」的定義，「物」多指國家神器、禮制，所以「物」乃事涉國君之責。如《左傳・隱公五年》載魯隱公之棠觀魚事：

> 臧僖伯諫曰：「凡物不足以講大事，其材不足以備器用，則君不舉焉，君將納民於軌物者也，故講事以度軌量謂之軌，取材以章物采謂之物，不軌不物，謂之亂政，亂政亟行，所以敗也。故春蒐、夏苗、秋獮、冬狩，皆於農隙以講事也。三年而治兵。入而振旅，歸而飲至，以數軍實、昭文章、明貴賤、辨等列、順少長、習威儀也。鳥獸之肉，不登於俎；皮革齒牙、骨角毛羽，不登於器，則公不射，古之制也。若夫山林川澤之實，器用之資，皁隸之事，官司之守，非君所及也。」

文中所言「物」，即事關國家禮制，又是指國君之責任、本分。又「物」或象徵君位，代表國家權力的象徵。如《左傳・隱公五年》：

> 講事以度軌量，謂之軌；取材以章物彩，謂之物。不軌不物，謂之亂政。亂政亟行，所以敗也。

孔穎達《疏》云：

> 取鳥獸之材以章明物色采飾，謂之為物。章明物彩，

即取材以飾軍國之器是也。

又《左傳・文公六年》：

> 古之王者，知命之不長，是以並建聖哲，樹之風聲，
> 分之采物，著之話言，為之律度，陳之藝極，引之表
> 儀，予之法制，告之訓典，教之防利，委之常秩，道
> 之以禮，則使毋失其土宜，眾隸賴之，而後即命，聖
> 王同之。

孔穎達《疏》：

> 彩物，謂彩章物色，旌旗衣服，尊卑不同，名位高
> 下，各有品制。

上述「彩物」或「物彩」，皆是先秦時以鳥獸為題材，作為
等級制度的列國旗章服飾標誌的圖騰。是以「物」所代表
者，實為天下、國家權力的象徵。

因此，溫公以「義出於數」，《易》之「道」在日用萬物
之中，將天道性命與政治名教冶於一爐，落實於人事的
《易》學觀點，其實與儒家外王之學的務實特色在思維上正
是相承的。《資治通鑑》於文帝元嘉十五年記載，朝廷立
儒、玄、文、史四學：

> 帝雅好藝文，使丹陽尹廬江何尚之立玄學，太子率更
> 令何承天立史學，司徒參軍謝元立文學，幷次宗儒學

為四學。

司馬光論之曰：

> 易曰：「君子多識前言往行以畜其德。」孔子曰：「辭
> 達而已矣。」然則史者儒之一端，文者儒之餘事；至
> 於老、莊虛無，固非所以為教也。夫學者所以求道；
> 天下無二道，安有四學哉！[14]

溫公合《易·大畜·象傳》與孔子之辭為論，「天下無二
道，安有四學哉」，強烈表達「學」是除了儒學以外，天地
間再無儒學以外的其他學術可以目為真學術者。

南宋人陳仁子〈溫公《易說》序〉說溫公其書：

> 視諸老尤最通暢。今流傳人間，世槁雖未完，其論太
> 極、陰陽之道、乾坤律呂之交，正而不頗，明而不
> 鑿，獵獵與濂、洛貫穿中間，分剛柔中正，配四時，
> 微疑未安，學者直心會爾。易之作，聖人吉兇與民同
> 患之書也，非隱奧艱深而難見也。談易而病其隱且
> 艱，非深於易者也。參習是編，易道庶其明乎？

序言中表明，溫公一反時人治《易》的晦澀之習，力主通暢
直會，深入淺出，認為天道不離人事，治《易》者應將聖人

作《易》的本意盡數通達於民用[15]。確實，司馬光雖不滿王
弼以玄學義理註解《周易》，但他並不是就走向「義理」的
另外一邊，而是要致力於把《易》道之「義理」詮釋，重新
再拉回到「孔子」的傳承上來的。

三　《通鑑》史論的基調

　　《資治通鑑》評論史事引《易》立論，是《通鑑》史論
的一大特色，但這並非司馬光所獨具之風格，其實以《易》
論史，可以追溯至孔子。《論語・子路》載，孔子曰：「南人
有言曰：『人而無恒，不可以作巫醫。』善夫！不恒其德，
或承之羞。」案「不恒其德，或承之羞」句，出於《周易・
恒卦》九三之爻辭，借《易》立論不在探求《易》之文本，
而是「言在此而意在彼」的思維教化，是明白具體的價值表
態，這可以看成是孔子借《易》立論之實例。

　　孔子以下，《易傳》作為儒家思想在《易》學上理論標
誌的重要性，正在於《易傳》將卜筮之書的《易》提高到統
括萬物之「天道」的理論高度，因而充實並完善了儒家的思
想體系，並提供了後世儒者立論的權威依據。此在漢儒之言
說與著述立論之中往往可見。如西漢董仲舒（前 179 年-前
104 年），其「罷黜百家，獨尊儒術」的重要言論〈舉賢良

15　必須強調，本文所論並非以《易傳》成於孔子，而是著眼於孔子借《易》
　　立論的言說方式，作為如司馬光等「以《易》論史」這一傳統的思維模式
　　的分析基礎，蓋學術界共識，《易傳》乃是孔門傳《易》的學者所成，而
　　非孔子一人所作，亦非成於一時，此在筆者本身亦並無異見。

對策〉即引《易》而立論云：

> 《易》曰：「負且乘，致寇至。」乘車者君子之位
> 也，負擔者小人之事也，此言居君子之位而為庶人之
> 行者，其患禍必至也。若居君子之位，當君子之行，
> 則舍公儀休之相魯，亡可為者矣。春秋大一統者，天
> 地之常經，古今之通誼也。今師異道，人異論，百家
> 殊方，指意不同，是以上亡以持一統；法制數變，下
> 不知所守。臣愚以為諸不在六藝之科孔子之術者，皆
> 絕其道，勿使並進。邪辟之說滅息，然後統紀可一而
> 法度可明，民知所從矣。[16]

又如《漢書・藝文志》於《書》九家之後，引《易傳》云：
「《易》曰：『河出圖，維出書，聖人則之。』故書之所起遠
矣。」於《禮》十三家之後，引《易傳》云：「《易》曰：有
夫婦父子君臣上下，禮義有所錯。而帝王質文世有損益，至
周曲為之防，事為之制，故曰：禮經三百，威儀三千。」於
《樂》六家之後，引《易傳》云：「《易》曰：先王作樂崇
德，殷薦之上帝，以享祖考。故自黃帝下至三代，樂各有
名。」又於小學十家之後，引《易傳》云：「《易》曰：上古
結繩以治，後世聖人易之以書契，百官以治，萬民以察，蓋
取諸夬。夬，揚於王庭，言其宣揚於王者朝廷，其用最大

---

16 見《漢書・董仲舒傳》。司馬光《資治通鑑・卷十七・漢紀九》全錄其
　文。

也。」又於諸子百八十九家後，引《易傳》總括云：「《易》曰：天下同歸而殊塗，一致而百慮。今異家者各推所長，窮知究慮，以明其指，雖有蔽短，合其要歸，亦六經之支與流裔。使其人遭明王聖主，得其所折中，皆股肱之材已。」等等，引《易》論評六藝及諸家之學術，也頗可見孔子借《易》立論的影子。

綜觀上舉諸例，借《易》立論的言說方式，顯示《易》不論「經」、「傳」，皆居於理論指導的高度，因而《易》之「經」、「傳」所蘊含的「理」，與儒者引《易》所論之「事」之間的關係，乃是果而不是因。荷蘭學者安克席密特的研究指出，歷史敘事中素來有描述過去和界定或突顯一攸關過去而有特定觀點的敘事式詮釋兩項功能。而歷史敘事與隱喻都具有下列兩項作用：（1）描述；（2）突顯一隱喻性觀點。歷史敘事中，個別之文本字面意義與此歷史敘事之隱喻性意義，若分開來看，兩者常扞格衝突，但若整體合觀，即可見此歷史敘事之眼界（scope）。面對歷史真相時，由於歷史敘事有其自主性，因此能成為新意義之源頭，這種情況和「隱喻」是一樣的。最佳的歷史敘事常是最具隱喻性之歷史敘事，也是見識、眼界最豐盛之歷史敘事，同時也是最「大膽」、最「冒險」之歷史敘事[17]。「隱喻屬於符號的一種特殊的表現功能，和人類特定的思維方式有著聯繫。隱喻從文學符號的表現上說，它並不僅是用意象客體來比較某類事物，

---

17 安克席密特（Frank Ankersmit），劉世安譯：〈歷史敘事哲學六論〉（Six Theses on Narrative Philosophy of History），《淡江史學》，第十四期，2003年6月，頁399-407。

或是想表達某一觀念，還是一種新的意義、意象客體的創造和表現」[18]。一歷史敘事之所以為歷史敘事，就是因為此一歷史敘事整體之隱喻性意義超越了其間個別之文本字面意義之總和[19]。簡而言之，《易》之「義理」與史家所論「人事」的關聯，乃是一種歷史詮釋的結果，而不是歷史詮釋的原因。因此，存在於其中的隱喻，本就是有所為而為的，而這正是一代代史家以史筆實現以歷史正義匡濟對現實政治的悲感與批判之精神所在，這其實也是與孔子「人能弘道，非道弘人」同樣的理性態度。

　　《通鑑》中引《易》對具有現實政治意義的歷史事件進行評論的事例不少，茲以《溫公易說》之說解與《通鑑》中引《易》之例佐而觀之，析其大端如下：

1. 綱紀名分為治國根本

　　《易說・易總論》說：

> 或曰：易道其有亡乎？天地可敝，則易可亡。孔子曰：「乾坤毀，則無以見易」，易不可見，則乾坤或幾乎息矣。是故人雖甚愚，而易未嘗亡也。推而上之，邃古之前，而易已生，抑而下之，億世之後，而易無窮。是故易之書或可亡也，若其道，則未嘗一日而去

18　龔思明：《文學本體論》（桂林：廣西師範大學出版社，1998），頁 168。

19　安克席密特（Frank Ankersmit），劉世安譯：〈歷史敘事哲學六論〉（*Six Theses on Narrative Philosophy of History*），頁 399-407。

物之左右也。[20]

《易》之「道」未嘗一日而去物之左右，是以「道」在人類之文明社會發展上，便體現為「綱常」：

> 易者，道也。道者，萬物所由之塗也。孰為天？孰為人？故易者，陰陽之變也，五行之化也。出於天，施於人，被於物，莫不有陰陽五行之道焉。故陽者，君也，父也，樂也，德也；陰者，臣也，子也，禮也，刑也。五行者，五事也，五常也，五官也。推而廣之，凡宇宙之間，皆易也，烏在其專於天、專於人？二者之論，皆蔽也。且子以聖人為取諸胸臆而為仁義禮樂乎？蓋有所本之矣。[21]

溫公所強調的《易》之道，正是人所行之道。從社會治理的角度來說，「綱常」便是根本所在。因此，溫公在解《屯‧象》中說：

> 屯者何？草木之始生也。貫地而出，屯然其難也。象曰：「君子以經綸。」經綸者何？獨云綱紀也。屯者，結之不解者也。結而不解則亂，亂而不緝則窮。是以君子設綱布紀，以緝其亂，解其結，然後物得其

---

20 《易說‧總論》，頁 691。

21 同註 20。

分，事得其序。治屯之道也。

又解《屯‧初九》爻辭云：

> 利居貞者何？治之不正，愈以亂之。利建侯者何？建
> 侯所以治其綱也，治其綱，百目張，夫又何亂之不
> 緝，何結之不解乎？此之謂經綸之道也。[22]

維護禮法綱紀，絕對是平治國家唯一可行之路。他解《履‧
象》說：

> 人之所履者何？禮也。人有禮則生，無禮則死。禮
> 者，人所履之常也。其曰辨上下，定民志者何？夫民
> 生有欲，喜進務得而不可厭者也，不以禮節之，則貪
> 淫侈溢而無窮也。是故先王作為禮以治之，使尊卑有
> 等，長幼有倫，內外有別，親疏有序，然後上下各安
> 其分，而無覬覦之心，此先王制世御民之方也。[23]

其實，《周易》的思想是通過觀察天道來安排人道，《周易》
中並無演繹封建社會中所謂尊卑貴賤的合理性。《象傳》所
說，乃在以天比君，以澤比民，履卦上天下澤即比喻君處於
上而民居於下。蓋自古以來，人君統御之道，只有上下分明

---

22 《易說‧卷一》，頁 699。
23 同註 22，頁 706。

有序，才能安定百姓之心。這就是溫公解釋《乾・文言》所謂《易》道五行相和、「元享利貞」之義：

> 元者，善者之長也。體仁足以長人。長，獨首也。仁者愛人，人皆歸之，可為之首。亨者，嘉之會也。嘉會足以合禮。君明臣忠，父慈子孝，兄友弟恭，夫義婦順，上下皆美，際會交通，然後成禮。利者，義之和也，利物足以和義；仁者，聖人不裁之義則，事失其宜，人喪其利，故君子以義制仁政，然後和；貞者，事之幹也。貞固足以幹事。[24]

禮法綱常在使不同位置上的人都能各得其分，名實相符。司馬光《資治通鑑・卷一・周紀一》首論周威烈王二十三年初命晉大夫魏斯、趙籍、韓虔為諸侯事曰：

> 臣聞天子之職莫大於禮，禮莫大於分，分莫大於名。何謂禮？紀綱是也。何謂分？君臣是也。何謂名？公、侯、卿、大夫是也。夫以四海之廣，兆民之眾，受制於一人，雖有絕倫之力，高世之智，莫不奔走而服役者，豈非以禮為之紀綱哉？是故天子統三公，三公率諸侯，諸侯制卿大夫，卿大夫治士庶人。貴以臨賤，賤以承貴。上之使下，猶心腹之運手足，根本之制支葉，下之事上，猶手足之衛心腹，支葉之庇本

---

24 同註22，頁694。

根，然後能上下相保而國家治安。

「禮」就是國家的綱紀，天子最重大的職責就是捍衛國家的綱紀。「禮」在於分別君、臣各自所在的位置，使公、侯、卿、大夫，皆能明白各自的名分。司馬光把這一個權職關係的系統比喻為人的心臟與軀幹、樹木的根與枝葉，唯有主次分清、上下協作、內外相保，國家才能長治久安。而「禮」，就是分辨這些「等級」關係的制度安排。君臣各自都要堅守職責、執掌到「位」。維護「禮」，乃是治國之大要。

按韓、趙、魏三家，世代為晉國大夫，於周天子乃屬陪臣，故三家分晉本是破壞禮制之行為，而威烈王竟命為諸侯。因此，「周道日衰，綱紀散壞」，王室的權威遭到了全面挑戰，「諸侯專征，大夫擅政」，陪臣執國命，「禮之大體什喪七八矣」。所以，並非三晉壞「禮」，實是天子自壞之！周朝的「禮制綱紀」，正是在天子的手裡一點一點地被磨損掉的，正是天子自己獎勵侵禮犯分、壞禮亂制，而自取滅亡，是以《資治通鑑》以此為第一史鑑。

司馬光在《資治通鑑》除以韓、趙、魏「三家分晉」事作為全書開卷首要論例之外，其附論之「臣光曰」亦頗費文墨，正因「禮治」思想實是司馬光長期研究先秦以來歷史興衰和政治良窳的心得所在。他說：

禮之為物大矣！用之於身，則動靜有法而百行備焉；用之於家，則內外有別而九族睦焉；用之於鄉，則長

> 幼有倫而俗化美焉；用之於國，則君臣有敘而政治成
> 焉；用之於天下，則諸侯順服而紀綱正焉。[25]

並藉言上古「三王五帝」強調以禮治國成就盛世的實績：

> 禮者，聖人之所履也；樂者，聖人之所樂也。聖人履
> 中正而樂和平，又思與四海共之，百世傳之，於是乎
> 作禮樂焉。故工人執垂之規矩而施之器，是亦垂之功
> 已；王者執五帝、三王之禮樂而施之世，是亦五帝、
> 三王之治已。五帝、三王，其違世已久，後之人見其
> 禮知其所履，聞其樂知其所樂，炳然若猶存於世焉，
> 此非禮樂之功邪！[26]

作為歷史興衰的關鍵之因，他是始終盼望著人主能看到禮樂
在安邦定國中的重要意義的。

2. 師貞方為王道

　　《資治通鑑・卷十七・漢紀九》「漢武帝元光元年」論
李廣與程不識治軍之別云：

> 易曰：「師出以律，否臧凶。」言治眾而不用法，無
> 不凶也。李廣之將，使人人自便。以廣之材，如此焉

25　《資治通鑑・卷十一・漢紀三》漢高帝七年論叔孫通制禮。
26　《資治通鑑・卷一九二・唐紀八》太宗貞觀二年條。

可也；然不可以為法。何則？其繼者難也；況與之並
時而為將乎！夫小人之情，樂於安肆而昧於近禍，彼
既以程不識為煩擾而樂於從廣，且將仇其上而不服。
然則簡易之害，非徒廣軍無以禁虜之倉卒而已也！

引《周易‧師卦》之「初六」爻辭「師出以律，否臧凶」。
「師」是眾的意思，《雜卦》說：「《比》樂《師》憂」，即是
說《比卦》喜樂，《師卦》憂苦。「師」乃古代軍隊編制名，
故有軍隊的意思。軍隊用以作戰，故「師」亦有戰爭的意
思。戰爭給人們帶來的是災難，故「師」含有憂苦之意。
　　溫公《易說‧卷一》中解《周易‧師卦》卦辭，說：

　　　夫治眾，天下之大事也，非聖人則不能。夫眾之所服
　　　者，武也；所從者，智也；所親者，仁也。三者不備
　　　而能用其眾，未之有也。

解《師卦‧彖辭》「貞，正也。能以眾正，可以王矣」說：

　　　剛中而應，行險而順者，治眾而不以剛，則慢而不
　　　振；用剛而不獲中，則暴而無親；上無應於君，下無
　　　應於民，則身危而功不成；所施不在於順，則眾怒而
　　　民不從；四者非所以吉而無咎也。吉而無咎，則惟剛
　　　中而應，行險而順者乎？夫兵者，危事也，故曰行
　　　險。

解《師卦‧象》云：

> 師之所以為容民畜眾者，非特施於治兵之謂也。故天
> 子用之以治天下，諸侯用之以治其國，卿大夫用之以
> 治其家，其道一也。

運用軍隊的原則，必須「貞」，即「正」，以「正義」為條
件。亦即必須伸張正義，符合眾望。蓋兵戎之事與治國之道
相通，任命將帥、對於治軍將領嚴明法紀的要求，乃至於是
否發動戰爭的決策，對於國家存亡和人民生死，都是影響極
大之大事。因此，司馬光於所著書中再三致意，字裡行間，
深恐人主輕忽之意，令人印象深刻。

　　唐肅宗乾元元年，朝廷任命侯希逸為平盧節度使，卻任
由軍士自行廢立一事，司馬光評論其事曰：

> 夫民生有欲，無主則亂。是故聖人制禮以治之。自天
> 子、諸侯至於卿、大夫、士、庶人，尊卑有分，大小
> 有倫，若綱條之相維，臂指之相使，是以民服事其
> 上，而下無覬覦。其在周易，「上天、下澤，履。」
> 象曰：「君子以辨上下，定民志。」此之謂也。凡人
> 君所以能有其臣民者，以八柄[27]存乎己也。苟或捨

27　其說出自《周禮‧天官‧冢宰》釋太宰之職：「以八柄詔王馭群臣：一曰
　　爵，以馭其貴。二曰祿，以馭其富。三曰予，以馭其幸。四曰置，以馭其
　　行。五曰生，以馭其福。六曰奪，以馭其貧。七曰廢，以馭其罪。八曰
　　誅，以馭其過。」。

之，則彼此之勢均，何以使其下哉！[28]

為君而失權柄於臣下，使君臣職能不分，勢將後患無窮。史有明證，溫公指出：

> 肅宗遭唐中衰，幸而復國，是宜正上下之禮以綱紀四方；而偷取一時之安，不思永久之患。彼命將帥，統藩維，國之大事也，乃委一介之使，徇行伍之情，無問賢不肖，惟其所欲與者則授之。自是之後，積習為常，君臣循守，以為得策，謂之姑息。乃至偏裨士卒，殺逐主帥，亦不治其罪，因以其位任授之。然則爵祿、廢置、殺生、予奪[29]，皆不出於上而出於下，亂之生也，庸有極乎！

《易說》解《履‧九五‧象》說：

> 人之所履有得有失，為人君者，決而正之，得則有賞，失則有法。勸賞畏刑，然後人莫敢不懼其履，而天下國家可得而治也。[30]

肅宗遭逢中唐衰亂而有幸復興，首先即應端君臣上下之禮以統治天下，但卻只想偷一時之安定，對於像任命將帥這麼重

28　《資治通鑑‧卷二二〇‧唐紀三十六》。
29　即前註 26 之《周禮》所謂「八柄」。
30　同註 27。

要的事，竟然委諸使者，任由士兵喜好而不問賢愚不肖，還習以為常。姑息的結果，竟至於偏將士卒殺逐主帥者亦不問其罪，反授其主帥之位，真正是沒有比這更大的「獎賞」了。他繼而論道：

> 且夫有國家者，賞善而誅惡，故為善者勸，為惡者懲。彼為人下而殺逐其上，惡孰大焉！乃使之擁旄秉鉞，師長一方，是賞之也。賞以勸惡，惡其何所不至乎！書云：「遠乃猷。」詩云：「猷之未遠，是用大諫。」孔子曰：「人無遠慮，必有近憂。」為天下之政而專事姑息，其憂患可勝校乎！……蓋古者治軍必本於禮，故晉文公城濮之戰，見其師少長有禮，知其可用。今唐治軍而不顧禮，使士卒得以陵偏裨，偏裨得以陵將帥，則將帥之陵天子，自然之勢也。由是禍亂繼起，兵革不息，民墜塗炭，無所控訴。[31]

此種情形，勢將使臣下蔑視君主，「強暴縱橫，下陵上替，積習成俗，莫知其非」，紀綱大壞，天下動亂迭起。

又如，對於漢武帝使李廣利對匈奴用兵一事，司馬光進行了嚴厲的批判：

> 武帝欲侯寵姬李氏，而使廣利將兵伐宛，其意以為非有功不侯，不欲負高帝之約也。夫軍旅大事，國之安

31　同註 27。

危、民之死生繫焉。苟為不擇賢愚而授之，欲徼幸咫尺之功，藉以為名而私其所愛，不若無功而侯之為愈也。然則武帝有見於封國，無見於置將；謂之能守先帝之約，臣曰過矣。中尉王溫舒坐為奸利，罪當族，自殺；時兩弟及兩婚家亦各自坐佗罪而族。光祿勳徐自為曰：「悲夫！古有三族，而王溫舒罪至同時而五族乎！」[32]

漢武帝為了讓自己的寵妃李夫人高興，便使其兄李廣利帶兵伐宛，欲以軍功封侯。對於任命將領，以如此輕率的態度從事，無異是將戰爭與民之死生，視若兒戲，任誰都會為之悲嘆。凡此種種，在司馬光眼裡，皆無異於玩火自焚。

　　其實，司馬光在《資治通鑑》書中對於此類事務如此關注，當是有感而發。神宗時，西戎部將嵬名山取諒祚來降，神宗發兵迎之，但司馬光強烈反對，他說：

名山之眾未必能制諒祚。幸而勝之，滅一諒祚，生一諒祚，何利之有？若其不勝，必引眾歸我，不知何以待之！臣恐朝廷不獨失信於諒祚，又將失信於名山矣。若名山餘眾尚多，還北不可，入南不受，窮無所歸，必將突據邊城以救其命。陛下獨不見侯景之事乎？[33]

32　《資治通鑑・卷二十一・漢紀十三》載武帝太初元年李廣利伐宛事。
33　《宋史・卷三三六・司馬光傳》。

可惜的是，殷切的請求未曾入於聖聽。言者諄諄，聽者藐藐，在現實政治中，確有令人無可奈何的憾事。

3. 使民以信

　　秦孝公時，衛鞅變法，影響秦國既深且巨。但司馬光原本即對王安石變法不表認同，故其著《通鑑》於變法措施亦著墨不多，卻多費篇幅寫衛鞅徙木之賞。司馬光論其事並不關心變法的措施本身，惟就徙木之賞的意義發揮，他肯定衛鞅「處戰功之世，天下趨於詐力，猶且不敢忘信以畜其民」的態度：

> 臣光曰：夫信者，人君之大寶也。國保於民，民保於信。非信無以使民，非民無以守國。是故古之王者不欺四海，霸者不欺四鄰，善為國者不欺其民，善為家者不欺其親。不善者反之：欺其鄰國，欺其百姓，甚者欺其兄弟，欺其父子。上不信下，下不信上，上下離心，以至於敗。所利不能藥其所傷，所獲不能補其所亡，豈不哀哉！昔齊桓公不背曹沫之盟，晉文公不貪伐原之利，魏文侯不棄虞人之期，秦孝公不廢徙木之賞。此四君者，道非粹白，而商君尤稱刻薄，又處戰攻之世，天下趨於詐力，猶且不敢忘信以畜其民，況為四海治平之政者哉！[34]

34　《資治通鑑・卷二・周紀二》周顯王十年衛鞅徙木條。

強調人君應取信於民，否則便會出現上下離心，國家敗亡的結果。而使民以信，正是孔子「自古皆有死，民無信不立」之教。

按在《易經》中「信」往往表記為「孚」，如需、訟、比、小畜、泰、大有、隨、觀、坎、大壯、家人、解、損、益、萃、井、革、豐、兌、中孚、未濟等卦，皆以「孚」字為辭，而傳統註釋家多依《易傳》，釋「孚」為「信」，取誠信之義。《溫公易說・卷四》解《中孚》之《彖辭》曰：「中孚者，發於中而孚於人也。豚魚，幽賤無知之物，苟飼以時，則應聲而集，而況於人乎？至誠以涉險，如乘虛舟，物莫之害，故曰利涉大川，乘木舟虛也。」似乎不以「孚」為「信」，其解九二之《象》曰：「鳴鶴在陰，其子和之，言至誠以待物，無遠不應」，是以鶴鳴而子和之狀態為喻，如此，似解「孚」為「合」。有學者曾於「孚」字之詮釋從其形、音、義等方面多所辨析，提出「孚」應釋為「保」之義[35]。然而，不論解「孚」為「信」為「合」，上引「臣光

---

35 謝向榮〈《周易》「有孚」新論〉一文指出，「孚」古音並母幽部，「保」古音幫母幽部，兩字旁紐雙聲，同屬幽部，古音甚為相近。《周易》之「有孚」、「罔孚」或「匪孚」等辭，當釋為上天「有保」、「不保」之義，其思想於先秦文獻多有可徵，如《商書・湯誥》：「上天孚佑下民。《虞書・大禹謨》：「君子在野，小人在位，民棄不保，天降之咎」、《商書・咸有一德》：「夏王弗克庸德，慢神虐民，皇天弗保」、《周書・多士》：「惟時上帝不保」等（詳《周易研究》，2008 年第 2 期）。又朱慧芸〈《周易》古經之「孚」新解〉一文將「孚」解作「輔佑」，認為，「『孚』的起初用法應該有輔助與佑護之意。」《商書・湯誥》云：『上天孚佑下民。』『孚佑』即『輔佑』。孚，上古為幽部並紐字；輔，上古為魚部並紐字。幽魚旁轉，即『孚』有輔助之意，且是『上天』對『下民』的輔佑。」在《商書》

曰」云云，或可說明「孚」、「信」、「合」之解釋在實際政治
生活面上，其實乃於「使民以信」一事之不同層面之表法，
都屬於同一語境內之概念。蓋「王者不欺」，即是做到「使
民以信」，而民所信者皆無不合於其所信，自然上下一心，
得保四海平治。

4. 長養大人之德

溫公《易說・卷三》解《咸・九四・象》云：

> 心感於物為善，為惡，為吉，為凶，無不至焉。必
> 也，執一以應萬，守約以御眾，其惟正乎？夫正遇禍
> 猶為福也。求仁得仁，又何悔？⋯⋯故大人之道，正
> 其心而已矣。治之養之，以至於精義入神，則用無違
> 矣，用之於身，則身安而德崇矣。過此以往，不足思
> 也。久而不息，則可以窮神而知化，大人之德，莫盛
> 於斯矣。

這是從《易經》的哲學上論說人君之心性修養對於歷史禍福
興衰的根本影響力。《易說・卷一》解《乾・九三》爻辭
說：

> 故君子進德修業自強不息也。其言「夕惕若屬，無

中『孚』這一行動的發出者是『上天』；而在《周書》中，『孚』的發出者
已經有了人的因素，⋯⋯這種主體轉變的原因⋯⋯，在於商人與周人觀念
背景的不同。」（參《周易研究》2007 年第 4 期，頁 30-33）

咎」者何？聖人為之戒也。九三在下體之上，居上體
之下，勤則進乎上，怠則退乎下。故夕惕若屬，然後
得無咎也。

又解《坤卦》《象傳》說：

君子自強法天，厚德法地；德不厚則物不得而濟也。
是故自強不息，則道無不臻，厚德而載，則物無不
濟。夫乾坤者，《易》之門戶，二象者，道德之關樞
也。

司馬光認為，人君之進德修業、修身養性，當如天道之「自
強不息」。蓋因「道」乃是主宰社會歷史發展之根本力量，
「道」在社會上之行與不行，其實與人君之心性修養有很大
的關係。《資治通鑑‧卷二‧周紀二》「周顯王三十三年」條
記載思、孟對話：

初，孟子師子思，嘗問牧民之道何先。子思曰：「先
利之。」孟子曰：「君子所以教民者，亦仁義而已
矣，何必利！」子思曰：「仁義固所以利之也。上不
仁則下不得其所，上不義則下樂為詐也，此為不利大
矣。故易曰：『利者，義之和也。』」又曰：「利用安
身，以崇德也。」此皆利之大者也。

司馬光評論說：「子思、孟子之言，一也。夫唯仁者為知仁

義之為利，不仁者不知也。」思、孟二子相持不下的論點，
其實在他看來都是一樣的，因為對於不仁之主而言，倡論
「仁義之利」是枉然的。

　　人君長養仁心，推及治國，乃能愛養萬民，利及於天
下。《資治通鑑・卷二・周紀二》周顯王四十八年記孟嘗君
養士之事，司馬光批評道：

> 臣光曰：君子之養士，以為民也。易曰：「聖人養
> 賢，以及萬民。」夫賢者，其德足以敦化正俗，其才
> 足以頓綱振紀，其明足以燭微慮遠，其強足以結仁固
> 義；大則利天下，小則利一國。是以君子豐祿以富
> 之，隆爵以尊之；養一人而及萬人者，養賢之道也。
> 今孟嘗君之養士也，不恤智愚，不擇臧否，盜其君之
> 祿，以立私黨，張虛譽，上以侮其君，下以蠹其民，
> 是姦人之雄也，烏足尚哉！

這是引《周易・頤卦》之《彖辭》：「聖人養賢，以及萬民」
以論「養一人而及萬人」才是人君層次的「養賢之道」。溫
公《易說・卷二上》解《周易・頤卦》之《彖辭》便申論
「養」的不同境界層次：

> 聖人之於仁義猶是也。愛養萬物謂之仁，其所不愛不
> 養謂之義。義者栽仁以就宜者也。或曰：聖人之仁，
> 無不及也，而有不愛不養乎？曰：暴亂而為物害者，
> 聖人所不得而愛養也。聖人豈樂殺哉？何謂觀其所

養？其人賢，則其所養必賢也；其人不肖，則所養必
不肖也。何謂觀其自養？取於人以義，自奉養以禮，
斯賢也；取於人無度，自奉養無節，斯不肖也。故富
視其所與，貧視其所取，窮視其所主，達視其所舉，
足以知其為人矣。

人君修仁義之德，才能使國治家齊，真正受世人肯定。所
以，溫公《易說・卷二上》解《周易・蠱卦》之《彖辭》強
調：

天以陰陽，終始萬物；君子以仁義修身，以德刑治
國，各有其事也。

《資治通鑑・卷一〇一・晉紀二十三》「哀帝興寧三年」即
載洛陽元帥沈勁的故事說：

沈勁可謂能子矣！恥父之惡，致死以滌之，變凶逆之
族為忠義之門。易曰：「幹父之蠱，用譽。」

正是引《周易・蠱卦》之六五爻辭申說，惡人之子，卻能
「謹其始，慎其終」，則也可一洗父祖惡名而成就一世聲
譽，可見進德修業、修身養性之於「人事」變化的作用。

是以，司馬光在總結歷史經驗教訓時，特別關注人君的
心性修養，並加重筆墨指出，為君之道，最應留心人性之所
偏好。在《資治通鑑》多處地方都特別以漢武帝的心性問題

加以議論，其托寓之意義不言可喻。

如武帝太始三年，皇子（即昭帝）弗陵生。弗陵母河間趙倢伃，居鉤弋宮，懷孕十四個月始誕下昭帝。漢武帝因聽說堯帝也是「十四月而生，今鉤弋亦然。」於是「命其所生門曰堯母門」。在司馬光看來，如此做法正好周知他人皇帝偏愛幼子的心意，以至於遺禍將來：

> 臣光曰：為人君者，動靜舉措不可不慎，發於中必形於外，天下無不知之。當是時也，皇后、太子皆無恙，而命鉤弋之門曰堯母，非名也。是以姦人逆探上意，知其奇愛少子，欲以為嗣，遂有危皇后、太子之心，卒成巫蠱之禍，悲夫！[36]

又武帝征和二年，武帝「為太子立博望苑，使通賓客，從其所好，故賓客多以異端進者」。溫公在附論中指出親正遠邪的困難：

> 臣光曰：古之明王教養太子，為之擇方正敦良之士，以為保傅、師友，使朝夕與之遊處。左右前後無非正人，出入起居無非正道，然猶有淫放邪僻而陷於禍敗者焉。[37]

36　《資治通鑑・卷二十二・漢紀十四》。
37　同註36。

因為「正直難親，諂諛易合」，一些奸邪不正、伺機揣摩上意者所在多有，這些正是為君者最當警戒的禍源。

《資治通鑑》並記載武帝征和四年，武帝「以趙過為搜粟都尉。過能為代田，其耕耘田器皆有便巧，以教民，用力少而得穀多，民皆便之」。

> 臣光曰：天下信未嘗無士也！武帝好四夷之功，而勇銳輕死之士充滿朝廷，闢土廣地，無不如意。及後息民重農，而趙過之儔教民耕耘，民亦被其利。此一君之身趣好殊別，而士輒應之，誠使武帝兼三王之量以興商、周之治，其無三代之臣乎！[38]

這是以漢武帝喜於用兵和與民休息以及這兩種作為所產生的社會效果對比而論，提醒人君應注意自身言行和趣好。蓋凡所作為，皆可產生上行下效的影響力。

又《資治通鑑・卷一五九・梁紀十五》，指責南朝梁武帝拒絕採納切中時弊的意見，寫道：

> 臣光曰：梁高祖之不終也，宜哉！夫人主聽納之失，在於叢脞；人臣獻替之病，在於煩碎。是以明主守要道以禦萬機之本，忠臣陳大體以格君心之非。故身不勞而收功遠，言至約而為益大也。觀夫賀琛之諫亦未至於切直，而高祖已赫然震怒，護其所短，矜其所

> 長；詰貪暴之主名，問勞費之條目，困以難對之狀，
> 責以必窮之辭。自以蔬食之儉為盛德，日昃之勤為至
> 治，君道已備，無復可加，群臣箴規，舉不足聽。如
> 此，則自餘切直之言過於琛者，誰敢進哉！由是奸佞
> 居前而不見，大謀顛錯而不知，名辱身危，覆邦絕
> 祀，為千古所閔笑，豈不哀哉！

一國之君卻不能納諫如流，反而護短矜長、不辨顛錯，最終
都必將導致覆邦絕祀，貽笑千古。

　　此外，司馬光也提醒國君「防微杜漸」的重要性。《資
治通鑑·卷第二百六十三·唐紀七十九》唐昭宗天復三年條
載，之前由於宦官作亂唐廷，昭宗被幽禁，天復三年
（903），昭宗回到安長，朱全忠「以兵驅宦官第五可範等數
百人於內侍省，盡殺之，冤號之聲，徹於內外」。司馬光引
《周易·坤卦》初六爻辭論其事云：

> 宦官之禍，始於明皇，盛於肅、代，成於德宗，極於
> 昭宗。易曰：「履霜，堅冰至。」為國家者，防微杜
> 漸，可不慎其始哉！

而溫公《易說》解《坤·初六·象傳》時，卻似有感而發的
說：

> 其曰「履霜堅冰至」，霜者寒之先也，冰者寒之盛
> 也，君子見微而知彰，原始而知終，攘惡於未芽，杜

> 禍於未萌，是以身毙而國家乂寧也。[39]

想其在註解《易經》的同時，歷史興衰的警戒教訓，該是溫公心中縈迴不止的憂思吧。

5. 中正則有福祿

《易經》中多處提及「尚於中行」、「有孚中行」、「中行無咎」等。凡言「中行」、「中道」，即指合乎大道，合於眾民之所容受之理。但司馬光似乎是刻意在「中」之意義上發揮其對人生、社會與政治的作用。

溫公於《潛虛·齊》下說：

> 齊，中也。陰陽不中，則物不生；血氣不中，則體不平；剛柔不中，則德不，成寬猛不中，則政不行；中之用，其至矣乎！

張敦實解釋說：「《齊》於天地之中，包斡萬物，故有名而無位。」又說：「《齊》，中土也，處大中之內。在天，其北極之任乎？」所以，「齊」居於天地所有卦象的中心[40]，與「中」同義，因而「中」便是為萬事萬物──包括陰陽──的規律，因此掌握「中」之德，便能正中「齊」之地位，而達到參贊萬物的境界。由此可知，司馬光是把「中」認為一

39　《易說·卷一》，頁696。
40　《宋元學案·卷八·涑水學案下》，頁301。

種可使天地萬物——從萬物生成，到人生修養，進而至於為政治國等的各個方面，都能達到最平衡狀態的一種道德，因為包括天地陰陽相生的運行，都是遵循著此一「中」之道德而行，是以「中」之德乃是道德的極致境界。

溫公《易說》解釋《繫辭》時，說：

> 易之卦六十有四，其爻三百八十有四，得之則吉、失之則凶者，其惟中正乎？……陰陽不相讓、五行不相容，正也；陰陽醇而五行不雜，中也。陽盛則陰微，陰盛則陽微，火進則木退，土興則水衰。陰陽之治，無少無多；五行之守，無偏無頗，尸之者，其太極乎。故太極之德，一而已。[41]

而《易說》解《遯‧九五》《象傳》說：

> 中正，德之嘉也。君子邦有道則見，邦無道則隱，可以進而進，可以退而退，不失其時，以中正為心者也。[42]

又解《艮‧六五》《象傳》說：

> 中正者，道之貫也。相須而成，相輔而行者也。[43]

---

41 《易說‧卷五》，頁764。
42 《易說‧卷三》，頁729。
43 《易說‧卷四》，頁748。

　　作為天地中一種道德的極致表現，「中」又與「正」之德相配合，「中」與「正」之道德乃相輔相成。按「正」通「政」，則「中」與「正」之相輔而行，從而加強了政治作為中道德實踐的效果。

　　溫公《易說》在解《需卦》《彖辭》時說：「有孚，光亨，貞吉。位乎天位，以正中也。……有孚、光亨、貞吉，人君所以待天下之道也。」同時，解其《象傳》云：

> 需九五，需於酒食，貞吉。酒食者何？福祿之謂也。九五以中正而受尊位，天之所佑，人之所助也。然則福祿既充矣，而又何需焉？曰中正者，所以待天下之治也。書曰：「允執其中」；又曰：「以萬民，惟正之供」。夫中正者，足以盡天下之治也。舍乎中正，而能享天之福祿者寡矣。[44]

　　所謂「天之所佑，人之所助也。然則福祿既充矣，而又何需焉？曰中正者，所以待天下之治也」，正是以一種循環推論的表達方式，強調「中正」之德自強不息的力量。如此，則「中正之道」既是在政治生活中擁有一切福祿的根本保證，但是又必須切實力行「中正之道」以對待天下人，使天下大治。反之可推，則無福以待天下人矣。

　　所以，《資治通鑑‧卷一‧周紀一》的開篇便講了周威烈王二十三年，韓、趙、魏三家滅掉晉國大夫中勢力最大的

44　《易說‧卷一》，頁702。

智氏之族的歷史，司馬光評論了智伯自我毀滅的過程：

> 智伯之亡也，才勝德也。夫才與德異，而世俗莫之能
> 辨，通謂之賢，此其所以失人也。夫聰察強毅之謂
> 才，正直中和之謂德。……自古昔以來，國之亂臣，
> 家之敗子，才有餘而德不足，以至於顛覆者多矣，豈
> 特智伯哉！故為國為家者，苟能審於才德之分而知所
> 先後，又何失人之足患哉！

溫公指出：「聰察強毅之謂才，正直中和之謂德」，但可惜世
人都以小智小慧「聰察強毅」之才，來衡量為政之人，卻不
識人心之本質乃在「正直中和」的「德」，誤以小人為君
子，結果造成為政者自身和國家的極大災難。溫公在《易
說》中提醒「舍乎中正，而能享天之福祿者寡矣」的話語，
只能徒留予世人不已之感慨了。

四　結論

　　綜合前述所論，可以看出，司馬光《易說》在總結歷史
經驗的同時，往往與其當時的現實政治緊密結合，暗寓風教
之旨，達到引史為證的效果。錢基博先生（1887-1957）曾
指出：

> 宋儒《易》學，亦有不言理，不言數，而但言事者上
> 虞李光泰發《讀易詳說》十卷、吉水楊萬里誠齋《易

傳》二十卷，其最著者也。光之書，於卦爻之詞，皆
引證史事。蓋援古事以證爻象，始自鄭玄，若全經皆
證以史，則光書其始也。[45]

此說可為司馬光之《易說》定位其著作在《易經》學術史上
的意義。再者，《資治通鑑》論史亦往往引《周易》之
「經」、「傳」為說，與其《易說》之義理闡釋恰恰形成互為
補充的註解關聯，如此，視溫公《易說》為繼《周易》作於
憂患以來之一種歷史興衰的驗證，應屬平情之論。

　　司馬光的《易》學雖然不能獲得同時代、乃至後世理學
家的讚賞，但在王弼之後，他能以融冶天道與人事的道德論
述，將玄學化的《易》學導向儒家義理，溫公的努力反而能
表現出上承孔子作《易傳》「明於天道，察於民故」之意。
正如錢基博所說：

　　然聖人作《易》，本以吉凶悔吝明人事，使天下萬世
　　無不知所從違，非徒使上智者矜談妙悟，如佛家之傳
　　心印，道家之授丹訣。自譚《易》者推闡性命，句稽
　　奇偶，其言愈微妙，而於聖人立教牖民之旨，愈南轅
　　而北轍。箕子之貞，鬼方之伐，帝乙之歸妹，孔子繫
　　辭，何嘗不明證史事？依此而推，三百八十四爻，可
　　以例舉矣。捨人事而談天道，正後儒說《易》之病，

45　見氏著，《經學通志・周易志第二》（桂林：廣西師範大學出版社，2009
年1月），頁25。

　　未可以引史證經為二家病。[46]

　　矜談「天命」義理，窮究「天人之際」者，極言高妙的形而
上學，恐怕是忘記了孔門四科：德行、言語、政事、文學所
授正在「文武之道」的人生日用上，忘記了夫子「性與天
道」本是難得聞見的務實本色，卻反以後儒空言義理的高蹈
姿態指責他人之不美了。

參考文獻

古籍部分

〔元〕脫脫等　《宋史》　北京：中華書局　1977 年

〔清〕四庫館臣　《文淵閣四庫全書》　第 3 冊　臺北：臺
　　灣商務印書館　1983　影印

〔清〕黃宗羲原著　（清）全祖望補修　陳金生、梁運華點
　　校　《宋元學案》　北京：中華書局　1986 年 12 月（2007
　　年重印）

錢基博　《經學通志》　桂林：廣西師範大學出版社　2009
　　年

專書部分

陶懋炳　《司馬光史論探微》　長沙：湖南師範大學出版社
　　1989 年

宋晞　《司馬光史論》　臺北：中央文物供應社　1954 年

46　同註 45。

黃盛雄　《通鑑史論研究》　臺北：文史哲出版社　1979 年

陳克明　《司馬光學述》　湖北：湖北人民出版社　1990 年

董根洪　《司馬光哲學思想述評》　太原：山西人民出版
　　1993 年

龔思明　《文學本體論》　桂林：廣西師範大學出版社　1998
　　年

期刊論文

牛致功　〈從司馬光對唐朝幾個問題的評論看《資治通鑑》
　　的中心思想〉　《陝西師大學報》　1980 年第 3 期

施丁　〈司馬光史論的特點〉　《史學史研究》　1986 年第
　　3 期

陶懋炳　〈司馬光史論表微〉　《晉陽學刊》　1986 年第 3 期

馬忠民　〈司馬光史論〉　《史學論叢》　1987 年第 2 期

安克席密特（Frank Ankersmit）　劉世安譯　〈歷史敘事哲學
　　六論〉（Six Theses on Narrative Philosophy of History）
　　《淡江史學》第十四期　2003 年 6 月

朱慧芸　〈《周易》古經之「孚」新解〉　《周易研究》
　　2007 年第 4 期

謝向榮　〈《周易》「有孚」新論〉　《周易研究》　2008 年
　　第 2 期

楊天保　〈以《玄》准《易》兩乾坤：司馬光、王安石易學
　　精神之比較〉　《周易研究》　2008 年　第 6 期

林素芬　〈司馬光易學思想蠡測〉　《東華人文學報》　第
　　十三期　2008 年 7 月

The Thought of Sima Guang on *Book of Changes*

Chen Guang-Fen

Prof. of Department of Chinese Literature
Mingdao University

Abstract

This text is trying to probe into the basic thinking of comment on history of "Zi Zhi Tong Jian" from the characteristic of Sima Gang's "Book of Changes" comments. The works about the thought of "Book of Changes" by historian and politician Sima Guang in Northern Song Dynasty, is include "Commentary of Book of Changes by peerage Wen", "Qian Xu" and "Commentary of Book of Tai-xuan" … etc. According to "Four Imperial Library Catalogue" (Si Ku Quan Shu) pointed that Sima Guang expounded "Book of changes" for unsatisfied Wang Bi, the Three Kingdoms Era of Wei, who annotated "Book of Changes" with view of Lao zi and Zhuang zi. Sima Guang's real justice well versed in the ancient and contemporary political events emphatically; therefore his argumentation on "Book of Changes" has reflected his political and historical thought. In fact, to observe the whole of "Book of Changes" academy in the Northern Song Dynasty in an all-round way, the common characteristic in this era is history argumentations with "Book of Changes", just with some lopsided difference. However, the big history book written by Sima Guang -- "Zi Zhi Tong Jian" ("History as a Mirror offered the emperor to run a country to consult"), can really be regarded as the practice result of annotating historical philosophy from his views of "Book of Changes".

Keywords: Sima Guang, "Commentary of Book of Changes of peerage Wen", "Zi Zhi Tong Jian", the comment of history

論元稹「尊古」與「尚新」
之文學思想

陳鍾琇

明道大學中國文學系助理教授

摘　要

　　元稹是中唐時代著名之詩人，早年受陳子昂之詩歌所影響，興起效慕之心，爾後稍長則對於杜甫之詩學思想有所承繼，也奠定他日後在元和朝時代提出新題樂府以及古題樂府的創作思想與改革理念。

　　元稹在元和四年（809）與元和十二年（817）分別發表〈新題樂府序〉與〈古題樂府序〉，宣揚樂府詩創作必須盡到反映社會時事之「病時」的功能以及富含「新意」的文學思想。到了長慶元年，元稹發表〈制誥序〉一文，宣揚其改革朝廷制誥文之理念，力求將崇尚駢儷四六筆法之朝廷制誥文，恢復成先秦時代內容樸質爾雅的本質，並以實際創作之詩文反映其文學思想，大抵而言，元稹詩文思想與改革理念實際上就是「尊古」與「尚新」。「尊古」之文學思想表現在制誥文之改革上；而「尚新」的文學理念則是表現在「新題樂府」與「古題樂府」之創作上。白居易曾以「制從長慶辭高古，詩到元和體變新」詩句讚譽元稹之文學成就，實非過譽也。

關鍵詞：元稹、樂府、制誥文、元和、長慶、尊古

一　前言

　　元稹是中晚唐時期的重要的文學家，與白居易友好，知交甚深，二人情誼堪稱文學史上一段佳話。元白二人自中唐貞元（784-805）年間結識以來，仕宦遭遇亦頗多相似，患難情堅更逾手足。在文學成就上，元白在中唐時期亦締造傑出的文學改革風潮，影響層面甚廣。然而若以歷來有關元白二人之研究能見度而言，白居易的研究能見度是高於元稹的，甚至在文學成就以及歷史評價上，亦是白居易高於元稹。不過近年來，亦有少部分學者在研究元稹的文學成就顯示，元稹在文學的主張與思想上，實際上是有其獨特的見解，其文學成就是不亞於白居易，甚至是高過白居易。[1]

　　唐代經過安史之亂後，進入了中唐時期（歷經肅、代、德、順、憲、穆等諸皇），中唐時代尤其從德宗朝至穆宗朝期間（780-824），在文壇上屢吹創新與改革的風潮，前有韓愈、柳宗元等；後有元稹、白居易等文人集團引領時代文學革新潮流，而在踵繼前人的文學改革步履上，元稹更是其中的佼佼者。

　　筆者深入探論元稹詩文理論發現，元稹對於唐代當時的詩、文發展背景洞察清晰，具備恢弘的文學發展史觀。在詩與文方面，元稹各有其文學思想與主張，在文章方面，尤其

---

[1] 《元稹集編年箋注》楊軍箋注〈論元稹的文學成就〉（代前言），（西安：三秦出版社，2005 年 11 月），頁 1。

是制誥文的改革理念即為「尊古」；而詩歌方面，新題樂府與古題樂府詩創作理念則是「尚新」。故而本文旨在探論元稹「尊古」與「尚新」的文學思想，藉由分析元稹所發表的文學改革文獻，以闡明元稹文學思想體系及微言意旨。

二　元稹之文學發展史觀與對杜甫的推崇

　　文人能感物、吟詠讚嘆，抒發胸臆，莫不根源於作家之神思，《文心雕龍・神思》曰：「『古人云，形在江海之上，心存魏闕之下。』神思之謂也。」；又謂「文之思也，其神遠矣。」即在說明作家的思想意念可以馳騁時空，物與神遊，而思想意念更是文學的創作根源。而徐安琪在《唐五代北宋詞學思想史論》一書亦認為，文人的文學體系之建構，乃至於形成一系統性之主張與學說，均根源於本身之文思[2]。因此，吾人可謂文人的思想為創作之根源，而藉著學說主張的提出與實踐，甚至能形成一文學思想體系。

　　元稹九歲學賦詩[3]，而其文學創作理念建立之初始，是在年少時期閱讀陳子昂〈感遇〉詩時，所興發的效慕之心，其〈敘詩寄樂天書〉一文曰：

2　徐安琪《唐五代北宋詞學思想史論》：「從中國辭源學角度來考察，『思想』是思量和想念的意思。作為名詞術語的『思想』，來自西方。在英語中，思想為 Thought（An idea or pattern of ideas），即由思考形成的觀念、見解、主張以及系統性的學說。」（北京：人民文學出版社，2007 年 11 月），頁 8。

3　《元稹集》卷三十〈敘詩寄樂天書〉（北京：中華書局 2000 年 6 月），頁 352。

> 僕時孩騃，不慣聞見，獨於書傳中初習，理亂萌漸，
> 心體悸震，若不可活，思欲發之久矣。適有人陳子昂
> 〈感遇〉詩相示，吟玩激烈，即日為〈寄思玄子〉詩
> 二十首。……僕亦竊不自得，由是勇於為文。[4]

據引文，元稹年少時期在心智萌亂、文思尚未成熟堅定時，
適逢機遇閱讀陳子昂〈感遇〉詩，吟詠之餘激盪出文思胸
臆，遂而追寄為詩，寫下〈寄思玄子〉詩二十首，此二十首
詩如今已不復得見，然而元稹年少時對於陳子昂「聖人教猶
在，世運久陵夷」以及「感時思報國，拔劍起蒿萊」之節操
風骨起了景慕之心[5]。

　　此外，元稹對於杜甫的文學成就甚為推崇，元稹愛杜詩
浩蕩之人生紀實、處處臻到，也開始留意沈、宋詩歌只重格
律聲調不存寄興之缺失，亦發覺陳子昂詩歌稍有未完備之
處[6]。根據元稹為杜甫所作的墓誌銘——〈唐故工部員外郎
杜君墓係銘序〉一文可見，此篇文章不僅展現元稹對於中國
文學發展清楚的脈絡史觀，更對於杜甫居於文學史觀之重要
地位亦提出獨到的見解，由於本文甚長，故筆者分為唐前與
唐代兩部分，分別析論於下：

4　《元稹集》卷三十〈敘詩寄樂天書〉（北京：中華書局 2000 年 6 月），頁
　　352。
5　見陳子昂〈感遇詩〉三十八首。
6　《元稹集》卷第三十〈敘詩寄樂天書〉云：「……又久之，得杜甫詩數百
　　首，愛其浩蕩津涯，處處臻到，始病沈、宋之不存寄興，而訝子昂之未暇
　　旁備矣。」頁352。

（一）唐前

> 敘曰：予讀詩至杜子美，而知小大之有所總萃焉。始
> 堯舜時，君臣以賡歌相和。是後，詩人繼作，歷夏、
> 殷、周千餘年，仲尼緝拾選練，取其干預教化之尤者
> 三百篇，其餘無聞焉。騷人作而怨憤之態繁，然猶去
> 風雅之近，尚相比擬。秦漢已還，採詩之官既廢，天
> 下俗謠民謳、歌頌諷賦、曲度嬉戲之詞，亦隨時間
> 作。逮至漢武賦〈柏梁〉詩而七言之體具，蘇子卿、
> 李少卿之徒，尤工為五言。雖句讀文律各異，雅鄭之
> 音亦雜，而詞意簡遠，指事言情，自非有為而為，則
> 文不妄作。建安之後，天下文士遭罹兵戰，曹氏父子
> 鞍馬間為文，往往橫槊賦詩，故其抑揚怨哀悲離之
> 作，尤極於古。晉世風概稍存，宋齊之間，教失根
> 本，是以簡慢、歆習、舒徐相尚，文章以風容、色
> 澤、放曠、精清為高，蓋吟寫性靈、流連光景之文
> 也。意義格力，無取焉。陵遲至於梁陳，淫艷、刻
> 飾、佻巧、小碎之詞劇，又宋齊之所不取也。[7]

文中陳述閱讀杜甫詩，豁然始知詩歌發展之源流，對於歷代
詩歌史觀得以開展。自堯舜時代君臣以詩歌賡和伊始，爾後
詩人創作即綿綴不斷，歷經千餘年來，孔子將之整理成詩
經，這些詩歌富含風雅之致，而後繼的騷人詩客為詩則大抵

7　同註3，頁600。

為怨憤之情態表徵，然因其去詩經風雅之情韻未遠，尚可與之匹擬。元稹亦認為自秦漢之際以迄漢武，當時朝廷採詩之官尤廢已久，然俗歌謠諺、歌頌或者諷喻之賦作以及嬉戲之詞等這些作品，亦有詩人創作。而到了漢武帝時，與群臣賦〈柏梁〉臺詩，此則確立了七言詩具體之形式；而蘇武與李陵更長於五言詩之創作。這個階段，雖然詩歌的句讀格律尚不成熟，體式多有相異，雅鄭之音夾雜其間，但是所創詩歌之意旨簡約而立意深遠，無論是詠物或者言情並非刻意矯然而作，詩人對於作詩寫文章的態度亦不妄然隨便。

　　而自建安之後，天下文士遭遇戰禍，曹氏父子文武兼擅，能於戎馬間為文，意氣風發慷慨為詩，這些多是個人抑揚、怨哀、悲離之作，而頗具古風。晉代詩歌風骨氣概猶存[8]，然而宋齊之際，此時詩風卻失去了詩教原本的氣格，文士崇尚個人品味，多流行簡慢，放蕩以及舒徐等舉止態度，所創寫之文章也注重外在的風容文采、色澤，以能表現文士放曠精清之性情為高尚[9]，而這些作品均是吟寫性靈、其內容則流連風花雪月的文學作品，而毫無詩文的格調氣勢[10]，這種詩歌卑痺的趨勢到了梁陳時代，有逐漸趨緩之現

8　元稹謂「晉世風概稍存」，案：《文選・袁彥伯三國名臣序贊》云：「使救生人，終明風概。」見《增補六臣注文選》（臺北：漢京文化事業，1983年9月），頁899下。

9　元稹謂「文章以風容、色澤、放曠、精清為高」，案：晉・潘岳《秋興賦》：「逍遙乎山水之阿，放曠乎人間之世。」（《增補六臣注文選》，頁248下。）

10　元稹謂「蓋吟寫性靈、流連光景之文也。意義格力，無取焉。」案：元稹〈上令狐相公詩啟〉：「然以為律體卑痺，格力不揚，苟無姿態，則陷流俗。」（《元稹集》，頁633。）

象，然而梁陳之世卻又盛行華麗豔美、雕琢刻畫、輕佻浮華、零碎短小之詞文[11]，這又是稍前的宋齊時代所不取的。

總之，元稹將堯舜以迄唐前之詩歌內涵與外在形式發展做了詳細的分析，在形式上，發展出五言、七言之作；在內容情致上，從詩三百富含風雅情致的傳統長驅直下，一變為楚騷之怨憤態繁、二變為秦漢之歌頌嬉戲、三變為漢武之詞意簡遠、四變為三曹父子之哀怨悲離而古風尚存、五變為宋齊時代的放曠清高而毫無格力、六變為梁陳時代之淫豔浮華而雕刻剪翠。至此詩歌內涵意蘊已無復詩三百之風雅情致。

（二）唐代

> 唐興，官學大振，歷世之文，能者互出。而又沈宋之流，研練精切，穩順聲勢，謂之為律詩。由是而後，文變之體極焉。然而莫不好古者遺近，務華者去實；效齊梁則不逮於魏晉，工樂府則力屈於五言；律切則骨格不存；閒暇則纖穠莫備。至於子美，蓋所謂上薄風騷，下該沈宋，古傍蘇李，氣奪曹劉，掩顏謝之孤高，雜徐庾之流麗，盡得古今之體勢，而兼今人之所獨專矣。使仲尼考鍛其旨要，尚不知貴其多乎哉！苟以為能所不能，無可不可，則詩人以來，未有如子美者。時山東人李白，亦以奇文取稱，時人謂之李杜。予觀其壯浪縱恣，擺去拘束，模寫物象及樂府歌詩，

11　元稹謂「陵遲至於梁陳，淫豔、刻飾、佻巧、小碎之詞劇，又宋齊之所不取也。」案：元稹〈小碎〉詩：「小碎詩篇取次書，等閒題柱意何如。」（《元稹集》，頁221。）

誠亦差肩於子美矣。至若鋪陳終始，排比聲韻，大或
千言，次猶數百，詞氣豪邁而風調清深，屬對律切而
脫棄凡近，則李尚不能歷其藩翰，況堂奧乎！[12]

元稹指出唐代官學在立唐之初即為大振，據《唐會要》所
載，武德元年朝廷曾設立了小學，下詔皇族子孫及功臣子弟
就學；而在太宗朝時，更增設了國學太學，大設學舍一千二
百間，國學太學四門，亦增加生員，博士凡三千二百六十
員，甚至各藩屬國，如：高麗、新羅、百濟、高昌、吐蕃等
酋長亦遣派子弟赴唐請入國學，國學之盛，近古未有[13]。由
於唐初大興官學培育人才，因而造就不少傑出的文人，這批
優秀的文人不僅在朝為官，亦創作出佳作美文，例如沈宋二
人創寫創寫「研練精切、穩順聲勢」的律詩，所謂「研練精
切、穩順聲勢」的律詩，即為特意注重詩歌的聲調格律，這
在當時亦號為「新體」[14]，自此之後，文體十分的講求創新

12　同註3，頁601。

13　《唐會要》卷三十五〈學校〉：「武德元年十一月四日，詔皇族子孫，及功
　　臣子弟於祕書外省，別立小學。貞觀五年以後，太宗數幸國學太學，遂增
　　學舍一千二百間，國學太學四門，亦增生員，其書算等，各置博士凡三千
　　二百六十員。其屯營飛騎，亦給博士，授以經業。已而高麗、百濟、新
　　羅、高昌、吐蕃諸國酋長，亦遣子弟請入國學。于是國學之內，八千餘
　　人，國學之盛，近古未有。」（北京：中華書局）1998年11月），頁633。

14　如：沈佺期〈和元舍人萬頃臨池玩月戲為新體〉：「春風搖碧樹，秋霧卷丹
　　臺。復有相宜夕，池清月正開。玉流含吹動，金魄度雲來。熠爚光如沸，
　　翩翩景若摧。半環投積草，碎璧聚流杯。夜久平無焕，天晴皎未隤。鏡將
　　池作匣，珠以岸為胎。有美可言暇，高興獨悠哉。揮翰初難擬，飛名豈易
　　陪。夜光殊在握，了了見沈灰。」見《全唐詩》卷九七（北京：中華書
　　局，1996年1月），頁1047。

求變。

　　然而各家所專擅所主張力求的則各有所偏好，所謂「莫不好古遺近，務華者去實；效齊梁則不逮於魏晉，工樂府則力屈於五言；律切則骨格不存，閑暇則纖穠莫備。」元稹認為文人為文好古，則必然忽視今文，務求文采者則會捨卻文學樸實之本質。又提出文人若是效學齊梁文學則便侷限於追求齊梁時代的美文，而不去推原魏晉時代的文學流衍變遷；而專攻樂府創作則又侷限於五言樂府；甚至認為若是太講究詩歌的聲調格律，則風骨格力不存；若詩風講求平淡閑暇，則詩歌風韻之纖穠富美便不復依存。

　　因此，在所有唐代文人當中，元稹推崇杜甫的文學成就，認為杜甫的詩文「上薄風騷，下該沈宋，古傍蘇李，氣奪曹劉，掩顏謝之孤高，雜徐庾之流麗。」綜合各家所長，為文不僅盡得「古今之體勢」，在當代更能嶄露獨特的文學風格。甚至元稹也將李白與杜甫之詩文做了比較，認為李白在詩文「壯浪縱恣」不受形式外在的拘束，在模寫物象以及樂府歌詩的成就是與杜甫能力相當的，然而若是就詩文的「鋪陳謀篇」以及「排比聲韻」此兩者而言，杜甫少則百言多則數千言，屬對格律穩切而能脫去今體拘泥的侷限；在內容上，則詞氣豪邁而風格清峻幽深，而李白詩文風力則尚且不能擴展至如此，更遑論得登詩文創作之最高境界。

　　元稹對於杜甫的推崇，似乎有「揚杜抑李」之意，金人元好問曾在《論詩絕句》中曾針對此點批判過元稹的觀點，曰：「排比鋪張特一途，藩籬如此亦區區。少陵自有連城

璧，爭奈微之識碔砆。」[15]此中之意似乎認為，元稹只就「排比鋪張」此點來評判李杜詩文之優劣不甚客觀，但是卻可以肯定的是，元稹對於杜甫的文學地位是甚為推崇與景仰的，元稹曾於〈敘詩寄樂天書〉曾云：

> ……又久之，得杜甫詩數百首，愛其浩蕩津涯，處處臻到，始病沈、宋之不存寄興，而訝子昂之未暇旁備矣。[16]

元稹自述對於杜甫詩愛好之理由，謂杜甫詩「浩蕩津涯，處處臻到」[17]，大抵是就擅長利用各種詩歌的體裁，能暢達個人的意志興發之外，更能推及此種波瀾壯闊之氣象，如同津涯之浩蕩壯闊，也因此元稹接觸了杜甫詩，深入的體悟到杜甫詩的精髓之後，便對於沈宋二人大抵只專擅詩歌的音聲格律而不存寄興提出批評，甚而亦認為陳子昂雖能在詩歌裡暢寄個人意興，展現個人風骨節操，猶仍未能將個人之寄興推波於外，而形成一股浩蕩深廣之氣，所謂「訝子昂之未暇旁備矣」應為此意。

元好問曾評判元稹只以「排比鋪張」一途即論李杜之優

15 〔金〕元好問《論詩絕句》（臺北：金楓出版社，1999/4），頁 251。

16 《元稹集》，頁 351。

17 所謂「津涯」一詞，歷來古籍上均有記載，如：《書．微子》：「今殷其淪喪，若涉大水，其無津涯。」高適詩〈三君咏〉：「代公實英邁，津涯浩難識。」案：「津涯」原指水岸，後引申為範圍、範疇。元稹以「津涯浩蕩」形容杜甫詩，率以認為杜詩在詩歌領域能表現出個人情志波瀾壯闊之氣象（《全唐詩》，頁 2207）。

劣，是眼界不夠寬廣；若吾人持平而論，元稹除了重視杜甫詩之排比鋪張之外，其實亦推崇杜詩之波瀾氣象的。

再者，元稹除了對文學發展有深入的瞭解與清晰的史觀之外，對於詩歌體裁之性質亦能有切當的掌握與體悟，例如：元稹曾在〈敘詩寄樂天書〉一文中，提到自己創作之詩有十體，曰：

> 適值河東李明府景儉在江陵時，僻好僕詩章，謂為能解，欲得盡取觀覽，僕因撰成卷軸。其中有旨意可觀，而詞近古往者，為古諷。意亦可觀，而流在樂府者，為樂諷。詞雖近古，而止於吟寫性情者，為古體。詞實樂流，而止於模象物色者，為新題樂府。聲勢沿順屬對穩切者，為律詩，仍以七言、五言為兩體。其中有稍存寄興、與諷為流者為律諷。不幸少有伉儷之悲，撫存感往，成數十詩，取潘子悼亡為題。又有以干教化者，近世婦人暈淡眉目，綰約頭鬢，衣服修廣之度，及匹配色澤，尤劇怪豔，因為豔詩百餘首。詞有今古，又兩體。自十六時，至是元和七年矣，有詩八百餘首，色類相從，共成十體，凡二十卷。[18]

筆者根據上述引文，將元稹詩歌十體列表於下：

	詩體	性質		詩體	性質
1	古諷	旨意可觀，詞近古往者	2	樂諷	意亦可觀，流在樂府者
3	古體	詞雖近古，而止於吟寫性情者	4	新題樂府	詞實樂流，而止於模象物色者
5	五言律詩	聲勢沿順屬對穩切者	6	七言律詩	聲勢沿順屬對穩切者
7	律諷	稍存寄興、與諷為流者	8	悼亡	不幸少有伉儷之悲，撫存感往
9	今體豔詩	以干教化、匹配色澤，尤劇怪豔	10	古體豔詩	以干教化、匹配色澤，尤劇怪豔

　　元稹將自己創作之詩區分為〈古諷〉、〈樂諷〉、〈古體〉、〈新題樂府〉、〈五言律詩〉、〈七言律詩〉、〈律諷〉、〈悼亡〉、〈今體豔詩〉、〈古體豔詩〉等十體，此十體中有詳分古、今體之別，亦論及各體之性質差異，或而談及創作緣由，可見元稹對於詩歌體裁之熟稔。摯友白居易對元稹律詩也提出讚譽，如：〈放言〉五首序曰：「元九在江陵時，有〈放言〉長句詩五首，韻高而體律，意古而詞新。……」[19]感念元稹悼亡詩，亦創寫〈見元九悼亡詩因以此寄〉曰：「夜淚闇銷明月幌，春腸遙斷牡丹庭。人間此病治無藥，唯有楞伽四卷經。」[20]

　　總而論之，元稹對文學史觀之詳瞻以及個人對於杜甫之推崇，甚而對於各體詩裁之熟稔，並提出創作理論，也建構

19　《白居易集》（北京：中華書局，1999 年 11 月），頁 318。

20　同註 19，頁 273。

出文學思想與形式內外兼具的體系。

二　尊古之文學主張表現在制誥文之改革
──純厚與明切

　　若吾人深究元稹詩文可知，其實元稹文學思想與創作論並非獨鍾於詩歌領域，元稹對於文章創作亦有獨特之見解，甚至提出具體之創作理論與主張。尤其對唐代制誥文重駢之現象提出改革理論，其在〈制誥序〉首論制誥文之本質，曰：

> 制誥本於《書》，《書》之誥命訓誓，皆一時之約束也。自非訓導職業，則必指言美惡，以明誅賞之意焉。是以讀〈說命〉，則知輔相之不易；讀〈胤征〉，則知廢怠之可誅。秦漢以來，未之或改。[21]

元稹認為制誥文根源於《尚書》，《尚書》所載之誥、命、訓、誓諸篇，均是載王言之體，是君王布政天下之文告，其最主要之意旨在於言人、事之美惡，並表達誅賞人、事之用意。因此制誥文首重的是，宣揚王言布告之大義，這是自秦漢以來制誥文寫作之傳統。然而這個傳統到了唐代，卻起了變化，元稹〈制誥序〉又云：

21　《元稹集》，頁442。

> 近世以科試取士文章，司言者苟務刊飾，不根事實；
> 升之者美於詞，而不知所以美之之謂；黜之者罪溢於
> 紙，而不知所以罪之之來；而又拘以屬對，蹋以圓
> 方，類之於賦判者流，先王之約束蓋掃地矣。[22]

隋唐以來，以科舉取士，唐代科舉一般分為「常舉」與「制舉」，常舉中最受唐代社會所重視者即為「進士」與「明經」兩科；制舉則是由皇上臨時下詔所舉行，為網羅「非常之才」而設的。進士科試以詩、賦；而明經帖經。制舉考科項目繁多，傅璇琮曾統計過《唐會要》卷七十六〈制科舉〉部分，從高宗顯慶三年（658）至文宗大和二年（828）當中，制舉考試曾經考過的科別共有六十三個科目[23]，白居易與元稹在元和元年，便均投考制舉之「才識兼茂明於體用」科，甚至白居易在元和三年曾選考制舉之「賢良方正能直言極諫科」及第後，擔任諫官職務的左拾遺。

　　唐代制舉主要是以試策文為考項，策文內容多半與朝廷政事相關，既然制舉要考「策文」，因此為了能熟於策文應試技巧，多半應試文人便會試作「策文」加以練習，白居易與元稹在元和元年，罷校書郎後，便是與元稹為了同應制舉，私下試作不少策文[24]。

22　《元稹集》，頁 442。

23　傅璇琮《唐代科舉與文學》第六章〈制舉〉（臺北：文史哲出版社，1994年 8 月），頁 142。

24　朱金城《白居易集箋校》卷六十二〈策林序〉：「元和初，予罷校書郎，與元微之將應制舉，退居於上都華陽觀，閉戶累月，揣摩當代之事。」據傅璇琮所考：所謂「當代之事」，即為「皇王之要道，邦家之大務。」（《唐

　　元稹認為，由於朝廷取士之文，受到時文尚駢之影響，而掌承敕宣付的司言之官，[25]即草擬制誥者，多半只注重文章詞藻之文飾、而不根據所論之事實，對於所論人、事之「美」「黜」過溢，而不知其所以然謂。甚至過度以屬對觀念來擬制誥，這便與注重屬對的「律賦」與「判文」相類似了，如此一來，便無法顯揚「制誥文」為王言約束的意旨。

　　〈制誥序〉又云：

> 元和十五年，余始以祠部郎中知制誥，初約束不暇，及後累月，輒以古道干丞相，丞相信然之。又明年，召入禁林，專掌內命。上好文，一日，從容議及此，上曰：「通事舍人不知書便其宜，宣贊之外無不可。」自是司言之臣，皆得追用古道，不從中覆。然而余所宣行者，文不能自足其意。率皆淺近，無以變例。追而序之，蓋所以表明天子之復古，而張後來者之趣尚耳。[26]

元稹在元和十五年任「知制誥」，隔年也就是「長慶元年」，便以「知制誥」司言之便，再加上穆宗「復古好文」，便推行「制文」改革以正文體，最終的目的在於表明穆宗的復古決心，並引領後學效習之趨尚。

代科舉與文學》），頁 155。

25　《新唐書》卷四十七〈志〉第三十七〈百官二〉，（《新校本新唐書附索引》），頁 1226。

26　《元稹集》，頁 442。

　　筆者認為，唐代應試舉子在投考「常舉」時，進士科必作「試律詩」與「試律賦」、及第後取得「出身」，進而應吏部考「判文」，而「判文」是以四六文為之[27]，非常注重文辭屬對。再者，若要在任官上取得更大的名聲與優勢，必得應君王為網羅非常之才的「制舉」方能晉身顯達，因此多半文人在應常舉試之外，也會應制舉試，以求仕祿。在唐人「試律詩」與「試律賦」以及「判文」尚駢而重屬對之風氣下，應制舉的文人寫出帶有駢偶色彩的「試策文」，甚而擔任朝廷司言後，為文只重視屬對觀念，而忽略制誥文是為王言約束的最高宗旨，如此便不難理解，而這也是元稹要改革「制誥文」，並且恢復《尚書》中，制誥為王言約束之正統的原因了。

　　然而，制誥文原本的文體屬性到底有何特殊之處？以至於元稹欲以知制誥職務之便來進行改革，而「制」與「誥」以及「詔」三種文體又有何關連性呢？據《文章辨體序說》解釋云：

> 按三代王言，見於《書》者有三：曰誥、曰誓、曰命。至秦改之曰詔，歷代因之。然唯兩漢詔辭深厚爾雅，尚為近古。至偶儷之作興，而去古遠矣。[28]

27　《文體明辨序說・判》：「……唐制，選士判居其一，則其用彌重矣。……獨其文堆垛故事，不切於蔽罪；拈弄辭華，不歸於律格，為可惜耳。唯宋儒王回之作，脫去四六，純用古文，庶乎能起二代之衰，而後人不能用，愚不知其何說也。今世理官斷獄，例有參詞，而設科取士，亦試以判，其體皆用四六，則其習由來久矣」，頁127-128。

28　吳訥《文章辨體序說》，《文章辨體序說 文體明辨序說》合刊本（北京：

《文體明辨序說》亦云：

> 按劉勰云：「古者王言，若軒轅、唐、虞同稱為命。
> 至三代始兼詔誓而稱之，今見於《書》者是也。秦併
> 天下，改命曰制、令曰詔，於是詔興焉。漢初，命定
> 四品，其三曰詔，後世因之。」
> 夫詔者、昭也，告也。古之詔詞，皆用散文，故能深
> 厚爾雅，感動乎人。六朝而下，文尚偶儷，而詔亦用
> 之，然非獨用於詔也。後代漸復古文。而專以四六施
> 諸詔、誥、勅、表、箋、簡、啟等類，則失之矣。[29]

據上述兩則引文可知，王者下達命令曰「制」與「詔」，而
至秦以後，改誥為「詔」，所以，誥文也就是詔文，為王言
昭告天下之意。三代兩漢之詔辭皆用散文書之，文辭古質深
厚，因而能感動於人。然而自六朝以降，文風崇尚駢儷，此
尚駢風氣亦影響朝廷詔文之寫作，雖後代文壇逐漸重視與恢
復古文，然亦專以「四六」文體書寫朝廷文書，因而喪失王
言文體尚古之原本特質。

　　筆者亦認為，唐代制誥文尚駢偶文辭，一來是受到自六
朝以來文風尚駢之影響；二來即是受科考「試律詩」、「試律
賦」等應試科目尚偶筆法所制約，以至於文人參與「制舉」
考策文時，亦沾帶尚偶筆觸來寫作，當入朝成為草擬王命司

　　人民文學出版社，1998 年 5 月第一次印刷），頁 36。

29　《文體明辨序說》（北京：人民文學出版社 1998 年 5 月），頁 112。

言之官職身分時，則以此尚駢觀念草擬文告，這種朝廷裡外尚駢為文的習性，即是元稹所要改革的任務；而恢復「制誥文」深厚爾雅的本質，則是元稹改尚駢制誥文的目標。

　　今存元稹所作的制誥文，收錄在《元稹集》卷四十一至五十卷之中，共十卷，一百四十三篇。白居易曾於〈餘思未盡加為六韻重寄微之〉一詩中，提到元稹這百來篇的制誥文所帶來的影響，曰：「制從長慶辭高古，詩到元和體變新。」並在前一句「制從長慶辭高古」下自注曰：「微之長慶初知制誥，文格高古，始變俗體，繼者效之也。」認為元稹在長慶年任「知制誥」所創寫的制誥文是以文格高古見長，甚至引領後繼者效法的風氣。而《新唐書》亦對元稹制誥文備有稱譽，謂元稹「變詔書體，務純厚明切，盛傳一時。」[30]可見「文格高古」與「純厚明切」為元稹制誥文的文辭特色，其目的在恢復制誥文之本質與尚古之遺風。

　　關於「純厚明切」之意義，在歷來典籍中，「明切」一詞則用以形容文辭之事理，如：《全唐文》曰：「皆事理明切，著為格言。」[31]「但事理明切，不假詞華。」[32]而「純厚」則主要用以形容個人之情性，如：《朱子語類》曰：「資稟純厚者，須要就上面做工夫」，因此《新唐書》以「純厚明切」一詞用以形容元稹制誥文明確樸實之筆法寫褒貶人物

30　《新唐書》卷一百四十七〈列傳〉第九十九〈元稹〉，《新校本新唐書附索引》，頁 5228。

31　見《全唐文新編 13》卷七三二趙知微〈請勤政誠逸疏〉一文（長春：吉林出版社，1999/12），頁 8502。

32　見《全唐文新編 19》卷九六六闕名〈請令舉薦堪為縣令錄事參軍奏〉一文（長春：吉林出版社，1999/12），頁 13172-13173。

之實事，甚為切當。

　　此外，「高古」一辭常用於品評人物以及詩文等，如：白居易謂陶潛格調高古，偏放於田園[33]；司馬子長取法《戰國策》以著史記，而文辭高古；司空圖《二十四詩品》第五品即為「高古」。而自六朝以降，由於朝廷制誥文書主要是以駢體文形式呈現，在朝廷時文尚駢之風氣下，能洞察制誥文「尚質深厚」之本質，而以實際的革新精神與理念創寫制誥文者，元稹堪稱為唐代第一人，並且贏得白居易與後代史家之讚譽。

三　尚新之文學理念表現在新題樂府與古題樂府之創作
——病時與新意

　　元稹在創寫樂府詩時，特別強調其創作理念的表達，尤其是在「新題樂府」以及「古題樂府」的創作上，必須反映時事之「病時」的社會功能以及富含「新意」的獨到見解。

（一）新題樂府

　　元稹在〈和李校書新題樂府十二首〉序云：

　　　　予友李公垂貺予〈樂府新題〉二十首，雅有所謂，不
　　　　虛為文。予取其病時之尤急者，列而和之，蓋十二而

33　白居易〈與元九書〉：「蓋寡以康樂之奧博，多溺於山水；以淵明之高古，偏放於田園。」《白居易集》，頁 961。

已。昔三代之盛也，士議而庶人謗。又曰：世理則詞
直，世忌則詞隱。予遭理世而君盛聖，故直其詞以示
後，使夫後之人，謂今日為不忌之時焉。[34]

根據引文得知，李公垂曾贈與元稹二十首新題樂府詩，而元
稹則就當中「病時之尤急」者和作十二首，而新題樂府「病
時之尤急」即為元稹和作之內涵。元稹認為三代盛世時，讀
書人與百姓議論政事是普遍之現象，所謂「世理詞直，世忌
則詞隱」，元稹認為當時適逢聖君理世，於是創作新題樂
府，以便曉示後世之人，所處時代是聖主明君廣納諫言的清
和時代。

　　此十二首和詩創作的時間為元和四年（809），當時元稹
正擔任憲宗朝的監察御史[35]，唐代監察御史是正八品上的職
階，主要工作職權有：分察百寮、巡按郡縣、糾視刑獄、彈
糾不法等[36]，以此觀察元稹和詩詞序所言為詩宗旨在於「病
時之尤急者」，似乎與其擔任監察御史之職息息相關，所謂
有其位謀其政，進而以此作為文學創作之機緣。此十二首和
詩分別為：〈上陽白髮人〉、〈華原磬〉、〈五弦彈〉、〈西涼
伎〉、〈法曲〉、〈馴犀〉、〈立部伎〉、〈驃國樂〉、〈胡旋女〉、
〈蠻子朝〉、〈縛戎人〉、〈陰山道〉等。觀察此十二首和詩之
詞序以及內容可知，大抵對於當時的內政與文化現象做一批
判與檢討，如：〈立部伎〉李紳曾云：「太常選坐部伎，無性

34　《元稹集》，頁 278。
35　《元稹年譜新編》周相彔撰（上海：上海古籍出版社），頁 63-64。
36　《元稹年譜新編》，

靈者退入立部伎。又選立部伎無性靈者退入雅樂部，則雅樂
可知矣。李君作歌以諷焉。」[37]言朝廷不重雅樂之心態，而
表現夷夏文化凌替之憂心，如詩有云：「宋沇嘗傳天寶季，
法曲胡音忽相和。明年十月燕寇來，九廟千門虜塵浣。我聞
此語嘆復泣，古來邪正將誰奈。奸聲入耳佞入心，侏儒飽飯
夷齊餓。」[38]而在「明年十月燕寇來，九廟千門虜塵浣。」
下注云：

> 太常丞宋沇傳漢中王舊說云：玄宗雖雅好度曲，然而
> 未嘗使藩漢雜奏。天寶十三載，始詔道調法曲與胡部
> 新聲合作，識者異之。明年祿山反。[39]

引文提到玄宗在天寶十三載的一次重胡文化政策之實施，演
變為夷夏文化凌替，甚而引發胡亂的主要原因。再者，又如
〈法曲〉一詩云：「自從胡騎起煙塵，毛毳腥羶滿咸洛。女
為胡婦學胡妝，伎進胡音務胡樂。火鳳聲沈多咽絕，春鶯囀
罷長蕭索。胡音胡騎與胡妝，五十年來競紛泊。」元稹對於
胡文化對於華夏文化之侵犯，而民間亦競相崇尚胡風之現象
表達憂心。

　　筆者觀察這十二首和詩大部分內容均是元稹對於胡文化
侵凌大唐華夏文化之批判，也提到此重胡文化之轉折點均指
明是在盛唐玄宗朝，此重胡風氣流衍至憲宗朝，不僅如此，

37　《元稹集編年箋注》（詩歌卷），頁121。
38　同註35，頁122。
39　同註35，頁122。

從中唐以後，社會與朝廷所沾帶的不良習俗與制度，元稹也藉由新題樂府詩反映出來，而其中部分詩歌便是希望憲宗能引以為戒鑑，如〈胡旋女〉曰：「天寶欲末胡欲亂，胡人獻女能胡旋。旋得君王不覺迷，妖胡奄到長生殿。」其詩題下元稹註云：「《李傳》云：『天寶中，西國來獻。』」[40]〈陰山道〉曰：「年年買馬陰山道，馬死陰山帛空耗。」其詩題下，元稹自註云：「《李傳》云：『元和二年，有詔悉以金銀酬回鶻馬價。』」[41]這些詩作均能反映時事，而能緊扣其創作理念「病時」之中心意旨。

　　此外，雖然元稹在〈新題樂府序〉宣稱是取李紳所創作之「新題樂府」當中「病時之尤急」者的原詩來和作，不過在經過元稹作序和作之後，也啟發了白居易創寫新樂府詩五十首，朱金城曾考證曰：

> 〈新樂府〉蓋李紳所首唱，元稹擇和，居易復擴充之為五十首，蔚成有唐一代之鉅製。……又據元稹〈唐故工部員外郎杜君墓系銘並序〉及白氏〈與元九書〉，知兩人俱極推崇杜甫之詩，則〈新樂府〉之體，實為摹擬其樂府之作無疑。居易〈新樂府〉雖題為「元和四年為左拾遺時作」，然詳考之，此五十首詩亦非悉在元和四年所作，乃以後數年間陸續修改增補而成。[42]

40　《元稹集》，頁286。

41　《元稹集》，頁290。

42　朱金城箋校：《白居易集箋校》卷第三〈諷諭三　新樂府〉（上海：上海古

據朱金城考證，白居易是受到元稹和作李紳新題樂府的影響之後，再陸陸續續擴充成五十首新樂府之規模，吾人可謂影響白居易創寫新樂府詩之關鍵人物實是元稹。

（二）古題樂府

元稹對於「古題樂府」之創作理念亦有他獨到之見解，他在〈古題樂府序〉中，很詳細清楚的表達對於樂府詩歌本質與發展之脈絡觀念，前半段均在呈現清楚的樂府詩歌「詩與樂」定詞與配樂的觀念，其中包含有二十四詩名的提出，認為「賦」、「頌」、「銘」、「贊」、「文」、「誄」、「箴」、「詩」、「行」、「咏」、「吟」、「題」、「怨」、「嘆」、「章」、「篇」、「操」、「引」、「謠」、「謳」、「歌」、「曲」、「詞」、「調」皆為詩人六義之流衍，而自「操」之後等八名，也就是「操、引、謠、謳、歌、曲、詞、調」則皆起於郊祭、軍賓、吉凶、苦樂之際[43]。元稹對於此二十四詩名的詞與樂關係做了很詳細的詮釋，認為詞與樂有兩種配合方式：一是「由樂以定詞」，其二為「選詞以配樂」，所謂「由樂以定詞」是以樂曲為主導，音樂為主體，這些有「歌、曲、詞、調」四種；而「選詞以配樂」則是以歌詞為主導，為這些歌詞選配適宜的音樂，這些樂府詩有「詩、行、咏、吟、題、怨、嘆、章、篇」等九種，皆「屬事而作」，後來之審樂者往往採其詞，度為歌曲。可見元稹本身對於詞與樂配合之觀

籍出版社，2003 年 10 月），頁 137。

43　《元稹集編年箋注》（詩歌卷），頁 688。

念與知識實為熟稔。

　　而〈古題樂府序〉後半段則是元稹重要的樂府詩學理
論，曰：

> ……況自風雅至于樂流，莫非諷興當時之事，以貽後
> 代之人。沿襲古題，唱和重複，于文或有短長，于義
> 咸為贅剩。尚不如寓意古題，刺美見事，猶有詩人引
> 古以諷之義焉。曹劉沈鮑之徒，時得如此，亦復稀
> 少。近代唯詩人杜甫〈悲陳陶〉、〈哀江頭〉、〈兵
> 車〉、〈麗人〉等，凡所歌行，率皆即事名篇，無復倚
> 旁。予少時與友人白樂天、李公垂輩謂是為當，遂不
> 復擬賦古題。昨梁州見進士劉猛、李餘各賦古樂府詩
> 數十首，其中一二十章，咸有新意，予因選而和之。
> 其中雖用古題，全無古義者，若〈出門行〉不言離
> 別，〈將進酒〉特書列女之類是也。其或頗同古義，
> 全創新詞者，則〈田家〉止述軍輸、〈捉捕〉詞先螻
> 蟻之類是也。劉李二子方將極意于斯文，因為粗明古
> 今歌詩同異之音焉。[44]

元稹認為從詩經國風乃至於樂府流衍之傳統，其內在意義莫
不以「諷興時事」為最高宗旨，若只是一味沿襲樂府之古題
反覆賡和，則在諷興時事上則無多大實質意義。「寓意古
題」樂府詩則進一步能「刺美見事」，詩人能引古諷事。而

44　同註37。

杜甫創寫之〈悲陳陶〉、〈哀江頭〉、〈兵車〉、〈麗人〉等歌行
則是「即事名篇」，而原本樂府詩最重要的內涵就是「屬事
而作」，能反映社會時事就是樂府詩創作的最大功能，而杜
甫的樂府詩篇皆為「即事名篇」，可謂最能掌握樂府詩創作
意義的詩人，因此除了元稹本人之外，白居易、李紳（公
垂）均一致認為杜甫「即事名篇」的樂府詩才是他們創作的
標範。於是元稹取劉猛、李餘等創寫之樂府詩「咸有新意」
者一二十章加以和作，別為兩類：一是「雖用古題，全無古
義者」；二是「頗同古義，全創新詞者」，而筆者亦認為，這
一二十章之和作均著重在詩歌內涵之新意表現。雖然劉猛、
李餘之原作目前已亡佚不復得見，不過從元稹之和作，吾人
亦能得窺劉李創寫「新意」樂府之梗概。

　　元稹和作共有十九首，作於元和十二年（817），此時元
稹在通州擔任司馬一職。前十首是和劉猛之作，分別是：
〈夢上天〉、〈冬白紵〉、〈將進酒〉、〈采珠行〉、〈董逃行〉、
〈憶遠曲〉、〈夫遠征〉、〈織婦詞〉、〈田家詞〉、〈俠客行〉；
後九首是和李餘之作，分別為：〈君莫非〉、〈田野狐兔行〉、
〈當來日大難行〉、〈人道短〉、〈苦樂相倚曲〉、〈出門行〉、
〈捉捕歌〉、〈古築城曲五解〉、〈估客樂〉等。其詩題原為樂
府古題者有：〈冬白紵〉[45]、〈將進酒〉[46]、〈董逃行〉、[47]

45　《古今樂錄》引沈約云：「〈白紵〉五章，敕臣約造。武帝造後兩句。」所
　　謂五章，即〈春白紵〉、〈夏白紵〉、〈秋白紵〉、〈冬白紵〉、〈夜白紵〉。
　　（《元稹集編年箋注》，頁697。）

46　《樂府詩集‧將進酒》〔宋〕郭茂倩解題：「古詞曰：『將進酒，乘大
　　白。』大略以飲酒放歌為言。」《樂府詩集》（臺北：里仁書局），1981年
　　3月，頁229。

〈俠客行〉[48]、〈當來日大難行〉[49]、〈出門行〉[50]、〈古築城曲五解〉[51]、〈估客樂〉[52]等，此八首元稹雖藉用古題然無古義，觀其內容則蘊含新意，如：〈將進酒〉古詞言飲酒放歌之意，元稹〈將進酒〉曰：

> 將進酒，將進酒，酒中有毒鴆主父，言之主父傷主母。仰天俯地不忍言。
>
> 陽為僵踣主父前，主父不知加妾鞭。旁人知妾為主說，主將淚洗鞭頭血。
>
> 推椎主母牽下堂，扶妾遣升堂上床。將進酒，酒中無毒令主壽，願主回恩歸主母，遣妾如此由主父。妾為此事人偶知，自慚不密方自悲。主今顛倒安置妾，貪天僭地誰不為？[53]

47　《樂府詩集》卷三四引〔晉〕崔豹《古今注》曰：「〈董逃歌〉，後漢游童所作也。終有董卓作亂；卒以逃亡。後人習之為歌章，樂府奏之以為儆誡焉。」《樂府詩集》，頁 504-505。

48　《樂府詩集》卷六七〈游俠篇〉解題：「《漢書‧游俠傳》曰：『戰國時，列國公子，魏有信陵，趙有平原，齊有孟嘗，楚有春申，皆藉王公之勢，競為游俠，以取重諸侯，顯名天下。故後世稱游俠者，以四豪為首焉。』」《樂府詩集》，頁 966。

49　《樂府詩集》卷三六〈當來日大難〉解題：「『《樂府解題》曰：「曹植擬〈善哉行〉為『日苦短』」《樂府詩集》，頁 540。

50　見《樂府詩集‧雜曲歌辭》，頁 890。

51　《樂府詩集》卷七五〈築城曲〉郭茂倩解題：「馬冨《中華古今注》曰：『秦始皇三十二年，得讖書云：「亡秦者胡」乃使蒙恬擊胡，築長城以備之。』」《樂府詩集》，頁 1060。

52　見《樂府詩集‧清商曲辭》，《樂府詩集》，頁 699。

53　《元稹集編年箋注》（詩歌卷），頁 699。

　　元稹〈將進酒〉一詩主要針對唐代社會主婢制度不合常倫之悲慘狀況提出省察，以婢妾之口吻寫為何要以酒鴆殺男主人之原因。再者，〈估客樂〉古詞原是齊武帝所製，為回憶布衣遊歷生活之作，然元稹〈估客樂〉則有云：「估客無住者，有利身則行。出門求火伴，入戶辭父兄。父兄相教示，求利莫求名。求名莫所避，求利無不營。……生為估客樂，判爾樂一生。」[54]元稹在詩中極力批判商人貪財重利之橫暴，以及買通官府求官買官之狀，而這也是唐代豪商重利貪財之普遍寫照。樂府古題〈將進酒〉從樂府古辭之飲酒放歌到屬事議論，就內容實質上言，此樂府詩可謂為古題新意。

　　綜觀元稹於元和四年（809）提出「病時之尤急」的「新題樂府」的宣告，乃至於在元和十二年（817）提出「咸有新意」之「古題樂府」理論，並創寫作品實踐文學理念，其新題樂府「病時之尤急」的中心思想，亦啟發摯友白居易提出新樂府詩改革理論[55]，並創寫新樂府詩五十首，而白居易所創寫的若干新樂府詩也針對元稹原詩加以和作，如：〈上陽白髮人〉、〈陰山道〉、〈華原磬〉、〈五弦彈〉、〈西涼伎〉、〈立部伎〉、〈驃國樂〉、〈胡旋女〉、〈縛戎人〉等，雖然李紳先於元稹創寫新題樂府[56]，而元稹也將劉猛、李餘

54　同註47，頁729-730。

55　白居易《與元九書》曰：「……每詩來，或辱序，或辱書，冠于卷首，皆所以陳古今歌詩之義，且自敘為文因緣，與年月之遠近也。僕既受足下詩，又諭足下此意，常欲承答來旨，粗論歌詩大端，並自述為文之意，總為一書，致足下前。」《白居易集》（北京：中華書局，1999 年 11 月），頁52。

56　見元稹〈和李校書新題樂府十二首〉序文：「予友李公垂貺予樂府新題二

「咸有新意」之古題樂府選取當中的十九首和作，在創寫的時間點似乎晚了幾位樂府改革之友輩，然而在樂府詩歌發展史的理路以及樂府詩改革理論上，元稹提出獨到之卓見，啟迪白居易新樂府詩改革理念，這在唐代新樂府詩發展之成就是值得一書的。

此外，唐史研究前輩陳寅恪對於元稹創寫的「新題樂府」與「古題樂府」之寓意以及手法亦曾提出研究見解，陳寅恪認為元稹的新題樂府的題意雖新，但究其詞句卻難免襲古；而古題樂府則「或題古而詞意俱新，或意新而題詞俱古。」這種錯綜複雜的樂府詩創作手法更獨具匠心[57]。

今筆者觀察元稹新題樂府十二首在形式均為七言古體，然內容則意在病時；而古題樂府則部分句式長短摻雜，如〈憶遠曲〉：「憶遠曲，郎身不遠郎心遠。……聽妾私勸君：君今夜夜醉何處？……」；又如〈夢上天〉：「夢上高高天，高高蒼蒼高不極。」等諸如此類，可見元稹古題樂府詩的創寫筆法較新題樂府更為自由，詩歌內容富含批判「新意」。

四　制從長慶辭高古，詩到元和體變新

元和朝與長慶朝是元白二人擅場中唐文壇之時代，《舊唐書》曾云：「元和主盟，微之、樂天而已。」若就年僅在位四年的穆宗長慶朝而言，元稹深獲皇恩以知制誥一職得以

十首，雅有所謂，不虛為文。」（《元稹集編年箋注》詩歌卷），頁106。
57　陳寅恪《元白詩箋證稿》，第六章〈古題樂府〉（臺北：世界書局，1975年3月），頁302。

進行制誥文改革，可謂有其獨厚之機緣，亦開創了唐代文學史上的豐偉之成就。

　　白居易曾於長慶三年作了一首〈餘思未盡加為六韻重寄微之〉詩，曰：

> 海內聲華併在身，篋中文字絕無倫。遙知獨對封章草，忽憶同為獻納臣。
> 走筆往來盈卷軸，除官遞互掌絲綸。制從長慶辭高古，詩到元和體變新。
> 各有文姬才稚齒，俱無通子繼餘塵。琴書何必求王粲？與女猶勝與外人。[58]

白居易於詩中嘉美元稹文采，並提到兩人同為朝廷獻納之臣，而在「走筆往來盈卷軸，除官遞互掌絲綸」句下自註云：「予除中書舍人，微之撰制詞；微之除翰林學士，予撰制詞。」[59]可見兩人亦作制詞相互恭賀得登朝廷顯職並同掌制誥命辭。其中「制從長慶辭高古，詩到元和體變新。」特別值得探析，原因是在元稹的努力下，朝廷制誥文在長慶年間從著重駢麗之四六文體轉變為辭調樸實高古、純厚明切；而詩歌在元和年間在內容上崇尚新意，元稹所創作的詩與文，在體裁以及內容意義上的轉變，彰顯其「尊古」與「尚新」之文學理念。

58　朱金城《白居易箋校》卷第二十三，頁 1532。
59　同註上。

　　就制誥文而言，白居易曾在「制從長慶辭高古」下自注
曰：「微之長慶初知制誥，文格高古，始變俗體，繼者效之
也。」可知元稹對於制誥文之改革曾引領風騷，不僅使得連
摯友白居易起而效法創作，白居易在長慶元年至四年所寫的
制誥文收錄於本集中，並區分為「新體」與「舊體」，卷四
十八至卷五十收錄「舊體中書制誥」共八十五首；卷五十一
至卷五十三則收錄「新體中書制誥」共一百四十八道。更白
居易別列出制誥文之新體與舊體二體，遂而影響後代朝廷制
誥有所謂的「俗體」（新體、駢儷）與「舊體」（散體）兩種
體製。如：《文章辨體序說》釋〈制、誥〉曰：

　　　　宋承唐制，其曰「制」者，以拜三公三省等職。辭必
　　　　四六，以便宣讀于庭。「誥」則或用散文，以其直告
　　　　某官也。[60]

《文體明辨序說》釋〈誥〉曰：

　　　　唯唐無誥名，故仍稱制。其詞有散文、有儷語，則分
　　　　為古、俗二體云。[61]

宋承唐制，進而區分出朝廷「制文」與「誥文」之不同，區
分的標準在於，以駢體寫作制文，以頌揚為實質；另以散體

60　《文章辨體序說》，頁 36。
61　《文體明辨序說》，頁 115。

寫作「誥文」，用以直告官員。朝廷制誥文之體例，遂清楚的以駢、散二體作為區分制誥文運用上的性質差異。

若吾人持平而論，要非元稹率先提出制誥文改革理論，並以實際創作來推動改革，並啟發摯友白居易加入創寫制誥文的行列，後代制誥文之書寫性質也許就只侷限於四六駢儷之狹隘格局了。

此外，就元和體詩而言，白居易在〈餘思未盡加為六韻重寄微之〉詩曾曰：「制從長慶辭高古，詩到元和體變新。」其中在「詩到元和體變新」此句下自註云：「眾稱元白為千字律詩。或號元和格。」[62]而元稹對於「元和體」詩歌亦有一番個人之見解，元稹曾在〈上令狐相公詩啟〉一文中，所引發時下仿效元白二人次韻相酬的詩歌做出無奈的澄清，曰：

> ……江湖間多新進小生，不知天下文有宗主，妄相倣效，而又從而失之，遂至於支離褊淺之詞，皆目為元和詩體。積與同門生白居易友善，居易雅能為詩，就中愛驅駕文字，窮極聲韻，或為千言，或為五百言律詩，以相投寄。小生自審不能以過之，往往戲排舊韻，別創新詞，名為次韻相酬，蓋欲以難相挑耳。江湖間為詩者，復相倣效，力或不足，則至於顛倒語言，重複首尾，韻同意等，不異前篇亦自謂為元和詩

62　《白居易集》（北京：中華書局 1999 年 11 月），頁 503。

體。而司文者考變雅之由，往往歸咎於稹。⁶³

元稹起初因受貶謫，於是以詩章創作感物自娛，這期間亦自覺詩歌作品「詞直氣麤」，因此只堪吟詠自娛，而不敢將之示人。而原在元和五年（810）秋末時，白居易曾作〈代書詩一百韻寄微之〉，元稹則以〈酬翰林學士代書一百韻〉酬和，白居易原詩押上平四支韻，為五言一百韻兩百句之巨製，元稹酬詩亦為五言且一一次韻，元白兩人就此唱和後，時俗一時仿效號為「元和體」⁶⁴。原本「次韻詩」只是和詩寫作的一種形式，最重要的，要能和原唱意，以意取勝，方能達到以詩言志言情之目的。然而所謂善學者學期精髓；不善學者學其皮毛，一般世俗仿作強為次韻，乃至於逞較文字用韻之雕蟲小技，以用韻技巧之難來誇勝，此等流風甚至名為「元和體」，這也難怪元稹要做出澄清了。

　　元白唱和之頻繁與友誼，甚為時俗所景仰效習，故而仿效元白詩歌蔚為流行，遂而形成風潮，時俗士子唱和力或不足、顛倒語言，甚至有若干評論認為元稹乃是這種風氣的始作俑者，讓文壇風氣流於「淫靡」，如：李肇《唐國史補》曰：

<hr>

63　《元稹集》，頁 632-633。
64　《唐五代文學編年史・中唐卷・唐憲宗元和五年 810》曰：「九月，白居易于本年秋末作〈代書詩一百韻寄微之〉，元稹酬之，時俗效之，號『元和體』。」又《元稹集》卷 51〈白氏長慶集序〉曰：「予始與樂天同校秘書，前後多以詩章相贈答。會予譴掾江陵，樂天猶在翰林，寄予百韻律詩及雜體，前後數十章。是後各佐江、通，復相酬寄，巴、蜀、江、楚間及長安中少年，遞相仿效，競作新詞，自謂為『元和體』。」頁 682。

> 元和已後，為文筆則學奇詭于韓愈，學苦澀于樊宗
> 師；歌行則學流蕩于張籍；詩章則學矯激于孟郊，學
> 淺切于白居易，學淫靡于元稹，俱名為「元和體」。[65]

而用「淺切」與「淫靡」之詞來批評元白的詩歌風格，這實
非元白二人本樂意見到的現象，亦非元白二人友誼唱和以及
文學創作的本意。針對時俗所好而仿作的「元和體」流於淫
靡的現象，晚唐皮日休在〈論白居易薦徐凝屈張祜〉一文
中，則為此提出中肯的評論，並為元白作了平反，曰：

> 余嘗謂文章之難，在發源之難也。元、白之心，本乎
> 立教，乃寓意於樂府雍容宛轉之詞，謂之諷諭，謂之
> 閒適。既持是取大名，時士翕然從之，師其詞，師其
> 旨，凡言之浮靡豔麗者，謂之元、白體。二子規規攘
> 臂解辯，而習俗既深，牢不可破，非二子之心也，所
> 以發源者非也，可不戒哉！[66]

其實若持平而論，根據現存文獻記載，「元和詩體」一詞是
那些仿效元白詩歌者所提出的，實際上，元白二人始終未對
何謂「元和詩體」提出確切之解讀，不過白居易卻對元稹在
元和年間的所創寫之「樂府詩」獲得啟發，也提出個人文學
創作理論，如：白居易〈與元九書〉云：「文章合為時而

65　見《唐五代筆記小說大觀・唐國史補卷下》（上海：上海古籍出版社，
　　2000年3月），頁194。
66　見《全唐文》卷797。

著，歌詩合為事而作。」而於元和四年擔任左拾遺時，提出〈新樂府序〉，並創寫新樂府五十首，其序云：

> 凡九千二百五十二言，斷為五十篇，篇無定句，句無定字，繫於意，不繫於文。首句標其目，卒章顯其志，《詩》三百之義也。其辭質而徑，欲見之者易諭也；其言直而切，欲聞之者深誡也；其事覈而實，使采之者傳信也。其體順而肆，可以播於樂章歌曲也。總而言之，為君、為臣、為民、為物、為事而作，不為文而作。[67]

引文的「篇無定句，句無定字，繫於意不繫於文。」正說明新樂府詩歌自由的創作形式，主要是「屬事而作」繫於意不繫於文。而於同年間（元和四年）元稹取李紳新題樂府詩「病時之尤急者」加以和作，到了元和十二年，元稹更對古題樂府取其別具「新意」者和作，並實際提出創作理論，因此，若就形式以及內容而言，白居易所謂「詩到元和體變新」中的「詩體」，是否應該是針對元和年間所創寫的「樂府詩」亦即「歌詩」而言，這是值得吾人深入探討的。

　　而無論是新題樂府之慷慨「病時」以及古題樂府之饒富「新意」，或者推展散體制誥文之理念上，元稹始終能引領時代風騷，也獲得摯友白居易的支持，而形成一新的文學時代風潮，吾人對於元稹之文學成就實該多加注目，多加肯定

---

67 《白居易集》，頁 52。

才是。若不論歷來史家對於元稹私人性格的評價[68]，純粹由文學成就來看，曾為《元氏長慶集》寫序的宋人劉麟曾讚譽過元稹，曰：

> 元微之有盛名於元和、長慶間，觀其所論奏、莫不切當時務，詔誥、歌詞自成一家，非大手筆曷臻是哉！[69]

宋代劉麟認為，元稹的奏章所言莫不切當時務、其制誥文以及樂府歌詩創作自成一家，非大手筆不能為也。而吾人若能深入探論元稹文學創作理論以及研究其創作的詩文，對於元稹文學成就與價值應會有更客觀的評價才是。

五　結論

　　元稹與白居易友好，活躍於唐代元和朝與長慶朝的文壇，其文學思想早年受到陳子昂的影響，爾後稍長則對於杜甫之詩學思想有所承繼，也奠定他日後在元和朝時代提出新題樂府序以及古題樂府創作思想與改革理念。除此之外，到了長慶朝元年，元稹發表〈制誥序〉一文，對於唐代歷朝以

68　《唐才子傳》卷六曾批評過元稹之性格，曰：「譽早必氣銳，氣銳則志驕，志驕則斂怨。」見《唐才子傳校箋三》傅璇琮校箋（北京：中華書局，2000 年 2 月），頁 39。

69　見宋本《元氏長慶集》序（出版說明：明弘治元年楊循據據宋本傳抄的本子重印，原據宋本有缺字，後來錢謙益又據另一宋本補校完整，這是《元氏長慶集》現存較好的一個本子）（臺大：中文出版社）。又見《元稹集》附錄二〈元氏長慶集原序〉（北京：中華書局，2000 年 6 月），頁 733。

來崇尚駢儷四六筆法的制誥文進行散文化的文學改革，力求恢復到先秦時代朝廷制誥以散體筆法書寫，內容樸質爾雅的本質，因此觀察元稹詩文思想與改革理念實際上就是「尊古」與「尚新」。換言之，其「尊古」的文學思想表現在對於朝廷制誥文之改革；而「尚新」之文學思想則表現在「新題樂府」之能「病時」以及「古題樂府」之富含「新意」的文學功能。

　　元稹對於詩文的文學發展脈絡洞察清晰，具有恢弘的文學史觀，在元和朝提出〈新題樂府序〉與〈古題樂府序〉宣揚樂府詩歌的創作思想理念，甚至到了長慶朝發表〈制誥序〉一文，對朝廷制誥文進行歷史性的革新運動，這在唐代文壇上堪稱是空前的成就。而無論是樂府詩創作理論的提出或者制誥文改革理念的宣揚，實際上，元稹是啟發著白居易也一同創作的，所謂「制從長慶辭高古，詩到元和體變新」，實是白居易對於元稹所引領的時代文學風潮所發自肺腑的一種讚譽，元稹研究的能見度實不該低於白居易才是，若吾人能深入研究元稹詩文，重新評價元稹詩文之成就，則對於中唐文學之研究發展有更正面與客觀的意義。

試論唐宋名人教子故事的
文學教育思想

雷僑雲

高雄師範大學國文系教授

摘　要

　　筆者擬以「唐宋名人教子故事的文學教育思想」為主題，就《名人教子故事集》中的唐宋名人教子故事為內容範疇，依傳統家訓文學及教育理念，探討子女教養的文學教育思想。試藉此以呈現中國兒童文學教育始終是以人倫親情為主軸的傳統價值觀，及其在今日臺灣所應具有的時代精神；更期盼能夠因此鼓舞臺灣社會人心，重視家庭人倫親情，並且能夠執守住那止於至善的人倫道德情操。因為只有在這「以親情為意念的師教環境」中，才可能讓兒童「興於詩」、「立於禮」；也只有在這「以詩禮傳家的庭訓門風」中，才可能形成這種溫柔敦厚、禮尚往來的人際氛圍。如此造就出一個溫馨快樂的新社會，這就是師者所以「成於樂」的文學教育使命。

關鍵詞：人倫親情、文學教育、唐宋名人教子故事、家訓文學

一　前言

　　二十一世紀初的臺灣社會，已經是滿街碩博士，且幾乎人人都可以讀大學的高水準教育時代，學校教育和社會教育的發展，據此衡量，可說是已臻春秋鼎盛的繁華歲月；但靜觀臺灣目前的現實社會，卻是治安處處亮紅燈、社會事件層出不窮、人倫悲劇不斷上演……。試問這是學校教育和社會脫鉤？還是整個社會教育，已經背離了人性的根本？抑或是整個的教育體制，出現了缺口？

　　考量今日社會人心，呈現疏離的狀態，市集之間一有動盪，街談巷說即捕風捉影，隨著大傳、網路，不斷地虛擬比況，人人隔空喊話互相猜疑，硬是將人與人之間，原本可以親密的關係，拉扯出令人無法跨越的鴻溝。筆者以為若要改善此一現況，當尋根究源，落實家庭人倫親情之教養，並重拾擇善固執與人和而不流的學養，讓今日學子依舊能夠擁有「入則孝，出則弟，謹而信，泛愛眾，而親仁」的傳統美德，並且在家庭教育中養成：小可以「樂其樂，利其利」；大可以「親其親，賢其賢」的人格精神。如此新血輪，一旦注入社會，相信臺灣將是一片風采奕奕，溫馨美善的新時代。

　　由於社會的安全，來自於國家整體的安定，是以自古以天下蒼生為念的聖明君主，莫不為覓得「人才」而憂心，他們一方面禮賢下士，遍訪賢達，不令朝廷上有遺珠之憾，再則是秉持著建國君民的教育為先的理念，積極作育英才，培養國士。期盼能在這些賢良之士與興國將相的襄助下，可以

開創出太平盛世，讓天下的百姓都能「樂其樂而利其利」，天下的君子都能「賢其賢而親其親」。

可惜，在中國的歷史上，禪讓的政權，只出現在堯舜禹三代，自夏朝家天下以後，各個朝代只要是處在更迭的過程中，莫不是江山風雲變色，百姓生靈塗炭的悲慘景象。此刻擁有仁義之心的傳統讀書人，似乎個個都希望能夠「為萬世開太平」，讓災難從此遠離大地，但這一切終究是一個理想，中國之政權始終呈現著分合並見的狀態。

面對政治的現實，國家所需要的就是中流砥柱的人才，因為國家的國格、民族的尊嚴與百姓的生計，都是需要維護的，孔子讚美過管仲：「微管仲，吾其披髮左衽矣。」但是，像這樣能夠幫助君上匡正天下，又能讓百姓受到恩惠的人才，要到哪裡去找？培養得出來嗎？

孔子平民教育的推動，不但證明了將相無種，布衣可以成為卿相的事實，也確實為歷朝歷代培養出無數的國家人才，但是，俗話說「忠臣出於孝子之門」，筆者考量孔子儒家學說，是以人倫親情為主軸的教育理念，篇篇忠孝節義的家訓文學作品，自然就是世人所謂「忠臣出於孝子之門」的樹人典範。有鑑於此，筆者擬就《名人教子故事集》中，選出其中唐、宋兩代的名人教子故事共二十二篇，為本論文文本，論述唐宋名人故事中的文學教育思想。

二　唐宋名人教子故事簡介

　　筆者根據李威周主編，于聯凱、趙捷、毛華敬聯合編寫，由齊魯書社出版的《名人教子故事集》，選擇其中隸屬在唐宋兩代的名人教子故事，作為本篇論文論述的底本。唐宋名人教子故事，自該書第一六八頁起至二四四頁止，共計二十二篇，唐代有十篇、宋代有十二篇，今依原書篇目次第的排序，表列二十二篇的篇名，及故事中施教者、受教者及其彼此之間的人倫關係如下，至於故事內容，限於篇幅，不再簡陳贅述。

編號	文題	施教者	受教者	人倫關係
1	李世民慎立太子	唐太宗	長子李承乾	父親與兒子
			四子李泰	
			九子李治	
2	唐玄宗率子芟麥	唐玄宗	太子李瑛	父親與兒子
			其他皇子	
3	代宗子儀各嚴其子	唐代宗	昇平公主	父親與女兒
		郭子儀	郭曖	父親與兒子
4	李晟教女孝敬公婆	李晟	女兒	父親與女兒
5	裴父教子不理命相	裴度父親	裴度	父親與兒子
6	李畬母嚴命歸還多發祿米	李畬母親	李畬	母親與兒子
7	張鎰母伸張正義	張鎰母親	張鎰	母親與兒子
8	陳元敬聯鄰教子昂	陳元敬	陳子昂	父親與兒子

（續）

編號	文題	施教者	受教者	人倫關係
9	柳氏家法	柳公綽夫婦	柳仲郢	父母與兒子
		柳仲郢	柳玭	兒子與孫子
10	鄭澣以節儉教育後生	鄭澣	本家孫子	長輩與本家孫子
11	趙匡胤教公主儉樸	趙匡胤	昭慶公主	父親與女兒
12	馬仁瑀不徇私情	馬仁瑀	馬金祥	叔叔與姪兒
13	陳執中不以官職為籠中物	陳執中	女婿	岳父與女婿
14	唐介囑兒斬荊劈棘	唐介	唐淑問	父親與兒子
			唐義問	父親與兒子
15	范仲淹三代傳美德	范仲淹	范純仁	父親與兒子
		范純仁	范正平	兒子與孫子
16	歐陽母教子不與濁流苟合	歐陽脩母親	歐陽脩	母親與兒子
17	清正廉明包拯家風	包拯	子孫	父親與兒孫
18	蘇氏母子學范滂	蘇氏母親	蘇軾	母親與兒子
			蘇轍	母親與兒子
19	岳母刺字	岳和姚氏夫婦	岳飛	父母與兒子
20	岳飛替子三辭君賞	岳飛	岳雲	父親與兒子
21	陸游詩教憂國情	陸游	子孫後代	父親與兒孫
22	朱熹重求師慎交游	朱熹	朱在	父親與兒子

三　施教者的教養理念

　　中國重視家庭教育，傳統教學莫不以儒家人倫親情教育為優先，強調孝與弟是行仁的根本，但是學子如何才能做得到「入則孝，出則弟」？如果做子弟的掌握不住父母、兄長

的生命價值觀念，試問他們如何能夠得知父母、兄長的心意，進而踏實地順事父母，禮敬兄長呢？有鑑於此，筆者以為家庭教育要成功，施教者的教養理念要明確，而且施教者必須主動明白地向子女表述，其自身對生命價值的觀念，以及對自家子弟教養的期許，不論受教者是由至誠而明白善道，抑或是由明白善道而達於至誠，都將是成功的家訓文學教養。

由於中國家庭唯有透過人倫親情交心的傳承，才能夠讓後生子弟真切明瞭父母兄長庭訓的旨意，進而真切地考量出如何善事父母兄長的孝敬途徑。是以筆者檢索唐宋名人教子故事，考量其中有關施教者的教養言論主旨，依故事篇目陳列，故事中施教者的重要教養理念如下，並引述文本內容佐證，期盼可以提供今日為人父母兄長者參酌應用。

1. 李世民教子──學習古代的聖明君主

〈李世民慎立太子〉中，相關文本如下：

> ……太宗告誡說：「你應當學習古代的聖明君主。像我這樣一生做過不少勞煩民眾的事，說不上盡善盡美，是不足為法的；但功大過小，所以還能保持大業。你沒有我的功勞，卻承受我的富貴，竭力學好，也只能得個平安；如果驕奢淫逸，那就連生命也保不住。要建立一個國家，成功很艱難，破敗卻很容易；要保持穩固一個帝位，更艱難，而失去它卻很容易。你要千萬愛惜，千萬謹慎！」（頁173）

2. 唐玄宗教子──重視麥禾收成的豐歉

〈唐玄宗率子芟麥〉中，相關文本如下：

> 「……近幾年朕數次派使者巡察民間的種植情況，但他們的回稟除歌功頌德外，多與事實不符。故去秋朕親自來此苑內種下這片小麥，看一看究竟收成如何。」（頁174）
>
> ……玄宗見此，微微一笑，又說：「今天帶你們來此芟麥，本來是有兩種意思：一是，吾等年年以五穀祭祀列祖列宗，為表誠心，豈可不親手收穫？二是，要爾等明白稼穡之艱難，懂得一粥一粟皆來之不易的道理。」（頁175）

3. 唐代宗教女──孝敬公婆且夫妻好和

郭子儀教子──不可怠慢妻子的身分

〈代宗子儀各嚴其子〉中，相關文本如下：

> ……父親……說：「你年紀輕輕，哪裡知道，小郭曖的話並沒有錯，你公爹確實不願當皇帝啊！」接著他談了安祿山史思明如何發動叛亂，郭子儀等大將如何平叛救國的情況，然後說：「你看，江山社稷確實並不是李氏一家打下來的啊！你只知道要實行君臣之禮，不知道處家也要有方法，你既做了人家的兒媳，就應該孝敬公婆，與丈夫和睦相處……」。（頁178）
>
> 郭子儀了解到小夫妻吵架的原因和經過後，認為雖然起初郭曖有理，但……公主是金枝玉葉，豈可慢待。

於是，就命人把郭曖捆綁起來，自己帶他到宮中請
罪。（頁 177）

4. 李晟教女——婆婆生病煎湯藥服侍

〈李晟教女孝敬公婆〉中，相關文本如下：

……李晟……說：「我竟然有你這麼個不懂禮儀的女
兒！妳是人家的媳婦，哪裡有你這樣的，婆母病了，
媳婦不在家煎湯熬藥，殷勤服侍，反而回到娘家為父
親做生日！」……「你已出嫁，就應該像對待自己的
父母一樣孝敬公婆，現在妳丈夫不在家，你不侍奉婆
婆，誰去侍奉呢？妳還是立即回去吧！」（頁 180、
181）

5. 裴度父親教子——要進德修業不理命相

〈裴父教子不理命相〉中，相關文本如下：

裴度……他小時候因為面貌長得不好，個兒又矮，所
以有人說這孩子將來大概不會有出息。相命先生甚至
說他將來一定會餓死。為了與令人難以捉摸的命相抗
爭，他的父母自小教育他努力讀書和注意品德修養。
（頁 182）

6. 李畬母親教子——必須歸還多發的祿米

〈李畬母嚴命歸還多發祿米〉中，相關文本如下：

李母道：「做官吃祿，這是國家的制度。該多少，就

多少，多一粒都是非分之得。倉吏不按規定濫發廩米，不管是無意還是有心，都是瀆職之罪，你身為監察御史，不聞不問，也難脫失職之過。還有，你做著高官，拿著厚祿，卻不顧小民生計之艱難。你哪曉得車夫一家老小等米下鍋？你如此做官，我都羞得見你先輩！」（頁 185、186）

7. 張鎰母親教子——秉公辦案以報效國家

〈張鎰母伸張正義〉中，相關文本如下：

張母……道：「你自小讀書，明事達理，又做官多年，竟然說出這等沒道理的話來！你若屈服於齊令詵，陷害盧樅這樣的忠良，豈不是循私利忘公義嗎？這分明是不孝不義，還說什麼怕我受累！你身為御史，執掌監察，此時此刻，正是你除暴安良，伸張正義，報效國家的時刻。你應該效法那些古代賢人，公而忘私，秉公決斷。即使遭到什麼不幸，為娘我心裡是坦然的。我兒只管放心去做，千萬不要以我為念！」（頁 188）

8. 陳元敬教子——勵志改過並發奮讀書

〈陳元敬聯鄰教子昂〉中，相關文本如下：

父親見他受到了觸動，趁機又給他講了東晉時周處改過的故事。他說：周處年輕時也是不讀書，不幹活，游手好閒，惹是生非，鬧得四鄰不得安寧。人們把他

同南山上的猛虎、長橋下的惡蛟並稱為「三害」。周處認識了以後，很受刺激，射虎斬蛟，然後投到學者陸機、陸雲兄弟名下發憤讀書，立志從善，很快成了一個有道德有學問的人，很受人們尊敬，官至御史中丞。（頁 190）

9. 柳公綽夫婦教子——行晚輩之禮認真學習

柳仲郢教子——做人處世重家庭教育

〈柳氏家法〉中，相關文本如下：

柳公……每逢飢年，公綽就叫子姪們吃野菜。他說：「當年你們爺爺在丹州做刺史，我們兄弟倆隨在任所，但因我倆學業未成，爺爺不許我們吃肉，我終生不敢忘記老人家的教誨。」後來公綽到外地做節度使，每當兒子仲郢去看望他，他都嚴禁張揚，叫兒子進進出出必須離衙門老遠就下馬，見了裡裡外外的夫役幕僚，都要以長輩稱呼，行晚輩之禮，絕不許怠慢。（頁 192）

在仲郢五、六歲時，公綽便開始為之講授儒家經典，並要求夜間熟讀，晨起背誦。夫人韓氏在丈夫影響下，也很關心兒子的成長，每天晚上督促兒子認真學習。……（頁 193）

柳仲郢經常為子孫們講解為人處世的道理。有一次，他把四個兒子召集在一起，說：「我今天專門給你們講講怎樣做人，怎樣處事。一個人應該以對長輩的恭

敬和對同輩的團結友愛做為立身的基礎，處處小心謹慎，事事勤勞儉約。用忍耐順從的態度處理各種事物；以誠實恭謹的精神保持環境的安定；即使有豐富的學識，也要謙虛謹慎；對好的聲譽應視為無意得來之物；居官應該嚴格要求自己而簡化各種事物。在做到這些之後，才算有資格談論治家之法，才能談論如何培養人才的問題。」（頁193、194）

10. 鄭澣教本家子孫——還淳返樸以敦厚風俗

〈鄭澣以節儉教育後生〉中，相關文本如下：

鄭澣……嚴肅地說：「饃饃皮與中間有什麼區別？我對當前這種驕逸奢侈的風氣十分反感，總想怎樣才能還淳反樸，敦厚風俗。我看到你雖然穿戴破舊，但能種田勞作，所以很同情你，我想你一定知道耕種收穫的艱辛，會愛惜一粥一粟，你為什麼比紈袴子弟還要浪費呢？來到這裡你學的是什麼呢？」鄭澣說罷，伸手拿過那些饃饃皮來吃了。（頁196、197）

11. 趙匡胤教女——穿著樸素具儉的美德

〈趙匡胤教公主儉樸〉中，相關文本如下：

……有一天，他的大女兒昭慶公主穿著一件以翠羽為底，上面貼有繡花的小襖，趙匡胤見了後，生氣地說：「你趕快脫下來吧，從今以後不要穿裝飾得這樣華麗的衣服！」（頁198）

　　……趙匡胤說：「事情並不是這樣簡單，你身為公
　　主，穿著這種衣服，宮中的人和親戚們必然仿效，這
　　樣又影響更多的人，就會促使一些人去追求豪華的服
　　飾，導致生活腐化，貪圖錢財，敗壞風氣。商人也將
　　輾轉販賣，圖謀高利，不利農桑。如果出現這種惡
　　果，其根源就在於你啊！」（頁 198）
　　……又說：「你從小生長在富貴之中，哪裡知道民間
　　生活的艱難，應當珍惜現在這種優裕的生活，怎麼可
　　以為奢侈的壞事開頭呢？」（頁 198）

12. 馬仁瑀教侄兒──發憤讀書以告慰父靈

〈馬仁瑀不徇私情〉中，相關文本如下：

　　……馬仁瑀經常苦口婆心的教育他，說：「你父親臨
　　終前托孤於我，希望你能夠用功讀書，長大成人，建
　　功立業。你不能辜負父親的遺訓，應當發憤讀書，成
　　就功名，以慰你父親在天之靈。要不，我也愧對我早
　　死的兄長！」（頁 201）

13. 陳執中教女婿──刻苦讀書榜上自有名

〈陳執中不以官職為籠中物〉中，相關文本如下：

　　……陳執中早已明白女婿的意思，還沒等女婿說完，
　　他就說：「官職是國家的，並非哪一個人自己所有，
　　更不是臥室箱籠中的什麼物件，可以隨便拿走，賢婿
　　怎麼可以輕而易舉地得到呢？想要做官，也並非難

事，只要刻苦讀書，一心上進，不愁榜上無名，望你努力吧！」（頁205）

14. 唐介教子——奮勉堅強並斬草除荊棘

〈唐介囑兒斬荊劈棘〉中，相關文本如下：

> 唐介……對他們說：「我在朝廷擔任的是向皇帝進言的官職，我知無不言，言無不盡，這樣自然會保護支持一些正直之士，因而受到他們的讚譽；但同時也就會排斥一些邪惡之徒，因而受到他們的詆毀攻擊。我一生栽培桃李雖不為少，而所植荊棘卻更多。桃李芳香，並不是為你們所栽培的；而叢生的荊棘卻需要你們去斬除。我現在已被貶職外地，不能帶你們去了。至於你們以後的境遇如何，只能靠你們自己的努力了。做人不可貪生怕死，而應斬荊劈棘，希望你們要勤勉要堅強啊！」（頁207）

15. 范仲淹教子——力戒奢侈保祖先美德
范純仁教子——樸素儉約守自家清規

〈范仲淹三代傳美德〉中，相關文本如下：

> ……他經常告誡兒孫們：「我幼年家貧，勤勞奉親，布衣粗食不得溫飽。今我家已富，應力戒奢侈，勿忘祖先美德。」他的次子純仁結婚時，本想辦得熱鬧排場一些，但他看了打算購物的清單後，表示反對，純仁自然感到掃興。於是，范仲淹講起自己年輕時艱苦

度日的情景：……（頁 208）

范純仁在為兒子辦喜事時，也遵從了范仲淹的遺訓。
他的子媳出生名門，媒人炫耀說：「女家陪嫁衣物中
有最珍貴的綾羅緯帳。」范純仁聽後，嚴肅地說：
「我家世代樸素簡約，力戒奢侈，以綾羅為帳亂了我
家清規，如果敢以此物入門，即當面燒掉。」
當時親友子弟們都覺得這樣有點過分，於是紛紛勸
說，希望不要那樣做。范純仁說：「此事並非小事，
一個人只有生活節儉，才能居官清廉啊！」……

范純仁經常告誡子弟：對國家要忠貞，對同事朋友
要寬恕，對自己要嚴格。他認為能不能成為堯舜一
樣的聖人，全在於個人的努力與否。……（頁
210）

16. 歐陽脩母親教子——剛直不阿卓然於逆境

〈歐陽母教子不與濁流苟合〉中，相關文本如下：

……歐陽脩面含愧色地說：「孩兒不孝，這次授人以
柄，被趕出朝廷，連累母親，一同受苦。這次去夷陵
旱路一千六百里，水路六千餘里，孩兒生恐母親旅途
疲勞……」（頁 212）

歐陽母聽後，泰然一笑，說：「吾兒這樣就不對了。
你們歐陽氏家境從來就不寬裕，在艱難中度日，我早
已處之泰然。你們年輕人能經受住，我也一樣能經受
住。」歐陽母說到這裡，親切地凝視著歐陽脩說，

「你這次在朝廷仗義直言，雖然因此而遭貶謫，但我
心中很覺寬慰。你應該剛直不阿，對那些濁流污穢萬
不可隨波苟合。」接著歐陽母又談起丈夫歐陽觀生前
在泗州作官時，因不肯逢迎而被貶四川的事，以此教
育兒子在逆境中要卓然獨立，絕不可向惡勢力低頭。
（頁 212、213）

17. 包拯教子孫──重視品德繼清廉家風

〈清正廉明包拯家風〉中，相關文本如下：

包拯針對當時吏治敗壞、賄賂公行的狀況，特別重視
後代的品德教育。根據《宋史》本傳記載，他晚年曾
立下這樣的家訓：「後世子孫仕官，有犯贓者，不得
放歸本家，死不得葬大塋中，不從吾志，非吾子若孫
也。」……包拯又請石匠將這條家訓刻在碑上，將碑
鑲立於堂屋的東壁，令子孫時時觀瞻，以嚴格奉行。
一身正氣光萬丈，兩袖清風彪千古，他終生的言行也
正是子孫的楷模。（頁 221）

18. 蘇軾蘇轍的母親教子──重視品學范滂為典範

〈蘇軾母子學范滂〉中，相關文本如下：

母親程氏經常教育他們說：「你們讀書，不要像有的
孩子那樣，只求認識自己的名字就行了。有志於學問
的人，要像孟子所說的那樣，接受嚴格的筋骨體膚的
磨鍊，要像蘇秦讀書困倦了曾發恨用錐子刺大腿，車

胤家裡貧窮就抓些螢火蟲來當燈苦讀一樣，更要注重品德修養，從小培養正直清廉的節操。」蘇母還多次以范滂的故事教育小兄弟倆。（頁 222）

蘇母每次把范滂的故事講給兩個兒子聽，都十分激動。……（頁 223）

19. 岳飛母親教子──精忠報國要做個忠臣

〈岳母刺字〉中，相關文本如下：

……岳母為了堅定兒子抗敵的決心，使他時時不忘盡忠報國，曾在岳飛背上刺字。那天，岳母教兒媳磨好墨，然後擺下香案，要岳飛跪在祖先的神壇前，說：「孩子，你不貪濁富，甘守清貧，這是很好的。為了堅定你的抗敵決心，我要在你背上刺下『精忠報國』四個字，但願你做個忠臣，我死之後在九泉之下也就瞑目了。」（頁 227）

20. 岳飛教子──不可居功受賞養驕氣

〈岳飛替子三辭君賞〉中，相關文本如下：

……宋金兩軍在郾城一帶展開大戰，金軍統帥兀朮會同龍虎大王、蓋天大王等部圍攻郾城。岳飛命令岳雲直衝敵陣。行前，岳飛嚴肅地說：「如果你不能取勝，就先拿你正法！」岳雲接受命令後揮舞雙錘衝入金軍陣地，只殺得金軍屍橫遍野，大敗而逃。……（頁 233）

岳飛在為兒子上書辭謝獎賞的同時，還多此對岳雲進行教育。他對岳雲說：「你年紀還小，立功受賞之日還很多，現在一有功勞就受賞，很容易居功驕傲。」（頁 234）

21. 陸游教子——繼承家風以樂道愛國

〈陸游詩教憂國情〉中，相關文本如下：

陸游遇事賦詩，吟誦不輟，這使他的孩子們從小受到影響。小兒子聿七歲時曾生了一場病，病癒後賦詩一首，陸游看後很高興，認為兒子能繼承家風，作詩鼓勵他說：

喜見吾家玉雪兒，今朝竹馬繞廊嬉。也知笠澤家風在，七歲能吟病起詩。（頁 237）

陸游對子女很注重高尚品德的培養。針對當時吏治敗壞、賄賂行公的情況，他認為升官發財，還不如認真研究學問好。他說：

一床共置朝四笏，百屋常堆用剩錢。

何似吾家好兒子，吟哦相伴短檠前。（頁 239）

陸游八十五歲那年，……在兒孫們的攙扶下，他支起身子，要過紙筆，顫微微地寫下了那首千古絕唱的〈示兒〉詩。（頁 241）

22. 朱熹教子——出外求學重名師益友

〈朱熹重求師慎交游〉中，相關文本如下：

> 朱熹說：「你年紀輕，不懂得這其中的道理，讓我先從自己的經歷說起吧……」（頁 242）

> ……朱熹又說：「一個人老是在家中，很容易被生活瑣事纏住，並被親人的溫情所軟化，這樣就很難在學問上有大的長進。自古以來，都是名師出高徒，光靠父母教誨是不夠的。即使父親的學問再大，只憑父教子學，也難以育出英才。因為父母很難做到對子女持之以嚴。所以，你還是應離我膝下，千里求師才對啊！一個年輕人，不到外面吃點苦，是不容易長進的。」（頁 243）

> 兒子臨行之前，朱熹又想到：孩子獨自在外要遇到各種各樣的人，而結交什麼樣的朋友，對孩子的影響甚大，他連夜提筆寫了一段話，專門告誡兒子要慎重交友，……（頁 243）

綜觀上述唐宋名人教子故事中，施教者之教養言論，當不外傳統忠孝節義的內涵，計教「忠」的故事有：〈李世民慎立太子〉、〈唐玄宗率子艾麥〉、〈張鎰母伸張正義〉、〈蘇氏母子學范滂〉、〈岳母刺字〉、〈岳飛替子三辭君賞〉等共六篇；教「孝」的故事有：〈代宗子儀各嚴其子〉、〈李晟教女孝敬公婆〉、〈馬仁瑀不徇私情〉等三篇；教「節」的故事有：〈代宗子儀各嚴其子〉、〈李畬母嚴命歸還多發祿米〉、

〈柳氏家法〉、〈鄭澣以節儉教育後生〉、〈趙匡胤教公主儉樸〉、〈陳執中不以官職為籠中物〉、〈范仲淹三代傳美德〉、〈歐陽母教子不與濁流苟合〉、〈清正廉明包拯家風〉、〈陸游詩教憂國情〉、〈朱熹重求師慎交游〉等十一篇；教「義」的故事則有：〈裴父教子不理命相〉、〈陳元敬聯鄰教子昂〉、〈唐介囑兒斬荊劈棘〉等三篇。

由於施教者的施教言論，不但說明了施教者自身的教養觀念，也客觀地呈現施教者的生命價值觀念，由於教忠、教孝、守節與行義的言論，都範圍在道德的層面，可見施教者所重視的生命教育價值，是子孫面對國家親人時，道德的講求和實踐。孔子所主張忠孝節義的思想運用，形成了後世忠孝節義的史學風潮，這不僅是中國傳統教育的施教內容，時至今日依舊是家訓文學教育者，施教時的文學憑藉。

四　受教者的受業表現

儒家教育重視實踐，施教者對於自身的教育理念，面對後生子弟，必須要以身作則，同時也要對受教者受業的狀況，就近指導和解惑，並且檢核成果。《禮記‧學記》陳述學子學習的成果，一旦能夠做到「論學、取友」就達到了「小成」的境界，進而如果能夠做到「知類通達，強立而不反」，那就是達到了「大成」的境界。《禮記‧學記》所言雖是國家學校教育的教學目標，但是這個標準是否一體適用，可以用來衡量家中子弟幼承庭訓的道德行為表現呢？筆者以為這是值得深究的。

　　考量家庭教育與學校教育有連貫性，更有教育目標的一致性，在中國傳統社會中，二者同樣肩負著教化人心和端正風俗的任務。因此社會人心的美善與風俗的純樸，不僅是教化者想要豐收的成果，更是論列家庭文學教養是「小成」、是「大成」的依據。是以筆者在此，先就唐宋名人教子故事中，將受教者在面對人倫親情的教化引導之後，他們所呈現出的行為表現，依故事先後陳述如下，並藉此以觀察施教者在家訓文學教育上的感染力量，以及受教者對國家社會正面的影響力量。

1. 李治受父教——跪拜受命能穩固帝位

　　〈李世民慎立太子〉中，相關文本如下：

> 貞觀二十二年，太宗……作《帝範》十二篇，傳授給太子李治。……太子接過《帝範》，悲不自勝。……（頁 173）
>
> 李治跪拜受命，表示銘記不忘。（頁 173）
>
> 翌年，唐太宗病逝。李治繼承帝位，史稱唐高宗。李治統治時期，唐朝的政治、經濟文化等各方面都有了進一步的發展。（頁 173）

2. 李瑛太子及其他皇子受父教——稱頌不已銘記其父教

　　〈唐玄宗率子刈麥〉中，相關文本如下：

> 太子聽後，深感佩服，稱頌不已；但其他幾個年幼的皇子卻顯出茫然的神色。（頁 175）

玄宗……頗有感慨地說：「朕掃平內亂，始登大位，
而今已年屆半百，深望爾等盡快成才啊！」

太子和皇子聽到這裡，一齊向玄宗施禮，表示銘記父
親的教導。（頁175）

3. 昇平公主受父教──拜見公公深感有過
　　郭曖受父教──不該吵鬧受家法處罰

〈代宗子儀各嚴其子〉中，相關文本如下：

　　……昇平公主經代宗教育，又見公爹和丈夫前來認
錯，也深感自己的不對，於是連忙過來拜見公爹。

郭曖見岳父如此寬宏大量，深悔自己與公主吵鬧一
事。……

郭子儀回到家中，與夫人說及此事，老夫婦倆都十分
感謝代宗。為了教育幾子，仍命人把郭曖找來，按照
家法給予處罰，把他打了幾十板子，以示警懲。（頁
178）

4. 李晟女兒受父教──立即返家侍奉病中婆婆

〈李晟教女孝敬公婆〉中，相關文本如下：

　　……女兒分辯說：「今天是您老人家的生日，親朋滿
座，我不來，豈不同樣是不懂禮儀？」（頁180）

等女兒坐轎走了，李晟越想越感到女兒的行為與自己
關係很大，於是等宴會剛散，即乘馬飛馳到崔家，問
候親家母的病情，並表示深深的歉意，責備自己沒有

把女兒教育好。（頁 181）

5. 裴度受父教──行善積德令才德兼備

〈裴父教子不理命相〉中，相關文本如下：

這個被算命先生認為會餓死的裴度，經過多年艱苦的
努力，成了一個德才兼備的人，沒過多年，他中了進
士，出任河陽縣尉，後來升遷為東都留守、御史中丞
等，唐憲宗時又當了宰相，為治理國家建立了不少功
績。（頁 183）

6. 李畲受母教──彈劾倉官並自請處分

〈李畲母嚴命歸還多發祿米〉中，相關文本如下：

母親的嚴責，使李畲又羞又愧，他當場如數支付了車
伕的米，並道了歉，又親自把多餘的祿米送回祿米
倉，並上本彈劾了倉官的舞弊，同時在皇帝面前檢討
了自己的錯誤，請求皇上給以處分。（頁 186）

皇上聽了很受感動，褒揚李母大公無私和嚴於責子的
高尚品德，也誇獎了李畲知錯就改的正直作風。（頁
186）

事後，倉官被撤職查辦，其他御史聽了，既羞愧又佩
服。（頁 186）

7. 張鎰受母教──深受鼓舞能主持正義

〈張鎰母伸張正義〉中，相關文本如下：

張鎰聽了老母一番話，身受教益和鼓舞，心頭頓覺如
釋千斤重負，他決心不顧一切，秉公審理此案，連夜
修本，第二天，上朝時他大義凜然，據理力爭，朝廷
終於將盧杞的死刑改為流放，滿朝為之震動。張鎰主
持正義的膽識受到多數人的敬佩，而齊令詵卻懷恨在
心，不久便把他貶到撫州去當司戶參軍。（頁 188）

貶官令下達之後，張鎰立刻便協同老母匹馬單車高高
興興奔撫州上任去了。張鎰的人品像透亮的寶石，是
在朝廷裡的許多人心目中發光的，後來他再次被提拔
為中書侍郎、同平章事，為官更加勤於職守。（頁
188）

8. 陳子昂受父教──外地投師且學有所成

〈陳元敬聯鄰教子昂〉中，相關文本如下：

……子昂聽了很受教育，他下決心也要學習周處。在
父親的教育和鼓勵下，陳子昂離家到幾百里以外的地
方投師，一個人寄居在一所孤廟之中，發奮讀書。這
樣過了幾年，他成了一個有學問有抱負道德高尚的
人，二十四歲中進士，官至右拾遺，是有唐一代的著
名文學家。他的詩作結束了齊梁以來的華靡風氣，再
創了唐代浪漫詩派的先河，在文學史上具有重要地
位。他的名句「前不見古人，後不見來者；念天地之
悠悠，獨愴然而涕下！」成了千古絕唱。（頁 190）

9. 柳仲郢受父母教──步入仕途且發揚家風

柳玭受父教──總結家教著誡子弟書

〈柳氏家法〉中，相關文本如下：

> 仲郢在父母的教導下，學問長進很快，後來中了進
> 士，步入仕途，中年以後，他發揚家風，也十分重視
> 下一代的教育。……（頁 193）

> 為了指導晚輩學習，他又親自抄摘書中的精要。他曾
> 抄寫《六經》、《漢書》、《後漢書》及魏晉南北朝有關
> 史書的重要篇段，又抄錄其他書籍三十篇，總名叫做
> 《柳氏自備》，供子孫們閱讀。（頁 193）

> 生活在這樣家庭中的柳玭，早就認識到教育晚輩的重
> 要性，他成年以後，多此向晚輩講述加強道德學問修
> 養的重要性。後來，他又總結家中幾代教育子女的經
> 驗，寫成了著名的《誡子弟書》……（頁 194）

> 柳玭在《誡子弟書》中還說：名門大族的高貴地位，
> 本來是由祖先忠誠孝敬、勤儉謹慎才得到的，但後來
> 卻由子孫頑劣奢侈而弄得家破人亡，這真是：「成立
> 之難如升天，覆墜之易如燎毛」。（頁 195）

10. 鄭家孫子受教本家長輩──羞愧低頭且手足失措

〈鄭澣以節儉教育後生〉中，相關文本如下：

> ……那個青年見狀手足無措，不知說什麼才好。（頁
> 197）

> 在座的子弟甥侄深受教育，那個青年人也認識到不該

模仿別人的壞習氣，羞愧得低下了頭。宴後，鄭澣拿
出一些絹帛給那青年，勸他回鄉好好務農和讀書，把
他送走了。（頁197）

11. 昭慶公主受父教──委屈陳述但面容羞愧

〈趙匡胤教公主儉樸〉中，相關文本如下：

……公主聽後，很不以此為然，就略帶幾分委屈地說
道：「這麼個小襖還能用多少翠羽呢？」……說到這
裡，趙匡胤看了一下女兒羞愧的面容，……（頁
198）

12. 馬金祥受叔叔教──依然故我地酗酒鬧事

〈馬仁瑀不徇私情〉中，相關文本如下：

……有時馬仁瑀說著說著自己都落下淚來，但侄兒始
終不肯改悔，依然如故。（頁201）

……一天，馬金祥在酒店裡喝得酩酊大醉。恰在這
時，一個後生提著一包草藥打街上過，馬金祥惡作劇
地抓住後生的領子就往酒店裡拖，拖進酒店端起一大
碗酒朝後生沒鼻子沒臉地澆了下去。後生惱怒，一手
給他把碗打掉，馬金祥又抓起一個酒罈朝後生頭上砸
去，後生當場腦漿迸裂身亡。街上過往行人義憤填
膺，一擁而上，把馬金祥扭送到州府，要求從嚴懲辦
殺人凶犯。（頁202）

13. 陳執中女婿受岳父教——羞愧臉紅告辭回家去

〈陳執中不以官職為籠中物〉中，相關文本如下：

> 當時社會上流傳這樣一件事，陳執中有個女婿不學無
> 術，無法通過科舉考試進入官場。一天，便跑到岳父
> 那裡去通關節。……說，「只因小子學識淺陋，恐今
> 生難攀龍門，望岳父大人行個方便，提攜一下……」
> （頁 205）
>
> 女婿羞愧得滿臉通紅，只好告辭回家去了。（頁
> 205）

14. 唐淑問、唐義問受父教——遵從父教為官有政績

〈唐介囑兒斬荊劈棘〉中，相關文本如下：

> 唐介說罷，輕切地看著孩子們，雙眼閃爍著期望的光
> 芒。後來他的兩個兒子，遵從父教沒被困境壓倒，也
> 都發奮進取，為官留下了政績。（頁 207）

15. 范純仁受父教——才德兼備持儉樸家風
范正平受父教——勤奮好學為百姓作主

〈范仲淹三代傳美德〉中，相關文本如下：

> 范仲淹這些回憶給了純仁很大的教育，終於儉約地辦
> 了婚事。（頁 209）
>
> 范純仁在父親的教導下，成長為一個德才兼備的人，
> 後來官至右相，但他生活上一直保持者儉樸的作風，
> 與當平民時差不多。他所得的俸祿和賞賜，大部分用

來擴大義莊義田。他對自己的子女要求嚴格，雖然當時有蔭子為官的制度，但他總是先安排遠親無靠的人。他死時，幼子和五個孫子都沒有做官。（頁210）

……范正平，在他的教育下，勤奮好學，年輕時與一般人家的子弟一起讀書於城外覺林寺。該寺離城二十餘里，正平褐衣布履，經常徒步往來。後來，他任開封尉時，曾不畏權臣蔡京的氣焰，敢於為平民百姓作主。（頁210）

16. 歐陽脩受母教——卓然獨立且剛健不屈

〈歐陽母教子不與濁流苟合〉中，相關文本如下：

歐陽脩回想起母親對自己的教誨，只感到恩重如山，他決心不辜負母親的期望，要做一個卓然獨立、堅強不屈的人。（頁216）

……歐陽脩在母親鼓勵下，振作精神，親自動手處理各種公務，平反冤獄，勸課農桑，努力做到保境安民。公務之餘，他還與一些友人乘船遊覽長江，並創作出一批清新剛健的詩文。……在這裡歐陽脩實際是以黃楊樹的堅強暗喻母親和自己，向世人表明他們母子絕不向惡勢力屈服。（頁218）

17. 包拯子孫受父祖教——嚴格奉行家教的訓誡

〈清正廉明包拯家風〉中，相關文本如下：

……這種清廉的作風給家人和子女帶來了很好的影響。

民間流傳這樣一個故事：端州百姓對包拯的廉潔清正，十分感動，但又感到很過意不去；於是有人偷偷向包拯的家人包興送了一方端硯，請他轉交給包拯。包興知道包拯不會接受，但又無法拒絕群眾的盛情，只好私行接受，藏於行囊之中。但不料此事被「天神」察覺，他們認為不應以此玷汙包拯的清白，「玉帝」便派雷公風神去向包拯示警。當包拯乘坐的船行進到羚羊峽口時，突然雷聲隆隆，狂風大作，江水翻滾。包拯自覺在端州未做什麼損害公道之事，於是查問包興，行李中是否挾帶公物，包興只得將私收端硯的事說了，並捧出那方端硯，包拯接過來，順手把它拋入江中，霎時風雷停息。波濤平靜後，水中湧起一座沙洲，據說即是那方端硯所化，故當地人稱之為「墨硯洲」。這類似神話故事的傳說，生動地反映了人民群眾對清廉的包拯的讚譽。（頁220）

18. 蘇軾受母教——願學范滂為國家盡忠

〈蘇軾母子學范滂〉中，相關文本如下：

蘇母每次把范滂的故事講給兩個兒子聽，都十分激動。蘇軾、蘇轍受到慈母的教育和薰陶，便常常夜讀《范滂傳》，並以此自勵。有一次，蘇軾感慨萬分地跪在母親面前說：「范滂的事蹟太感動人了，我願做

一個范滂那樣的人，母親說好嗎？」（頁223）

19. 岳飛受母教——精忠報國能死而後已

〈岳母刺字〉中，相關文本如下：

> ……岳飛聽到母親有些傷感，就說：「母親的教訓，孩兒早就銘記在心了，望您不必掛懷。聖人云：『身體髮膚，受之父母，不敢損傷』，就不要刺字了吧！」岳母不同意說：「刺字是要你永存報國之心，怎麼是損傷皮膚呢？」岳飛見母親態度很堅決，就同意了。
>
> ……從此以後，「精忠報國」四字深入岳飛的肌膚，也深入的他的心靈，成為他終生行動的指南。（頁227）

20. 岳雲受父教——報國殺敵不計較官爵

〈岳飛替子三辭君賞〉中，相關文本如下：

> ……岳雲在父親教導下，只是一片忠心地想著如何報國殺敵，而從不計較個人官爵的高低。……（頁234）
>
> 岳飛先後生有五個兒子，除岳雲外，還有岳雷、岳霖、岳震、岳霆，岳飛經常用愛國思想教育他們，要求他們自幼立下為國為民的大志。後來岳飛受秦檜等投降派的迫害時，他們也受到株連，但沒有一個人屈服。（頁235）

21. 陸子龍受父教——正直忠誠不貪愛濁富

〈陸游詩教憂國情〉中,相關文本如下:

> 兒子們在陸游的親切教誨和影響下,一個個成長起
> 來。他們雖然沒有成為叱吒風雲的英雄,幹出驚天動
> 地的大事,但個個像父親那樣為人正直、忠誠,不貪
> 濁富,具有忠貞不渝的愛國心。(頁 239)

22. 朱在受父教——謹記教誨離家求學問

〈朱熹重求師慎交游〉中,相關文本如下:

> 朱在聽後,很不理解父親的意思,就說:「我經常看
> 到許多人不遠千里前來向您求教,我也曾多次聽人說
> 您是當今最有學問的人,為什麼我還需要離開家另求
> 老師呢?」(頁 242)
> 朱在聽了解釋,漸漸地明白了父親的用意,過了幾
> 天,他就離開父母,到外地求學去了。(頁 243)
> 朱在謹記父親的教誨,外出求學,進步很快,後來官
> 至吏部侍郎。(頁 244)

綜觀上述二十二篇唐宋名人教子故事,其中有十八篇故事,
受教者完全是順事父母長上的正面表現。只有第十二篇〈馬
仁瑀不徇私情〉故事中,受教者馬金祥酗酒殺人的作為,是
絕對負面的表現。

此外〈唐玄宗率子芟麥〉、〈李晟教女孝敬公婆〉、〈趙匡
胤教公主儉樸〉等三篇故事,其中受教者對施教者,都提出

他們的質疑，一是〈唐玄宗率子艾麥〉故事中的李瑛太子，他曾對玄宗事事親躬提出質疑；二是〈李晟教女孝敬公婆〉故事中的李晟女兒，她對李晟提出不懂禮儀的分辯；三是〈趙匡胤教公主儉樸〉故事中的昭慶公主，她委屈地表示自己的小襖是用不了多少翠羽的。

　　由於以上這三個故事情節的發展，最後受教者都與施教者達成共識，是以筆者以為，可以列為正面教材，是施教者具親情感染力，能夠藉家訓文學教養成功的故事。

五　唐宋名人教子故事的文學教育思想

　　中國有兒童文學的事實，雖然被確定的時間很晚，但是早在民國七十年，筆者為兒童文學定義之前，以兒童文學作品進行兒童教養的現象，已經十分普遍。重視兒童教育的相關人士，莫不感受到兒童文學作品，在教育上對兒童具有強大的感染力量，因此在中外學者專家們，呼籲兒童應具有獨立人格的同時，兒童文學就由廣大的文學領域中獨立出來，以一個新興的學科，肩負起兒童文學教育的工作，相關課題的教學與研究，也成為二十世紀的顯學之一。

　　處在二十一世紀初，中國人時代的今天，面對中國遺產中的文化精華，我們不能不思考，如何透過兒童文學教育的過程，培育我們的兒童，使他們能夠確實地為往聖繼絕學，並且將中華文化傳播到世界各個角落。由於世界需要挽救沉淪人心的妙方、國家需要棟樑的人才、社會各階層都必須有清流的人士、各個家庭也莫不期盼著自己的子女成龍成鳳，

　　有鑑於此，筆者以為兒童文學不再是一個學門而已，它將會是一股全世界都需要關注的文學教育思潮，它思想的正確性和教育的可行性，將能夠挽救人心、帶來和平、社會風氣可以清新可喜、家庭幸福將和樂無比。

　　西方文明成功地在二十世紀登陸全球各國，並領導著世界的物質文明與學術風潮，筆者以為他們所以能夠駐足深化的根源，是因為西方憑藉著兒童文學的普遍性，讓世界各國的兒童在同樣的文學作品中，與西方文化產生同溫的感情，並憑藉著這種相同情感的感受，打破了國界的隔閡，又以長時間的文化薰染，轉化了各國兒童的先天質性，誠所謂：掌握了「性相近，習相遠」的文學教育思想。這文學思想所形構的後天教育環境，是如此明顯地影響兒童教養的結果，試問從事兒童文學教育的我們，能不強調文學的個別性，讓本國的兒童在本國兒童文學教育的環境中，透過本國的人倫親情感動，培養兒童本國人文的品格，展現兒童本國人文的道德，以成就屬於我們在二十一世紀人文教育的文明嗎？

　　今試探唐宋名人教子故事二十二篇的教育思想，筆者擬就此作品文類的歸屬、故事的文學名目、人倫的教養及親情的敦厚，這三個層面呈現它與文學教育思想相關的論點：

（一）是中國兒童文學中的家訓文學作品

　　「家訓文學」是兒童文學嗎？筆者於博士論文《中國兒童文學研究》中，將家訓文學與兒童歌謠、兒童詩篇、兒童字書、偉人傳記、中國神話、寓言故事，共列為中國兒童基本的文學教材。當時雖有學者以西方觀點提出異議，但筆者

以為，家訓文學不但在世界兒童文學中，具有文學的國別性與個別性，它在中國兒童文學範疇中，更擁有崇高的經典地位。

中國的文學，究其根源，源於經典，經典在文學的世界中，有著它不可動搖的思想領導地位，古今中外皆然。當然兒童文學也不能例外，西方的父母與子女，平等在上帝的關照下；中國家庭中的子女，莫不以父母為念，三歲才能免於父母之懷，在父子天性的環境中，透過三年之愛的過程，厚植了父子之間的人倫親情，讓中國的父母與子女，互動關係密切。子承父志，成了子孫正面必然的孝行；善教的父母，也能夠使子女繼承他們的志向，父子相承地樹立起自家的門風。這等以整體文化智慧為資材，教養子女恢弘自身可以成就的精神生命，並以親情力量在家中進行禮樂教化，成就「詩禮傳家」的美名，這就是中國儒家向來重視人倫親情教養，以情感進行教育的典範家教方式。

但觀唐宋名人教子故事二十二篇，施教者皆家中父母長輩，受教者不外家中子弟後代兒孫，彼此關係都在五服之內、家庭之中，依此檢視，這自然是家訓文學作品；至於施教者的施教意念，雖有主動且希望受教者能夠接受的意思，由於二者有著如此特殊的人倫關係，加上兒童本身就具有愛的本質，身處在中國這樣的家庭人倫親情環境中，受教者能不主動投合表達出繼承的意願嗎？這符合兒童文學教育的兒童性。

(二) 可列為人倫親情的典範教材

　　唐宋名人故事中的「名人」，其定義為何？指的是施教有成的名人？還是施教者本身就是名人？抑或是受教有成且能成功教養子女的名人？還是另有所指？李威周主編《名人教子故事集》時，並未先針對「名人」二字定義，僅在前言部分提到，說是「選取了一百多個名人教子故事」、「古今中外名人教子的動人故事是很多的」，說詞中並未見其詮釋的內容。

　　考量故事人物中，施教者的身分地位，有貴為一國之君的，如李世民、唐玄宗、唐代宗、趙匡胤；有貴為國家臣子的，如郭子儀、李晟、陳元敬、柳公綽、鄭澣、馬仁瑀、陳執中、唐介、范仲淹、包拯、岳飛、朱熹等；有但為人父的，如裴度的父親；有但為人母的，如李畬的母親、張鎰的母親、歐陽脩的母親、蘇軾與蘇轍的母親、岳飛的母親；另有以愛國聞名的詩人陸游。

　　筆者以為貴為國君、人臣，是自身有名於政壇者，皆可稱為名人，其教子故事值得為人父母、長上參酌。至於故事中有以「子」之名成就父母教養聲譽的，他們也都是國家重臣，確實是孝子能夠做到「立身行道」、「揚名聲」、「顯父母」，筆者以為這些故事中的施教者和受教者，都可算是所謂的「名人」。

　　由於家訓文學本身有所謂的文學永久性，考量上述作品中有四篇是將家訓形成門風且傳與後代子孫遵循的故事，是更值得我們注意的名人故事，如〈柳氏家法〉、〈范仲淹三代

傳美德〉、〈清正廉明包拯家風〉、〈陸游施教憂國情〉，這些都是人倫親情相互成全美名的名篇。

（三）符合儒家以詩、禮、樂施教的傳統教學

　　唐宋名人教子故事，既是標明名人教子，就意味著具有典範教學的價值，可以讓讀者以此為教學目標，讓自己循著有為者亦若是的傳統立志學習的管道，成就自己竭心盡力可以達到的「雖不中，亦不遠」的學習境界，真所謂學貴自得。

　　但此名人教子故事，範圍在家庭人倫關係中，試問是否家中親人只要居處在同一個屋簷下，就能夠知道如何親愛，以至於成就彼此的美名？筆者以為古有明訓，《禮記‧學記》就明白指出：「師無當於五服，五服弗得不親」，家人的親情是需要師長教導的。

　　世俗之人若要透過家訓文學教育，啟迪家中子弟，能夠傳承文化思想並接受父母的旨意，以成就其立身成德的教養，筆者以為孔子所謂：「興於詩、立於禮、成於樂」的文學教育思想，是施教者應該選擇的教育理念，也是唐宋名人教子故事中，施教者家教所以成功的具體途徑與步驟。

　　「興於詩」所講求的是：詩可以鼓舞人的意志，使人產生向善的心。檢視唐宋名人教子故事，篇篇故事中的施教者，都能明確地向家中子弟說明自己的理念，並鼓舞受教者向善的意志和決心，呈現了詩人的情懷。如此情懷讓兒童能夠在人倫親情中奮起，確立自我生命的志向。

　　「立於禮」所說明的是：禮可以端正人的行為，使人德

業卓然而有所成就。檢視唐宋名人教子故事,施教者莫不是以身作則,對要求子弟遵守的道德規範,自身都能夠恭敬謙遜地執守,具備施教者施教的條件與立場;至於受教者的表現,是否都能「禮尚往來」相對地恭謹謙遜?主編李威周明言這一百多個故事,是以「正面事例為主,反面例證為輔」,因而二十二篇故事中,僅見〈馬仁瑀不循私情〉一篇中的馬金祥,是個不能讓自己立於禮的反面教材,除此反面例證,其餘都是正面可以敦厚親情的故事。

「成於樂」所表達的是:樂可以涵養人的性情,使人養成完美的人格。顧炎武以為「文」所以不可以在天地之間滅絕的道理,除了它可以明道、紀政事、察民隱之外,還具有「樂道人之善」,這項文學作品存在的正面價值,有益於天下,也有益於將來,當然是多一篇就多一篇的效用。筆者以為以此檢視唐宋名人故事中的受教者,除馬金祥外,其餘為人子弟的表現,莫不符合孔子教人的事項,能夠做到「入則孝,出則弟,謹而信,汎愛眾而親仁」,試問受教者如此的表現,怎能不讓人樂道受教者之善呢?又受教者是就事上學習,先行求知,待行有餘力,確立了行仁的根本之後,自然就能夠達到,學文而文自至的這種文章樂境,成就儒家所謂:樂以成德的文學教養效能。

六 結論

中華文化是以儒家思想為主體的民族智慧,她保有中華民族五千年以來,種族生命所以能夠綿延不絕的文學教育思

想，在今日國際兒童文學的領域中，獨放異彩，是當今全球都熱烈追求的生命教育理念。

儒家教養，是以培養道德止於至善的人才為目標，期望他們存心養性，能贊助天地化育萬物，小自物種個體的元素，大到人類宇宙整體的生命，都能在這等天人合一、生生不息的教育理念中，透過家庭、學校文學教育的成功，達到生命永續發展的可能。

張載在〈西銘〉一文中，道出傳統讀書人的精神生命價值，是「生吾順事」、「歿吾寧也」。期許學子面對自己的人生，都能擁有：居富貴福澤，就積極豐厚自己美善的生命內涵；處貧賤憂感，就知道要成就自己高潔如玉的君子美德。這無入而不自得的道德表現，不僅是施教者的文學教育思想，更是傳統家訓文學的思想傳承，一如《太公家教》所言：「為書一卷，助誘童兒，流傳萬代，幸願思之。」

中國家訓文學思想教育的成功，必須要奠基在傳統儒家人倫親情親愛的基礎上，因為儒家的教養有親疏遠近的觀念，既是為人子弟，就當以父兄為念，並遵從師友規範，期盼以友輔仁，為國家立下彪炳的功業，光耀門楣且顯揚父母的名聲。一如《紅樓夢》作者，在該書第一回中，對於自己不能成就一番功業，即深感愧對父兄師友，對此罪過，他編述一集以告天下，說自己是：「背父兄教育之恩，負師友規談之德，以至今日一技無成、半生潦倒之罪」。筆者以為他所以不逃避，是因為自來中國傳統的讀書人，視天地君親師與自己是一體同在的生命體，面對「榮則同榮，辱則同辱」的親人，自然是但求自身詩教有成，能夠興觀群怨，事父、

事君，展現人和為貴的道德美德，善待自己的親人。至於人世間的身分地位與是非成敗，誠如孔子學說所謂當立於禮，樂天知命做個君子，能在「失諸正鵠」的時候，「反求諸其身」。

今日臺灣社會，需要人倫親情的情感教育，因為社會道德沈淪的時候，人心不再能固執在善的層面，此刻一切的科學發明，將被不善者操控，善良的百姓將會是科技文明的受害者。儒家孔孟學說，一直堅持著「人之初，性本善」的性善信念，闡揚著以善為起點，要人成聖成賢的聖賢教育思想，又將教育與政治組合，成就了民貴君輕、養生送死的尚善政治理念。當然在「天命之謂性，率性之謂道，修道之謂教」的中庸思想中，中國讀書人也承接了「允執厥中」的中道觀念，繼承了傳統儒家的人文精神，包括「樂天知命講道德」、「淑世淑人說仁義」和「嚴以律己守禮法」這些儒家的道統，而這等儒家的道統，誠如中庸所說是：「道也者，不可須臾離也；可離，非道也。」告誡著我們後生學子要「惟精惟一」誠信地執守。

檢視唐宋名人教子故事，具兒童性，有文學的真情，有人情的善意，有道德的美感。雖是唐宋時代的教子故事，但是故事本身呈現著人倫親情情感的互動，使它具有文學可以突破時空的永久性；其內容以家人互動為主體，不失文學作品描繪人性與生活的普遍性。面對像這樣隸屬在我國文學系統中，具有文學教育作用的作品，筆者以為是可供家庭教育成功的典範教材。有鑑於今日臺灣真善美人才的需求，建議政府當局重視傳統儒家在家庭教育中所產生的社會作用。

　　透過儒家的家訓文學教育思想的養成，不但可以讓家中父子有親，子女能享有父母的三年之愛，更可以永恆親人親愛的情感，讓他們在生命的大道上，互敬、互助、互愛，能享受人格的尊榮，也能達到理念的共識，成就共同的理想志業。這等家訓文學作品的時代精神，是不容忽視的，因為它始終是這樣帶動著整個國家社會的脈動：

　　（一）親子關係直接影響著社會的風氣。

　　（二）愛國情操根源於家庭父母的恩情。

　　（三）人倫情感可以決定學校教育的成敗。

　　（四）道德的美善養成於學校師友的規勸。

A Study of Literary Education Thoughts in Famous People's Family Teaching Stories of the Tang Sung Dynasties

Lei Qiao-yun

Prof. of Department of Chinese
National Kaohsiung Normal University

Abstract

The subject matter of this paper is literary education thoughts in famous people's family teaching stories of the Tang Sung dynasties, selected from *An Anthology of Famous People's Family Teaching Stories*. It aims to discuss literary education thoughts in regards to children's upbringing, which follows traditional family teaching literature and education principles. The purpose of this study is to illustrate the traditional value of parents-children relationship as axis for Chinese children's literary education, and its epochal spirits for Taiwan today. It is hoped that this paper will inspire people in Taiwan to pay more attention to family relationship and to persist in human moral sentiments leading towards eternal perfection. Only in "a family-centered education environment based on parent-children relationship" will children "find delight in poetry" and "have a foothold on good manners." Only with "a family heritage norm based on poetic delights and good manners" will a harmonious, good-natured human relationship of give and take, be secured. The resultant establishment of a warmhearted, happy new society is indeed the mission of literary education which aims to "succeed in happiness."

Keywords: famous people's family teaching stories of the Tang Sung dynasties, family teaching literature, parent-children relationship, literary education

陸象山「心即理」學說的
禪學思想特質
——兼論朱陸尊德性、道問學之諍

熊　琬

華梵大學佛教學系教授

摘　要

　　陸象山與朱子論學不同。陸九淵論學以心即理，先立乎其大，以及從尊德性下功夫。強調發明本心，強調由約而博；主張六經皆我註腳。與朱子重居敬窮理，與以及從道問學下手，強調博而後約。二人同時而興，儼然成對峙的二大派系。二人學術之異，為理學上一件重要的公案。尤其在太極圖說以至尊德性與道問學上各持己見，莫不持之有故，言之亦成理。自來朱、陸之異，盡人而知之。但若不從其思想背景—有關禪學的淵源，作一探討，則恐難得其真詣所在。本論文以陸象山的心學為主，而以朱子為輔，從禪學之背景作探討，以探究之。其中，關鍵所在以及本末先後，利病得失為如何，灼然可見了。

**關鍵詞：心即理、先立乎其大、發明本心、道問學、尊德
性、禪**

一　前言

陸象山與朱子論學不同。宋代朱熹（1130-1200），字元
誨，號晦菴。朱熹之學以居敬、窮理為主。謂性即理，窮理
以致其知，居敬以踐其實。陸九淵（1139-1192），字子靜，
學者稱象山先生。陸九淵論學以心即理，重尊德性。二人同
時而興，儼然成二大派鼎立而峙。二人學術之異為理學上一
件重要的公案。朱重道問學，陸重尊德性；朱強調博而後
約，陸則強調發明本心，由約而博。六經皆我註腳。朱主張
理在氣先，陸則以為心即理。即在當世呂祖謙（1137-
1181）在鵝湖之會[1]欲調和二者，則有所不能。後世宗朱者
詆陸，崇陸者排朱，聚訟紛紜，莫知所折衷。各是其是，各
非其非，終古未有已時。若欲探究朱、陸之異，毋寧從其思
想背景——禪的思想特質，作為探討或有助於瞭解。則其中
之利病得失本末先後為如何，自然可知了。

二　陸象山與禪

陸象山與禪的關係，據日人久須本文雄《陸子禪學
考》[2]根據《齊東野語》：「此外有橫甫張氏子韶，象山陸氏

1　鵝湖之會：南宋孝宗時朱陸思想不同，呂祖謙為調和二者，於淳熙二年
　　（1175），邀約二人相會於江西鉛山縣之鵝湖寺，辯論三日。二人各執己
　　見，未有所合。
2　《陸子禪學考（上）》，彬如譯，《自新覺生雜誌》，十五卷，七期，頁

子靜，亦皆以其學傳授。而張嘗參宗杲禪，陸又嘗參杲之徒德（原註：《小史》本作得）光，故其學往往流於異端而不自知。」[3]《北溪大全集》：「某在此不覺兩月日，象山之學，因以得知其情狀來歷。前與寅仲書已詳之矣。大抵全是禪學，象先本自光（德光）老得之。」[4]《湛甘泉先生文集‧楊子折衷序》：「〔宋〕大慧宗杲授之張子韶（案：名九成，號無垢），其徒得光又授之陸子靜。楊簡者，子靜之徒也。」[5]德光（1121-1203）南宋臨濟宗大慧弟子。臨江（江西）新喻人。孝宗欽仰其高風，賜號「佛照禪師」。敕諡「普慧宗覺大禪師」。著有佛照禪師奏對錄一卷、佛照光和尚語要一卷。詳見《古尊宿語錄卷四十八》、《五燈會元卷二十》、《佛祖歷代通載卷二十一》。

《居士分燈錄》卷二：

> 學者稱為象山先生。……又劉淳叟參禪，其友周姓者問之曰：「何故捨吾儒之道而參禪？叟曰：譬之於

15，1977 年 7 月 25 日。

3　《齊東野語》卷 11，頁 202《唐宋史料筆記》（北京：中華書局，1983 年 11 月）。

4　《欽定四庫全書》〈北溪大全集〉卷廿四，頁 2「某在此不覺兩月日，象山之學，因以得知其情狀來歷。前與寅仲書已詳之矣。大抵全是禪學，象先本自光（德光）老得之。」《四庫全書珍本四集》，臺北：臺灣商務印書館，1970 年。

5　《湛甘泉先生文集》卷二十三〈楊子折衷序〉：「宋大慧授之張子韶，其徒得光又授之陸子靜。楊簡者，子靜之徒也。」《四庫全書存目叢書》集部 57 卷，頁 24，四庫全書在目叢書編纂委員，臺南：莊嚴文化事業公司，1997 年 6 月。

手，釋氏是把鋤頭，儒者是把斧頭。所把雖不同，然
卻皆是這手。我今只要就他明此手。」周答曰：「若
如淳叟所言，我只就把斧頭處明此手，不願就把鋤頭
處明此手。」淵曰：「淳叟亦善喻，周友亦可謂善
對。」[6]淵嘗終日默坐。阜民一見謂曰：「子以何束縛
如此？」淵因自吟曰：「翼乎！如鴻毛遇順風。沛
乎！若巨魚縱大壑。」趙東山贊淵曰：「儒者曰：汝
學似禪，佛者曰：我法無是，超然獨契本心，以俟聖
人百世」。卒，諡文安。有詩文語錄傳世。[7]

文中：「譬之於手，釋氏是把鋤頭，儒者是把斧頭。所把雖
不同，然卻皆是這手。我今只要就他明此手。」無論「天命
之謂性」、良知、良能的「心」抑或「明自本心」「見自本
性」的心與性。就如把鋤頭，或把斧頭，此心未嘗不同也。
「若如淳叟所言，我只就把斧頭處明此手，不願就把鋤頭處
明此手。」則是謂與其是佛所謂的「心」，毋寧是儒所謂的

6　案：此段文字，又見《象山全集·卷三四》，頁10。

7　（CBETA, X86, no. 1607, p. 609, b17-c16 // Z 2B:20, p. 463, d13-p. 464, a18
　　// R147, p. 926, b13-p. 927, a18）《大正新脩大藏經》與《卍新纂續藏經》
　　的資料引用是出自「中華電子佛典協會」（Chinese Buddhist Electronic Text
　　Association, 簡稱 CBETA）的電子佛典系列光碟（2009）。引用《大正新
　　脩大藏經》出處是依冊數、經號、頁數、欄數、行數之順序紀錄，例如：
　　（T30, no. 1579, p. 517, b6~17）。引用《卍新纂續藏經》出處的記錄，採
　　用《卍新纂大日本續藏經》（X: Xuzangjing 卍新纂續藏。東京：國書刊行
　　會）、《卍大日本續藏經》（Z: Zokuzokyo 卍續藏。京都：藏經書院）、《卍
　　續藏經·新文豐影印本》（R: Reprint。臺北：新文豐）三種版本並列，例
　　如：（CBETA, X78, no. 1553, p. 420, a4-5 // Z 2B:8, p. 298, a1-2 // R135, p.
　　595, a1-2）。

「心」。故陸象山曰：「淳叟亦善喻，周友亦可謂善對。」

　　至如：象山答阜民終日默坐問：「翼乎！如鴻毛遇順風。沛乎！若巨魚縱大壑。」蓋鴻之翼能順風而飛與魚之借壑沛然而縱游，無異心之善，蓋假本性以自在逍遙，將無入而不自得了。從此段記載可知象山漸染於禪不可謂不深了。

　　全祖望在《宋元學案・象山學案》：「案：象山之學先立乎其大者，本乎孟子，足以矵末俗支離之學。……程門自謝上蔡[8]以後，王信伯[9]、林竹軒、張無垢[10]至於林艾軒，皆其前茅，及象山而大成，而其宗傳亦最廣。」[11]所謂「先立乎其大者」即在善用此心此理之大者，而非在瑣屑知識之支節上下功夫。斯乃學術之本旨，故曰：「足以矵末俗支離之學。」又於《宋元學案・上蔡學案》：「案：洛學之魁，皆推上蔡，晦翁謂其英特過於楊、游；蓋上蔡之才高也。然其墮於蔥嶺處，決裂亦過於楊游。」[12]竊案：蔥嶺即指釋教，蓋釋教從蔥嶺來故云。祖望謹案：「謝、楊二公，謝得氣剛，楊得氣柔。故謝之言多踔厲風發，楊之言多優柔平緩。……而東發謂象山之學，原於上蔡。蓋陸亦得氣之剛者也。」[13]

8　謝上蔡，名良佐，字顯道。壽春上蔡人。有上蔡學案。

9　王蘋，字信伯。師事程伊川，于楊龜山為後進，但最為龜山所許可。有震澤學案。

10　張無垢，名九成，字子韶。從楊龜山學。自號橫浦居士。結交大慧宗杲禪師，浸淫禪學。或謂上蔡每明言禪，而無垢則改頭換面，借儒言禪。有橫浦學案。

11　《宋元學案・十五・象山學案》（臺北：河洛圖書出版社 1975 年 3 月），臺一版，頁 4。

12　《宋元學案・八・上蔡學案》，頁 4。

13　《宋元學案・八・上蔡學案》，頁 3。

朱子說：「上蔡說仁，說覺，分明是禪。」又說：「伊川之門，上蔡自禪門來。」

《宋元學案・震澤學案》：「祖望謹案：予讀（王）信伯集，頗啟象山之萌芽。……象山之學本無所承，東發以為遙出于上蔡，予以為兼得信伯。」[14]《宋元學案・橫浦學案》：「黃東發（震）曰：蓋上蔡言禪，每明言禪，……杲老教橫浦改頭換面，借儒談禪，而不復自認為禪，為以偽易真，鮮不惑矣。」[15]

從上可知陸象山之學術源流：

1. 象山之學術淵源前無所承，（除了遠承孟子，如先立乎其大。）可說得自謝上蔡，並兼得之王信伯。而上蔡得自禪。

2. 上蔡才高，過於楊、游，而言多踔厲風發。而象山亦得氣之剛者也。

3. 上蔡言禪，每明言禪，至於張九成等，因杲老（案：大慧宗杲禪師）教橫浦「改頭換面，借儒談禪，而不復自認為禪，為以偽易真。」而象山亦襲其故智，而自成一家之學。[16]

至有關陸象山與禪的關係，直接的資料頗為缺乏，尋找為艱。但象山自承所讀佛經，在〈與王順伯〉：

> 某雖不曾看釋藏經教，然而《楞嚴》、《圓覺》、《維

14　《宋元學案・九・上蔡學案》，頁3。
15　《宋元學案・十・橫浦學案》，頁100。
16　《宋元學案・十・橫浦學案》，頁100。

摩》等經，則嘗見之。[17]

其中所舉《楞嚴》、《圓覺》、《維摩》等經，都是禪宗諸師所
習用之書。而有關象山之禪師之交涉，較少直接的證據。但
其中蛛絲馬跡，還是難以隱藏。自其思想所暗藏的禪機，也
可從其中思想是看出端倪；無法完全掩飾。如《學蔀通辨》
云：

> 按：象山、陽明雖皆禪，然象山禪機深密，工於遮
> 掩，以故學者極難識得他破。[18]

《朱子語類》：

> 子靜說話，常是兩頭明，中間暗。或問：「暗是如
> 何？」曰：「是他不說破處。今所以不說破，便是禪。
> 所謂：『鴛鴦繡出從君看，莫把金針度與人。』」[19]他
> 禪家自愛如此。[20]

朱子則直接明指其為禪，言之鑿鑿。朱子〈答孫敬甫〉云：

17　《象山全集》（臺北：中華書局，1966年3月），臺一版，卷2，頁4。

18　〔明〕陳建《學蔀通辨》（臺北：廣文書局，1971年4月），臺初版卷九，
　　頁151。

19　案：本句疑是從元遺山·論詩三首之一：「鴛鴦繡了從教看，莫把金針度
　　與人」。

20　〔宋〕黎靖德《朱子語類》（臺北：華世出版社，1987年1月），臺一版，
　　卷104，頁2620。

陸氏之學，……固自卓然，然非其儔匹。……但其宗
旨，本自禪學來，不可揜諱。當時若只如晁文元、陳
忠肅諸人，分明招認，著實受用，亦自有得力處。不
必如此隱諱遮藏，改名換姓，欲以欺人，而人不可
欺，徒以自欺，而陷於不誠之域也。然在吾輩須但知
其如此，而勿為所惑。若於吾學果有所見，則彼之言
釘釘膠粘，一切假合處，自然解拆破散，收拾不來
矣。切勿與辨，以起紛挐不遜之端。[21]

〈答呂子約〉：

近聞陸子靜言論風旨之一二，全是禪學，但變其號
耳。[22]

〈答許生〉：

近年以來，乃有假佛釋之似，以亂孔孟之實者。其法
首以讀書窮理為大禁，常欲學者注其心於茫昧不可知
之地，以僥倖一旦恍然獨見，然後為得。蓋亦自謂有
得矣。而察其容貌辭氣之間，脩己治人之際，乃與聖
賢之學有大不相似者，……夫讀書不求文義玩索，都
無意見，此正近年釋氏所謂看話頭者，世俗書有所謂

> 《大慧語錄》者，其說甚詳。試取一觀，則其來歷見
> 矣。若曰儒釋之妙，本自一同，則凡彼之所以賊恩害
> 義，傷風壞教，聖賢之所以大不安者，彼既悟道之
> 後，乃益信其為幻妄而處之愈安，則亦不待他求而邪
> 正是非判然於此矣。[23]

今若據日人久須本文雄考證「大慧之徒德光授之象
山」，再就朱熹此處指出陸象山之禪「此正近年釋氏所謂看
話頭者，世俗書有所謂《大慧語錄》者」。則陸氏之禪學跟
隨大慧宗杲之徒德光，類似「看話禪」宗風[24]。從可知象山
學禪之淵源有自，但象山之禪，有從禪師來者，如德光，有
從前輩如上蔡、王信伯等——此等輩也都學禪；故其禪學恐
很難說其所自來何人？但其學說是從禪而改頭換面則是不容
諱言的。《學蔀通辨》認為：「象山禪機深密，工於遮掩，以
故學者極難識得他破」或如朱子所指以為「是他不說破處。
今所以不說破，便是禪。」與「但其宗旨，本自禪學來，不
可掩諱。」今自其學術內容探討之，並與禪相對照，則其暗
通處不難得知了。

23　《朱子大全》卷 60，頁 5。

24　看話禪與「默照禪」相對稱。為宋代禪門臨濟宗大慧宗杲之宗風。看，照
顧的意思；話，禪門公案之意。即用心照顧一則禪門之話頭，真實參究歷
久獲得開悟，此種禪風稱為看話禪。此種禪風先慧後定，與默照禪只管打
坐，從靜著手異趣。其意在借著話頭，如「狗子無佛性」（唐 趙州從諗禪
師始倡）以摧破知覺情識。至宋代大慧宗杲大加提倡參看一則話頭，為後
之臨濟子孫所奉為圭臬者。象山之所謂「先立乎其大」、「發明本心」等庶
幾似之。

二　此心此理（心即理）

（一）所謂「心」的範疇

陸象山說：「人心至靈，此理至明，人皆有是心，心皆具是理。」[25]這句話將心與理之關係說得最為簡要明白清楚。蓋心本是虛靈不昧的，故曰：「人心至靈」，人人皆有這個心，心都具有這理虛靈不昧的理。

> 宇宙內事，是己分內事；己分內事，是宇由內事。[26]
> 四方上下曰宇，往古來今曰宙，宇宙便是吾心，吾心即是宇宙。[27]

〈與趙詠道四書〉：

> 塞宇宙一理耳，學者之所以學，欲有此理耳。此理之大，豈有限量。程明道所謂有憾於天地，則大於天地者矣。謂此理也。……今學者能盡心知性，則是知天；存心養性，則是事天。[28]

此段敘明宇宙與吾心之關係：

25　《象山全集》卷 22，頁 5。
26　《象山全集》卷 22，頁 5。
27　《象山全集》卷 22，頁 5。
28　《象山全集》卷 12，頁 4。

1. 吾心的範圍，是與宇宙同體。所以宇宙與吾心的關係，是密不可分的。

2. 宇宙內的事，即是己份內的事；己份內的事，乃是宇宙內的事。

3. 宇宙間不出一個理字。「學者之所以學，欲有此理耳。」而吾人與天地之間的關係，就是：「今學者能盡心知性，則是知天；存心養性，則是事天。」

　　《學蔀通辨》認為「宇宙便是吾心，吾心便是宇宙。」其思想乃源出於佛語：

> 按：宇宙便是吾心，吾心便是宇宙等語。正同此禪機。但象山引而不發，而慈湖始發其蘊。究陸學一脈，惟象山工於遮掩，禪機最深。學者極難識破他。至慈湖輩禪機始露，稍加考證，其禪便自瞭然矣。傳燈錄招賢大師云：「……盡十方世界是自己光明，盡十方世界在自己光明內，盡十方世界，無一人不是自己。此論即象山慈湖宗祖。」[29]

又云：

> 按：象山講學，好說宇宙字。蓋此二字，盡上下四方，往古來今，至大至久，包括無窮也。如佛性周法界、十方世界是全身之類，是以至大無窮言也。如說

法身常住不滅、覺性與太虛同壽之類。是以至久無窮
言也。此象山宇宙無窮之說。一言而該禪學之全也。

《學蔀通辨》指陳歷歷。恐非象山所能自解免的。自來
言心，除孟子言：以四端為心，在於存心養性，又「心之官
則思」，荀子則以「心者，形之君也，而神明之主也。」
（〈解蔽篇〉），「心」「可以知道」等，不過是義理、修養、
認知的心。至於心與宇宙的關係，則有盡心知性以知天。可
說鬱而未發。但未明確，而心與宇宙的關係，要等到宋明儒
者，始加闡發。如：邵雍「心為太極。」「先天之學，心學
也。」[30]至陸象山「吾心便是宇宙」則闡發明白曉暢。其
中，多受佛家之影響。象山之說則係唯心說。佛教主要就在
唯心思想，所謂「心外無法，法外無心」是也。如：「大乘
所說。心外無法。法外無心。心法同體。以同體故。不須向
外攀緣取法。」[31]「夫心外無法。法外無心。如是了知。則
真善知識。一心妙理。圓證無疑。」[32]「心外無法，法外無
心，心法不二」，[33]又如經典中如：《華嚴經》：「應觀法界
性，一切唯心造。」[34]《佛華嚴經》：「心如工畫師，畫種種

30　《宋元學案・百源學案》卷三，頁 114。

31　〔隋〕慧遠《大乘義章》卷 20（CBETA, T44, no. 1851, p. 870, a17-19）。

32　〔宋〕延壽（904～975）《宗鏡錄》卷 79（CBETA, T48, no. 2016, p. 850, a23-24）。

33　〔唐〕慧忠《般若心經三注》卷 1（CBETA, X26, no. 533, p. 797, c12 // Z 1:41, p. 391, d18 // R41, p. 782, b18）。

34　（CBETA, T10, no. 279, p. 102, b1）。

五陰。」[35]《華嚴經》：「心如工畫師，能畫諸世間。」[36]《淨土晨鐘》：「不知自家心量原自廣大。讚佛偈云：心包太虛，量周沙界。夫十方虛空無量無邊，心量都能包攝，恒沙世界無量無數，我心一一周徧。」[37]《楞嚴經直指》卷一：「其以心包太虛。一切有情無情。均在容現[38]。《楞嚴經》卷二：「不知色身外泊山河虛空大地。咸是妙明真心中物。」[39]《楞嚴經》卷二：「諸善男子我常說言。色心諸緣，及心所使，諸所緣法，唯心所現。汝身汝心，皆是妙明真精妙心中所現物。」[40]其中，「唯心」之旨顯然可見。而「心包太虛，量周沙界。」其陸氏所謂「宇宙便是吾心，吾心便是宇宙。」其思想自是相通的？陸氏之學號稱「心學」自非無故的。只不過佛典中的宇宙觀，乃是通於三界以至十方世界，乃至於十法界。自比以一日一月為中心的宇宙大不同[41]。而唯識乃是以「阿賴耶識」，根身、器界、種子論

35　《佛華嚴經》卷 10〈16 夜摩天宮菩薩說偈品〉（CBETA, T09, no. 278, p. 465, c26）。

36　《佛華嚴經》卷 19〈20 夜摩宮中偈讚品〉（CBETA, T10, no. 279, p. 102, a21）。

37　《淨土晨鐘》卷 8（CBETA, X62, no. 1172, p. 74, c3-5 // Z 2:14, p. 138, a18-b2 // R109, p. 275, a18-b2）。

38　（CBETA, X14, no. 291, p. 470, b14-15 // Z 1:22, p. 332, b11-12 // R22, p. 663, b11-12）。

39　（CBETA, T19, no. 945, p. 110, c27-29）。

40　（CBETA, T19, no. 945, p. 110, c21-23）。

41　三界即欲界、色界、無色界。自初禪含一小世界（含一日一月），二禪含有一千個小世界，三禪含有一千個中千世界，四禪含有一千個大千世界。謂之三千大千世界。（其中，含有萬億個日月）吾輩所處之娑婆世界與十萬億佛土外之極樂世界，俱屬華藏世界的第十三重。而華藏世界外尚有十

之。可參看一百卷《瑜伽師地論》、十卷《成唯識論》等唯
識經典，又非三言兩語所可盡的了。

（二）所謂「理」的定義

〈與陶贊仲書〉：

> 吾所明之理，乃天下正理、實理、常理、公理。所謂
> 本諸身，證諸庶民，考諸三王而不謬，……百世以俟
> 聖人而不惑者也。學者正要窮此理，明此理。[42]

〈與包詳道〉：

> 宇宙間自有實理，所貴乎學者，為能明此理耳。此理
> 茍明，則自有實行，有實事，實行之人。[43]

〈與包敏道〉：

> 為道無他謬巧，但要理明義精，動皆聽於義理，不任
> 己私耳。此理誠明，踐履不替，則氣質不美者，無不
> 變化。此乃至理，不言而信。[44]

方世界海，重重無盡，乃至於所謂「十法界」；均不出吾心一真法界之
外。

42　《象山全集・與薛象先》卷 15，頁 3。
43　《象山全集・語錄上》卷 14，頁 1。
44　《象山全集・語錄上》卷 14，頁 1。

〈與嚴泰伯三書〉：

> 道無奇特，乃人心所固有，天下所共由，豈難知哉！
> 但俗習謬見，不能痛省勇改，則為隔礙耳。[45]

〈與傅齊賢〉：

> 義理未嘗不廣大，能惟義理之歸，則尚何窠穴之私
> 哉？心苟不蔽於物，則義理其固有也。亦何為而茫然
> 哉？[46]

〈與唐司法書〉：

> 學者求理，當唯理是從，豈可苟私門戶。理乃天下之
> 公理，乃天下之同心，聖賢所以為聖賢者，不容私而
> 已。[47]

〈與曾宅之〉：

> 孟子曰：「存其心」，……只存一字，自可使人明得此
> 理，此理本天之所以與我，非由外鑠，明得此理，即

45　《象山全集・語錄上》卷14，頁2。
46　《象山全集・語錄上》卷14，頁3。
47　《象山全集・與薛象先》卷15，頁3。

是主宰，真能為主。則外物不能移，邪說不明惑。[48]

《象山語錄》：先生言：萬物森然於方寸之間，滿心而發。充塞宇宙無非此理[49]。

1. 宇宙間自有實理，所貴乎學者，為能明此理。

2. 吾所明之理，乃天下正理、實理、常理、公理。是百世以俟聖人而不惑者也。

3. 理無他巧妙，只在理明義精。

4. 道無奇特，乃人心所固有，天下所共由。

5. 心苟不蔽，不由私心，不為俗習繆見或蔽於物，則其義理固其所有也。

6. 理乃天下之公理，乃天下之同心，聖賢所以為聖賢者，不容私而已。

7. 此理本天之所以與我，非由外鑠，明得此理，即是主宰，真能為主。則外物不能移，邪說不明惑。存得此心，自可使人明得此理。此即「心即理」。即是發明本心。

8. 方寸之間，滿心而發。充塞宇宙無非此理。

（三）「心」與「理」

　　象山最喜談心與理之關係，頗有特殊的見地。而「心即理」之說，乃從是而出。如：

48　《象山全集》卷 1，頁 3。
49　《象山全集》卷 34，頁 21。

心於五官最尊大。洪範曰：「思」、曰：「睿」、「睿作聖」。孟子曰：「心之官則思，思則得之，不思則不得也。」又曰：「存乎人者，豈無仁義之心哉？」又曰：「至於心，獨無所同然乎？」又曰：「君子之所以異於人者，以其存心也。」又曰：「非獨賢者有是心也，人皆有之。賢者能無喪耳。」又曰：「人之所以異於禽獸者，幾希；庶民去之，君子存之。」去之者，去此心也。故曰：「此之謂失其本心。」存之者，存此心也。故曰：「大人不失赤子之心。」四端者，即此心也。天之所以與我者，即此心也。人皆有是心，心皆具是理。心即理也。故曰：「理義之悅我心，猶芻豢之悅我口。」所貴乎學者，為其欲窮此理，盡此心也。有所蒙蔽，有所移奪，有所陷溺，則此心為不靈矣，此理為之不明。是謂不得其正，其見乃邪見，其說乃邪說。一溺於此，不由講學，無以自復，故心當論邪正，不可無也。以為吾無心，此即邪說矣。[50]

《象山語錄》：

> 孟子當來只發出人有是四端，以明人性之善，不可自暴自棄。苟此心之存，則此理自明。當惻隱處，自惻隱；當羞惡處，當辭避，是非在前，自能辨之。又

50　《象山全集》卷11，頁6。

云：當發強剛毅，自發強剛毅。所謂溥博淵泉，而時
出之。[51]

此一大段試加解析之：

1. （1）心乃五官中最尊大的。心之官所以可貴在於能思
考。能以理性思考作主宰，乃能得到人生最有意義的價值
所在。（2）天之所以與我者，即此心也。即所謂「四端」
也。

2. 存之者，存此心也。去之者，去此心也。人之所以異於禽
獸者在此，君子所以異於人者亦在此。故當存此心、不失
此心、不失赤子之心，而所謂四端者，亦即此心也。

3. 人皆有是心，心皆具是理。心即理也。故曰：「理義之悅
我心，猶芻豢之悅我口。」所貴乎學者，為其欲窮此理，
盡此心也。

4. 有所蒙蔽，有所移奪，有所陷溺，則此心為不靈矣，此理
為之不明。是謂不得其正，其見乃邪見，其說乃邪說。

5. 所謂：「苟此心之存，則此理自明。」即是不失本心，五
官之最尊大之心在此，所以存此心者亦在此。故所謂「心
即理」，就是說「人皆有是心，心皆具是理。心即理
也。」人能存此心，能不失此心，這就是「心即理」。

51　《象山全集》卷34，頁1。

（四）「心即理」

1. 心，《象山全集・雜著》：

> 四方上下曰宇，往古來今曰宙，宇宙便是吾心，吾心
> 即是宇宙。千萬世之前，有聖人出焉，同此心同此理
> 也；千萬世之後，有聖人出焉，同此心，同此理也。
> 東南西北海，有聖人出焉，同此心，同此理也。(《象
> 山全集》卷) [52]

《象山全集・語錄》：

> 孟子云：「盡其心者，知其性；知其性，則知天
> 矣。」心只是一個心。某之心，吾友之心，上而千百
> 載聖賢之心，下而千百載復有一聖賢，其心亦只如
> 此。心之體甚大，若能盡我之心，便於天同；為學只
> 是理會此。……舉世之弊，今之學者，讀書只是解
> 字，更不求血脈。[53]

此段文說明：心與宇宙不可分，是超越時間與空間而存在
的。無論千百世之前之後，此心此理都是相同的。而「心之
體甚大」，「若能盡我之心，便於天同；為學只是理會此。」
此即是「盡其心者，知其性；知其性，則知天矣。」有關

52　《象山全集》卷22，頁5。
53　《象山全集》卷35，頁10。

「心」與「理」的關係，在佛門中並稱之處，不乏其例。
如：

〔唐〕慧光《大乘開心顯性頓悟真宗論》卷一：「問
曰：云何是道？云何是理？云何是心？答曰：心是道，心是
理。則是心，心外無理，理外無心。」[54]

陸象山「心即理」說，蓋即自佛門「心是理」套用而
來。象山雖未必讀過是書，但此類思想在佛門中俯拾皆是，
如：
〔唐〕澄觀（738-839）：

> 以契即事之理，而不動故，入理即是入事，制心即理
> 之事而一緣故。入事即是入理。[55]

〔唐〕澄觀《華嚴經隨疏演義鈔》：「先成上分別事相，
應入事定而入理定。後制心即理之事下。成上欲觀性空。應
入理定而入事定。」[56]

〔宋〕契嵩（1007-1072）《鐔津文集》：

> 吾治其（其或作吾）心耳。曰治心何為乎？曰治心以
> 全理。曰全理何為乎？曰全理以正人道。夫心即理
> 也，物感乃紛不治則汩理而役物。物勝理則人其殆

54　（CBETA, T85, no. 2835, p. 1278, b24-26）。
55　《華嚴經疏》卷 16〈12 賢首品〉（CBETA, T35, no. 1735, p. 624, c2-4）。
56　《華嚴經隨疏演義鈔》卷 36〈12 賢首品〉（CBETA, T36, no. 1736, p. 273,
　　c17-19）。

　　哉！理至也，心至也。氣次也，氣乘心，心乘氣。故
　　心動而氣以之趨。今淫者暴者，失理而茫然不返者；
　　不治心之過也。曰：心則我知之矣，理則若未之達
　　焉。子思之言與子之言同之歟？曰同。」[57]

　　〔明〕智旭（1599-1655）：「心即理，理即心。心外無
理，理外無心。心之與理，但有名字，名字性空，俱不可
說。」[58]

　　茲將以上歸納分析之如下：

1. 華嚴有「理法界」、「事法界」及「理事無礙法界」之說。
　　「理」就是「理法界」，指本體界，屬空性；「事」就是
　　「事法界」，指現象界，屬萬有之差異性。而「理事無礙
　　法界」就是謂萬象之差異雖有不同，但在理體的本質而
　　言，都是空性，無所差異的。以此理解悟澄觀之語，則可
　　得而知了。所謂「入理即是入事」以及「入事即是入
　　理。」就是「理事無礙」的意思，重點在於「制心即理之
　　事而一緣故」。其中，「心即理」早有所契合了！

2. 契嵩以儒理論「治心」——即是對治此心：「治心以全
　　理」，「全理以正人道」所謂「全理」之法。謂「心即理
　　也」。蓋謂心為主體，「理至也。心至也。」否則，「物感
　　乃紛不治，則汨理而役物。物勝理，則人其殆哉。」而
　　「淫者暴者，失理而茫然不返者；不治心之過也。」

57　（CBETA, T52, no. 2115, p. 680, c16-23）。
58　《法華經會義》卷7（CBETA, X32, no. 616, p. 215, c21-23 // Z 1:50, p. 389,
　　b10-12 // R50, p. 777, b10-12）。

3.〔明〕智旭解法華謂:「心即理,理即心。心外無理,理外無心。」智旭雖在明代解經,但其思考方式,固佛理之當然。但在名詞上,儒、佛或相互假借,至其理之本質,則儒至儒,佛自佛。佛之理,為空性;儒之理,為天理。或以智旭生於明代,或反襲象山故智,但此種理念,本自佛門中出也。

(五)一心一理

> 理只在眼前,只是被人自蔽了。……見在無事,須是事事物物不放過。磨考其理,且天下事事物物,只有一理,無有二理,須要到其至一處。[59]

〈與曾宅之書〉:

> 蓋心,一心也;理,一理也。至當歸一,精義無二。此心此理實不容有二。故夫子曰:「吾道一以貫之。」孟子曰:「夫道一而已矣。」……仁,即此心也,此理也。求則得之,得此理也;先知者,知此理也;先覺者,覺此理也;愛親者,愛此理也。敬兄者,敬此理也……敬,此理也;義,此理也;內,此理也;外,亦此理也。先覺者,覺此理也。[60]

59　《象山全集》卷 35,頁 16。
60　《象山全集》卷 1,頁 3。

〈與趙詠道書〉：

> 至當歸一，精義無二。誠得精當，則若網在綱，有條
> 不紊。故自本諸身，徵諸庶民，至於百世，俟聖人而
> 不惑者，誠精當之不容貳也。[61]

《象山全集・語錄上》：

> 書曰：「人心惟危，道心惟微。」解者多指人心為人
> 欲，道心為天理。此說非是。心一也，人安有二心。
> 自人而言，則曰惟危，自道而言，則曰惟微。罔念作
> 狂，克念作聖，非危乎。無聲無臭無形無體，非微
> 乎。……又曰：天道之與人道也，相去遠矣，是分明
> 裂天人而為二也。[62]

1. 天下事事物物，只有一理，無有二理。
2. 蓋心，一心也；理，一理也。至當歸一，精義無二。此心
   此理實不容有二。
3. 至當歸一，精義無二。誠得精當，則若網在綱，有條不
   紊。
4. 心一也，人安有二心。自人而言，則曰惟危，自道而言，
   則曰惟微。罔念作狂，克念作聖，非危乎。無聲無臭無形
   無體，非微乎。

61　《象山全集》卷 12，頁 3。
62　《象山全集》卷 34，頁 1。

宗密《禪源諸詮集都序》卷一:「至道歸一精義無二,不應
兩存。至道非邊,了義不偏。不應單取,故必須會之為一令
皆圓妙。」[63]發此二書,互照對勘,兩者之間自有異曲同功
之妙。象山所謂一心一理,至當歸一的,即是宗密「了義不
偏」,「必須會之為一令圓妙」者。

三　先立乎其大——發明本心

《象山全集》:

> 吾之學問與諸處異者,雖千言萬語,只是在我全無杜
> 撰,只是覺得他底。在我不曾添一些,近有議吾者
> 云:「除了先立乎其大者一句,全無伎倆。」吾聞之
> 曰:「誠然!」[64]

試分析這段話中,其中,「全無杜撰」、「不曾添一些」,所指
為何?其中,最要緊的一句話,是別人對他的批評:「除了
先立乎其大者一句,全無伎倆。」象山非但不辨駁,反而直
接了當的承認說:「誠然!」這正說明別人批評他的話,非
但不視為「負面」的話,認為是「正面」的話。換言之,
「先立乎其大」一句,正是象山的學問伎倆所在。其學說要
旨在此,其本事也在此!

63　(CBETA, T48, no. 2015, p. 400, c13-15)。

64　《象山全集·語錄》卷34,頁5。

象山有二段話，頗值得玩味：

象山〈與朱濟道〉：

> 此理在宇宙間，未聞有所隱遁。天地之所以為天地
> 者，順此理而無私焉耳。人與天地並立而為三極，安
> 得自私而不順此理哉？孟子曰：「先立乎其大者，則
> 其小者不能奪也。」人惟不立乎其大者，故為小者所
> 奪。以判乎此理，而與天地不相似。[65]

象山〈與邵叔誼書〉：

> 此天所以予我者，非由外鑠我也。思則得之，得此者
> 也；先立乎其大，立此者也；積善者，積此者也；集
> 義者，集此者也；知德者，知此者也；進德者，進此
> 者也。同此之謂同德，異此之謂異端。心逸日休，心
> 勞日拙，德偽之辨也。豈唯辨諸其身，人之賢否，書
> 之正偽，舉將不逃於此矣。自有諸己，至於大而化
> 之，其寬裕溫柔，足以有容；發強剛毅，足以有執；
> 齊莊中正，足以有敬；文理密察，足以有別。增加馴
> 積，水漸木升，固月異而歲不同。然由萌蘗之生，而
> 至於枝葉扶疏，由源泉混混，而至於放乎四海，豈二
> 物哉？[66]

65　《象山全集》卷11，頁1。

66　《象山全集》卷1，頁1。

> 此理在宇宙間，何嘗有所礙？是你自沈埋，自蒙蔽，陰陰地在個陷阱中，更不知所謂高遠底，要決裂破陷井，窺破個羅網。[67]

試分析此段言語：

1. 「此理在宇宙間，未聞有所隱遁。天地之所以為天地者，順此理而無私焉耳。」首先提出一個「理」字。這個理充滿在天地間，無所隱遁。只要順著這個理而無私就是了。

2. 人與天地並比，只要「先立乎其大者，則其小者不能奪也。」所謂「先立乎其大者」，就是要立天之所以予我者，非由外鑠我者，推其意蓋即指孟子所謂「良知」、「良能」及所謂「四端」者也。

3. 所謂「天之所以予我者」，即是「先立乎其大者」。無論積善、集義、知德、進德。同此之謂「同德」，否則，謂之「異端」。

4. 近自己身，「人之賢否，書之正偽。」大而化之，由此萌蘗而生，至於「放乎四海」，也都無有二物。

「先立乎其大」是象山學問的一生本領，也是立身大節。與「心即理」相通。蓋所謂「人心至靈，此理至明，人皆有是心，心皆具是理。」所謂「學者之所以學，欲有此理耳。……今學者能盡心知性，則是知天；存心養性，則是事天。」其他，如論學「要須知本」，先立乎其大則為「知本」。若明乎此心此理，「將渙然冰釋，怡然理順，有不加思

而得之矣。」至於「思之為道，貴切近而優游」、「日用之間，何適而非思也。」即便思亦不外是思此心此理。此人此理亦無非「皆吾份內事，日充日明，誰得而禦之。⋯⋯此事不借資於人，人亦無著力處。」至於明此則能「真知非，則無不能去。真知過，則無不能改。」

又〈與張甫之書〉：

> 曾子曰：「尊其所聞，則高明；行其所知，則光大」尊所聞，行所知，要須本正，其本不正，而尊所聞，行所知，只成個擔板。自沈溺於曲學，詖行正道所詆斥，累百世而不赦，豈不甚可畏哉！若與流俗人同過，其過尚小，擔板沈溺之過，其過甚大，真所謂膏肓之病也。[68]

其中，「擔板」為禪林用語「擔板漢」之簡化語。本指背扛木板之人力伕，用以比喻見解偏執而不能融通全體之人。倘不「知本」，則為詖行，非正道，過甚大，為膏肓之病。何為其然耶？蓋所謂「知本」，乃指「先立乎其大」、「心即理」是也。否則，為「膏肓之病」無可救藥。足見象山論學之界限分明，正邪之間，毫釐千里，中間絲毫不容假借。

〈與劉深甫書〉：

> 大抵為學，但當孜孜進德修業，使此心於日用間戕賊

日少，光日日著，則聖賢垂訓，向以為盤根錯節未可
遽解者，將渙然冰釋，怡然理順，有不加思而得之
矣。書曰思，曰睿作聖。孟子曰思則得之，學固不可
以不思，然思之為道，貴切近而優游。切近則不失
己，優游則不滯物。……日用之間，何適而非思也。
如是而思，安得不切近，安得不優游。至於聖賢格
言，切近的當，昭晰明白。[69]

〈與胡達材〉：

若本心之善，豈有動靜語默之間哉？……所謂日用而
不知也。……不勞推測，纔有推測，即是心害。與
聲、色、臭、味，利害等耳。[70]

〈與舒元質〉：

此心之良，本非外鑠。但斧斤之伐，牛羊牧之，則當
日以暢茂。聖賢之形容詠嘆者，皆吾份內事，日充日
明，誰得而禦之。……此事不借資於人，人亦無著力
處。聖賢垂訓，師友切磋，但助鞭策耳。[71]

〈與羅章夫〉：

69　《象山全集》卷3，頁2。
70　《象山全集》卷4，頁7。
71　《象山全集》卷5，頁4。

著是去非，改過遷善，此經語也。非不去，安能著？是過不改，安能遷善？不知其非，安能去非？不知其過，安能改過？自謂知非，而不能去非，是不知非也。自謂知過，而不能改過，是不知過也。真知非，則無不能去。真知過，則無不能改。人之患，在不知其非，不知其過而已。所貴乎學者，在致其知，改其過。[72]

〈與潘文叔〉：

本心若未發明，終然無益。……何適而非此心，心正，則靜亦正，動亦正。……若動靜異心，是有二心也。[73]

〈與胡達材〉：

若本心若善，豈有動靜語默之間哉？……所謂日用而不知也，如前所云。乃害此心者，心害苟除，其善自著，不勞推測，纔有推測，即是心害。與聲色臭味利害得喪等耳。……道不遠人，自遠之耳。[74]

《象山語錄》：

72　《象山全集・語錄上》卷14，頁2。
73　《象山全集》卷4，頁8。
74　《象山全集》卷4，頁7。

苟學有本領,則知及之者,及此也;仁之所守者,守
此也;時習之,習此也。說者說此,樂者樂此。如高
屋之上,建瓴水矣。學苟知本,六經皆我註腳。[75]

或問先生何不著書,對曰:六經註我,我註六經。[76]

以上引證,若加分析,則可歸納而得以下之結論:

1. 象山論學最要者唯在於發明本心。故曰:「本心若未發
   明,終然無益。」所謂發明本心,就是先立乎其大者。如
   能發明此心,則「何適而非此心」,無間動靜,無有二
   心。

2. 所謂「若本心若善」,「學有本領」,「此心之良,本非外
   鑠。」,「知非」、「知過」等,無非是「先立乎其大者」,
   或所「發明(的)本心」,又何一非「此心此理」!

3. 而此所謂「本心」,也不外「吾份內事」。故「不借資於
   人,人亦無著力處。」所以也是「不勞推測」,「有不加思
   而得之」且「不分動靜語默之間」,是「日用而不知的」。

4. 唯「本心」本吾份內事,無待於外鑠。故彼「聖賢之形容
   詠嘆者」不過如此。至於「聖賢垂訓,師友切磋,但助鞭
   策耳。」只不過應「當日以暢茂」之而已。所謂知及之
   者,仁所守之者,時習者,所以說者、樂者。無不賴此為
   高屋建瓴水之勢。

---

75 《象山全集・語錄上》卷34,頁1。
76 《象山全集・語錄上》卷34,頁4。

5. 學固無待於思，即便思之，不外乎此。故曰「學不可以不
　思，然思之為道，貴切近而優游。……日用之間，何適而
　非思也。」

　　總之，能先立乎其大（本心）者，知「此心此理」者，
就是「知本」。故說「學苟知本，六經皆我註腳。」「六經註
我，我註六經。」無非是此心此理之發現也。故象山論學所
謂「至當歸一，精義無二。此心此理實不容有二。」曰：
「道外無事，事外無道。」[77]其理固可一以貫之矣。

　　雖然，象山論學嘗謂「先講明而後踐履」：
〈與趙詠道二書〉：

> 為學要講明義理，有踐履。大學致知格物，中庸博學
> 審問，謹思明辯，孟子始條理者，智之事。此講明
> 也。大學脩身、正心，中庸篤行之，孟子終條理者；
> 聖之事。此踐履也。物之本末，事有終始，……自大
> 學言之，固先乎講明矣。自中庸言之，……未嘗學問
> 思辯，而曰吾唯篤行之而已。是冥行者也。講明之未
> 至，而徒恃其能力行，是猶射者之不習於教法之巧，
> 而徒恃其有力。……故曰：其至爾力也，其中非爾力
> 也。……然必一意實學，不事空言，然後可以謂之講
> 明。[78]

77　《象山全集》卷 34，頁 1。
78　《象山全集・語錄上》卷 12，頁 3。

本段眉評曰：

「陸子先講明而後踐履，未嘗不先知後行。惟不以窮至天下事物之理焉，為致知耳。」此句乃針對朱子即物窮理之說而發的。朱子在釋《大學》「格物致知」之義：

> 所謂致知在格物者，言欲致吾之知，在即物而窮其理也。蓋人心之靈，莫不有知，而天下之物，莫不有理。惟於理有未窮，故其知有不盡也。是以大學始教，莫不因其已知之理，而益窮之，以求至乎其極。至於用力之久，而一旦豁然貫通焉。則眾物之表裏精粗無不到，而吾心之全體大用，無不明矣。此謂格物，此謂知之至也。[79]

朱子於此蓋以「即物窮理」之教，「蓋人心之靈，莫不有知」為「能認識的主體」，而謂「天下之物，莫不有理。」為「所認識的客體」。而所以知有不盡，乃以未能窮理之故。其窮理之法在依據「已知之理」，而更加窮研探索，以求其清楚明白。經過常期積年累月之功，終有「豁然貫通」之一日。此時則對這門學問的表裏精粗無不通透明瞭。觀乎「而吾心之全體大用，無不明矣。」朱子固以大學所謂「明德」者，固為「人之所得乎天，而虛靈不昧，以具眾理而應萬事者也。」[80]而其即物窮理之說，為合能知、所知二者而

79　朱熹《四書集註・大學章句》（臺北：中華書局，1971 年 6 月，臺二版）。
80　朱熹《四書集註・大學章句》釋「明德」。

為一。從「具眾理而應萬事」者，使「吾心之全體大用」達
對「眾物之表裏精粗無不到」的終極目標。至於象山：「有
學者終日聽話，勿請問曰：如何窮理盡性以至於命？答
曰：……皆是理也。窮理是窮這個理，盡性是盡這個性，至
命是至這個命。」[81] 蓋「心即理」，則謂「吾心即宇宙，宇
宙即吾心」「蓋心，一心也；理，一理也。至當歸一，精義
無二。此心此理實不容有二。」蓋屬「心一元論」者。或謂
象山為「主觀唯心主義」，朱子為「客觀唯心主義」[82]，言
之亦頗成理。

四　簡易直截

《象山語錄》：

> 天下之理，將從其簡且易者，而學之乎？將欲其繁且
> 難者，而學之乎？若繁且難者，果足以為道，勞苦而
> 為之可也。其實本不足以為道，學者何苦於繁難之
> 說。簡且易者，又易知易從，又信足以為道，學者何
> 憚而不為簡易之從乎。[83]

又云：

81　《象山全集》卷 34，頁 25。

82　候外廬等主編《宋明理學》上冊，頁 574（北京：人民出版社，1987 年 6
　　月，一版）。

83　《象山全集》卷 34，頁 21。

　　或有譏先生教人，專欲管歸一路者。先生曰：「吾亦
　　只有此一路。」[84]

〈與高應朝〉：

　　然則，學無二事，事無二道，根本苟立，保養不替，
　　自然日新，所謂可久可大者，不出簡易而已。[85]

〈與楊敬仲二書〉：

　　易簡之善，有親有功，可久可大，苟不懈怠廢放，固
　　當日新其德，日遂和平之樂，無復艱屯之意。然怠之
　　久，為積習所乘，覺其非而求復，力量未宏，則未免
　　有艱屯之意，誠知求復，則屯不久而解矣。此理勢之
　　常，非助長者比也。[86]

《象山語錄》：

　　惟天下之至一，為能處天下之至變；惟天下之至安，
　　為能處天下之至危。[87]

84　《象山全集》卷34，頁11。
85　《象山全集》卷5，頁3。
86　《象山全集》卷5，頁4。
87　《象山全集》卷35，頁1。

從上可知：

1. 象山認為天下之理，必從簡且易者入道。繁且難者，果足以為道，勞苦而為之可也。即然如此，何必不從簡且易者學之？

2. 「學無二事，事無二道。」只要「根本苟立」，則是「可久可大」，乃「不出簡易而已。」所謂「根本苟立」，實因能「先立乎其大」——而「良知、良能」亦即此心此理。「心即理」者，即不外乎此。

3. 並認為「惟天下之至一，為能處天下之至變；惟天下之至安，為能處天下之至危。」

「人心為人欲，道心為天理。此說非是。心一也，人安有二心。……是分明裂天人而為二也。」[88]既不分人心與道心，曰：「心一也，人安有二心」故是直截簡易。「或有譏先生之教人，專欲管歸一路者。先生曰：『吾亦只有此一路。』」[89]象山亦自許，吾亦只此一路。蓋其所謂簡易直截之道是也。「要常踐道，踐道則精明。一不踐道，便不精明，便失枝落節。」[90]此所謂「踐道則精明」不過至簡至易道罷了。所謂「蓋心，一心也；理，一理也。至當歸一，精義無二。此心此理實不容有二。」蓋一理通，則萬理通。象山之學所以簡易者在此，所以直截者，亦在此。

88　同註 55。

89　《象山全集》卷 34，頁 11。

90　《象山全集》卷 35，頁 14。

五　道問學與尊德性之諍

　　自來論朱子則曰：「道問學」，論象山則曰：「尊德性」。
而朱子曰：「今子靜（陸象山）所說專是尊德性事，而熹平
日所論卻是問學上多了。」象山則曰：「既不知尊德性，焉
有所謂道問學。」象山之言一似氣矜之激者。今請略敘道問
學與尊德性之諍之由來：
在朱子答項平父書云[91]：

　　　　大抵，子思以來，教人之法，惟以尊德性、道問學兩
　　　　事為用力之要。今子靜（陸象山）所說專是尊德性
　　　　事，而熹平日所論卻是問學上多了。所以為彼學者多
　　　　持守可觀，而看得義理全不仔細。又別說一種杜撰道
　　　　理，遮蓋不肯放下。而熹自覺雖於義理上不敢亂說，
　　　　卻於緊要為己為人上多不得力。今當反身用力，去短
　　　　集長，庶幾不墮一邊耳。

而陸子云[92]：

　　　　朱元晦曾作書與學者云：「陸子靜專以尊德性誨人，

91　〔宋〕〈答項平父〉朱熹《朱子大全》（臺北：中華書局，1966 年 3 月），臺
　　一版，卷 54，頁 5。
92　〔宋〕陸象山《象山全集》（臺北：中華書局，1966 年 3 月），臺一版，卷
　　34，頁 4。

> 故游其門者多踐履之士。然於道問學處，欠了。某教
> 人豈不是道學處多了些子，故游某之門者踐履之士多
> 不及之。觀此，則是元晦欲去兩短合兩長。然吾以為
> 不可。既不知尊德性，焉有所謂道問學。

試比較朱陸二賢對答中，主要問題為：

1. 朱子認為：朱陸之異，朱子在於道問學為入學之門。而陸子則是以尊德性為入學之門。其思想的引申義為：道問學與尊德性兩者並存且並重。或從道問學入，或從尊德性入；兩者均之可也。

2. 陸子不作如是想，他認為：既無尊德性，焉有所謂道問學。從他的思考論：尊德性與道問學不能並存，沒有尊德性之本，道問學之末就無意義可言！

我們從此段對答中，讀之，可能會直覺的反應：

> 朱子為人較為客觀，肯定朱陸二人各有所長，只是入門途徑有所不同。陸子為人較為主觀，只肯定自己，卻否認別人。實則，若作進一步的思考，這與其說是朱、陸二人的為人與性格的差異，毋寧說二人思維方式的根本不同。換言之，若只從外相直接去看問題，而不從其人之思想背景、體系、特質去看問題，則可能會落入偏執而不自知。

（一）象山對朱熹的批評

1. 象山全集中有段記載

> 一夕步月，喟然而嘆。包敏道侍問曰：「先生何嘆？」曰：「朱元晦泰山喬嶽，可惜學不見道，狂費

精神；遂自擔閣，奈何？」包曰：「勢既如此，莫若各自著書，以待天下後世之自擇。」忽正色厲聲曰：「敏道！敏道！任的沒長進，乃作這般見解，且道天地間，有個朱元晦、陸子靜，便添得些子，無得便減了些子。[93]

試將此段對話加以評析：

1. 先述象山感嘆朱熹未見道。蓋謂朱未能悟此心此理。其弟子包敏道勸他各自著書以待後世之自擇。象山「忽正色厲聲曰……」語氣大似禪門的棒喝。

2. 「敏道！敏道！任的沒長進，乃作這般見解，且道天地間，有個朱元晦、陸子靜，便添得些子，無得便減了些子。」此段乃呵斥敏道之不敏——未悟。最耐尋味的是：「有個朱元晦、陸子靜，便添得些子，無得便減了些子。」語玄奧難解，莫知所謂。若以禪宗語意解之，當不難索解。禪門謂「自性」、「本性」（所謂明自本心，見自本性或直指人心見性成佛）「在聖不增，在凡不減。」換言之，無論朱、陸此心此理此性都是不增不減的；當下即了，豈待後世評論。象山此語以禪意領會之，或能得其意旨所在。

2. 又象山在言及此心此理未嘗有二，並引用《中庸》：戒慎、恐懼，道不可須臾離。曰

---

93 《象山全集》（臺北：中華書局 1966 年），卷34，頁14。

學者必已聞道，然後知其不可須臾離，……然後能戒
謹不睹，恐懼不聞。元晦好理會文義，是故二字（即
「是故君子戒慎乎其所不睹……」）也不曾理會得。
不知指何為聖賢地位？又如何為留意？此等語皆是胸
襟不明，故撰得如此意見。非惟自惑，亦且惑人。[94]

其中所謂「元晦好理會文義，是故二字……也不曾理會
得。」也就是指朱熹只好從文義著手，而不如聞道之學者，
「知其不可須臾離」，而後能直接「戒謹不睹，恐懼不
聞。」知何者不可須臾離？自在必先立乎其大，能發明本
心。所謂「本心若未發明，終然無益。（見註 69）」其說與
六祖慧能：「不識本心，學法無益。」[95]無異。所謂：「不立
文字，直指人心，見性成佛」之旨也。

3. 象山對異端的定義──闢邪顯正

〈與陶贊仲書〉：

看晦翁書但見糊塗，沒理會。觀吾書，坦然明白。吾
所明之理，乃天下正理、實理、常理、公理。所謂本
諸身，證諸庶民，考諸三王而不謬，……百世以俟聖
人而不惑者也。學者正要窮此理，明此理。今之言窮
理者，皆凡庸之人，不遇真實師友。妄以異端學說，

94　《象山全集・與郭邦逸》卷 13，頁 2。
95　《六祖大師法寶壇經》卷 1（CBETA, T48, no. 2008, p. 349, a21-22）。

更相欺誑。非獨欺人誑人，亦自欺自誑；謂之繆妄，
謂之蒙闇。何理之明？何理之窮哉？……古人所謂異
端者，不專指佛老。……天下正理不容有二，若明此
理，天地不能異此。……千古聖賢不能異此。若不明
此理，私有端緒，即是異端。何止佛老。[96]

象山所謂「異端」引用孟子：耳有同聽，目有同美，口有同
嗜，心有同然，曰：

若合符節，又曰：其揆一也。以為「今人鹵莽，專指
佛老為異端。……此理所在，豈容不同，不同此理，
則異端矣。」[97]

象山所以評朱子絲毫不容情者，乃在「吾所明之理，乃天下
正理、實理、常理、公理。……學者正要窮此理，明此
理。」否則，「非獨欺人誑人，亦自欺自誑。」蓋「天下正
理不容有二，……千古聖賢不能異此。」就象山的思維方式
言，既不以朱熹為知此心此理，亦即不能發明本心，即歸之
異端可也。觀乎「既不知尊德性，焉有所謂道問學。」則其
論學之本末先後固皎然可知了。而闢邪所以顯正，二者正反
相生，知其所以闢，也就知其所以顯者為何了。

96　《象山全集・與薛象先》卷 15，頁 3。
97　《象山全集・與薛象先》卷 13，頁 4。

六　象山禪語萃集

　　象山平生說話往往虛玄高深，儒門中少有此類言語。但若以禪的思維會通之，則其中不乏暗合之處。如：

1. 象山曰：「平生所說，未嘗有一說。」[98]

　　孔子在《論語》[99]中雖有：「予欲無言」之語。且說：「天何言哉？四時行焉，百物生焉。」朱註曰：「四時行，百物生，莫非天理發現流行之實，不待言而可見。聖人一動一靜，莫非妙道精義之發，亦天而已，豈待言而顯哉！」[100]程子曰：「若顏子則便默識，其他，則未免疑。（朱子按語：此與前篇無隱之意相發。）」[101]終究儒釋本有相應處，但儒者此類論調究不多見。〔明〕洪蓮《金剛經註解》卷四：「我佛橫說直說四十九年，未曾道著一字；唯同道方知。若言如來有所說，即為謗佛，不能解會我所說。直饒說得天華亂墜，也落在第二著。唯能坐斷十方，打成一片，非言語可到；是名真說法也。所以道：墻壁瓦礫說禪浩浩，前輩頌云：也大奇！也大奇！無情說法不思議。若將耳聽終難會，眼處聞聲方得知。」[102]凡有所說法，都是他人自所領悟，

98　《象山全集》卷 35，頁 14。

99　《四書集註・論語》〈楊貨〉卷 9，頁 5。

100　同上註。

101　同上註。

102　（CBETA, X24, no. 468, p. 805, b12-18 // Z 1:38, p. 470, c6-12 // R38, p. 940, a6-12）。

故都只是知識；真悟則賴「坐斷十方，打成一片」的真功夫乃能達到，固「非言語可到」。故謂：「落在第二義」。況且，「墻壁瓦礫」[103]無在而非道之所在。舉凡這類無情物也會說法，令人開悟。它不能只賴俗眼俗耳「聽」之，要在善用慧眼「體悟」之。故曰：「眼處聞聲方得知。」又如雲門文偃禪師：「佛法二字未曾道著，道著即撒屎撒尿。」[104]洞山良价：「師曰：道也未曾道，說什麼爭即不得。」[105]似此之類，不一而足。

2. 象山曰：「道在天下，加之不可，損之不可，取之不可，舍之不可，要人自理會。」[106]

　　宗密：「真心畢竟清淨，不增減，不變易。」[107]「真如平等。不增減故。」[108]契嵩：「直造心原。無知無得。不取不捨。」[109]無住禪師：「真心者。念生亦不順生。念滅亦不依寂。不來不去。不定不亂。不取不捨。」[110]澄觀大師：「直造心源無智無得。不取不捨無對無修。」[111]真心、真

103　即《莊子・知北遊》道在「瓦甓」、「屎溺」之意。

104　《佛祖歷代通載》卷 17（CBETA, T49, no. 2036, p. 654, b27-28）。

105　《景德傳燈錄》卷 15（CBETA, T51, no. 2076, p. 322, a4-5）。

106　《象山全集》卷 35，頁 3。

107　《圓覺經大疏釋義鈔》卷 6（CBETA, X09, no. 245, p. 585, b11 // Z 1:14, p. 330, d1 // R14, p. 660, b1）。

108　《圓覺經大疏釋義鈔》卷 12（CBETA, X09, no. 245, p. 721, b4 // Z 1:15, p. 5, c5 // R15, p. 10, a5）。

109　《宗鏡錄》卷 41（CBETA, T48, no. 2016, p. 657, c13）。

110　《景德傳燈錄》卷 4（CBETA, T51, no. 2076, p. 235, a2-3）。

111　《景德傳燈錄》卷 30（CBETA, T51, no. 2076, p. 459, c1-2）。

如，不增不減；亦不取不捨。此等說法，多見於佛理中。

3. 象山曰：「若某則不識一個字，亦須還我堂堂正正地做個人。」[112]

不識一字，如何能解書。若以儒者之《中庸》而論，「天命之謂性，率性之謂道，修道之謂教。」孟子有良知、良能之說。俱謂天性本具也。〔隋〕慧遠《大乘義章》卷六：「如人不識一字自言解書。」[113]〔明〕漢月（臨濟宗禪師）：「然則老僧不識一字，無一所長。……老僧為漢月。……殊不知從上已來，佛法的的大意，惟直指一切人，不從人得之本來，為正法眼藏，為曹溪正脉，為五家無異之正宗正旨。」[114]禪宗直指人心，乃指真心、佛心、明自本心，見自本性者。乃即所謂「正法眼藏」是也。〔明〕石成金：「要知六祖樵夫也。以不識一字。而即得證悟。」[115]所評者無他，即自本心、本性是也。

4. 象山曰：「我無事時，只似一個全無知無能底人，及事至方出來，又卻似個無所不知無所不能之人。」[116]

又曰：「此理塞宇宙，古先聖賢常在目前。蓋他不曾用私智，

---

112 《象山全集》卷35，頁12。
113 （CBETA, T44, no. 1851, p. 584, c12）。
114 《闢妄救略說》卷9（CBETA, X65, no. 1280, p. 181, b2-15 // Z 2:19, p. 180, a3-16 // R114, p. 359, a3-16）。
115 《禪宗直指》卷1（CBETA, X63, no. 1258, p. 773, c11-12 // Z 2:17, p. 492, b2-3 // R112, p. 983, b2-3）。
116 《象山全集》卷35，頁6。

不識不知，順帝之則，此理豈容識知哉？吾有知乎哉，此理
豈容有知哉？」[117]

　　首句象山以無事時，只似個無知無能；有事時又似無所
不知，無所不能之人。次句，義亦類似。要「不識不知」，
「此理豈容識知？」就常人之知見而言，豈合於邏輯？但這
卻是佛門所習見者。如：延壽（904-975　唐末五代僧）《宗
鏡錄》卷九：「真照無照，真知無知。何者？若有照，則有
對處。故云：隨照失宗，若有知，則被知礙。故云：法離見
聞覺知。如信心銘云：縱橫無照，最為微妙。知法無知，無
知知要。」[118]〔唐〕元康《肇論疏》解「般若無知論」《肇
論疏》卷二：「無智者，無有取相之知耳。常人皆謂般若是
智，則有知也。若有知則有取著，若有取著即不契無生。今
明般若真智，無取無緣。雖證真諦，而不取相。故云無
知。」[119]〔宋〕延壽《宗鏡錄》卷七十七：「聖智之無者，
無知；惑智之無者，知無。其無雖同，所以無者異也。何
者？夫聖心虛靜，無知可無；可曰無知，非謂知無。惑智有
知，故有知可無；可謂知無。非曰：無知也。故云：般若無
知，無所不知。無知者，無能所之知。無不知者，真如自
性，有遍照法界義。又聖人唯有無心之心，無見之見，非同
凡夫有心有見，皆是分別能所相生。故涅槃經云：不可見，
了了見。華嚴經頌云：無見即是見。能見一切法，於法若有
見，此則無所見。又云：菩薩悉見諸法，而無所見。普知一

117　《象山全集》卷 12，頁 6。
118　（CBETA, T48, no. 2016, p. 463, a15-18）。
119　（CBETA, T45, no. 1859, p. 174, c22-25）。

切，而無所知。則般若無知，無所不知矣。但不落有無之知，能所之見；非是都無知見矣。」[120]

　　茲歸納其中主要的邏輯思維是：超越對立的二元思考。如：

「無知者，無能所之知。無不知者，真如自性，有遍照法界義。」其中，無能所之知，則無對立之存在，故無有知與不知的問題。故雖曰：「無知」，其實，是超越常情的知與無知的對立。既超越對立，故亦可說「無不知」。故其所謂「無知」非見俗之所謂「無知」，否則，即若於否定——「無」的一邊。其所謂「無不知」，亦非俗見之所謂「知」，否則，亦同樣落入肯定——「有」的一邊。故有「聖人唯有無心之心，無見之見，非同凡夫有心有見，皆是分別能所相生。」不落有無之知，能所之見；非是都無知見矣。唯其如此，故要打破兩邊，而曰：「般若無知，無所不知。」而他如，「不可見，了了見。」「無見即是見。能見一切法，」「菩薩悉見諸法，而無所見。普知一切，而無所知。」

5. 不假推測、不假思索

〈與胡達材〉：

> 若本心若善，豈有動靜語默之間哉？……心害苟除，其善自著，不勞推測，纔有推測，即是心害。與聲色

120　（CBETA, T48, no. 2016, p. 844, a12-25）。

臭味利害得喪等耳。……道不遠人，自遠之耳。[121]

〈與傅聖謨〉：

> 不假推尋擬度之說，殆病於向者推度擬度之妄。已而
> 知其非，遂安之，以為道在是。必謂不假推尋為道，
> 則仰而思之，夜以繼日，探賾索隱，鉤深致遠者，為
> 非道邪？必謂不假擬度為道，則是擬度而後言，議之
> 而後動，擬議以成其變化者，為非道邪？謂即身是
> 道，則是有身者，皆為有道邪？是殆未得道之正也。
> 謂悠悠日復一日，不能堪任重道遠之寄，此非道
> 也。[122]

《大般若波羅經》：「曼殊室利即白佛言：「我所說法不可說可思議，亦不可說不可思議。所以者何？不可思議、可思議性俱無所有，但有音聲，一切音聲亦不可說不可思議、可思議性，以一切法自性離故。作是說者，乃名為說不可思議。」[123]《大智度論》：「佛法無量，不可說、不可思議故。若說布施等淺法，及說十二因緣、空、無相、無作——空、無相、無作等諸甚深法，等無異。何以故？是法皆入寂

121　《象山全集》卷4，頁7。

122　《象山全集》卷6，頁3。

123　《大般若波羅蜜多經401-600卷》卷575（CBETA, T07, no. 220, p. 969, b10-15）。

滅不戲論法中故。」¹²⁴《仁王護國般若經》:「心行處滅,
言語道斷;同真際、等法性——我以此相而觀如來。」¹²⁵
《大智度論》卷:「須菩提所說般若波羅蜜,畢竟空
義,……一切心行處滅,言語道斷故。」¹²⁶其他佛典中有
關「不可說」、「不可思議」,「言語道喪,心行處滅。」之
語,俯拾皆是,豈勝枚舉。

6. 安有門戶可立?

象山曰:「後世言學者,須要立個門戶,此理所在,安
有門戶可立?學者又要各護門戶,此尤鄙陋。」¹²⁷又傅大
士:「如來行道處,靈智甚清閑。……心王般若空。聖智安
居處。凡夫路不同。出入無門戶。觀尋不見蹤。」¹²⁸傅大
士謂如來行處,以般若性空故,心如居處地安頓。它與凡夫
不同路,觀之也不見蹤跡,故出入也無門戶。又寒山詩:
「可貴天然物,獨立無伴侶。覓他不可見,出入無門戶。促
之在方寸,延之一切處。你若不信受,相逢不相遇。」¹²⁹
此心乃獨立自主者,故無伴侶可得。覓也見不得,出入無門
戶。此心縮小則在方寸之間,若伸延開來,則遍一切處。如

124 《大智度論》卷 81〈68 六度相攝品〉(CBETA, T25, no. 1509, p. 630,
c12-15)。

125 《仁王護國般若波羅蜜多經》卷 1〈2 觀如來品〉(CBETA, T08, no. 246,
p. 836, b3-5)。

126 《大智度論》卷 54〈27 天主品〉(CBETA, T25, no. 1509, p. 448, b4-8)。

127 《象山全集》卷 34,頁 5。

128 《善慧大士語錄》卷 3(CBETA, X69, no. 1335, p. 115, c7-10 // Z 2:25, p.
12, c4-7 // R120, p. 24, a4-7)。

129 《寒山子詩集》卷 1(CBETA, J20, no. B103, p. 660, c24-p. 661, a2)。

果你不相信的話，則相逢不相識，當面就錯過了。

又如：乾峰和尚：「要諸人直下承當不從他覓，若是通方上士，纔聞舉著，便知落處。了無門戶可入，亦無階級可升。」[130] 直下承當，即從直指人心入手，這須是「通方上士」通達無礙上根利器，一點便明。故「了無門戶可入，亦無階級可升。」又佛眼和尚：「道可學耶？實不可學。心可悟耶？實不可悟。不學不悟，真機全露。明月娑婆，浮生旦暮。眼若不睡諸夢除，古今出入無門戶。」[131] 道何以不可學不可悟，要出於學與悟之上，應機自在，乃能「真機全露」，蓋因出入無有門戶。

7. 言性與天道不可得聞

象山曰：

> 子貢言性與天道不可得而聞，此是子貢後來有所見處。然謂之不可得而聞，非實見也。如曰：予欲無言，即是言了。[132]

昔龍潭崇信禪師至天皇道悟禪師處學法，一日崇信禪師問曰：「某自到來不蒙指示心要？悟曰：自汝到來，吾未嘗不指汝心要！師曰：何處指示？悟曰：汝擎茶來，吾為汝

130　《無門關》卷 1（CBETA, T48, no. 2005, p. 299, a16-18）。

131　〔宋〕頤藏《古尊宿語錄》卷 29（CBETA, X68, no. 1315, p. 190, a10-12 // Z 2:23, p. 266, d1-3 // R118, p. 532, b1-3）。

132　《象山全集》卷 34，頁 2。

接；汝行食來，吾為汝受；汝和南時，吾便低首。何處不指示心要！師低頭良久。悟曰：見則直下便見，擬思即差。師當下開解！乃復問如何保任？悟曰：任性逍遙，隨緣放曠。但盡凡心，無別勝解。」[133] 夫子何以「言性與天道不可得而聞？」寧不以下學而上達也。天皇道悟時時在向龍潭崇信指示心要，崇信自不悟耳。經承天皇指點，始得開悟。禪門以「平常心是道」（南泉普願禪師接化趙州從諗語），所謂行、立、坐、臥不離這個，喝茶、喫飯、搬柴、運水，無非是道。《中庸》：「道也者不可須臾離也，可離非道也。」亦同具此意。足見儒佛之間本可相通，得禪宗更可說順風而揚帆了。

8. 無朱亦無陸

象山曰：

> 先生與晦翁辯論，或諫其不必辯者。先生曰：「汝曾知否，建安亦無朱晦翁！青田亦無陸子靜。」[134] 陸子此語絕似禪話。從辯論的主體下手，既說無此二主體。則為無我，無我則又何辯之有？這全是禪的思維方法。

9. 正人說邪法，邪法亦成正

定夫舉禪說：正人說邪說，邪說亦是正，邪人說正說，

133　《景德傳燈錄》卷 14（CBETA, T51, no. 2076, p. 313, b18-25）。

134　《象山全集》卷 34，頁 4。

正說亦是邪。先生曰：「此邪說也，正則皆正，邪則皆邪，正人豈有邪說，邪人豈有正說。此儒釋之分也。」[135]

　　〔宋〕行霆《圓覺經類解》卷四：「邪人說正法，正法亦成邪；正人說邪法，邪法亦成正。」[136]〔宋〕普宋‧普濟《五燈會元》卷四：「正人說邪法。邪法悉皆正。邪人說正法。正法悉皆邪。」[137]〔宋〕悟明《聯燈會要》卷六：「正人說邪法。邪法悉皆正。邪人說正法。正法悉皆邪。諸方難見易識。我這裏易見難識。」[138]

　　名醫與庸醫之別，無他。名醫下藥，使用能得其法，故毒藥亦為聖藥。倘不得其法，聖藥亦成毒藥。換言之，在名醫手下，都是好藥、聖藥。難不成象山心中，世上無毒藥，只有聖藥。則《莊子》[139]所謂道在螻蟻、稊稗、在瓦甓、屎溺者，「以道觀之，物無貴賤。」[140]是象山「正人豈有邪說」，蓋未明此理也。則道之優劣，於是可知。其所謂「此儒釋之分也。」

135　《象山全集》卷 35，頁 21。

136　（CBETA, X10, no. 252, p. 224, b12-13 // Z 1:15, p. 451, d1-2 // R15, p. 902, b1-2）。

137　（CBETA, X80, no. 1565, p. 94, a15-16 // Z 2B:11, p. 67, a8-9 // R138, p. 133, a8-9）。

138　（CBETA, X79, no. 1557, p. 58, a12-13 // Z 2B:9, p. 264, d11-12 // R136, p. 528, b11-12）。

139　《莊子集解 知北遊第 22》（臺北：貫雅文化公司，1991 年 9 月）卷 7 下，頁 751。

140　《莊子集解 秋水第 17》卷 6，頁 577。

10. 禪家不說破

　　象山：「禪家話頭不說破之類，後世之謬也。」[141]《朱子語類》：「子靜說話，常是兩頭明，中間暗。或問：「暗是如何？」曰：「是他不說破處。今所以不說破，便是禪。所謂：『鴛鴦繡出從君看，莫把金計度與人。』」[142]象山說話有「今所以不說破，便是禪。」朱子可謂一語道破其中玄機，正是陸子「禪機深密，工於遮掩，以故學者極難識得他破。」即如前文孔子不嘗有：「予欲無言」，不也是不說破嗎？然則，禪有時說破，有時不說破。如：雲畊靖禪師：「我若不說破，恐汝不回頭。我若說破，又恐諸人日後罵我去。」[143]天童和尚：「第恐不出六祖道，成知解宗徒。不得不說破耳，此老僧逆耳之言。」[144]從前文象山「平生所說，未嘗有一說」、「道⋯⋯要人自理會。」、「安有門戶可立？」等，不就是「不說破」嗎？而「先立乎其大」、「發明本心」、「此心此理未嘗有二」，不就是說破嗎？此其所以說：「禪家話頭不說破之類，後世之謬也。」

11. 象山曰：「近有議吾者云：除了先立乎其大者一句，全無伎倆。吾聞之曰：誠然！」[145]又〈與趙詠道書〉：「至當歸一，

141　《象山全集》卷35，頁26。

142　參見註22。

143　《五燈全書（卷34-120）》卷49（CBETA, X82, no. 1571, p. 157, a15-16 // Z 2B:14, p. 51, d10-11 // R141, p. 102, b10-11）。

144　圓悟《闢妄救略說》卷1（CBETA, X65, no. 1280, p. 111, a9-10 // Z 2:19, p. 110, a3-4 // R114, p. 219, a3-4）。

145　《象山全集・語錄》卷34，頁5。

精義無二。誠得精當,則若網在綱,有條不紊。」[146]象山蓋
頓悟之禪也。據宗密《禪源諸詮集都序》[147]以悟與修之關係
分為以下數種

（1）漸修頓悟：猶如伐木片片漸斫一時頓倒。亦如遠詣都
　　　城,步步漸行,一日頓到也。

（2）頓修漸悟：如人學射,頓者箭箭直注意在中的,漸者
　　　日久方始漸親漸中。

（3）漸修漸悟：如登九層之臺,足履漸高,所見漸遠。故
　　　有人云:「欲窮千里目,更上一層樓」。以上皆說證悟
　　　也。

（4）頓悟漸修：此約解悟也(約斷障說)。如日頓出霜露漸
　　　消。如孩子生,即頓具四肢六根。若未悟而修,非真
　　　修也。

（5）頓悟頓修：此說上上智根性,一聞千悟。一念不生,
　　　前後際斷。

　　《禪源諸詮集都序》卷二:「若因悟而修。即是解悟。
若因修而悟。即是證悟。」[148]陸子之學所謂「先立乎其
大」、「發明本心」、「至當歸一,精義無二。」乃近乎「頓悟
頓修」之禪法也。又所謂「若未悟而修,非真修也。」即陸
子「本心若未發明,終然無益。」

146　《象山全集》卷 12,頁 3。

147　《禪源諸詮集都序》卷 2（CBETA, T48, no. 2015, p. 407, c14-25）。

148　（CBETA, T48, no. 2015, p. 408, a2-8）。

12. 安有二心：象山引書曰：「人心惟危，道心惟微。」謂「心一也，人安有二心。」否則是「分明裂天人而為二也。」[149]

陳北溪曰：「象山教人終日靜坐，以存本心。無用許多辯說勞攘，此說近本，又簡易直截。……若果能存本心，亦未為失。但其所謂存本心。……今指人心為道心……蠢動含靈皆有佛性之說，運水搬柴，無非妙用之說。」[150]

有關「煩惱即菩提」、「即妄即真」、「真妄不二」的思想，乃佛經中所常見者。

（1）「煩惱即菩提」：如《華嚴經疏》：「轉煩惱即菩提，是般若也。」[151]《華嚴經疏》：「此說在纏如來藏故，然此大智從藏德生。非從迷起。若爾煩惱即菩提。」[152]《大般涅槃經疏》：「生死即涅槃。煩惱即菩提。」[153]《維摩經略疏垂裕記》：「以諸了義經中悉云煩惱即菩提」[154]《摩訶止觀》：「又無明即法性，煩惱即菩提。」[155]《六祖壇經》：「凡夫即佛，煩惱即菩提。前念迷即凡夫，後念悟即

---

149 見註 55。

150 《宋元學案 象山學案》卷 15，頁 37。

151 〔唐〕澄觀《大方廣佛華嚴經疏》卷 15〈10 菩薩問明品〉（CBETA, T35, no. 1735, p. 612, c6）。

152 《大方廣佛華嚴經疏》卷 21〈20 夜摩宮中偈讚品〉（CBETA, T35, no. 1735, p. 656, b8-10）。

153 〔隋〕灌頂《大般涅槃經疏》卷 25〈23 師子吼品〉（CBETA, T38, no. 1767, p. 186, a7-8）。

154 〔宋〕智圓《維摩經略疏垂裕記》卷 2〈1 佛國品〉（CBETA, T38, no. 1779, p. 735, b1-2）。

155 〔隋〕智顗《摩訶止觀》卷 9（CBETA, T46, no. 1911, p. 131, a25-26）。

佛。前念著境即煩惱，後念離境即菩提。」[156]從上可知，
「煩惱即菩提」乃佛門所習見者，且多屬如來藏思想。或禪
門頓教思想。華嚴、涅槃象山未必看過，但壇經、維摩
（《維摩經略疏垂裕記》或未看過）當是所經見者。

　　（2）「即妄即真」：《華嚴經疏》：「然皆即妄即真，圓融
自在。」[157]《華嚴經綱要》：「即妄即真，圓融自在。」[158]
《楞伽經註》：「以即妄即真，即事即理。」[159]如是者，不
一而足。《法華經玄贊要集》：「名空如來藏。在煩惱中。」[160]
此類多從「如來藏」的思想而來。

13. 安坐瞑目：象山曰：「收此心然惟有照物而已，……先生
　　曰：『學者常能閉目，亦佳。』某因此無事。則安坐瞑目，
　　用力操存，夜以繼日，如此者半月；一日下樓，忽覺此心已
　　復澄瑩。……先生逆目視之，曰：『此理已顯也。』某問先
　　生何以知之，曰：『占之眸子而已。』因謂某『道果在邇
　　乎？』某曰：然！」[161]

---

156 〔唐〕慧能《六祖大師法寶壇經》卷 1（CBETA, T48, no. 2008, p. 350,
　　　b27-29）。

157 《大方廣佛華嚴經疏》卷 36〈26 十地品〉（CBETA, T35, no. 1735, p. 783,
　　　a11）。

158 〔唐〕澄觀《華嚴綱要（第 1 卷-第 44 卷）》卷 35〈十地品第二十六〉
　　　（CBETA, X08, no. 240, p. 764, c20 // Z 1:13, p. 173, d2 // R13, p. 346, b2）。

159 〔唐〕智嚴《楞伽經註》卷 5（CBETA, X17, no. 321, p. 110, a22 // Z 1:91,
　　　p. 133, b1 // R91, p. 265, b1）。

160 〔唐〕栖復集《法華經玄贊要集》卷 18（CBETA, X34, no. 638, p. 588,
　　　c24-p. 589, a1 // Z 1:54, p. 125, a1-2 // R54, p. 249, a1-2）。

161 《象山全集》卷 35，頁 28。

　　《學蔀通辯》引用此段，曰：「按：無事安坐，瞑目操存。此禪學下手工夫也。即象山之自立正坐，收拾精神也。即達摩面壁靜坐默照之教。宗杲無事省緣，靜坐體究之教也。一日下樓，忽覺此心澂（琬按：原文作澄）瑩。則禪學頓悟識心之效驗也。所引道在邇等語，則推援之說也。所謂照物，即佛家光明寂照之照。楊慈湖謂道心發光，如太陽洞照，王陽明亦以良知為照心。」所言指陳歷歷可辨。讀象山語，有如讀禪門公案，悟道之語，觸目眼熟，又何待多言。至於，「半月；一日下樓，忽覺此心已復澄瑩。」就禪而言，乃是小小的體驗，本無須執著；恐談不上什麼悟境。但循此以進，或可有所悟。惜未能深究其中所以，只將心力耗在闢佛之窠臼中，不無可惜！

七　結論

(一) 禪機深密處，正是禪不說破處

　　從《宋元學案》所言「杲老教橫浦鮮不惑矣。」[162]象山自謂「不惑」於禪，正乃惑之大者。又《學蔀通辨》，謂「象山、陽明雖皆禪，然象山禪機深密，工於遮掩，以故學者極難識得他破。」[163]本文蓋在揭發象山之說者在此。其中，所謂「改頭換面，借儒談禪，而不復自認為禪，為以偽易真。」之情實。

---

162 見註 13。
163 見註 16。

　　朱子闢象山，其〈與劉子澄〉：「子靜一味是禪，……然其下梢無所据，依恐未免害事。」[164]〈與劉子澄〉：「子靜寄得對語來，語意圓轉渾浩無凝滯處，……但不免些禪底意思。」[165]〈答呂子約〉：「近聞陸子靜言論風旨之一二，全是禪學，但變其名號耳。」[166]

　　陳北溪曰：「象山教人終日靜坐，以存本心。……今指人心為道心……蠢動含靈皆有佛性之說，運水搬柴，無非妙用之說。」[167]象山之所謂「先立乎其大」、「發明本心」等庶幾似大慧宗杲看話禪之「話頭」功夫，為下手方便；這與頓悟法門當下也是相通的。而其「禪機深密」處正是禪不說破處。所謂「莫把金針度與人」是也。故陳建曰：「故必先識佛學，然後陸學可辨也。」[168]可謂一語說破象山心事。象山同時代的朱子等人也都指象山為禪，象山自無可逃；又何必諱言。非僅象山如此，理學家無不諱言之。其中，自有儒家本位主義及歷史情節[169]在內。時至今日，更不必為之諱。梁啟超先生在《中國學術思想變遷大勢・周末學術思想勃興之原因》謂學界大勢有四現象[170]：一曰內分、二曰外布、三曰出入、四曰旁羅。所謂「旁羅」者，「當時諸派之

164　《朱子大全》卷 35，頁 22。
165　《朱子大全》卷 35，頁 24。
166　《朱子大全》卷 47，頁 20。
167　《宋元學案・象山學案》卷 15，頁 37。
168　《學蔀通辨》卷之四，頁 44。
169　如夷夏之防，非文本所要討論者，從略。
170　見梁啟超《飲冰室文集之九》第三冊〈中國學術思想變遷大勢第二節　諸家之派別〉第二節諸家之派別（臺北：中華書局，1960 年 5 月），頁 25。
170　《朱子大全》卷 54，頁 4。

大師，往往兼學他派之言，以光大本宗。」故理學家無論朱熹、象山等皆當以此看待。

(二) 朱子評象山之說

　　朱子〈答諸葛誠之書〉：「示喻競辯之端，三復憫然。愚意比來深欲勸同志者，兼取兩家之長，不可輕相詆訾。就有未合，亦且置勿論，而姑勉力於吾之所急。……子靜平日所以自任，正欲身率學者一於天理，而不以一毫人欲雜於其間。恐絕不至如賢者之所疑也。義理天下之公，而人之所見，有未能盡同者，正當虛心平氣相與熟講而徐究之，以歸於是。乃是吾黨之責。而向來講論之際，見諸賢往往皆有立我自是之意，厲色忿詞，如對仇敵，無復少長之節，禮遜之容。蓋嘗竊笑，以為正使真是仇敵，亦何至此。但觀諸賢之氣方盛，未可遽以片辭取信，因默不言，至今常不滿也。今因來喻，輒復陳之。」[171]又〈答諸葛誠之二書〉：「所喻子靜不至深諱者，不知所諱何事？又云：銷融其隙者，不知隙從何生？愚意講論義理，只是大家商量，尋個是處。初無彼此之間，不容更似世俗遮掩回護，愛惜人情，纔有異同，便成嫌隙也。」[172]朱子將平生深藏心底之見，借與諸葛誠之書，悉行吐露。可謂能平心論學，不持一己之意氣，其學術涵養自有大過人處。但如王陽明所集《朱子晚年定論》，謂朱子晚年自悔其早之謬。殆非也。此在陳建《學蔀通辯》及

171　《朱子大全》卷 54，頁 4。
172　同前註。

顧亭林《日知錄》卷二十〈朱子晚年定論〉辨之詳矣，不
贅。總之，象山較有意氣。實則，與其說是意氣，不如說象
山之學，沾被於禪的氣氛太重，故不覺透出禪的思維來論
學。

(三) 朱、陸之別

　　袁燮云：「象山先生其學者之北辰泰岳歟？自始知學講
求大道，弗得弗措，久而大寖明，又久而大明。此心此理，
貫通融會，美在其中，不勞外索，揭諸當世，曰：學問之
要，得其本心而已。心之本真，未嘗不善，有不善者，非其
初然也。」[173]其言昭晰如是，至先生始大發明之。《象山年
譜》淳熙二年：「元晦之意，欲令人泛觀博覽而後歸之約。
二陸之意，欲發明本心，而後使之博覽。朱以陸教人為太
簡，陸以朱之教人為支離。」[174]故朱子有：「舊學商量加邃
密，新知培養轉深沈。」[175]而象山有：「易簡工夫終久大，
支離事業竟浮沈。」[176]陸九齡：「古聖相傳只此心，大抵有
基方築室，未聞無址忽成岑。留情傳註翻蓁蕪，著意精微轉
深沈。」就象山而言，其最自許者，即在「簡易直截」，蓋
以能「立乎其大」、「發明本心」，知「此心此理」，則為得其
根基，直截了當，無取支離瑣屑。
　　《象山語錄》：「或謂：先生之學是道德性命，形而上

173　《象山先生文集序》，頁 1。
174　《象山全集》卷 36，頁 10。
175　同註 124。
176　《象山全集》卷 34，頁 24。

者；晦翁之學是名物度數，形而下者。學者當兼二先生之學。先生云：足下如此說晦翁，晦翁未伏。晦翁之學自謂一貫，但其見道不明，終不足以一貫耳。吾嘗與晦翁書云：揣量摩寫之工，依放假借之似，其條畫足以自信，其節目足以自安。此言切中晦翁之膏肓。」[177] 此謂象山得「道德性命」，是其形而上者；至朱子「名物度數」是其形而下者。就象山言之：「晦翁之學自謂一貫，但其見道不明，終不足以一貫耳。」但象山雖多形而上者，但亦未嘗不讀經書。「或問：讀六經當先看何人解註？先生云：須先精看古註，如讀左傳，則杜預註不可不精看。大概先須理會文義分明，則讀之其理自明白。然古註惟趙岐解孟子文義多略。」[178] 從可知象山先生未嘗不講究讀書，觀乎「須先精看古註」可知。只是不瑣屑於文字之末罷了。《黃東發日鈔》曰：「象山之學雖謂此心至靈，此理自明，不必他求，空為言議。然亦未嘗不讀書，未嘗不講授，未嘗不援經析理。凡其所業，未嘗不與諸儒同。」[179] 象山在發明本心與讀書之間，自有平衡之道理。又不可不加辨白之，以免外人之誤解也。

今就象山之心學論，以「心即理」、「發明本心」、「先立乎其大」、「道問學」，所謂「至當歸一，精義無二。」即孔子「吾道一以貫之。」孟子：「夫道一而已矣。」不外乎「此心此理」也。否則，即是邪說而不許之以正道。其說蓋得自禪者為多。其評朱子「可惜學不見道，枉費精神；遂自

177　《象山全集》卷34，頁19。
178　《象山全集》卷34，頁11。
179　見註146。

擔閣。」「既不知尊德性，焉有所謂道問學。」以及陸九齡：「古聖相傳只此心」者，在此。謂朱為無根者亦在此。《壇經》記載五祖弘忍禪師謂惠能曰：「不識本心，學法無益。」象山亦有言曰：「本心若未發明，終然無益。」禪宗之思維，即在此。禪以教[180]為：「說食不飽」。教以禪為：「盲修瞎煉」。彼其說雖切中陸子思想之訣竅。而鵝湖之會所以論難合，可知了。

(四) 朱陸平議

今平心而論之，朱子之學，博而後約，故先道問學，而尊德性。類似佛家的「教下」（如天臺、華嚴的教理）：先知（理論、知識）後行（功夫、實踐）。象山之學，先約而後博，故先尊德性，而後道問學。類似佛家的「宗門」：禪門的頓悟頓修，或「頓悟漸修」法門。但不善學朱者，或落於瑣屑。學陸而敝者，或流於狂放。二者有其長，亦有其短。前者以中下根機為多，後者以上等根機為勝。譬如李白的詩全賴天才取勝，杜甫的詩則以工力、學力見長。二者互有短長。法無頓漸，對機則佳。所謂「或生而知之，或學而知之，或困而知之，及其知之，一也。」

謝山淳熙四先生祠堂碑文曰：「陸子輒咎顯道之失言，則詆發明本心為頓悟之禪宗者，過矣。……陸子教人以明本心，在經本于孟子擴充四端之教。……心明則本立，……原

非若言頓悟者所云。」[181]故知象山「發明本心為頓悟之禪宗」自其弟子包顯道即不能無疑。況乎他人？雖碑文中力與之辨白，也未必竟能洗刷之。蓋學問之相近者，或相滲和，禪以「明心見性」為宗，儒以「天命之性」、「良知」、「良能」為本；本已相近似。思想相應，如呼吸自相通。取彼注此，取此挹彼。儒佛之相與，彼此之間何嘗不然。強分彼此以為必不可通，此儒、佛之所以歷千古而未有已也。學術思想之交流，本極自然。非但不必排斥、遮掩，反當予以正面評價。但儒有取於佛，仍是儒；儒注於佛，而佛自佛。學術之流變，正如婚姻之匹配。若無婚媾，其種必絕。只是父姓未變，母姓何必有所計較之。

　　〔清〕紀蔭《宗統編年》卷四：「象山蓋已豁然貫通，而明吾心之全體大用，會萬物之表裏精粗矣。……朱子之格物致知，是會用歸體，下學上達。……陸子之知致格物，而曰六經皆我註腳，……陸子之言，高明者德性可尊。而朱子之言，中庸之道不離問學也。尊德性而道問學，可分乎不可分乎。教化雖有經權，道體初無隔礙。苟志於道，何庸分門別徑於其間哉。」[182]其言足有參考之價值。自本末言，尊德性為本，而道問學為末；自先後言，或自尊德性入，或自道問學入，兩者均之可也。正如佛門，或自宗門入，先求開悟，次憑藉教理以為驗證之資。或自教下入門，先明白路頭，次下功夫；庶不至於說食數寶。但前者必有具格之善知

181　《宋元學案・象山學案十五》，頁9。
182　（CBETA, X86, no. 1600, p. 97, b19-c11 // Z 2B:20, p. 36, a16-b14 // R147, p. 71, a16-b14）。

識的領導，並屬超格之見識及才器，始不致落於狂禪、邪禪。後者，則中下之器（上根亦合），僅賴於中上師資，即可勝任。朱陸實質內容言，未嘗不同；但就為學之方向與下手之方便言，則各異。其相異處亦猶宗、教之別也。而朱學循序而進，學之不善，「猶為謹敕之士，所謂刻鵠不成尚類鶩者也。」至陸學先立乎其大，可以一超直入。學而生蔽，「陷為天下輕薄子，所謂畫虎不成，反類狗者也。」（馬援〈戒姪書〉）是故王宗沐曰：「得其所以同，辨其所以異，則知道無不合，而言各有指。」[183]自是持平之論。總上所言，朱、陸各有所長，有所短。亦可互補。故朱子「去短集長」之說與象山「元晦欲去兩短合兩長，然吾以為不可。既不知尊德性，焉有所謂道問學。」雖曰朱陸之思維背景有所差異。則朱、陸所見之優劣得失，從以上的客觀分析，則不待煩言而知了。

183　《象山先生全集・象山集序〉》（臺北：臺灣商務印書館，1979 年 4 月。人人文庫本臺一版）。

Characteristics of the Chan（Zen）Thought of Lu Xiang-shan's Doctrine of "Mind is Noumenon"

Also on the Debates of the Esteem of Virtue and Study for the Sake of Morality Between Zhu and Lu[184]

Hsiung Won

Abstract

Lu Xiang-shan and Zhu Xi's doctrines are different. Lu's doctrine was basically on "Mind is Noumenon". He preferred initially establishing a great goal and put efforts on the Esteem of Virtue. He emphasized on exploration of each person's fundamental mind, and starting from simplicity and then ultimately to reach the omniscience. He claimed that the Six Scriptures are but our footnotes. While Zhu Xi focused on self-discipline and extending to the ultimate reason, and also on putting efforts on studying and research（of Scriptures）. He emphasized on studying extensively and then reaching a state of

---

184 Zhu & Lu: Zhu Xi & Lu Xiang-shan 朱熹與陸象山。

simplicity. Both of them were populated simultaneously at their time, it seemed that those two important schools were opposed to each other. The differences between the two made a significant case（Ko'an）. Especially each asserted on the "An explanation of the diagram of the Great Ultimate"[185] and even up to the Esteem of Virtue, and methodology on study and research with absolutely different opinions, though each with reasonable and persuasive explanations. The disparities between Zhu and Lu have been well-known. However, the essences of the two would have never been explored if the studies did not focus on their academic backgrounds, which were the origination of Chan（Zen）. This paper is mainly on the Lu's Mind study and in association with Zhu's. This is an exploration study based on Chan（Zen）as a background. As to where the key points, causes, effects, initials, and results lay, the advantages and disadvantages would easily be perceived.

Keywords: "Mind is Noumenon". "establishing a great goal" "exploration of each person's fundamental mind," "put efforts on the Esteem of Virtue." "Chan（Zen）"

---

185 太極圖: Taiji tu shuo or "An explanation of the diagram of the Great Ultimate"。

易只是一陰一陽
——朱熹易學「陰陽」觀之創造詮釋研究

趙中偉

輔仁大學中國文學系教授

摘　要

「集周敦頤、邵雍、張載（1020-1077）等北宋以來易學家之大成」的朱熹，其成功點，主要在兩方面：一就在於恢復《周易》本來面目，以卜筮角度理解與解釋《周易》。其二，在易學重要概念的理解與解釋上，則跳脫本義的掣肘，往創造及本體性詮釋發展，「就某種意義上說，詮釋學就是『整理出一切本體論探索之所以可能的條件』（潘德榮《詮釋學導論》）」。即是創造的意義，是朝向本體論方向詮釋發展的主要原因。因而提升了詮釋的內涵與深度。以「陰陽」為例，他歸結出「易只是一陰一陽」的概括性結論；並建構了縝密周延的「陰陽」觀體系。其內涵包括了四項變化特色：即是從形上最高的「太極」——「理」，化生「陰陽」形下之氣；而「陰陽」的氣，則經由陰陽對待、陰陽流行、陰陽合德，到陰陽無始的四種變化，以化生萬有，生生不息，無窮無盡。因此，朱熹易學「陰陽」觀體系的主要特點為：一、找回《周易》的原創性，經傳分開，開啟了易學創新的認知與研究；二、詮釋《周易》，先探本義，再作創造性的理解與解釋，開風氣之先；

三、詮釋的發展無法回到作者本義，而是朝向創造及本體詮釋發展；四、朱熹從創造及本體解讀「陰陽」，建立系統的易學「陰陽」觀體系；五、理解與解釋是不斷的創新，朝向「世界觀點」的本體詮釋，致使意義與內涵，能夠無限的延伸和發展。

關鍵詞：朱熹、《周易》、陰陽、卜筮、創造詮釋、本體詮釋

　　〔南宋〕朱熹（1130-1200）的易學，是「集周敦頤
（1017-1073）、邵（1011-1077）、張載（1020-1077）等北宋
以來易學家之大成」¹。其成功點，就在於恢復《周易》本
來面目；並將易學的重要概念之意義，從本義朝向創造及本
體意義的詮釋發展，豐富了《周易》的內涵，擴增了《周
易》的意義，提升了《周易》的價值。

　　所謂恢復《周易》本來面目，就是觀瀾索源，振葉尋
根。一方面從《周易》的作者入手，探析其成書之因；另一
方面從卜筮的角度，尋找其本義，以回復其原初的意義。是
以其註解《周易》之書，名曰《周易本義》，是有其深意
的。

　　同時，在易學重要概念的理解與解釋上，例如「陰
陽」，跳脫了本義的掣肘，往創造及本體性詮釋，歸結出
「易只是一陰一陽」的概括性結果，建立了縝密周延的系
統，活化了易學的生命，更加大了易學詮釋視域空間，對整
個易學義理化的延伸與發展，是非常有貢獻的。

　　綜言之，朱熹易學，能夠成為我國易學發展史中，最重
要的代表人物之一，其來是有自的。

1　參見張其成（1959-）主編《易學大辭典》，「朱熹」條（北京：華夏出版
　社，1992年2月），頁697。朱熹除了承繼上述易學大家，並承繼了北宋·
　程頤（1033-1107）的易學，他說：「在昔程氏，繼周紹孔，奧旨宏綱，星
　陳極拱。惟斯未啟，以俟後人。小子狂簡，敢述而申之。」參見陳俊民校
　訂《朱子文集·易五贊》，10冊，卷85（臺北：允晨文化實業股份有限公
　司，2000年2月），8:4208。

一　《易》本卜筮之書，經傳應有區別

《周易》經傳的作者，《漢書‧藝文志》提出「易道深矣，人更三聖，世歷三古」[2]。就成為歷代易學家篤信的說法。其中「三聖」，是指伏羲（生卒年不詳）、周文王（1152-1056）及孔子（551-479）[3]。即是伏羲畫卦，周文王作卦辭、周公作爻辭[4]，孔子作傳，即是《十翼》。

這個說法，朱熹大體上是沒有懷疑的。只是以往《周易》經傳是不分的，而朱氏則主張經傳要分，伏羲是伏羲的《易》，周文王是文王的《易》，孔子是孔子的《易》，其內容、意義和價值是不容混淆的。

他先釐清《周易》在成書上的一個關鍵問題，即是《周易》是為何而作？他首先說：

> 《易》本為卜筮而作。古人淳質，初無文義，故畫卦爻以「開物成務」。故曰「夫《易》，何為而作也？夫易，開物成務，冒天下之道如斯而已。」此《易》之大意如此。[5]

2　參見〔東漢〕班固（32-92）《漢書‧藝文志》，（臺北：弘道文化事業有限公司，1974 年 3 月），冊 5，卷 30，2:1704。

3　參見三國〔吳〕韋昭（204-273）注。引見同上。

4　周文王與周公，為父子關係，所以合為一家。

5　參見〔南宋〕黎靖德（生卒年不詳）編《朱子語類》，（長沙市：岳麓書社，1997 年 11 月），冊 4，卷 66，2:1451。

朱熹對於《周易》成書的原因，界定在「《易》本為卜筮而
作」。即是《周易》成書的最主要原因，在於為「卜筮」而
作，就是占測未來吉凶的書。朱氏認為先民樸實，淳厚簡
質，在沒有文字之初，其表達意義，以「開物成務」，則在
於畫出卦爻，龜卜占筮，以預知未來。此即是《周易·繫辭
傳》說的，「夫《易》，何為而作也？夫易，開物成務，冒天
下之道如斯而已」[6]。冒，指包容。即是《周易》的成書，
是經由卜筮之後所繫之辭累積而作。其最初目的雖在占測吉
凶，預測未來；而其更大的宏旨，則在於創生萬有，包容萬
理，以形成事物之理。

　　朱熹再進一步分析《周易》本為卜筮而作的原因說：

> 古人淳質，遇事無許多商量，既欲如此，又欲如彼，
> 無所適從。故作《易》示人以卜筮之事，故能通志、
> 定業、斷疑，所謂「開物成務」者也。[7]

朱氏再深一層分析《易》本為卜筮而作的主要因素是：主要
是先民「淳質」，遭遇到事情時，無所適從，又沒有可以商
量的對象，只有製作《周易》卦象；並根據卜筮以驗證卦象
之吉凶，藉以「以通天下之志，以定天下之業，以斷天下之
疑」[8]。即是以通曉天下人之心志，以確定天下之大業方

6　參見〈繫辭上傳·第十一章〉，引見朱熹《周易本義》（臺北：老古文化事
　　業公司，民國 76 年 5 月），卷 3，頁 303。
7　參見黎靖德編《朱子語類》，同註 5，卷 66，2:1451。
8　參見〈繫辭上傳·第十一章〉，同註 6，卷 3，頁 303-304。

向，以決斷天下一切的疑難雜症。即是朱氏所稱的「通志、定業、斷疑」。

　　朱氏再從〈繫辭傳〉中舉些例證，再加強化印證「《易》本為卜筮而作」。他說：「且如《易》之作，本只是為卜筮。如『極數知來之謂占』、『莫大乎蓍龜』、『是興神物，以前民用』、『動則觀其變而玩其占』等語，皆見得是占筮之意。蓋古人淳質，不似後世人心機巧，事事理會得。古人遇一事理會不下，便須去占。占得〈乾〉時，『元亨』便是大亨，『利貞』便是利在於正。古人便守此占。知其大亨，卻守其正以俟之，只此便是『開物成務』。」[9]「極數知來之謂占」，見於〈繫辭上傳・第五章〉[10]。指極盡蓍數占卜，以預知未來，稱做占筮。充分說明了卜筮的功能與價值。「莫大乎蓍龜」，見於〈繫辭上傳・第十一章〉[11]。蓍龜，是指蓍占與龜卜。卜筮的方式，主要是蓍占與龜卜，也沒有再比這兩者卜筮功能的效果更大的。此是說明卜筮的工具價值。「是興神物，以前民用」，見於〈繫辭上傳・第十一章〉[12]。神物，是指「蓍之德圓而神」之蓍占[13]，其效用是圓通而神妙的。此是說明以蓍占這種神妙之物，作為民眾行動的指導原則與方針。「動則觀其變而玩其占」，見於〈繫辭上傳・第二章〉[14]。此言在行動之時，不僅觀察《易》理的

9　參見黎靖德編《朱子語類》，同註 5，卷 66，2:1451-2。

10　引見朱熹《周易本義》，同註 6，卷 3，頁 289。

11　同上，同註 6，卷 3，頁 307。

12　同上，同註 6，卷 3，頁 305。

13　參見〈繫辭上傳・第十一章〉，同註 5，卷 3，頁 304。

14　同註 6，卷 3，頁 284。

變化規律，且更揣想《易》的占筮變化。從以上《易傳》的
資料可知，「《易》本為卜筮而作」。朱氏提出的原因，也如
同上述所言。因為古人天性淳質，不耍心機花樣，遇事無法
理會，就去占筮。不像後代之人，運用巧妙的心機，致事情
較能理會，占筮作用就減少了不少。以〈乾卦‧卦辭〉「元
亨利貞」為例，原本僅是占筮之辭，就本義來說，是指占得
「元亨」，便是大亨；占得「利貞」，便是利在於守正。並未
如同後代詮釋者的解讀，添加了許多意義。

　　因此，朱氏總結說：「如《易》，某便說道聖人只是為卜
筮而作，不解有許多說話。」[15]朱氏認為，依本義而言，
《周易》的成書，一言以蔽之：「《易》本為卜筮而作」。

　　決定了成書的性質之後，我們要問，在朱熹的理解裡，
《周易》的作者是誰？

> 周，代名也。《易》，書名也。其卦本伏羲所畫，有交
> 易變易之義，故謂之易。其辭則文王、周公所繫，故
> 繫之周。以其簡袠重大，故分為上下兩篇。經則伏羲
> 之畫，文王、周公之辭也。幷孔子所作之傳十篇，凡
> 十二篇。[16]

朱氏主張：「周」為朝代名，指周王朝。「易」，則指書名。
其形成的過程，是經過四聖作《易》，分為經傳兩部分。在

---

15 參見黎靖德編《朱子語類》，同註 5，卷 66，2:1453。
16 參見氏著《周易本義》，同註 6，卷 1，頁 55。

「經」方面，是由伏羲作卦，即是八卦。由於具有陰陽爻之變化，是以寓含有陰陽之間交互變化的「交易變易」之意義。而卦、爻辭，則是由周文王及周公（生卒年不詳）所繫；孔子則是《十翼》之傳的作者。此種說法，大體上仍是根源於《漢書·藝文志》的說法。惟《漢書·藝文志》，是籠統說明《周易》的作者；而朱熹則是較為精細的說明《周易》的作者，非一人、一地及一時之作。

由上可知，朱熹已將《周易》經傳作者分開，作者是四聖——伏羲、周文王、周公及孔子。而其內容，則分為三類——伏羲之《易》，文王及周公之《易》，以及孔子的《十翼》。

> 今人讀《易》，當分為三等，伏羲自是伏羲之《易》，文王自是文王之《易》，孔子自是孔子之《易》[17]。

朱氏又說：「故學《易》者須將《易》各自看，伏羲《易》，自作伏羲《易》看，是時未有一辭也；文王《易》，自作文王《易》；周公《易》，自作周公《易》；孔子《易》，自作孔子《易》看。必欲牽合作一意看，不得。」[18]朱子老婆心切，再三叮嚀，各時代有各時代的《易》，包括伏羲、周文王、周公及孔子的四聖之《易》，要分開研讀與研究，切不可「牽合作一意看」。若作一意看，自然無得到《易》中之

17　參見黎靖德編《朱子語類》，同註5，卷66，2:1460。
18　同上，同註5，卷66，2:1453。

精粹。

　　他再深入指出：「有天地自然之《易》，有伏羲之《易》，有文王、周公之《易》，有孔子之《易》，自伏羲以上，皆无文字，只有圖畫，最宜深玩，可見作《易》本原精微之意。文王以下，方有文字，即今之《周易》。然讀者亦宜各就本文消息，不可便以孔子之說為文王之說也。」[19]朱氏最欣賞伏羲以上之《易》，沒有文字，只有卦象，是最宜深玩的。同時，他更明白的提醒研讀《周易》的人，一定要分清經傳，文王之《易》，便是文王之《易》；孔子之《易》，便是孔子之《易》；千萬「不可便以孔子之說為文王之說也」。朱子將《周易》經傳分開的認知，不僅是其個人的真知卓見，更是為易學研究跨出了一大步。因為，不同的時代有不同時代的易學內容及其思維，以及主軸重心的立意方向；同時，不同的時代，其內涵資料與價值取向，更是不同的；而其詮釋方式與角度，也是不同的。而更重要的是，「可以看出，他區別文王《易》和孔子《易》，其目在於探討《周易》一書的本來面貌」[20]。朱熹想要找出《周易》的本來面貌，就是卜筮面貌。

　　基於此，朱氏堅持：「孔子之《易》，非文王之《易》；文王之《易》，非伏羲之《易》；伊川《易傳》又自是程氏之《易》也。」[21]伏羲、文王、孔子是《周易》內容上的不同

19　參見氏著《周易本義・圖目》，同註 6，頁 52。

20　參見朱伯崑（1923-2007）《易學哲學史》，4 冊，第 3 編第 7 章（臺北：藍燈文化事業股份有限公司，1991 年 9 月），2:480-1。

21　參見黎靖德編《朱子語類》，同註 5，卷 67，3:1478。

作者；而程頤（世稱伊川先生）的《易傳》，則是對《周易》的詮釋，自與伏羲、文王、孔子的作《易》者是不同的，千萬不可混淆，造成對《周易》理解與解釋的差失。就是「須是將伏羲畫底卦做一樣看，文王卦做一樣看；文王周公說底彖象做一樣看，孔子說底做一樣看，王輔嗣伊川說底各做一樣看」[22]。此中所言的「彖象」，即指卦爻辭[23]。此為朱氏對《周易》經傳學的一貫態度是：伏羲的八卦是一類、周文王的六十四卦象是一類、周文王與周公的卦爻辭是一類，以上為「經」；孔子的《十翼》是一類，以上為「傳」；三國〔魏〕王弼（226-249）與程頤的易學詮釋為一類，以上是「學」。這樣分類清楚，對《周易》的研究和詮釋，才能更精準深入。這是朱氏格外所強調的。

也由於必須將《周易》的時代性分清楚，在詮釋就必須根據其書的本來內涵作分類作解釋，方能掌握其樞要，深入其核心。他說：

> 《易》本卜筮之書，後人以為止於卜筮。至王弼用老莊解，後人便只以為理，而不以為卜筮，亦非。想當初伏羲畫卦之時，只是陽為吉，陰為凶，無文字。某不敢說，竊意如此。後文王見其不可曉，故為之作彖辭；或占得爻處不可曉，故周公為之作爻辭；又不可

---

22 同註 21，卷 67，3:1475。

23 〈繫辭上傳・第三章〉說：「彖者，言乎象者也。」朱熹解釋說：「彖，謂卦辭，文王所作者。」參見氏著《周易本義》，同註 6，卷 3，頁 284。

曉，故孔子為之作《十翼》，皆解當初之意[24]。

朱熹針對《周易》時代性，以及詮釋的方式，再加說明。就詮釋的本質言，朱氏主張《周易》的詮釋不能分兩截看，《周易》若只作卜筮解釋，或僅作義理解釋，皆有其偏頗之處，不可不知。而必須兩者一起理解與解釋，卜筮的歸卜筮，義理的歸義理。其次，他主張《周易》的作者及主要特色為：伏羲之《易》，沒有文字，只有卦象。周文王作卦辭，周公作爻辭以及孔子作《十翼》，其詮釋的主旨，主要在理解與解釋「當初之意」，即是伏羲、周文王、周公及孔子解《易》之本義，方是掌握易學發展的真義。

　　依朱氏的認知，他將《周易》的內涵分作兩層次，以周文王與周公為界限，其以上的《易》，皆為卜筮而作。包括伏羲的《易》，只有八卦卦象畫，而沒有文字；周文王重卦為六十四卦及其所作的卦辭，以及周公作的爻辭，都僅有占筮的意義。而周文王與周公以下，即是孔子作《十翼》，才講出一番完整的道理，賦與了哲學義涵，從義理上予以理解與解釋。他明白的說：「文王重卦作繇辭，周公作爻辭，亦只是為占筮設。到孔子方始說從義理上去。」[25]繇辭，即是卦兆之占辭，即是卦辭。充分指出周文王與周公作《易》，是從卜筮設立；到了孔子作《易》，才是從哲學義理上去說解。

24　參見〔南宋〕黎靖德編《朱子語類》，同註 5，卷 66，2:1452-3。
25　同上，同註 5，卷 66，2:1453。

　　朱氏再細部解析孔子之《易》，與周文王和周公之
《易》不同的原因。他在回答呂伯恭書時說：「讀《易》之
法，竊疑卦爻之詞，本為卜筮者斷吉凶，而因以訓戒。至
《彖》、《象》、《文言》之作，始因其吉凶訓戒之意，而推說
其義理以明之。後人但見孔子所說義理，而不復推本文王、
周公之本意，因鄙卜筮為不足言。而其所以言《易》者，遂
遠於日用之實，類皆牽合委曲，偏主一事而言，無復包該
貫、暢旁通之妙。」[26]朱氏反推認為，現今讀《易》，只見
孔子所說義理之深厚，而未見到周文王與周公創作之卦爻
辭，本是卜筮之作，其目的僅在占斷吉凶而已。並由於義理
解《易》，發人深省，遂摒棄卜筮之言，不值得研究，這是
大錯特錯的。這也可以看出今日研究《周易》者侷促於一
隅，而無法全面貫通易學，也就是卜筮與義理皆該研究。

　　近代易學大家朱伯崑（1923-2007）先生，認為朱熹對
《周易》經傳分別，代表著「《周易》從經到傳是一發展的
過程，即由占筮吉凶到講哲理的過程」[27]。同時，朱伯崑總
結朱熹對《周易》經傳分別，其彰顯的意義及價值為：

　　　　朱熹關於《周易》經傳的論述，在易學史上有其重要
　　　　的意義。從漢朝以來，無論是義理學派還是象數學
　　　　派，其解《易》都是經傳不分，以傳解經，並且將經
　　　　文部分逐漸哲理化。到宋代易學家將《周易》視為講

哲理的教科書，特別是程氏《易傳》，由於突出以義
理解《易》，使《周易》喪失了其本來面貌。而朱熹
則從歷史發展的觀點，研究《周易》經傳，以經為占
筮的典籍，以傳為後來講義理或哲理的著述，認為二
者既有聯繫，又有區別，不能脫離筮法解釋《周
易》。[28]

如果理解與解釋《周易》，經傳不作區分，就會造成詮釋上
的偏頗；以後代的思想高度，解釋前代的萌芽期的思想，會
尚失其本來面目。現朱熹將經傳分開，加以區別，以「經」
為占筮的典籍，「傳」為哲理性的著作，「二者既有聯繫，又
有區別」。不僅恢復了「經」的本來面目，亦使「傳」展現
其特有的哲理功能。

二　朱熹以本義解經，故名《周易本義》

對《周易》經傳真正予以區分清楚，且卓然研究有成的
大家，是高亨（1900-1986）先生。他對《周易》經傳著作
的年代，作了細緻的論證。高亨認為「經」的範圍與著作的
年代是：

《周易》本經簡稱《易經》，凡六十四卦，每卦六爻
（〈乾〉、〈坤〉兩卦各多「用」辭一條），卦有卦名與

28　同註27，第3編第7章，2:483。

卦辭（卦名多不代表全卦之意義），爻有爻題[29]與爻辭，是西周初年的作品。[30]

即是《周易》的「經」，包括有六十四卦象、卦名、卦辭，以及三百八十六條爻題及爻辭等（〈乾〉、〈坤〉兩卦各多〈用九〉及〈用六〉爻辭一條），是西周初年的作品。

而「傳」的範圍與著作的年代是：

> 《周易大傳》簡稱《易傳》，乃《易經》最古的注解。凡七種：（一）〈彖〉，解釋六十四卦的卦名、卦義及卦辭；（二）〈象〉，解釋六十四卦的卦名、卦義及爻辭；（三）〈文言〉，解釋〈乾坤〉兩卦的卦辭及

---

29 爻題之名，為高亨所創，他說：「《周易》有爻題是客觀存在，但是爻題名稱是我所加的。」所謂爻題，是指「《周易》古經每卦之六爻，以『初』『二』『三』『四』『五』『上』標明其爻之位次，乃自下而上也。以『九』『六』標明其爻之性質，即九為陽爻，六為陰爻也。標明爻位之一個字與標明爻性之一個字相結合，成為每一爻之題識，可稱為爻題。例如〈泰卦〉六爻之『初九』『九二』『九三』『六四』『六五』『上六』，皆爻題也，其餘類推。」而且，高亨再清楚的指出：「《周易》古經，初時殆無爻題，爻題似晚周人所加。」參見氏著《周易古經通說》之〈自序〉，第 1 篇〈周易瑣語〉（臺北：洪氏出版社，1977 年 9 月），頁 2、8、9。進言之，爻題是指爻的名稱。陽爻「—」題為「九」，陰爻「--」題為「六」。別卦六爻的爻題，由爻名和爻位名共同組成。爻位名從下而上，分別為「初、二、三、四、五、上」。故一個別卦的陽爻，自下而上稱為「初九、九二、九三、九四、九五、上九」；一個別卦的陰爻，自下而上稱為「初六、六二、六三、六四、六五、上六」。參見張其成編《易學大辭典》，「爻題」條，同註 1，頁 13。

30 參見高亨《周易大傳今注·自序》（濟南市：齊魯書社，2000 年 6 月），頁 1。

爻辭；（四）〈繫辭〉，是《易經》之通論；（五）〈說
卦〉，記述八卦所象的事物；（六）〈序卦〉，解說六十
四卦的順序；（七）〈雜卦〉，雜論六十四卦的卦義。
均作於戰國時代，不是出於一人之手。[31]

《周易》的「傳」，包括有七種十篇，即是〈彖傳〉，彖，訓
為斷[32]，即判定一卦之義。分為上、下兩部分，共有六十四
條，專門解釋六十四卦的卦名、卦義和卦辭。〈象傳〉，分為
上、下兩部分，每部分再分為〈大象〉及〈小象〉兩種；
〈大象〉有六十四條，〈小象〉有三百八十六條（〈乾〉、
〈坤〉兩卦各多〈用九〉及〈用六〉兩條爻象辭），專門解
釋六十四卦的卦名、卦義和爻辭；〈文言〉，「文謂文飾，以
〈乾〉、〈坤〉德大，故特文飾以為〈文言〉」[33]。即是專門
解釋〈乾〉、〈坤〉兩卦的卦辭和爻辭。〈繫辭〉，分為上、下
兩篇，共有二十四章，是《周易》的通論。〈說卦〉，共分十
一章，解釋八卦的性質、方位、象徵意義、取象的範圍，以
及重卦的由來等。〈序卦〉，共一篇，解釋六十四卦相承相
生，排列先後次序的意義。〈雜卦〉，共一篇，說明六十四卦
之間的錯綜關係，以及各卦的卦義。是戰國時代的作品。

　　至於《周易》經傳的內容，高氏亦有獨到的見解。在

31　同註30，頁1。

32　〔唐〕孔穎達（574-648）說：「褚氏、莊氏並云：『彖，斷定一卦之義，
　　所以名為彖也。』」參見李學勤（1933-）主編《十三經注疏·周易正義》
　　（標點本），卷第1（北京：北京大學出版社，1999年1月），頁8。

33　參見孔穎達引莊氏之言，同上，頁12。

「經」方面，他主張：「《周易》本經簡稱《易經》，凡六十四卦，每卦六爻（〈乾〉、〈坤〉兩卦各多『用』辭一條），卦有卦名與卦辭（卦名多不代表全卦之意義），爻有爻題與爻辭，是西周初年的作品。原為筮《算卦》書，要在用卦爻辭指告人事的吉凶。但客觀上反映出上古社會的多種情況，抒寫出作者片段的思想認識，含有極簡單的哲學因素；且常用形象化的語句，帶有樸素的文學色彩。因而這部書是有一定價值的上古史料。」[34]高氏認定《周易》的「經」之內容，具有「客觀上反映出上古社會的多種情況」，是以「因而這部書是有一定價值的上古史料」。

在「傳」方面，高亨則主張：「解傳則從哲學書的角度，尋求傳文的本旨，探索傳對經的理解，並看它哪一點與經意相合，哪一點與經意不合，哪一點是經意所有，哪一點是經意所無，這樣才能明確傳的義蘊。」[35]因為「傳」具有哲學內涵，是以必須從哲學角度解讀，以探求傳文的本意。並以四個原則為標準：即是哪些與經意相合、哪些與經意不合、哪些是經意所有、哪些是經意所無。這樣庶幾可以窺探傳意本旨了。

既然，朱熹將《周易》的經傳區分，其理解與解釋經典，就依照《周易》「經」的本來面目，從卜筮角度註解其書。而其易學名著《周易本義》，就是在這個原則下註解完成的。

34　參見氏著《周易大傳今注‧自序》，同註30，頁1。
35　同上，頁2。

據某解，一部《易》，只是作卜筮之書。今人說得太精了，更入粗不得。如某之說雖粗，然卻入得精，精義皆在其中。[36]

朱伯崑分析說：「此是說，他力圖從占筮的角度注釋卦爻象和卦爻辭，對舊注刪繁就簡，所謂『以粗疏為當』，以解文義為主，不增添義理，如此解《易》，方不失《易》的本意，此即『精義皆在其中』。其《周易本義》正是體現了這種學風。」[37] 從此充分看出，朱熹的《周易本義》，與其他《易》注最大的不同，就是「一部《易》，只是作卜筮之書」。也由於此，在理解與解釋時，就必須「某之說雖粗，然卻入得精，精義皆在其中」。即是以卜筮的角度詮釋《周易》，這樣「精義皆在其中」。

首先，就《周易》的第一卦〈乾卦‧卦辭〉「元亨利貞」來說：歷來各家的解釋極多，也各不相同。例如先秦‧子夏（507-420）《子夏易傳》解釋說：「元，始也。亨通也。利，和也。貞，正也。」[38] 程頤解釋說：「元者，萬物之始。亨者，萬物之長。利者，萬物之遂。貞者，萬物之成。」[39] 朱熹在《周易本義》則解釋說：「元，大也；亨，

36 參見〔南宋〕黎靖德編《朱子語類》，同註 5，卷 66，2:1459。

37 參見氏著《易學哲學史》，同註 20，第 3 編第 7 章，2:481。

38 參見氏書卷上，引見《十六經》，7 冊（臺北：龍泉出版社，1975 年 9 月），頁 1:1。

39 參見黃忠天（1958-）《周易程傳註評》，卷 1（高雄市：高雄復文圖書出版社，2004 年 9 月），頁 1。

通也；利，宜也；貞，正而固也。」[40]究竟何者正確？

　　然而，朱氏為了恢復《周易》卜筮的本來面目，在《朱子語類》中，作了與《周易本義》完全不同的理解與解釋。他說：

> 如「乾，元亨利貞；坤，元亨，利牝馬之貞」，與後面「元亨利貞」只一般。元亨，謂大亨也；利貞，謂利於正也。占得此卦者，則大亨而利於正耳。[41]

在他看來，就卜筮角度解釋「元亨利貞」，其意義則是「元亨」，指大亨；「利貞」是利於正。而「元亨利貞」整句意義，即是「占得此卦者，則大亨而利於正耳」。也就是凡是卦辭有「元亨利貞」四個字者，就達到「占得此卦者，則大亨而利於正耳」。朱氏再進一步分析說：「據某看來，易本是箇卜筮之書，聖人因之以明教，因其疑以示訓。如卜得〈乾卦〉云『元亨利貞』，本意只說大亨利於正，若不正，便會凶。如卜得爻辭如『潛龍勿用』，便教人莫出做事。如卜得『見龍在田』，便教人可以出做事。如說『利見大人』，一箇是五在上之人，一箇是二在下之人，看是甚麼人卜得。天子自有天子『利見大人』處，大臣自有大臣『利見大人』處，群臣自有群臣『利見大人』處，士庶人自有士庶人『利見大人』處。當時又那曾有某爻與某爻相應？那自是說這道理如

40　參見氏書卷 1，同註 6，頁 56。

41　參見〔南宋〕黎靖德編《朱子語類》，同註 5，卷 66，2:1453。

此，又何曾有甚麼人對甚麼人說？有甚張三李四？中間都是正吉，不曾有不正而吉。大率是為君子設，非小人盜賊所得竊取而用。如『黃裳元吉』，須是居中在下，方會大吉；不然，則大凶。此書初來只是如此。」[42]他再深入分析卜筮得「元亨利貞」，就是「大亨利於正」；反過來，若德品不正，就會筮得凶兆。根據這個例子，朱子接下去解釋〈乾卦‧初九爻辭〉「潛龍勿用」，並非有其特殊的義理在其中，只是「教人莫出做事」。〈乾卦‧九二九爻辭〉「見龍在田」，只是「教人可以出做事」。再如〈乾卦‧九二爻辭〉及〈九五爻辭〉皆有「利見大人」，就是利於出現大人，只是根據卜筮者的地位職分，以界定其「利見大人」的意義。基於此，朱氏解釋說：「天子自有天子『利見大人』處，大臣自有大臣『利見大人』處，群臣自有群臣『利見大人』處，士庶人自有士庶人『利見大人』處。」他更解釋〈坤卦‧六五爻辭〉「黃裳元吉」，只是穿著黃色下裳，就會大吉；是以朱子由此斷定其本義應「須是居中在下，方會大吉；不然，則大凶」。是極為明白簡單的，「此書初來只是如此」。

　　同時，朱熹針對〈乾卦〉之〈彖辭〉和〈文言〉以「四德」解釋「元亨利貞」，是頗不以為的，是根本違反卜筮立《易》之道，是「別立一說以發明一義」。他說：「〈乾〉之『元亨利貞』，本是謂筮得此卦，則大亨而利於守正，而〈彖辭〉、〈文言〉皆以為四德。某常疑如此等類，皆是別立

42　同註41，同註5，卷66，2:1463。

說以發明一意。」[43]朱氏主張以卜筮立場解釋「元亨利貞」，是相當強烈的。

另外，對「亨」的解釋，朱子亦有接近本義，而不同於其前期易學家的獨特解釋。他在解釋〈大有卦・九三爻辭〉「公用亨于天子」說：「亨，《春秋傳》作享，朝獻也。」[44]在〈隨卦・上六爻辭〉「王用亨于西山」亦說：「亨，亦當作祭享之享。」[45]其將「亨」作「享」解，表示朝獻的意義，是非常接近本義享獻的意思了[46]。

在這裡要問的是，朱熹對「元亨利貞」的本義解讀，就是「元亨利貞」的本義嗎？我們從高亨返回本義的細膩分析之詮釋來看，朱子有部分對了，有部分未能切中其義。

據高亨的理解與解釋，「元亨利貞」的本義為：「元，大也；亨，即享之享；利，即利益之利；貞，即貞卜之貞也」[47]。

首先，就「元」字言：「元」在甲骨文就已經出現，例如清・劉鶚（1857-1909）《鐵雲藏龜・二・二八・十一》「𠂤」、羅振玉（1866-1940）《殷虛書契前編・四・三二・四》「𠂤」、《殷虛書契前編・四・三二・五》「𠂤」、《殷虛書契續編・一・三九・九》「𠂤」、林泰輔（1854-1922）《龜甲獸骨文字・二・二八・十一》「𠂤」、郭沫若（1892-1978）

---

43 同註 41，同註 5，卷 66，3:1475。

44 參見氏著《周易本義》，卷 1，同註 6，頁 120。

45 同上，卷 1，同註 6，頁 131。

46 高亨認為「亨」字即為「享」字，就是「享祀」之義。參見氏著《周易古經通說》，第 5 篇〈元亨利貞解〉，同註 29，頁 88。

47 參見氏著《周易古經通說》，第 5 篇〈元亨利貞解〉，同上，頁 87。

《殷契粹編・一三〇三》「![元甲骨文]」等[48]。「元」就甲骨文字形言，皆從二，从人；其中二，為古文上字。因此，就「元」的字形言，為人之上部，以致會意為「首」[49]。《爾雅・釋詁》更清楚的解釋「元，首也」[50]。故知「元」的本義為「首」。

金文中，亦有「元」字，例如〈師虎簋〉「![元金文師虎]」、〈曾伯簋〉「![元金文曾伯]」、〈曆鼎〉「![元金文曆鼎]」、〈王孫鐘〉「![元金文王孫]」、〈余義編鐘〉「![元金文余義]」等[51]。高田忠周（1863-1949）說：「按《說文》：元，始也。從一，从兀聲。蓋一者萬事萬物之始也，故元從一訓始也。然疑元字從一，从二，二亦古文上字，人首在上之意，在上即始之義也。《左・襄九年》傳：元，體之長也。長者，首也，在最高之謂也。此為字之本義也。」[52]依照《說文解字》的解釋，「元，始也。從一，从兀」[53]。但高田忠周不認為《說文解字》的說法是對的，其主張元字應從一，从二，二為古文上字，即為人首在上之意；而人首在上即「始」之義，與甲骨文的字形演變相合。

---

48 參見徐中舒（1898-1991）《甲骨文字典》（成都市：四川辭書出版社，1988 年 11 月），頁 2。

49 同上。

50 參見〔北宋〕邢昺（932-1010）《爾雅注疏》（臺北：藝文印書館，1973年 5 月），卷 1，頁 4。

51 引見周法高（1915-1994）《金文詁林》，2 冊（京都市：中文出版社，1981 年 10 月），上:79-80。

52 參見氏著〈古籀篇〉31，頁 6-7。引見同上，上:80。

53 參見〔清〕段玉裁（1735-1815）《說文解字注》（臺北市：藝文印書館，1970 年 6 月），卷 1，頁 1。原文是「從一，兀聲」。今據湯可敬《說文解字今釋》改，3 冊，卷 1（長沙市：岳麓書社，2000 年 4 月），1:2。

　　高亨雖承認「元」的本義為「始」，但在《周易》「經」中，認為要作「大」解。他說：「元，……引申為大義，……《易》中元字皆為此義。其曰『元吉』者，猶云大吉也。其曰『元亨』者，猶云大亨也。其曰『元夫』者，猶云大夫也。此乃《周易》元字之初義也。」[54]其認為「元」字，就《周易》「經」中的意義而言，並非「始」之義，而是「大」之義。例如「黃裳元吉（〈坤卦・六五爻辭〉）」、「元亨，利牝馬之貞（〈坤卦・卦辭〉）」、「睽孤遇元夫（〈睽卦・九四爻辭〉）」等之「元」字，皆作「大」解。

　　因此，「元」字本義為「首」，在《周易》「經」中作「大」字解釋。

　　次就「亨」字言：「亨」字已見於甲骨文，寫成「享」字。例如羅振玉《殷虛書契菁華・一〇・一五》「 」、郭沫若《殷契粹編・一三一五》「 」、胡厚宣（1911-1995）《戰後京津新獲甲骨集・二〇九〇》「 」及《同上・一〇四六》「 」等[55]。甲骨文「享」的字形，「象穴居之形，口為所居之穴，仐為穴旁臺階以便出入，其上并有覆蓋以免雨水下注。居室既為止息之處，又為烹製食物饗食之所，引申而有饗獻之義」[56]。就甲骨文而言，「享」之義，是從居室引申為饗獻之義。

　　在金文中，「亨」字亦作「享」字。例如〈享鼎〉

54　參見氏著《周易古經通說》，第5篇〈元亨利貞解〉，同註29，頁88。
55　引見徐中舒《甲骨文字典》，同註48，頁601。
56　同上。

「⬚」、〈召公簋〉「⬚」、〈帥鼎〉「⬚」等[57]。高鴻縉（1892-1963）認為：「⬚，古墉字，城垣也。象形。」[58]在金文中，「享」同古「墉」字，表示「城垣」之義。

《說文解字》則說：「亯，獻也。从高省，⬚象孰物形」[59]。「享」表示「享獻」之義。

高亨認為：「亨」表示「享祀」之義，他說：「亨即享祀之享者。……其在《周易》，亨即此義，尤為明顯。〈困九二〉曰『利用享祀』，〈損〉曰『曷之用二簋，可用享』，其字作享，其義亦決為享祀。……故凡《周易》單言『亨』者，古人舉行享祀；言『元亨』者，古人舉行大享之祭也；言『小亨』者，古人舉行小享之祭也。此乃《周易》亨字之初義也。」[60]高亨認為「亨」字即為「享」字，就是「享祀」之義，在《周易》「經」中有明顯的例證。例如「元亨利貞，至于八月有凶（〈臨卦‧卦辭〉）」，其中「元亨」表示「大享之祭」；「小亨，旅貞吉（〈旅卦‧卦辭〉）」，其中「小亨」表示「小享之祭」。

因此，「亨」字本義為「饗獻」，在《周易》「經」中亦作「享祀」解釋。

三就「利」字言：「利」字亦見於甲骨文。例如劉鶚《鐵雲藏龜‧一〇‧二》「⬚」、羅振玉《殷虛書契前編‧四‧三九‧八》「⬚」、林泰輔《龜甲獸骨文字‧一‧十

57　引見周法高《金文詁林》，同註 51，上：952。

58　參見氏著〈毛公鼎集釋〉，頁 83。引見同上，上：954。

59　參見段玉裁《說文解字注》，卷 5，同註 53，頁 231。

60　參見氏著《周易古經通說》，第 5 篇〈元亨利貞解〉，同註 29，頁 88。

八・十四》「![字形]」、郭沫若《殷契粹編・一一六二》「![字形]」、《京都大學人文科學研究所藏甲骨文字・一〇九四》「![字形]」等。[61]就其字形而言，「從![符號]、從禾、從又、從土，![符號]非刀形，乃![符號]（力，象耒形）形之變，象以耒刺地種禾之形。上或有點，乃象翻起之泥土。或省![符號]、![符號]，利字從力得聲。藝禾故得利義」[62]。「利」字就甲骨文顯示：象以耒鋤刺地，耕種農作物，而有獲利，具有「利益」之義。

金文中亦見「利」字。例如〈師遽方彝〉「![字形]」、〈利簋〉「![字形]」、「![字形]」等[63]。徐中舒說：「利所從之![符號]諸形，即力形之變，象用耒端刺田起土之形，銅器將力旁土移於禾旁，故小篆利或從刀。但古文利，及從利之黎、梨、犁諸字，仍是從![符號]，可證從刀，乃是省形。利來母字，自是從利得聲。刺地藝禾，故得利義。」[64]從徐中舒分析可知，金文之「利」字，其字形與意義，亦同甲骨文之字形變化與意義內涵。因其形「象用耒端刺田起土之形，銅器將力旁土移於禾旁」，是以「刺地藝禾，故得利義」，具有「利益」之義。

《說文解字》又是如何解釋「利」字？「利，銛也。從刀，和然後利，從和省」[65]。銛，指刀口鋒利。和然後利，

---

61 引見徐中舒《甲骨文字典》，同註 48，頁 471。

62 同上。

63 引見周法高《金文詁林》，同註 51，上：739。

64 參見氏著《集刊》第 2 本 1 分，頁 15-6。引見同上，上：740。

65 參見段玉裁《說文解字注》，卷 4，頁 180。原文是「刀，和然後利。從刀，和省」。今據湯可敬《說文解字今釋》改，3 冊，卷 8，同註 53：591。

指和順調和則有利。亦具有「利益」之義。

　　高亨關於「利」字之義，亦主張「利益」之義。高氏認為，「古文利刀中增二畫，即象所刈禾穗之形。是利之本義利益也」。並主張《周易》之「利」字，「皆謂利益。其曰『无不利』者，言有所舉事，筮遇某卦爻無有不利也。其曰『无攸利』者，言有所舉事，筮遇某卦爻無所利也。其曰『利某事某人某方』者，言筮遇某卦爻則利某事某人某方也。其曰『利貞』者，猶言利占也。此乃《周易》利字之初義也」[66]。高亨清楚的認為，「元亨利貞」之「利」字，就是「利益」之義。他並以《周易》卦爻辭為例，「直方大，不習，无不利（〈坤卦・六二爻辭〉）」。其中「无不利」，就是「有所舉事，筮遇某卦爻無有不利」。「勿用取女，見金夫，不有躬，无攸利（〈蒙卦・六三爻辭〉）」。其中「无攸利」，就是「有所舉事，筮遇某卦爻無所利」。「見龍在田，利見大人（〈乾卦・九二爻辭〉）」。其中「利見大人」，就是「筮遇某卦爻則利某事某人某方」；「初筮告，再三瀆，瀆則不告，利貞（〈蒙卦・卦辭〉）」。其中「利貞」，就是「利占」。

　　因此，「利」字本義為「利益」，在《周易》「經」中亦作「利益」解釋。

　　最後，就「貞」字言：在甲骨文中，「貞」字亦早已出現。例如劉鶚《鐵雲藏龜・四五・二》「𠮷」、董作賓（1895-1963）《殷虛文字甲編・二八五一》「𣂪」、董作賓

66　參見氏著《周易古經通說》，第5篇〈元亨利貞解〉，同註29，頁89。

《殷虛文字乙編・九〇八五》「![字形]」、郭若愚（1924-）等《殷虛文字綴合・一七〇》「![字形]」、《京都大學人文科學研究所藏甲骨文字・二四八一》「![字形]」等[67]。其字形的建構，在於「![字形]、![字形]本象鼎形，卜辭中常借以表示卜問之義。鼎形鍥刻不易，逐漸簡化為![字形]形，或增卜作![字形]，以明其字用為卜問」[68]。明白指出，「貞」字原作「鼎」形，後因卜辭中常被借用為卜問，再加以「鼎」字不易刻寫，致「貞」字單獨被用作「卜問」之義。

由於甲骨文中，「貞」與「鼎」混用，以致在金文中，亦有此情形。例如〈散氏盤〉「![字形]」、〈沖子鼎〉「![字形]」等[69]。聞宥（1901-1985）解釋說：「古文字裡貞鼎二字的糾纏，在許叔重說古文以貞為鼎，籀文以鼎為貞的時候，是早已感著迷惑的。……而古人貞卜的時候，大概也需用到鼎，所以關涉非常密切。到了後來，因為要使界義分明的緣故，才漸漸地分化成了兩個。」[70]清楚說明，在古代「貞」與「鼎」是混用的，後來為了分清界限，「貞」作為卜問，「鼎」作為烹飪之器，才清楚的分化成了兩個字。因此，金文中的「貞」字，亦為「卜問」之義。

《說文解字》亦未背離甲骨文與金文的意義，主張「貞，卜問也。從卜，貝以為贄。一曰：鼎省聲，京房所

67　引見徐中舒《甲骨文字典》，同註 48，頁 350。

68　同上，頁 351。

69　引見周法高《金文詁林》，2 冊，同註 51，上：576。

70　參見氏著〈研究甲骨文字的兩條新路〉，引自《中山》第 5 冊，頁 3940-3942。引見同上，上：576-7。

說」[71]。贄，指初次拜見尊長時之禮物。其明白的指出，「貞」就是「卜問」之義。

　　高亨亦說：「用龜以卜而問事，既謂之貞，則用蓍以筮而問事，自可謂之貞。故《周易》貞可訓為筮問，以常用之詞釋之，即占問也。其曰『貞吉』者，謂其占吉也；其曰『貞凶』者，謂其占凶也；其曰『貞吝』者，謂其占難也；其曰『貞厲』者，謂其占危也；其曰『可貞』或『不可貞』者，謂其所占問之事可行或不可行也；其曰『貞某事或某事貞』者，謂占問某事也；其曰『利貞』者，謂其占乃利占也；其曰『利某貞』者，謂其占利某占也。此乃《周易》貞字之初義也。」[72]高氏主張「貞」字為「筮問」，亦即「占問」之義，可由《周易》卦、爻辭證明。例如「有孚光。亨。貞吉（〈需卦・卦辭〉）」。其中「貞吉」，即是占問則吉。「長子帥師，弟子輿尸，貞凶（〈師卦・六五爻辭〉）」。其中「貞凶」，即是占問則凶。「城復于隍，勿用師，自邑告命，貞吝（〈泰卦・上六爻辭〉）」。其中「貞吝」，即是占問則將遇艱難。「食舊德，貞厲，終吉（〈訟卦・六三爻辭〉）」。其中「貞厲」，即是占問則將遇危險。「含章，可貞（〈坤卦・六三爻辭〉）」及「幹母之蠱，不可貞（〈蠱卦・九二爻辭〉）」。其中「可貞」與「不可貞」，即是占問之事可行或不可行。「女子貞不字，十年乃字（〈屯卦・六二爻辭〉）」。其中「貞不字」，即是占問出嫁之事。「往厲必戒，

71　參見段玉裁《說文解字注》，卷 3，頁 128。原文是「从卜、貝，貝以為贄」。今據湯可敬《說文解字今釋》改，3 冊，卷 6，同註 53，1：453。

72　參見氏著《周易古經通說》，第 5 篇〈元亨利貞解〉，同註 29，頁 89。

勿用永貞（〈小過卦・九四爻辭〉）」。其中「勿用永貞」，即是占問施展才用之事。「利涉大川，利君子貞（〈同人卦辭〉）」。其中「利君子貞」，就是占問此卦則利。「君子之明夷，利貞（〈明夷卦・六五爻辭〉）」。其中「利貞」，就是占問此卦，舉事大利。

因此，「貞」字本義為「卜問」，在《周易》「經」中亦作為「占（卜）問」解釋。

統而言之，「元亨利貞」四字，從我國現今發現最早的文字甲骨文開始，歷經金文及《說文解字》等字義的考證，可以看出其本義為「元皆大義，亨皆享祀之享，利皆利益之利，貞皆貞卜之貞」[73]。而就〈乾卦・卦辭〉之「元亨利貞」意義言，則為「元，大也。亨即享字，祭也。利即利益之利。貞，占問。卦辭言：筮遇此卦，可舉行大享之祭，乃有利之占問」[74]。以筮占意義解釋卦辭中的「元亨利貞」，是最符合《周易》「經」之本義的。此項本義的詮釋，已被易學界普遍接受。

除了「元亨利貞」作本義方向理解與解釋外，朱氏還對在卦爻辭中出現的相關歷史人物，也還原其本來意義，而不多加過多的創造性解讀。他說：

> 《易》中言「帝乙歸妹」、「箕子明夷」、「高宗伐鬼方」之類，疑皆當時帝乙、高宗、箕子曾占得此爻，

73　同註 72，頁 99。
74　參見高亨《周易大傳今注》，卷 1，同註 30，頁 42。

故後人因而記之，而聖人以入爻也。[75]

其中「帝乙歸妹」、「箕子明夷」、「高宗伐鬼方」等中之「帝乙」，出現在〈泰卦‧六五爻辭〉及〈歸妹卦‧六五爻辭〉[76]，是指商湯（？-前 1646）、殷六世王或紂（1075-1046）父[77]。「箕子」，出現在〈明夷卦‧彖辭〉、〈明夷卦‧六五爻辭及爻象〉[78]，是指紂王叔父。「高宗」出現在〈歸妹卦‧九三爻辭〉，是指殷王武丁（？-前 1192）。以上歷史人物，皆是實際占得此爻，後人將其記錄下來的事實，而非有任何其他創造性的意涵在其中。

此外，在卦爻辭中出現極多的「利涉大川」（在《周易》一書出現 16 次）及「利有攸往」（在《周易》一書出現 19 次），其意義僅是利於行舟，利於渡過大川和利於啟行、前往有利，這就是本義。同樣的，沒有具備深奧的哲理在其中。朱熹特別強調說：「《易》本為卜筮設，如曰『利涉大川』，是利於行舟也；『利有攸往』，是利於啟行也。後世儒者鄙卜筮之法，以為不足言；而所見太卑者，又泥於此而不通。故曰《易》者，難讀之書也。」[79]對此解析得非常清楚。

在對本義的還原當中，朱氏最特別的解釋，就是對「太

75　參見〔南宋〕黎靖德編《朱子語類》，同註 5，卷 66，2:1468。

76　參見氏著《周易本義》，同註 6，卷 1 及 2，頁 112 及 247。

77　黃忠天主張。參見氏著《周易程傳註評》，卷 2，同註 39，頁 112。

78　參見氏著《周易本義》，同註 6，卷 2，頁 187 及 189。

79　參見〔南宋〕黎靖德編《朱子語類》，同註 5，卷 66，2:1464。

極」的詮釋。「太極」，一般都理解和解釋為最高形上的本體[80]。朱氏也有作為形上本體解釋的[81]。但其又主張「太極」的本義為「畫卦的源頭」。他說：

太極、兩儀、四象、八卦者，伏羲畫卦之法也。[82]

「太極、兩儀、四象、八卦者」，是指〈繫辭上傳・第十一章〉所稱的，「是故易有太極，是生兩儀，兩儀生四象，四象生八卦，八卦定吉凶，吉凶生大業」[83]。

朱子認為此是談論伏羲畫卦之過程，而並非是談「太極」為最高的形上本體，而以二的倍數化生一切萬有。他進一步予以剖析說：「『易有太極』，便有箇陰陽出來，陰陽便是兩儀。儀，匹也。『兩儀生四象』，便是一箇陰又生出一箇陽，▆▆是一象也；一箇陽又生一箇陰，▆▆是一象也；一箇陰又生一箇陰，▆▆是一象也；一箇陽又生一箇陽，▆是一象也，此謂四象。『四象生八卦』，是這四箇象生四陰時，便成〈坎〉、〈震〉、〈坤〉、〈兌〉四卦。生四箇陽時，便成〈巽〉、〈離〉、〈艮〉、〈乾〉四卦。」[84]他主張「太極」畫

---

80 孔穎達說：「太極謂天地未分之前，元氣混而為一，即是太初、太一也。故《老子》云：『道生一。』即此太極是也。」即指出「太極」即等同於「太初」、「太一」或「道」，為最高形上之本體。參見李學勤（1933-）主編《十三經注疏・周易正義》（標點本），同註 32，卷第 7，頁 289。

81 朱熹說：「太極者，其理也。」「理」為朱熹哲學體系之最高形上本體。參見氏著《周易本義》，同註 6，卷 3，頁 306。

82 參見《朱子文集・答王伯禮》，同註 1，卷 54，6:2583。

83 參見氏著《周易本義》，同註 6，卷 3，頁 306。

84 參見〔南宋〕黎靖德編《朱子語類》，同註 5，卷 75，3:1732。

卦，先是產生「陰陽」爻兩個符號「--」、「—」，此所謂「太極生兩儀」。在陰陽爻之上，再組合及相重陰陽爻，則增加成為四象——太陽「⚌」、少陰「⚍」、少陽「⚎」、太陰「⚏」，即是「兩儀生四象」。在四象之上，再組合及相重陰陽爻，則增加成為八卦——〈坎〉「☵」、〈震〉「☳」、〈坤〉「☷」、〈兌〉「☱」、〈巽〉「☴」、〈離〉「☲」、〈艮〉「☶」、〈乾〉「☰」，即是「四象生八卦」。此為「加一倍法」變化畫卦方式[85]。這充分顯示「太極」在卜筮時，其本意僅是「畫卦的源頭」。

　　當然，「太極」在朱子心目中，除了卜筮本義外，還具有創造意義最高形上本根的意義，兼有此兩種含義。他再細密的分析的表示：

　　　　此太極卻是為畫卦說。當未畫卦前，太極只是一箇渾淪底道理，裡面包含陰陽、剛柔、奇耦，無所不有。及各畫一奇一耦，便是生兩儀。再於一奇畫上加一耦，此是陽中之陰；又於一奇畫上加一奇，此是陽中之陽，又於一耦畫上加一奇，此是陰中之陽；又於一耦畫上加一耦，此是陰中之陰，是謂四象。所謂八卦

85　加一倍法，又稱「一分為二法」或「四分法」，為北宋・邵雍（1011-1077）先天易數法則。此方法是從奇（一）、偶（--）兩數出發，分別再加以奇偶二數，逐次加上法。即二為一的倍數，四為二的倍數，八為四的倍數，十六為八的倍數，三十二為十六的倍數，六十四為三十二的倍數。此即是承認宇宙中個體事物發展是從一到多，從單純到複雜的無窮盡過程，形成一個既對立又互相依存的有機體整體。參見張其成主編《易學大辭典》，同註1，「朱熹」條，頁472。

　　者，一象上有兩卦，每象各添一奇一耦，便是八卦。
　　嘗聞一朋友說，一為儀，二為象，三為卦，四為象，
　　如春夏秋冬，金木水火，東西南北，無不可推矣。[86]

「當未畫卦前，太極只是一箇渾淪底道理，裡面包含陰陽、剛柔、奇耦，無所不有」。此即表示「太極」是一最高形上之理，內涵包括一切，所謂「無所不包」。而其中最重要的，其並含有無形的化生之氣陰陽，變化之理剛柔以及卦畫之數奇耦。「各畫一奇一耦，便是生兩儀。再於一奇畫上加一耦，此是陽中之陰；又於一奇畫上加一奇，此是陽中之陽，又於一耦畫上加一奇，此是陰中之陽；又於一耦畫上加一耦，此是陰中之陰，是謂四象。所謂八卦者，一象上有兩卦，每象各添一奇一耦，便是八卦」。此即上所言「太極」從陰陽交組合相重成八卦的歷程。

　　同時，此種「加一倍法」變化畫卦方式，亦可類推為各種事物。例如春夏秋冬、金木水火、東西南北等，無盡的推論下去。

三　「陰陽」的本義，為日照的向背

　　在朱熹的易學成就中，其最重視的易學概念之一，就是「陰陽」。而其對「陰陽」的理解與解釋，則並不是從卜筮角度來解讀，而是創新意涵來闡發，以建構其完整周延的易

86　參見〔南宋〕黎靖德編《朱子語類》，同註 5，卷 75，3:1732。

學「陰陽」觀。

我們要問朱熹為何重視「陰陽」？「陰陽」的本義是什麼？其為何及如何走向創造義？朱熹的易學「陰陽」觀的體系為何？

(一) 朱熹為何重視「陰陽」？

他說：「易不離陰陽，千變萬化，只是這兩個，莊子云：《易》道陰陽，他亦自看得。」[87]莊子所說的「《易》道陰陽」，出於《莊子・天下篇》[88]。其概括《周易》的內涵，即是「陰陽」對偶範疇所衍生之理論。而朱子所言之「易」，是指易學之道的內涵，重在變化[89]。所謂「易不離陰陽，千變萬化」，是指易學之道的內涵，其重點是離不開「陰陽」理論的變化，是以其特別重視「陰陽」。

> 易字義只是陰陽。[90]
> 易，只消道「陰陽」二字括盡。[91]
> 易只是一個陰陽變化。[92]

87　同註 86，同註 5，卷 66，2:1459。

88　「《易》道陰陽」，原句為「《易》以道陰陽」，朱熹引文缺一「以」字。參見〔清〕郭慶藩（1844-1896）《莊子集釋》，卷 10 下（臺北：河洛圖書出版社，1974 年 3 月），頁 1067。

89　朱熹說：「易者，陰陽之變。」參見氏著《周易本義》，同註 6，卷 3，頁 306。

90　參見〔南宋〕黎靖德編《朱子語類》，同註 5，卷 65，2:1436。

91　同上。

92　同註 90，同註 5，卷 74，3:1685。

> 易不過只是一個陰陽奇偶，……大抵易只是一個陰陽
> 奇偶而已。[93]
> 易只是一陰一陽。[94]

此中的「陰陽」，包含了一切與「陰陽」相關的事物。即是
「陰陽」之氣的交感變化、「陰陽」卦爻象之奇偶數的變
化，以及經由「陰陽」變化的萬事萬物。故其曰「易字義只
是陰陽」、「易只是一陰一陽」。朱伯崑對此，則有精彩的解
析：「『易只是一陰一陽』這一命題還有另一個涵意，即以陰
陽之事說明《周易》經傳乃講變易的典籍。按朱熹的觀點，
陰陽之理屬於形而上的世界，陰陽之事屬於形而下的領域。
其所說的陰陽之事，包括卦爻象，陰陽二事和萬事萬物。總
之，指一切具體的東西。朱熹認為在這個領域中，一切事物
都處於變易的過程，其變易歸根到底，無非是一陰一
陽。」[95]其中「陰陽之理屬於形而上的世界」，是指「太
極」言，「太極者，其理也」[96]。「陰陽之事屬於形而下的領
域」，是指「一物便有陰陽，寒暖生殺皆見得，是『形而下
者』。事物雖大，皆『形而下者』」[97]。此說明「陰陽」是指
一切具體的東西，而每一物皆有「陰陽」。例如「寒暖生殺
皆見得」，就是具體事物；且具有「陰陽」，是屬於「形而下

93　同註 90，同註 5，卷 75，3:1734。

94　同上，同註 5，卷 76，3:1761。

95　參見氏著《易學哲學史》，同註 20，第 3 編第 7 章，2:507。

96　參見朱熹《周易本義》，同註 6，卷 3，頁 306。

97　參見南宋・黎靖德編《朱子語類》，同註 5，卷 75，2:1738。

者」，屬於現象界。朱伯崑並指出，在現象界的事物，「一切
事物都處於變易的過程，其變易歸根到柢，無非是一陰一
陽」。基於此，「易只是一陰一陽」，這是再清楚不過的。難
怪其〔南宋〕楊時（1053-1135）也特別稱讚說：「易只是一
陰一陽，做出許多般樣。」[98]良有以也。

（二）「陰陽」的本義是什麼？

依歷史的發生順序，「陰陽」二字連用，最早見於《詩
經・大雅・公劉》「既溥既長，既景迺岡，相其陰陽，觀其
流泉」[99]。其中「陰陽」，表示山勢之陰北陽南的向背。

就字源來說，「陰」字，未見於甲骨文，金文有「侌」
〈㝬羌鐘〉、「侌」〈上官鼎〉、「㪁」〈㝮伯盨〉等。劉心源
（1848-1915）分析說：「阮元（1764-1849）云，廅即庎，引
《左・隱二年》費庎父為證。案金今通，金從今聲，古泉布
陰作侌。」[100]皆是指地名或諸侯名的意思[101]。《說文解字》
解釋說：「陰，闇也。水之南，山之北也。從阜、侌聲。」[102]
「陰」本指幽暗的意思，後以水的南面，山的北面稱為
「陰」。《說文解字》又將「陰」作「雲覆日也。從雲，今

98　同註 97，同註 5，卷 65，2:1438。

99　參見〔唐〕孔穎達《毛詩注疏》，卷 17（臺北：藝文印書館，1973 年 5
　　月），頁 620。

100　參見氏著《奇觚室吉金文述・庎父鼎》，卷 16，頁 18。引見周法高《金
　　文詁林》，同註 51，下：2037。

101　參見孫廣德《陰陽五行說的政治思想》，第 1 章（臺北：臺灣商務印書
　　館，1993 年 6 月），頁 4-5。

102　參見段玉裁《說文解字注》，第 14 篇下，同註 53，頁 738。

聲」[103]。以雲氣遮蔽太陽，來解釋「陰」字。.

「陽」字，甲骨文就已出現，羅振玉《殷虛書契前編・五・四二・五》作「昜」。商承祚（1902-1991）說：「案其從昜者，與揚之從昜同。」[104]據金祥恆（1918-1991）教授的解釋，認為「陽」是人名[105]。金文作昜〈虢季子白盤〉、昜〈予姬鼎〉、昜〈眔伯盨〉等，亦均是地名或諸侯名的意思[106]。《說文解字》則說：「陽，高、明也。從𨸏、昜聲。」[107]「陽」表示山丘高聳，而又明亮。段玉裁則根據「陰」之字義，解釋說：「闇之反也。……不言山南曰昜者，陰之解可錯見也。山南曰陽，故從𨸏。」[108]即是說明，「陽」之本義，是幽暗的相反，表示明亮之義。而〔東漢〕許慎（58？〜147？）在《說文解字》，對「陽」未以「山南」解說「陽」的原因，主要在於其對「陰」之「水之南，山之北」解釋中，可以類推錯見。

《說文解字》又說：「昜，開也。從日、一、勿。」[109]〔清〕桂馥（1736-1805）認為「開」指光明的意思[110]。段

---

103 同上，第 11 篇下，頁 580。

104 參見氏著《殷虛文字類編》，卷 14，頁 5 上。引見李孝定（1918-1997）《甲骨文字集釋》，第 14（臺北：中央研究院歷史語言研究所，1965 年 6 月），頁 4133。

105 參見氏著《續甲骨文編》，第 4 冊，附錄，頁 42。引見孫廣德《陰陽五行說的政治思想》，第 1 章（臺北：臺灣商務印書館，1993 年 6 月），頁 4。

106 參見孫廣德《陰陽五行說的政治思想》，同上，第 1 章，頁 5。

107 參見段玉裁《說文解字注》，同註 53，第 14 篇下，頁 738。

108 同上。

109 參見段玉裁《說文解字注》，第 9 篇下，同註 53，頁 458。

110 參見氏著《說文解字義證》，引見湯可敬《說文解字今釋》，同註 53，卷

玉裁則解釋說：「此陰陽正字也，陰陽行而𣅀𣈏廢矣。闢戶謂之乾，故曰開。」[111] 依段氏的說法，「陰陽」的正字應為「𣅀𣈏」。因「陰陽」之字常用通行，致「𣅀𣈏」的本字就廢除了。《說文解字》以「開」解釋「𣈏」，是根據〈繫辭上傳‧第十一章〉「闢戶謂之乾」而來[112]，即指「乾」的涵義為打開門戶，化生萬有，是以「陽」以喻「乾」，亦具有「乾」之功能。故以「開」來解釋「陽」，是與桂馥的說法不同。

從「陰陽」的甲骨文及金文字形來看，「陰」似乎與日無關係；而「陽」字則與日關係非常密切，每一個字形皆有日，並表示日高懸於天，光芒下照，也就是日光照射到的地方。〔清〕朱駿聲（1788-1858）《說文通訓定聲》就說：「陰者見雲不見日，陽者雲開而見日。」[113] 據此，「陰陽」的本義就是指日照的向背，面對日照的地方稱「陽」；反之，背著日照的地方稱之為「陰」。這種「陰陽」本義兩極化的對立，影響到《周易》「陰陽」理論的整個辯證思維架構，並增添其形上辯證的邏輯理論基礎。

18，中：1294。

111 參見氏著《說文解字注》，第 9 篇下，同註 53，頁 458。。

112 參見朱熹《周易本義》，同註 6，卷 3，頁 305。

113 引見馮契（1915-1995）《哲學大辭典》「陰陽」條（上海市：上海辭書出版社，1992 年 10 月），頁 709。

四 陰陽的理解與解釋，朝向創造義與本體義發展

既然，「陰陽」的本義就是指日照的向背，為何朱熹在理解與解釋「陰陽」時，不以本義為主，而走向了創造意義，且作為形上秩序（metaphysical order）的一環？

（一）為何及如何走向創造義？

首先，我們要問為何不走向本義？

「理解不是要將自己回置於原初的語境中，挖掘本文背後的意義，而是本文向我們所展現的一切。本文總是在新的語境關聯中獲得新生」[114]。這是詮釋學家〔法國〕呂科爾（Paul Ricoeur 1913-2005））的主張。即是詮釋者在理解與解釋時，不是「將自己回置於原初的語境中，挖掘本文背後的意義」；而是展現新的意義，「在新的語境關聯中獲得新生」。

「本文因脫離了作者而獲得自主性。現在，讀者無須從本文中揣摩作者的意圖，也無須從作者的意圖中推測本文的意義，如果作者的意圖對於本文的意義來說是無關緊要的，讀者何苦去這兩者之間疲於奔命呢？我們要理解的不是深藏在本文背後的東西，而是本文向者我們所展示出來的一切；

---

114 參見潘德榮（1951-）《詮釋學導論》，第 7 章（臺北：五南圖書出版有限公司，1999 年 8 月），頁 192。

也不是早已凝固於本文之中的建構，而是這個所開啟的可能世界。就本文而言，這個世界是本文的世界；就讀者而言，它又是讀者的世界。從根本上說，本文的世界即讀者的世界，本文的世界是通過讀者的世界而表現出來的。在這個過程中，本文的意義重又轉向它的指謂，過渡到言談所說明的事件；當然不在言談所發生的語境中，而是在讀者的視界裡。這一過程之所以可能，乃是因為本文業已解除了一種特殊的語境關聯，形成了自己的準語境，這使得能夠在一種新的情況下進入其他語境，重建語境關聯，閱讀行為就是這種新的語境關聯之重建。『閱讀就是把一個新的話語和本文的話語結合在一起。話語的這種結合，在本文的構成上揭示出了一種本來的更新（這是它的開放特徵）能力。解釋就是這種聯結和更新的具體結果（呂科爾：《解釋學與人文科學》（中譯本），石家莊：河北人民出版社，1987 年版，第 162 頁）』。在閱讀過程中，本文符號的內部關係和結構獲得了意義，這個意義是通過閱讀主體的話語實現的」[115]。這段說明，已經非常清楚說明為何不走向「本義」的最主要原因。即是「我們要理解的不是深藏在本文背後的東西，而是本文向者我們所展示出來的一切；也不是早已凝固於本文之中的建構，而是這個所開啟的可能世界」。此即是文本的意義是向讀者視域展開的，充滿無限的可能。誠如呂科爾所言，「閱讀就是把一個新的話語和本文的話語結合在一起。話語的這種結合，在本文的構成上揭示出了一種本來的更新（這

---

115 同註 114，第 6 章，頁 164。

是它的開放特徵）能力。解釋就是這種聯結和更新的具體結
果」。析言之，詮釋意義的產生，是文本的話語和讀者的話
語，形成共同視域的結合，是一個嶄新的視域融合之意義。

　　關於此，潘德榮解釋說：「從施萊馬赫起，人們便孜孜
不倦地追求著理解本文的真實含義。在呂科爾那裡，傳統的
理解本文變成了本文理解，沿著本文自己所開啟的方向運
動，而這一方向是被讀者所規定的。因此，本文理解便成了
讀者在本文面前的自我理解。」[116]文本的解讀，不是跟著
作者走，而是跟著讀者走。就我國的易學著作言，何嘗不是
如此。從目前最早最完整的《周易》注解，即是三國〔魏〕
王弼（226-249）《周易注》，經由歷代著名的易學著作，包
括孔穎達《周易正義》、程頤《周易程氏傳》、朱熹《周易本
義》等，何嘗不是各人都有各人的詮釋特點，人人不同，人
人皆有其特色，這就是文本向讀者展現成果，展現著意義的
無限性及作者的絕對性主張。難怪我們要大膽的結論說，
「本文不是達到作者的原意之中介，而是讀者自我理解的中
介」[117]。

　　探索文本如果不走向本義，則會走向何意？就是理解者
之理解和解釋的創造意義。

　　「雖然人們力圖不帶任何個人色彩地進入被理解的他
者，事實上他們的主觀性總是不可避免地介入其中。『解釋
的主要任務是，人們必須從他自己的觀點出發而進入被理解

116　同註 114。
117　同註 114，第 6 章，頁 165。

的他者』」¹¹⁸。我們希望在詮釋時，能夠以絕對客觀之空白主體進入文本，以理解文本。事實上，純粹的客觀性是做不到的，一定有個人的主觀意識在其中。即是「從他自己的觀點出發而進入被理解的他者」。這種主觀的個人理解，即是一種創造性的意義。「由於理解者的主觀性參與了理解過程，『本文』的意義就不再是一個靜止和凝固的東西。它本身展現為歷史，永遠不會被窮盡」¹¹⁹。理解者的理解與解釋的主觀性，是意義創造化的主要因素。

這種創造性意義，是不斷變化流動，更是不停的創新發展。因此，創造性的意義必然是多義變化，而不是停滯不動、固定僵化的。即是「理解在本質上是創造的，理解的過程是一個創造真理的過程。也正由於這種主觀因素，使『真理』本身具有某種相對性，它是非確定的，不斷流動著的，同時又是多義的」¹²⁰。

(三) 創造性如何詮釋？

近代哲學家傅偉勳（1933-1996），將其分為五個層次轉化，而形成最終的創造性的詮釋¹²¹。首先是實謂層次，即是原思想家（或原典）實際上說了什麼？關涉原典的校勘、

---

118 參見施萊馬赫《詮釋學》，基爾默勒版，頁 32。引見潘德榮《詮釋學導論》，第 2 章，同上，頁 48。
119 同上註 118，第 2 章，頁 49。
120 同上，第 3 章，頁 71。
121 參見〈創造的詮釋學及其應用：中國哲學方法論建構試論之一〉，引見氏著《從創造的詮釋學到大乘佛學》，（臺北：東大圖書股份有限公司，1999 年 5 月），頁 1-46。

版本、考證與比較等基本課題，相當於我國古代的考據之學。

　　其次，是意謂層次，即是原思想家想要表達什麼？或他所說的意義到底是什麼？在這其中，第一步先作脈絡分析，即是專就語句（字辭或句子）在個別不同的特定脈絡範圍，分析出該語句的脈絡意義及蘊涵，包括了每一字辭或語句的原初意義——本義的界定，以及每一字句在不同脈絡時，有產生意義變更情況——引申義的發展。第二步作邏輯分析，即通過原典前後文的對比對照，設法除去表面上的思想或語句表達的前後矛盾或不一致性。第三步層面（或次元）分析，即是對主概念分析其層次，以進一步剖析其內容的多層義涵。

　　其三，是蘊謂層次，即是原思想家可能要說什麼？或原思想家所說的可能蘊涵什麼？此關涉種種思想史理路線索、原思想家與後代繼承者間的前後思維聯貫性的多面探討、歷史上已經存在的（較為重要的）種種原典詮釋等，通過此類研究方式，了解原典或原思想家學說。進言之，就是通過思想史上已經有過許多原典詮釋進路探討，歸納幾個較有詮釋分量的進路或觀點出來，使發現原典思想所表達的深層義理，以及依此義理可能重新安排高低出來的多層詮釋蘊涵。

　　其四，是當謂層次，即是原思想家本來應當說出什麼？或創造詮釋者應當為原思想家說出什麼？詮釋者設法在原思想家教義的表面結構底下掘發深層結構。即是對原思想家的義理結構進行批判比較考察；且重新安排脈絡意義、層面義蘊等的輕重高低，而為原思想家說出他應當說出的話。

最後，就是創謂層次[122]，原思想家現在必須說出什麼？或為了解決原思想家未能完成的思想課題，創造的詮釋學者現在必須踐行什麼？亦即原思想家未完成的課題以及從現在必須實踐的角度，開發出具有時代意義的詮釋。

我們接著要問創造義會走向如何的意義發展？朝向本體詮釋的意義脈絡發展。為何創造詮釋，一定會轉化朝向本體詮釋的意義脈絡發展？

「就某種意義上說，詮釋學就是『整理出一切本體論探索之所以可能的條件』」[123]。即是創造的意義，是朝向本體論方向詮釋發展的主要原因。

意義的賦予，是從理解與解釋而產生。因之，意義創造朝向本體論詮釋，致理解與解釋的創造性詮釋，亦必須具有本體論的意義，才能形成本體論的詮釋。就理解言，〔德國〕伽達默爾（Hans-Georg Gadamer 1900-2002）就提出：「理解是本體論的。」[124]為何理解是本體論的？「（伽達默爾主張）就是不再把理解僅僅當作人的認知方法，而且主要的不在於此；它直接就是此在的存在的方式，生命的意義並不抽象地存在於別的某個地方，它就在理解之中，是被理解

---

122 傅偉勳原本稱「必謂層次」，劉述先教授（1937-）更改為「創謂層次」，以符合「創造性詮釋」的實質意義。參見黃俊傑編《中國經典詮釋傳統——通論篇》（一），〈「中國經典詮釋學的特質」學術座談會紀錄〉（臺北：財團法人喜瑪拉雅研究發展基金會，2002年6月），頁435。

123 參見潘德榮《詮釋學導論》，第4章，同註114，頁93。

124 參見氏著《真理和方法》，引見李翔海、鄧克武編《成中英文集‧本體詮釋學》（武漢市，湖北人民出版社，2006年5月），頁1。

到的意義。正因如此，理解就具有本體論的性質」[125]。即是我們的理解，不僅是普通的內外感官的認知，而是理性的認知，更是本體此在的認知；此本體此在的認知，亦是存有的超驗性的認知體證。所以，理解是本體論的。因此，「理解與解釋的作用在於，通過揭示實在的陳述、觀念和思想體系來確立本體（Benti）」[126]。

就理解與解釋言，理解是讀者的認知，解釋是作者的體證。呂科爾主張與伽達默爾不同，不僅理解是本體論的，其主張就連解釋也是本體論的，也就是理解和解釋都是本體論的。「理解與解釋，就其是獲得意義的途徑和形式而言，它們都是方法論的；就其意義的存在方式而言，它們又都是本體論的」[127]。在獲得理解和解釋的意義時，其所使用的途徑和形式，是屬於方法論的，是屬於技術層次。例如傅偉勳提出的「創造詮釋學」。但是，就其理解與解釋獲得的意義，其存在方式，都是朝向本體，是屬於本體論的，這則是整體的融合與認知。析言之，理解與解釋，就是一種本體詮釋。

（四）何謂本體詮釋？

「本體詮釋學（Onto-Hermeneutics）」的發凡，為華裔學者成中英（1935-）教授。他指出：「『本體』是中國哲學中的中心概念，兼含了『本』的思想與『體』的思想。本是

---

125 參見潘德榮《詮釋學導論》，第 4 章，同註 114，頁 75。
126 參見同上，第 7 章，同註 114，頁 223。
127 同上，第 4 章，頁 76。

根源，是歷史性，是時間性，是內在性；體是整體，是體系，是空間性，是外在性。『本體』因之是包含一切事物及其發生的宇宙系統，更體現在事物發生轉化的整體過程之中。」[128] 這包括了兩個方向：一是指「本」，是指根源，即探求萬化的本根及其內涵，寓含形上學的宇宙發生論及本體論。二是指「體」，則是指體系，即是建構有機完整的體系及系統，以說明整個思想的發展及變化。

　　成中英再指出：「本體是有層次的，對自我的認識原始於對事物的理解，當我們對自我有更深的要求時，也就能更深認識和掌握世界，更能清除局部性、片面性，而體現了認識和理解的整體性、系統性、發展性與根源性。此即所謂本體。」[129] 針對「本體詮釋」的內涵，成中英再進一步說明，「什麼是本體？它是實體的體系。即體，它來源於實體的本源或根本，即本。本和體是緊密相關的。因為本不僅產生了體，而且不斷產生體，這可以根據本來解釋體的變化。」[130] 進言之，「本體詮釋」除了強調本體的意義外，並重視體系的建構。「本」與「體」相連相合，方能將內蘊充分展現出來，以提升詮釋高度。深一層分析，本體詮釋就是將無法用經驗認知的萬物背後之實體，即是現象背後的真實存在，經由理解與解釋，作一完整體系化的呈現，即是成氏

128　參見成氏主編《本體與詮釋‧從真理與方法到本體與詮釋》（北京：生活‧讀書‧新知三聯書店，2002 年 1 月），頁 5。

129　參見氏主編《本體詮釋學‧世紀會面》，第 2 輯，（北京：北京大學出版社，2002 年 3 月），頁 5。

130　參見成氏主編《本體與詮釋‧何為本體詮釋學》，同註 129，頁 22。

所稱的「它是實體的體系」。而且，此一體系，由於個人前
理解的提升，將不斷的產新的體系，建構新的內涵與價值。

說明了理解與解釋的詮釋方法與原則之後。最後，我們
探討以下問題。

（五）朱熹易學「陰陽」觀的體系為何？

朱熹在註解《周易》時，就已經主張「經」與「傳」的
不同。「經」的著作是伏羲畫八卦，周文王重為六十四卦及
並作卦辭，周公作爻辭，皆重在卜筮；而孔子作《十翼》的
「傳」，則是創造意義，重在哲理的闡發。他說：

> 蓋《易》本卜筮之書。故先王設官掌於太卜而不列於
> 學校，學校所設《詩》、《書》、《禮》、《樂》而已。至
> 孔子乃於其中推出所以設卦、觀象、繫辭之旨，而因
> 以識夫吉凶、進退、存亡之道[131]。

孔子之《易》，即是《十翼》，與《周易》卦爻辭專為卜筮而
作是不同的。其「設卦、觀象、繫辭之旨」，是一種創造性
及本體性的詮釋，具有「義理」在其中。「文王重卦作繇
辭，周公作爻辭，亦只是為占筮設。到孔子，方始說從義理
去」[132]。是在清楚也不過的。再進一步說，孔子之《易》，
具備的特色是：「文王周公之辭，皆是為卜筮。後來孔子見

---

131 參見《朱子文集・答黎季忱》，同註 1，卷 62，6:3089
132 參見〔南宋〕黎靖德編《朱子語類》，同註 5，卷 66，2:1453。

得有是書必有是理，故因那陰陽消長盈虛，說出箇進退存亡之道理來。」[133]就是孔子之《易》，已具有陰陽交易和變化之理，而消長盈虛與進退存亡之道，皆寓含在其中。

也由於此，朱氏的「陰陽」觀，不朝向本義理解與解釋，而兼具了創造及本體詮釋的思辨理路在其中。

五　朱熹的「陰陽」觀，從陰陽交易到陰陽不測

朱熹的「陰陽」觀既然兼具創造及本體詮釋，其具有何種特色？

其內涵包括了四項變化特色：即是從最高的形而上的本體之「太極」──「理」，化生形而下的「陰陽」之氣[134]。而「陰陽」的氣，則經由陰陽對立、陰陽變化、陰陽合德，到陰陽不測的四種變化，以化生萬有。

先就陰陽對立言：就是指陰陽相反，相互對待，相互對立。亦即指「陰陽」兩股力量相互對立所產生的作用；並由於對待、對立，使兩股力量，相互作用，相互推移，以致使事物運動、變化以及發展。

〈繫辭上傳‧第五章〉就明白指出：「一陰一陽之謂

---

133 同上，同註 5，卷 67，3:1488。

134 朱熹說：「大極者，其理也。」又說：「陰陽迭運者，氣也。其理則所謂道。」從此可知，「太極」是理；「陰陽」是氣。參見氏著《周易本義》，同註 6，卷 3，頁 287 及 306。

道，繼之者善也，成之者性也。」[135]朱熹就說：「以一陰一陽，往來不息，而聖人指是以明道之全體。」[136]以「陰陽」的對立，一來一往，無止無息，以明變化的無盡；並明白指出，在對立往來之中，產生化生的功能。清李光地（1642-1718）也認為：「一陰一陽，兼對立與迭運二義。對立者，天地、日月之類是也。……迭運者，寒暑、往來之類是也。」[137]更明確的表示，「陰陽」就是藉著對立而運作，如同天地、日月等；並也藉著陰陽變化交易，迭運而往來不窮，例如寒往則暑來，暑往則寒來。綜此，朱伯崑就特別說「一陰一陽之謂道」，是「中國易學表述矛盾法的命題」。「認為事物有陰陽兩個方面，兩種力量，相反相成，相互推移，不可偏廢，構成事物的本性及其運動法則。無論自然、人事，都表現此道」[138]。朱熹的「陰陽」學說理論，就在陰陽對立中展開，形成變化、相合，到不測的化生過程，是富有辯證意義及價值的。

　　朱熹的陰陽對立，又稱陰陽交易，是指兩氣相互對待。他說：「陰陽，有相對而言者，如東陽西陰，南陽北陰是也。」[139]東陽西陰，南陽北陰，即是最佳的陰陽對立。他再細說表示：

135　參見同上，同註 6，卷 3，頁 287。

136　參見氏著《朱子語類》，引見李光地《周易折中》（臺北：武陵出版社，1989 年 1 月），卷 13，頁 980。

137　同註 136。

138　參見《中國大百科全書》（哲學）「一陰一陽之謂道」條，2 冊（北京：中國大百科全書出版社，1987 年 10 月），2:1067。

139　參見〔南宋〕黎靖德編《朱子語類》，同註 5，卷 65，2:1434。

> 陰陽……有箇定位底。……「分陰分陽，兩儀立
> 焉」，便是定位底，天地上下四方是也。……一是交
> 易，便是對待底。魂魄，以二氣言，陽是魂，陰是
> 魄[140]。

朱伯崑分析朱熹的陰陽對立指出：「所謂『交易』，即陰陽對
立面相互滲透。有對待，方有滲透。而對待意味著陽是陽，
陰是陰，各居其位，不相混淆。此即『分陰分陽』，『有箇定
位底』。」[141]陰陽對立，先明確說明「陰陽」二氣的本質皆
來自於最高的形上本體的「太極」或「道」，是相同的。但
是，其內涵之固有之性質，即是屬性，是不同的。「陰陽」
的屬性為何？以陰論之，「陰之為道，卑順不盈」[142]。具有
卑弱柔順的性質。以陽論之，「陽，剛直之物也」[143]。具有
剛強正直的性質。由於如此，陽是陽，陰是陰，是不容混淆
的。所以朱氏說「有箇定位底」、「分陰分陽」。以魂魄為
例，二者不同，是以陽是魂，而陰則是魄了。

　　關於陰陽對立，朱熹再加說明說：「交易是陽交於陰，
陰交於陽，是卦圖上底。如『天地定位，山澤通氣』云云者
是也。變易是陽變陰，陰變陽，老陽變少陰，老陰變少陽，
此是占筮之法如晝夜寒暑，屈伸往來是也。」[144]「天地定

---

140 同上。
141 參見氏著《易學哲學史》，同註 20，第 3 編第 7 章，2:509。
142 參見三國〔魏〕王弼（226-249）《周易注》，參見李學勤（1933-）主編
　　《十三經注疏・周易正義》（標點本），卷 1，同註 32，頁 30。
143 同上，卷 1，頁 19。
144 參見〔南宋〕黎靖德編《朱子語類》，同註 5，卷 65，2:1437。

位，山澤通氣」，出於〈說卦·第三章〉[145]。是指乾天在上，表示陽；坤地在下，表示陰。乾天與坤地相互對待，確定了位置。而〈艮〉山為陽，與〈兌〉澤的陰，相互對待，又相互交易，以致溝通了氣息。此亦表明陰陽相對待，且相交易。由於相互交易，即會進一步形成陰陽的變化，陽變成陰，陰變成陽，老陽則變成少陰，老陰則變成少陽。即是〈繫辭上傳·第二章〉所說的「剛柔者，晝夜之象也」，以及〈繫辭下傳·第五章〉所說的，「日往則月來，月往則日來，日月相推而明生焉。寒往則暑來，暑往則寒來，寒暑相推而歲成焉。往者屈也，來者信也，屈信相感而利生焉」[146]。信，同伸。此兩句中之晝夜、日月、寒暑、往來、屈信等，其中晝、日、暑，來、信等為陽，夜、月、寒、往、屈等為陰。這些事物既對待又交易，所以朱子要說「晝夜寒暑，屈伸往來」，是陰陽交易。其表現出了既相對，又交易的特色；更寓含變化與發展。因此，「陰陽」既有對立之後，必然會產生「陰陽」的變化與發展。

次就陰陽變化言：就是陰陽相互變化，陽變為陰，陰變為陽，從量變到質變，從質變再發展到量變。此亦指陰陽相互變化所產生的作用。進言之，就是陰陽變易，兩者相互交替，相互變化，陽變成了陰，陰變成了陽。這包含了陰陽互變及質量互變。而陰陽變化，首要確認的是陰陽變易，即是「陰陽」要能夠變易。所謂陰陽互變，就是指「陰陽」的變

---

145 參見朱熹《周易本義》，同註6，卷4，頁337。
146 同註145，同註6，卷3，頁283及318。

換及相生。這種變換及相生，也是陰陽變化中不可或缺的重要因素。先就變換來說，陰可以變為陽，陽可以變換為陰。孫國中也指出：「變易者，陰極而陽，陽極而陰，互為其根者也。……互為其根，故其道相生而相濟。」[147] 所謂「互為其根」，是說陰陽互以對方為基礎的變化，陰以陽為基礎而變為陽，陽以陰為基礎而變為陰。以此，陰陽兩者，相為變換，相為濟助。至於相生，〔東漢〕荀爽（128-190）就明白論証：「陰陽相易，轉相生也。」[148]「相易」指陰陽互換，「相生」是說陰生陽，陽生陰。依據陰陽「相生」之理，〔清〕陳夢雷（1650-1741）就進一步解釋：「陰生陽，陽生陰，其變無窮，易之理如是。」[149] 陰陽相生，使萬物的化生，臻於無窮無盡，是易道變化的要素。另外，李震從另一角度來看陰陽變易的道理，他謂：「《易經》本文多言陰陽變化，自形上觀點看，其重要目在於透過變化以求不變。因為沒有不變，變化沒法解釋和了解。」[150] 以陰陽變易以探求不變之道，是陰陽變易的另一種詮釋。

　　至於質量互變，是指陰陽的變化，從量變到質變；由質變而形成整個本質上的轉變；再由質變轉化為量變，形成整

---

147 參見氏著《周易指南・通論篇》（北京：團結出版社，1992 年 4 月），頁346。

148 引見唐李鼎祚（生卒年不詳）《周易集解》，（臺北：世界書局，1987 年 2 月），卷 13，頁 322。

149 參見氏著《周易淺述》，卷 7，引見王振復《周易的美學智慧》，第 7 章（長沙市：湖南出版社，1991 年 12 月），頁 265。

150 參見氏著《中外形上學比較研究》，第 1 章（臺北：中央文物供應社，1982 年 6 月），上：16。

個現象上的變化。「陰陽」的變易當中，陰陽互易即寓含質量互變，兩者是相互為用，相互補充的。

朱熹強調的陰陽變易，亦稱為陰陽流行，是一氣的變化。朱伯崑分析說：「（朱熹）認為陰陽之推移，乃一氣之消長。」[151]所謂「一氣之消長」，是指：

> 陰陽只是一氣，陽之退，便是陰之生。不是陽退了，又別有箇陰生[152]。

「陰陽」名為二氣，是為了說明對立而加以分辨而言；事實上，則是一氣之變化。即是陽退了，便是陰之生；陰退了，便是陽之生。「陰陽」只是一氣，相互消長而已。朱子進一步再加說明，「陰陽之道，一進一退，一長一消，反覆、往來、上下，於此見之」[153]。「陰陽」變化，只是一氣流行，其變化包括了「一進一退，一長一消，反覆、往來、上下」。析言之：

> 「陰陽」雖是兩個字，然卻只是一氣之消息，一進一退，一消一長。進處便是陽，退處便是陰；長處便是陽，消處便是陰。只是這一氣之消長，做出古今天地間無限事來[154]。

151　參見氏著《易學哲學史》，同註 20，第 3 編第 7 章，2:510。
152　參見〔南宋〕黎靖德編《朱子語類》，同註 5，卷 65，2:1434。
153　同上，同註 5，卷 65，2:1439。
154　同上，同註 5，卷 74，3:1687。

朱熹的學生徐元震，曾針對此問題，以實例提問說：「自十一月至正月，方三陽，是陽氣自地上而升否？」以「十二消息卦」論[155]，十一月為〈復卦〉，是地雷〈復卦〉，初九為陽爻，正是一陽生；十二月為地澤〈臨卦〉，正是二陽生；元月為地天〈泰卦〉，正是三陽生。所以說「陽氣自地上而升」。朱熹回答說：「然。只是陽氣既升之後，看看欲絕，便有陰生；陰氣將盡，便有陽生，其已升之氣便散矣。所謂消息之理，其來無窮。」[156]所謂「只是陽氣既升之後，看看欲絕，便有陰生」，是指「十二消息卦」中之〈乾卦〉，六爻皆為陽爻之後，陽氣即將欲絕，接著是天風〈姤卦〉，正是一陰生。而「陰氣將盡，便有陽生」，即是在「十二消息卦」中之〈坤卦〉，六爻皆為陰爻之後，陰氣即將欲絕，接著是地雷〈復卦〉，正是一陽生。從此分析而言，此充分說明了陰陽流行，就是一氣之化。

　　由於陰陽變化，只是一氣之化，所以天地間只有一氣，沒有兩氣，不是陽勝陰，就是陰勝陽。即是「天地間無兩立

---

155 十二消息卦，為〔西漢〕孟喜（生卒年不詳）卦氣說內容之一。此卦氣以〈乾〉、〈坤〉為主，再根據爻象的變化，形成十二卦，作為眾卦的基礎，全《易》的根本。十二消息卦，依照陰陽消息的次序排列為〈復卦〉、〈臨卦〉、〈泰卦〉、〈大壯卦〉、〈夬卦〉、〈乾卦〉、〈姤卦〉、〈遯卦〉、〈否卦〉、〈觀卦〉、〈剝卦〉、〈坤卦〉。其中從〈復卦〉到〈乾卦〉，是陽爻逐漸增加，從下往上增長，而陰爻逐漸減少，此亦表示陽氣逐漸增長，陰氣逐漸減少，是陽息陰消的過程。反之，從〈姤卦〉到〈坤卦〉，則是陰爻逐漸增加，從下往上增長，而陽爻逐漸減少，表示陰氣逐漸增長，陽氣逐漸減少，是陰息陽消的過程。

156 參見〔南宋〕黎靖德編《朱子語類》，同註5，卷65，2:1435。

之理，非陰勝陽，即陽勝陰，無物不然，無時不然」[157]。

　　再深論之，所謂一氣之化，並不是將「陰陽」不同屬性的界限泯滅，而是陰中有陽，陽中有陰，將一氣藏在另一氣之中，僅顯現一氣，而另一氣不顯。朱子清晰的說：「陽中之陰，陰中之陽，互藏其根之意。」[158]也由於這樣，「陰生陽，陽生陰，其變無窮」[159]。陰陽轉變，只是一氣的變化，是以只有陽生陰，或陰生陽；另一不顯之氣，只好藏了起來，「互藏其根」了。

　　朱伯崑對朱熹陰陽變化的觀念精闢分析說：「陰陽二氣變化，亦是動中有靜，靜中有動，陰陽交錯。……論證了陰陽交錯的複雜性。如果以陽的一方為肯定的因素，陰的一方為否定的因素，其『陽中有陰』說，又意味著肯定中含有否定的因素。」[160]「陰陽」變化的一氣流行，雖是一方肯定，另一方則為否定；即是陽氣進時，陰氣便退；反之，陰氣進時，陽氣便退。但是，在肯定中仍含有否定；在否定中仍含有肯定，即是陽中有陰，陽生陰；陰中有陽，陰生陽的交錯變化。此即所謂「陰陽交錯的複雜性」。

157　同上，同註 5，卷 65，2:1435。

158　同上，同註 5，卷 77，3:1769。

159　參見朱熹《周易本義》，同註 6，卷 3，頁 289。

160　參見氏著《易學哲學史》，同註 20，第 3 編第 7 章，2:517-8。

六　陰陽交易，是二氣對待；陰陽流行，是一氣變化

　　在陰陽一氣流行變化的主張中，朱子又提出了更為細膩的質量變化觀點。他說：

> 文蔚曰：「下章云：『變化者，進退之象。』如此則變是自微而著，化是自盛而衰。」曰：「固是。變是自陰而陽，化是自陽而陰。易中說變化，惟此處最親切[161]」。

「變化者，進退之象」，出於〈繫辭上傳・第二章〉[162]。此本指卦爻所產生的變化，是事物前進或後退的象徵。此則特別強調「變化」，認為「變」，是質變，「是自微而著」、「是自陰而陽」；「化」是「量變」，「是自盛而衰」、「是自陽而陰」[163]。

　　「量變」，就是「漸變」。指事物在數量上的增加或減少，以及場所的更換等方面的變化。亦即是表現為事物在自身度的範圍內的微小的、不顯著的、逐漸的和緩慢的變化。平常所見的統一、靜止、平衡和相持等，都是事物在「量

161　參見〔南宋〕黎靖德編《朱子語類》，同註 5，卷 74，3:1685。

162　參見朱熹《周易本義》，同註 6，卷 3，頁 283。

163　朱伯崑說：「所謂漸化即量變，所謂頓變相當於質變。」參見氏著《易學哲學史》，同註 20，第 3 編第 7 章，2:513。

變」過程中的面貌和特徵。而所謂「質變」，亦稱為「突變」。指事物根本性質的變化。即漸進過程的中斷，從一種質態向另一種質態的突變或飛躍[164]。

朱子再深入說明在陰陽變化中的「變」與「化」的不同。他說：「變是自陰而陽，自靜而動；化是自陽而陰，自動而靜。漸漸化將去，不見其跡。」[165]「變」較「化」的變化為大。又說：「變、化二者不同，化是漸化，如自子至亥，漸漸消化，以至於無。如自今日至來日，則謂之變，變是頓斷有可見處。」[166]「變」如同今日到明日，是一種頓變；其變化是質變，所以「頓斷有可見處」。「化」如同從一日十二時的從子時到亥時，是一種漸變；其變化是量變，所以「漸漸消化，以至於無」。

總言而之，朱熹關於陰陽交易與陰陽流行，是主張「以『一氣』說明流行，以『二氣』說明對待；前者指轉化，後者指對立」[167]。清楚說明一氣的變化，就是陰陽流行，其特質就在於陰陽二氣不斷的轉化與發展。而二氣的對待，則是指陰陽對立，其特質就是陰陽二氣本質的差異，所以是相互對立的。

雖然如此，「陰陽做一箇看亦得，做兩箇看亦得。做兩箇看，是『分陰分陽，兩儀立焉』；做一箇看，只是一箇消

164 參見馮契（1915-1995）主編《易學大辭典》，「量變」及「質變」條目（上海：上海辭書出版社，1992年10月），頁。1556及1033。

165 參見〔南宋〕黎靖德編《朱子語類》，同註5，卷74，3:1685。

166 同註165，同註5，卷75，3:1739。

167 參見朱伯崑《易學哲學史》，同註20，第3編第7章，2:510。

長」¹⁶⁸。陰陽對立與變化，即是陰陽交易與流行，雖分為二，其實為一，僅是「陰陽」在變化當中不同的面貌而已。所以說「陰陽做一箇看亦得，做兩箇看亦得」。

　　三就陰陽合德言：就是陰陽統一，相互相濟，合而為一。所謂「統一」，是指同一性。是指事物絕不是無對待的自身等同，而是包含著差異、對立的同一性。這概括為兩種情形：一是對待的兩個方面，同如「陰陽」，各以和它對方，為自己存在的前提下，雙方共處於一個統一體中，並形成統一整體；二是對待的雙方，依據一定的條件，各向其相反的方面轉化。「統一」且是事物發展過程中相對靜止和穩定狀態的標誌¹⁶⁹。在這個前提之下，「陰陽」是兼具以上兩者的內涵。雖然是對待、衝突和相反的。然而，其目標則在於追求統一的整體。

　　〈繫辭下傳‧第六章〉說：「乾坤其易之門邪？乾，陽物也。坤，陰物也。陰陽合德，而剛柔有體，以體天地之撰，以通神明之德。」孔穎達解析說：「若陰陽不合，則剛柔之體无從而生。以陰陽相合，乃生萬物，或剛或柔，各有其體。陽多為剛，陰多為柔也。」¹⁷⁰陰陽合德最大的功能與目的，就是化生萬物。所謂「陰陽相合，乃生萬物」。同時，惟有在陰陽合德的先決條件之下，才能乾坤化生，陽剛

168　參見〔南宋〕黎靖德編《朱子語類》，同註 5，卷 65，2:1434。

169　參見馮契《哲學大辭典》「同一性」及「統一體」條，同註 165，頁 548、1293。

170　參見李學勤（1933-）主編《十三經注疏‧周易正義》（標點本），卷第8，同註 32，頁 311。

陰柔，各有其體：並由此可以體察天地生成變化之事，用以
貫通與瞭解天地神奇妙光明之德。

　　最後就陰陽不測言：就是陰陽的化生變化，是不可預測
的，所謂「陰陽不測之謂神」[171]。張岱年（1909-2004）要
說：「由陰陽兩個方面的相互作用而引起的變化是非常複雜
微妙，不可窮盡，不可完全預測的。《周易大傳》用一個專
門名詞來表示變化的微妙不測，這個名詞叫『神』。《易大
傳》說『陰陽不測之謂神』。」[172]「陰陽」化生的一切變化
和作用，包對交易、流行、合德等，是微妙難知，不可窮
盡，更不能預測，不能推論，所以說是「神」，就是神妙莫
測的。呂紹綱（1933-2008）則進一步解析：「陰陽變化難以
測定則是神。一陰一陽則是事物變化的必然性，陰陽不測是
必然性賴以表現出來的偶然性。」[173]「陰陽」的必然性，
是變化的規律；相對的，「陰陽」的偶然性，則是變化的不
規律，是變化不測的。必然性與偶然性、規律與不規律的對
立和統一，衝突和融合，產生「陰陽」的複雜多變，不可測
定。

　　關於「陰陽不測」，朱子解析周敦頤（1017-1073）《太
極圖說》「一動一靜，互為其根」說：「推之於前，而不見其
始之合；引之於後，而不見其終之離也。」[174]此充分說明

171　參見朱熹《周易本義》，同註 6，卷 3，頁 289。

172　參見氏著《中華的智慧：中國古代哲學思想精粹・周易大傳》（上海：上
　　　海人民出版社，1989 年 1 月），頁 67。

173　參見氏著《周易辭典》，「陰陽不測之謂神」條（長春市：吉林大學出版
　　　社，1992 年 4 月），頁 292。

174　引見朱伯崑《易學哲學史》，同註 20，第 3 編第 7 章，2:513-4。

「陰陽」變化的莫測高深。由於「陰陽」的本體為「太極」，為最高的形上實體，其具有無窮無限的屬性，化生「陰陽」之氣，亦是無窮無限。是以推之其前，不知其相合之始；引之於後，不知其分離之終，真是「陰陽不測之謂神」。朱伯崑剖析說：「一陰一陽，相互流轉，其始無端，不見其合；一動一靜，相互推移，其終又不見其離。意思是，陰陽流行是一個連續不斷的過程，沒有開頭，也沒有終結，即陰了又陽，陽了又陰，循環不已。」[175]「陰陽」的變化，一動一靜，陽生陰藏，陰生陽藏，永恆的流轉，生生不息，是一個連續不斷的過程，沒有開始，沒有結束，更是無法預測的。

朱熹再深一層解釋說：

> 陰陽本無始，但以陽動陰靜相對言，則陽為先，陰為後；陽為始，陰為終。猶一歲以正月為更端，其實姑始於此耳。歲首以前，非截然別為一段事，則是其循環錯綜，不可以先後始終言，亦可見矣。[176]

所以，在朱熹認為，陰陽不測，即是陰陽無始。他認為「陰陽」雖然無始無終，無窮無盡，若要勉強分個先後，在邏輯找出先後次序，由於「陽動陰靜」，所以陽就為先，陰就為後；陽就為始，陰就為終。然而，事實上，「陰陽本無始」，

175　同上，同註20，第3編第7章，2:514。
176　參見〔南宋〕黎靖德編《朱子語類》，同註5，卷94，3:2135。

陰陽是不可以分孰先孰後的。「陰陽」只是循環錯綜，不停
變化而已。朱子特別舉一歲為例，正月為歲始，且為新舊歲
之更換之時，只是為界定歲月，「姑始於此」；並非正月就是
世界的開始之日。因為，我們實在不知道歲月何時開始，何
時終了。這才是「陰陽無始」的意義及內涵。進言之，宇宙
的化生，經由「陰陽」的變化產生，它沒有開始，更沒有終
結，只有永無止境的錯綜循環，生生不息變化，以建構繽紛
璀璨的世界。即是「就事物變化的總過程說，陰陽錯綜循
環，並無先後終始可說。也就是說，陽動之前為陰靜，陰靜
之前，又為陽動；推而上之，追溯過去，其始無端；推而下
之，以至未來之際，其卒無終。此種觀點，即是肯定陰陽二
氣處於永恆的流轉過程，是對氣無始無終說的闡發。由此朱
熹認為，整個物質世界的變化，也是這樣，既無開端，也無
終始」[177]。

　　由於「陰陽」在易學形上化生過程的重要性；且富變化
性、無限性及不測性。所以朱熹特別重視「陰陽」，不僅一
再強調「易只是一陰一陽」，更主張整個宇宙大化都存在著
「陰陽」，無物不有「陰陽」，無物不是「陰陽」。他說：

　　　都是陰陽。無物不是陰陽。[178] 無一物不有陰陽、乾
　　　坤。至於至微至細，草木禽獸，亦有牝牡陰陽。[179] 天
　　　地之間，無往而非陰陽，一動一靜，一語一默，皆是

177　參見朱伯崑《易學哲學史》，同註 20，第 3 編第 7 章，2:514。
178　參見〔南宋〕黎靖德編《朱子語類》，同註 5，卷 65，2:1436。
179　同上。

陰陽之理。至如搖扇便屬陽，住扇便屬陰，莫不有陰
陽之理。「繼之者善」，是陽；「成之者性」，是陰。陰
陽只是此陰陽，但言之不同。[180]

朱伯崑說：「此種觀點，是以『一陰一陽』為《周易》的基
本法則，認為一切事物的存在和變化都出於陰陽及其變
易。」[181]大至天地，小至至微至細之物，皆有「陰陽」。甚
而，朱熹將抽象的道德之善，即「繼之者善」，配屬於陽；
我們的本性，「成之者性」，配屬於陰[182]。總之，天下之事
物，無論抽象或具象，皆有「陰陽」，且配屬於「陰陽」。

　　朱子更概括的指出，「諸公且試看天地之間，別有甚
事？只是『陰』與『陽』兩箇字，看是甚麼物事都離不得。
只就身上體看，纔開眼，不是陰，便是陽，密拶拶在這裡，
都不著得別物事。不是仁，便是義；不是剛，便是柔。只自
家要做向前，便是陽；纔收退，便是陰意思。纔動便是陽，
纔靜便是陰。未消別看，只是一動一靜，便是陰陽。」[183]
拶拶，是指逼迫。在朱熹的眼裡，整個天地之間，全部可以
概括只有兩個字，就是「陰陽」。天地之間，也可概括為剛
柔動靜的變化；而「一動一靜，便是陰陽」。也就是凡屬動
的、剛的，就是陽；凡屬靜的、柔的，就是陰。

　　朱子更認為，《周易》中的文辭，包羅了天下萬事萬

---

180 同上。

181 參見朱伯崑《易學哲學史》，同註20，第3編第7章，2:499。

182 參見朱熹《周易本義》，同註6，卷3，頁287。

183 參見〔南宋〕黎靖德編《朱子語類》，同註5，卷65，2:1438。

理，都離不開「陰陽」；並根據「陰陽」的原理原則，推論天下萬事萬理。所謂「聖人繫許多辭，包盡天下之理。止緣萬事不離乎陰陽，故因陰陽中而推說萬事之理」[184]。他從《周易》之「傳」舉例說：「『觀鳥獸之文，與地之宜』；『近取身，遠取物』；『仰觀天，俯察地』，只是一箇陰陽。聖人看這許多般事物，都不出『陰陽』兩字。便是〈河圖〉〈洛書〉，也則是陰陽，粗說時即是奇耦。聖人卻看見這箇上面都有那陰陽底道理。」[185]「觀鳥獸之文，與地之宜」、「近取身，遠取物」、「仰觀天，俯察地」等，出於〈繫辭下傳・第二章〉「古者包犧氏之王天下也，仰則觀象於天，俯則觀法於地，觀鳥獸之文，與地之宜，近取諸身，遠取諸物，於是始作八卦，以通神明之德，以類萬物之情」[186]。此章說明伏羲畫八卦的原初過程，是根據自然現象，仰觀俯察取象而成；而此作八卦的過程，也僅靠的是一個卦象的奇耦數，也就是陽奇陰耦的「陰陽」爻及觀念。甚而，〈河圖〉〈洛書〉的製作[187]，也「只是一箇陰陽」。〈河圖〉〈洛書〉是由

---

184 同上，同註 5，卷 65，2:1439。

185 同上，同註 5，卷 74，3:1744。

186 參見朱熹《周易本義》，同註 6，卷 3，頁 313。

187 〈河圖〉，又稱龍圖。傳說黃河出現龍馬負圖，〔西漢〕劉歆（前 50-後 20）認為古代聖人效法其圖，以作八卦。西漢・孔安國（生卒年不詳）說：「伏羲氏王天下，龍馬出河，遂則其文，以畫八卦，謂之〈河圖〉。」參見孔穎達《尚書注疏（《尚書正義》）・顧命》，卷 18（臺北：藝文印書館，民國 62 年 5 月），頁 278。〈河圖〉數目，有兩種不同說法，其一是〔北宋〕劉牧（1011-1064）主張，其數目為四十五，乃是一至九數目之和；一是朱熹主張，其數目是五十五，乃是一至十數目之和。〈洛書〉，傳說洛水出現龜書，夏禹（生卒年不詳）效法其作九疇

五十五及四十五個黑白點構成，其中黑點為陰，白點為陽。所以，也「只是一箇陰陽」。綜言之，宇宙萬有的一切的一切，「都不出『陰陽』兩字」；而「聖人卻看見這箇上面都有那陰陽底道理」。難怪，朱子要大膽的歸納說：

> 從古至今，恁地滾將去，只是箇陰陽，是孰使之然哉？乃道也。[188]

雖然，「從古至今，恁地滾將去，只是箇陰陽」；但是，「陰陽」，只是形下之氣；而主宰「陰陽」的，則是「陰陽迭運者，氣也。其理則所謂道」[189]。此「道」，即是《周易》哲學形上最高的本體「太極」。

朱伯崑針對朱熹的「陰陽」觀總結評論說：「總之，朱熹以陰陽之理解釋《周易》經傳中的重要概念，目的在於將《周易》中的法則抽象化，企圖以抽象的原則統率具體的事物。此種觀點正是其『稽實待虛』的原則在易學哲學中的表現。」[190] 以抽象概括具象，以共相歸納殊相，這是哲學原理運用的基本原則。朱子以「陰陽」概括《周易》經傳，作

（指九類大法）。孔安國說：「天與禹，洛出書，神龜負文而出，列於背，有數至于九，禹遂因而第之，以成九類。」參見《尚書注疏《尚書正義》・洪範》，同上，卷 12，頁 168。〈洛書〉數目，有兩種不同說法，其一是劉牧主張，其數目為五十五，乃是一至十數目之和；一是朱熹主張，其數目是四十五，乃是一至九數目之和。

188 參見〔南宋〕黎靖德編《朱子語類》，同註 5，卷 74，3:1703。

189 參見朱熹《周易本義》，同註 6，卷 3，頁 287。

190 參見氏著《易學哲學史》，同註 10，第 3 編第 7 章，2:507。

為其普遍的原理法則，是建立學術理論三大原則——澄清概念、設立判準以及建立系統的整體系、系統性、完整性之體系性建構模式[191]，更是「稽實待虛」，「以實證虛」的重要論證。同時，亦對我國哲學「重實輕虛」的理論，奠定了強有力的理論基石。誠如馮友蘭（1895-1990）所說的，「中國人對於世界之見解，皆為實在論。即以為吾人主觀之外，實有客觀的外界。」[192]「陰陽」雖為抽象的概念，但其氣運行在宇宙每一事物當中，無論是抽象的概念，或具體的東西，皆具有「陰陽」。這也是朱熹重視實在論，將「太極是生兩儀」的「陰陽」觀，具體落實在現象界之中的具體例證。

七　朱熹對「陰陽」的創造及本體詮釋，建立了系統完備的體系

朱熹的易學「陰陽」觀，建構了其以形上之理，化生形下之氣的「太極——陰陽」的理氣二元論。是以其對「陰陽」的理解與解釋，不回歸本義，而是朝向創造性與本體的詮釋方向。

就創造性的詮釋來說，根據傅偉勳的創造詮釋的五層次

---

191 思維三原則：其一是澄清概念——即是先界定概念定義。其二是設立判準——判準表示自己的識見和哲學智慧，並能瞭解可以接觸哪些問題，不能接觸哪些問題。其三是建立系統——即是使主題系統化、整體化及完整化之體系。

192 參見氏著《中國哲學史》，第 2 篇第 7 章（臺北：藍燈文化事業股份有限公司，1989 年 10 月），頁 661。

分析，朱子跳過「實謂層次」，屬於原典考證的工作。而是
從「意謂層次」的脈絡分析開始，「陰陽」的本義，從日照
的向背，提升至形上程序之一的「陰陽」二氣；再就邏輯及
層次分析，朱子建構了「陰陽」的交易與流行變化體系，即
是從陰陽對立之交易，經由陰陽變化之流行，到陰陽合德之
相合，最終達到陰陽不測，即陰陽無始的不可測性。並形成
了宇宙萬化皆存在「陰陽」之普遍性，歸結為「易只是一陰
一陽」的易學「陰陽」觀，形成了一個體系縝密完備的「陰
陽」觀體系。

　　再經由蘊謂層次，根據原思想家與後代繼承者間的前後
思維聯貫性的多面探討、歷史上已經存在的（較為重要的）
種種原典詮釋等，通過此類研究方式，了解原典或原思想家
學說。即是從《易傳》的發展，經由歷代易學家的詮釋，皆
認為「陰陽」為氣，是「太極」或「道」之宇宙生成論的一
個重要環節。故可看出原思想家與後承繼者之間，前後思維
是聯貫一體的。

　　再到當謂層次，將「陰陽」觀念，作一辯證性的驗證，
則此系統不僅經得起時代的考驗，且亦能形成學術理論的重
要結構之一。朱子的「陰陽」觀四層次——陰陽交易、陰陽
流行、陰陽合德以及陰陽無始的變化發展，即是一種辯證性
的驗證。一個概念的意義，經由實謂層次、意謂層次、蘊謂
層次到當謂層次，則一個概念的創造性意義就形成了。到了
創謂層次，則必須「創造的詮釋學家必須從事於中外各大思
想及其傳統的相互對談與交流，經此創造性思維的時代考驗
與自我磨練，應可培養出能為原有思想家及其歷史傳統『繼

往開來』的創新力量」¹⁹³。即是一個創造性的概念，必須
經過與中外相關領域的研究者，對話交流，相互討論，取得
一致性的共識，形成普遍性的認知，方能成為大家共同認定
的概念。

就本體性的詮釋來說，「陰陽」概念，雖然不是形上最
高的本體，卻是形上的程序，為形上化生萬有的第一道程
序。「陰陽」本義是日照的向背，若照朱子主張《易》為卜
筮之書，應找回其本義作為詮釋的基礎，理應以本義理解與
解釋「陰陽」，也就是以日照的向背理解與解釋「陰陽」；但
朱子並未按照本義解讀，而是依照本體性詮釋方向論證，將
「陰陽」的意義提升為僅次於形上本體「太極」或「道」之
理的形下之氣；且是形上本體之下的第一道形上化生程序，
這就是一種創造性的本體詮釋。即是既具創造的意義，又提
升到接近本體的高度。

「陰陽」概念，從本義的「日照的向背」，提升到創造
義的形上程序的本體性過程，必須經由創造和本體的雙重的
理解與解釋，再加上邏輯思辨的轉化過程，方能克底於成。

創造性的詮釋與本體論的詮釋，雖分為二，實際上是一
體兩面。創造性詮釋的目標，在於達到本體論體系的建構與
完成，以追求形上本體的最高理解與解釋，進而達到與形上
本體的統一與融合。而本體論系統的建立，必須借助詮釋的
逐層遞升，將本義提升至本體的意義，以消除片面性、局部

---

193 參見傅偉勳〈創造的詮釋學及其應用：中國哲學方法論建構試論之一〉，
　　引見氏著《從創造的詮釋學到大乘佛學》，同註123，頁46。

性、相對性，而完成創造性的意義，達成詮釋的普遍性、必然性、絕對性。因此，本體論與創造性的詮釋，兩者相輔相成，缺一不可。再進一步反思，形上哲學概念產生的價值和意義，就在於此兩種詮釋方式交相運用，彼此滲透，相互補足，相互成長，一同帶動了其內在意蘊的昇華與發展。

總而言之，朱熹的易學「陰陽」觀，是立基在《周易》經傳分開的思維，從「《易》本為卜筮之書」，到以本義解「經」，以創造及本體義解「傳」，而形成的一套系統理解與解釋的體系。其具有的特點為：

1. 找回《周易》的原創性，經傳分開，開啟了易學創新的認知與研究

自從〔北宋〕歐陽修（1007-1072），提出《十翼》非孔子作，「《易傳》非孔子之作，不出於一人之手」之後[194]。對原本視《周易》的作者為「人更三聖，世歷三古」，開始了懷疑。朱熹為了找回《周易》的原創性，主張經傳應分開，「經」為卜筮之作，「傳」為哲理之書。雖然在考證上，其欠缺相關論證，但是在推論上，卻有其個人獨特的見地。尤其主張「《易》本為卜筮而作」，將《周易》的作者，仍根據傳統的說法分為三類——伏羲之《易》、周文王及周公之《易》、孔子之《易》；但是，其將「經」的部分，伏羲之《易》、周文王及周公之《易》，為卜筮之作；而「傳」的部

---

194 參見氏作《易童子問》，引見高亨《周易古經通說》，第 1 篇〈周易瑣語〉，同註 29，頁 8。

分，孔子之《易》，為義理之作，開啟了易學重大的創新認知與研究，對易學依據時代性導向，作為研究發展的路徑，是居功厥偉的。

2. 詮釋《周易》，先探本義，再作創造性的理解與解釋，開風氣之先

　　由於朱子清楚的分辨了《周易》經傳的內容，以及其歷史發展的脈絡，是以在理解與解釋《周易》時，不僅是經傳分開；而且在詮釋時，更採用了先探本義，再析論其創造義的註解方式。最有名的就是朱子對「元亨利貞」的理解與解釋，其認為本義應為：「元亨」，是指大亨的意思；「利貞」，則是利於正的意思。而「元亨利貞」整句意義，即是「占得此卦者，則大亨而利於正耳」。雖然，後起的易學家高亨對此四字有更細緻的解讀。然而，朱子的理解與解釋，畢竟是開風氣之先的。探得了本義之後，朱子再作創造性的詮釋。再以「元亨利貞」言，其在《周易本義》解釋說：「元，大也。亨，通也。利，宜也。貞，正而固也。」[195]即是一種創造性的理解與解釋。此種詮釋方式，在其「陰陽」概念的詮釋中，發揮得淋漓盡致。

3. 詮釋的發展無法回到作者本義，而是朝向創造及本體詮釋發展

　　一般的詮釋學，其目的在於為文本的理解與解釋，指出

---

195 參見氏書，同註6，卷1，頁56。

一個正確的方向；並提供理解的規則、方法及解讀方式。而其「目的在於不斷的『接近』本文的『原意』」[196]。這是我們一般認知的詮釋之方向和目的。事實上未必如此，因為「在歷史上沒有意義的完全復活，而只是一種無限重複的近似」[197]。清楚的說明，本義是根本找不到的；所能找到的「只是一種無限重複的近似」，即是接近作者的本義，而不是作者的本義。既然找不到作者的本義，我們是朝向創造性的意義發展，「理解在本質上是創造的，理解的過程是一個創造真理的過程。也正由於這種主觀因素，使『真理』本身具有某種相對性，它是非確定的，不斷流動著的，同時又是多義的」[198]。而創造性的意義發展，為的是追尋最高的世界觀點，即是形上最高的本體的理解與解釋。難怪伽達默爾要提出「理解是本體論的」。是其來有自的。

4. 朱熹從創造及本體解讀「陰陽」，建立系統的易學「陰陽」觀體系

　　朱子雖強調《易》為卜筮之書，但更強調「易只是一陰一陽」。所以其在理解與解釋「陰陽」時，並未從本義作為建構其易學「陰陽」觀的探求；反而，以創造及本體詮釋，構築其易學的「陰陽」觀。其根據《易傳》，預設最高的形

---

196 參見潘德榮《詮釋學導論・引論》（臺北市：五南圖書出版有限公司，1999 年 8 月），頁 9。

197 參見 B. 斯特萬《解釋學的兩個來源》，引見《哲學譯叢》，1990 年，第 3 期。引見潘德榮《詮釋學導論》，第 2 章，同上，頁 33。

198 同上，第 3 章，頁 71。

上本體為「太極」，其內涵本質則為「理」。由「太極」的「理」，所形成的宇宙化生過程，首先為「兩儀」，即是「陰陽」，其內涵本質則為形下之氣。再經由「陰陽」之氣的交易流行，進而形成「四象」、「八卦」，以至於萬有。而在形成萬有當中，「陰陽」居於關鍵的地位，並作為一切萬有的變化與發展。而「陰陽」的變化與發展，包括陰陽交易、陰陽流行、陰陽合德及陰陽無始等四項，以形成系統周密的體系。最後不僅歸結為「易只是一陰一陽」，甚而整個宇宙都是在這當中，「天地之間，別有甚事？只是『陰』與『陽』兩箇字，看是甚麼物事都離不得」、「從古至今，恁地滾將去，只是箇陰陽」。因此，朱子易學的「陰陽」觀，為「陰陽」的詮釋空間加深、加大、加高、加廣。

5. 理解與解釋是不斷的創新，朝向「世界觀點」的本體詮釋，致使意義與內涵，能夠無限的延伸和發展

　　理解與解釋，是不斷創新的；它是朝向「世界觀點」的本體詮釋，而不斷的創新。「由於理解者的主觀性參與了理解過程，『本文』的意義就不再是一個靜止和凝固的東西。它本身展現為歷史，永遠不會被窮盡」[199]。充分說明了詮釋的理解與解釋，不是一個靜止不動和凝固僵化的東西；它是永不停歇的往前行，沒有終止的時候。意義的轉化與昇華，更是表現出動態發展變化，生生不息的創義，是永不停

---

199 參見潘德榮《詮釋學導論》，第 2 章（臺北市：五南圖書出版有限公司，民國 88 年 8 月），頁 49。

止的創生前進的。而創新的標的，即是朝向最高的形上本體
作為詮釋的內涵。即使其意義已預設為最高的第一因，然其
本質內涵之意義，亦可不斷的增長與擴充，無限延伸。因
此，理解與解釋的意義，是「永遠不會被窮盡」。朱子的易
學「陰陽」觀體系，是建立其易學整體思想的一部分，其詮
釋的空間仍極大，仍可不斷的推陳出新，使其增進與闡發。
因為，理解與解釋是無有止盡的，永不停止的朝向「世界觀
點」之創造與發展的。

參考文獻

朱熹　《周易本義》　臺北：老古文化事業公司　1987 年 5
　　月

陳俊民校訂　《朱子文集》　臺北：允晨文化實業股份有限
　　公司　2000 年 2 月

黎靖德編　《朱子語類》　長沙：岳麓書社　1997 年 11 月

李學勤主編　《十三經注疏・周易正義》　北京：北京大學
　　出版社　1999 年 1 月

李鼎祚　《周易集解》　臺北：世界書局　1987 年 2 月

黃忠天　《周易程傳註評》　高雄：高雄復文圖書出版社
　　2004 年 9 月

李光地　《周易折中》　臺北：武陵出版社　1989 年 1 月

高亨　《周易大傳今注》　濟南：齊魯書社　2000 年 6 月

高亨　《周易古經通說》　臺北：洪氏出版社　1977 年 9 月

黃壽祺　《周易譯註》　上海：上海古籍出版社　1989 年 5
　　月

朱伯崑　《易學哲學史》　臺北：藍燈文化事業股份有限公
　　司　1971 年 9 月

段玉裁　《說文解字注》　臺北：藝文印書館　1970 年 6 月

徐中舒主編　《甲骨文字典》　成都：四川辭書出版社
　　1988 年 11 月

戴家祥編　《金文大字典》　臺北：學林出版社　1999 年 5
　　月

鄔昆如　《形上學》　臺北：五南圖書出版股份有限公司
　　2004 年 3 月

沈清松　《物理之後──形上學的發展》　臺北：牛頓出版
　　股份有限公司　1991 年 11 月

潘德榮　《詮釋學導論》　臺北：五南圖書出版有限公司
　　1999 年 5 月

李翔海、鄧克武編　《成中英文集・本體詮釋學》　武漢：
　　湖北人民出版社　2006 年 5 月

成中英主編　《本體與詮釋》　北京：生活・讀書・新知三
　　聯書店　2002 年 1 月

傅偉勳　《從創造的詮釋學到大乘佛學》　臺北：東大圖書
　　股份有限公司　1999 年 5 月

陳榮華　《葛達瑪詮釋學與中國哲學的詮釋》　臺北：明文
　　書局　1998 年 3 月

從無極到太極
——唐宋有無論

鄭世根

〔韓國〕國立忠北大學哲學系教授

摘　要

　　這篇文章是為了理解唐宋的中心哲學而寫的。「有」與「無」可謂東方哲學的主題。比起西方哲學，無疑保持其獨自地位。這來自老子的「有生於無」或者「復歸於無極」的思想。但《易經》太極思想的影響力亦甚大，唐末，韓愈和李翱欲以復興儒學，以各自主張原道論及復性說。之後，朱熹在兩人的理論基礎上發展出來道統觀念，不過他將周敦頤的「太極本無極」之說釋為「非太極之外復有無極」之說。

　　東方哲學可分為有無系列。儒家屬於有的系列，道家屬於無的系列。詳言之，唐朝以無為綱，而宋朝，特別是朱熹以後，以有為本。因此無極論無地可立。唐宋，不像文學和藝術，在哲學史中隔得較重。

關鍵詞：無極、太極、韓愈、李翱、周敦頤、朱熹

一　有與無

　　西方哲學的主題是「存有」，所有的西方哲學者幾乎都探討這一問題。這是從柏拉圖（Platon）開始的。懷德海（A.Whitehead）認為所有西方哲學史是柏拉圖的註解。但是柏拉圖也可以說是柏拉圖的註解。其原因如下：

　　巴門尼德（Parmenides）主張：所存在的存在，而所不存在的不存在。這奇怪的文章意味著存在物永遠是存在的，而非存在物不可能變成存在物。他的主張在現代科學中也可見，正如：質量保存法則，能源保存法則等等。如果德謨克利特（Democritos）的原子論也可包含在內，其西方的存有哲學的地位確固不動。

　　反而東方哲學的主題，比較西方說起，可說是「有無」，這是從老子開始的。老子主張了「有生於無」[1]說，而後「無先於有」的理論定著在東方哲學一般。然而，如眾所知，許多儒家反駁無的存在性，裴頠的《崇有論》可說是最好例子[2]，云：「生以有為己分，則虛無是有之所謂遺者也。」

　　西方哲學家認為「有」真是存在的而「無」是不可能存在的，因而他們只能涉及到接近於無的理論或者無的邊境之說。職是之故，他們以為有是善而無是善的缺乏。比方說

1　《老子》第 40 章。
2　裴頠：《崇有論》。

吧。在神的存在證明中，「本體論上的證明」（ontological proof）流行在整個西方中世哲學當中，其原理可以簡單化。

（1）神是完美的。

（2）完美的不可能不存在。

（3）故，神是存在。

西方哲學家一直認為完美性（perfection）既含有存在性（existence），反之，不存在的東西不可能完美。從奧古斯丁（Augustinus）看來，連「惡」也是「善」的缺乏，惡沒有它本身的根據。

不過，東方哲學正好相反。所有存在的不得不含有缺點。因此，幾乎每一個哲學者願以達到無的境界。這個世界是往無走向的，我們人生也是往無進行的，天地誕生以前已經有過沒有天地的狀態。莊子所謂的「有涯」與「無涯」，有涯的人類想知無涯的宇宙，因而這是危殆的[3]。

為何東西方想得這麼不一樣？這是大問題，不能簡單的回答。但我們可以說到其重要特徵。西方哲學通過理則學一直保持著「同一律」（principle of identity），而東方哲學的陰陽論從古代出現以來，其地位非常鞏固，正如：《周易》。同一律不得不選擇兩種現象中之一，而陰陽論不勉強讓我們選擇其中之一。

如眾所知，同一律（A=A）和排中律（A≠-A）是同樣原則的不同表現。排中律在實際上只強化同一律，以排除同

3　《莊子》〈養生主〉。

一律的外延干擾而已，譬如：蘋果是蘋果而非李子。可是，陰陽論包含著是非、美醜、彼此、高下、強弱以及善不善等等。這便是「太極」。並且太極論支配了整個東方哲學思考。不過，問題出生在於如何定義太極本身？換言之，太極含有有無兩者，然則太極本身是有或者是無？

二　周敦頤的《太極圖說》

因為宋明理學亦強調太極，所以一般人經常誤解為太極論本來是儒家的。至少，儒家的《易傳》早久強調陰陽及太極，正如：「易有太極，是生兩儀」[4]，因而太極論自然而然被當做是儒家的。但是，乙太極為象徵的學派無可懷疑是道家，特別是現今道教。由陳摶傳种放，再傳穆修，再傳李之才，一直到邵雍（1011-1077）。另外傳法是由穆修傳給周敦頤（1017-1073）。前者可謂「先天圖派」，而後者可謂「太極圖派」。[5]

朱熹（1130-1200）云：「此圖自陳希夷傳來，如穆、李，想只收得，未必能曉。康節自思量出。」[6]這現示出雖然朱熹強調邵雍的自己思考力，但他也肯定說太極圖的傳承從道家而來。其實，唐宋之際，陳摶的太極圖，勿論是學術界或是民間，實實在在發揮了其影響力。

4　《易傳》〈繫辭〉上。
5　吳怡：《中國哲學發展史》（臺北：三民書局，1984年），431-432頁。
6　朱熹：《周子太極通書後序》。

　　邵雍繼承了漢代象數易學，他用「元，會，運，世」的先天之數計算出一元之年為十二萬九千六百年。從朱熹的想法來看，邵雍的象數易學不太理想，因為所謂的「數祕學」（numerology）正好相反於以義理為主的易學。

　　然而，朱熹不能忽視周敦頤的《太極圖說》。他的宇宙發生論基於戰國時期鄒衍所綜合的陰陽五行說，尤其，其說包含哲學史上的發展過程。

> 無極而太極，太極動而生陽，動極而靜，靜而生陰。靜極復動，一動一靜，互為其根。分陰分陽，兩儀立焉。陽變陰合，而生水火木金土，五氣順布，四時行焉。五行，一陰陽也。陰陽，一太極也。太極本無極也。五行之生也，各一其性。無極之真，二五之精，妙合而凝。

在周敦頤的思考中，無可懷疑的，無極比太極較為根本。他明顯的說出：「太極本無極也。」不但如此，周敦頤主張：為了「各一其性」而「無極之真」和「二五之精」應該「妙合而凝」，但他不說到「太極之真」。他熟知老子的「有生於無」的原則。老子涉及到無極，云：

> 知其白，守其黑，為天下式。為天下式，常德不忒，復歸於無極。[7]

7　《老子》，第28章。

當然，在周敦頤的《太極圖說》中，我們不可忽視的是「人極」說。他關心到人的問題，因而可被稱謂北宋五子之一。有些後代儒學者也注意而擴展這一觀念。[8]周敦頤云：

> 聖人定之以中正仁義，而主靜，[9]立人極言。故聖人與天地合其德，日月合其明，四時合其序，鬼神合其吉凶。君子修之吉，小人悖之凶。故日：立天之道日陰與陽，立地之道日柔與剛，立人之道日仁與義。[10]

周敦頤被判準為儒家的原因就在此，他借用〈文言〉之言主張人極，並且強調仁義和《易》的重要性。按照周敦頤的說法，我想，天地人三才各自分為：天有無極，地有太極，人有人極。但朱熹的詮釋不為然。

三　朱熹的「無極而太極」說

北宋石介（1005-1045）的「尊韓」之說以後，唐末韓愈（768-824）為道統的繼承者所謂的「堯、舜、禹、湯、文、武、周公、孔、孟、韓」的順次成立。何故？韓愈本身主張道統論，以樹立了儒家精神的流傳。這不但是對於當時流行的道佛思想而言的，而且是一種文化復古運動，韓愈云：

8　以劉宗周為例。
9　自注云：無欲故靜。
10　周敦頤：《太極圖說》。

斯道也，何道也？曰：斯吾所謂道也，非向所謂老與
佛之道也。堯以是傳之舜，舜以是傳之禹，禹以是傳
之湯，湯以是傳之文武周公，文武周公傳之孔子，孔
子傳之孟軻，軻之死不得其傳焉。[11]

這便是「原道論」，朱熹將之稱謂「道統論」。雖然韓愈以為
其傳承到孟子為限，但朱熹試圖其道脈的復活，而認定以韓
愈為道統的繼承者。從現代的觀點看來，道統說含有不少問
題。首先，孔子以來，孟子是否真正的繼承者？荀子亦可說
是孔子的繼承者，孟子和荀子的理論鬥爭值得注意。其次，
韓愈願以放棄漢賦和六朝駢儷文，以達成孔孟時代的哲學精
神，這便是原始儒家的復興。但是，我們不能確定什麼是孔
孟的精神，孔子和孟子主張的不只是一個，其中什麼東西是
他的或者他們的？

　　這種問題由兩個人來欲以解決。第一位是李翱（774-
841），第二位是以上所述的朱熹。李翱是韓愈的高足，而朱
子和韓愈之間隔約有四百年。

　　李翱學習在於儒佛兩門，而調和儒佛道三家。他的觀點
在哲學史上非常有意義，因為他在中國儒學中發掘出來人性
論。當然，原始儒學也保持著人性論，但它比起老佛的人性
論不足於針對本性的無條件性的肯定，如：佛心、百姓
心[12]、一心[13]等等。韓愈設定儒學復興的形式和主幹，而李

11　韓愈：《原道》。

12　《老子》，第49章。

13　《莊子》〈天道〉。

翱提出其內容和觀念。李翱所謂的「復性」基本上來自老莊，例如：老子強調「復歸」[14]，莊子主張「壹其性」。[15]特別是，李翱在他的《復性書》中提到「情不善」的可能性[16]，以成為宋明性情說的先驅。人人都「滅情以復性」應該恢復中節，達成性善的原狀。

　　李翱的這些看法在朱熹思想中易見。朱熹亦想要把握人性之「中」，認為聖人掌握了人性之中，因此道統可傳下來。

> 蓋自上古聖神，繼天立極，以道統之傳有自來矣。其見於經，則允執厥中者，堯之所以授舜也。人心惟危，道心惟微，惟精惟一，允執厥中者，舜之所以授禹也。[17]

此一文中，我們可見朱熹的道統思想及其具體內容和方法。他以為「允執厥中」便是堯舜以來的共通標準。那麼，其「中」到底是什麼？朱熹將我們的心分為「道心」和「人心」兩種，道心是純善的而人心有不善的，因而我們該用道心的精髓來變化人心。朱熹又說「繼天立極」，是表現繼承天道而樹立人極，天道為道心的標準而人極為人心的指南。

14　《老子》，第 14，16，28，52 章，總 6 次出現。

15　《莊子》〈達生〉。

16　李翱：《復性書》：情者，妄也，邪也。

17　朱熹：《中庸章句序》。

在我看來，周敦頤的無極、太極、人極各自成為宇宙、世界、人類的象徵，也就是說，無極表示宇宙的無限，太極表示世界的均衡，人極表示道德的指標。從他看來，雖然「無極而太極」，但「太極本無極」。

不過，朱熹解釋得不同。他將「無極而太極」這一句看成同一狀態的不同表現，如下：

> 上天之載，無聲無臭，而實造化之樞紐，品彙之根柢也。故曰無極而太極，非太極之外，復有無極也。[18]

朱熹否定無極和太極的差別，主張：無極非但不可能獨立存在的，而且太極之外沒有再一另外無極，況且無極本身因蘊著太極。此時，無極被變成為形容太極的虛言。

> 無極之真，已該得太極在其中，真字便是太極。[19]

周敦頤所說的「無極之真，二五之精，妙合而凝。」此句在脈絡上意味著無極的原理和陰陽五行的精華一塊混合而產生萬物。可是，朱熹的詮釋全面否定無極的存在地位，說實在的話，他的一生不可分離乎這一作業。

從朱熹來看，太極應當是「實理」而不該是虛理，因此，他終於否定無極的「無理」性。這便是唐宋之際所發生

18　《周子全書》，卷一。

19　朱熹：《周子全書注》。

的最大哲學性的轉變。無極喪失其獨自地位，而被變成為太極的侍從。

四　唐宋之別

朱熹闡明「非太極之外復有無極」說之後，東方哲學便有了有系列和無系列的思想。簡單而言，儒家屬於有系列，而道家屬於無系列。反言之，朱熹以前，有無系列的分別沒有那麼深刻的鴻溝，但他之後，兩種系列明顯的互相敵對。這樣的哲學思想的轉變就在唐宋之際發生。

也許，朱熹以前，無系列比有系列更被尊重，其影響力一直到現在。唐朝重視祖先老子李聃，以讓百姓須讀《道德經》，但進入了宋代以後，不少儒學者想以回復儒學本色，以強調人的角色，正如：周敦頤的人極。朱熹亦如此。可是，他與周敦頤不同的，全面否定無極的存在地位，而主張太極的本源性。之後，從無極，經太極，到人極的思辨行程該改變為乙太極為中心的世界觀。無極成為太極的別號，無極之真便是太極，太極之外並沒有無極。

如果我們只從像朱熹式的有系列，東方哲學也可被視為像西方哲學式的存有之學。然而，無的系列在道家和佛家思想以及文學和藝術思想中仍然存在到現在。當然，在無系列的思想中，無極之外還在無極，莊子云：

> 湯問棘曰：「上下四方有極乎？」棘曰：「無極之外，
> 復無極也。窮髮之北有冥海者，天池也。有魚焉，其

廣數千里，未有知其修者，其名為鯤。有鳥焉，其名
為鵬，背若太山，翼若垂天之雲，搏扶搖羊角而上者
九萬里，絕雲氣，負青天，然後圖南，且適南冥
也。」[20]

如眾所知，我們以時代區別哲學，如：隋唐佛學、宋明理學
等等。唐宋在文學思想中經常合在一起，而在哲學思想中區
別頗多，卻有轉折。總而言之，唐可謂是無的王國，而宋可
謂是有的王國，唐宋之際可謂是有無相爭時期。

其實，「無極而太極」的問題可以換成時空問題，從空
間而言，乙太極為首，從時間而言，以無極為先。人在世界
中是一太極，但人的本性在歷史上是綿綿不斷的無極。

20　《莊子》〈逍遙遊〉。

From Non-limit（Wuji）to the Super-limit（Taiji）:

The Taiji Theory During the Tang and Song Dynasty

Jeong Se Geun

Prof. of Department of Philosophy
Chungbuk University, Korea

Abstract

This paper is for understanding main philosophical stream of the Tang and Song Dynasty. Being（You）and Nonbeing（Wu）is the theme of Eastern philosophy. Comparing with Western philosophy, Nonbeing always maintains its own status. It came from Taoist's idea of Non-limit（Wuji）, but The Book of Changes also emphasized Super-limit（Taiji）.

Through a few philosophers" efforts, The great Neo-confucian Zhuxi finally started to deny the existence of Non-limit, and insisted that Non-limit was merely a description of Super-limit. He thought Non-limit had no any kind of existential position in this world, and said that there is no Non-limit beyond

Super-limit. In the Tang and Song times, its literature and art would be continued, but, on the philosophical point of view, many scholars desired to put a period to them.

Keywords: Non-limit（Wuji）、Saper-limit（Taiji）、Han Yu、Li ao、Zhou Dun Yi、Zhu Xi

國家圖書館出版品預行編目(CIP)資料

唐宋學術思想論集 / 明道大學中國文學學系主編. -- 初版.
-- 臺北市：萬卷樓, 2012.04
面；　公分
ISBN 978-957-739-748-5（平裝）
1.中國文學 2.文學評論 3.唐代 4.宋代文學

　　　820.904　　　　　　　101001873

唐宋學術思想論集

2012 年 4 月 初版 平裝

ISBN　978-957-739-748-5　　　　　　　定價：新台幣 520 元

主　　編	明道大學	出　版　者	萬卷樓圖書股份有限公司
	中國文學系	編輯部地址	106 臺北市羅斯福路二段 41 號 9 樓之 4
發 行 人	陳滿銘	電　　話	02-23216565
總 編 輯	陳滿銘	傳　　真	02-23218698
副總編輯	張晏瑞	電　　郵	editor@wanjuan.com.tw
編輯助理	游依玲	發行所地址	106 臺北市羅斯福路二段 41 號 6 樓之 3
編輯助理	吳家嘉	電　　話	02-23216565
封面設計	耶麗米	傳　　真	02-23944113
		印　刷　者	中茂分色製版印刷事業股份有限公司
版權所有・翻印必究			新聞局出版事業登記證局版臺業字第 5655 號
如有缺頁、破損、倒裝		網 路 書 店	www.wanjuan.com.tw
請寄回更換		劃 撥 帳 號	15624015

萬卷樓新書推薦

現代學術視域中的民國經學
以課程、學風與機制為主要觀照點

車行健　　　258 頁／18 開／NT$320 元

本書嘗試以現代學術視域來觀察民國以來的經學發展，集中在課程、學風與學術機制三個面向，對經學的未來走向及定位做較深入的省思。

宋元明清四書學編年

周春健　　　356 頁／18 開／NT$480 元

本書按照時代順序，逐次考證宋元明清四書學史上的代表性事件、人物、著述，實際是一部「編年體」的「四書學通史」。

經史散論
從現代到古典

周春健　　　310 頁／18 開／NT$400 元

本書有屬於「經」的方面、屬於「史」的方面、最後二篇，則是將「經史」乃至「四部」之學放到一起討論，帶有一些綜合性質。

尚書周書牧誓洪範金縢呂刑篇義證

程元敏　　　437 頁／18 開／NT$600 元

本書作者程元敏教授曩從屈先生受業，恭讀屈先生書，粗識治書門徑。又因鄞縣戴先生靜山指點，略涉宋儒之書。嘗有志撰作一書，詳解《尚書》全經，擬其題曰「尚書義證」，以補前修之未備，發皇《書》經之奧義。

0502 經學研究叢書・臺灣高等經學研討論集叢刊

首屆國際《尚書》學學術研討會論文集

林慶彰、錢宗武編　　575 頁／18 開／NT$760 元

本書前兩組是會議致辭和會議主題發言。其餘為臺灣、大陸兩岸學者的《尚書》學的研討論文，是兩岸緊密合作的第一本《尚書》學論文集。

0800 文學研究叢書

古典與現代

余崇生　　255 頁／18 開／NT$300 元

從閱讀到積澱、再由書寫表達，本集選錄了有關古典與現代詩文方面的論文，彙為二輯，共二十篇。我國歷史悠久，內容豐瞻，從中汲取養份，融匯鑄新，為治學之途徑。本集文章為古今詩文之專題探討文字，雖長短不一，但內容精審踏實，理路暢達，見解新穎，值得讀者細嚼賞讀。

足音集
文學記憶・紀行・電影

許俊雅　　345 頁／18 開／NT$480 元

本書分三輯討論文學中的記憶、紀行、電影與書評，內容多元，時空跨越幅度大，對日受重視的東亞學及比較文學，不無參考價值。

勞思光韋齋詩存述解新編

王隆升主編　　493 頁／18 開／NT$660 元

本書針對勞思光先生之詩歌創作進行述解、補續、輯佚與補述等工作。勞思光先生之詩歌，內容精深且用典豐富，本書對於詩作文本進行爬梳與釐清文字，有助於學界研究現代古典詩使用資料，進而顯發學術研究價值。

行旅・地誌・社會記憶
王士性紀遊書寫探論

范宜如　　　345 頁╱18 開╱NT$460 元

王士性在仕宦與世情之網中跨越了大地山川，演繹日常生活及地理想像，開展多重而豐富的文化視野。透過本書之考察與抉發，可重新審視明代「遊的文學史」，還原王士性一個獨特的位置。

紅樓夢子弟書賞讀

林均珈　　　476 頁╱18 開╱NT$660 元

子弟書，就音樂來論，它是一種節奏明快、情深意濃的說唱表演藝術。而現存《紅樓夢》子弟書的故事類別十分多元，值得我們從美學的角度來加以探討。

紅樓夢子弟書研究

林均珈　　　421 頁╱18 開╱NT$580 元

《紅樓夢》子弟書即是根據《紅樓夢》小說故事所改編的一種滿族說唱曲藝，正因為《紅樓夢》具有高度的文化水平，故《紅樓夢》子弟書在現存五百多種子弟書中，它的文學價值、藝術成就也是最高的。

西遊記主題接受史研究

陳俊宏　　　181 頁╱18 開╱NT$260 元

每個讀者在閱讀一部書後，通常都會思考這部書想要表達的內容是甚麼，而有的會將感想形諸文字，成為評論。筆者將研究對象鎖定於能清楚表現歷代讀者對於西遊記主題接受上的評論文字，做一整理爬梳。

0804 文學研究叢書 · 古典詩學叢刊

李白詩歌海意象

陳宣諭　　　572 頁／18 開／NT$600 元

本書為國內首部跨時間與空間之海意象古典詩學研究成果，全面考察李白詩歌中所有各大類意象群詞彙外，並考察從先秦到唐代所有「海」字入詩作品。

杜詩繫年考論

蔡志超　　　474 頁／18 開／NT$460 元

本文以考據論述作為研究方法，嘗試考論杜甫詩歌之繫年，略及詩歌創作地點，糾考杜詩繫年之訛謬，並依創作之年月地點編排杜詩，考訂糾謬；藉由杜詩時地之約略排纂，鉤稽杜甫生平若干重要之行迹；從而編次杜甫年譜簡表，附於書末。

1000 語言文字叢書

韶關市區粵語語音變異研究

馮國強　　　168 頁／18 開／NT$260 元

本書主要通過韶關的歷代經濟發展探討粵語的遷入時期，論述韶關粵語、客家話、粵北土話的特點，而總論則從語言接觸和威望語言（廣州話）的干擾去探討廣東粵北韶關市區粵方言的變異緣由。

訂購方式

請洽萬卷樓圖書公司　宋小姐

電話　02-23216565 分機 10　　　電郵　L3216565@ms81.hinet.net

傳真　02-23944113　　　　　　　網址　www.wanjuan.com.tw